Weihnachten mit Susan Mallery

MIRA® TASCHENBUCH

2. Auflage: November 2019
Ungekürzte Ausgabe im MIRA Taschenbuch

Originaltitel: »Married in Whitehorn«
Erschienen bei: Silhouette Books, Toronto

Originaltitel: »Christmas in Whitehorn«
Erschienen bei: Silhouette Books, Toronto

Originaltitel: »Holly and Mistletoe«
Erschienen bei: Silhouette Books, Toronto

Published by arrangement with
HARLEQUIN ENTERPRISES II B.V./SARL

Umschlaggestaltung: bürosüd, München
Umschlagabbildung: OK-SANA, pandora64, Mushakesa,
Zakharchenko Anna, Merggy, lukpedclub / shutterstock
Satz: GGP Media GmbH, Pößneck
Printed in Germany
Dieses Buch wurde auf FSC®-zertifiziertem Papier gedruckt.
ISBN 978-3-7457-0034-3

www.mira-taschenbuch.de

Werden Sie Fan von MIRA Taschenbuch auf Facebook!

Susan Mallery

Leidenschaft und Weihnachtsküsse

Roman

Aus dem Englischen von
Patrick Hansen

mtb

1. Kapitel

»Keine Bewegung und keinen Laut, dann lassen wir Sie vielleicht leben.«

Angela Sheppard wagte nicht zu atmen, als zwei Männer mit Skimasken sie gegen ihren Wagen drückten. Sie hatte schreckliche Angst, und gleichzeitig war sie fest entschlossen, dieses Horrorszenario zu überleben.

Ich träume nur, dachte sie verzweifelt. Ihr Herz klopfte wie wild, und trotz des kühlen Nachmittags rann ihr der Schweiß über den Rücken. Sie wollte weinen, aber die Tränen flossen nicht. Sie wollte schreien, doch einer der beiden Angreifer hielt ihr den Mund zu. Außerdem hatten sie gedroht, sie zu töten, wenn sie um Hilfe rief, und Angela glaubte ihnen.

»Erzählen Sie uns von dem Geld«, befahl der zweite Mann. »Erzählen Sie uns, wo er es hat. Mehr wollen wir nicht. Nur das Geld.«

Sie schloss kurz die Augen. Oh, Tom, was hast du dir jetzt wieder eingebrockt? Aber Tom konnte nicht antworten, denn er war vor vier Monaten bei einem Autounfall ums Leben gekommen. Die Polizei vermutete, dass jemand seinen Wagen von der Straße gedrängt hatte, doch dafür gab es keine Beweise. Jetzt kannte Angela die Wahrheit.

Der Mann, der ihr den Mund zuhielt, lockerte seinen Griff etwas. »Heraus damit, Angela. Wenn Sie es uns nicht sagen, müssen wir Ihnen wehtun.«

»Ich weiß von keinem Geld«, keuchte sie. Der andere Mann drehte sie zu sich und schlug ihr ins Gesicht. Sie zuckte jäh zusammen.

Im nächsten Moment fühlte sie einen stechenden Schmerz an der Wange, und sie sah Sterne. Ohne den Wagen an ihrem Rücken wäre sie in die Knie gegangen.

»Machen Sie den Mund auf, oder Sie werden es bereuen!«

Das tat sie längst, doch das wollten die beiden bestimmt nicht hören. »Ich weiß nichts«, schluchzte sie. »Wir haben uns Jahre vor seinem Tod getrennt. Ich habe keine Ahnung, was er danach gemacht hat.«

»Er hat Sie doch besucht«, knurrte der Größere der beiden und schlug sie wieder. »Er war an dem Abend bei Ihnen. Wo ist das Geld?«

In ihren Ohren klingelte es, und zuerst glaubte sie, ein Kind weinen zu hören. Dann fuhren die Männer plötzlich herum.

»Was, zum Teufel, ist hier los?«

Sie ließen sie los, und der Kleinere verlor kurz das Gleichgewicht. Angela wollte ihre Chance nutzen und davonrennen, aber sie stolperte und wäre fast hingefallen.

»Oh nein!«, rief der andere und packte sie.

Sie wehrte sich und begann zu schreien.

»Halten Sie den Mund!«

Angela sah, wie er die Faust ballte, und wich dem Schlag aus. Der traf sie am Arm und schleuderte sie gegen den Wagen. Mit dem Kopf prallte sie erst gegen die Motorhaube, dann schlug sie auf dem Boden auf. Wieder hörte sie ein kleines Mädchen weinen, bevor ihr eiskalt und schwarz vor Augen wurde.

Deputy Sheriff Shane McBride betrachtete die bewusstlose Frau, die vor ihm im Krankenhausbett lag. Sie war untersucht, behandelt und stationär aufgenommen worden, ohne dass sie auch nur ein einziges Mal die Augen geöffnet hatte. Shane warf einen Blick auf den Bericht in seinen Händen und verzog das Gesicht.

Angela Sheppard hatte bis vor einer Woche in Houston in Texas gelebt. Sie war nach Whitehorn gekommen, um sich bei der örtlichen Grundschule als Lehrerin zu bewerben. Sie war verwitwet, im vierten Monat schwanger und am Nachmittag auf dem Schulparkplatz überfallen und zusammengeschlagen worden. Von der Direktorin, die mit ihr gesprochen hatte, wusste Shane, dass sie in der Stadt niemanden kannte.

»Du hattest einen richtig schlechten Tag, Angela«, flüsterte er.

»Wenn ich du wäre, würde ich wahrscheinlich auch nicht aufwachen wollen.«

Aber irgendwann musste sie die Augen wieder aufmachen. Er hatte die Anweisung, herauszufinden, wer sie überfallen hatte. Sein Chef wollte wissen, warum die Entführer der fünfjährigen Sara Mitchell sich Angela Sheppard vorgeknöpft hatten. Welche Verbindung gab es zwischen den beiden Taten? Wer war Angela, und warum war sie ausgerechnet nach Whitehorn gekommen?

»Zu viele Fragen«, sagte er leise und stellte einen Stuhl ans Bett. Er würde hierbleiben, bis er Antworten bekam. Nach der Entführung der kleinen Sara hatte die Polizei von Whitehorn genug zu tun, und es war sein Job, dafür zu sorgen, dass Angela nicht noch mehr passierte. Oder steckte sie mit den Männern unter einer Decke?

Noch mehr Fragen und keine Antworten, dachte Shane. Aber er war ein geduldiger Mann und mochte die Ermittlungsarbeit. Manche Kollegen jammerten über den Papierkram, aber Shane hatte nichts dagegen. Ein Verbrechen aufzuklären war für ihn wie ein Puzzle, das er in mühsamer Kleinarbeit zusammenfügen musste.

Er sammelte so viele Teile wie möglich und legte sie nach und nach zusammen, bis sich ein Bild ergab. Egal, wie lange es dauerte, er würde die Wahrheit über Angela Sheppard ans Licht bringen. Falls sie unschuldig war, würde er alles tun, um sie zu schützen. Falls nicht ... na ja, darüber wollte er jetzt nicht nachdenken.

Er lehnte sich auf dem Stuhl zurück und musterte die Zeugin. Laut Führerschein war sie neunundzwanzig. Im Moment sah sie allerdings eher wie Anfang zwanzig aus. Das braune Haar war kurz geschnitten, und abgesehen von den Blutergüssen und dem Verband an der linken Schläfe war ihre Haut makellos. Er fragte sich, welche Farbe ihre Augen hatten. Vermutlich waren sie braun.

Ohne die geschwollene Wange und die blauen Flecken wäre sie attraktiv. Nicht atemberaubend schön, aber hübsch. Shane spürte, wie sich in seiner Brust etwas regte, und er wehrte sich dagegen. Auf keinen Fall durfte er jetzt sentimental werden, denn er konnte nicht wissen, welche Rolle sie bei der Entführung der kleinen Sara gespielt hatte.

Shane beugte sich vor, legte die Akte auf den Boden und verschränkte die Hände. »Komm schon, Angela, wach auf. Irgendwann musst du reden.«

Ein paar Minuten lang geschah nichts. Dann bewegte sich die Frau im Bett. Sie wandte ihm das Gesicht zu und schlug die Augen auf.

Sie sind grün, dachte er, fasziniert von ihrem Blick. Groß und grün, mit dunklen Wimpern. Sie blinzelte, und ein mattes Lächeln umspielte ihre Mundwinkel.

»Aufzuwachen und als Erstes einen Polizisten zu sehen ist keine gute Sache«, flüsterte sie.

Er hatte mit vielem gerechnet, aber nicht mit einem Scherz, und musste ein Lächeln unterdrücken. »Freut mich, dass Sie Ihren Humor selbst im Krankenhaus bewahrt haben«, erwiderte er. »Ich bin Deputy Sheriff Shane McBride. Sie wurden überfallen.«

»Ich bin im Krankenhaus?«, fragte sie verwirrt.

Angela starrte ihn an. Ihr Lächeln verblasste. Sie sah sich im Zimmer um, tastete nach ihrem Gesicht und zuckte zusammen, als sie die Blutergüsse und den Verband berührte.

»Ist es schlimm?«

Er schüttelte den Kopf. »Der Doktor sagt, dass Sie eine leichte Gehirnerschütterung und eine Wunde haben, die genäht werden musste. Er will Sie über Nacht zur Beobachtung hierbehalten, aber wenn Ihr Zustand sich stabilisiert, werden Sie morgen früh entlassen.«

Sie ließ die Hand sinken. »Sie haben gesagt, dass ich überfallen wurde. Von einem Straßenräuber?«

»Nicht ganz.« Er zögerte. »Mrs. Sheppard, warum erzählen Sie mir nicht, woran Sie sich erinnern?«

Sie blinzelte. »Ich … ich erinnere mich an gar nichts.«

Er hob die Akte auf. »Kein Problem. Wir haben Zeit.«

Ihre Augen wurden groß. »Aber ich weiß überhaupt nichts mehr«, flüsterte sie panisch.

»Das ist in Ihrer Situation nicht ungewöhnlich. Entspannen Sie sich einfach. Wir fangen ganz vorn an. Sie sind am frühen Nachmittag zur Grundschule gefahren.«

»Warum?«

Er sah sie an. »Wie bitte?«

»Warum war ich in einer Grundschule? Arbeite ich dort?«

Shane sah ihr in die Augen. Als Vernehmungsexperte hatte er gelernt, Lügner schnell zu erkennen. Aber in Angelas Blick las er nur Angst und Verwirrung.

»Mrs. Sheppard ...«

Sie hob die rechte Hand und betrachtete sie. Sie trug keinen Ring. »Ich bin verheiratet?«

»Mrs. Sheppard, wissen Sie, wo Sie sind?«

»Damit meinen Sie nicht nur das Krankenhaus, oder?« Sie biss sich auf die Lippe. »Nein, ich habe keine Ahnung.«

»Kennen Sie Ihre Adresse? Den Bundesstaat, aus dem Sie kommen? Den Mädchennamen Ihrer Mutter?«

Ihre Augen wurden noch größer, aber sie weinte nicht. »Sie nennen mich dauernd ›Mrs. Sheppard‹. Heiße ich so?«

»Ja, jedenfalls steht es so in Ihrem Führerschein. Sie sind Angela Sheppard.«

»Es tut mir leid, Officer, aber daran kann ich mich nicht erinnern. Ich weiß nicht, wo ich mich befinde und wie ich hergekommen bin. Oder ob ich verheiratet bin.« Wieder schaute sie auf ihren linken Ringfinger.

»Wissen Sie, dass Sie schwanger sind?«

Entgeistert starrte sie ihn an, als hätte er ihr gerade das Geheimnis der ewigen Jugend verraten. Ihre vollen Lippen verzogen sich zu einem staunenden Lächeln, als sie fast andächtig ihren Bauch berührte.

»Ein Baby?«, hauchte sie. »Ich bekomme ein Baby?«

»Der Arzt meint, Sie sind im vierten Monat.« Er zögerte. »Es ist übrigens ein Mädchen«, fügte er hinzu. Hätte er es doch lieber für sich behalten sollen?

»Oh, danke, Officer. Das ist eine wunderbare Neuigkeit.«

Zum ersten Mal seit Jahren errötete Shane. »Ich habe nichts damit zu tun. Ich meine, Sie waren schon schwanger, bevor Sie hergekommen sind.«

»Ich weiß, aber Sie haben es mir erzählt. Ist das nicht unglaublich? Ich wollte immer Kinder. Was für ein Segen.«

Er starrte sie an und traute seinen Ohren nicht. Wie schwer war die Kopfverletzung? Sicher, viele Frauen wünschten sich Kinder, aber Angela lag nach einem Überfall im Krankenhaus. Sie hatte kein Gedächtnis, kein Zuhause, keinen Job und laut Computer auch keine Familie. Trotzdem hielt sie es für einen Segen, schwanger zu sein.

»Ich hole jetzt besser den Arzt«, sagte er nur.

Etwa eine Stunde später betrat Shane McBride zum zweiten Mal Angela Sheppards Krankenbett. Sie hatte sich aufgesetzt und wühlte in ihrer Handtasche.

Als sie den Kopf hob und ihn bemerkte, lächelte sie. Das schien sie oft zu tun. Das Klinikhemd war ihr viel zu groß. Er schätzte sie auf höchstens einen Meter sechzig.

»Ich bin aus Texas.« Sie wedelte mit ihrem Führerschein. »Aber ich spreche nicht wie eine Südstaatlerin, also komme ich ursprünglich wohl nicht von dort.« Sie rümpfte die kleine Nase. »Hoffentlich nicht aus New York City oder Los Angeles. Wer aus der Großstadt stammt, scheint nicht so glücklich zu sein wie andere Menschen. Ist Ihnen das schon einmal aufgefallen?«

»Ma'am, ich habe gerade mit dem Arzt geredet.«

»Ich weiß.« Sie lehnte sich zurück und strich die Bettdecke glatt. »Ich habe die tiefen Stimmen auf dem Flur gehört und dachte mir, Sie beide überlegen, was Sie mit mir machen sollen. Dr. Sacks hat mir versprochen, dass mein Gedächtnis von allein zurückkehrt. Und dass ich ihm mit ein paar Informationen auf die Sprünge helfen kann, sobald ich mich fit genug fühle. Die Erinnerungen kommen nach und nach wieder, mal mehr, mal weniger.«

Sie berührte ihren Bauch. »Ich muss zugeben, dass ich ziemlich neugierig auf den Vater des Babys bin. Haben Sie nicht gesagt, dass ich verheiratet bin?« Sie nagte an der Unterlippe. »Du meine Güte, hoffentlich mag ich ihn.«

»Sie reden viel und gern, nicht wahr?«

»Stimmt. Meine Mutter hat immer gesagt, dass ich einem Engel die Flügel abquatschen kann. Als ich klein war, habe ich mir vorgestellt, wie die armen flügellosen Engel in den Ecken des Himmels hocken, nur weil ich zu viel rede. Ich hatte ein richtig schlechtes Gewissen und habe für sie gebetet.« Sie lächelte erleichtert. »Oh! Ich habe mich gerade an meine Mutter erinnert! Ist das nicht toll?«

Ihre Freude war ansteckend. »Ja, das ist es.« Er stellte den Stuhl wieder ans Bett. »Dr. Sacks hat mir erlaubt, Ihnen Fragen zu stellen. Denken Sie an nichts, und sprechen Sie einfach aus, was Ihnen als Erstes einfällt.«

Er sah sie an. Sie starrte vor sich hin.

»Mrs. Sheppard?«

Sie reagierte nicht.

»Ma'am?«

Die junge Frau zuckte zusammen. »Oh, Sie meinen mich. Entschuldigung. ›Mrs. Sheppard‹ klingt so fremd. Nennen Sie mich doch einfach Angela. Und Sie sind …« Sie warf einen Blick auf sein Abzeichen.

»Officer McBride. Sie können mich Shane nennen.«

»Freut mich, Sie kennenzulernen, Shane.« Sie streckte ihm die Hand entgegen.

Er schüttelte sie, doch statt kühler Haut fühlte er so etwas wie einen leichten Stromschlag. Verblüfft zog er die Hand zurück. Was war nur mit ihm los? Er versuchte, sich nichts anmerken zu lassen, und hoffte, dass sie nur das war, was sie zu sein schien – eine sympathische Frau, die zufällig zur falschen Zeit am falschen Ort gewesen war.

Falls sie eine Kriminelle war, so war sie eine der gewieftesten, die er jemals erlebt hatte. Dann würde er sie festnehmen müssen, und das wollte er nicht.

»Welches ist Ihre Lieblingsfarbe?«, fragte er.

»Blau.« Sie drückte die Handtasche an sich. »Ja, Blau. Daran erinnere ich mich. Wow. Sie sind gut.«

»Ich tue nur, was der Arzt empfohlen hat. Einfache Fragen stellen, um Ihrem Gedächtnis auf die Sprünge zu helfen. Danach gehen wir langsam zu dem über, was heute passiert ist, okay?«

Sie nickte. »Fragen Sie mich noch etwas, Shane. Etwas Lustiges.«

Etwas Lustiges? Wann hatte er zuletzt gelacht? Darüber wollte er jetzt nicht nachdenken. »Hatten Sie einen Hund, als Sie klein waren?«

»Ich wollte einen Welpen, aber mein Stiefvater hat es nicht erlaubt. Ich wollte ihn Sparky nennen. Hatten Sie einen Hund?«

»Nein.« Mit neun Jahren war er in die erste von insgesamt zwölf Pflegefamilien gekommen. Bei seinem Highschool-Abschluss hatte er nicht mehr besessen, als in einen Koffer passte. Für einen Hund war in seinem Leben nun wirklich kein Platz gewesen.

»Ich möchte einen«, fuhr sie fort. »Ich möchte einen Hund, ein Haus und eine Familie.« Sie ließ sich aufs Bett zurückfallen. »Ich möchte, dass alle Menschen um mich herum immer glücklich sind.«

Schöner Traum, dachte er. »Wie lange sind Sie schon Lehrerin?«

»Bin ich nicht.« Sie strich sich durchs Haar. »Ich weiß, dass ich keine Lehrerin bin, aber wenn ich es sage, fühlt es sich seltsam an.«

»Zerbrechen Sie sich darüber nicht den Kopf. Wir machen einfach weiter. Wie alt sind Sie?«

»Neunundzwanzig.« Sie rümpfte die Nase. »Ich werde alt, was?«

»Ja, der Doktor hat erwähnt, dass Sie vermutlich einen Rollator brauchen, wenn Sie entlassen werden.«

Sie lächelte. »Sie können ja richtig witzig sein. Nächste Frage.«

»Wann haben Sie Geburtstag?«

Sie runzelte die Stirn. »Ich weiß es nicht.« Sie tastete nach der Brieftasche auf dem Nachttisch. »Ich könnte schummeln und nachschauen.«

»Dies ist keine Prüfung, Angela. Ich will Ihnen nur helfen, sich an Ihre Vergangenheit zu erinnern. Sind Sie Rechts- oder Linkshänderin?«

»Rechts.« Sie hielt sie hoch.

»Mögen Sie klassische Musik?«

»Keine Ahnung.«

Sie machten noch eine halbe Stunde weiter. Shane erkundigte sich nach eher harmlosen Dingen, und sie beantwortete etwa jede dritte Frage. Trotz der Gedächtnislücken blieb sie entspannt. Sie brachte ihn sogar zum Lachen. Es klang eingerostet, und er fragte sich, wann er das letzte Mal mit jemandem … mit einer Frau gelacht hatte. Seit Mary nicht mehr, dachte er.

»Welche Klasse unterrichten Sie?«

»Die vierte und fünfte«, erwiderte sie automatisch. »Aber ich …« Sie schlug die Hand vor den Mund. »Ich habe geantwortet! Also bin ich doch Lehrerin. Aber warum habe ich vorhin gesagt, dass ich es nicht bin?«

»Sie haben Ihr Studium erst im Juni abgeschlossen.«

Sie nickte langsam. »Ich habe mich hier um eine Stelle beworben.« Sie seufzte. »Aber ich weiß nicht, ob ich mich daran erinnere oder es nur gefolgert habe. Es ergibt doch einen Sinn, oder?«

»Müde?«, fragte er, als ihre Augenlider schwer wurden. »Ruhen Sie sich aus. Ich komme in ein paar Stunden wieder.«

»Das wäre schön.«

Shane stand auf. »Vor der Tür steht ein Polizist. Er ist hier, um Sie zu beschützen, also erschrecken Sie nicht, wenn Sie ihn sehen.«

»Okay. Aber er soll auch aufpassen, dass ich nicht verschwinde, ja? Weil Ihnen irgendetwas verdächtig erscheint.«

»Wie kommen Sie darauf?«

Sie lächelte matt. »Ich bin überfallen worden, aber ich bezweifle, dass Sie sich so viel Mühe geben, nur damit ich mich an Einzelheiten erinnere. Wäre es nicht sinnvoller, einfach abzuwarten, bis sie mir von selbst einfallen? Dass Sie es so eilig haben, kann nur bedeuten, dass sich dort draußen ein Serientäter herumtreibt oder Sie einen anderen Verdacht haben. Hätte jemand die Stadt bereits in Angst und Schrecken versetzt, wäre ich vorgewarnt gewesen. Das war ich nicht, also muss es etwas anderes sein, und Sie vermuten, dass ich darin verwickelt bin.«

Shane und die Frau starrten einander an. »Mit Ihrem Verstand scheint alles in Ordnung zu sein«, sagte er schließlich.

»Was immer es ist, ich hoffe, dass ich es nicht getan habe. Ich habe das Gefühl, dass ich ein guter Mensch bin. Es wäre schrecklich, wenn ich mich da irren würde.«

Hoffentlich hatte sie recht. Aus Gründen, die bei dieser Vernehmung nichts zu suchen hatten, wollte auch er, dass sie ein guter Mensch war. Er wandte sich zum Gehen.

»Shane?«

Er blieb an der Tür stehen.

»Erzählen Sie mir von meinem Ehemann. Warum ist er nicht hier?«

»Sie erinnern sich an nichts?«

Sie schüttelte den Kopf. »Nein, aber noch schlimmer ist, dass ich nichts fühle. Ich vermisse niemanden.«

»Sein Name war Tom.«

Sie wiederholte ihn mehrmals, bevor sie mit den Schultern zuckte. »Er löst nichts aus.« Sie zog die Augenbrauen zusammen. »Sie sagten, er ›war‹. Ist er …«

Shane nickte. »Es tut mir leid, Angela. Ihr Ehemann ist vor vier Monaten bei einem Autounfall getötet worden. Sie sind Witwe.«

Er wartete auf eine Reaktion, die ihm weiterhelfen würde, aber sie dankte ihm nur.

»Sie wohnen zurzeit in einem Hotel. Soll ich dort vorbeifahren und Ihnen ein paar Sachen holen?«

»Das wäre schön. Oh, und wenn Sie schon in meinem Gepäck wühlen, könnten Sie auch nachsehen, ob ich Fotos habe. Die könnten helfen.«

»Das mache ich.« Er winkte ihr zu und ging hinaus.

Als Polizist wusste Shane, wie riskant es war, für eine Verdächtige etwas zu empfinden. Er musste einen klaren Kopf behalten und durfte sich nicht ablenken lassen. Deshalb würde er einfach ignorieren, dass er sich zum ersten Mal, seit Mary ihn vor vier Jahren verlassen hatte, von einer Frau angezogen fühlte.

Angela war verwitwet und schwanger. Wollte er sich damit belasten? Da sie sein Fall war, konnte er sich schwerlich von ihr fernhalten. Also musste er ignorieren, was sie als Frau in ihm auslöste. Wenn das hier vorbei war, würde er wieder häufiger ausgehen. Vielleicht würde er es sogar bei einer dieser Partnervermittlungen im Internet probieren.

Ja. Das würde er tun. Denn mit Angela Sheppard durfte er ganz sicher nichts anfangen.

2. Kapitel

Shane starrte auf das leere Bett, während Angela sich bückte, um in dem großen Koffer zu wühlen, den er aus ihrem Hotelzimmer geholt hatte.

»Wir haben ein paar Nachforschungen angestellt«, begann er mit zusammengebissenen Zähnen. »Mit neunzehn haben Sie einen Strafzettel bekommen, weil Sie zu schnell gefahren sind, aber das war es auch schon. Keine Festnahmen, keine sonstigen Eintragungen.«

Angela hob den Kopf und lächelte ihn an. »Also bin ich immer brav gewesen, aber wahrscheinlich auch ziemlich langweilig.«

»Langweilig würde ich es nicht nennen.«

Als sie sich wieder nach dem Koffer bückte, hätte Shane fast aufgestöhnt. Er fand es gut, dass sie möglichst viel über sich selbst herausfinden wollte. Nicht gut fand er, dass sie dabei den Po nach oben streckte.

Offenbar hatte sie vergessen, dass sie ein Krankenhaushemd trug. Und darunter nur einen knappen Seidenslip. Verzweifelt wehrte er sich gegen den Gedanken, wie perfekt die beiden Rundungen in seine Hände passen würden.

Sie war nicht nur seit Kurzem verwitwet, sondern auch im vierten Monat schwanger. Dass sie hübsch oder sexy war, hatte ihn nicht zu interessieren. Wichtig war nur, dass sie sich in einer Notlage befand. Leider erinnerte sein Puls ihn daran, dass das in gewisser Weise auch auf ihn zutraf.

»Fotos«, verkündete sie erleichtert und setzte sich auf den Fußboden. Mit ihren blauen Flecken, dem zerzausten Haar, den nackten Füßen und in dem wenig reizvollen Hemd hätte sie eigentlich katastrophal aussehen müssen, aber Shane fand sie einfach nur hinreißend.

Sie betrachtete die zwei gerahmten Aufnahmen. Eine zeigte sie zusammen mit vier Teenagern. Sie hielt das Foto hin. »Matt, John, Rachel und Sara. Meine Mutter wurde sehr religiös erzogen. Unsere Namen stammen alle aus der Bibel. Wow. Also habe ich eine große Familie.« Sie tippte auf das Bild. »Ich erinnere mich an sie, aber nicht genau. Der Film, der in meinem Kopf abläuft, ist unscharf.«

»Wie sind Sie zu dem Namen Angela gekommen?«

Sie lächelte. »Meine Mutter hat mich nach den Engeln benannt, denen ich die Flügel abgequatscht habe.« Sie strich über das Foto. »Ich weiß noch ... dass wir uns nicht sehr nahestehen. Seit Jahren habe ich nicht mehr mit ihnen gesprochen. Ich habe versucht, die Familie zusammenzuhalten, aber sie waren nicht interessiert. Zu viele schlechte Erinnerungen.« Sie schloss die Augen. »Ich weiß nicht, warum ... aber ich glaube, wir hatten keine glückliche Kindheit.«

»Sie müssen sich noch nicht an alles erinnern.«

Sie öffnete die Augen. »Stimmt, aber ich wüsste gern, wer ich bin. Dann könnten wir vielleicht herausfinden, warum die Männer mich überfallen haben.« Sie sah ihn an. »Sie sind ziemlich sicher, dass ich keine Axtmörderin bin, richtig?«

»Für eine Axt sind Sie nicht groß genug. Sie würden auf dem Po landen, sobald Sie damit ausholen.«

Sie lachte. »Da könnten Sie recht haben. Und mit einem Buttermesser kann ich wohl nicht viel Schaden anrichten.« Sie zeigte auf den Stuhl neben dem Bett. »Setzen Sie sich doch. Oder soll ich den ganzen Abend zu Ihnen aufsehen? Sie sind sehr groß.«

»Ich bin etwas über eins achtzig.«

»Sage ich doch. Groß. Ich bin nur eins zweiundsechzig. Im Supermarkt komme ich nicht an die obersten Regale, und das kann ganz schön peinlich sein.«

Er zeigte auf das zweite Foto in ihrer Hand. »Zu dem Bild haben Sie nichts gesagt. Warum?«

»Ich glaube, das ist mein Ehemann. Sie haben erzählt, dass er tot ist. Was, wenn er mir doch gefehlt hat? Wenn ich um ihn getrauert habe? Im Moment erinnere ich mich nicht daran und weiß nicht, ob ich es will. Vielleicht habe ich mein Gedächtnis deshalb verloren.«

Shane wollte nicht hören, dass sie den Mann vermisste, auch wenn es verständlich wäre. Die Frau war jemand, dem er wichtige Informationen entlocken musste, sonst nichts. »Irgendwann müssen Sie sich der Vergangenheit stellen.«

Er hat recht, dachte Angela. Shane war nett. Erst hatte er ihr geduldig zugehört, dann hatte er ihr auch noch den Koffer geholt. Sich daran zu erinnern, wer sie niedergeschlagen hatte, war das Mindeste, was sie für ihn tun konnte.

Unwillkürlich tastete sie nach dem Verband an ihrem Kopf. Die Schmerztabletten wirkten noch. Könnte sie sich doch nur an ihre Vergangenheit erinnern, dann wäre alles wieder gut. Oder auch nicht.

Shane nahm auf dem Besucherstuhl Platz. Er sieht größer aus als eins achtzig, dachte sie. Vermutlich lag es an den breiten Schultern. Die kakifarbene Uniform stand ihm, aber vor allem gefielen ihr das kurze braune Haar und das markante Gesicht. Er sah stark und vertrauenswürdig aus – zwei der besten Eigenschaften an einem Mann.

Als ihre Finger gegen das zweite Foto stießen, holte sie tief Luft und betrachtete es.

Es zeigte sie selbst, in einem langärmeligen Baumwollkleid, neben einem schlanken Mann mit lichtem blonden Haar. Sie standen vor einem Pferch mit Rindern. Er hatte den Arm um sie gelegt.

Sie starrte die Aufnahme an, doch nichts passierte. Keine lauter werdende Musik, kein Geistesblitz. Der Anblick löste keine Erinnerung aus. Gerade wollte sie es Shane sagen, da roch sie das Vieh und hörte Stimmen, als würde sie den Moment ein zweites Mal erleben.

Das Foto war vor fast fünf Jahren gemacht worden. Für Anfang März war es ungewöhnlich warm gewesen. Fast dreißig Grad. Sie wusste noch, dass sie gelacht hatte und glücklich gewesen war. Das war ich nicht oft, dachte sie traurig.

Um sie herum schien der Raum sich plötzlich zu drehen. Sie schwankte und taumelte – bis etwas Warmes und Wunderbares sie festhielt.

»Angela? Alles in Ordnung? Soll ich die Schwester rufen?«

Blinzelnd blickte sie in Shanes ausdrucksvolle braune Augen, und erst jetzt wurde ihr bewusst, dass er neben ihr hockte und sie in den Armen hielt. Seine Brust war breit und fest, der Körper warm. Sie wollte sich wie eine Katze an ihn schmiegen und schnurren, aber sie bezweifelte, dass es ihm gefallen würde.

»Ich bin doch nicht in Ohnmacht gefallen, oder?«, fragte sie, nicht weil sie es wirklich wissen wollte, sondern weil sie so länger in seinen Armen bleiben konnte.

»Sie haben die Augen verdreht und hatten eine ziemliche Schräglage.«

Sie verzog das Gesicht. Sehr schmeichelhaft klang das nicht. »Danke, dass Sie mich aufgefangen haben.« Sie versuchte, sich von ihm zu lösen. »Das war nett, aber nicht nötig. Ich habe ja schon auf dem Boden gesessen und hätte mir bestimmt nicht wehgetan.«

»Der Tag war schon aufregend genug.« Shane ließ sie nicht los. »Sind Sie sicher, dass es Ihnen gut geht?«

Sein Blick war warm und offen. Sie sah die Bartstoppeln und atmete seinen männlichen Duft ein. Das Kribbeln kam völlig unerwartet, aber vermutlich war es nur eine Nebenwirkung der starken Schmerztabletten. Doch als Shane ihre Wange berührte und die Haut unterhalb der Blutergüsse behutsam streichelte, fühlte sie es noch deutlicher. Tief im Bauch. Fast dort, wo in ihr das Baby heranwuchs.

Baby! Angela unterdrückte ein Aufstöhnen. Was fiel ihr nur ein? Sie war im vierten Monat schwanger. Mit dem Kind eines anderen Mannes. Sie hatte sich den Kopf gestoßen, das Gedächtnis verloren, brauchte dringend eine Dusche und trug ein Krankenhaushemd. Welcher Mann würde sie nicht mitleiderregend finden? Sie war nie besonders glamourös gewesen und sah jetzt wahrscheinlich schrecklicher aus als je zuvor.

Was machte es schon, dass sie Shane nicht nur attraktiv, sondern geradezu verführerisch fand? Hätte er auch nur den leisesten Verdacht, was ihr in diesem Moment durch den offenbar lädierten Kopf ging, würde er sie bestimmt belächeln – wenn er nicht vorher um sein Leben rannte.

»Ja, es geht mir gut«, erwiderte sie und wehrte sich gegen seine Umarmung. Diesmal ließ er sie los, und sie ging zum Bett, um sich unter der Decke zu verstecken.

Doch dann fiel ihr Blick auf das Foto von Tom. Mit jedem Schritt kehrte mehr von ihrer Vergangenheit zurück, bis die traurigen Erinnerungen und gescheiterten Träume ihr den Hals zuschnürten. Ihre Augen brannten vor Erschöpfung.

Shane hatte sich wieder hingesetzt, schien jedoch damit zu rechnen, dass sie erneut in Ohnmacht fiel.

»Ich bin einfach nur müde«, versicherte sie ihm. »Morgen früh geht es mir bestimmt schon viel besser. Tut mir leid, dass ich Ihnen Angst gemacht habe. Das Foto von Tom hat viele Dinge in mir ausgelöst, und ich habe etwas überreagiert, das ist alles.«

»Also erinnern Sie sich wieder an alles?«

Sie überlegte. »Manches ist noch verschwommen, aber es reicht. Ich erzähle Ihnen, was ich weiß, aber ich kann nicht versprechen, dass ich dabei nicht weine. Können Sie damit umgehen?«

Er lächelte. »Die typisch männliche Angst vor Frauentränen?«

Sie nickte.

»Polizisten werden in der Ausbildung darauf vorbereitet. Wenn Frauen weinen, bin ich der Fels in der Brandung.«

Angela glaubte ihm nicht ganz, aber falls er sie aufmuntern wollte, so funktionierte es. Sie musste lachen, aber dann fiel ihr wieder ein, was sie ihm erzählen musste.

»Ich weiß nicht, warum die Männer mich überfallen haben, aber es hatte mit Tom zu tun.«

Shane holte ein Notizbuch heraus. »Tom Sheppard, ihr verstorbener Ehemann?«

»Ja. Ich war zu einem Bewerbungsgespräch in der Grundschule.« Sie zog die Bettdecke unters Kinn. »Aber das wissen Sie vermutlich. Bestimmt haben Sie schon mit der Direktorin gesprochen.«

»Ich möchte trotzdem, dass Sie mir alles erzählen, woran Sie sich erinnern.«

»Na schön.« Sie schloss die Augen. »Das Gespräch lief gut, und die Direktorin hat mir die Stelle angeboten.« Sie öffnete die Augen wieder und sah Shane an. »Ich soll eine Kollegin vertreten, die noch schwangerer ist als ich. Muss am Trinkwasser liegen.«

Er lächelte, wies sie jedoch nicht darauf hin, dass sie erst seit wenigen Tagen in Whitehorn war und das hiesige Wasser nicht für ihre Schwangerschaft verantwortlich sein konnte. Sie war ihm dankbar dafür.

»Ich ging zu meinem Wagen zurück, aber bevor ich ihn erreichen konnte, haben mich zwei Männer gepackt.« Sie fröstelte. »Ihre Gesichter konnte ich nicht sehen, weil sie Skimasken trugen.«

»Das macht nichts«, sagte er ruhig. »Erzählen Sie mir einfach, was Sie noch wissen. Atmen Sie tief durch, und denken Sie daran, was die beiden anhatten. War es etwas Dunkles?«

Sie gehorchte, und das Bild vor ihren Augen wurde schärfer. »Ja, dunkle Sachen. Schwarze Hosen und Lederjacken.«

»Waren sie groß oder klein? Dick oder dünn?«

Nachdem sie ihm die Angreifer so genau wie möglich beschrieben hatte, fragte Shane nach ihrem möglichen Motiv. »Was haben sie zu Ihnen gesagt?«

Das war der Teil, über den Angela nicht reden wollte. Obwohl sie wusste, dass es nicht ihre Schuld war, schämte sie sich für das, was Tom getan hatte. Zweifellos würde Shane sie für dumm halten, weil sie so einen Mann geheiratet hatte. Vielleicht war sie es sogar gewesen, aber damals hatte sie ihr Bestes getan.

»Sie wollten wissen, was Tom mit dem Geld gemacht hat«, antwortete sie und wich seinem Blick aus.

»Mit welchem Geld?«

»Ich weiß es nicht. Er und ich waren …« Sie verstummte. Die Lücken in ihrem Gedächtnis frustrierten sie. »Ich glaube, wir haben nicht sehr lange zusammengelebt, aber ich kann mich nicht erinnern. Sie haben mir gesagt, dass er tot ist, und ich habe nichts gefühlt. Selbst jetzt, nachdem mir mehr über uns eingefallen ist, bin ich traurig, aber nicht erschüttert. Es ist, als hätten wir einander schon vor vielen Jahren Lebewohl gesagt.«

»Glauben Sie, Sie beide haben sich scheiden lassen?«

»Ich weiß es nicht. Vielleicht.«

»Nennen Sie mir den Namen Ihres Anwalts in Houston.«

»Anwalt? Ich habe keinen. Warum, um alles auf der Welt ...« Sie zuckte zusammen, als ihr ein Name einfiel. »Robertson. Jim Robertson. Die Telefonnummer weiß ich nicht.«

»Die finde ich heraus.«

»Aber warum sollte ich einen Rechtsanwalt haben? Ich bin Lehrerin, jedenfalls will ich eine werden. Habe ich mich doch von Tom scheiden lassen?«

»Gut möglich.«

Scheidung? Das Wort erschien ihr nicht vertraut, aber auch nicht fremd.

»Wir werden uns Ihre Kontobewegungen ansehen müssen«, sagte Shane. »Und Toms ebenfalls.«

»Das habe ich mir gedacht. Muss ich Ihnen eine schriftliche Erlaubnis geben?«

»Nein.«

Das Wort traf sie wie ein Schlag. Sie sank im Bett zusammen. »Also bin ich vielleicht doch nicht unschuldig«, wisperte sie. »Es kann sein, dass ich eine Verbrecherin bin.«

Sie wehrte sich gegen die Tränen. Shane machte eine hilflose Geste, sagte jedoch nichts. Was sollte er auch sagen? Er wusste nicht mehr als sie.

»Glauben Sie, dass Tom das Geld gestohlen hat?«, fragte sie.

»Hatte er eigenes Geld, das ihm jemand wegnehmen wollte?«

»Nie. Tom war ein Träumer. Er wollte immer groß herauskommen, hat es aber nicht geschafft.« Der Kopfschmerz setzte wieder ein. Angela rieb sich die unverletzte Schläfe. »Jedenfalls glaube ich das. Erinnern kann ich mich nicht. Ich weiß nur, dass die zwei Männer hinter dem Geld her waren und dachten, ich wüsste, wo es ist. Sie haben gedroht, mich umzubringen, wenn ich es ihnen nicht verrate. Als ich trotzdem nicht antwortete, fing der eine an, mich zu schlagen.«

Sie sah Shane an. »Warum haben sie damit aufgehört? Ich bin hingefallen, glaube ich, und habe mir den Kopf gestoßen. Und dann bin ich im Krankenhaus aufgewacht.«

»Sie sind gestört worden«, folgerte er. »Sonst hätten sie Sie mitgenommen.«

Angela begann zu zittern. »Wollen Sie sagen, dass die beiden mich entführt hätten?«

»Ja.« Er zögerte, und sie sah ihm an, dass er mit sich rang.

»Was ist?«, fragte sie gespannt. »Was verschweigen Sie mir?«

Er antwortete nicht sofort. »Sie werden es sowieso erfahren, denn wir haben rund um die Stadt Straßensperren errichtet. Die Männer, die Sie überfallen haben, wurden von einem kleinen Mädchen gestört. Es ist erst fünf. Sie haben die Kleine gekidnappt und verlangen ein Lösegeld.«

Angela konnte nicht glauben, was sie hörte. Sie wollte sich die Ohren zuhalten und so tun, als wäre das alles nicht geschehen. Als wäre sie in Houston geblieben und hätte nicht versucht, anderswo einen Neuanfang zu wagen.

Ein Kind war entführt worden? »Das ergibt doch keinen Sinn«, begann sie. »Das Mädchen weiß doch nichts von dem Geld. Warum sollten die Männer es mitnehmen?«

»Wir vermuten, dass die Kleine einfach nur zur falschen Zeit am falschen Ort war. Von Ihnen haben die Männer das Geld nicht bekommen, also holen sie es sich auf andere Weise.«

»Ist das Lösegeld gezahlt worden?«

Er schüttelte den Kopf.

»Wenn es nicht …« Sie brachte den Satz nicht zu Ende. Wenn die Erpressung keinen Erfolg hatte, würden die Männer das Mädchen freilassen und sie erneut bedrohen.

Shane ahnte, was sie dachte. »Selbst wenn sie das Lösegeld kassieren, sind Sie noch nicht in Sicherheit. Solche Verbrecher sind meistens unersättlich. Deshalb wird ein Officer Sie begleiten, wenn Sie morgen aus der Klinik entlassen werden.«

3. Kapitel

Als Shane am nächsten Morgen zu Angelas Krankenzimmer ging, versuchte er nicht nur den Bericht in seiner Hand zu ignorieren, sondern auch das schlechte Gewissen, das sich in ihm zu regen begann. Er hatte keinen Grund, sich schuldig zu fühlen. Schließlich machte er nur seinen Job.

Aber das war kein Trost, denn die junge Frau war ihm unter die Haut gegangen. In weniger als vierundzwanzig Stunden hatte Angela Sheppard sein Leben auf den Kopf gestellt.

Er war immer stolz darauf gewesen, alles richtig zu machen. Trotzdem hatte er gezögert, Nachforschungen über ihre Vergangenheit anzustellen. Er hatte nicht in ihrem Privatleben wühlen wollen. Am schlimmsten war allerdings, dass er nicht wusste, ob er es ihretwegen oder seinetwegen tat.

Jetzt wurde er das ungute Gefühl nicht los, dass ihr Fall ihn weniger interessierte als die Frau selbst. Gern hätte er sich eingeredet, dass es die offenen Fragen waren, die ihm den Schlaf raubten. Aber als ehrlicher Mensch, der er war, gestand er sich ein, dass er nicht von bewaffneten Entführern und einem Koffer voller Lösegeld träumte, sondern von grünen Augen und einem bezaubernden Lächeln.

»Du bist verrückt«, murmelte er, als er auf den Fahrstuhl wartete.

Vielleicht war er das wirklich. Noch nie in seinem Leben hatte er so auf eine Frau reagiert. Noch nie war er so von seinen Gefühlen überwältigt worden. Bei Mary hatte er sich Zeit gelassen und alles über sie wissen wollen, bevor er sein Herz aufs Spiel setzte.

»Und was ist daraus geworden?«, flüsterte Shane. Er hätte damals schwören können, dass er vor unangenehmen Überraschungen sicher war. Aber Mary hatte ihn verlassen, und er war völlig ahnungslos gewesen. Wenn er sich so sehr in einer Frau täuschen konnte, die er seit Jahren kannte, womit musste er dann bei einer rechnen, der er erst gestern begegnet war?

Verwirrt fuhr er nach oben, verließ den Fahrstuhl und steuerte Angelas Zimmer an. Er nickte dem vor der Tür postierten Officer zu, klopfte und ging hinein.

Angela stand am Fenster und kehrte Shane den Rücken zu. Sie hatte geduscht und sich angezogen. An diesem Morgen trug sie Leggings und ein Oversize-Shirt, das ihr fast bis zu den Knien reichte. Sie hatte ihr Haar gebürstet, und es schimmerte im Sonnenlicht.

Sie schaute über die Schulter und bemerkte ihn. Einen Moment lang erhellte sich ihre Miene. Ihr Lächeln traf Shane erst wie ein Schlag in den Magen, dann wurde ihm heiß. Er ignorierte beides.

»Sie sehen etwas erholter aus«, sagte er. »Haben Sie schlafen können?«

Ihr Mund wurde schmal. Sie nickte. Der Kragen des Shirts umrahmte ihr herzförmiges Gesicht. Die Farbe des Stoffs passte zum Grün ihrer Augen. Selbst mit Blutergüssen und einem Verband an der Schläfe war sie eine hübsche Frau.

»In einem Krankenhaus ist auch nachts viel los. Ich bin mehrfach wach geworden, aber ich fühle mich besser als gestern. Der Arzt war schon hier und hat mir gesagt, dass ich gehen kann.«

»Das sind gute Nachrichten.« Er machte einen Schritt in ihre Richtung. »Aber Sie sehen nicht gerade begeistert aus.«

»Ich bin vorhin noch einmal vernommen worden. Von einem Ihrer Kollegen.« Sie zuckte mit den Schultern. »Die Fragen kannte ich ja schon, aber es hat mich trotzdem aufgewühlt. Dauernd muss ich an das entführte kleine Mädchen denken. Sie ist jetzt ganz allein in der Gewalt dieser grässlichen Männer, und ich bin schuld daran.

Ich weiß nicht mehr viel über meine Ehe, aber mir graut davor, was mein verstorbener Mann vielleicht getan hat. Was, wenn Tom ein Verbrecher war? Wenn …«

Shane ging weiter, bis er vor ihr stand. »Hören Sie auf damit«, sagte er sanft. »Es ist nicht Ihre Schuld.« Er wedelte mit der Aktenmappe in seiner Hand. »Ich habe Ihnen vorhin einen Kollegen geschickt, weil ich den ganzen Morgen mit verschiedenen Leuten telefoniert habe. Unter anderem mit Ihrem Anwalt in Texas. Sie haben vor vier Jahren die Scheidung eingereicht, aber Ihr Mann hat sich geweigert, die nötigen Papiere zu unterschreiben. Laut Ihrem Anwalt haben Sie und Tom ab dem Zeitpunkt nicht mehr zusammengelebt.«

Sie starrte Shane an, als würde sie auf weitere Details warten, doch er hatte keine. Er wusste nicht, ob sie danach zu einem anderen Mann gezogen war. Das warf eine interessante Frage auf, und sie presste eine Hand auf den Bauch, als wüsste sie, was er dachte. Wenn sie und ihr Mann sich getrennt hatten, wer war dann der Vater ihres Babys?

»Im Mai dieses Jahres haben Sie Ihren Anwalt informiert, dass Sie Ihren Mann mit juristischen Mitteln zur Unterschrift zwingen wollen«, fuhr Shane fort. »Er hat mir erzählt, dass Sie es leid waren, Ihr Leben auf Eis zu legen. Sie hatten gerade Ihr Examen als Lehrerin gemacht und wollten noch mal von vorn anfangen. Keine Woche später wurde Tom bei einem Autounfall getötet.«

Angela seufzte. »Ich glaube Ihnen alles, was Sie mir erzählen, auch wenn ich mich nicht an jede Einzelheit erinnere. Ich weiß, dass ich lange allein war, was vor allem dann einen Sinn ergibt, wenn ich vor vier Jahren die Scheidung eingereicht habe. Außerdem erklärt es, warum sein Tod mich betrübt, aber nicht zutiefst erschüttert. Ich hatte schon um unsere Ehe getrauert.« Sie sah ihm ins Gesicht. »Was haben Sie über Tom herausgefunden?«

»Er war kein Krimineller. Jedenfalls gibt es keine Hinweise darauf. Er war in einige zwielichtige Geschäfte verwickelt, aber nichts deutet auf einen Diebstahl oder eine Entführung hin. Keiner seiner Freunde oder Geschäftspartner, die wir kennen, hat mit derartigen Straftaten zu tun. Soweit wir wissen, hat Tom immer darauf gewartet, ein reicher Mann zu werden, aber nicht durch einen Bankraub.«

Sie schaute ihm in die Augen. »Also war Tom kein Verbrecher?«

»Anscheinend nicht. Was Ihnen und der kleinen Sara auf dem Schulparkplatz zugestoßen ist, war nicht Ihre Schuld.«

»Könnte ich Ihnen doch nur glauben. Ich wünschte, ich wüsste, welches Geld die beiden Angreifer gemeint haben.«

»Ja, das würde ich auch gern wissen. Das bringt mich zu dem, was wir gestern Abend kurz angesprochen haben.« Er zögerte. »Sie können nicht in Ihr Motel zurück. Bis dieser Fall aufgeklärt ist, stehen Sie unter Polizeischutz. Und Sie müssen in der Stadt bleiben, um die Männer zu identifizieren, sobald wir sie gefasst haben.«

Angela gewann ihren Humor zurück. Sie stützte die Hände auf die Hüften und machte ein empörtes Gesicht. »Sagen Sie jetzt nicht, Polizeischutz bedeutet, dass ich in einer Zelle schlafen muss.«

»Natürlich nicht. Wir haben ein sicheres Haus.« Sein Chef hatte ihm erlaubt, es ihr anzubieten. Normalerweise brachten sie jemanden wie Angela bei Freunden unter, aber sie hatte hier keine, deshalb blieben ihnen nicht viele Möglichkeiten. »Ein weiblicher Officer wird Sie beschützen und Ihnen Gesellschaft leisten.«

»Okay. Ich nehme an, ich werde dabei nicht nach meiner Meinung gefragt.«

Plötzlich kam Shane eine Idee. Er hatte sich den ganzen Morgen dagegen gewehrt und sie immer wieder von sich geschoben. Denn sie ergab keinen Sinn. Im Gegenteil, es war ein verrückter Einfall. Es war …

»Oder Sie wohnen vorläufig bei mir.«

Sie starrten einander an. Er hätte nicht sagen können, wer verblüffter war – er selbst oder Angela.

»Es ist nicht viel. Das Haus, meine ich. Drei Schlafzimmer und zwei Bäder. Ich bin dabei, es zu renovieren, aber da mir die Zeit fehlt, geht die Arbeit nur langsam voran. Sie könnten das Gästezimmer nehmen und wären ungestört. Ich bin selten zu Hause. Die Nachbarn sind nett. Sie würden Sie nicht belästigen, sind aber meistens da und würden Ihnen ein sicheres Gefühl geben.«

Er trat von einem Fuß auf den anderen. So nervös war er nicht mehr gewesen, seit er mit sechzehn zum ersten Mal ein Mädchen zu einem Date eingeladen hatte.

Angelas Augen weiteten sich, doch dann lächelte sie und presste die Hände zusammen, als wäre sie gerade auf dem Schulball zur Königin gewählt worden. »Ich würde sehr gern bei Ihnen bleiben.«

Plötzlich fühlte Shane sich, als hätte er die Welt erobert. Was absurd war, denn dies war die komplizierteste Situation, in der er sich jemals befunden hatte. Aber er dachte nicht daran, sich zu beklagen.

Ich muss verrückt sein, dachte Angela, als sie auf dem Beifahrersitz von Shanes schwarzem Explorer Platz nahm. Nur eine Verrückte würde sich darauf freuen, die nächsten paar Tage bei einem Deputy zu verbringen, weil zwei Verbrecher hinter ihr her waren. Und es war auch verrückt, sich einzubilden, dass er für sie etwas anderes als Mitleid empfand.

Schließlich war sie lädiert, schwanger und verwirrt. Nicht gerade ein Volltreffer. Außerdem hatte er mit keinem Zucken seiner viel zu langen Wimpern angedeutet, dass er sich für sie interessierte und sie für ihn mehr als eine Zeugin war.

Nein, er war eben ein pflichtbewusster Mensch und nahm seinen Job ernst. Mehr nicht, und sie täte gut daran, es nicht zu vergessen.

Trotzdem schaute sie immer wieder verstohlen zu ihm, während sie eine von hohen Bäumen gesäumte Straße entlangfuhren. Sein kantiges Profil strahlte Selbstbewusstsein aus. Er war ein Mann, auf den eine Frau sich instinktiv verlassen konnte. Das war für Angela ein ungewohntes Gefühl, aber auch etwas, nach dem sie ihr ganzes Leben gesucht hatte. Dass seine Uniform seine athletische Figur unterstrich, war nur ein weiterer Pluspunkt.

Um sich von ihrem Gastgeber abzulenken, blickte sie durchs Seitenfenster nach draußen. Whitehorn hatte ihr auf Anhieb gefallen, und das Viertel, in dem Shane wohnte, bestätigte den ersten Eindruck.

Die Häuser standen auf großen Grundstücken, waren jedoch nicht protzig, sondern verrieten einen bescheidenen Wohlstand. Die Bewohner schienen nicht miteinander zu wetteifern, sondern im Gegenteil so etwas wie ein Gemeinschaftsgefühl entwickelt zu haben. Die Häuser mochten alt sein, aber sie wirkten sehr gepflegt.

Die Bilder aus Angelas Vergangenheit waren noch verschwommen, aber sie erinnerte sich daran, dass sie oft umgezogen war. Meistens hatten sie und ihre Familie in eher schäbigen Behausungen gewohnt. Vielleicht wäre ihr Leben anders verlaufen, wenn sie und ihre Geschwister in einer Gegend wie dieser aufgewachsen wären.

»Da sind wir«, verkündete Shane und hielt in der Einfahrt eines Bungalows auf der linken Straßenseite. Der Anstrich sah frisch aus, der Garten wirkte gepflegt.

»Wie schön«, sagte sie. »Ich liebe die …«

Das nächste Wort blieb ihr im Hals stecken, denn als Shane den Motor ausschaltete und nach dem Türgriff tastete, rannten zwei kleine Kinder auf den Wagen zu. Wie er hatten sie braunes Haar, und obwohl er sie noch gar nicht hören konnte, riefen sie ihm etwas zu. Hatte er Kinder? Eine Familie?

Hätte sie nicht gewusst, dass es unmöglich war, hätte sie schwören können, dass ihr Herz zu einem Eisblock erstarrt war. Aber warum? Es konnte ihr doch egal sein, ob Shane eine Familie hatte. Der Mann war praktisch ein Fremder. Aber aus irgendeinem Grund war es ihr *nicht* egal. Absolut nicht.

»Sie sind verheiratet«, begann sie leise. »Daran hätte ich denken sollen. Ich falle Ihnen und Ihrer Frau nur zur Last. Sie sollten mich besser in das sichere Haus bringen.«

»Ich bin nicht verheiratet«, erwiderte er gelassen. »Die beiden Knirpse wohnen nebenan.«

Er öffnete die Fahrertür und stieg aus. Fröhlich lachend umringten ihn die beiden.

»Onkel Shane, Onkel Shane, ich habe einen neuen Truck«, sagte der Ältere, ein fünf oder sechs Jahre alter Junge. »Belinda will damit spielen, aber ich lasse sie nicht, weil Trucks nichts für Mädchen sind. Das stimmt doch, oder?«

»Will aber«, widersprach seine Schwester und steckte sich trotzig den Daumen in den Mund.

Angela kletterte aus dem Explorer. Als sie um die Motorhaube herumkam, hörte sie, wie Shane dem Jungen geduldig erklärte, dass auch Mädchen mit Trucks spielen durften, wenn sie es wollten.

Der Kleine schüttelte heftig den Kopf. »Nein! Mädchen spielen mit Puppen.«

»Ich erzähle ihm dauernd etwas von Gleichberechtigung, aber das kommt bei ihm nicht gut an«, ertönte eine sanfte Frauenstimme.

Angela hob den Kopf und sah eine atemberaubende Brünette auf sie zukommen. Die Frau verkörperte alles, was sie nie gewesen war – hochgewachsen, schlank, aber kurvenreich und unglaublich schön. Mit großen Augen in einem makellosen Gesicht. Die Jeans betonten endlos lange Beine. Die Taille war schmal, aber mit dem Busen hätte sie in jedes Männermagazin gepasst.

»Hallo, Nancy.« Shane richtete sich auf und umarmte sie kurz. »Warum ist dein Sohn nicht in der Schule?«, fragte er und strich dem Jungen über den Kopf.

»Lehrerkonferenz. Ich bin schon völlig erledigt. Vielleicht gehe ich mit den beiden ins Kino.« Sie zwinkerte ihm zu. »Ich weiß, wie sehr du Zeichentrickfilme magst. Komm doch mit.«

Angela schluckte, aber das Minderwertigkeitsgefühl verschwand nicht. Sie kam sich klein, dick und sehr schwanger vor.

»Danke, aber ich muss arbeiten.« Über die Schulter hinweg lächelte er Angela aufmunternd zu. »Und bis dahin habe ich Gesellschaft. Angela Sheppard, das ist meine Nachbarin Nancy Durning. Der harte Kerl hier ist J.J., und die kleine Prinzessin heißt Belinda.«

»Willkommen«, sagte Nancy freundlich, aber Angela entging ihr nachdenklicher Blick nicht. Zweifellos fragte sie sich, woher Shane sie kannte und wie sie zueinander standen.

»Jetzt muss ich mich erst mal um Angela kümmern«, sagte Shane und öffnete die Heckklappe, um ihr Gepäck auszuladen.

J.J. rannte ihm nach und zupfte an seinem Ärmel. »Komm mit, Onkel Shane, bitte!«

Shane stellte den Koffer ab und ging vor dem Jungen in die Hocke. »Das kann ich nicht, Partner. Ich muss arbeiten. Aber ich verspreche dir, dass wir uns nächste Woche einen Männerabend machen. Nur wir zwei. Pizza, Softdrinks und so viele Videospiele, wie du schaffst.« Er sah Nancy an. »Einverstanden?«

»Unbedingt. Ich gebe ihm sogar bis halb acht frei.«

J.J.s braune Augen wurden groß. »Wow. So spät?« Strahlend hielt er Shane den gereckten Daumen hin. »Keine Mädchen, richtig?«

»Richtig.«

Shane zwinkerte Nancy zu, bückte sich und kitzelte Belinda. »Sei brav, Prinzessin.«

Sie nahm den Daumen lange genug aus dem Mund, um ihm ein engelhaftes Lächeln zu schenken, bevor sie ihrem Bruder und ihrer Mutter zum Nebenhaus folgte.

Shane bedeutete Angela, zur Tür vorzugehen. Sie tat es und blieb auf der breiten Veranda stehen.

»Es ist schön, ein gutes Verhältnis zu den Nachbarn zu haben«, sagte sie mit einer Wärme in der Stimme, die sie nicht fühlte. Frauen wie Nancy Durning hatten sie immer eingeschüchtert. Sie wusste, dass man ihr noch nicht ansah, dass sie im vierten Monat war. Doch neben der Vorstadtschönheit hatte sie sich wie ein Zwerg mit einem basketballgroßen Bauch gefühlt – in etwa so reizvoll wie zwei Tage alter Fisch.

»Nancy und ihr Mann Jerry sind liebe Nachbarn. Bevor ich wieder zum Dienst fahre, gehe ich nebenan vorbei und erkläre ihnen, warum Sie hier sind. Nancy ist meistens zu Hause und kann auf Sie aufpassen. Außerdem kennt sie jeden im Viertel und wird mich sofort alarmieren, wenn Fremde hier auftauchen. Wir postieren ein Zivilfahrzeug in der Straße, aber jemand, der hier wohnt, ist eine willkommene Verstärkung.«

Shane will nur helfen, redete Angela sich ein. Und ihre Komplexe waren schließlich ihr eigenes Problem. Sie straffte die Schultern und befahl sich, die attraktive Nachbarin mit anderen Augen zu sehen.

Shanes Haus war hell und aufgeräumt, mit cremefarbenen Wänden und typisch männlichen Möbeln. Im Wohnzimmer war das wuchtige Sofa auf den riesigen, von jeder Menge Elektronik umgebenen Fernseher ausgerichtet. Auf dem Couchtisch lagen diverse Fernbedienungen in Reih und Glied.

»Ich zeige Ihnen, welche wofür ist«, sagte er, als er ihren verwirrten Blick bemerkte. »Es ist nicht so kompliziert, wie es aussieht.«

»Das bezweifle ich«, erwiderte sie lachend und folgte ihm durchs Esszimmer in die Küche, wo nagelneue Geräte und Armaturen sowie glänzende Schrankfronten von der Renovierung zeugten.

Alles war so ordentlich wie im Wohnzimmer, aber auch so spartanisch. Keine Bilder an den Wänden, keine Pflanzen oder andere Dinge, die aus einem Haus ein gemütliches Zuhause machten. Die einzigen Farbtupfer in der ganz in Weiß gehaltenen Küche waren selbst gemalte Bilder an der Kühlschranktür. Offenbar hatten J. J. und Belinda großen Spaß daran, ihren Onkel Shane mit ihren Werken zu erfreuen.

Angela ging hinüber, um sie zu betrachten. »Die sind sehr hübsch«, sagte sie und strich über ein leuchtend rotes Wesen mit vier Beinen, das vermutlich ein Pferd darstellen sollte. »Sie waren toll zu den Kindern. J. J. und Belinda himmeln Sie an, das war nicht zu übersehen. Als Vater sind Sie ein Naturtalent.«

Als er nicht antwortete, drehte sie sich zu ihm um.

Sein Gesicht war vollkommen ausdruckslos. »Da täuschen Sie sich.«

»Sah aber ganz so aus. Kommen Sie aus einer großen Familie?«

»Nein.« Er zögerte. »Meine Eltern starben, als ich neun war. Ich bin in ungefähr einem Dutzend verschiedener Pflegefamilien aufgewachsen. Kinder sind nichts für mich – und feste Bindungen auch nicht. Ich habe gelernt, flexibel zu sein.«

Sein Mund wurde schmal, als würde er es bereuen, so offen gewesen zu sein. Bevor Angela etwas erwidern konnte, zeigte er auf eine Tür im hinteren Teil der Küche. »Zum Gästezimmer geht es dort hindurch.«

Sie folgte ihm einen schmalen Flur entlang. Auf jeder Seite befanden sich zwei Türen. Er öffnete die erste Tür rechts und nickte. »Das ist das Gästebad. Ihr Schlafzimmer ist gegenüber«, sagte er und ging hinein.

Angela fand sich in einem kleinen Raum wieder, in dem ein angenehmes Beige und helle Blautöne vorherrschten. Ein Messingbett verlieh dem Ganzen eine altmodische Atmosphäre, zu der auch die rustikale Tagesdecke und Kissen mit Spitzenrändern passten.

Die Wände waren voller gerahmter Bilder. Auf den Eichendielen lag ein ganz offensichtlich handgewebter Teppich. Der Kontrast zwischen diesem liebevoll eingerichteten Zimmer und dem eher nüchternen Rest des Hauses erstaunte sie.

»Okay, wie heißt sie?«, fragte sie lächelnd. »Hier hatte eine Frau ihre Hand im Spiel, das ist nicht zu übersehen. Wenn Sie nicht verheiratet sind, muss es irgendwo eine Exfrau geben. Oder hat Nancy es für Sie eingerichtet?«

Shane stellte ihren Koffer ab. »Warum sagen Sie das? Ist dieses Zimmer wirklich so anders?«

»Es gibt Bilder, Kissen mit Spitze, ganz zu schweigen von dem handgewebten Teppich. Männer weben keine Teppiche.«

Sie rechnete mit einer einsilbigen Reaktion wie in der Küche, aber er schmunzelte. »Da haben Sie recht. Ich habe noch nie im Leben einen Teppich gekauft.« Sein Lächeln verblasste. »Und es gibt keine Exfrau. Sie wollte das Haus renovieren. Hier hat sie angefangen. Doch dann hat sie die Verlobung gelöst und den Rest so gelassen, wie er war.«

Angela wusste nicht, was sie darauf erwidern sollte. Shane war verlobt gewesen? Warum war sie überrascht? Ein so freundlicher Mann, der noch dazu sehr attraktiv war, konnte sich vermutlich nicht vor eindeutigen Angeboten retten.

Jetzt, da er ihr etwas über seine Vergangenheit verraten hatte, lagen ihr gleich mehrere Fragen auf der Zunge. Woran war die Beziehung gescheitert? Wusste die rätselhafte Frau, was sie aufgegeben hatte? Aber sie hatte kein Recht, ihn danach zu fragen. Sie war sein Gast.

»Ich muss zurück aufs Revier«, sagte er. »Heute Nachmittag lasse ich mich von einem Kollegen zum Motel fahren, damit ich Ihnen Ihren Wagen und die restlichen Sachen bringen kann.«

Er machte eine Pause. »Im Haus ist nicht viel zu essen. Schreiben Sie einfach auf, was Sie möchten, und rufen Sie im Supermarkt an. Die Nummer steht neben dem Telefon in der Küche. Ich habe dort ein Konto, lassen Sie einfach anschreiben. Ich möchte, dass Sie während der nächsten Tage zu Hause bleiben.«

Angela fröstelte. Sie wollte vergessen, warum sie bei Shane untergebracht war. Vor allem wollte sie sich nicht vorstellen, dass irgendwo Verbrecher darauf warteten, ihr etwas anzutun. Und erst recht wollte sie nicht an das kleine Mädchen denken, das ihnen bereits ausgeliefert war.

Sie wusste nicht, was Tom getan hatte, aber sie wusste auch, dass die Männer ihr nicht glauben würden. Sie wollten das Geld, das er angeblich irgendwo versteckt hatte. Es war besser für sie, Shanes Rat zu befolgen und in Deckung zu bleiben.

»Danke, dass Sie mich hier aufnehmen«, sagte sie. »Ich werde Sie nicht stören, möchte mich aber für Ihre Gastfreundschaft revanchieren. Was soll ich zum Abendessen machen? Sagen Sie jetzt nicht, das muss ich nicht, denn ich koche gern.«

»Ich bin leicht zufriedenzustellen«, erwiderte er. »Machen Sie einfach Ihr Lieblingsgericht. Ich bin sicher, es schmeckt mir.«

Er winkte ihr noch einmal zu, dann war er fort.

Angela musste sich zwingen, ihre Sachen auszupacken. Denn viel lieber hätte sie aus dem Fenster geschaut und beobachtet, wie lange er sich mit seiner bildhübschen Nachbarin unterhielt, bevor er zur Arbeit aufbrach. Als alles verstaut war, sagte sie sich, dass das mulmige Gefühl im Bauch vom Hunger kam und nichts mit Eifersucht zu tun hatte. Es fiel ihr nicht leicht, denn sie hatte erst vor wenigen Stunden ausgiebig gefrühstückt.

Shane McBride war ein sehr sympathischer Mann, mehr nicht. Ein guter Samariter, der in ihr lediglich eine wichtige Zeugin sah, die beschützt werden musste. Das durfte sie auf keinen Fall vergessen, wenn sie sich nicht gründlich blamieren wollte. Und war ihr Leben nicht schon konfus genug?

Also würde sie sich wie ein wohlerzogener Gast benehmen und sich so bald wie möglich eine eigene Bleibe suchen. Sicher, sie war auf dem Schulparkplatz überfallen und niedergeschlagen worden, und irgendwo lauerten zwei brutale Verbrecher, aber sie hatte einen Job und wollte in Whitehorn ein neues Leben beginnen. Sie war fest entschlossen, dieses Mal alles richtig zu machen.

4. Kapitel

»Das war wirklich lecker«, lobte Shane nach dem letzten Bissen Schokoladenkuchen.

Angela lachte. »Ich hätte Ihnen alles servieren können, und Sie hätten es genossen. Ich habe in die Gefriertruhe und die Speisekammer gesehen. Bisher haben Sie sich offenbar nur von Tiefkühlgerichten und Dosensuppen ernährt.«

Er dachte an das Brathähnchen, das Kartoffelgratin, das frische Gemüse und natürlich den Schokoladenkuchen mit Glasur, den sie gebacken hatte. »Egal, was ich in letzter Zeit gegessen habe, Ihr Essen hätte mir auf jeden Fall geschmeckt. Sie sind eine tolle Köchin.«

»Danke, Sir.« Sie stand auf, deutete lächelnd einen Knicks an und begann den Tisch abzuräumen.

Shane half ihr, und obwohl es zu Scherben führen konnte, achtete er weniger auf das Geschirr als auf den Schwung ihrer Hüften, der in dem eng anliegenden moosgrünen Kleid besonders zur Geltung kam.

Sie hatte Lebensmittel bestellt, das Abendessen zubereitet und sich umgezogen. Das Kleid reichte ihr bis zu den Waden und ließ sie größer aussehen – und nicht so schwanger. Deshalb schämte er sich nicht mehr ganz so sehr dafür, dass er sie nicht nur attraktiv, sondern sexy fand.

Angela Sheppard reizte ihn. Nachdem Mary ihn verlassen hatte, hatte er fast ein Jahr gebraucht, um wieder auszugehen. Er hatte es langsam angehen lassen und keine feste Beziehung gesucht. Zwar hatte er mit einigen Frauen geschlafen, aber tiefere Gefühle hatte er für keine empfunden. Vor etwa acht Monaten hatte er beschlossen, eine Pause einzulegen, und manchmal fragte er sich, ob es ihm allein nicht besser gehen würde.

Bis eine schwangere Frau ohne Gedächtnis sein Verlangen geweckt hatte, wie es noch keiner gelungen war. Lag es an der Chemie – an einer unerklärlichen, aber rein körperlichen Anziehung zwischen zwei Menschen, die einander so gut wie gar nicht kannten? Nein, es war nicht nur körperlich, denn je mehr Zeit er mit Angela verbrachte, desto mehr mochte er sie.

»Wollen Sie abwaschen oder abtrocknen?«, fragte sie.

Shane stellte das Geschirr ab. »Ist mir egal. Ich kann auch beides erledigen. Sie müssen müde sein. Schließlich sind Sie gerade erst aus dem Krankenhaus gekommen. Vielleicht sollten Sie sich hinlegen und den Abwasch mir überlassen. Schließlich haben Sie schon gekocht.«

Angela legte eine Hand aufs Herz und seufzte hollywoodreif. »Deputy McBride, wenn das hier ein Test wäre, hätten Sie ihn mit Auszeichnung bestanden.«

»Was reden Sie da?«

»Sie sind stark, pflichtbewusst und schrecken nicht vor Hausarbeit zurück. Sie waschen sogar ab. Warum sind Sie nicht längst in festen Händen? Sie haben erzählt, dass Sie mal verlobt waren. Ich nehme an, Sie haben die Beziehung beendet, oder sie war dumm, und Sie sind ohne sie besser dran.«

Er war nicht sicher, ob er die Frage richtig verstanden hatte oder ob er überhaupt darüber reden wollte. »Soll ich die Küche aufräumen?«

»Nein, ich wasche ab, und Sie schnappen sich ein Geschirrtuch.« Angela ließ Wasser ins Becken laufen und holte das Spülmittel aus dem Unterschrank. »Ich habe ein Nickerchen gemacht. Abgesehen von den Gedächtnislücken fühle ich mich gut. Was ist mit Ihnen?«

Shane lehnte sich gegen die Arbeitsfläche und musterte Angela. Seit wann fiel es ihm schwer, sich auf ein unkompliziertes Gespräch zu konzentrieren? »Ich fühle mich auch gut«, erwiderte er vorsichtig.

Sie verdrehte die Augen. »Nein. Erzählen Sie mir von Ihrer Verlobung. Haben Sie mit ihr Schluss gemacht?«

Sein Mund wurde schmal. Er sprach nur selten über sein Privatleben. Seine Nachbarin Nancy kannte die Einzelheiten, denn sechs Monate nachdem Mary gegangen war, hatte er mit einer Frau reden müssen – um zu verstehen, was passiert war. Nancy hatte ihm zugehört und versichert, dass es nicht seine Schuld war, aber er zweifelte noch immer an sich. Fanden alle Männer Frauen so verwirrend, oder war es nur sein Problem?

»Sie hat Schluss gemacht«, erwiderte er.

Angela legte das schmutzige Geschirr ins Spülwasser und tauchte die Hände hinein. »Das habe ich mir doch gedacht. Sie war dumm. Ich wette, sie bereut es.«

»Falls ja, hat sie es für sich behalten.«

Sie lächelte mitfühlend. »Möchten Sie darüber reden?«

Er begann abzutrocknen. Als er darüber nachdachte, wie viel er ihr erzählen sollte, wurde ihm klar, dass es nicht mehr wehtat. Er spürte die emotionale Narbe kaum noch. Seit wann war die Wunde verheilt?

»Da gibt es nicht viel zu erzählen«, begann er. »Wir waren verlobt. Ich hatte dieses Haus für uns gekauft. Sie fing an, es einzurichten. Eines Tages hatte sie den Verdacht, dass sie schwanger war.«

Dann stellte er den sauberen Teller in den Schrank und griff nach dem nächsten. Er erinnerte sich daran, wie sehr er sich gefreut hatte. Mary hatte geweint und war in Panik geraten, er dagegen hatte sich nichts so sehr gewünscht wie ein eigenes Kind.

»Und? War sie schwanger?«

»Nein. Es war ein Fehlalarm, aber selbst der war für sie schon zu viel. Plötzlich fand sie, dass sie noch nicht bereit für Kinder war. Offenbar war sie auch nicht bereit für eine Ehe. Einen Monat später hat sie die Verlobung gelöst und die Stadt verlassen. Seitdem habe ich sie nicht mehr gesehen.«

»Das ist traurig. Vermutlich hat sie nicht gewusst, was sie verliert. Sie würden einen erstklassigen Ehemann und Vater abgeben.«

»Das ist jetzt schon das zweite Mal, dass Sie das behaupten. Ich bin kein väterlicher Typ.« Er verschwieg Angela, dass Kinder ihn zugleich begeisterten und abschreckten. Sicher, er wollte eine Familie, aber nach seiner Kindheit und Jugend war er dafür ungeeignet.

»Eine Frage habe ich noch.« Sie hatte die Teller abgewaschen und nahm die erste Schüssel aus dem Wasser. »Haben Sie sich gefreut, als sie schwanger zu sein glaubte?«

»Ja, aber …«

Sie hob eine Hand. »Mehr müssen Sie nicht sagen. Sie wollten ein Kind mit ihr. Sie vergöttern die Nachbarskinder. Ende der Geschichte.«

Wäre es doch nur so einfach. »Ich hatte eine ziemlich schwierige Kindheit.« Was für eine Untertreibung, dachte er grimmig. In der besten Pflegefamilie war er nur vernachlässigt, in der schlimmsten verprügelt worden. »Ich habe nie gelernt, wie man es richtig macht.«

»Eine Familie glücklich zu machen?«

Shane nickte.

»Sie können es immer noch lernen. Bei Ihrer Geburt wussten Sie doch auch nicht, wie man ein guter Sheriff wird, oder? Sie hatten eine gewisse Vorstellung, und für den Rest hat die Praxis gesorgt. Bei Eltern ist es genauso.« Sie berührte ihren Bauch. »Jedenfalls hoffe ich das, denn ich muss zugeben, dass ich auch etwas Angst davor habe.«

Aber für sie ist es anders, dachte er. Er war als Einzelgänger aufgewachsen und hatte Bindungen immer gescheut. Und als er sich dann doch auf eine feste Beziehung eingelassen hatte, war sie gescheitert – Mary hatte ihn verlassen. »Mary wollte mir weder sich noch ein Kind anvertrauen.«

»Vielleicht lag es gar nicht an Ihnen.« Angela reichte ihm eine Schüssel. »Sie hatte wohl ein Problem damit und noch mehr Angst als Sie.«

Shane konnte nicht glauben, dass sie so offen über seine Vergangenheit sprachen. Es sollte ihm peinlich oder wenigstens unangenehm sein, aber aus irgendeinem Grund fiel es ihm leicht – als hätte eine innere Stimme ihm gesagt, dass es in Ordnung war, mit dieser Frau zu reden.

Sie trocknete sich die Hände ab. »Machen wir doch den ultimativen Test. Ich bin gleich zurück, dann finden wir heraus, was für ein Vater Sie wären.« In der Tür blieb sie kurz stehen und lächelte. »Bleiben Sie, wo Sie sind.«

Er wusste nicht, was ihn mehr faszinierte – der aufreizende Schwung ihres Rocks, wenn sie ging, oder ihr Mut, etwas zu wagen, was noch keine Frau gewagt hatte. Wenn er nicht aufpasste, würde sie ihn dazu bringen, ihr seine gesamte Kindheit zu erzählen.

»Da ist es!«, rief sie, als sie in die Küche zurückkehrte.

Er achtete nicht auf das Papier in ihrer Hand, sondern betrachtete ihr Gesicht. An der linken Schläfe bedeckte ein kleiner Verband die Stiche, mit denen die Platzwunde genäht worden war. Die Blutergüsse waren heute dunkler. Irgendwann würden sie verblassen, aber vorher würden sie in sämtlichen Regenbogenfarben schillern. Sie trug kein Make-up und hatte Ringe unter den Augen. Aber für ihn war sie die hübscheste Frau, die er je gesehen hatte.

»Schauen Sie hin!«, sagte sie und gab ihm das Papier.

»Was ist das?«

»Ein Foto. Sie haben es im Krankenhaus gemacht.«

Shane blickte auf die Schwarz-Weiß-Aufnahme. Zuerst sah er nur einen weißlichen Fleck, der von einem schiefen Kreis umgeben war. Erst als er die Augen zusammenkniff, wurde ihm klar, was das Foto zeigte.

»Ihr Baby«, sagte er fast andächtig und schaute automatisch vom Bild zu ihrem Bauch und wieder zurück. »Es ist wunderschön.«

»Ich weiß.« Ihre Augen leuchteten. »Viel ist noch nicht zu erkennen, aber ich liebe sie jetzt schon.«

Ohne Vorwarnung nahm sie seine freie Hand und legte sie auf ihren Bauch.

Shane wusste, dass es zu früh war, um das Kind zu fühlen, aber er ließ es geschehen. Die Berührung hatte etwas Warmes und Intimes – sie schuf eine Verbindung zwischen ihnen.

Das Gefühl traf ihn mit voller Wucht. Einerseits war es Verlangen, andererseits war es noch viel mehr. Er verspürte das intensive und vollkommen unvernünftige Bedürfnis, diese Frau und ihr ungeborenes Kind zu beschützen. Für die beiden zu sorgen, sie glücklich zu machen und zu ihnen zu gehören.

Wahnsinn, dachte er. Aber die Sehnsucht war so gewaltig, dass ihm sekundenlang der Atem stockte.

»Ich sehe es Ihnen an«, sagte Angela leise. »Sie fühlen es auch. Das Wunder eines neuen Lebens. Also behaupten Sie nie wieder, dass Sie kein guter Vater wären.«

Sie hatte gelächelt, doch plötzlich zitterten ihre Lippen, und sie machte einen Schritt von ihm weg. »Jede Frau könnte sich glücklich schätzen, Sie zu haben«, flüsterte sie und drehte sich zur Spüle. »Warten Sie nur ab – bevor Sie sich's versehen, sind Sie in festen Händen.«

Das bezweifelte er, aber wenn es stimmte, gab es nur eine Frau, in deren Händen er sein wollte. Und das war Angela Sheppard.

»Ich will mein Baby.«

Angela starrte Tom an, bevor sie sich im Raum umschaute. Wo war sie? Alles war verschwommen, aber sie glaubte, das Wohnzimmer in ihrem ersten gemeinsamen Apartment erkennen zu können.

»Geh weg«, sagte sie laut und deutlich, obwohl sie gar nicht wusste, warum es falsch war, dass Tom mit ihr sprach. »Du gehörst nicht mehr zu meinem Leben.«

Er ergriff ihren Arm und zog sie an sich. »Du bist meine Frau, und das ist mein Baby.« Seine Stimme verlor an Schärfe und wurde flehentlich. »Bitte, Angie. Ich will für euch beide sorgen.«

Sie riss sich los. »Nein! Du ziehst mich nicht mehr nach unten. Du kannst ja nicht mal für dich allein sorgen, wie könntest du es für mich und ein Kind tun?«

Seine blauen Augen verdunkelten sich vor Zorn. »Ich lasse dich nicht gehen. Du gehörst mir. Das hast du immer.« Er wollte sie packen.

Angela sprang zurück, stieß jedoch nicht gegen eine Wand, sondern segelte durch die Luft, bis sich unter ihr ein dunkles Loch auftat. Sie schrie und schrie und schrie …

»Angela?«

Sie erwachte schlagartig, setzte sich auf und blinzelte heftig, als die Lampe an ihrem Bett eingeschaltet wurde. Shane beugte sich über sie.

»War es ein Traum?«, fragte er besorgt. »Sie haben geschrien.«

Sie fröstelte, verschränkte die Arme vor der Brust, nickte nur und versuchte, zu verdrängen, wie sie ins Nichts gestürzt war. Um sich abzulenken, sah sie sich im Zimmer um, aber alles war verschwommen. Verwirrt tastete sie über ihr Gesicht und stellte fest, dass ihre Wangen feucht waren.

»Ich weine«, sagte sie und schluchzte leise. »Tut mir leid, dass ich Sie geweckt habe.«

»Das macht nichts.«

Wieder fröstelte sie. Shane setzte sich auf die Bettkante, legte einen Arm um sie und zog sie an sich. Erst jetzt merkte sie, wie sehr sie zitterte.

»Ich zittere und weine«, flüsterte sie. »Ich bin ein seelisches Wrack.«

»Sie haben in den letzten Tagen einige traumatische Erlebnisse gehabt. Kein Wunder, dass Sie darauf reagieren. Entspannen Sie sich einfach. Alles wird gut.«

Er ist so stark, dachte sie, als sie an seiner nackten Brust Halt fand. Stark und zuverlässig. Bei ihm fühlte sie sich sicher. Sie schloss die Augen und legte den Kopf an seine Schulter. Mit jedem Atemzug nahm das Zittern ab, und langsam versiegten die Tränen. Er war so warm, und es war herrlich, die Wange an seiner Haut zu reiben.

Sie wusste nicht sicher, wie lange Shane sie so hielt, aber nach einer Weile wurde ihr etwas bewusst. Erstens lag ihre rechte Hand auf seinem muskulösen Oberschenkel, und zweitens fühlte sie an der Wange nackte Haut. *Nackte Haut!* Sie riskierte einen Blick und sah, dass er nur seine Jeans trug, sonst nichts.

Und er hatte sie nicht mal zugeknöpft, was die Frage aufwarf, wie viel oder wie wenig er anhatte, wenn er schlief. Dann waren da noch der flache, straffe Bauch und der weiße Stoff, von dem sie unter den Jeans ein Stück erkennen konnte. Es war ein unglaublich erotischer Anblick.

Angela schluckte, doch die Hitze, die in ihr aufstieg, legte sich nicht. Sie sagte sich, dass es falsch war. Dass sie schwanger und verwitwet war – und mit dem zerzausten Haar, den Blutergüssen und Stichen nicht besonders attraktiv. Außerdem war Shane nicht der Mann, der sich mit einer Frau wie ihr einlassen würde. Leider war er aber auch genau der Typ von Mann, von dem sie ihr ganzes Leben geträumt hatte.

»Erzählen Sie mir davon«, bat er sanft und stützte das Kinn auf ihren Kopf.

Sie erschrak. Sollte sie ihm erzählen, dass sie ihn begehrte? Hatte er es erraten? Sie spürte, wie sie errötete. Am liebsten hätte sie sich unter der Bettdecke versteckt.

»Erzählen Sie mir von dem Traum.«

»Oh.« Sie räusperte sich. *Darüber* konnte sie sprechen. »Ich habe geträumt, dass Tom noch lebt und von dem Baby weiß. Er wollte für uns beide sorgen, aber ich war dagegen. Er wollte …« Sie presste die Lippen zusammen, schrie leise auf und löste sich von Shane. »Ich erinnere mich.«

»Woran?«

»An alles.« Sie testete ihr Gedächtnis. Die Grauzonen waren verschwunden. Es gab keine Schatten oder Lücken mehr. »Vielleicht war der Traum deshalb so unheimlich. Während ich mich mit Tom gestritten habe, hat mein Verstand sich selbst repariert.«

»Das kann durchaus sein.«

Sie lehnte sich zurück, um Shane in die braunen Augen sehen zu können. »Ob Sie mir nun glauben oder nicht, ich weiß wirklich nichts über das Geld, hinter dem die Männer her waren. Ich habe seit fast vier Jahren nichts mehr mit Tom zu tun.«

Shane berührte ihre Wange. »Das weiß ich doch. Sie stehen nicht unter Verdacht, Angela.«

»Gut.« Sie versuchte, das Kribbeln zu ignorieren, das seine Nähe in ihr auslöste. Wo seine Finger sie berührten, schien die Haut zu glühen.

»Also, wer ist Angela Sheppard?« Er ließ die Hand sinken. »Warum stellen Sie sich nicht einfach vor?«

»Da gibt es nicht viel zu erzählen«, wehrte sie ab und zog die Beine an. »Ich bin als das älteste von fünf Kindern in einer Kleinstadt in Ohio aufgewachsen. Mein Vater starb, als ich zehn war, und meine Mutter hat schon bald wieder geheiratet. Leider mochte mein Stiefvater keine Kinder.«

Manchmal ist es ganz angenehm, das Gedächtnis zu verlieren, dachte sie betrübt, als die Erinnerungen zurückkehrten. Bilder zuckten durch ihren Kopf. Sie hörte Schreie und Schläge und Weinen und fühlte wieder die Angst, dem brutalen Mann für immer ausgeliefert zu sein.

»Er hat Ihnen wehgetan.«

Es war keine Frage, aber Angela nickte trotzdem. »Er war oft betrunken, und dann wurde er gewalttätig. Wir alle haben versucht, ihm aus dem Weg zu gehen. Meine Mutter war die Einzige, die Einfluss auf ihn hatte. Leider starb sie, als ich achtzehn war. Als Älteste habe ich mich für meine Geschwister verantwortlich gefühlt.

Nach der Highschool bin ich nicht aufs College gegangen, sondern zu Hause geblieben, um mich um sie zu kümmern. Drei Jahre später waren die nächsten beiden mit der Schule fertig, und meine Tante und ihr Mann nahmen die zwei Jüngsten zu sich. Ich war frei und konnte gehen. Und dann habe ich Tom kennengelernt.«

Sie holte tief Luft. Die nächtliche Stille und Shanes geduldige Aufmerksamkeit machten es ihr allzu leicht, ihm ihre Sünden zu beichten. Was würde er von ihr denken, wenn er die Wahrheit kannte?

Ihr graute davor, die Enttäuschung in seinen Augen zu sehen, aber zugleich wollte sie reinen Tisch machen. Das verstand sie ebenso wenig wie das Verlangen, das sie erfüllte. Du meine Güte, sie war im vierten Monat schwanger und sollte kein Interesse an Sex haben.

Dennoch sehnte sie sich nicht nur nach tröstenden Berührungen, sondern auch nach Zärtlichkeit. Sie wollte zu jemandem gehören. In all den Jahren, in denen sie mit Tom verheiratet gewesen war, hatte sie sich immer einsam gefühlt.

»Tom hat mich vergöttert«, fuhr sie leise fort und wich seinem Blick aus. »Für ihn war ich seine Prinzessin, die wunderbarste Frau, der er jemals begegnet war. Nach allem, was ich durchgemacht hatte, tat mir das gut. Wir lernten uns kennen, verliebten uns, und keinen Monat später waren wir verheiratet. Ich dachte, ich hätte endlich mein Glück gefunden.«

»Was ist dann passiert?«, fragte er mit neutraler Stimme.

Sie zuckte mit den Schultern. »Ich merkte schnell, dass er ein Träumer war. Er redete immer davon, groß herauszukommen, tat aber nichts dafür. Es war viel einfacher, umzuziehen und das nächste Projekt zu beginnen. Am schlimmsten war, dass er den Erfolg meinetwegen wollte. Immer wieder habe ich versucht, ihm zu erklären, dass mir ein fester Job mit regelmäßigem Einkommen völlig reichen würde. Aber er hat mir nicht geglaubt.«

Sie zog die Knie fester an die Brust und schlang die Arme darum. »Er war ein guter Mensch, und ich wollte ihn so lange lieben, wie ich konnte, doch irgendwann ging es nicht mehr. Nie konnte ich mich auf ihn verlassen, also habe ich mich von ihm getrennt und die Scheidung eingereicht. Das ist jetzt vier Jahre her.

Er weigerte sich, die Papiere zu unterschreiben, und sagte dauernd, dass ich zu ihm zurückkehren würde, wenn er groß herauskommt. Aber er hat es nie geschafft.«

Wieder atmete sie tief durch. »Ich weiß nicht, warum diese Männer hinter ihm her sind. Aber was immer er getan hat, er hat es meinetwegen getan.«

»Sie haben keine Schuld und sind auch nicht dafür verantwortlich«, sagte Shane ruhig.

»Das versuche ich mir auch einzureden. Und meistens glaube ich es sogar.« Angela stützte das Kinn auf die Knie. »Die vier Jahre nach der Trennung waren hart für mich. Ich war nicht geschieden und auch nicht verheiratet. Es war ein Schwebezustand. Ich wollte mit Männern ausgehen, aber ich fühlte mich jedes Mal schuldig, als würde ich Tom betrügen. Also habe ich mich darauf konzentriert, das College abzuschließen. Ich hatte schon immer Lehrerin werden wollen. Ich habe gearbeitet, um die Rechnungen zu bezahlen, und in der Freizeit studiert. Manchmal …«

Sie spürte, wie sie erneut errötete, und musste sich zum Weiterreden zwingen. »Manchmal habe ich mich schrecklich einsam gefühlt. Dann habe ich Tom erlaubt, mich für ein paar Tage zu besuchen. Ich wusste, dass es falsch war, dass ich damit die Scheidung nur hinauszögere, aber … na ja, das ist jetzt vier Monate her. Danach war ich so wütend auf mich, dass ich meinen Anwalt angerufen habe. Er sollte Tom dazu bringen, endlich die Scheidungspapiere zu unterschreiben. Am nächsten Tag wurde er getötet.«

Angela schloss die Augen und wehrte sich gegen die schmerzhaften Erinnerungen. Dann öffnete sie sie wieder und sah Shane an. Sie war nicht sicher, was er dachte, aber er hielt ihrem forschenden Blick stand.

»Ich habe mich dafür gehasst, dass ich so schwach war«, fuhr sie leise fort. »Drei Wochen nach seinem Tod wurde mir klar, dass ich schwanger war. Es war ein gutes Gefühl, denn zum ersten Mal im Leben hatte Tom etwas richtig gemacht. Ich hatte mir immer viele Kinder gewünscht und mich schon fast damit abgefunden, dass ich niemals Mutter werden würde. Ich bereue viele Dinge in meinem Leben, aber niemals, dass ich ein Baby bekomme.«

Shane hob eine Hand, hielt jedoch inne. Angela sah ihm ins Gesicht, und seine Miene verhärtete sich. Was ging ihm durch den Kopf? Verachtete er sie etwa?

»Was denken Sie?«, fragte sie, denn sie musste es wissen, auch wenn es wehtat.

»Dass Sie die erstaunlichste Frau sind, der ich jemals begegnet bin.«

Sie traute ihren Ohren nicht. »Was?«

Er legte die Hand an ihre Wange. »Sie sind durch die Hölle gegangen und mit Anstand und Würde herausgekommen. Und Sie sind unglaublich schön.«

Sie brachte kein Wort heraus. Schön? Sie? Sie hatte blaue Flecken, war schwanger und …

Er murmelte etwas, das sie nicht verstand, und zog die Hand zurück. »Tut mir leid, den letzten Teil hätte ich nicht aussprechen dürfen. Das Letzte, was Sie jetzt brauchen, ist ein Typ, der Sie anmacht. Ich entschuldige mich.«

Sie anmachte? Weil er sie attraktiv fand?

»Shane?«

»Ganz schön dumm von mir, was?« Er sah sie nicht an. »Hören

Sie, es ist spät. Ich sollte Sie schlafen lassen.« Er wollte aufstehen.

Sie hielt ihn zurück. »Entschuldigen Sie sich nicht. Bitte. Es gefällt mir, dass Sie mich attraktiv finden.« Das Wort *schön* brachte sie nicht über die Lippen. »Falls es Sie beruhigt, mir geht es ebenso. Ich finde Sie auch attraktiv. Und stark und vertrauenswürdig und …«

»Und was?«

»Sexy«, flüsterte sie.

Er stöhnte leise auf. »Angela, ich möchte …«

»Ich auch.«

Und dann küsste er sie.

5. Kapitel

Shanes Mund lag fest und warm auf ihrem. Angela schmiegte sich an ihn und staunte, dass sie Shane erst kurze Zeit kannte, sich aber so sehr danach sehnte, seine kräftigen Arme zu fühlen. Mit einer Hand stützte er ihren Kopf. Mit der anderen strich er über ihren Rücken, während er sie so zärtlich küsste, wie sie noch nie geküsst worden war.

Die Nacht umgab sie wie ein dunkler, schützender Kokon. Shane drehte sich zu ihr, und sie legte die Arme um ihn, als wollte sie ihn nie wieder loslassen.

Sie spürte, dass er es ihr überließ, den Kuss zu beenden. Dass er darauf achtete, was sie ihm signalisierte, und nichts tun würde, was sie nicht wollte. Vielleicht wäre es vernünftiger, sich von ihm zu lösen, bevor aus dem Kuss mehr als eine freundschaftliche, fast tröstende Geste wurde.

Sie wollte jedoch nicht aufhören. Im Gegenteil, die Leidenschaft, mit der sie bisher nur gespielt hatte, kehrte zurück – und zwar hundertmal stärker als zuvor. Ein derartiges Verlangen hatte sie noch nie empfunden.

In der Highschool hatte sie einen oder zwei Jungen geküsst, aber es war nichts Ernstes daraus geworden. Tom war der einzige Mann, mit dem sie wirklich intim gewesen war. Trotz ihrer geringen Erfahrung ahnte sie jetzt, dass zwischen Shane und ihr etwas Unglaubliches geschah.

Er vertiefte den Kuss, und ihr stockte der Atem. Als er mit der Zunge über ihre Lippen strich, öffnete sie sich sofort, denn sie konnte es kaum erwarten, mehr von ihm zu erleben. Sie wollte alles über ihn wissen und alles an ihm fühlen, seinen Mund, seine Hände, seine Männlichkeit.

In Angela schien die Lust zu explodieren, als er mit der Zunge nach ihrer tastete. Sie konnte nicht mehr denken, nur noch fühlen.

Denn sie brauchte ihn so sehr, dass nichts mehr so sein würde wie zuvor. Hätte er sich keine Zeit gelassen, sondern sofort mit ihr schlafen wollen, hätte sie es ihm nicht verweigern können.

Ihr Leben lang hatte sie Geschichten über Liebe und Leidenschaft gelesen und sich gefragt, was diese Traumpaare füreinander empfanden. Jetzt wusste sie es und konnte kaum fassen, dass auch sie dazu fähig war.

Sie schob die Finger in sein kurzes Haar. Seine Stimme klang belegt, als er leise ihren Namen sagte. Sein Atem strich heiß über ihre Brüste, und sie sehnte sich danach, seine Hände dort zu fühlen.

Als könnte er ihre Gedanken lesen, ließ er eine Hand von ihrem Oberschenkel über den Bauch nach oben wandern und umschloss eine Brust. Angela stöhnte auf und küsste ihn noch stürmischer, um ihm zu signalisieren, dass sie nicht länger warten wollte. Er streichelte sie, bis sie aufstöhnte.

In einem Nebel aus Lust und Sinnlichkeit verlor sie sich. Sie wollte nie wieder daraus zurückkehren. So soll es sein, dachte sie, zugleich erstaunt darüber und stolz darauf, dass ihr Körper dazu fähig war.

Er legte die Hände um ihr Gesicht, küsste ihre Nase, die Wangen, das Kinn und – wie zum Abschied – ein letztes Mal ihren Mund.

»Shane«, wisperte sie und schlug langsam die Augen auf.

Er sah sie an, so verblüfft und erregt wie sie. »Wow.«

»Ja. Das war unerwartet.«

»Für mich auch.« Er lächelte und ließ den Blick langsam an ihr hinabwandern. Sofort lösten Bedauern und Entsetzen die Leidenschaft ab. »Was, um alles in der Welt, habe ich mir nur dabei gedacht?«, sagte er leise und stand auf. »Es tut mir leid, Angela. Das war unglaublich egoistisch und rücksichtslos von mir. Du bist mein Gast und stehst unter meinem Schutz. Außerdem bist du …« Er zeigte auf ihren Bauch.

Erst nach einem Moment begriff sie, was er meinte. »Entschuldigst du dich, weil ich schwanger bin oder weil du es bereust?«

»Weil du schwanger bist. Ich hätte das nicht tun dürfen. Es ist falsch.« Er fuhr sich durchs Haar.

Angela setzte sich auf dem Bett auf. Unwillkürlich fiel ihr Blick auf seine Jeans. Es war nicht zu übersehen, wie sehr er sie begehrte. Wenigstens hatte er es ebenso sehr genossen wie sie, auch wenn ihm jetzt Bedenken kamen.

Shane holte tief Luft. »Ich weiß gar nicht, was mit mir los war. Plötzlich wollte ich dich einfach nur noch küssen.«

Sein Zögern bewies ihr, dass er mehr als das gewollt hatte. Fast hätte er mit ihr geschlafen.

Sie lächelte zufrieden. »Hör auf, dich zu entschuldigen.«

»Aber ich …«

»Nein. Hör mir zu. Ich habe eine Platzwunde an der Schläfe und Blutergüsse im Gesicht, und dann bin ich auch noch schwanger. Trotzdem habe ich gerade erlebt, dass ein gut aussehender, ungebundener Mann mich attraktiv genug findet, um mich zu küssen.« *Und vielleicht sogar mehr als das.* Doch das sprach sie nicht aus. Es zu wissen reichte ihr.

»Ich fühle mich geschmeichelt«, fuhr sie fort. »Ich bin begeistert. Und ich fand es schön.«

Erstaunt sah er sie an. »Du bist mir nicht böse?«

»Nein.«

Die Erleichterung war ihm anzusehen. »Also ist es … in Ordnung?«

»Mehr als in Ordnung. Du darfst mich jederzeit küssen und von meinen Albträumen ablenken.« Angela wollte noch mehr sagen. Sie wollte darüber sprechen, was sie in Shanes Armen gefühlt hatte, aber sie traute sich nicht. Alles war so schnell gegangen. Und was, wenn er es nicht gefühlt hatte?

»Na gut. Wenn du ganz sicher bist.« Er schob die Hände in die Taschen und schien erst jetzt zu merken, dass seine Hose offen war. Als er den Blick senkte und sah, wie erregt er noch immer war, verfärbten sich seine Wangen. »Es ist schon spät. Du brauchst deinen Schlaf.«

Ihr wäre es lieber, er würde sich wieder zu ihr legen, doch das schien für ihn nicht infrage zu kommen. Also nickte sie nur und wünschte ihm eine gute Nacht. Als er fort war, löschte sie das Licht und dachte daran, was sie bei seinem Kuss gefühlt hatte.

Zwischen ihnen herrschte außer Leidenschaft auch noch so etwas wie Respekt. Jahrelang hatte Angela mit einem Mann zusammengelebt, der träumte, statt zu handeln. Daher wusste sie, wie wichtig es war, seine Pläne auch in die Tat umzusetzen. Sie hatte gelernt, sich von schönen Worten und einem charmanten Lächeln nicht täuschen zu lassen, sondern hinter die Fassade zu blicken.

Shane war jemand, der mit nichts begonnen und es trotzdem zu etwas gebracht hatte. Ihre Gefühle für ihn waren leicht zu verstehen, aber was empfand er für sie?

Angela schaute nach dem Braten im Backofen. Als sie sich wieder aufrichtete, fiel ihr Blick auf die Wanduhr über dem Herd. Er hatte vor einer Stunde angerufen und konnte jeden Moment zurück sein.

Obwohl es drei Tage … oder drei Nächte … her war, dass sie sich zum ersten und einzigen Mal geküsst hatten, schlug ihr Herz noch immer schneller, wenn sie ihn wiedersah. Sie hatte erwartet, dass die Anziehungskraft abnahm, je vertrauter er ihr wurde.

Doch das Gegenteil war der Fall. Je mehr Zeit sie mit ihm verbrachte, desto *mehr* Zeit wollte sie mit ihm verbringen. Noch nie hatte sie eine so intensive Sehnsucht nach einem anderen Menschen gefühlt – nicht einmal in den ersten Wochen mit Tom.

Vielleicht lag es daran, dass Shane und sie sich so gut verstanden. Der Morgen nach dem ersten Kuss hätte peinlich sein können, und sie war nervös gewesen, als sie in die Küche gegangen war. Aber anstatt so zu tun, als wäre nichts Ungewöhnliches passiert, gab Shane unumwunden zu, dass er die ganze Nacht wach gelegen und an sie gedacht hatte.

Angela hatte gestanden, dass es ihr ebenso ergangen war, und sie beide hatten fröhlich gelacht und gescherzt, dass der Funke, der zwischen ihnen übergesprungen war, die ganze Stadt mit Strom versorgen könnte.

Es tat gut, offen darüber zu sprechen, und Angela gewöhnte sich schnell an den Alltag in Shanes Haus. Meistens vergaß sie sogar, dass sie unter Polizeischutz stand und in Gefahr schwebte, solange die Kidnapper nicht gefasst waren.

Sie ging zu den Keksen, die sie zum Abkühlen auf die Arbeitsfläche gestellt hatte. Vor zwei Tagen hatte sie welche mit Erdnussbutter gebacken. Die hier waren mit Schokolade. Shane hatte eine Schwäche für selbst gebackene Kekse, und es machte ihr Spaß, ihn damit zu verwöhnen.

Zu den Dingen, die sie seit dem Scheitern ihrer Ehe am meisten vermisste, gehörten das Backen und das Kochen. Ein Essen für zwei zuzubereiten machte viel mehr Spaß, und seit etwa einem Monat war sie geradezu verrückt nach Süßem.

Lächelnd legte sie eine Hand auf den Bauch. Was immer Tom in seinem Leben falsch gemacht hatte, kurz vor seinem Tod hatte er etwas Sinnvolles vollbracht. Sie bekam ein Baby, und dafür war sie ihm dankbar.

Seit sie bei Shane wohnte, hatte sie angefangen, mit ihrer Vergangenheit Frieden zu schließen. Wenn ihre Tochter aufwuchs, würde sie ihr von ihrem Vater erzählen. Für das Kind würde Tom nie mehr als eine Erinnerung sein, aber sie wollte dafür sorgen, dass es eine gute war.

Als sie Schritte auf der hinteren Veranda hörte, drehte sie sich freudig danach um. Shane kam durch den Wirtschaftsraum und sah in seiner kakifarbenen Uniform wie immer blendend aus. Als er sie sah, lächelte er.

»Wie war dein Tag?«

»Sehr gut. Und deiner?« Ohne zu überlegen, legte sie ihm die Hände auf die Schultern und stellte sich auf die Zehenspitzen, um ihn zu küssen.

Erst jetzt merkte sie, wie angespannt Shane war. Er erstarrte eine Sekunde lang, bevor er den Kopf senkte, und sein Mund streifte ihre Wange.

Verlegen wich Angela zurück. Sie war nicht seine Frau, die ihn nach einem langen Arbeitstag begrüßte. Sie war eine Freundin, vielleicht auch nur eine Zeugin, die er zu beschützen hatte.

Ihr brannten die Wangen. »Entschuldigung«, sagte sie leise. »Ich wollte dich nicht überfallen. Ich …« Sie verstummte.

Er beugte sich vor und berührte ihre Nasenspitze. »Kein Problem, Angela. Ich freue mich auch, dich zu sehen.«

Sie wich seinem Blick aus. Kindischer hätte sie sich gar nicht benehmen können. Sie seufzte. Er hatte sie geküsst, mehr nicht. Was fiel ihr ein, sich ihm an den Hals zu werfen, als hätte sie ein Recht dazu?

»Wir haben Neuigkeiten von den Entführern«, begann er ernst. »Es ist nicht viel, aber immerhin ein Anfang. Sie haben ein Lösegeld gefordert. Eine Million Dollar. Die gute Nachricht ist, dass sie sich gemeldet haben und das kleine Mädchen noch am Leben ist.«

»Gott sei Dank«, flüsterte sie. »Ich muss oft an das Kind denken. Wäre die Kleine doch nur nicht auf dem Schulparkplatz gewesen, als ich überfallen wurde. Es ist so unfair.«

»Du kannst nichts dafür. Vergiss das nicht.«

»Ich weiß. Aber es geht mir nicht aus dem Kopf. Ich wünschte, ich hätte die Entführung verhindern können. Vielleicht wäre es besser gewesen, die Männer hätten mich mitgenommen. Als Erwachsene würde ich es vermutlich besser verkraften.«

»Es ist nun mal passiert und lässt sich nicht mehr ändern. Jetzt müssen wir uns darauf konzentrieren, dich zu beschützen und das Kind zu retten. Der Rest erledigt sich von selbst.«

Sie nickte. Er hatte recht. »Danke, dass du so verständnisvoll bist.«

»Kein Problem.«

Er atmete tief durch. »Was riecht denn hier so lecker? Ich ziehe mich rasch um, und dann kannst du mir erzählen, was es zum Abendessen gibt.«

Bevor sie fragen konnte, ob sie ihm dabei zusehen durfte, ging er hinaus. »Für eine Schwangere denkst du ziemlich einseitig«, wisperte sie und seufzte.

So oft wie in den letzten drei Tagen hatte sie noch nie an Sex gedacht. Sie hatte sogar in den Ratgebern für Schwangere geblättert, die sie aus Houston mitgebracht hatte. Darin stand, dass werdende Eltern durchaus miteinander schlafen durften, es sei denn, ein Arzt hielt es für riskant. Angela wusste, dass sie kerngesund war, also war ihr Bedürfnis vollkommen natürlich.

Das Problem war, dass sie offenbar die Einzige war, die sich danach sehnte. Shane schien nicht mehr an den Kuss zu denken und erst recht nicht daran, ihn zu wiederholen. Vielleicht hatte die schlaflose Nacht ihn … zur Vernunft gebracht?

Sie setzte sich, um auf ihn zu warten, und wusste genau, was passieren würde, wenn er die Küche betrat. Ein Blick auf ihn in verwaschenen Jeans und Flanellhemd, und ihr Puls würde in den dreistelligen Bereich klettern. Das hatte er bisher an jedem Abend getan, warum sollte es heute anders sein? Dabei hasste sie Flanellhemden. Warum sah Shane darin so gut aus?

Zwei Minuten später kam er herein. Wie erwartet begann ihr Herz zu klopfen, und sie atmete schneller. Zum Glück saß sie und brauchte nicht zu befürchten, dass ihre Knie weich wurden.

»Du musst das hier nicht tun«, sagte er.

Erst jetzt bemerkte sie, dass er einen Stapel sauberer Wäsche in den Händen hielt. Sie hatte ihn auf sein Bett gelegt. Er sprach nicht davon, wie sie auf sein Flanellhemd reagierte.

»Ich habe dich eingeladen, bei mir zu wohnen. Du bist nicht meine Haushälterin.«

Sie lächelte. Es war das freundliche, offene Lächeln, mit dem sie ihn immer begrüßte, und wie immer ging es ihm unter die Haut. Er musste sich beherrschen, um nicht laut aufzustöhnen.

»Irgendwie muss ich den Tag herumbekommen«, sagte sie. »Fernsehen reizt mich nicht, also können die Stunden ganz schön lang sein. Außerdem sind zwei Maschinenladungen Wäsche ein geringer Preis für deine Gastfreundschaft.«

»Du kochst auch noch«, erinnerte er sie.

Sie kümmerte sich um den Haushalt, und Shane gestand sich ein, dass es ihn aus der Fassung brachte. Mary hatte sich die größte Mühe gegeben, ihm zu beweisen, dass sie eine emanzipierte Frau und kein Hausmütterchen war. Sie hatten nie zusammengelebt, und seine Pflegemütter hatten fast alle Teilzeitjobs gehabt. Er hatte früh gelernt, sich auf niemanden zu verlassen und selbst für sich zu sorgen.

»Na gut, du hast mich erwischt«, erwiderte sie lachend. »Ich revanchiere mich für Kost und Logis, indem ich dir einige Arbeiten im Haus abnehme. Ist das so schlimm?«

Er antwortete nicht, denn er stellte sich gerade etwas anderes vor, was sie für ihn tun konnte … und er für sie. Etwas, was nicht in der Küche oder im Wirtschaftsraum passierte. Obwohl … hör auf, befahl er sich streng. Du handelst dir nichts als Ärger ein, wenn du so weitermachst.

Er legte die Wäsche auf einen Stuhl, zog den neben ihr heraus und nahm Platz. »Nein, schlimm ist es wohl nicht. Aber du darfst dich nicht überanstrengen. Du musst an das Baby denken.«

»Das tue ich. Dauernd. Sieh es doch mal so, Shane. Gleich nach den Ferien im Januar habe ich einen Vollzeitjob als Lehrerin. Verglichen damit ist eine kleine Wäsche gar nichts.«

»Du unterrichtest? Hat die Schule sich bei dir gemeldet?«

Sie nickte so begeistert, dass ihr Pony wippte. Die großen grünen Augen funkelten. »Die Direktorin hat mich heute angerufen. Sie möchte, dass ich in der zweiten Januarwoche dort beginne und so lange wie möglich arbeite. Nach den Sommerferien fange ich dann im September wieder an.« Sie klatschte in die Hände. »Ist das nicht toll? Ich freue mich riesig.«

»Also willst du in Whitehorn bleiben?«, fragte er erleichtert. Er hatte nicht daran denken wollen, dass sie irgendwann vielleicht gehen würde.

»Sobald diese Sache erledigt ist, suche ich mir eine Wohnung. Ich weiß, dass ich dich in deinem wilden Junggesellenleben einschränke.«

»Oh, sicher. Normalerweise bin ich jeden Abend unterwegs.«

Sie wurde wieder ernst. »Das solltest du, Shane. Ich verstehe noch immer nicht, warum du dich so lange zurückgezogen hast. Und erspar mir den Unsinn, dass du keine feste Beziehung willst oder kein guter Vater wärst. Bindungsscheue Männer kaufen keine Häuser wie dieses.«

Das stimmte zwar, aber das brauchte Angela nicht zu wissen. »Warum gerade Whitehorn?«, fragte er, um von sich abzulenken. »Du hättest dir jede andere Stadt aussuchen können.«

»Ich weiß, aber ich wollte eine Kleinstadt, in der ich dazugehören kann. Das wünsche ich mir, seit meine Mutter gestorben ist – eine Heimat und ein richtiges Zuhause. Ich habe mir auf gut Glück drei Städte in drei verschiedenen Bundesstaaten ausgesucht und mir Prospekte schicken lassen. Whitehorn hat am besten abgeschnitten.«

Sie sah sich in der Küche um. »Dein Haus zum Beispiel. Es ist hell, einladend und sehr gemütlich. Von genau so einem Haus habe ich immer geträumt. Ich könnte mir vorstellen, dass ich in Whitehorn eins finde.«

Shane musterte sie unauffällig. Den Verband trug sie nicht mehr, und die Stiche an der Schläfe waren deutlich zu erkennen. Die Blutergüsse waren nicht mehr blau, sondern dunkelrot. Aber all das störte ihn gar nicht. Er sah nur eine schöne Frau mit einem guten Herzen. Hätte sie keins gehabt, wäre sie nicht bei ihren Geschwistern geblieben und hätte stattdessen ihren Traum schon damals zu verwirklichen versucht. Sie war klug und fürsorglich, eine geborene Lehrerin … und Mutter.

»Du siehst mich so komisch an. Was denkst du gerade?«, fragte sie verunsichert.

»Dass Mary dieses Haus nie mochte. Sie wollte etwas Größeres.«

Ihre Blicke trafen sich. »Mary war in vieler Hinsicht dumm.«

Zum ersten Mal hielt Shane es für möglich, dass Angela recht hatte.

6. Kapitel

Keine zwanzig Minuten nachdem Shane zu seinem »Männerabend« mit dem fünfjährigen J.J. aufgebrochen war, klopfte es an der Haustür. Angela wollte gerade öffnen, da fiel ihr seine Warnung ein. Sie durfte niemanden hereinlassen, den sie nicht kannte. Es sei denn, er wies sich als Polizist aus. In den zwei Wochen, die sie jetzt hier wohnte, hatte sie noch keinen Besuch gehabt.

»Wer ist da?«

»Nancy«, antwortete eine Frauenstimme. »Ihre Nachbarin.«

Angela war nicht sicher, ob sie lachen oder weinen sollte. Sie hatte die attraktive Brünette mit den endlosen Beinen noch nicht vergessen. Hin und wieder hatte sie Nancy im Garten oder beim Spielen mit den Kindern gesehen. Selbst in den ältesten Sachen sah sie aus wie ein Model beim Fotoshooting – auf jeden Fall besser als Angela in ihrem vorteilhaftesten Outfit.

Als sie öffnete, hielt Nancy ihr strahlend einen Teller mit perfekt glasierten Keksen hin.

»Hi. Ich wollte Sie schon längst mal besser kennenlernen, aber ich war nicht sicher, ob es Ihnen schon gut genug geht. Ich finde, Zucker hat bei uns Frauen immer eine heilsame Wirkung.«

»Das stimmt«, erwiderte Angela und fragte sich, ob Nancy jemals Süßigkeiten aß. Oder gehörte sie zu den schrecklichen Menschen, die nie auf ihre Figur achteten und trotzdem schlank blieben? »Kommen Sie doch herein. Shane ist gerade gegangen, aber da er Ihren Sohn abgeholt hat, wissen Sie das bestimmt.«

Die Nachbarin betrat das Haus mit der Selbstverständlichkeit desjenigen, der schon oft hier gewesen war. »Ist das nicht toll?«, fragte sie und steuerte sofort die Küche an. »Er und J.J. haben sich immer hervorragend vertragen. Belinda übernachtet bei meiner Mutter, und mein Mann Jerry macht Überstunden, also dachte ich mir, ich leiste Ihnen ein wenig Gesellschaft, falls Sie möchten.«

Nancy blieb mitten in der Küche stehen. »Allerdings muss ich zugeben, dass ich einen Hintergedanken habe.« Sie lächelte noch breiter. »Ich will nämlich alles über Sie und Shane wissen.«

Angela zeigte auf den Tisch vor dem großen Fenster. »Da gibt es nicht viel zu erzählen.«

Sie schenkte Nancy einen Kaffee und sich ein Glas Milch ein. Als sie sich damit zu ihrem Gast setzte, versuchte sie, nicht darauf zu achten, wie der Sonnenschein in Nancys schulterlangem Haar spielte und wie perfekt der leichte Schmollmund zu den großen Augen passte.

Angesichts der aufregenden Figur der Besucherin hatte sie plötzlich das Gefühl, dass ihr eigener Bauch wie eine Wassermelone aussah. Sie seufzte leise. Die Frau konnte nichts dafür, dass die Natur sie so bevorzugt hatte.

Nancy beugte sich vor und legte eine manikürte Hand auf den Tisch. »Ich wusste ja gar nicht, dass Shane eine Freundin hat. Erst recht nicht eine, die er bei sich einziehen lässt.« Sie schaute kurz auf Angelas Bauch, sprach die Schwangerschaft jedoch nicht an.

»Ich dachte, wir kennen uns gut genug, um über alles zu reden, aber da habe ich mich wohl getäuscht. Zuerst war ich gekränkt, aber dann habe ich mir gesagt, Hauptsache, er ist glücklich. Nach dem, was mit seiner Verlobten passiert ist, hat er sich ein Jahr lang verkrochen, danach ist er ein paarmal ausgegangen.

Aber seit Kurzem lebt er wieder wie ein Einsiedler, deshalb bin ich wirklich froh, dass er jemanden gefunden hat, der sich um ihn kümmert.«

Verwirrt sah Angela sie an. Was sollte sie darauf erwidern? »Ich dachte, Shane hat Ihnen erzählt, warum ich hier bin.«

Nancy runzelte die Stirn. »Er hat gesagt, Sie sind eine Freundin, die von denselben Männern überfallen wurde, die das arme kleine Mädchen entführt haben. Und dass er Sie bei sich aufnimmt, bis Sie sich erholt haben.« Sie deutete auf Angelas bereits verblassende Blutergüsse. »Die sehen viel besser aus als bei Ihrer Ankunft.«

»Ich fühle mich auch schon besser. Alles, was Shane Ihnen über unsere Beziehung erzählt hat, ist wahr. Wie kommen Sie denn darauf, dass wir etwas miteinander haben?«

Nancy nahm sich einen Keks und biss hinein. »Weil es keinen anderen Grund gibt, aus dem er jemanden in sein Haus einladen sollte. Shane ist ein sehr zurückhaltender, fast verschlossener Mann. Er lässt sich erst dann auf eine Beziehung ein, wenn er sich seiner Gefühle absolut sicher ist.«

Sie lächelte. »Er hat mir erzählt, dass er Mary fast verloren hätte, weil er sich so viel Zeit gelassen hat. Sie sind fast einen Monat miteinander ausgegangen, bevor er sie zum Abschied geküsst hat. Shane hat viele wunderbare Eigenschaften, aber bei Frauen wartet er manchmal ab, bis es zu spät ist.«

Angela ließ sich nicht anmerken, was sie dachte. Sagte Nancy die Wahrheit? Aber warum sollte Shanes Freundin lügen? Trotzdem, ihre Beschreibung passte so gar nicht auf den Mann, den Angela kannte. Shane war durchaus nicht zögerlich – dass er sie zu sich eingeladen und sogar geküsst hatte, bewies das Gegenteil.

»Sie müssen mir alles erzählen«, bat Nancy. »Angefangen mit Ihrem ersten Date. Ich bin eine gute Zuhörerin, aber ich warne Sie besser, ich werde jede Menge Fragen stellen.« Sie aß den Keks auf. »Ich kann noch immer nicht glauben, dass er es mir verheimlicht hat.«

Sie schüttelte den Kopf. »Möchten Sie mit meinem Mann und mir essen gehen? Vielleicht schon nächste Woche? In der Nachbarschaft gibt es mehrere zuverlässige Babysitter, also sind die Kinder kein Problem. Manchmal denke ich, die Knirpse sind froh, wenn wir mal weg sind. Dann werden sie nämlich richtig schön verwöhnt.«

»Ich weiß gar nicht, welche Frage ich zuerst beantworten soll.«

Die Nachbarin lachte. »Ich weiß, ich rede zu viel. Jedenfalls behauptet Jerry das dauernd. Erzählen Sie mir einfach von Ihnen und Shane, dann halte ich den Mund.«

Angela spürte einen stechenden Schmerz in der Brust. Zuerst war sie nicht sicher, was es war, dann begriff sie, wie sehr sie sich nach Shane sehnte. Wie gern würde sie Nancy jetzt sagen, dass er und sie ein Paar waren. Sie wollte von Frau zu Frau mit Nancy reden und ihr erzählen, wie sie sich kennengelernt hatten und wie ihr erstes Date verlaufen war.

Sie wollte von ihrer gemeinsamen Zukunft schwärmen. Denn obwohl sie ihn erst so kurz kannte, verkörperte er alles, was sie sich von einem Mann erträumte. Leider war er nicht wirklich an ihr interessiert.

Sicher, er hatte sie geküsst, aber das musste nichts bedeuten. Er hatte es aus einer momentanen Stimmung heraus getan. Der Kuss lag jetzt fast eine Woche zurück, und nichts deutete darauf hin, dass es mehr als ein einmaliges Ereignis gewesen war. Als er ihr am Morgen danach gestanden hatte, wie attraktiv er sie fand, hatte sie gehofft, dass sich zwischen ihnen mehr entwickeln würde. Aber vermutlich war er einfach nur nett zu ihr gewesen, um sie von ihrer Angst abzulenken.

»Da gibt es nichts zu erzählen«, sagte sie leise. »Zwischen Shane und mir läuft nichts.« Sie schilderte, wie sie überfallen worden und im Krankenhaus wieder aufgewacht war. Und wie Shane an ihrem Bett gesessen hatte. »Als ich aus der Klinik entlassen wurde, hat er mich zu sich genommen, damit ich in Sicherheit bin.«

Nancy schaute auf Angelas Bauch. »Also ist das Baby nicht von ihm.«

»Nein. Ich bin Witwe. Mein Mann und ich hatten uns schon einige Zeit vor seinem Tod getrennt. Dann gab es eine kurze Versöhnung …« Ihr Mund wurde schmal. »Nein, das stimmt nicht. So war es nicht. Er kam eines Abends vorbei, und ich war einsam. Deshalb habe ich ihn bei mir übernachten lassen.«

Nancy legte die Hände um ihren Kaffeebecher. »Das kann ich gut verstehen. Jerry und ich haben das Haus kurz nach der Hochzeit gekauft. Zwei Jahre später ist Shane hier eingezogen. Er war mit Mary verlobt und freute sich darauf, sie zu heiraten und eine Familie zu gründen. Dann hat sie ihn verlassen, und er war am Boden zerstört. Sechs Monate später habe ich mein erstes Baby bekommen.«

Sie sah Angela an und zuckte mit den Schultern. »Jerry und ich waren beide noch jung und wurden mit dem Stress nicht sehr gut fertig. Als J.J. etwa sechs Monate alt war, haben wir uns für eine Weile getrennt. Jerry zog aus. Ohne ihn waren die Tage sehr lang, und ich habe mich einsam gefühlt. Außerdem hatte ich kräftig zugenommen und kam mir vor wie eine hässliche Kuh. Und nebenan wohnte ein attraktiver Single.«

Angela ahnte, was jetzt kam. Der Schmerz in ihrer Brust nahm zu. Ich bin eifersüchtig, dachte sie entsetzt. Dazu hatte sie kein Recht. Sie kannte Shane nicht gut genug, um so etwas zu empfinden.

»Eines Abends, nachdem ich mir mit Wein Mut angetrunken hatte, kam ich her und versuchte, Shane zu verführen.« Nancy lächelte verlegen. »Er war sehr lieb, aber auch sehr entschieden. Er sagte, ich solle nach Hause gehen und mich mit meinem Mann aussprechen.

Später habe ich herausgefunden, dass er Jerry angerufen und ihm den Kopf gewaschen hat. Dass er ein Idiot ist, wenn er auf die beste Frau verzichtet, die es für einen Mann geben kann. Und er hat ihm gedroht, dass er seinen Singlefreunden meine Nummer gibt, wenn Jerry nicht schleunigst zurückkommt und sich mit mir versöhnt.«

Angelas Schmerz legte sich etwas. Sie schaffte es, zu nicken und sogar zu lächeln. »Er war Ihnen beiden ein guter Freund.«

»Der beste, den man sich wünschen kann«, bestätigte Nancy. »Jerry und ich haben lange miteinander geredet und sind zur Eheberatung gegangen. Zwei Monate später ist er wieder eingezogen. Inzwischen ist unsere Ehe gefestigter als jemals zuvor, und das alles dank Shane. Wir stehen also beide tief in seiner Schuld. Ich warte seit einer Ewigkeit darauf, dass er endlich der Richtigen begegnet.«

Vielleicht lag es daran, dass Angela schon lange nicht mehr mit ihren Freundinnen in Houston gesprochen hatte. Oder daran, dass Nancy so offen zu ihr war. Aus welchem Grund auch immer, plötzlich verspürte sie das Bedürfnis, der Nachbarin die Wahrheit zu sagen.

»Falls Sie damit andeuten wollen, dass Shane zu den guten Männern gehört … das weiß ich längst. Um ehrlich zu sein, einem besseren Typen als ihm bin ich noch nie begegnet. Aber leider ist er an mir nicht interessiert.«

»Warum das denn nicht?«

Angela lachte, obwohl ihr nicht danach war. »Sehen Sie mich doch an. Ich bin von einem anderen Mann schwanger. Es kann sein, dass mein verstorbener Mann in eine illegale Sache verwickelt war. Ich bin gerade erst nach Whitehorn gekommen, habe hier also weder eine Familie noch Freunde. Ich habe einem Mann wie Shane wenig zu bieten.«

Nancy beugte sich vor und nahm Angelas Hand. »Erstens haben Sie Freunde hier. Mich zum Beispiel, und ich hoffe, dass Sie meine Freundschaft erwidern. Zweitens trauern Sie noch um Ihren Mann, und Sie sind nicht für seine Fehler verantwortlich.

Ich bin sicher, Shane sieht das auch so. Er ist ein Mann, dem die Zukunft einer Frau wichtiger ist als ihre Vergangenheit. Ich glaube, er hat schon gegen seine eigenen Regeln verstoßen, indem er Sie in sein Leben gelassen hat. Darauf können Sie sich etwas einbilden. Und lassen Sie sich durch Ihre Angst nicht davon abhalten, einem ganz besonderen Menschen ein Stück entgegenzukommen.«

»Sie ahnen ja nicht, wie sehr ich mir wünsche, dass Sie recht haben.«

»Dann glauben Sie mir einfach.« Nancy drückte Angelas Hand und ließ sie los. »Vielleicht sollten Sie einfach mal versuchen, ihn zu verführen. Bei mir hat es nicht funktioniert, aber ich habe das Gefühl, dass Sie bessere Chancen haben.«

Angela verzog das Gesicht. »Ja, sicher. Sollen wir beide uns vor den Spiegel stellen? Wenn Shane Ihnen widerstanden hat, warum sollte er ausgerechnet mich wollen?«

»Mir ist nicht entgangen, wie er aussieht, wenn er über Sie spricht. Den Mann hat es schwer erwischt.«

In Angela keimte Hoffnung auf. Bei Tom hatte sie geglaubt, gefunden zu haben, wonach sie immer gesucht hatte. Aber das hatte sich als Irrtum erwiesen. Würde sie eine zweite Chance bekommen? Fand Shane sie tatsächlich attraktiv, und konnte er darüber hinwegsehen, dass sie das Kind eines anderen Mannes bekam?

»Wenn Sie ihn nicht fragen, werden Sie es nie erfahren«, sagte Nancy lächelnd.

»Ich hatte eine tolle Zeit, Onkel Shane«, sagte J.J. begeistert und umarmte seinen väterlichen Freund.

»Ich auch, mein Junge.« Shane zwinkerte Nancy zu. »Ich habe ihm nur ein einziges Bier erlaubt, und geprügelt haben wir uns auch kaum.«

J.J. lachte und wedelte mit seinem neuen Spielzeuglastwagen. »Ich will Daddy zeigen, was Onkel Shane für mich gewonnen hat.«

Nancy zeigte nach hinten. »Er sieht sich das Basketballspiel an, aber bleib nicht zu lange. Du musst morgen früh in die Schule, J.J. In einer Viertelstunde geht es ab ins Bett.«

»Basketball!«, rief J.J. begeistert und rannte davon.

Sie bot Shane einen Stuhl an, doch er schüttelte den Kopf. »Ich muss nach Hause. Ich wollte dir nur schnell sagen, dass alles gut gelaufen ist.«

»Das tut es doch immer.« Sie musterte ihn. »Meinst du nicht, du solltest langsam aufhören, für meine Kinder den Teilzeitvater zu spielen, und stattdessen ein paar eigene zeugen?«

Shane erstarrte. Zwar hatten sie dieses Thema während der letzten vier Jahre ab und zu angeschnitten, aber diesmal lag die Sache anders. Diesmal hoffte auch er, dass er jemanden gefunden hatte.

Er wusste, dass es verrückt war. Obwohl Angela und er sich kaum kannten, fühlte es sich richtig an. Doch das hatte er auch über Mary gedacht, und es war falsch gewesen. Acht Jahre in verschiedenen Pflegefamilien hatten ihn gelehrt, wie hart das Leben sein konnte.

»Du meine Güte, du bist ja so still.« Nancy lächelte wissend. »Sonst sagst du immer, ich soll mich um meine eigenen Angelegenheiten kümmern. Was ist los, Shane?«

»Ich weiß es nicht.«

»Aber ich. Ich habe nämlich mit ihr gesprochen, während du mit J.J. unterwegs warst.«

»Was?«

»Ja, ich gebe zu, ich war neugierig. Ich hätte mich zurückhalten sollen, aber ich konnte nicht anders. Also bin ich mit frisch gebackenen Keksen nach nebenan gegangen und habe mich mit Angela unterhalten. Ich mag sie nämlich sehr, auch wenn sie mir erzählt hat, dass ihr beide nur gute Freunde seid. Dabei war ich fest überzeugt, dass das Baby von dir ist.«

»Ist es nicht, und wir sind wirklich nur Freunde. Sie brauchte eine Unterkunft, und ich habe sie aufgenommen.« *Jedenfalls hat es so angefangen.*

»Interessant. Und das von einem Mann, dem seine Privatsphäre über alles geht.«

»Ich weiß, aber das hier ist anders.«

»Inwiefern?«

Das war eine durchaus vernünftige Frage aus dem Mund einer engen Freundin, aber auch eine, auf die er keine Antwort hatte. »Ich wünschte, ich wüsste es.«

»Nach allem, was ich ihr entlocken konnte, seid ihr beide intelligente Singles, die einander attraktiv finden.«

Verblüfft starrte er sie an. »Sie hat gesagt, dass sie mich attraktiv findet?«

»Nein, hat sie nicht, und selbst wenn, würde ich es dir nicht verraten. Wir Frauen haben ein Gespür für so etwas, und ich habe euch beide genau beobachtet. Ihr glüht geradezu, wenn ihr über den anderen redet.«

Stimmt, dachte er und spürte, wie er auch jetzt glühte. Angela begehrte ihn? Er hatte gewusst, dass er ihr so gut gefallen hatte wie sie ihm, hatte sie jedoch nicht zu mehr drängen wollen. Dazu war in ihrem Leben einfach zu viel los.

»Was denkst du über ihr Baby?«, fragte Nancy sanft. »Du bist nicht der Vater.«

»Das stört mich nicht.« Er erzählte ihr von dem Ultraschallfoto, das Angela ihm gezeigt hatte. »Es war unglaublich – man sieht nicht mehr als einen verschwommenen Umriss und weiß, das ist das Kind, das in ihr wächst.«

»Ich glaube, ihr zwei seid auf dem besten Weg. Aber warte nicht zu lange, Shane. Es wäre wirklich traurig, wenn ihr beide diese einmalige Chance verpasst, weil jeder dem anderen mehr Zeit lassen will.«

Da hatte Nancy recht, aber er musste vorsichtig sein. »Ich

werde deinen Rat beherzigen«, versprach er und küsste sie auf die Wange. »Sag Jerry, dass er großes Glück hat.«

»Das sage ich ihm jeden Abend.«

Shane winkte ihr zum Abschied zu und ging hinaus. Normalerweise blieb er noch eine Weile, wenn er J.J. ablieferte, aber heute Abend zog es ihn nach Hause. Als er die Einfahrt überquerte, sah er, dass über seiner Tür ein Licht brannte. Das war bezeichnend – sie sorgte für Licht in seinem Leben. Es war eine kleine Geste, aber er freute sich riesig darüber.

»Ich bin es!«, rief er, als er sein Haus betrat.

»Gott sei Dank.« Lachend kam Angela aus der Küche. »Ich bin schon viel zu lange allein mit einem Teller voller Kekse. Dauernd befehle ich mir, sie einzufrieren, aber einer nach dem anderen verschwindet in meinem Mund. Wenn ich selbst backe, kann ich widerstehen, aber bei anderen bin ich wehrlos. Wie war dein Ausflug mit J.J.?«

Sie trug Leggings und ein dunkelrotes Sweatshirt. Ihre herzförmigen goldenen Ohrringe funkelten im Licht. Als sie auch noch lächelte, wusste er, was er wollte. Er wollte sie an sich ziehen und halten. Und dann wollte er sie küssen und streicheln und mit ihr schlafen. Was er wollte, stand fest. Aber das Leben war nun mal nicht so einfach.

»Wir hatten eine tolle Zeit. Pizza und Videospiele. Ein Männerparadies.«

»Na, dann kannst du dich jetzt auf einen ruhigen Abend freuen. Wie wäre es mit einem richtig altmodischen Film? Er fängt in etwa fünfzehn Minuten an. Natürlich läuft auch Basketball. Was für ein Dilemma, nicht wahr?«

Ihre grünen Augen glitzerten belustigt. Kein Zweifel, Angela war zu jeder Tageszeit ein Sonnenschein. Ihre Fröhlichkeit bewies, was für ein charakterfester Mensch sie war. Sie hatte mehr als die meisten Menschen durchgemacht, aber sich ihren Humor bewahrt. Sie war jemand, der niemals seine Würde und seinen Mut verlieren würde.

Er wollte sie – dessen war er sicher. Aber was den Rest betraf … da gab es noch viele Fragen. Seine Vergangenheit hatte ihn misstrauisch gemacht. Doch wenn er Angela ansah, konnte er an nichts anderes denken als daran, mit ihr zusammen zu sein.

»Wer bist du?«, fragte er mit leiser, tiefer Stimme. »Wer ist diese Frau, die mein Leben, meine Gedanken, meine Welt erobert hat? Ich kann nicht aufhören, an dich zu denken und … dich zu wollen. Bin ich verrückt? Ist es falsch?«

Sie wich seinem Blick nicht aus. Er hatte damit gerechnet, dass sie nervös werden oder sogar flüchten würde, doch das tat sie nicht. Sie errötete leicht und machte einen Schritt auf ihn zu. »Wenn du verrückt bist, bin ich es auch, denn ich fühle genau das Gleiche.«

7. Kapitel

Das kann nicht wahr sein, dachte Angela mit einer Mischung aus Freude, Nervosität und – peinlich genug – Verlangen. Es konnte einfach nicht angehen. Hatte Shane wirklich gerade zugegeben, dass er nicht aufhören konnte, an sie zu denken? Gehörte sie tatsächlich so sehr zu seinem Leben wie er zu ihrem?

Sie wollte es glauben, doch gleichzeitig hatte sie auch Angst davor. Jemandem so nahe zu sein, nur um ihn dann wieder zu verlieren – sie wusste, dass sie es überleben würde. Aber es wäre nicht einfach.

Oder lag es nur an den Hormonen und fehlendem Sex? Wenn ja, was wäre daran so schlimm? Sie mochte Shane, vielleicht sogar mehr als das, doch darüber würde sie sich später den Kopf zerbrechen. Aber bevor sie beide ihrem Verlangen nachgeben durften, musste sie ihn fragen, wie er über Tom und das Baby dachte. Egal, wie die Antwort ausfiel, sie musste sie hören.

»Shane, da ist noch etwas, worüber ich mit dir sprechen muss«, sagte Angela leise und wich seinem Blick aus.

»Okay. Heraus damit.«

Sie holte tief Luft. »Einer der Gründe, warum ich mich in Tom verliebt habe, war die Art, wie er mich behandelt hat. Schon bei unserer ersten Begegnung fand er, dass ich etwas ganz Besonderes war.«

»Ja, das hast du erwähnt. Für ihn warst du eine Prinzessin.«

Sie nickte. »Ich hatte mich schon so lange um meine Geschwister gekümmert. Und davor um meine Mutter, bis sie starb. Ich konnte mich gar nicht mehr daran erinnern, dass es mal um mich gegangen wäre. Durch Tom wurde alles anders, plötzlich stand ich im Mittelpunkt, und für eine Weile war es herrlich. Aber es war nicht das, was ich brauchte.«

Sie riskierte einen Blick auf Shane. Er ließ sie nicht aus den

Augen, aber sein Gesichtsausdruck war völlig neutral. »Sprich weiter«, bat er.

»Es hat lange gedauert, aber irgendwann habe ich eingesehen, was für einen Mann ich mir ausgesucht hatte. Keinen, der in der Zukunft für mich da wäre, sondern einen, der mir half, meine Vergangenheit hinter mir zu lassen. Ich glaube, deswegen – und weil Tom nicht erwachsen wurde – war unsere Beziehung von Anfang an zum Scheitern verurteilt.«

»Das darfst du dir nicht vorwerfen«, sagte Shane. »Du konntest nicht wissen, was du falsch machst.«

»Stimmt. Das ist mir erst im Laufe der Jahre klar geworden. Damals habe ich nur getan, was ich für das Beste hielt. Und genau das ist der Punkt. Ich kann nicht bereuen, dass ich Tom geheiratet habe, denn ihm habe ich mein Kind zu verdanken. Ich kann nicht bereuen, dass ich ein Baby bekomme. Manchmal frage ich mich, ob dieses neue Leben das Sinnvollste ist, was er je zustande gebracht hat.«

Zärtlich berührte Shane ihre Wange. »Du brauchst mir das alles nicht zu erklären. Ich verstehe dich voll und ganz. Zu den Dingen, die ich an dir am meisten mag, gehört deine Fähigkeit, Tom seine Schwächen zu verzeihen und dich auf seine guten Eigenschaften zu konzentrieren. Du arbeitest sogar daran, dir selbst zu verzeihen. Allein darauf kommt es an. Und darauf, dass du deine Tochter liebst.«

Ihre Augen brannten. »Danke«, flüsterte sie.

Er streichelte ihr Gesicht. Die Berührung war ganz leicht und sanft. Und sehr, sehr sinnlich.

»Ich kann mich daran erinnern, wie glücklich ich als kleiner Junge war. Bevor meine Eltern starben, meine ich. Das meiste ist ziemlich verschwommen, aber ich weiß, dass ich viel gelacht habe. Die beiden haben sich sehr geliebt, und ich war ihr Ein und Alles. So habe ich mir meine eigene Familie vorgestellt, aber ich hatte immer Angst.«

»Wovor?«, fragte sie und sah ihm tief in die Augen. »Ich habe dir oft gesagt, dass du als Vater ein Naturtalent bist. Du wirst wundervoll mit Kindern umgehen können.«

»Das ist es nicht«, gestand er. »Es geht nicht darum, was ich hatte, sondern darum, was ich verloren habe. Als meine Eltern umkamen, war ich am Boden zerstört. Ich war erst neun Jahre alt und hatte schon alles verloren. Ab da wurde das Leben für mich sehr schnell sehr unangenehm.«

»Das tut mir leid.« Sie presste die Wange an seine Hand. Die Wärme tat gut und hatte etwas Verbindendes. Am liebsten hätte sie ihn in die Arme genommen, aber sie spürte, dass er noch nicht fertig war.

»Danach wurde ich vorsichtig«, fuhr er fort. »Nie wieder wollte ich jemanden verlieren, also bin ich zu allen auf Abstand geblieben, damit man mir nichts wegnehmen konnte. Ich dachte, wenn ich auf alles vorbereitet bin und immer mit dem Schlimmsten rechne, werde ich nie wieder kalt erwischt.«

Natürlich, dachte Angela, das klingt sinnvoll. »Und das hat dazu geführt, dass du meistens allein warst. Bis Mary kam. Und dann hat auch sie dich im Stich gelassen.«

»Ich will nicht resignieren«, sagte Shane leise. »Ich will an das Gute glauben, vielleicht sogar jemanden lieben …«

Aber das tat er nicht. Sie versuchte sich einzureden, dass sie ihn verstand. »Alles ist so schnell gegangen«, sagte sie leise.

Noch immer streichelte er ihre Wange. »Ich brauche dich, Angela. Es ist lange her, dass ich jemanden gebraucht habe.«

Das ist ein Anfang, dachte sie. Schließlich war sie sich ihrer Gefühle auch nicht hundertprozentig sicher. Sie betrachtete das markante Gesicht, das ihr inzwischen so lieb und vertraut war. Na gut, sie war sich zu 99 Prozent sicher, aber das brauchte er nicht zu wissen. Sie konnten eine Zeit lang den Sex genießen und abwarten, ob mehr als eine Bettgeschichte daraus wurde. Nancy hatte ihr erzählt, dass Shane sich schon jetzt weiter öffnete als jemals zuvor. Das war doch ein Grund zur Hoffnung, oder?

»Ich brauche dich auch«, gestand sie.

Er ließ die Hände sinken und trat von einem Fuß auf den anderen. »Ich will nicht taktlos sein, aber wie meinst du das?«

Sie lächelte, denn sie wusste genau, was er meinte. »Oh, ich dachte an … nackt und in einem Bett. Und du?«

Er stöhnte auf. »Da bin ich aber froh. Ich will dich so sehr. Das tue ich, seit ich dich das erste Mal gesehen habe.«

Ihr Herz schlug schneller. »Wirklich?«

»Ja.«

Er zog sie an sich, hielt jedoch plötzlich inne. »Was ist mit dem Baby? Ich will euch beiden nicht wehtun.«

Angela schlang die Arme um seine Taille und legte den Kopf an seine Brust. »Danke, dass du so rücksichtsvoll und fürsorglich bist. Auch deshalb fühle ich mich bei dir so geborgen.« Sie hob den Kopf und sah Shane an. »Ich bin kerngesund, und dem Baby wird nichts passieren. Das kann sich in den letzten Wochen der Schwangerschaft ändern, aber im Moment ist es vollkommen sicher.«

»Du meinst also, wir sollten keine Zeit vergeuden.«

Sie lachte. »So ungefähr.«

Er nahm ihr Gesicht zwischen die Hände und küsste sie. Alles war so, wie sie es erinnerte – seine Lippen, sein Duft, seine Wärme. Sofort reagierte ihr Körper auf seinen. Tief in ihrem Bauch setzte ein lustvolles Pulsieren ein, und sie fühlte, wie ihre Brustspitzen vor Erregung hart wurden. Ohne zu zögern, legte sie die Hände in seinen Nacken. Dies war der richtige Moment, sie spürte es. Sie und Shane hatten sich erst ein einziges Mal geküsst, dennoch war es ebenso vertraut wie erregend.

»Ich will dich«, flüsterte er an ihren Lippen.

Sie öffnete den Mund, und Shane nahm die Einladung an.

Angela fühlte sich wie eine Schwimmerin, die unversehens in einen tosenden Sturm geraten war. Riesige Wellen rissen sie mit sich, trugen sie hinauf und wieder hinab, und das alles in einem schwindelerregenden Tempo. Es war ein Sturm der Leidenschaft, und die Wogen, deren Abstand immer kürzer wurde, waren das Verlangen, das sie unaufhaltsam durchströmte.

Als sie Shanes Zunge an ihrer Unterlippe spürte, konnte sie nichts anderes tun, als sich an seinen breiten Schultern festzuhalten und sich dem lustvollen Vergnügen hinzugeben, das er ihr scheinbar mühelos bereitete.

Es war nur ein Kuss, aber es war auch der Eingang in eine neue Welt. Sie streichelte seinen Rücken, staunte über die kräftigen

Muskeln, die sich unter ihren Fingern strafften und wieder lockerten, und wusste, dass er sie so kennenlernen wollte wie sie ihn. Sie hatten einander ausgesucht, vielleicht nur für eine Nacht … vielleicht für länger. Egal, was sie erwartete, sie wollte alles über ihn wissen, alles an ihm fühlen.

Er vertiefte den Kuss, bis es ihr den Atem raubte und sie am ganzen Körper zu zittern begann. Dann umschloss er ihr Gesicht und strich mit den Lippen über ihre Wangen, die Stirn und die geschlossenen Augen, bevor er sich den Hals hinab zum Kragen ihres Sweatshirts wagte.

»Ich will dich«, flüsterte er. »Ich brauche dich, Angela. Lass mich dich überall berühren und in dir sein.« Er hob den Kopf und wartete, bis sie die Augen öffnete. »Bitte.«

Noch nie hatte sie eine so große Macht gefühlt – und eine unglaubliche Demut. Sie waren wie zwei verschmolzene Seelen, die einander verloren hatten und unerfüllt darauf warteten, einander wiederzufinden.

»Ich brauche dich auch«, erwiderte sie. »Ich möchte dir gehören.«

Mehr schien er nicht hören zu müssen, denn er nahm ihre Hand und führte Angela über den schmalen Flur in sein Schlafzimmer.

Als er das Licht einschaltete, sah sie ein breites Bett und eine große Kommode. Auf dem Holzfußboden lagen keine Teppiche, und keine Bilder lockerten das Weiß der Wände auf. Die Tagesdecke war beige, und nirgends lag ein Zierkissen.

»Du hältst nicht viel von Dekoration, was?«, scherzte sie. »Würde es dich umbringen, ein oder zwei Poster aufzuhängen? Nur der Farbe wegen.«

»Dazu hatte ich nie einen Grund. Ich habe dieses Zimmer selbst eingerichtet. Mary hat nie hier gewohnt. Wir haben weder in diesem Bett noch in diesem Haus miteinander geschlafen. Ich möchte, dass du das weißt, denn es soll für dich keine Gespenster geben.«

Sie legte die Hände um seine Taille. »Wenn du meine Vergangenheit verstehen und loslassen kannst, kann ich das Gleiche.«

»Das freut mich.«

Er griff nach dem Saum ihres Sweatshirts und zog es langsam hoch.

Angela zögerte nur einen Sekundenbruchteil lang. Obwohl man es ihr kaum ansah, war ihr Körper schon anders als vor der Schwangerschaft. Würde Shane sie noch immer begehren, wenn er sie nackt sah?

Er zerrte bereits an ihrem Shirt, und wenn sie ihn jetzt bremste, würde sie es ihm erklären müssen. Außerdem bezweifelte sie, dass er ihre Zurückhaltung verstehen würde. Die meisten Männer hatten keinerlei Angst, einer Frau ihren Körper zu zeigen.

Also hob sie die Arme, und er zog ihr das Sweatshirt über den Kopf. Es landete auf der Kommode.

Dann kniete er sich vor sie und zog ihr erst Schuhe und Strümpfe, danach die Leggings aus. In Slip und BH stand sie vor ihm und musste sich beherrschen, um sich nicht unter der Bettdecke zu verkriechen. Plötzlich sah sie die Nachbarin vor sich. Bestimmt war Nancy schon seit dem Tag ihrer Geburt eine strahlende Schönheit. Wenigstens hatte Shane mit ihr keine Beziehung gehabt und würde sie beide nicht vergleichen.

»Was denkst du?«, fragte er.

»Nichts.« Sie presste die Lippen zusammen, denn sie war noch nie eine gute Lügnerin gewesen. Er sah nicht aus, als würde er ihr glauben. Sie seufzte. »Nur dass ich mir meiner Figur bewusst bin. Meistens ist sie ganz in Ordnung, aber jetzt bin ich schwanger und … Ich mache mir Sorgen, dass ich dir nicht gefalle.«

Angela hatte immer leiser gesprochen, und die letzten Worte waren geflüstert. Außerdem starrte sie auf den obersten Knopf an Shanes Hemd. Was für ein faszinierender Anblick, versuchte sie sich einzureden, während sie seinem Blick auswich.

»Wie kannst du daran zweifeln, dass du hübsch bist?«, entgegnete er, bevor er ihre Hand nahm und sie dorthin legte, wo seine Erregung unmissverständlich zu fühlen war. »Wie kannst du daran zweifeln, dass ich dich will?«

Sie musste lächeln. Keine Frage, er war … bereit. »Und wie lange ist es her, Deputy?«

»Ein ganzes Leben«, sagte er nur und hob sie auf. »Ich warte auf dich, seit ich geboren wurde«, fügte er hinzu und legte sie aufs Bett.

Nicht schlecht, dachte sie, denn *das* Kompliment hatte ihr noch niemand gemacht. Ihr gefiel, wie er sich an sie schmiegte. Sein Körper war fest und hart an ihrem weichen, und sie spürte die Kraft, zu der er fähig war. Seine große Hand lag auf ihr, zwischen dem BH und dem sanft gerundeten Bauch.

Als er sie küsste, fragte sie sich, in welche Richtung er die Hand bewegen würde. Es gab so viele Möglichkeiten.

Ganz langsam, so langsam, dass sie es kaum ertrug, umschloss er eine Brust und liebkoste sie, bis die Spitze fest war und vor Verlangen fast wehtat. Er vertiefte den Kuss, doch es war nicht genug. Angela wollte, dass er ihr den BH auszog und sie mit der Zunge verwöhnte, bis sie sich ungeduldig unter ihm wand.

Als könnte er ihre Gedanken lesen, tastete er nach dem Verschluss und hakte ihn auf. Dann streifte er den BH an den Armen hinab und warf ihn beiseite.

Die Abendluft strich kühl über ihre erhitzte Haut und ließ ihre Brüste noch empfindlicher werden. Als sein Daumen eine Brustspitze berührte, stockte Angela der Atem. Sie presste sich an Shane und erwiderte seinen Kuss so leidenschaftlich, als dürfte er niemals aufhören.

Er streichelte sie, bis sie sich aufbäumte. Sie fühlte die Anspannung überall in ihrem Körper, und sosehr sie sich danach sehnte, ihn in sich zu spüren, so froh war sie, dass er sie noch warten ließ. Noch nie war ihre Haut so empfindlich gewesen, noch nie hatte eine Berührung so etwas in ihr ausgelöst.

»Ich will dich«, flüsterte er an ihrem Hals. »Ich will dich ganz.« Er küsste ihren Mund, ihren Hals. »Du schmeckst so, wie ich es mir vorgestellt habe.«

Immer näher kamen seine Lippen ihren Brüsten. Sie hielt die Luft an und fragte sich, ob sie morgen früh auch noch die Frau sein würde, die sie heute gewesen war.

Er ließ die Hand an ihrer linken Brust, während er die rechte mit dem Mund verwöhnte. Nach einem Moment hielt er inne und wartete, bis sie die Augen aufschlug und ihn ansah. Als sich ihre Blicke trafen, strich er mit der Zunge über die Brustspitze.

Etwas so Erregendes zu sehen *und* zu fühlen war mehr, als sie aushielt. Ohne Vorwarnung erbebte ihr Körper. Es war eine Erlösung, aber noch keine Erfüllung, denn als die Lust sich etwas legte, war sie sogar noch bereiter als zuvor.

»Shane«, hauchte sie. »Was tust du mit mir?«

»Ich verwöhne dich.«

»Ja. Auf die schönste Weise, die ich mir vorstellen kann. Aber es ist so unglaublich gut.«

Er lächelte. »So soll es doch sein, oder?«

»Ich wusste gar nicht, dass es so sein kann«, flüsterte sie staunend. »Ich will …«

»Was?«

»Alles.«

Shane ließ sie lange genug los, um ihr den Slip auszuziehen. Sie wartete ungeduldig darauf, dass er sich wieder ihrer Brust widmete. Sekunden später spürte sie seine Lippen an einer Spitze, und als in ihrem Körper die Lust wieder zu pulsieren begann, steigerte er sie noch, indem er eine Hand zwischen ihre Oberschenkel gleiten ließ und sie dort streichelte, wo sie es am intensivsten fühlte.

Das kann nicht sein, dachte sie benommen. Noch nie war sie mehr als einmal zum Höhepunkt gekommen. Aber heute Abend schien sie alles zu können. Es war, als wäre ihr Körper dazu geschaffen, von diesem Mann verwöhnt zu werden.

Er hob den Kopf, und als er sie küsste, schlang sie die Arme um ihn und zog ihn an sich. Vor Erregung begann sie zu zittern. Er streichelte sie zärtlich, aber immer schneller, und schon bald näherte sie sich dem zweiten Orgasmus.

Angela erlebte ihn so überwältigend wie nie zuvor, doch selbst als sie danach schwach und atemlos dalag, war ihr Hunger nach diesem Mann und dem, was er ihr bereiten konnte, nicht gestillt.

»Bitte«, flüsterte sie. »Bitte, komm ganz zu mir.«

»Nichts lieber als das.«

Shane setzte sich auf und tastete nach seinen Hemdknöpfen. Als sie eine Hand an seine nackte Brust legte, riss er sich den störenden Stoff einfach von den Schultern und ließ den Rest seiner Kleidung folgen.

Sie starrte auf die muskulösen Oberschenkel, seine imponierende Männlichkeit und breitete dann die Arme aus.

Sofort nahm er die stumme Einladung an und kniete sich zwischen ihre gespreizten Beine. Sie zog die Knie an und schaute ihm in die Augen, als er langsam und behutsam in sie eindrang. Erst jetzt hatte sie das ersehnte Gefühl, wirklich eins mit ihm zu sein. Er stützte sich auf die Ellbogen, und ihre Blicke verschmolzen.

Und dann begann er sich zu bewegen.

Sie musste sich beherrschen, um nicht laut aufzuschreien. Nichts von dem, was sie bisher erlebt hatte, kam dem gleich, was sie jetzt fühlte. Sie spürte ihn so, wie sie noch keinen Mann gespürt hatte. Jede seiner Bewegungen steigerte ihr Verlangen.

»Ich sehe dir an, was passiert«, keuchte er. »Ich sehe es in deinen Augen. Bin ich zu schnell?«

Erst jetzt wurde ihr bewusst, dass sie die Augen nicht geschlossen und auch nicht das Gesicht abgewandt hatte. Das war neu für sie, aber es war auch herrlich, ihn wissen zu lassen, wie sehr sie es genoss, mit ihm zu schlafen.

»Nein«, flüsterte sie. »Im Gegenteil.«

Er ließ sich nicht lange bitten, sondern steigerte das Tempo. Sie passte sich seinem Rhythmus an und klammerte sich an ihn, als er ihr dorthin folgte, wo außer ihnen beiden und ihrer gemeinsamen Lust nichts anderes zu existieren schien.

Als er langsamer wurde und sich ermattet an sie schmiegte, holte seine heisere Stimme sie behutsam in eine Realität zurück, von der sie nicht zu träumen gewagt hatte. Er flüsterte ihr zu, wie herrlich es gewesen war.

Das ist es immer noch, dachte sie glücklich und besorgt zugleich, denn sie wusste, dass sie sich gerade verliebt hatte – in einen vorsichtigen Mann, der nur eines suchte: eine Sicherheit, die es im Leben leider nicht gab.

8. Kapitel

Shane konnte sich nicht daran erinnern, dass er sich schon jemals so sehr mit einem anderen Menschen verbunden gefühlt hatte. In seinem Körper klang die Lust langsam ab, und da er Angela in den Armen hielt, spürte er, wie sie auch in ihr abebbte. Es war, als wäre er tatsächlich einen Moment lang mit ihr eins gewesen.

Er drehte sich auf die Seite und zog Angela mit sich, sodass sie einander ansehen konnten. Ihre Wangen waren gerötet, und sie atmete noch immer schwer, als sie die Augen aufschlug.

»Wow.«

Er lächelte. »Ja, für mich auch. Ich wusste gar nicht, dass es so sein kann.«

Sie seufzte. »Und ich wusste nicht, dass mein Körper dazu fähig ist. Ich habe keine Ahnung, ob es an dem liegt, was wir miteinander gemacht haben, oder an der Chemie oder woran auch immer … Es war, als wäre ich … verwandelt.«

Natürlich schmeichelten ihre Worte ihm, doch er war auch besorgt. »Fühlst du dich gut? Das Baby …«

Sie schüttelte den Kopf. »Dem geht es auch gut. Auch wenn es früher immer behauptet wurde, kann es nicht sehen, was passiert, und es lebt in seiner eigenen kleinen Welt, in der es sicher ist. Außerdem bin ich kerngesund und hatte noch nie medizinische Probleme.« Sie lächelte. »Wahrscheinlich haben wir meine Tochter in den Schlaf gewiegt.«

Er legte eine Hand auf ihren Bauch. »Kannst du sie schon fühlen?«

»Ich weiß nicht genau. Manchmal war mir so, aber das habe ich mir bestimmt nur eingebildet. In ein paar Wochen müsste es so weit sein. Ich habe gehört, dass man das Baby in einer zweiten oder dritten Schwangerschaft früher und deutlicher fühlt als beim ersten Mal.«

Sie legte ihre Hand auf seine. »Bisher habe ich Glück gehabt. Mir war noch nie übel. Auf die Idee, einen Schwangerschaftstest zu machen, bin ich nur gekommen, weil meine Periode sonst immer regelmäßig war und auf einmal zwei Tage zu spät einsetzte.«

»Also gelüstet es dich nicht nach sauren Gurken und Schokoladeneis?«

»Noch nicht. Ich sage dir Bescheid, wenn es losgeht.«

Shane sah ihr in die großen grünen Augen und auf die verblassenden blauen Flecken in ihrem Gesicht. Sosehr er sich auch dagegen wehrte, er war von Angela besessen. Dabei hatte er vor einem Monat noch nicht mal gewusst, dass es sie gab. »Was, wenn ein Kollege deinen Fall übernommen hätte?«, fragte er leise. »Wenn wir uns nicht begegnet wären?«

»Whitehorn ist eine kleine Stadt. Irgendwann wären wir uns über den Weg gelaufen.«

Ja, wahrscheinlich, dachte er.

»Hättest du mich auch attraktiv gefunden, wenn ich keine lädierte Frau ohne Gedächtnis gewesen wäre?«

Er küsste sie auf die Nase. »Natürlich. Hätte ich dich in einem Geschäft oder einem Restaurant gesehen, hätte ich dich sofort angesprochen.«

»Und wenn ich zu schnell gefahren wäre?«

»Dann hätte ich dir erst einen Strafzettel verpasst und dich anschließend zum Essen eingeladen.«

»Ich könnte dich nicht mit einem Kuss bestechen?«

Sie zeigte ihm, wie sie es versucht hätte. Spielerisch, aber ungemein verführerisch. Obwohl sie gerade erst miteinander geschlafen hatten, fühlte er, wie sich sein Verlangen erneut regte.

»Hättest du mir den Strafzettel auch dann verpasst, wenn ich dich so geküsst hätte?«, fragte sie leise.

»Sicher, aber ich wäre den restlichen Tag ziemlich rastlos gewesen.«

Sie ließ den Blick an ihm hinabwandern und zog die Augenbrauen hoch. »Schon?«

»Lass uns eine Weile warten.«

»Na gut, aber nicht zu lange.«

Er drehte sich auf den Rücken, sie schmiegte sich an ihn und legte den Kopf an seine Schulter. Er zog die Decke über sie beide und nahm Angela in die Arme.

Draußen war es dunkel. Der Lichtschein fiel auf ihr anmutiges Gesicht. Er fragte sich, wie ihre Tochter aussehen würde. So hübsch wie die Mutter? Hoffentlich.

»Denkst du daran, noch mehr Kinder zu bekommen?«

»Irgendwann. Ich wollte immer zwei oder drei.« Sie küsste ihn auf die Wange. »Was ich jetzt sage, hört sich vermutlich seltsam an, aber ich bin wirklich froh, dass Toms Kind ein Mädchen ist. Ich glaube, das macht es mir als alleinerziehender Mutter leichter. Und falls ich wieder heirate, wird mein neuer Ehemann bestimmt einen Sohn wollen.«

Shane runzelte die Stirn. Die Vorstellung, dass Angela wieder heiratete, behagte ihm nicht. Aber natürlich würde sie es tun. Ihm fielen auf Anhieb vier oder fünf Männer ein, die sie sofort nehmen würden. Er gehörte nicht dazu, denn er suchte keine dauerhafte Beziehung.

»Was ist mit dir?«, fragte sie. »Willst du genug Kinder für ein Basketballteam, oder ist Baseball eher dein Stil?«

»Weder noch.«

»Langsam machst du mich verrückt mit deiner Sorge, du könntest kein guter Vater sein. Tom hat mir Dutzende von Versprechungen gemacht und kaum eine davon eingehalten. Irgendwann habe ich ihm einfach nicht mehr geglaubt. Aber ich weiß, dass du zuverlässig bist. Du bist ein Mann, der Wort hält, und würdest niemals eine Frau im Stich lassen. Und erst recht nicht ein Kind.«

Das hörte er gern, doch Angela sollte ihn nicht für perfekt halten. »Ich begehe auch Fehler. Natürlich will ich immer alles richtig machen, aber vielleicht schaffe ich das nicht immer.«

Sie lächelte. »Honey, du bist ein Mann, und Männer sind nun mal unordentlich.«

»Was soll das heißen?«

»Genau das.« Sie legte den Kopf an seine Schulter. »Aber ich rede nicht von herumliegenden Socken oder überquellenden Mülleimern, sondern von deinem Charakter. Du versprichst nicht, dass die Familie lange genug in der nächsten Stadt bleiben wird, um ein Haus zu mieten, und zwingst sie zwei Wochen später zum nächsten Umzug. Du wirst nicht sämtliche Ersparnisse abheben und in eine Firma stecken, die schon bei der Gründung so gut wie pleite war. Du wirst dafür sorgen, dass die Zukunft deiner Kinder sicher ist.«

Shane wusste nicht, was er darauf antworten sollte. Mit wenigen Sätzen hatte sie ein Bild ihres Lebens mit Tom gezeichnet. Sie hatte so viel erleiden müssen, und er wünschte, er könnte es ungeschehen machen. Aber er konnte ihr nur zuhören und schwören, dass ihr so etwas mit ihm nicht passieren würde.

»Was erwartest du vom Leben?«, fragte sie. »Willst du bei der Polizei bleiben?«

»Ich möchte Sheriff werden. Ich mag diese Stadt. Sie ist noch klein, und als Ordnungshüter kann man hier einiges bewirken.«

Sie strich über seine Brust. »Das ist eine wundervolle Idee, aber ich muss zugeben, dass ich dich eher als Kommunalpolitiker sehe.«

Verblüfft starrte er sie an. »Im Stadtrat?«

»Warum nicht? Für den Anfang.«

Er konnte kaum glauben, dass sie das gesagt hatte. Vor Jahren hatte er Mary mal gestanden, dass er davon träumte, in die Politik zu gehen. In Whitehorn, vielleicht sogar auf höherer Ebene. Er hatte überlegt, ob er sich um ein öffentliches Amt bewerben sollte. Mary hatte es als Spinnerei abgetan, weil er weder das Geld noch die Beziehungen hatte, die man dafür brauchte. Also wäre eine Kandidatur reine Zeitverschwendung.

»Du meinst, ich könnte es schaffen?«

»Natürlich. Die Gefahr ist nur, dass sämtliche Singlefrauen der Stadt merken werden, was für ein Fang du wärst. Du wirst dich vor Angeboten nicht retten können.« Sie küsste seinen Hals. »Aber abgesehen davon würde es dich glücklich machen, und darauf kommt es an.«

»Ich mag keine kreischenden Frauen.«

Sie lachte. »Ich weiß. Das gehört zu deinem Charme.«

»Was wünschst du dir?«, fragte er und versuchte, zu ignorieren, was Angela mit ihrer Zunge in ihm auslöste. Er war noch immer erregt und wollte wieder mit ihr schlafen, aber zuerst sollte sie sich etwas ausruhen.

»Ich möchte so lange unterrichten, wie ich kann, obwohl das schwierig werden könnte, wenn ich eine große Familie habe. Vor allem möchte ich sesshaft werden und Wurzeln schlagen, damit meine Kinder in einer vertrauten Umgebung aufwachsen, in der die Nachbarn aufeinander aufpassen.« Sie seufzte verträumt. »Wie stellst du dir den idealen Urlaub vor? Keinen romantischen, sondern einen Familienurlaub?«

Er überlegte kurz. »Mit der Familie, ja? Okay, alle klettern in einen Minivan, und wir fahren zum Camping. Die einzige Regel lautet, dass die Mutter nicht kochen oder abwaschen soll. Stattdessen darf sie die ganze Zeit lesen.«

»Klingt herrlich.« Sie ließ ihre Hand von seiner Brust zum Bauch gleiten. Er schluckte. »Ich hätte einen Vorschlag für deinen Campingurlaub«, fuhr sie lächelnd fort und umkreiste mit den Fingerspitzen seinen Nabel.

»Welchen?«, fragte er atemlos.

»Angeln. Sie müsste auch angeln dürfen.«

»Kein Problem.« Im Moment würde er ihr alles versprechen, wenn sie nur …

Und dann tat sie es. Sie nahm ihn in die Hand, und er stöhnte leise auf.

»Und ein Urlaub zu zweit?«

Es fiel ihm schwer, sich auf eine Antwort zu konzentrieren. Trotzdem sah er plötzlich ein einsames Ferienhaus am Meer vor sich. Einen weißen Strand im Sonnenschein und …

»Ich möchte regelmäßig mit meinem Mann in den Urlaub fahren. Ich weiß, meistens stehen die Kinder an erster Stelle, aber jedes Paar braucht auch Zeit für sich, sonst scheitert selbst die beste Ehe.«

Sie sprach schon wieder von Ehe. Angela wollte wieder heiraten. Er schob ihre Hand fort und setzte sich auf.

»Shane? Was ist denn?«, fragte sie überrascht.

»Nichts.«

Nichts war los, aber zugleich war nichts in Ordnung. Natürlich würde sie heiraten. Sie war nun mal so. Sie bekam ein Baby, und jeder vernünftige Mann würde das Kind ebenso sehr lieben wie die Mutter. Er selbst dagegen würde sich verabschieden und sie ihrem neuen Leben überlassen.

Warum auch nicht? Was wusste er denn wirklich über sie? Schließlich war er kaum mehr als … ihr Lover. Trotzdem kannte er sie besser, als er Mary jemals gekannt hatte. Er wusste, dass sie es bei einem Mann länger ausgehalten hatte, als gut für sie war, weil sie ihm ihr Wort gegeben hatte. Er wusste auch, dass sie nach dem Scheitern der Ehe aufs College gegangen war und das Studium selbst finanziert hatte.

Und sie hatte einen neuen Traum. Selbst als sie nach dem brutalen Überfall ohne Gedächtnis im Krankenhaus gelegen hatte, war sie glücklich gewesen, dass sie ein Kind bekam.

Sie war der liebenswerteste Mensch, dem er je begegnet war. Wollte er sie wirklich gehen lassen?

»Ich kann es nicht«, flüsterte er und sah sie an.

»Was?«

»Ich kann dich nicht gehen lassen. Ich habe nicht die leiseste Ahnung davon, wie man ein Vater oder Ehemann ist, und habe höllische Angst davor, zu versagen, aber ich kann nicht zulassen, dass du einen anderen Mann heiratest.«

In ihren grünen Augen nahm er etwas wahr, das er als Freude bezeichnet hätte … wenn er keine Angst davor gehabt hätte, dass sie ihn auslachte. Doch das tat sie gar nicht. Sie beugte sich vor und küsste ihn.

»Ich will keinen anderen heiraten. Warum sollte ich? Du bist alles, was ich mir je gewünscht habe«, gestand sie leise.

Er würde ihr so gern glauben, aber er konnte es nicht.

»Du bist wunderbar«, fuhr Angela fort. »Du bist zuverlässig, großzügig, rücksichtsvoll und einfühlsam.«

Sie ist so schön, dachte Shane hilflos. Vermutlich verdiente er jemanden wie sie gar nicht, aber er hatte nicht vor, sich zu beklagen.

Behutsam zog er sie in eine sitzende Position. »Angela Sheppard, ich liebe dich, wie ich noch nie jemanden geliebt habe. Ich bewundere deinen Lebensmut und deine Lebensfreude. Du bist etwas ganz Besonderes und unglaublich schön. Ich möchte immer mit dir zusammen sein. Erweist du mir dir Ehre, mich zu heiraten?«

Ihre Augen verdunkelten sich, dann liefen zwei Tränen über die Wangen. Sie wischte sie mit dem Handrücken ab. »Entschuldigung«, schluchzte sie. »Ich muss immer weinen, wenn ich glücklich bin.« Sie legte die Hände in seinen Nacken. »Ja, ich heirate dich. Ich liebe dich nämlich auch und will mit dir zusammen sein. Ich will mit dir alt werden und erleben, wie unsere Kinder eigene Kinder haben.«

Shane konnte nicht fassen, dass sie zugestimmt hatte. Voller Freude und Erleichterung drückte er sie an sich und küsste sie. »Danke. Ich werde dich immer lieben. Du wirst nie bereuen, dass du Ja gesagt hast.«

»Ich weiß.«

»Und ich werde auch deine Tochter lieben«, versprach er. »Als wäre sie von mir. Ich weiß, du wirst ihr von Tom erzählen, und das solltest du auf jeden Fall tun. Aber in jeder anderen Hinsicht werde ich ihr Vater sein.«

Noch mehr Tränen rannen ihr übers Gesicht. »Ich weiß gar nicht, womit ich so viel Glück verdient habe. Aber ich werde dich festhalten und nie wieder gehen lassen, Shane.«

»Das ist gut.«

»Wann willst du heiraten? Schon bald?«

»Natürlich. Morgen, wenn du möchtest.«

Erstaunt sah sie ihn an. »Eine Hochzeit können wir nicht von einem Tag zum anderen organisieren.«

»Warum denn nicht? Ich möchte, dass wir in diesem Haus heiraten, damit wir anfangen können, es mit schönen Erinnerungen zu füllen. Ich dachte mir, wir nehmen Nancy und Jerry als Trauzeugen. Es sei denn, du möchtest jemand anderen.«

»Nein. Das klingt perfekt. Ich möchte dich so schnell wie möglich heiraten.«

Wieder küsste er sie. Mit ihr in den Armen fühlte er sich so zufrieden wie noch nie zuvor. Endlich war er angekommen.

Gerade wollte er sich mit ihr aufs Bett sinken lassen, da läutete das Telefon.

»Tut mir leid«, sagte er, bevor er nach dem Hörer griff. »Es könnte dienstlich sein.«

»Ich weiß«, erwiderte sie. »Kein Problem.«

»McBride«, meldete er sich.

»Shane, ich wollte dir nur mitteilen, dass Sara Mitchell ihren Entführern entkommen ist«, sagte Matt Anders, einer von Shanes Kollegen. »Sie hat es heute Nachmittag geschafft und scheint nach dem, was sie durchgemacht hat, in ganz guter Verfassung zu sein.

Die Kidnapper dürften ziemlich wütend über das entgangene Lösegeld sein, deshalb soll ich dir vom Chef sagen, dass du Angela Sheppard besser nicht aus den Augen lässt. Er will, dass ihr zwei eine Weile in Deckung bleibt. Vielleicht eine Woche, bis wir die Kerle geschnappt haben.«

Shane betrachtete die hübsche junge Frau in seinen Armen. »Ich denke, das müsste gehen. Vielleicht verlassen wir sogar für ein paar Tage die Stadt.«

»Tolle Idee. Aber sag dem Chef vorher Bescheid.«

»Das werde ich. Danke.« Er legte auf.

»Gibt es etwas Neues?«, fragte Angela.

»Das kleine Mädchen, das die Männer entführt haben, nachdem sie dich überfallen hatten, ist in Sicherheit. Sie konnte fliehen, und es geht ihr gut. Aber die Kerle dürften ziemlich sauer sein, weil sie das Lösegeld abschreiben müssen. Ich habe die Anweisung, dich während der nächsten Tage nicht aus den Augen zu lassen.«

»Wirklich? Deshalb hast du also davon gesprochen, die Stadt zu verlassen.«

»Genau.« Er schmiegte sich an sie. »Ich werde dir ab jetzt sehr, sehr nahe sein müssen.«

Sie schrie leise auf, als er in sie eindrang. »Als mein ganz spezieller Leibwächter, was?«

»Richtig. Nur das Beste für die Frau, die ich liebe.«

Angela wollte antworten, doch bevor sie es konnte, stockte ihr der Atem, als das Verlangen immer heftiger in ihr pulsierte.

Shane lächelte zufrieden und gab sich der Lust hin, die sie einander bereiteten. Er konnte nicht mehr denken oder sprechen, er konnte nur noch fühlen und dankbar dafür sein, dass er Angela gefunden hatte.

Das ist nur eine kleine Hochzeit, dachte Angela, während sie über die lachsfarbenen Rosen in ihrem Haar tastete. Es gab keine Kirche, keine Livemusik, keine Gäste außer Nancys und Jerrys beiden Kindern. Sie trug nicht mal ein Brautkleid. Trotzdem konnte sie sich nicht erinnern, jemals glücklicher gewesen zu sein. Nichts in ihrem Leben hatte sich so richtig angefühlt wie das hier.

»Du siehst wunderschön aus«, sagte Nancy und umarmte sie. »Und so verliebt.«

»Danke für deine Hilfe«, erwiderte Angela. »Ohne dich hätte ich das alles nicht bewältigt.«

»Hey, dazu sind Freunde doch da, oder? Außerdem liebe ich Herausforderungen, und eine Hochzeit an nur einem Tag zu organisieren war eine.«

Nancy hatte wirklich ein Wunder vollbracht. Als Shane anrief und sie und Jerry bat, Trauzeugen zu werden, sagte sie nicht nur sofort zu. Sie bestand auch darauf, Angela bei den Vorbereitungen zu helfen. Fünfzehn Minuten später stand sie vor Shanes Haustür, mit einem Notizbuch in der einen Hand und einer Liste mit Telefonnummern in der anderen.

Um zehn Uhr vormittags war der Brautstrauß bestellt, ebenso ein Korb voller Rosenblüten für Belinda, die sich schon riesig darauf freute, Blumen zu streuen. Nancy kannte einen örtlichen Konditor, der ihr einen Gefallen schuldete und sich bereit erklärte, bis sechzehn Uhr eine schlichte zweistöckige Hochzeitstorte zu liefern. Zusammen mit Angela brachte sie Shanes besten Anzug in die Reinigung und ließ sich versprechen, dass er bis drei Uhr fertig sein würde. Danach gingen sie in eine Boutique.

Und dort hing am Ständer mit den Sonderangeboten ein langärmeliges Spitzenkleid, das Angela wie angegossen passte, ohne den bereits leicht gerundeten Bauch zu betonen. Nancy dachte sogar an Einwegkameras und orderte bei einem Partyservice ein romantisches Abendessen für zwei.

Nachdem sie die schlichten Goldringe gekauft hatten, fuhren sie zu Nancys Kirche, wo der Teilzeitorganist den Hochzeitsmarsch spielte, damit Nancy ihn aufnehmen und abspielen konnte, wenn Angela später durch Shanes Wohnzimmer schritt.

»Du hast wirklich an alles gedacht«, lobte Angela, als sie sich im Spiegel betrachtete. »Du hast dich sogar um mein Haar gekümmert.«

Nancy zuckte mit den Schultern. »In meinem letzten Leben muss ich General oder so etwas gewesen sein. Ich bin eben ein Organisationstalent. Dafür bin ich eine miserable Köchin.«

»Das glaube ich nicht.«

Nancy lächelte. »Ich bin froh, dass du Shane heiratest. Ich weiß, es ist rasend schnell gegangen, aber irgendwie fühlt es sich absolut richtig an.«

»Das stimmt«, bestätigte Angela und musterte ihre neue Freundin so unauffällig wie möglich. In ihrem dunkelblauen Etuikleid sah sie einfach hinreißend aus. Die Frau hätte als Model ein Vermögen verdient.

»Ich habe Belinda erzählt, dass du ab jetzt neben uns wohnst«, sagte Nancy. »Und dass du ein kleines Mädchen bekommst. Sie ist schon ganz aufgeregt, weil ein Baby viel mehr Spaß macht als ihre Puppen.«

Angela fühlte, wie ihr die Tränen kamen. Das hier hatte sie sich immer gewünscht – ein Zuhause, Geborgenheit und das Gefühl dazuzugehören. Sie wollte, dass ihre Kinder in der Nachbarschaft spielten und Freunde fürs Leben fanden.

»Danke für alles«, flüsterte sie und umarmte Nancy.

Dann klopfte Jerry an die Tür des Gästezimmers und verkündete, dass es losgehen konnte.

Nancy ging voraus. Angela wartete, bis der Hochzeitsmarsch einsetzte, und folgte ihrer Freundin über den Flur und ins Wohnzimmer. Sie hatte erwartet, dass sie nervös sein würde, aber noch nie in ihrem Leben war sie so sicher gewesen, dass sie das einzig Richtige tat.

Vor ihr flackerte warmes Licht. Shane und Jerry hatten Dutzende von kleinen Kerzen aufgestellt, die dem Raum eine festliche Atmosphäre verliehen.

Der Geistliche lächelte ihr entgegen. Er zwinkerte ihr aufmunternd zu und bedeutete ihr, zu ihm zu kommen.

Shane erwartete sie bereits, und sie wusste, dass er für den Rest seines Lebens nicht von ihrer Seite weichen würde.

Ihre Blicke trafen sich. Um sie herum schien alles zu verblassen, und Angela glaubte, mittendrin lachende Kindergesichter erkennen zu können. Sie sah auch einen großen Hund und mehrere Katzen und hörte fröhliches Lachen an einem Weihnachtsmorgen. Sie sah, wie ihre Kinder das College abschlossen und heirateten – nur die Jüngste nicht, die immer rebellisch bleiben würde.

Sie sah Shane, wie er jetzt war und wie er mit achtzig sein würde. Sie sah sie beide an einem Strand, Hand in Hand wie in den fünfzig Jahren zuvor, während vor ihnen die Sonne im Meer versank.

Sie blieb neben ihrem Bräutigam stehen, reichte Nancy den Brautstrauß und legte ihre Hände in Shanes.

»Bist du sicher?«, fragte er leise.

»So sicher wie noch nie in meinem Leben«, antwortete sie. »Endlich bin ich dort, wo ich immer sein wollte.«

»Sie können die Braut auch jetzt schon küssen«, sagte der Pfarrer lächelnd. »Ich sehe Ihnen doch an, dass Sie es wollen. Und wenn ich es Ihnen nicht erlaube, denken Sie die ganze Zeit an nichts anderes mehr. Aber ich lege Wert darauf, dass meine Paare mir aufmerksam zuhören.«

Alle lachten. Shane beugte sich vor und berührte Angelas Lippen mit seinen, bevor sie sich das Jawort gaben und einander ein Leben voller Liebe versprachen.

Susan Mallery

Leidenschaft und Pfefferkuchen

Roman

Aus dem Englischen von
Tatjána Lénárt-Seidnitzer

mtb

1. Kapitel

»Westernomelett mit extra Bacon, dazu Kaffee«, bestellte Mark Kincaid, ohne von seiner Morgenzeitung aufzublicken. Er hatte in der vergangenen Nacht nicht geschlafen und fühlte sich wie gerädert. Allerdings konnte er schon seit der Schießerei nicht mehr schlafen und sollte sich eigentlich nicht mehr darüber wundern. Vielleicht gewöhnte er sich ja irgendwann daran, stundenlang an die Decke zu starren und sich dabei vergeblich zu bemühen, die Ereignisse zu vergessen, die beinahe zu seinem Tod geführt hätten.

»Das glaube ich nicht.«

Zuerst dachte er, dass er sich die sanfte Stimme nur eingebildet hätte und es sich dabei um einen Kommentar hinsichtlich seiner Hoffnung, sich an die Schlaflosigkeit zu gewöhnen, handelte. Dann wurde ihm bewusst, dass sie von der zierlichen Blondine stammte, die an seinem Tisch stand.

Er sah zu der Kellnerin hoch. Sie schenkte ihm ein Lächeln. Er erwiderte es nicht. »Wie bitte?«

»Ich habe Nein gesagt. Sie können das nicht zum Frühstück bestellen. Sie essen jeden Tag dasselbe, und es ist ungesund. Vier Eier, Schinken, Käse und dazu auch noch Bacon! Das reicht, um ein Pferd umzubringen.«

»Zum Glück bin ich kein Pferd.«

Ihr Lächeln wurde breiter, und ihre Augen funkelten belustigt. »Gutes Argument, Detective. Okay, es ist genug Cholesterin, um die Arterien eines menschlichen Wesens zu verstopfen. Wie wäre es mit Haferbrei? Untersuchungen haben bewiesen, dass der regelmäßige Verzehr von Hafermehl den Cholesterinspiegel senken kann, in manchen Fällen sogar beträchtlich.«

Mark faltete seine Zeitung zusammen und richtete die ganze Aufmerksamkeit auf die Servicekraft. Sie trug eine weiße Schürze über einem pinkfarbenen Kleid. Zwei Schmetterlingsclips hielten ihr kurzes blondes Haar aus dem Gesicht. Sie war sehr hübsch anzusehen – für einen Mann, der an solchen Dingen interessiert war. Er war es nicht.

Er schob seine Kaffeetasse an den Rand des Tisches. Die Kellnerin verstand den Wink und schenkte aus der Thermoskanne in ihrer Hand nach.

Dann schlürfte er das heiße schwarze Gebräu und hätte beinahe vor Wonne geseufzt, als es ihm durch die Kehle rann. Kaffee verbesserte deutlich seine Weltanschauung. »Westernomelett«, wiederholte er entschieden. »Mit extra Bacon.«

Einen Moment lang presste sie die vollen Lippen zusammen, bevor sie vorschlug: »Wollen Sie nicht doch lieber Obst dazu nehmen? Es ist erntefrisch.«

Er fixierte sie mit jenem finsteren Blick, den er sehr erfolgreich gegenüber dem Abschaum dieser Welt eingesetzt hatte – damals während seiner Dienstzeit als Detective in New York.

Die Kellnerin – auf ihrem Namensschild stand Darcy – hätte eingeschüchtert die Flucht ergreifen sollen. Stattdessen murmelte sie vor sich hin, dass manche Leute starrsinniger seien, als es ihnen guttue. Dabei kritzelte sie etwas auf ihren Schreibblock. »Ich muss Ihnen sagen, dass ich diese Bestellung wider besseres Wissen aufnehme«, teilte sie ihm mit.

»Was ist aus der Maxime geworden, dass der Gast immer recht hat?«

»Recht zu haben wird Ihnen nichts nützen, wenn Sie tot sind.«

Ihre Bemerkung klang entschieden zu fröhlich in seinen Ohren. »Es ist noch ein bisschen früh für einen philosophischen Disput. Warum heben Sie sich Ihre Weisheiten nicht für den Mittagstisch auf?«

Sie grinste. »Lassen Sie mich raten – Sie kommen heute nicht zum Lunch, stimmt's?«

Er zuckte mit den Schultern. Er hatte tatsächlich andere Pläne.

»Ich gebe das sofort weiter.« Sie wedelte mit dem Block, drehte sich auf dem Absatz um und eilte in die Küche.

Mark wandte sich wieder der Zeitung zu, doch er begriff gar nicht, was er las. Denn seine Gedanken weilten immer noch bei

Darcy. Unwillkürlich versuchte er, sich zu erinnern, was er über sie wusste. Sie war neu in der Stadt. Sie musste irgendwann im Laufe der acht Jahre, die er auswärts verbracht hatte, zugezogen sein. Sie war jung, Anfang zwanzig, attraktiv – nicht, dass es ihn kümmerte – und von Natur aus veranlagt, viel Wirbel um Dinge zu machen, die sie eigentlich nichts angingen. Sie triezte all ihre Stammgäste gleichermaßen, indem sie die Vorzüge von Orangensaft mit seinem hohen Gehalt an Vitamin C anpries, Kinder vor Karies durch Süßspeisen warnte, Salate anstatt Hamburger aufdrängte. Alle schienen diese besondere Aufmerksamkeit zu lieben. Alle außer Mark.

Er schüttelte den Kopf, um wieder klar zu werden, und befasste sich erneut mit der Zeitung vor ihm. Allmählich rückte die Umgebung in den Hintergrund, während er die Footballergebnisse vom Vortag studierte. Vielleicht schafften die Dallas Cowboys in diesem Jahr den Aufstieg. Vielleicht …

Ein kleiner Teller tauchte in seinem Gesichtsfeld auf. Darauf lagen halb übereinanderdrapiert drei Scheiben, die in seinen Augen seltsam und undefinierbar aussahen.

Er blickte zu Darcy hoch.

»Reißen Sie mir nicht den Kopf ab. Das ist eine Empfehlung des Hauses. Wir ziehen in Erwägung, den Lieferanten für unsere Backwaren zu wechseln. Das ist eine Kostprobe von einem der neuen Produkte. Was halten Sie davon?«

Die Scheiben stammten von irgendeinem großen Laib. Die Farbe war gelblich-orange. »Was ist das?«

»Kürbisbrot.«

Mark schob den Teller von sich. »Ich esse vormittags kein Gemüse.«

Sie starrte ihn an, als hätte er gerade den ersten Preis in einem Dummheitswettbewerb gewonnen. »In Ihrem Omelett sind Paprikaschoten. Außerdem ist Kürbis kein Gemüse.«

»Wollen wir wetten?«

»Okay, rein botanisch gesehen ist es Gemüse, wegen der Samen und so. Aber wir essen ihn in Kuchen. Das macht ihn zu Obst, ehrenhalber. Probieren Sie doch mal. Es schmeckt wirklich gut.«

Das wagte er zu bezweifeln. »Warum Kürbisbrot?«

»Wegen Thanksgiving. Das ist am Donnerstag. Haben Sie das vergessen?«

Er hatte es tatsächlich vergessen, weil er sich nicht um Feiertage scherte. Nicht mehr. Früher, als er sich ganz allein um Maddie gekümmert hatte, war es ihm wichtig erschienen, die Feiertage außergewöhnlich zu gestalten. Seine kleine Schwester war noch ein Kind gewesen, als sie ihre Eltern verloren hatten. Aber in letzter Zeit … Was hatte es noch für einen Sinn?

»Dann ist hier am Donnerstag wohl geschlossen«, stellte er fest. Er musste sich also sein Frühstück selbst zubereiten. Oder auch nicht. Kochen war ihm zu mühsam.

Darcy musterte ihn neugierig. »Sagen Sie, Detective, was haben Sie für den Feiertag geplant?«

»Ist meine Bestellung noch nicht fertig?«

Sie nickte bedächtig. »Wusste ich es doch. Sie sind der Typ Einzelgänger, stimmt's? Sie werden den Tag ganz allein verbringen und den Kopf hängen lassen.«

Er starrte sie finster an. »Ich lasse den Kopf nicht hängen.«

»Aber Sie werden allein sein.«

Mit einer ausladenden Armbewegung umfasste er das halb volle Hip-Hop-Café. »Haben Sie keine anderen Gäste zu bedienen?«

Sie blickte um sich. »Eigentlich nicht, aber danke für den Hinweis. Ich bin der Meinung, dass niemand Feiertage allein verbringen sollte. Sie müssen ausgehen.«

Zu seinem Glück ertönte ein schrilles Klingeln, das Darcy zurück in die Küche rief.

Kaum eine Minute später kehrte sie mit seinem Frühstück zurück. »Ich meine es ernst. Einsamkeit macht die Feiertage schlimmer, als sie sein müssten. Haben Sie keine Familie in der Stadt?«

Mark dachte an seine Schwester, die das verlängerte Wochenende auf Reisen verbringen wollte. »Nein.«

»Dann kommen Sie doch zu mir. Es gibt Truthahn mit allem Drum und Dran. Alles ist selbst gemacht. Es kommen ganz viele Leute, es wird Ihnen gefallen. Sie müssen nicht mal reden, wenn

Sie nicht wollen. Obwohl es Ihnen nicht schaden könnte, ein bisschen gesprächiger zu sein, wenn Sie mich fragen.«

Er stöhnte. Es hatte ihm gerade noch gefehlt, in die Fänge einer Gesundheitsfanatikerin und Weltverbesserin zu geraten. Vermutlich nahm sie Tofu als Füllung für den Truthahn und propagierte bei der Zusammenkunft ausschweifend die Wichtigkeit, der Gemeinschaft etwas zurückzugeben. Er öffnete den Mund, um das Angebot abzulehnen, doch da wandte sie sich ab und verschwand in der Küche.

Sekunden später kehrte sie mit der Kaffeekanne zurück, schenkte ihm nach und eilte sofort wieder davon. In den nächsten zehn Minuten kümmerte sie sich um andere Gäste, diskutierte mit ihnen über die Bestellungen und mied Marks Nähe.

Ihm blieb also genug Zeit, um sich etwa fünfzig Gründe auszudenken, aus denen hervorging, dass er die Einladung ablehnen musste.

Als Darcy mit der Rechnung an seinen Tisch kam, brachte er es jedoch nicht über sich, etwas zu sagen, das ihr strahlendes Lächeln gedämpft hätte.

»Um welche Uhrzeit?«, fragte er, wobei der Versuch, liebenswürdig zu klingen, eindeutig fehlschlug.

Verwundert hakte sie nach: »Sie nehmen an?«

»Haben Sie es sich schon anders überlegt?«

»Nein. Ganz und gar nicht. Sagen wir um vier? Wir essen um fünf.« Sie zögerte. »Wissen Sie, wo ich wohne?« Im nächsten Moment errötete sie. »Blöde Frage.«

Zum ersten Mal an diesem Tag, womöglich zum ersten Mal seit mehreren Tagen, lächelte Mark. »Ja, Darcy. Ich weiß, wo Sie wohnen.«

Darcy Montague lehnte die Stirn an die Tür ihres Spinds und stöhnte. Die gute Nachricht war, dass sie sich als Idiotin des Monats nominieren lassen konnte. Was in aller Welt hatte sie sich nur gedacht?

»Bitte sag mir, dass du deinen Kopf nicht gegen die Wand knallst!«, flehte Janie Carson Austin, die Geschäftsführerin des

Hip Hop, während sie den kleinen Lagerraum betrat. »Du bist meine verlässlichste Kraft, und wenn du durchdrehst, ist meine Feiertagslaune dahin.«

Darcy richtete sich auf und zwang sich, ihre Vorgesetzte anzulächeln. »Kein Kopfknallen. Das verspreche ich. Ich denke bloß über den Stand der Dinge in meinem Leben nach.«

»Und der wäre?«

»Großartig.« Sie ignorierte die Stimme in ihrem Kopf, die ihr sagte, dass es unglaublich dumm gewesen war, Mark Kincaid zu sich nach Hause einzuladen. Ausgerechnet Mark Kincaid – Whitehorns Antwort auf Brad Pitt und Tom Cruise in einer Person!

Hatte sie ihm tatsächlich gesagt, dass er mit niemandem reden musste, solange er in ihrem Haus war, nur um sich praktisch im selben Atemzug darüber zu beschweren, dass er nicht gesprächig genug war? *Du hast total wirres Zeug geplappert. Wie peinlich ist das denn.*

Janie lehnte sich an den Türrahmen. »Dein Kürbisbrot ist ein großer Hit. Vielleicht sollten wir nächste Woche etwas Neues ausprobieren.«

Darcys Stimmung hob sich augenblicklich. »Danke. Ich lasse mir etwas ganz Besonderes einfallen. Ich weiß es wirklich sehr zu schätzen, dass du mir diese Chance gibst.«

Janie – hübsch, blond, dreißig Jahre alt – zuckte mit den Schultern. »Ich bin unseren langjährigen Lieferanten gern treu, aber ich schulde auch meinen Gästen das Beste. Wenn dein nächstes Produkt genauso gut ist wie dieses und der Preis stimmt, werde ich empfehlen, dass wir die Backwaren in Zukunft immer von dir beziehen.«

»Ich werde dich nicht enttäuschen.«

»Ich habe vollstes Vertrauen in dich«, erwiderte Janie, und damit ging sie hinaus.

Darcy machte einen kleinen Luftsprung und setzte sich auf die Bank vor den Spinden. *Ich habe vollstes Vertrauen in dich.* Wer hätte je gedacht, dass sie diese Worte einmal hören würde? Lange Zeit hatte sie nicht an sich selbst geglaubt. Doch inzwischen trafen verlässlich, ehrlich, ordentlich und all die anderen hübschen Bezeichnungen, die auf »-lich« endeten, tatsächlich auf sie zu. *Nicht schlecht für eine ehemalige Niete.*

Sie freute sich beinahe so sehr über das Kompliment wie über die Chance, ihr Geschäft namens Darcy's Delectables zu expandieren. Wenn sie einen Festvertrag mit dem Hip-Hop-Café an Land ziehen konnte, bedeutete das einen großen Schritt in die Richtung, ihr minimales Sparkonto aufzupolstern. Dann nahm ihr Leben eindeutig eine Wende zum Besseren.

Sie konnte sich wirklich selbst auf die Schulter klopfen. Oder aber sie kümmerte sich um dringendere Angelegenheiten wie die Tatsache, dass sie Mark Kincaid zu Thanksgiving eingeladen hatte.

Ihre gute Laune verflog augenblicklich. Es ging nicht darum, dass es ihr widerstrebte, den Mann in ihrem Haus zu haben. Wie auch? Er war eine wahre Augenweide. Das war natürlich auch ein Teil des Problems. Sie hatte seit fünf Jahren keinen näheren Kontakt zu Männern. Diese Tatsache trug sicher dazu bei, dass Mark ihr so gewaltig unter die Haut ging. Die Kombination aus toller Figur, tiefsinnigen grünen Augen und charmant-verwegenem Lächeln stellte eine unglaubliche Versuchung dar. Etwas, für das sie momentan so gar keine Zeit aufbringen konnte.

Zu allem Überfluss war er überzeugter Single. Ihres Wissens gab er sich überhaupt nicht mit Frauen ab. Nicht, dass sie ihn ausspioniert hatte, aber sie lebten nun einmal Tür an Tür. Sie teilten sich ein Duplex am anderen Ende der Stadt. Er war einige Monate nach ihr eingezogen, und da er so verdammt gut aussah, war es unmöglich gewesen, ihn zu übersehen. Sie verfolgte nicht unbedingt jede seiner Bewegungen, aber ein kleines bisschen wusste sie Bescheid darüber, wann er kam und ging.

Du bist verknallt in ihn. So, nun war es eingestanden. Sie schwärmte für ihn, und das machte ihr Angst. Was, wenn er es merkte? *Die Demütigung würde ich nicht überleben, und momentan kann ich es mir nicht leisten zu sterben.*

»Ich werde ja nicht mit ihm allein sein«, murmelte sie aufmunternd vor sich hin, während sie aufstand und in den Gastraum zurückkehrte. Acht weitere Personen waren an Thanksgiving zum Dinner in ihr Haus geladen. Da fiel Marks Anwesenheit sicherlich kaum ins Gewicht. Bei einem so großen Puffer aus anderen Leuten zwischen ihnen konnte sie womöglich sogar vermeiden, dass sie sich ihm gegenüber zum Affen machte.

»Tut mir echt leid, dass ich so kurzfristig absagen muss«, verkündete Millie Jasper am nächsten Morgen. Sie versuchte, betrübt zu klingen, aber stattdessen strahlte sie vor Freude.

»Ich verstehe«, erwiderte Darcy, weil sie wirklich Verständnis dafür aufbrachte. Es gefiel ihr nur nicht sonderlich. »Wenn deine Eltern möchten, dass du über die Feiertage nach Hause kommst, ist das viel besser, als hierzubleiben.«

Millie setzte sich den zweijährigen Ronnie von einer Hüfte auf die andere. »Ich hoffe, dass sie mir anbieten, wieder nach Hause zu ziehen«, gestand sie ein. »Seit Ron mit seiner hohlköpfigen Tussi durchgebrannt ist, habe ich ganz schön zu kämpfen. Deshalb kommt es mir fast wie ein Wunder vor.«

Darcy wusste, dass Wunder nicht oft passieren. Sie tätschelte ihrer Freundin den Arm. »Fahr nach Hause. Versöhn dich mit deinen Eltern, und sieh zu, dass du noch mal von vorn anfangen kannst. Ich werde dich an Thanksgiving vermissen, aber so ist es viel besser.«

»Danke. Du bist echt lieb.«

Millie umarmte sie, was Ronnie dazu verleitete, Darcy einen klebrigen Schmatzer auf die Wange zu geben. Dann winkten die beiden zum Abschied und verließen das Café.

»Keine Panik«, ermahnte Darcy sich. Sie griff nach einem Tuch und begann, die Theke abzuwischen. »Es kommen immer noch vier andere Leute zum Dinner.«

Vier Leute plus *ihm*, dachte sie. Inzwischen weigerte sie sich nämlich, namentlich an Mark Kincaid zu denken. Ihr Inneres verhielt sich in letzter Zeit sehr seltsam, wenn sie ihn im Geist vor sich sah oder seinen Namen sagte. Ihr Herz pochte, sobald sie an ihn dachte, und im Magen flatterte es. Das erschien ihr beängstigend und irgendwie bestürzend.

»Ich tue nur ein gutes Werk«, sagte sie sich entschieden. »Es ist absolut nichts Persönliches dabei.«

Und das ist eine verdammte erbärmliche Lüge.

Leichter Schnee fiel am Dienstagabend, als Mark über die Auffahrt joggte, die zum Duplex zurückführte. Er hatte sich übernommen, und es stach ihn in der Seite. Bei jedem Schritt ziepte und zerrte es in den noch nicht verheilten Muskeln. Er würde für die zusätzlichen Meilen am nächsten Morgen bezahlen, wenn er steif und unter Schmerzen aufwachte. Vorausgesetzt, dass er überhaupt Schlaf fand.

Zumindest kann ich joggen gehen und die Konsequenzen ertragen, rief er sich in Erinnerung, während er um eine Wegbiegung rannte. Eine ganze Zeit lang war er nicht einmal sicher gewesen, ob er überhaupt überleben würde. Jetzt wusste er, dass ihm eine vollständige Genesung bevorstand und sein Leben – abgesehen von einigen Narben und einer etwas zynischeren Einstellung zur Welt – wie vorher weitergehen würde. Oder etwa nicht? Konnte er nach allem, was Sylvia ihm angetan hatte, je wieder einer Frau vertrauen?

Er schüttelte den Kopf, um die Gedanken an sie zu verscheuchen. Die Auffahrt verbreiterte sich und führte kreisförmig an dem einstöckigen Duplex vorbei. Gerade wollte er zu seiner Hälfte laufen, da sah er seine Nachbarin bei ihrem Auto stehen und sich mit einem großen Gegenstand auf dem Rücksitz abmühen.

Mark verlangsamte seinen Schritt. Das ist nicht dein Problem, ermahnte er sich. Tür an Tür mit jemandem zu wohnen verpflichtete ihn zu nichts. Er blieb etwa zehn Fuß von ihrem Auto entfernt stehen. Ihrem uralten Auto. Der ausländische Kleinwagen hatte schon bessere Zeiten erlebt und eindeutig zu viele Meilen gefressen. Stellenweise war die grüne Farbe abgeblättert, das Blech verrostet und die hintere Stoßstange verbeult. Aber die Winterreifen sahen recht neu aus. Zumindest war Darcy klug genug, angesichts des bevorstehenden Winters auf ihre Sicherheit zu achten.

Sie schlang die Arme um das, was auch immer auf dem Rücksitz klemmte, und versuchte, sich aufzurichten. Es gelang ihr nicht, stattdessen taumelte sie einige Schritte rückwärts.

Ohne nachzudenken, eilte er zu ihr und nahm ihr das Ding ab. Es stellte sich als ein sehr großer, schwammig-weicher Truthahn heraus.

Darcy blinzelte ihn an. »Mark. Hi.«

Eine blaue Daunenjacke ließ ihre großen Augen so tiefblau leuchten wie den Sommerhimmel. Schneeflocken hingen an ihren blonden Locken. Ihr allgegenwärtiges Lächeln vertiefte sich.

»Danke für die Rettung.« Sie deutete auf das monströse Federvieh, das er sich betreten an die Brust drückte. »Ich weiß, dass er viel zu groß ist, aber ich musste ihn extra bestellen – Sie wissen schon, um Frischware zu kriegen. Und ich konnte nur zwischen einem mickrigen Ding und einem Riesenvogel wählen, der für eine ganze Kompanie reicht. Mein Ofen ist riesig, also habe ich mich für dieses Ungetüm entschieden. Ich kenne ungefähr eine Million Arten, um übrig gebliebenen Truthahn zu verwerten. Deshalb macht es nichts, wenn wir zu Thanksgiving nicht alles aufessen.« Sie hielt inne, um Luft zu holen. »Ich weiß, dass frische Truthähne viel teurer sind, und außerdem ist dieser im Freiland aufgewachsen, aber es ist ja schließlich nur ein Mal im Jahr, verstehen Sie?«

Der eisgekühlte Vogel musste über zwanzig Pfund wiegen. Mark spürte etwas Nasses an seinen Beinen hinunterrinnen. *Na großartig!* »Können Sie mir zeigen, wohin er soll?«

»Oh, Entschuldigung.« Sie eilte zur Haustür und warf ihm einen Blick über die Schulter zu. »Ich könnte ihn tragen. Ich meine, Sie müssen ihn nicht hereinbringen, wenn Sie nicht wollen.«

Mark war fast einen Fuß größer und vermutlich siebzig Pfund schwerer als sie. Er wäre sich ziemlich schäbig vorgekommen, hätte er ihr die Schlepperei überlassen. »Ich glaube, ich schaffe es.«

Sie zog den Kopf ein. »Natürlich schaffen Sie es. Sie sind echt nett, und ich weiß es zu schätzen.« Sie schloss die Tür auf und hielt sie für ihn offen. »Ich nehme an, Sie kennen den Weg.«

Während er eintrat, fiel ihm auf, dass ihre Wohnung genau spiegelbildlich zu seiner geschnitten war. Ein kleiner Vorraum führte in ein quadratisches Wohnzimmer. Seines befand sich auf der linken Seite, ihres demnach rechter Hand. Was bedeutete, dass die Küche in entgegengesetzter Richtung lag. Er drehte sich zum Esszimmer um, durchquerte es und fand sich in der Küche wieder.

Darcy öffnete den Kühlschrank und deutete auf einen Rost, auf dem nichts außer einem leeren Bratblech stand.

Er deponierte den Vogel im Bräter und sah hinunter zu den nassen Flecken auf seiner Jogginghose.

Sie folgte seinem Blick und stöhnte. »Oh, tut mir leid. Ich habe gar nicht gemerkt, dass er tropft.« Sie griff nach einem Geschirrhandtuch und näherte sich ihm, blieb dann aber stehen und reichte es ihm.

Unwillkürlich wünschte er, sie hätte selbst Hand angelegt. Kaum kam ihm der Gedanke, da verdrängte er ihn auch schon entschieden. Auf gar keinen Fall wollte er sich wieder mit einer Frau einlassen. Schon gar nicht mit einer Nachbarin. Hatte er seine Lektion nicht gelernt?

Er rieb über die feuchten Flecken und warf ihr das Handtuch zu. »Wie viele Personen wollen Sie mit dem Ding sättigen?«

Sie öffnete ihre Jacke und hängte sie über die Rückenlehne eines Stuhls. Ihr Küchentisch aus weiß gekachelter Oberfläche und Eichengestell war von vier passenden Holzstühlen umringt.

Ihm fiel auf, dass in ihrer Küche alles anders aussah als in seiner. Seine abgenutzten Schränke waren von einem undefinierbaren Grün, das irgendwo zwischen Schimmel und Avocado anzusiedeln war, während ihre frisch gestrichen aussahen und strahlend weiß glänzten. Eine blaue Bordüre lief rings um die Wände, kurz unterhalb der Decke. Pflanzen hingen vor dem großen Fenster, wo die Spitzengardinen aufgezogen waren, um Licht hereinzulassen.

Da ihr Vermieter nach dem Nichteinmischungsprinzip vorging, wusste Mark, dass die Verschönerungen von Darcy selbst stammen mussten. Beide Wohnungen wiesen keine modernen Geräte wie Geschirrspüler auf, weshalb er überwiegend auf Papier und Plastik zurückgriff, wenn er sich überhaupt bequemte, zu Hause zu essen. Sie hatte einen Abtropfständer aus Metall neben der Spüle aufgestellt, auf dem mehrere Töpfe übereinandergestapelt trockneten.

Er richtete die Aufmerksamkeit wieder auf sie, nur um festzustellen, dass sie seinen Blick mied. Sie wirkte verlegen.

»Eigentlich sollten es insgesamt zehn werden, Sie eingeschlossen«, murmelte sie, während sie ihre Stiefelspitzen musterte. »Für Millie ist es eigentlich ein Glück, dass sie doch nicht kommen kann. Ihr Mann – bald Exmann – ist mit einem jungen Mädel durchgebrannt. Seitdem hat sie schwer zu kämpfen. Ihre Eltern haben sie zu Thanksgiving nach Hause eingeladen. Sie hofft, dass sie sich mit ihnen aussöhnen und wieder bei ihnen einziehen kann. Sie hat drei Kinder und will unbedingt ihren Collegeabschluss machen, damit sie sich einen anständigen Job besorgen kann. Also ist es für sie am allerbesten so.«

Mark verdaute die Flut an Informationen und überlegte, ob er fragen sollte, wer diese Millie war. Dann entschied er, dass es nicht wichtig war. »Also, wie viele werden jetzt noch kommen?«

Sie blickte ihn an. »Nur noch sechs, weil Millie ihre drei Kinder mitgebracht hätte.« Sie schenkte ihm ein strahlendes Lächeln. »Ich habe an Feiertagen gern viele Menschen um mich. Ich lade Leute ein wie Sie – die keine Familie in der Nähe haben und deshalb nicht wissen, wohin sie sollen. Wie ich schon mal gesagt habe, ist es eine schwierige Zeit, um allein zu sein.«

Na, großartig! Ein Tisch voller Streuner.

Darcy klemmte sich eine lose Haarsträhne hinters Ohr. Die Bewegung lenkte seine Aufmerksamkeit auf ihre blonden Locken, die seidig aussahen, und auf ihre vollen Brüste, die sich auf reizvolle Weise unter ihrem Sweater abzeichneten. Auch wenn er die letzten Monate damit zugebracht hatte, sich von zwei Schusswunden zu erholen, waren gewisse Teile von ihm unverletzt geblieben. Sie suchten sich diesen Moment aus, um ihn daran zu erinnern, dass ein Mann gewisse Bedürfnisse hat.

Blut floss gen Süden mit einer Geschwindigkeit und Intensität, die ihn die Zähne zusammenbeißen ließen. *Verdammt!* Warum musste ihm plötzlich auffallen, wie attraktiv Darcy war? In den vergangenen zwei Monaten, die sie nun schon Nachbarn waren, hatte er es geschafft, diese Tatsache geflissentlich zu übersehen.

»Wo ist denn Ihre eigene Familie?«, fragte er, um sich von den quälenden Anzeichen der Erregung abzulenken. Mit schierer Willenskraft verdrängte er sein Verlangen.

»Meine Eltern sind vor fünf Jahren gestorben.«

Er sagte nichts dazu. Auch seine Eltern waren gestorben, aber wegen dieser Übereinstimmung wollte er sich noch lange nicht mit dieser Frau verbünden. Er wollte nichts mit ihr gemeinsam haben.

Lag es eigentlich an ihm, oder war es wirklich zu heiß im Zimmer?

»Kann ich Ihnen etwas anbieten?«, fragte Darcy. »Tee? Gebäck?«

»Aus Vollkornmehl und Tofu? Nein danke.«

Sie lachte. »Obwohl ich meine Kekse selbst backe, schwöre ich, dass ich ganz normale Zutaten verwende.«

»Wahrscheinlich betrachten Sie Tofu als normal.«

»Nicht, wenn ich backe. Obwohl ich schon mal Carubin benutzt habe, falls das zählt.«

Er hatte absolut keine Ahnung, was dieses *Carubin* war. »Ich muss allmählich nach Hause.«

Sie folgte ihm zur Tür. »Danke, dass Sie mir geholfen haben, Mark. Ich bin überzeugt, dass ich es allein geschafft hätte, Mister Truthahn hereinzuschleppen, aber es war schön, dass ich mich nicht mit ihm abplagen musste.«

Sie reichte ihm nicht einmal bis an die Schultern. Sie sah unschuldig und mustergültig aus. Er hatte nichts bei ihr zu suchen.

»Hören Sie, Darcy …« Er hielt inne. Wie sollte er ihr beibringen, dass er lieber doch nicht zu ihrem Dinner zu Thanksgiving kommen wollte? Er war in letzter Zeit nicht gerade gesellig und konnte sich nichts Schlimmeres vorstellen, als mit fünf Leuten, die er nicht kannte und nicht kennenlernen wollte, zusammen an einem Tisch zu sitzen und gemeinsam zu essen.

Sie starrte ihn aus ihren großen blauen Augen an. Die Winkel ihres vollen Mundes hoben sich ein wenig. Ihre Haut war makellos. Hell, rein und leuchtend. Doch das Schlimmste an allem war das blinde Vertrauen in ihrem Blick. Er fürchtete, dass sie in ihrem ganzen Leben noch nie eine Notlüge geäußert hatte, geschweige denn eine richtig gemeine Lüge. Er fühlte sich, als stünde er im Begriff, ein Hündchen zu treten.

Seine Schultern sackten hinunter. »Soll ich etwas mitbringen? Wein?«

»Wein wäre nicht schlecht. Ich verstehe nämlich absolut nichts davon.«

Mark nickte und ging, ohne sie noch einmal anzuschauen. Er wollte nicht sehen, wie sie ihn anlächelte, als hätte er gerade etwas Erstaunliches vollbracht.

Sobald er seine eigene Wohnung betreten hatte, dehnte er seine abkühlenden Muskeln. Dann lief er durch den kleinen Vorraum. Im Badezimmer angekommen, zog er sich T-Shirt und Thermounterhemd aus. Den Oberkörper entblößt, starrte er in den Spiegel.

Die Narbe von der Schusswunde an seiner Seite war noch immer rot und geschwollen. Er befühlte sie und dachte daran, dass die Ärzte ihm mitgeteilt hatten, dass er großes Glück gehabt hatte. Hätte die Kugel ihn nur wenige Millimeter weiter in der Mitte getroffen, hätte er zumindest ein lebenswichtiges Organ verloren. Sylvia hatte auf sein Herz gezielt. Bereits unter den gegebenen Umständen wäre er beinahe verblutet. Er beugte sich vor, um sein Bein zu massieren. Die Narbe dort bereitete ihm längst nicht mehr so viele Probleme wie noch vor einem Monat.

Während seines Aufenthalts im Krankenhaus hatten ihn viele Kollegen vom Kommissariat besucht. Die meisten hatten ihn damit gefoppt, dass »Narben von Schusswunden magnetisch auf Miezen wirken«. Doch irgendwie konnte er sich nicht vorstellen, dass eine Frau wie Darcy sich für seine Verletzungen begeisterte. Eher würde sie nach einem Blick darauf in Ohnmacht fallen. Nicht, dass er beabsichtigte, ihr seinen lädierten Körper zu zeigen.

Mark richtete sich auf, öffnete den Wasserhahn in der Dusche und streifte sich die restliche Kleidung ab. Während er unter den dampfenden Strahl trat, rief er sich in Erinnerung, dass er nichts mit Darcy anfangen wollte, so attraktiv sie auf ihn auch wirken mochte. Wie er bereits am eigenen Leib erfahren hatte, konnte es sich als fatal erweisen, sich mit einer Frau einzulassen.

2. Kapitel

Der große Saal in der Madison School maß fast vierzig Quadratmeter. An einer Wand befand sich ein riesiger steinerner Kamin. Mehrere Sofas bildeten Sitzgelegenheiten für Gesprächsrunden, während Kartentische ringsherum Platz für verschiedene Spiele boten. Die hohe Balkendecke trug zu der freizügigen, offenen Atmosphäre des Raumes bei. Der Duft von Popcorn mischte sich mit dem Geruch nach Holzkohle vom letzten abendlichen Imbiss.

Darcy saß auf dem Sofa in einer Ecke, die Füße unter sich gezogen, und lauschte, während ihr Bruder Dirk aufzählte, was er alles in seinen Koffer gepackt hatte.

Stolz verkündete er: »Ich habe sogar daran gedacht, dass ich Bürste und Kamm mitnehmen muss.«

Ihr Herz schwoll vor Liebe zu ihm, während sie sein vertrautes Gesicht musterte. Sie hatten beide blaue Augen und blondes Haar, aber Dirks Züge waren markanter. Sosehr es sie auch wurmte, musste sie zugeben, dass er hübscher aussah als sie selbst. Mit vierzehn hätte er eigentlich an Akne und einer quieksenden Stimme leiden müssen. Stattdessen schien er den Übergang vom Kind zum Jugendlichen ohne Probleme zu meistern. Er wuchs stetig statt in Schüben, wodurch er schlank blieb; seine Haut war rein. Sie bemerkte den Schatten eines Bartes auf seinem Kinn. *Mein kleiner Bruder wird erwachsen …*

»Ich bin beeindruckt, wie gut du packen kannst«, sagte sie aufrichtig. »Ich bin noch nie verreist, ohne etwas zu vergessen. Weißt du noch, als ich aufs College gekommen bin und mein Anmeldeformular zu Hause vergessen hatte?«

Dirk lachte. »Mom musste es dir bringen und war richtig sauer. Du hast gleich an deinem ersten Tag Schwierigkeiten gekriegt.«

Sie lächelte in Gedanken daran, während sie sich zu erinnern versuchte, wie es sich anfühlte, so verantwortungslos zu sein. Das

Leben war leicht gewesen damals – die ganze Welt hatte ihr offengestanden. Doch das war schon lange nicht mehr so. »Du steckst ganz selten in Schwierigkeiten«, bemerkte sie.

Er strahlte. »Ich kann mir alle Regeln merken. Manche von denen sind doof, aber ich befolge sie. Mir gefällt es hier, Darcy. Ich will hierbleiben.«

»Ich weiß.« Sie beugte sich vor und nahm seine Hand. »Du wirst so lange hierbleiben, bis du bereit bist, auf deinen eigenen Füßen zu stehen.«

Er wirkte skeptisch. Sie konnte es ihm nicht verdenken. Eigenständigkeit war für ihn noch Jahre entfernt, aber die Madison School war eines der besten Internate im ganzen Land. Das hervorragend ausgebildete Personal war darauf spezialisiert, geistig behinderten Jugendlichen zu helfen, sich zu glücklichen leistungsfähigen Erwachsenen zu entwickeln. Der Prozess konnte sehr lange dauern, aber Darcy war bereit, sich in Geduld zu üben. Bisher waren alle Gutachten positiv ausgefallen. Außerdem war Dirk es ihr wert.

»Ich schätze, bis dahin wirst du die ganze Welt bereisen, stimmt's?«, meinte sie.

Er grinste. »Ich kriege nicht die ganze Welt zu sehen. Bloß Chicago.«

Er ließ es so klingen, als wäre es keine große Sache für ihn, aber sie sah seine Augen vor Aufregung leuchten.

»Andrew sagt, dass es da ganz kalt ist, und deswegen nehme ich meine wärmste Jacke mit«, fuhr er fort. »Die, die du mir letzten Monat gekauft hast. Weißt du noch?«

Darcy nickte.

»Wir werden im Zug schlafen. Andrew sagt, dass es für uns Truthahn zum Abendbrot gibt, wenn wir im Hotel ankommen.«

»Darüber will ich alles wissen. Schreibst du alles in dein Tagebuch, damit du auch nichts vergisst?«

Er nickte. »Ich nehme den Fotoapparat mit, den du mir zum Geburtstag geschenkt hast. Ich will ganz viele Bilder machen.«

»Oh, dabei fällt mir was ein.« Sie bückte sich, wühlte in ihrer Tasche und holte eine Packung mit einer Speicherkarte heraus. »Das ist für dich.«

Dirk starrte auf das Geschenk und dann in ihr Gesicht. »Darcy?«

Sie wusste, was er damit fragen wollte und welche Sorge ihn veranlasste, die Augenbrauen zusammenzuziehen und sie so eindringlich zu mustern. Ihr Bruder mochte das träge, mühselige Auftreten eines Menschen haben, der sich nicht im Takt der etablierten Welt bewegt, aber er war kein Idiot. Er wusste, dass das Geld für sie beide seit langer Zeit knapp war. Er ahnte zwar nicht, wie viel sein Schulbesuch sie kostete oder wie viele Nächte sie wach lag, in die Dunkelheit starrte und betete, dass sie es schaffte, doch er erriet, dass sie es nicht leicht im Leben hatte.

Sie drückte ihn schnell an sich. »Das ist nur eine SD-Karte, Dirk. Die kann ich mir leisten.«

Er wirkte trotzdem besorgt, als sie ihn losließ. »Ich habe doch mein Taschengeld. Ich kann es dir wiedergeben.«

»Nein, das ist *dein* Geld. Gib es für dich selbst aus. Aber wenn du mir eine Ansichtskarte aus Chicago mitbringen willst, dann sage ich nicht Nein.«

Er nickte. »Ich bringe dir zwei.«

»Das wäre großartig.«

Er nahm die Filme, die sie ihm reichte, und drehte sie in den Händen. In Flanellhemd und verwaschenen Jeans sah er aus wie jeder andere Vierzehnjährige. Aber das war er nicht. Seine Schwierigkeiten waren schon in seinem ersten Lebensjahr hervorgetreten. Ihre Eltern waren daran verzweifelt, doch Darcy liebte ihn für seine Einzigartigkeit umso mehr.

»Ich werde dich morgen vermissen«, sagte sie, um das Thema zu wechseln. »Ich werde an dich denken.«

Es war das erste Thanksgiving, das sie voneinander getrennt verbringen würden. Sie versuchte, es mit Fassung zu tragen.

Die Heiterkeit kehrte in seinen Blick zurück. »Wir fahren mit dem Zug. Ich bin noch nie mit einem Zug gefahren.« Sein Lächeln schwand. »Ich werde dich auch vermissen.«

»He, keine langen Gesichter! Nur glückliche Leute dürfen nach Chicago fahren«, verkündete eine männliche Stimme.

Darcy und Dirk blickten beide auf.

Andrew, einer der Therapeuten der Schule, gesellte sich zu

ihnen. Er setzte sich in den Schaukelstuhl neben dem Sofa und erkundigte sich: »Wie geht es Ihnen, Darcy? Haben Sie viel zu tun?«

Sie dachte an ihre Schicht im Hip-Hop-Café. Im Anschluss daran pflegte sie jeden Nachmittag und Abend stundenlang zu backen. Außerdem musste sie die Zutaten für ihre Heimarbeit einkaufen und Zeit für die Auslieferung finden. Dazu kam nun auch noch die Zubereitung eines Thanksgiving-Dinners an einem ihrer seltenen freien Tage. »Ich schaffe es, mich beschäftigt zu halten«, erwiderte sie trocken.

»Das kann ich mir denken.« Er deutete mit dem Kopf auf die Filme, die Dirk noch immer in den Händen hielt, und sagte zu ihm: »Du wirst ganz viele schöne Dinge in der Stadt sehen. Darcy wird sich sehr über deine Bilder freuen.«

Dirk grinste. »Ich will sie in mein Fotoalbum kleben und dazuschreiben, wo ich sie gemacht habe.«

»Ich freue mich darauf«, sagte Darcy aufrichtig. Sie wollte jedes Detail von seiner ersten Reise ohne sie erfahren.

»Er macht große Fortschritte in der Fotografie«, verkündete Andrew, »und er hat sogar bei einigen anderen Schülern Interesse dafür geweckt. Deshalb wird im neuen Jahr ein hiesiger Fotograf mehrmals in der Woche Unterricht geben.«

»Das klingt fabelhaft.«

»Wir tun alles, was Erfolg verspricht.«

Zufrieden lehnte Darcy sich zurück. Wann immer sie ihre Entscheidung infrage stellte, Dirk und sich selbst zu entwurzeln und ausgerechnet nach Montana zu ziehen, rief sie sich in Erinnerung, dass diese Schule zu den besten im ganzen Land zählte. Wo sonst bekäme ihr Bruder rund um die Uhr die Aufmerksamkeit von hervorragend ausgebildetem Personal?

Andrew, Doktor der Psychologie, war Mitte dreißig und lebte zusammen mit seiner Frau, die gerade ihr erstes Baby erwartete, auf dem Internatsgelände. Das Kollegium wohnte überwiegend auf dem weitläufigen Grundstück in Privathäusern. Experten auf verschiedenen Gebieten wurden hinzugezogen, um die Schüler zu unterrichten. Sämtliche Aktivitäten wurden interessant und praxisbezogen gestaltet.

Die Reise nach Chicago war ein gutes Beispiel dafür. Unter der sorgfältigen Aufsicht des Personals sollten die Schüler durch diese Unternehmung lernen, mit einem Zug zu fahren, in einem Hotel abzusteigen und eine Großstadt zu erkunden. Die Schule bot zwei oder drei solcher Reisen im Jahr an. Bevor Dirk ins Leben entlassen wurde, sollte er Erfahrung darin sammeln, per Zug oder Flugzeug zu reisen, ein Zimmer zu mieten, in einem Restaurant zu bestellen, ein Museum zu besuchen, nach dem Weg zu fragen und nach Hause zurückzufinden. Das waren Fertigkeiten, die Darcy ihm nicht einmal ansatzweise beibringen konnte.

»Dirk macht sich sehr gut.« Andrew hielt – an Dirk gewandt – einen Daumen hoch. »Er hat viele Freunde gefunden.«

Das ist noch etwas, das ich ihm nicht bieten kann, dachte sie zufrieden: die Gelegenheit, mit Gleichaltrigen zu kommunizieren. »Das freut mich sehr.«

Andrew stand auf. »Kommen Sie bei mir im Büro vorbei, wenn Sie gehen. Dann zeige ich Ihnen den Bericht über Dirks jüngste Fortschritte.«

»Mach ich.«

Er hob die Hand zum Gruß und ging.

Darcy tätschelte Dirk den Arm. »Ich bin so froh, dass du hier glücklich bist. Es ist eine gute Schule.«

»Ich lerne hier ganz viel«, sagte er. »Und ich strenge mich ganz doll an. Wenn wir in den Supermarkt gehen, kann ich der Frau an der Kasse das richtige Geld geben, und ich weiß sogar schon vorher, wie viel Wechselgeld ich bekomme.« Er kräuselte die Nase. »Aber das Bruchrechnen kann ich nicht. Das ist echt schwer.«

Sie lachte. »Weißt du was? Das kann ich auch nicht. Also liegt es nicht nur an dir.«

Er nahm ihre Hand. »Was machst du morgen, wenn Thanksgiving ist?«

»Ich werde dich vermissen.« Sie drückte seine Finger. »Und ich brate einen Truthahn.«

»Ist er groß?«

»Er wiegt vierundzwanzig Pfund. Vielleicht mache ich nächste

Woche Enchiladas und bringe sie dir, wenn ich dich besuchen komme.«

»Das wäre schön.« Er beugte sich dicht zu ihr. »Wer kommt denn morgen so zum Essen?«

Über dieses Thema war sie nicht gerade begeistert. »Es werden immer weniger«, beklagte sie sich und versuchte dabei, ein Gefühl der Panik zu unterdrücken. »Meine Freundin Millie und ihre Kinder können nicht kommen. Sie fahren nach Hause zu ihren Eltern. Und ein anderes Paar hat entschieden, dass sie lieber allein feiern.« Nur noch zwei weitere Personen und Mark waren übrig. Sie hatte auf eine größere Gesellschaft gehofft. »Mein Nachbar von nebenan kommt. Er heißt Mark und arbeitet im Büro des Sheriffs.«

Dirk wirkte beeindruckt. »Ist er nett?«

»Er ist sehr ruhig.« Sie war sich nicht sicher, ob sie das Wort »nett« jemals auf Mark Kincaid angewendet hätte. »Er hat früher in New York City gelebt. Er war Detective.«

Ihr Bruder runzelte die Stirn. »Er kennt bestimmt ganz viele schlechte Menschen. Das würde mir nicht gefallen.«

»Mir auch nicht.«

Jemand von einem anderen Tisch forderte Darcy und Dirk zu einem Kartenspiel heraus. Sie blieb lange genug, um mit ihrem Bruder zu Abend zu essen und zu bewundern, wie ordentlich er seinen Koffer gepackt hatte.

Kurz vor acht Uhr brach sie auf und versprach, gleich nach seinem Ausflug wiederzukommen, damit er ihr erzählen konnte, was er alles erlebt hatte.

Während der Rückfahrt nach Whitehorn ließ sie das Radio spielen und versuchte, nicht an den kommenden Tag zu denken. Sie war dummerweise nervös bei dem Gedanken, mehrere Stunden in Gegenwart von Mark Kincaid zu verbringen.

Wäre Dirk doch nur dabei! Sie hätte nicht nur die Zeit mit ihrem Bruder genossen, er hätte auch einen perfekten Puffer zwischen ihr und Mark gebildet. Andererseits gäbe es in Anwesenheit ihres Bruders gar kein Problem mit Mark Kincaid. In den vergangenen fünf Jahren war ihr kein einziger Mann untergekommen, der nicht die Flucht ergriffen hatte, sobald ihm klar geworden war, dass sie Dirks einzige Angehörige und deshalb persönlich wie finanziell für ihn verantwortlich war.

Also hatte es gar keinen Sinn, sich wegen ihres neuen Nachbarn aufzuregen. Sie unterhielten keine Beziehung, und daran würde sich nie etwas ändern. Ungeachtet ihrer Zuneigung zu dem Mann. Davon abgesehen konnte sie sich gar nicht mehr erinnern, was zu tun war, um ein Verhältnis zwischen Mann und Frau anzubahnen.

Der dunkle Highway zog sich kilometerweit vor ihr hin. Jenseits des Lichtkegels ihrer Scheinwerfer sah sie nichts außer vereinzelten Sternen am Himmel. An diesem Abend machte sie die Leere traurig und einsam. Meistens war sie zu beschäftigt, um groß darüber nachzudenken, dass in ihrem Leben keine engen Freunde, geschweige denn amouröse Verwicklungen vorkamen.

Es wäre nett, ein Einverständnis mit jemandem zu haben, der ihr emotional zugetan war. Oder zumindest sexuell. Manchmal schmerzte ihr Körper vor Sehnsucht. Seit fünf Jahren hatte sie kein richtiges Date mehr erlebt. Nicht, dass die Zusammenkunft mit Mark als Date bezeichnet werden konnte. Er war lediglich an Thanksgiving zum Dinner eingeladen. Das Ereignis hatte keinerlei emotionale Bedeutung. Wenn sie anders darüber dachte, machte sie sich nur selbst etwas vor.

Da Mark keine Ausrede eingefallen war, um die Einladung abzulehnen, klingelte er um Punkt vier Uhr an Darcys Tür. Im Laufe des Tages hatte er mehrmals seinen Pager kontrolliert, um sicherzugehen, dass er funktionierte. Leider schien sich in dem verschlafenen Städtchen Whitehorn kein Verbrechen zugetragen zu haben, denn Mark war nicht zum Dienst beordert worden. Also stand er nun mit einer Flasche Wein und einem Blumenstrauß vor der Tür und fühlte sich wie ein Idiot.

Darcy öffnete die Tür. Ihr Haar war wie üblich stark gelockt. Ihre Wangen glühten, und sobald sie ihn erblickte, plapperte sie wild drauflos.

»Es tut mir ja so leid, Mark. Ich habe das nicht geplant, aber ich weiß nicht, ob Sie mir das glauben werden. Es ist einfach einer von diesen unglückseligen Zufällen. Wer hätte gedacht, dass die Wilsons den Tag lieber allein verbringen? Als ob sie überhaupt kochen könnte! Oh, das meine ich nicht böse. Ich mag sie und so. Es geht bloß darum, dass sie nicht kommen. Von Millie und ihren Kindern habe ich Ihnen ja schon erzählt. Und Margaret wurde zum Dienst einberufen. Ich meine, sie ist Krankenschwester, sie kann nicht Nein sagen. Und Betty hat eine Erkältung und fühlt sich scheußlich. Außerdem will sie ihre Bazillen nicht verbreiten. Also konnte ich keinen von ihnen zwingen, oder?«

Sie sah betroffen und gleichzeitig eine Spur hoffnungsvoll aus. Mark fröstelte. Er hatte die kurze Strecke zwischen den beiden Wohnungen zurückgelegt, ohne sich damit aufzuhalten, sich einen Mantel anzuziehen. Er trug nur eine Hose und ein langärmeliges Hemd, und dabei betrug die Außentemperatur mindestens sechs Grad unter null. »Ich weiß nicht, wovon Sie reden. Aber könnten wir das vielleicht drinnen klären?«

»Wie bitte?« Sie starrte ihn verständnislos an. »Oh! Sie sind bestimmt am Erfrieren. Kommen Sie doch herein.«

Sie hielt ihm die Tür weit auf. Dann nahm sie die Flasche und die Blumen entgegen, die er ihr reichte. Sie musterte die gelben Rosen und orangeroten Gerbera, als hätte sie noch nie zuvor derartige Gewächse gesehen.

»Sie haben mir Blumen mitgebracht«, murmelte sie und schnupperte an den Blüten. »Wow! Das ist so nett.« Sie blickte ihn an, als hätte er soeben das Feuer erfunden. »Ich meine, es ist wirklich nett.«

Er unterdrückte die Bemerkung, dass er sich nicht im Geringsten für nett hielt. »Ich dachte, der Strauß eigne sich vielleicht als Tischdekoration.«

»Natürlich. Er ist wunderschön.« Sie ging voraus ins Esszimmer.

Ihm fiel auf, dass der große Tisch lediglich für zwei Personen gedeckt war. Ihr zusammenhangloses Geplapper kam ihm wieder in den Sinn. »Es kommt sonst niemand zum Dinner?«, fragte er vorsichtshalber nach.

Sie schüttelte den Kopf, während sie eine Vase aus dem Schrank an der hinteren Wand holte. »Nein. Sorry. Ich habe es nicht so geplant. Ich hoffe, Sie glauben mir das.«

Besorgt blickte sie über die Schulter, als ob sie erwartete, dass er vor Zorn explodierte. Mark dachte über die Alternative zu einem Dinner allein mit Darcy nach. Das war ein Dinner mit ihr und dazu einem halben Dutzend anderer Leute, die er nicht kannte und die unzählige unliebsame Fragen stellen würden. »Ich bin eigentlich kein geselliger Typ. Es macht mir nichts aus.«

Sie stellte den Wein auf den Tisch und drückte sich die Vase und die Blumen an die Brust. »Wirklich nicht? Ich möchte nicht, dass Sie denken, ich hätte es absichtlich so arrangiert.«

Was wie arrangiert? Es dauerte eine Weile, bis er begriff, worauf sie hinauswollte. Schließlich traf ihn die Erkenntnis wie ein Blitz. *Wie ein Date.*

Er musterte ihre Erscheinung. Statt der üblichen Kellnerin-Uniform trug sie einen hellblauen Sweater und eine schwarze Hose. Beides betonte ihre weiblichen Kurven. Sie mochte nicht groß sein, aber ihre Gestalt wies sehr reizvolle Rundungen an genau den richtigen Stellen auf. Er vermied es, auf ihre Brüste zu starren, weil es ihn beim letzten Mal in ihrem Haus in Schwierigkeiten gebracht hatte. Allerdings war es nicht viel ungefährlicher, ihre Beine zu bewundern. Vielleicht war es ratsam, die ganze Aufmerksamkeit auf ihr Gesicht zu lenken.

»Ich verspreche, ohne weitere Indizien nicht das Schlimmste von Ihnen zu denken«, verkündete er ernst.

Sie grinste. »Gut. Würden Sie dann bitte den Wein öffnen? Oh, und ich hoffe sehr, dass Sie großen Hunger haben, denn ich erwarte, dass Sie Ihre Hälfte des Truthahns aufessen.«

»Nach Ihnen.«

Mark schnappte sich den Wein und folgte ihr in die Küche. Der Duft von gebratenem Geflügel mischte sich mit anderen Aromen. In drei Töpfen auf dem Herd brodelte es, und die Mikrowelle piepste ungeduldig.

»Gläser sind dort«, sagte sie und deutete zu einer Vitrine beim Esstisch.

Sie wandte sich dem Herd zu, hob die Deckel und rührte in den Töpfen. Währenddessen murmelte sie leise vor sich hin. Er wusste nicht, ob sie zu sich selbst oder dem Essen sprach, und beschloss, dass es ihm egal war. Frauen in der Küche waren ihm ein Rätsel, das er bisher nicht hatte lösen können.

Darcy hantierte ungeheuer geschickt und bewegte sich mit einer ungezwungenen Grazie. Er konnte sich nicht vorstellen, sich selbst jemals diese Expertise anzueignen. Vielleicht lag es daran, dass er es in seiner Kindheit und Jugend nicht oft gesehen hatte. Seine Mutter hatte nie viel mit der Küche im Sinn gehabt, und seine Schwester war zu sehr damit beschäftigt gewesen, die Rodeo-Queen zu spielen, um sich mit so banalen Dingen wie Essenszubereitungen abzugeben.

»Es riecht alles sehr gut«, stellte er fest, während er den Wein einschenkte.

Darcy nahm das Glas, das er ihr reichte, und lehnte sich an den Küchenschrank. »Ich rechne nicht mit einem größeren Missgeschick.« Ihre Augen funkelten belustigt. »Das soll nicht heißen, dass ich in der Vergangenheit keines erlebt habe – als ich noch nicht wusste, was ich tue. Aber ich habe aus meinen Fehlern gelernt.«

Er stellte die geöffnete Flasche auf den Tisch. »Was für Fehler denn?«

»Ach, Kleinigkeiten. Wie die Erkenntnis, dass ein großer Truthahn mehrere Tage braucht, um aufzutauen. Das war, bevor ich mich darauf verlegt habe, Frischware zu bestellen. Damals habe ich versucht, ihn zu braten, während er noch gefroren war.« Sie schüttelte sich. »Was bedeutet, dass es Stunden gedauert hat und der Plastikbeutel mitgekocht hat, in dem immer die Gurgel und all die ekligen Innereien stecken. Den Gestank können Sie sich nicht vorstellen. An jenem Thanksgiving mussten wir auswärts essen. Und lassen Sie sich gesagt sein, es haben nicht viele vernünftige Restaurants geöffnet. Und dann war da das eine Mal, als ich es echt eilig hatte und aus Versehen Salz statt Mehl genommen habe, um die Soße anzudicken. Das gab vielleicht ein Gewürge am Tisch an dem Abend!«

»Wann haben Sie mit dem Kochen angefangen?«

»Vor etwa fünf Jahren.«

»Was hat Sie dazu inspiriert?«

»Wir alle müssen irgendwann erwachsen werden.« Sie zuckte mit den Schultern. »Vor fünf Jahren hätte ich nicht mal Wasser ohne Anleitung kochen können. Seitdem habe ich viel gelesen und geübt. In Restaurants zu arbeiten hat mir ermöglicht, verschiedene Verfahrensweisen zu beobachten. Ich habe festgestellt, dass ich am liebsten backe.« Sie deutete zu einem Teller mit verschiedenem Gebäck, der auf dem Tisch stand. »Das habe ich selbst gemacht. Heute Morgen.«

Mark musterte die drei Kuchen und vermutete, dass einer von ihnen Kürbis enthielt, der Farbe nach zu urteilen. »Muss ich davon auch die Hälfte essen?«

»Vielleicht. Mal sehen, wie weit Sie mit dem Truthahn kommen.« Sie stellte ihren Wein auf den Küchenschrank und wandte sich wieder dem Ofen zu. »Ich habe angefangen, meine Backwaren in der Stadt zu verkaufen. Ich denke, ich habe eine gute Chance auf einen Vertrag mit dem Hip-Hop-Café. Dort teilen wir gerade Kostproben aus, um zu testen, wie mein Zeug bei den Leuten ankommt.«

»Also war das Kürbisbrot, das ich am Montag probiert habe, von Ihnen?«

»Ja, und es hat Ihnen geschmeckt. Obwohl Sie zuerst so ein Theater darum gemacht haben, zum Frühstück Gemüse zu essen.«

»Weil es nicht natürlich ist.«

»Müssen wir die Omelett-Diskussion noch mal führen?«

»Nicht, wenn Sie nicht wollen.«

Sie öffnete den Backofen und befühlte den Braten. »Er ist fast fertig.« Sie schloss die Tür und richtete sich auf. »Es wird Sie freuen zu hören, dass unser Mahl heute Abend nichts Unnatürliches an sich hat.«

»Das hatte ich befürchtet.«

»Warum?«

»Weil Sie eine Gesundheitsfanatikerin sind. Ich bin beunruhigt wegen Ihrer Auswahl an Zutaten.«

Darcy lachte. »Tofu als Überraschungsfüllung?«

»Genau.«

Sie stemmte die Hände in die Hüften. »Was habt ihr Männer bloß für ein Problem mit Tofu? Ihr habt alle eine Heidenangst davor, dass wir Frauen versuchen, euch welches unterzujubeln.«

»Versuchen Sie das etwa nicht?«

»Vielleicht«, räumte sie ein.

Mark musste schmunzeln. Es erschien ihm seltsam und fremd. Er hatte sich groß Gedanken darüber gemacht, wie er den Abend mit Darcy hinter sich bringen sollte, aber sie war überraschend angenehm im Umgang. Und angenehm für das Auge. Als sie sich wieder zum Herd umdrehte, heftete er den Blick unwillkürlich auf ihren hübsch gerundeten Po. Er rief sich in Erinnerung, dass Zuneigung gefährlich war. Das Leben war besser, wenn er nichts empfand. Wie oft musste er noch angeschossen werden, bevor er diese Lektion lernte?

»Schneit es?«, fragte sie.

»Noch nicht, aber es ist schon den ganzen Nachmittag über ziemlich grau. Angeblich soll es am Abend anfangen.«

»Gut. Ich mag Feiertage mit Schnee. Oh! Findet heute Nachmittag nicht ein Footballspiel statt? Wollen Sie es sich ansehen gehen?«

»Im Gegensatz zu einer weitverbreiteten Meinung über Männer bin ich durchaus fähig, einen ganzen Tag zu überstehen, ohne ein sportliches Ereignis zu verfolgen.«

In gespielter Verwunderung starrte sie ihn an. »Wirklich? Wie schaffen Sie das? Durch Atemübungen?«

»Durch übernatürliche Willenskraft.«

»Ich bin sehr beeindruckt.« Sie trug einen Topf zur Spüle und goss das Wasser ab. »Da Sie nicht Football gucken, könnten Sie vielleicht unseren kleinen Freund hier aus dem Ofen holen. Er müsste fertig sein.«

Er stellte sein Weinglas ab, holte den Truthahn heraus und trug ihn zum Tisch hinüber. Darcy wickelte den Braten in Alufolie und erklärte, dass er ruhen musste, bevor er tranchiert werden konnte. Mark war zwar nicht der Meinung, dass der Vogel besonders aktiv wirkte, aber was verstand er schon davon?

Sie ließ ihn Kartoffeln stampfen, während sie den Bratensaft zubereitete. Seit wann kommt so eine Soße denn nicht aus der Tüte? fragte er sich. Dann zerteilte sie fachmännisch das eindrucksvolle Getier und brachte schnell alle Gerichte auf den Tisch.

Sie setzten sich einander gegenüber. Einen Moment lang fühlte Mark sich unwohl. Die Situation war zu intim für seinen Geschmack. Instinktiv ging er in den Modus Kripobeamter über. Er gewann erfahrungsgemäß an Sicherheit, indem er Fragen stellte. »Wie lange leben Sie schon in Whitehorn?«, wollte er wissen, als sie ihm die Fleischplatte reichte.

»Seit Anfang Juni. Vorher habe ich ein paar Jahre in Arizona gewohnt, und davor in Chicago.«

»Kommen Sie von dort?«

»Ja. Ich bin in einem wohlhabenden Vorort aufgewachsen, von dem Sie wahrscheinlich noch nie gehört haben und wo die schwierigste Entscheidung darin bestand, wessen Einladung zum Abschlussball ich annehmen sollte. Der ausschlaggebende Faktor war natürlich die Coolness des jeweiligen Jungen.«

Er vermutete, dass sie sich zwar über sich selbst lustig machte, aber auch ein Körnchen Wahrheit in ihren Worten steckte. Seltsamerweise wirkte sie auf ihn nicht wie der Typ verwöhnte Prinzessin. »Sie haben zu den beliebten Mädchen gezählt?«

»Ich war sogar Cheerleader. Ich schäme mich bei dem Gedanken an mein oberflächliches Dasein.« Darcy reichte ihm nacheinander Schüsseln mit grünen Bohnen und Süßkartoffeln. »Ich bin aufs College gegangen, ohne auch nur die geringste Ahnung zu haben, was ich einmal werden will. Deswegen habe ich andauernd die Fächer gewechselt und mehr gespielt als studiert. Beinahe hätte ich sogar einen Heiratsantrag angenommen, um mich nicht für eine Studienrichtung entscheiden zu müssen.« Ihre blauen Augen verdunkelten sich in Erinnerung. »Das war nicht gerade meine Sternstunde.«

Es fiel ihm schwer, ihre Story mit der Frau in Einklang zu bringen, die ihm nun gegenübersaß. »Was ist dann passiert?«

Sie nahm einen Bissen Fleisch und kaute langsam, schluckte schwer und sagte dann tonlos: »Meine Eltern sind bei einem Autounfall ums Leben gekommen. Ich war unvorbereitet, gelinde ausgedrückt.« Sie zögerte, als ob es noch mehr gäbe, was sie dazu sagen wollte.

Mark wartete. Der Kriminalist in ihm wollte ihr nähere Informationen entlocken, aber er rief sich in Erinnerung, dass er Gast in ihrem Haus war, noch dazu an einem Feiertag. Er kostete vom Truthahn und verkündete: »Der schmeckt richtig gut.«

»Danke.«

»Wie alt waren Sie, als Ihre Eltern gestorben sind?«

»Zwanzig, aber ignorant, falls Sie wissen, was ich meine. Zusätzlich zu dem Schock über ihren plötzlichen Verlust habe ich zu meinem Entsetzen auch noch Anrufe von ihrem Anwalt bekommen, der mir alle möglichen furchtbaren Dinge erklären wollte.«

Sie seufzte leise, in Erinnerung versunken. »Meine Eltern haben einen dicken Stapel offener Rechnungen hinterlassen. Anscheinend waren sie schon seit Jahren getrennt, wollten es mich aber nicht wissen lassen. Mein Dad hatte ein Penthouse in der Stadt, wir alle hatten neue Autos. Nachdem alles abbezahlt war, ist nicht viel übrig geblieben. Ich musste das Studium aufgeben.«

Darcy stach mit der Gabel auf ihre Stampfkartoffeln ein. »Ich hätte die Nachricht von der bevorstehenden Scheidung verkraftet, wenn sie sich die Mühe gemacht hätten, mich davon zu unterrichten. Zumindest hätten wir ein ehrliches Gespräch führen können, bevor sie gestorben sind. Darüber hinaus haben sich die meisten meiner Freunde von mir zurückgezogen, als ich meine soziale Stellung und die finanziellen Ressourcen verloren hatte. Ich bin sehr schnell erwachsen geworden. Bevor sich die Wogen geglättet hatten, war ich fähig, auf eigenen Beinen zu stehen.«

Sie hat ein offenes Gesicht, dachte er, während er sie beobachtete. *Sie wäre eine lausige Pokerspielerin.* Jede Gefühlsregung blitzte in ihren Augen auf. »Es scheint Ihnen gut gelungen zu sein«, bemerkte er.

»Danke. Ich habe mich bemüht.«

Er strich über die Tischplatte. »Der sieht alt aus. Ist es ein Familienerbstück, das Sie retten konnten?«

Sie lachte. »Von irgendjemandem bestimmt, aber nicht von meiner Familie. Ich habe ihn vor ein paar Jahren bei einem Garagenverkauf erstanden. Zusammen mit der Vitrine.« Sie grinste. »Nunmehr lege ich viel Wert auf Schnäppchen. Sie sollten mich mal bei den Schlussverkäufen erleben. Ich bin beeindruckend.«

»Das klingt ganz danach. Vermissen Sie es, reich zu sein?«

»Wer würde das nicht?« Sie spießte ein Stück Fleisch auf. »Aber mir gefällt, wer ich jetzt bin, wesentlich besser als der Mensch, der ich früher war. Das betrachte ich als Vorteil.«

Sie ist ein winziges Problembündel, dachte er grimmig. Hübsch, sexy, Single und reizvoll. Warum nur hatte er ihre Einladung angenommen? »Was hat Sie nach Whitehorn geführt?«, fragte er. »Das liegt weit von Arizona entfernt.«

Zum ersten Mal an diesem Abend mied sie seinen Blick. »Ich habe gehört, dass Montana den Spitznamen ›Das Große Himmelsland‹ hat. Das wollte ich kennenlernen«, erwiderte sie leichthin. »Sie wissen schon – den Wild-West-Mythos. Ich habe einfach irgendwie den Weg hierher gefunden.«

Marks Brust schnürte sich zu. Sie log. Darauf hätte er sein Leben verwettet. Was bedeutete, dass es da etwas gab, was sie ihn nicht wissen lassen wollte. Wie Sylvia war sie eine Frau mit Geheimnissen – und daher tabu für ihn.

3. Kapitel

Nach dem Essen räumten sie gemeinsam den Tisch ab. Dann ging Darcy voraus in das kleine Wohnzimmer und setzte sich aufs Sofa. Mark folgte ihr und nahm am anderen Ende Platz.

»Das war unglaublich lecker«, sagte er. »Ich bin beeindruckt.«

»Danke.« Sie strich sich über den Bauch. »Ich bin voll, aber ich habe nicht das Gefühl, gleich zu platzen. Das betrachte ich als positiven Ausgang eines üppigen Thanksgiving-Dinners.«

»Ich habe meine Hälfte des Truthahns nicht geschafft.«

Sie lachte. »Das stimmt. Sie hätten Ihre ganzen zwölf Pfund vernichten sollen. Ich kann Ihnen den Rest ja einpacken, damit Sie ihn mit nach Hause nehmen. Ich habe ein tolles Rezept für Enchiladas. Das kann ich Ihnen aufschreiben.«

»Ich koche nicht viel.«

Sie täuschte Überraschung vor. »Und ich dachte, alle Detectives aus New York City wären unglaublich häuslich.«

»Den Haushaltskursus habe ich versäumt.« Er musterte sie nachdenklich. »Sie wissen also, dass ich in New York gelebt habe. Bin ich regelmäßig die Zielscheibe für Klatsch oder nur gelegentlich?«

Darcy weigerte sich, die Verlegenheit zuzulassen, die in ihr aufsteigen wollte. »Jeder Gast hat seine Viertelstunde Ruhm im Hip-Hop-Café«, erwiderte sie gelassen. »Sie waren ein heißes Thema, als Sie hierher zurückgekommen sind, aber inzwischen haben sich die Dinge beträchtlich abgekühlt.«

»Gut zu wissen.«

Sie trank von ihrem Wein und musterte ihren Besucher über den Rand des Glases hinweg. Er war ein gut aussehender Mann. Zu gut aussehend für ihre lange Enthaltsamkeit. Groß, stark, mit betörenden grünen Augen. Ihr gefiel, dass sein dunkelbraunes Haar eine Spur zu lang war und dass sein knackiger Po in der maßgeschneiderten Anzughose beinahe ebenso gut zur Geltung kam wie in hautengen Jeans.

Hastig nippte sie noch einmal an ihrem Glas, um ein Grinsen zu unterdrücken. Sie konnte es kaum fassen, dass sie einfach so dasaß und über Marks Po nachdachte. Sie hatte kein Recht dazu – und es war auch nicht ihr Stil. Selbst damals in jenen düsteren Zeiten, als sie noch ein ausschweifendes Leben geführt hatte, war ihr Interesse an Sex nicht sonderlich groß gewesen. Sie hatte mitgespielt, weil man es von ihr erwartete, sich dabei aber meistens eher gelangweilt. In den letzten fünf Jahren vermisste sie mehr die emotionale Nähe in einer Beziehung zwischen Mann und Frau als die körperliche Intimität – zumindest bis zu dem Moment, als sie Mark zum ersten Mal begegnet war.

Etwas an dem Mann ließ ihren Körper prickeln. Irgendwie gefiel ihr das Gefühl, ein wenig erregt zu sein, ohne dass er tatsächlich etwas dafür tat. Zumindest war es eine Abwechslung zu ihrer üblichen Sorge und Erschöpfung.

Er überraschte sie als angenehmer Gast. Sie hatte befürchtet, dass er kein Wort sagen würde, weshalb ihr die Vorstellung, mit ihm allein am Tisch zu sitzen, entsetzlich erschienen war. Ein paar Minuten lang schien er sich tatsächlich in sich selbst zurückgezogen zu haben, aber dann war er wieder aus sich herausgekommen und hatte die Fragerei fortgesetzt. Apropos …

»Ich denke, jetzt bin ich an der Reihe, Detektiv zu spielen«, eröffnete Darcy herausfordernd. »Sie haben während des Essens alles über mich herausgefunden. Deshalb sollte ich jetzt etwas über Sie erfahren.«

»Fragen Sie nur.«

Sie drehte sich zu ihm um. »Wie kommt es, dass es einen Mann, der in Montana geboren und aufgewachsen ist, nach New York verschlagen hat? Noch dazu als Detective?«

»Das wollte ich schon werden, als ich noch ein Kind war. Ich bin nie vom Rodeofieber angesteckt worden, mit Stieren zu kämpfen oder Wildpferde zu reiten erschien mir einfach nie sonderlich interessant«, gestand Mark ein. »Ich habe meine Zeit damit verbracht, alles über polizeiliche Ermittlungstechniken nachzulesen.

Nach dem Collegeabschluss bin ich nach New York aufgebrochen, wo ich einen Job bei der Polizei bekommen habe. Von da an habe ich mich beständig nach oben gearbeitet.«

Seine Miene verriet nichts, während er sprach, und für Darcy war es schwer zu ergründen, ob ihn die Erinnerungen traurig machten.

»Was hat Sie hierher zurückgeführt?«, wollte sie wissen.

»Ich wurde angeschossen.«

Sie vergoss beinahe ihren Wein. »Im Dienst?«

»Einer Mordverdächtigen hat es nicht gefallen, wie die Untersuchungen geführt wurden. Sie hat ihren Zorn an mir ausgelassen.«

Schockiert starrte sie ihn an. »Eine Frau hat Sie angeschossen?«

»Auch Frauen können morden.«

»Davon gehe ich aus.« Sie musterte ihn, suchte nach abheilenden Wunden oder Spuren von Verletzungen. Sie fand keine. Es war nichts zu sehen, und er hinkte auch nicht. Sie hatte ihn draußen beim Joggen gesehen. Demnach musste es ihm inzwischen wieder besser gehen. Sie spielte mit dem Gedanken, ihn zu fragen, wo er getroffen worden war. Doch die Frage erschien ihr allzu intim. »Ich halte die durchschnittliche Frau nicht für gewalttätig.«

»Das ist sie auch nicht. Aber es gibt immer Ausnahmen.«

»Fehlt Ihnen Ihre Arbeit?«

Mark rutschte unbehaglich auf dem Polster umher, als wollte er eigentlich nicht auf die Frage antworten. »Manchmal. Ein bisschen.«

»Vermissen Sie die Großstadt?«

»Whitehorn ist jedenfalls keine.«

Sie lachte. »Da haben Sie allerdings recht. Ich erinnere mich noch gut daran, wie es war, in Chicago aufzuwachsen. An den Wochenenden haben wir oft die verschiedenen Restaurants und Theater in der City aufgesucht. Oder die Museen.«

»Nicht weit von hier gibt es ein tolles Westernmuseum.«

»Als Nächstes erzählen Sie mir noch, dass das Hip-Hop-Café internationale Küche serviert.«

»Auf der Speisekarte steht tatsächlich ein orientalischer Geflügelsalat.«

Sie nahm einen Schluck Wein. »Sie werden es nicht glauben, aber das wusste ich bereits«, scherzte sie.

Er griff zu seinem Glas auf dem Couchtisch. »Okay, Whitehorn hat solche Annehmlichkeiten also nicht zu bieten. Ich gebe zu, dass ich New York vermisse. Das Angebot an multikulturellen Speisen ist großartig. Ebenso hat es mir gefallen, dass man zu jeder Tages- oder Nachtzeit alles bekommt, wonach einem gerade der Sinn steht. Detektivarbeit beschränkt sich nicht auf die Zeit zwischen neun und fünf. Deswegen war es mir sehr lieb, dass die Restaurants und Geschäfte noch zu später Stunde geöffnet haben.« Er nahm einen Schluck aus seinem Glas. »Ich habe mich nie besonders für Museen interessiert, aber ich bin gern ins Theater gegangen.« Er runzelte ein wenig die Stirn. »Ich glaube allerdings nicht, dass ich jemals eine Vorstellung zu Ende gesehen habe. Ich wurde immer an einen Tatort gerufen.«

Darcy lehnte den Kopf an die Rückenlehne. »Ich kann Ihre Erfahrungen überhaupt nicht nachvollziehen.«

»Das würde ich Ihnen auch nicht wünschen. Manchmal rauben sie einem den Schlaf.«

Sie wartete, aber er sagte nichts mehr dazu. Litt er unter Schlafstörungen? Wanderte er bis spät in die Nacht im Haus herum? Das Lampenlicht betonte sein markantes Kinn. Er hat einen wohlgeformten Mund, dachte sie verträumt. Sie hätte viel darauf verwettet, dass Detective Marc Kincaid ein guter Küsser war. *Nicht, dass ich es herauszufinden gedenke, aber man darf doch wohl träumen!* Sie lächelte bei der Vorstellung, ihm zu sagen, dass Küsse vermutlich das Einschlafen erleichterten. Oder auch nicht …

Bevor sie sich zurückhalten konnte, stellte sie fest: »Sie sind nicht verheiratet.«

Mark zog die Augenbrauen ein klein wenig hoch. »Nein. Das bin ich nie gewesen.«

»Ich auch nicht.«

»Das überrascht mich nicht. Sie sind kaum alt genug, um ehemündig zu sein.«

»Ich bin fünfundzwanzig.«

»Sag ich doch. Ein Baby.«

Sie richtete sich auf. »Sie tun ja gerade so, als wären Sie schon ein Tattergreis.«

»Nicht der Kilometerstand zählt, sondern die Abnutzung.«

Er lächelte, während er sprach. Es verlieh seinen Lippen einen reizvollen Schwung, der ihr Herz pochen und ihre Handflächen plötzlich feucht werden ließ. Sie musste aufpassen, als sie ihr Glas absetzte, damit es ihr nicht entglitt.

»Sie sollten öfter lächeln«, bemerkte Darcy.

Seine Belustigung schwand. »Ich finde das Leben nicht besonders spaßig.«

»Vielleicht ist es das nicht. Aber es gibt immer noch angenehme Überraschungen. Heute Abend zum Beispiel. Ich war besorgt und nervös, weil ich Sie zum Dinner erwartet habe, aber es ist alles bestens gelaufen. Wir haben uns entspannter unterhalten, als ich gedacht hätte.«

»Da muss ich Ihnen recht geben. Ich wollte eigentlich gar nicht kommen. So, wie Sie mich ständig wegen meiner Essensgewohnheiten bekritteln, war ich überzeugt, dass Sie mir in irgendeiner Form Tofu vorsetzen würden.«

»Sie haben es ja nicht mal herausgeschmeckt.«

Er riss entsetzt die Augen auf. »Darcy!«

Er sagte ihren Namen nicht nur so dahin; es klang wie ein warnendes Knurren. Ein Prickeln rann ihr über den Rücken. Sie wollte sich zu ihm beugen, sich an ihn schmiegen, um zu sehen, wohin es sie führte. Gefährliche Gedanken, ermahnte sie sich. Sie musste darauf achten, sie für sich zu behalten.

»Es war in den Stampfkartoffeln«, flüsterte sie. »Ich würde niemals Tofu in die Füllung geben.«

Mark lachte. Sie hatte ihn nie zuvor lachen gehört. Nicht, dass sie bisher viel Zeit miteinander verbracht hatten. Meistens beschränkten sich ihre Begegnungen auf kurze Wortwechsel, bei denen sie über seine Wahl des Frühstücks mit ihm stritt.

»Ich wette, Sie haben nicht mal Tofu im Haus«, sagte er, und dann trank er seinen Wein aus.

»Sie haben recht. Aber ich muss gestehen, dass es mir Spaß macht zu beobachten, wie ein erwachsener Mann bei der Vorstellung zittert.« Sie stand auf und streckte sich. »Ich schätze, es ist noch ein Glas Wein übrig. Wollen Sie die Flasche nicht leer machen, wo Sie doch nicht mehr Auto fahren müssen?«

Er nickte, und sie ging ins Esszimmer und holte die Weinflasche vom Tisch. Als sie zum Sofa zurückkehrte, bekämpfte sie den Drang, sich zu Mark zu setzen. Was würde der Kripobeamte sagen, wenn sie sich plötzlich dicht neben ihn fallen ließ, womöglich sogar direkt auf seinen Schoß? Sie kicherte bei der Vorstellung, wie er entsetzt aufsprang, dabei den Wein über ihr Sofa vergoss und sie total in Verlegenheit geriet. Vermutlich war es das Beste, für sich zu behalten, wie anziehend sie ihn fand.

»Was ist denn so witzig?«, fragte er.

»Eigentlich nichts. Ich habe bloß einen verdrehten Sinn für Humor.«

Er hielt ihr sein Glas hin. Sie beugte sich zu ihm, um einzuschenken, doch anstatt sich darauf zu konzentrieren, starrte sie ihm unwillkürlich in die Augen. Sie glaubte nicht, dass sie vorher schon einmal einen Mann mit grünen Augen kennengelernt hatte. Seine waren wirklich wunderschön – interessant geschnitten und von langen dunklen Wimpern umrahmt.

»Darcy?«

Sie hörte ihn ihren Namen sagen, aber sie konnte nicht antworten. Das Herz pochte ihr schmerzhaft in der Brust. Dort verspürte sie auch einen Druck, als ob sämtliche Luft aus dem Raum gesaugt worden wäre. Ihr war unerträglich heiß, und doch zitterten ihr die Beine. Wenn nicht vor Kälte, wovor dann?

Mark nahm ihr die Weinflasche ab. Sie senkte den Blick und stellte fest, dass sie keinen Tropfen von der hellen Flüssigkeit eingeschenkt hatte. Er stellte sein Glas auf den Tisch, neben die Flasche, während er ihren Blick unverwandt gefangen hielt.

»Das können wir nicht tun«, verkündete er.

Sie befeuchtete sich die plötzlich ausgedörrten Lippen. »Was können wir nicht tun?«

Er fluchte. Ihr wurde bewusst, dass sie sich noch immer zu ihm beugte. Wie eine Idiotin, dachte sie und begann, sich aufzurichten. Aber dann legte er ihr eine Hand auf den Arm und zog sie näher. Sie wusste nicht, in welche Richtung sie sich bewegen sollte. Ihr Schwerpunkt verlagerte sich, und plötzlich geriet sie ins Taumeln.

Ehe sie sich's versah, landete sie auf seinem Schoß – genau so, wie sie es sich keine dreißig Sekunden zuvor ausgemalt hatte.

Mark legte die Arme um sie und zog sie näher an sich. »Du bist nicht die Einzige, die daran gedacht hat«, murmelte er leise, kurz bevor er den Mund auf ihren senkte.

Einen Moment lang konnte Darcy nicht reagieren. Sie fürchtete, dass sie sich alles nur einbildete. Dass der Wein ihr zu Kopf gestiegen war – so sehr, dass sie und Mark auf einer anderen Ebene der Realität ein normales Gespräch führten, während ihre Fantasie ihr dieses romantische Szenario vorgaukelte.

Doch es fühlte sich sehr real an, als er sie an sich zog. Sie glaubte nicht, dass ihre Fantasie eine solch überwältigende Kombination aus Hitze und Begierde kreieren konnte.

Wie sie geahnt hatte, küsste er traumhaft gut. Sanft und doch fest, warm und verlockend. Er forderte nicht, hielt sich nicht zurück, ließ ihr keine Zeit zum Nachdenken. All das war genau so, wie sie es sich gewünscht hatte. Seine Lippen bewegten sich an ihren in einem sinnlichen Rhythmus, den sie bis in die Zehenspitzen spürte. Sein Duft, sein harter Körper an ihrem, seine Arme, die sie an sich drückten, all das war ungewohnt und fremdartig, aber auch unglaublich toll und sehr willkommen.

Sein Kuss blieb unaufdringlich, doch trotz des zarten Drucks fühlte sie sich von Verlangen überwältigt. Hitze durchströmte sie mit einer Intensität, die sie nie zuvor erfahren hatte. Sie wusste, dass die Lage der Dinge, so unerwartet sie sich auch gewendet haben mochte, real war.

Jede Zelle ihres Körpers schrie geradezu danach, sich auf diesen Mann einzulassen. Darcy versuchte, sich zu ermahnen, dass sie vorsichtig sein musste, um ihn nicht zu verschrecken. Dass sie wenigstens ein kleines bisschen vernünftig bleiben sollte. Dass es fünf Jahre her war, seit sie mit einem Mann zusammen gewesen war, und sie vergessen hatte, wie man es anstellte.

Nichts von alldem zählte. Nicht, als sein Mund über ihren glitt, vor und zurück, ganz langsam, so unendlich langsam.

Mark neigte den Kopf, um seine Zärtlichkeiten zu vertiefen. Instinktiv öffnete sie die Lippen, damit er sie inniger küssen konnte. Sie brauchte diese Intimität ganz dringend. Aber er ließ sie warten. Zuerst nagte er mit den Zähnen an ihrer Unterlippe, bis Darcy vor Lust fast aufschrie. Ihre Brüste schwollen und begannen zu spannen. Ohne es zu wollen, ließ sie die Hände über seine Schultern hinauf zu seinem Nacken gleiten und vergrub die Finger in seinem Haar.

Schließlich strich er unverhofft mit der Zungenspitze über die Innenseite ihrer Unterlippe. Verlangen durchströmte sie. Sie klammerte sich an ihn. Etwas Hartes, Männliches stieß an ihre Hüfte. Der Beweis seiner Erregung veranlasste sie, seine Zunge mit ihrer zu streicheln und sich zu nehmen, wonach ihr verlangte, statt einfach nur zu warten.

Es war, als hätte er Dynamit in Brand gesetzt. Leidenschaft explodierte in ihr. In Mark ebenso, seinem Verhalten nach zu urteilen. Während sie sich aneinanderschmiegten, um den Kuss zu vertiefen und die sinnliche Verbindung in jeder Hinsicht auszukosten, streichelten sie einander mit beiden Händen.

Er umfasste ihre Hüften und hob sie hoch, sodass sie rittlings auf ihm saß. Darcy war unglaublich erregt und presste das heiße Zentrum ihrer Lust an seine harte Männlichkeit. Beinahe schrie sie vor Wonne bei der sinnlichen Berührung. Sie konnte nicht verhindern, dass sie wie von selbst begann, ihre Hüften rhythmisch zu bewegen, und dass sich ihr Atem beschleunigte, während sie beide in einen sinnlichen Taumel gerieten.

Mark machte es nur noch schlimmer – oder besser –, indem er sie antrieb. Mit den Händen schob er ihre Hüften immer wieder vor und zurück, bis er ebenso stöhnte wie Darcy.

Er wich ein wenig zurück, küsste ihre Wangen, ihr Kinn, ihren Hals. Zärtlich strich er mit den Händen von ihren Hüften zur Taille und dann zu den Rippen. Von dort war es nur noch ein kurzer Weg bis zu den Brüsten.

Sie war zu verblüfft, um zu protestieren. Zumindest versuchte sie, sich das mit dem winzigen Teil ihres Verstandes, der noch funktionierte, einzureden. Damit sie keine Verantwortung dafür trug. Doch in Wirklichkeit wollte sie, dass es geschah, und hatte es sich längst ausgemalt. Anstatt ihn zurückzuhalten, bog sie sich ihm entgegen und presste ihm die vollen Brüste in die Hände. Er drückte sie sanft, umkreiste sie forschend. Als er mit den Fingern über ihre Knospen rieb, stöhnte sie auf und flüsterte seinen Namen.

Er schob den Saum ihres Sweaters hoch; sie half ihm, das Kleidungsstück abzustreifen. Er öffnete ihren BH, ohne eine Sekunde zu lange daran zu nesteln, und entblößte sie bis zur Taille. Bevor sie auch nur daran denken konnte, sich zu genieren oder zu sträuben, beugte er sich vor und nahm eine Brustspitze in den Mund.

Die Empfindungen, die seine Liebkosung auslöste, waren beinahe unerträglich stark. Während er die harte Knospe zwischen die Lippen nahm und mit der Zunge streichelte, reizte er die andere Brust mit einer Hand.

Darcy vergrub die Finger in seinem seidigen Haar und drückte seinen Kopf an sich. Sie spürte, wie seine kraftvollen Muskeln sich spannten, als er erschauerte.

Die Stimme der Vernunft, die darauf beharrte, dass sie ihm Einhalt gebieten musste, wurde leiser und leiser, während ihr Herzschlag sich vor Erregung beschleunigte. Tränen brannten in ihren Augen – so aufwühlend wirkte es, dass ihre Haut nach so langer Zeit der Enthaltsamkeit gestreichelt wurde. Jede Berührung seiner Finger war überwältigend. Als er sie vom Sofa hochzog und nach dem Knopf an ihrem Hosenbund griff, brachte sie nicht die Willenskraft auf, ihn aufzuhalten. Zumal seine Finger ein wenig zitterten. Sie blickte ihm ins Gesicht. Das Verlangen in seinen Augen stachelte sie mehr an, als Worte es vermocht hätten.

Mark öffnete ihre Hose, doch bevor er den Stoff über ihre Hüften hinunterschob, zog er sich das Hemd aus. Sie erhaschte einen flüchtigen Blick auf starke Muskeln und eine rote Narbe, doch dann streifte er ihr die Schuhe ab, und sie konnte an nichts anderes mehr denken, als sich gänzlich von ihm ausziehen zu lassen.

Er setzte sich wieder aufs Sofa, streichelte mit beiden Händen ihre Beine und strich schließlich über ihre Schenkel langsam immer weiter nach oben. Das pulsierende Verlangen wuchs, und als er sich dem blonden Haar näherte, das ihre intimste Stelle verbarg, begann Darcy zu zittern. Er legte ihr die Arme um die Taille und zog sie neben sich aufs Polster. Sie küssten sich. Es war wie eine innige Vereinigung ihrer Seelen, die sie noch heftiger zittern ließ.

Seine Finger ruhten auf ihrem Oberschenkel. Sie spreizte die Beine ein wenig. Sie war so erregt, dass es nicht mehr als eine zarte Berührung brauchte, um sie zum Höhepunkt zu bringen.

»Mark, ich …«

Er fasste sie dort an. Schnell fand er den gewissen Punkt, der dazu erschaffen war, das höchste Entzücken zu empfinden. Sie konnte nicht sprechen, konnte kaum noch atmen, konnte nichts anderes tun, als Mark stumm anzuflehen, nicht aufzuhören.

Er erriet ihre Gedanken.

Aufreizend langsam umkreiste er die erogene Zone, rieb dann wieder die gewisse geschwollene Stelle. Es dauerte nicht lange, bis sie sich völlig verlor.

Der Höhepunkt erschütterte ihren Körper mit der Intensität eines Vulkans. Mark vertiefte den Kuss, dämpfte ihre Lustschreie, während sie vor Ekstase zitterte und sich an ihn klammerte. Er berührte sie federleicht, bis der letzte Schauer verebbte.

Dann wich er ein wenig zurück und streichelte ihre Wange. Als sie schließlich den Mut fand, die Augen zu öffnen, stellte sie fest, dass er sie anlächelte. Es war das entspannte, zufriedene Lächeln eines Mannes, der gerade eine Frau beglückt hat.

»Tja, nun.« Sie räusperte sich. »Es ist eine ganze Weile her, seit ich …«

»Das ist mir gar nicht aufgefallen.«

»Lügner.«

Er grinste. »Also gut. Vielleicht ist es mir ein bisschen aufgefallen. Es ist alles so schnell gegangen, dass es schwer zu sagen ist.«

In gespielter Empörung schlug sie nach seinem Arm, allerdings ohne jeden Kraftaufwand. Er glitt vom Sofa und drehte sie ein wenig, bis sie halb auf dem Polster saß, halb lag. Abrupt wurde ihr bewusst, dass sie ganz nackt war und dass sie sich in ihrem Wohnzimmer befanden. Ganz zu schweigen davon, dass sie den Mann kaum kannte. Doch als sie zu einem Protest ansetzte, beugte er sich vor und küsste die Innenseite ihres Knies.

»W… was machst du denn da?«, fragte sie atemlos, obwohl sie bereits ahnte, was er beabsichtigte.

»Wenn es für dich schon eine Weile her ist, brauchst du wahrscheinlich etwas mehr Aufregung in deinem Leben. Falls es dir nicht gefällt, musst du mir nur sagen, dass ich aufhören soll.«

Ja sicher, dachte sie benommen, während seine Lippen höher wanderten. Sie spreizte die Beine, um ihm mehr Zugang zu gewähren, und schloss die Augen, als er die Innenseite ihrer Schenkel erreichte. So viel dazu, dass Sex ihrer Meinung nach nicht besonders wichtig war. Offensichtlich hatte sie bisher alles falsch gemacht.

Genau in dem Moment, als er ihr den intimsten Kuss überhaupt gab, umfasste er ihre Brüste. Die heftigen vielfältigen Empfindungen entlockten ihr einen lustvollen Aufschrei.

Mark reizte die Brustwarzen im Einklang mit den Liebkosungen seines Mundes zwischen ihren Beinen. Ihr Verlangen erwachte erneut, als hätte sie nicht gerade erst Erfüllung gefunden. Mit atemberaubender Geschwindigkeit baute sich die prickelnde Spannung in ihr auf.

Mehr. Ich brauche mehr. Sie hob die Füße aufs Sofa und öffnete die Beine noch weiter. Er berührte ihre empfindsamste Stelle mit der Zungenspitze und kostete alles von ihr. Dann zog er eine Hand von ihrer Brust fort.

Bevor Darcy protestieren konnte, drang er mit einem Finger in sie ein. Langsam schob er ihn hinein und hinaus, dann schneller und immer schneller, während er sie unaufhaltsam küsste, schleckte und an ihr knabberte, bis sie die Lust kaum noch ertragen konnte.

Sie klammerte sich an die Polster. Eine Welle der Hitze durchströmte sie. Der Druck in ihr wuchs immer weiter, bis sie heftig erschauerte und vor Ekstase aufschrie. Es war so wundervoll, wie sie es nie zuvor erlebt hatte, und es schien ewig anzudauern. Er berührte sie sanft, entlockte ihrem Körper immer weitere Schauer des Entzückens.

Als sie schließlich in die Wirklichkeit zurückkehrte, seufzte sie zufrieden. Da presste sich etwas Dickes und Hartes an sie. Sie veränderte die Stellung, sodass sie Mark die Beine um die Hüften schlingen konnte.

»Ja«, flüsterte sie eindringlich. Sie öffnete die Augen. »Ja!«

Sein Gesicht wirkte angespannt vor Leidenschaft. »Ich will dich«, flüsterte er mit rauer Stimme.

»Dann komm zu mir. Bitte!«

Er drang in sie ein, füllte sie aus, bis sie nach Atem rang. Er stöhnte, während er in ihren lustvoll gespannten Körper vorstieß.

Mark sagte sich, dass es ein Fehler war, aber dafür war es ein wenig zu spät. Sie fühlte sich zu gut an – heiß, feucht, bereit für ihn. Wenn sie ihn doch nur nicht so angesehen hätte, als wäre er der erste Mann in ihrem Leben, den sie begehrte! Wenn ihm am Nachmittag bloß nicht aufgefallen wäre, wie aufreizend üppig ihre Brüste waren. Wenn sie nur nicht auf ihn reagiert hätte wie eine Verhungernde, die das erste Mahl seit Wochen genießt.

Denk daran, was beim letzten Mal passiert ist, ermahnte ihn die Vernunft, während er seine Stöße beschleunigte.

Aber diesmal ist es ganz anders.

Nein, sie ist eine Frau mit Geheimnissen, beharrte die innere Stimme, du solltest es besser wissen.

Verdammt!

Darcy zog ihn an sich und küsste ihn. Während ihre Zungen einander umkreisten und miteinander tanzten, spürte er, wie er die Beherrschung verlor. Sie küsste besser als jede andere Frau, die er kannte.

Es ist bloß Sex, redete er sich ein, als der Höhepunkt nahte.

»Oh, Mark«, flüsterte sie, und dann rang sie nach Luft.

Er spürte ihre Schauer der Erfüllung. Da konnte er nicht länger widerstehen. Ihm stockte der Atem. Im nächsten Augenblick erreichte er den Gipfel und begab sich auf den Weg ins Paradies.

4. Kapitel

Leider war Darcy nicht der Luxus vergönnt, bis zum sprichwörtlichen Morgen danach zu warten, um sich wie ein Idiot zu fühlen. Nein, sie kam sich dumm vor, sobald Mark aus ihrem Körper hinausglitt und sich aufrichtete. Da war sie, nackt wie am Tag ihrer Geburt, halb im Sitzen, halb im Liegen auf ihrem Sofa, während ein fremder Mann sich die Hose hochzog und sie schloss. Er hatte sich nicht einmal ganz ausgezogen.

Ihre Wangen röteten sich. Sie wollte weglaufen und sich verstecken, aber es war nicht so einfach, sich aus der Situation zu retten. Schon gar nicht in nacktem Zustand.

Hektisch suchte sie nach etwas, um sich zu bedecken. Das Sofa bot nicht viele Möglichkeiten.

Offensichtlich bemerkte Mark ihr Unbehagen, denn er griff zu seinem Hemd und drapierte es über ihren Körper. Dann stand er auf. Etwas, das verdächtig nach Reue aussah, verdunkelte seine grünen Augen. »Darcy, ich …«, er brach ab und rieb sich den Nacken, »… tue so etwas nicht oft genug, um zu wissen, was ich sagen soll.«

»Ich auch nicht.« Sie schlüpfte in das Hemd und knöpfte es zu. Sie ging davon aus, dass sie über die Plötzlichkeit der Begegnung sprachen und nicht über die Tatsache, dass sie sich überhaupt geliebt hatten. Irgendwie kam er ihr in sexueller Hinsicht nicht gerade unerfahren vor. Hätte die Situation peinlicher sein können?

»Ich mache für gewöhnlich nicht … Das heißt, ich habe noch nie …« Sie presste die Lippen zusammen und wünschte, sie könnte einfach mit dem Sofabezug verschmelzen und unsichtbar werden.

Mark hockte sich vor sie und strich ihr das Haar aus den Augen. »Ich weiß. Das ist nicht dein Stil. Meiner auch nicht. Ich schätze, wir haben uns beide von der Hitze des Moments mitreißen lassen.« Es zuckte ein wenig um einen Mundwinkel. »Das muss an all dem Tofu in den Stampfkartoffeln liegen.«

»Bestimmt.«

Er ließ die Hand sinken. »Ist bei dir alles klar?«

Nein! Darcy schluckte den Aufschrei hinunter, der ihr bereits auf der Zunge lag. »Wie man's nimmt. Ich bin nicht bestürzt. Na ja, nicht besonders. Es ist nur … ich weiß nicht … zu peinlich, schätze ich. Ich kenne dich kaum. Wir sind nicht mal zusammen.« Sie schluckte schwer. »Nicht, dass ich damit andeuten will, dass wir zusammen sein sollten. Es ist bloß …«

Sie wandte den Blick ab. Ihr gefiel nicht, was er von ihr denken musste. Dass sie billig und leicht zu haben war. Sie war es nicht und hatte sich nie so verhalten. Doch wenn sie versuchte, ihm zu erklären, wie ihr Leben bisher verlaufen war, stellte er womöglich Fragen. Was sollte sie ihm dann über Dirk sagen? Ihr Bruder war kaum der geeignete Gesprächsstoff nach einem heißen Liebesspiel.

Mark stand auf, bückte sich und hob ihre Kleidungsstücke auf. Darcy nahm sie entgegen. Sie schlüpfte in den Slip, stand auf und zog sich hastig die Hose an. Sie erlebte einen äußerst peinlichen Moment, als sie ihm sein Hemd zurückgeben musste und sich dann hastig BH und Sweater anzog. Weil er sie dabei beobachtete, wurde sie noch verlegener. Was verrückt war. Immerhin hatte er soeben jeden bedeutenden Körperteil berührt, den sie besaß. Für Schamgefühle war es ein bisschen zu spät.

Sobald sie angezogen war, zwang sie sich, sich zu ihm umzudrehen. Er stand mit den Händen in den Hosentaschen da. Sein Körper war angespannt – sein Körper, den sie intim berührt hatte, mit dem sie eins geworden war. Die Erinnerung an das, was sie miteinander getrieben hatten, veranlasste sie, den Blick auf den Teppich zu senken.

Nach einer kleinen Weile gestand sie ein: »Ich weiß nicht, was ich sagen soll.«

»Willst du, dass ich mich entschuldige?«

Forschend hob sie den Blick zu seinem Gesicht, doch sie konnte nicht ergründen, was in ihm vorging. »Tut es dir denn leid?«

»Nein.«

»Dann entschuldige dich nicht.«

»Na gut.« Er verlagerte das Gewicht von einem Bein auf das andere. »Ich schätze, es ist Zeit für mich zu gehen.«

»Natürlich.« Sie ging voraus in den Flur.

Er folgte ihr, beugte sich dann überraschenderweise zu ihr hinunter und küsste sie auf die Wange. »Danke. Das war eine erstaunliche Erfahrung.«

»Tja, nun, für mich auch.« Trotz ihrer Verlegenheit und dem anhaltenden Entsetzen über ihr impulsives Verhalten konnte sie sich nicht über den körperlichen Aspekt ihrer Vereinigung beklagen. Mark hatte sich als verblüffend wundervoller Liebhaber erwiesen.

»Ich rufe dich an«, versprach er.

»Sag das nicht.« Darcy zwang sich, ihn anzulächeln. »Das ist eine Art Schlüsselreiz für mich. Ich reagiere darauf wie auf Knopfdruck. Du musst mich nicht anrufen.«

»Was ist, wenn ich es will?«

»Dann tu es einfach, aber sag mir nicht, dass du es tun wirst. Sonst steigere ich mich richtig hinein, und wenn du es dann doch nicht tust, grüble ich ständig darüber, was ich falsch gemacht habe. Zwei Wochen später fällt mir dann wieder ein, dass es nicht mein Verlust ist, sondern deiner. Aber die emotionale Ausfallzeit kann ich nicht gebrauchen.«

»An dir ist nichts auszusetzen«, versicherte er ernst. »Du bist eine unglaublich attraktive und verführerische Frau.«

»Das mag zwar war sein, aber dein Geschlecht kann manchmal recht schwer von Begriff sein. Also versprich mir nicht, dass du mich anrufen wirst. Okay?«

»Abgemacht.«

Mark starrte sie an. Sie musterte ihn und versuchte, sich alles an ihm einzuprägen. Denn sie zweifelte nicht im Geringsten daran, dass sie ihn – abgesehen von sehr steifen Begegnungen an ihrem Arbeitsplatz – nicht wiedersehen würde.

»Bis dann, Darcy. Danke für das Dinner.«

Sie öffnete die Tür; er trat hinaus in die Nacht.

Darcy winkte ihm flüchtig nach, während er zu seiner eigenen Wohnung lief. Sie schloss die Tür und war auf halbem Weg in die Küche, als die ungeschminkte Wahrheit auf sie einstürmte, und zwar mit voller Wucht.

Wie ein voll beladenes Tablett, das einem aus der Hand rutscht und auf den Boden knallt. Dieser alberne Gedanke schoss ihr durch den Kopf. *Wir hatten gerade Sex. Ungeschützten Sex.*

Sie lehnte sich an die Wand. Nein, das durfte ihr nicht wirklich passiert sein! Sie war doch nicht so dumm! Oder doch? Nachdem sie sich seit fünf Jahren bemühte, ihre Sache gut zu machen, konnte sie es unmöglich dermaßen verpatzt haben! Und wofür? Für dreißig Minuten heißen, wilden, unglaublichen Sex? Wenn sie schon hemmungslose Gelüste haben musste, konnte sie sich dann nicht an Schokolade halten?

Während sie sich mit allen möglichen Schimpfwörtern bedachte, ging sie zum Kalender und zählte die Tage. Okay, die Gefahr einer Schwangerschaft schien gleich null zu sein, aber es gab andere Erwägungen. Zum einen: Mit wem alles mochte der attraktive Mark Kincaid es in letzter Zeit getrieben haben? Zum anderen: Selbst wenn ihr Körper unbeschadet davonkam, was war mit ihrem emotionalen Wohlergehen? One-Night-Stands verstießen gegen alles, woran sie glaubte. Sie rühmte sich, eine bedachtsame, intelligente und vernunftbegabte Frau zu sein, die fundierte Entscheidungen traf. Sie hatte die Hölle der letzten Jahre nicht überstanden, indem sie mit jedem hübschen Gesicht ins Bett gehüpft war, das Interesse bekundete.

Warum nur hatte sie zugelassen, dass eine kindische Schwärmerei für ihren gut aussehenden Nachbarn ihre Vernunft überflügelte? Und was sollte sie zu ihm sagen, wenn sie ihm das nächste Mal begegnete?

Zwei Minuten vor der eingestellten Klingelzeit stellte Darcy den Wecker ab. Sie starrte aufs Display. Vier Uhr achtundfünfzig. Sie schätzte, dass sie in der ganzen Nacht nicht mehr als etwa zwei Stunden geschlafen hatte. Sorge und Selbstvorwürfe hatten sie wach gehalten. Als sie schließlich eingeschlummert war, hatte sie prompt von der gefährlichen Begegnung mit ihrem verführerischen Nachbarn geträumt. Das Lustgefühl – ausgelöst von seinen erträumten intimen Küssen – hatte sie sofort wieder wachgerüttelt.

Ihre Augen brannten, ihre Lider fühlten sich geschwollen an, selbst ihr Haar schien wehzutun. Sie stöhnte, während sie sich widerstrebend aufsetzte. Ihr stand ein langer, harter Tag bevor.

Selbst eiskalte Wassergüsse ins Gesicht und ausgiebiges Zähneputzen konnten nicht bewirken, dass sie sich besser fühlte. Normalerweise trank sie ihren ersten Kaffee im Hip Hop, doch an diesem Morgen brauchte sie eine »Notfallinfusion«. Ein Schuss Koffein brachte ihren Körper vielleicht auf Touren. Sie schlüpfte in ihren alten Frotteemantel und stolperte in die Küche.

Sie schaltete das Licht ein, holte eine Filtertüte und Kaffeepulver aus dem Schrank und setzte das magische Gebräu auf. Gerade begann die Kaffeemaschine zu gurgeln, da ertönte ein leises Klopfen an der Hintertür.

Darcy erstarrte. Sie wusste, dass sie sich das Geräusch nicht nur eingebildet hatte. Sie konnte sich außerdem denken, wer sie um fünf Uhr morgens aufsuchte, auch wenn ihr der Grund dafür unerklärlich war. Dann stellte sie sich vor, wie sie aussah. Das zerzauste Haar stand ihr kreuz und quer vom Kopf ab, ihr Teint war kreidebleich und der schäbige blaue Bademantel nicht einmal für die Kleidersammlung gut genug.

Perfekt. Ich hatte gehofft, dass mein Tag genau so anfängt.

Sie bemühte sich redlich, die Situation von der humorvollen Seite aus zu betrachten, versagte aber kläglich. Sie ging zur Tür und spähte vorsichtig hinaus. Tatsächlich stand niemand anderer als Detective Mark Kincaid auf der Schwelle. Sein ansehnlicher Körper steckte in einem ausgeleierten Jogginganzug und hätte darin furchtbar wirken sollen, machte ihr aber eher den Mund wässrig. Sie öffnete die Tür.

»Hast du einen Termin bei mir?«, fragte sie spitz.

Er grinste. Augenblicklich klopfte ihr das Herz bis zum Hals. Dafür sank ihre Fähigkeit, ganze Sätze zu bilden, rapide auf einen absoluten Tiefpunkt. Es war kein angenehmes Gefühl.

»Ich habe dein Haus beobachtet und darauf gewartet, dass du aufwachst.« Er zwängte sich an ihr vorbei in die Küche. »Ich dachte mir, dass du früh aufstehen musst.«

Sie schloss die Tür und zog den Bademantel fester um sich. »Also gut. Ich bin auf, und du bist hier. Warum?«

Anstatt zu antworten, zog er sie an sich. Ohne jede Vorwarnung und ohne ihr die Möglichkeit zu geben, ihn zurückzuweisen, senkte er den Mund auf ihren. Sie nahm sich vor, zu protestieren oder wenigstens keine Reaktion zu zeigen. Ihr Körper hörte nicht darauf. Anstatt Mark wegzustoßen, schlangen sich ihre Arme um ihn und drückten ihn ebenso fest an sich, wie er sie an sich zog. Ihre Lippen öffneten sich. Nicht etwa, um lautstarken Protest von sich zu geben, sondern um ihm ganz hingebungsvoll Zugang zu gewähren.

Im Bruchteil einer Sekunde schlug ihr Befinden von benommen zu belebt um. Seine Nähe wirkte erfrischender als ein doppelter Espresso. Er schmeckte nach Minze und Kaffee – eine überraschend angenehme Kombination. Während er die Finger einer Hand in ihrem wirren Haar vergrub, legte er ihr die andere auf den Po.

Darcy spürte, wie sie augenblicklich heiß und bereit für ihn wurde. *Als ob wir uns heute Morgen noch mal lieben würden! Gleich hier in der Küche ... Würde das von mehr oder weniger Geschmacklosigkeit zeugen als auf dem Sofa?* »Verflixt, warte einen Moment!« Es gelang ihr, den kläglichen Rest ihres gesunden Menschenverstandes zusammenzuraffen und Mark wegzuschieben. Sie hielt den Blick starr auf sein Gesicht geheftet. Denn sie wusste, was sie vorfinden würde, wenn sie an seinem Körper hinuntergesehen hätte: den unübersehbaren Beweis dessen, was sie soeben an ihrem Bauch zu spüren vermeint hatte.

Er fluchte leise. »Tut mir leid. Deswegen bin ich nicht hier.« Er wandte sich halb ab. »Ich wollte eigentlich über gestern Abend reden.«

»Da gibt es nichts zu sagen.«

Er drehte sich zu ihr zurück. »Das sehe ich anders.«

Ihr fiel auf, dass er frisch rasiert, aber nicht geduscht war. Er sah zerzaust und trotzdem unbeschreiblich sexy aus. In diesem Moment hätte sie ihre Seele verkauft, um mit ihm zusammen zu sein. Zum Glück tauchte niemand mit einem Vertrag auf. Daher konnte sie zumindest so tun, als wäre sie desinteressiert.

Er sah ihr in die Augen. »Gegen zwei heute Morgen ist mir klar geworden, dass ich total verantwortungslos gehandelt habe.«

Ach, darum geht's. »Ich weiß.« Darcy verschränkte die Arme vor der Brust. »Wir sind beide alt genug, um es besser zu wissen. Ich kann es nicht fassen, dass ich ungeschützten Sex hatte.«

»Es tut mir leid. Es war meine Schuld.«

Ich wünschte, es wäre wahr, und ich könnte ihm die ganze Schuld in die Schuhe schieben. »Nein. Ich war schließlich mit von der Partie. Ich habe mir auch nichts dabei gedacht.«

Mark ging einen Schritt auf sie zu. »Ich bin gesund. Du hast dir von mir nichts eingefangen. Aber da ist noch etwas anderes zu berücksichtigen.«

Wollte er sich höflich nach ihrem Gesundheitszustand erkundigen? »Ich war schon seit …«, sie hielt inne, bevor sie »Jahren« sagen konnte, »… einiger Zeit mit niemandem zusammen. Ich habe keine Krankheiten.«

»Was ist mit Schwangerschaft?«

»Sehr unwahrscheinlich. Vom Timing her war es ziemlich ungefährlich.«

Sein Blick schien sie zu durchbohren. »Ziemlich ungefährlich ist nicht gleich sicher. Du lässt mich doch wissen, falls …«

»Du wirst der Zweite sein, der es erfährt.«

»Tut es dir leid?«

Er ragte vor ihr auf – ein starker, energetischer Mann. Vielleicht hätte sie Angst vor ihm haben sollen, aber seit dem vergangenen Abend wusste sie, dass er sanft und zärtlich war. Er hatte sie geliebt, als wäre ihm ihre Befriedigung wichtiger als seine eigene. Es war eine unglaubliche Erfahrung für sie gewesen. Nun, an diesem Morgen, wünschte sie sich unwillkürlich, es noch einmal zu tun, nur langsamer diesmal.

»Nein«, antwortete sie schließlich leise. »Ich bin ein bisschen schockiert über unser Verhalten, aber ich bereue es nicht.«

»Da kann ich dir nur zustimmen.«

Darcy wollte mehr von ihm wissen. Sie wollte von ihm hören, dass er sie reizvoll und unwiderstehlich fand und dass er sie ebenso sehr mochte, wie er sie begehrte. Allerdings wünschte sie sich auch, in den nächsten zwei Wochen ein paar Millionen Dollar zu gewinnen.

»Wie geht es jetzt weiter?«, erkundigte er sich.

Die Frage überraschte sie. Einen Herzschlag lang spielte sie mit dem Gedanken, die Wahrheit auszuplaudern. Dass sie einsam war und sich verzweifelt nach einem Lebenspartner sehnte. Nach jemandem, dem an ihr gelegen war und der sie vielleicht sogar lieben lernen konnte; und der sich nicht an Dirk störte. Doch dieser Jemand war gewiss nicht Mark. So viel Glück hatte sie nicht. »Ich muss duschen. Meine Schicht fängt in einer knappen Stunde an. Vielleicht können wir dieses Gespräch auf später verschieben?«

»Okay.« Er machte keinerlei Anstalten zu gehen. »Ich kann dir helfen.«

»Wobei?«

Er trat zu ihr, legte ihr eine Hand an die Wange und küsste ihre Lippen. Die zärtliche Berührung seines Mundes ließ ihre Knie weich werden. Sie musste nach ihm greifen, um Halt zu finden. Die Hitze seines Körpers hüllte sie ein, zog sie magnetisch an, wirkte wie ein Zauberbann, dem sie nicht widerstehen konnte.

»Beim Duschen«, murmelte er an ihren Lippen. »Du weißt schon, den Rücken schrubben und so.«

»Es geht nur um Sex«, sagte sie mehr zu sich selbst als zu ihm.

»Ist das schlimm?« Er griff in seine Hosentasche und holte ein Briefchen heraus. »Diesmal habe ich an Verhütung gedacht.«

Darcy wollte sich darüber beklagen, dass er in der Absicht, Sex mit ihr zu haben, in ihrem Haus aufgetaucht war. Doch bevor sie die Worte formulieren konnte, drängte er sie zurück zum Schlafzimmer. Irgendwie hatte sich ihr Bademantel geöffnet, und Mark berührte ihre Brüste. Das wohlige Gefühl, das seine Hände auf ihrem Körper auslösten, vertrieb ihre dürftige Empörung, ganz zu schweigen von ihrer Selbstbeherrschung. *Zum Teufel mit ihm!*

Sie wollte ihm gehörig die Meinung sagen – sobald sie mit dem Sex fertig waren.

Schwaches Licht fiel vom Badezimmer ins Schlafzimmer. Er schob ihr den Bademantel von den Schultern und warf ihn beiseite. Dann zog er sich das Sweatshirt aus, schleuderte die Laufschuhe von den Füßen und streifte sich die Jogginghose ab. Darunter war er nackt.

Sie beobachtete das faszinierende Spiel seiner Brustmuskeln, bis sie das rote Wundmal auf seiner linken Seite sah. Sie wollte die Narbe streicheln, doch dann weckte seine außerordentliche Erregung ihr Interesse. Während sie ihn küsste, ließ sie die Hand an seinem Körper hinunter und nach vorn wandern, bis sie ihn umfassen konnte.

Er pulsierte unter ihren forschenden Fingern. *So hart und erregend.* Sie spürte Ungeduld bei der Vorstellung, ihn in sich zu spüren.

»Duschen«, murmelte er an ihren Lippen, während er sie zurückdrängte.

Sie hörte das Rauschen von Wasser, achtete aber kaum darauf, denn nun schob er die Finger zwischen ihre Beine und berührte sie auf seine ganz besondere aufreizende Art. Als sie unter den dampfenden Strahl traten, war sie bereits kurz vor dem Höhepunkt.

Er seifte sie von Kopf bis Fuß ein und widmete dann ihren Brüsten besondere Aufmerksamkeit. Mit sanft kreisenden Bewegungen reizte er die Knospen, bis Darcys Atem schnell und stoßweise ging. Als Antwort darauf drehte sie den Spieß um und schäumte seinen Körper ein. Als sie die Hände zwischen seine Beine schob, stöhnte er laut auf. Sie wuschen sich gegenseitig die Haare und küssten sich, während der Wasserstrahl den Schaum abspülte.

Mark griff nach dem Kondom, das er auf den Waschtisch gelegt hatte.

Währenddessen sah Darcy sich zweifelnd in der Wanne um. »Wie genau hast du dir das vorgestellt?«

Er lächelte. »Vertrau mir.« Er drehte sie um, sodass sie mit dem Rücken zu ihm stand. Es störte sie nicht, denn er küsste ihren Nacken und umfasste sie von hinten, um ihre Brüste zu kneten. Als sie vor Verlangen erzitterte, drängte er sie, einen Fuß auf den Wannenrand zu heben. Etwas Hartes stieß sie von hinten an.

Instinktiv beugte sie sich vor. Während Mark in sie eindrang, sie ausfüllte und ihr den Atem raubte, ließ er eine Hand nach vorn gleiten und streichelte ihre empfindsamste Stelle. Seine Finger passten sich dem Rhythmus seiner Stöße an und raubten ihr jegliche Willenskraft. Sie stemmte die Hände gegen die Wand. Die kalten Kacheln bildeten einen krassen Gegensatz zu der Hitze, die ihre vereinten Körper erzeugten.

Schneller und schneller bewegten sie sich, und die Lust wurde beinahe unerträglich. Die Vereinigung war so unglaublich vollkommen, dass Darcy nicht anders konnte, als sich ganz der Ekstase hinzugeben. Schon bald durchströmten sie lustvolle Schauer, und sie spürte, wie Mark für einen Moment aufstöhnend innehielt. Er flüsterte ihren Namen, während sie miteinander einen überwältigenden, beglückenden Höhepunkt erlebten.

»Wenigstens musste ich danach nicht mehr duschen«, murmelte Darcy vor sich hin, während sie zum Hip-Hop-Café fuhr.

Sie mied es, auf die Uhr am Armaturenbrett zu sehen, denn sie wusste, dass sie zu spät kam. Sie konnte es kaum fassen. Nach fünf Jahren des nahezu mustergültigen Verhaltens hatte sie innerhalb von vierundzwanzig Stunden gleich zwei Mal völlig den Verstand verloren. Und das mit ein und demselben Mann! Obwohl das vielleicht besser war, als bei verschiedenen Männern aus dem Häuschen zu geraten. So musste sie nur Mark aus dem Weg gehen, um in ihr ruhiges, wenn auch einsames Leben zurückzufinden.

Es erschien ihr unglaublich, dass sie es noch einmal getan hatten. Ebenso sehr wunderte sie sich, wie viel Gefallen sie daran gefunden hatte. In ihrer Vergangenheit war der Wunsch nach körperlicher Liebe allein vom jeweiligen Mann ausgegangen. Hin und wieder hatte es ihr Spaß gemacht, aber niemals hatte die Erde gebebt. Auch hatte sie es nie zuvor unter der Dusche oder in jener gewissen Stellung getrieben. Das war überwältigend, dachte sie und erschauerte allein bei der Erinnerung daran.

Sie bog in den Parkplatz auf der Rückseite des Hip-Hop-Cafés ein. Dort standen drei Autos von Angestellten und vier Gästefahrzeuge. Sie atmete erleichtert auf. Am Morgen nach Thanksgiving waren die meisten Leute noch zu sehr mit Truthahn vollgestopft, um auswärts zu frühstücken.

Gegen ihren Willen fiel ihr auf, dass es bereits fünf nach halb sieben war, als sie ihre Handtasche schnappte und aus dem Auto sprang.

»Ich weiß, ich weiß«, sagte sie beschwichtigend, als sie den Umkleideraum betrat und ihre Sachen im Spind verstaute. Sie blickte Janie an und seufzte. »Ich bin zwanzig Minuten zu spät dran. Es tut mir leid.«

»Es ist das erste Mal in sechs Monaten. Außerdem ist hier nicht viel los. Ich denke, ich kann ein Auge zudrücken.«

»Danke. Es wird bestimmt nicht wieder vorkommen.« Zumindest war sie davon überzeugt. Sie konnte sich nicht vorstellen, dass Mark jeden Morgen bei ihr auftauchte, um mit ihr zu schlafen. Obwohl die Vorstellung sehr reizvoll war und eine wohlige Wärme in ihr auslöste.

»Wie war dein Thanksgiving?«, erkundigte sich ihre Chefin.

Darcy band sich die Schürze um und versuchte, nicht rot zu werden. »Großartig.« Sie eilte zur Küche, Janie folgte. »Ich hatte mehrere Leute eingeladen. Hauptsächlich welche, die den Feiertag bei niemandem verbringen konnten. Aber alle haben schließlich abgesagt. Also war Mark Kincaid mein einziger Gast.«

Sie schnappte sich die Kaffeekanne und eilte durch die Schwingtür in den Gastraum. Nur drei Tische waren besetzt; an der Bar saß ein einzelner Mann. Fast alle Gäste hatten bereits das Essen serviert bekommen. Nur ein Pärchen studierte noch die Speisekarte. Sie nahm schnell die Bestellung auf und lieferte den Zettel in der Küche ab.

Janie wartete bei der Kaffeemaschine. Ihr langer blonder Zopf wippte wie ein Pferdeschweif, als sie den Kopf schüttelte. »Entschuldige, aber hast du gerade ›Mark Kincaid‹ gesagt?«

Darcy lächelte und hoffte inständig, dass sie nicht verlegen aussah. »Mmh. Wir wohnen Tür an Tür, und er ist Stammgast hier. Ich habe ihn noch nie mit anderen Leuten gesehen und dachte mir, dass er sich am Feiertag einsam fühlen könnte. Diese Jahreszeit kann hart für jemanden sein, der keine Familie in der Nähe hat.«

Janie wirkte so entgeistert, als hätte Darcy den Verstand verloren. »Also hast du ihn einfach eingeladen?«

»Ja.«

»Und er hat einfach zugesagt?«

Darcy versuchte, sich lässig zu geben. »Sicher. Warum sollte er nicht?«

»Ich weiß nicht. Seit er nach Whitehorn zurückgekommen ist, wirkt er nicht besonders gesellig.« Janie setzte eine nachdenkliche Miene auf. »Gibt es irgendwas Interessantes zu berichten?«

»Na ja, er ist ganz nett.«

»Und?«

Sie hielt dem forschenden Blick stand und zuckte mit den Schultern. »Und was? Wie gesagt, er ist ein netter Kerl. Ziemlich ruhig. Er hasst Gemüse.«

Janie lachte. »Das überrascht mich nicht. Er weigert sich immer, Salat zu nehmen, wenn er zum Lunch oder Dinner herkommt. Ich wusste gar nicht, dass du ihn kennst.« Ihre Belustigung verflog. »Ich bin froh, dass er zu Thanksgiving bei dir war. Hättest du ihn nicht eingeladen, wäre er wohl ganz allein geblieben.«

Darcy blickte in die Runde, um sich zu vergewissern, dass keiner der Gäste sie brauchte. Dann sagte sie mit gesenkter Stimme: »Ich weiß, dass er keine Angehörigen hier in der Stadt hat. Ich habe den Eindruck, dass er sowieso nicht viel Familie hat.«

»Nur eine Schwester. Maddie. Seine Eltern sind gestorben, als er auf dem College war.« Janie hielt inne und überlegte einen Moment. »Und da war noch eine andere Verwandte. Eine Tante, denke ich. Mark hat sich bis zu seinem Collegeabschluss um Maddie gekümmert. Danach hat diese Tante die Aufgabe übernommen, damit er nach New York gehen konnte.«

Darcy bemühte sich, nicht zu viel in diese Information hineinzuinterpretieren. Er hatte sich also um seine Schwester gekümmert, wie sie es bei ihrem Bruder tat. *Na und? Das haben wir gemeinsam, aber wenig sonst.* »Wo ist denn diese Maddie jetzt?«

»Irgendwo auf Achse. Sie lebt vom Barrel Race, das ist diese spezielle Disziplin beim Westernreiten, die nur von Frauen absolviert wird. Sie ist ständig zu irgendwelchen Rodeoveranstaltungen unterwegs und kommt nur selten hierher.«

Die Tür öffnete sich; zwei Paare traten ein. Darcy führte sie an einen Tisch und nahm die Bestellungen auf. Dann musste sie Essen servieren, Kaffee nachschenken und neue Gäste bedienen. Es mochte nicht so hektisch zugehen wie an einem gewöhnlichen Werktag, aber sie war derzeit die einzige Servicekraft.

Sie hatte etwa eine Stunde ihrer Schicht absolviert, als sie spürte, wie sich die Haare in ihrem Nacken sträubten. Beinahe wäre ihr der Toast, den sie gerade mit Butter bestrich, aus den Fingern geglitten. Obwohl sie wusste, was sie erwartete, musste sie sich einfach umdrehen.

Tatsächlich kam Mark Kincaid gerade herein. Über das abgenutzte Linoleum hinweg, an einem halben Dutzend Gästen vorbei starrten sie einander an. Etwas in seinem Blick – eine Verbundenheit, die aus unvergesslicher Leidenschaft erwuchs – ließ heftige Gefühle in ihr auflodern.

Lass dich bloß nicht darauf ein, ermahnte sie sich. *Männer wie er sind Herzensbrecher. Also reiß dich zusammen.*

Doch während ihr Verstand eifrig bereit war, diesen ausgezeichneten Rat zu befolgen, verhielt sich der Rest ihres Körpers weit weniger kooperativ.

5. Kapitel

Mark setzte sich in seine übliche Nische. Abgesehen von einem leichten Funkeln in den Augen und einem vagen Lächeln auf den Lippen sah er aus wie immer. Darcy beneidete ihn um seine Seelenruhe. Ihr klopfte das Herz bis zum Hals, und ihre Hände zitterten sogar, als sie sich die Thermoskanne schnappte und sich auf den Weg zu seinem Tisch machte.

»Guten Morgen«, murmelte sie, und dabei fühlte sie sich unfähig, seinem Blick zu begegnen. Sie schenkte ihm Kaffee ein und achtete sorgfältig darauf, nichts danebenzugießen. »Hast du dich schon entschieden, oder brauchst du noch einen Moment?«

»Guten Morgen, Darcy.«

Sie füllte die Tasse bis obenhin und zwang sich dann, ihn anzusehen.

Sein Lächeln wurde breiter. »Wie geht es dir heute Morgen?«, erkundigte er sich.

Unter anderen Umständen hätte sie es als normale Frage angesehen, doch diese Situation war alles andere als gewöhnlich. Schließlich hatten sie sich keine zwei Stunden zuvor leidenschaftlich unter der Dusche geliebt, und am vergangenen Abend …

Sie schluckte. Sie wollte nicht an all die Dinge denken, die sie miteinander getrieben hatten. »Äh … was hast du gefragt?«

Sein Lächeln wurde so selbstzufrieden, dass sie ihm am liebsten eine Ohrfeige verpasst hätte. Er sah aus wie der, der er war: ein selbstgefälliger Mann, der eine Frau erst kürzlich sexuell beglückt hat.

Sie holte Block und Stift aus ihrer Schürzentasche. »Was ist jetzt mit deiner Bestellung?«

»Das Übliche. Western-Omelett, Beilage Bacon. Den Kaffee hast du mir ja schon gebracht.«

Ganz automatisch protestierte sie: »Mark, du kannst dich nicht weiterhin so ernähren. Das ist unglaublich ungesund. Hast du gar keine Angst davor, jung zu sterben oder herzkrank zu werden?«

Er beugte sich vor. Automatisch tat sie es ihm gleich, sodass ihre Gesichter nur wenige Zentimeter voneinander entfernt waren.

»Ich weiß deine Sorge zu schätzen«, murmelte er. »Aber ich habe seit gestern sehr viel Sondertraining und muss zusehen, dass ich bei Kräften bleibe.«

Fassungslos starrte sie ihn an. Sie konnte kaum glauben, was er soeben gesagt hatte. Gleichzeitig spürte sie Hitze in ihre Wangen steigen und wusste, dass sie errötete. Der Mann konnte wirklich aufreizend sein – auf höchst charmante Weise.

Sie wandte sich zum Gehen. Er hielt sie zurück, indem er sie leicht am Arm berührte.

»Du könntest mir auch ein bisschen Kürbisbrot bringen. Es hat gut geschmeckt, als ich es beim letzten Mal probiert habe. Obwohl es mit Gemüse gemacht ist.«

Sie hasste es, dass er ihre Backkunst lobte. Vor allem, weil es sie insgeheim freute und schwach machte. »Du spielst unfair«, protestierte sie.

»Ich weiß.«

Sie entfernte sich, ohne noch etwas zu sagen. Andere Gäste forderten ihre Aufmerksamkeit. Außerdem musste sie dringend etwas Abstand zwischen sich und Mark bringen, bevor sie noch etwas Dummes sagte oder tat.

Es war viele Jahre her, seit sie einen Morgen danach erlebt hatte. Sie erinnerte sich daran als eine Zeit der Peinlichkeiten und Tücken. Anscheinend hatte sich während der langen Auszeit, die sie sich von der Partnersuche genommen hatte, nicht viel an dieser Tatsache geändert.

Darcy nahm Bestellungen von neu angekommenen Gästen entgegen, servierte Speisen und ignorierte Mark bis zu dem Moment, da sein Frühstück fertig war. Dann blieb ihr keine andere Wahl, als an seinen Tisch zurückzukehren. Sie stellte ihm eine Platte mit dem Omelett und dazu zwei kleinere Teller mit Bacon und Kürbisbrot hin.

»Danke«, sagte er. »Das sieht alles großartig aus.«

»Ich gebe das Lob an die Küche weiter.«

»Vor allem du.«

Ihr Herz schlug höher. »Mark, bitte nicht.«

»Warum nicht? Es ist doch wahr.« Er beugte sich zu ihr vor. »Wie steht es mit heute Abend?«

Sie hatte Schmetterlinge im Bauch. Wollte sie es? Ihn in ihrem Haus haben – in ihrem Bett? Hitze durchströmte sie bei der Vorstellung. Doch Impulsivität hatte keinen Platz in ihrem derzeitigen Leben. Warum also war sie so schnell bereit, ihnen nachzugeben? Sie wollte sich ermahnen, dass es total irrwitzig war. Sie kam sich wirklich ziemlich verrückt vor. Doch sie genoss es auch, zum ersten Mal seit Jahren mit etwas anderem als der Fürsorge für Dirk beschäftigt zu sein. War das so schlimm?

»Darcy?«

»Ich denke nach.«

»Ich hätte nicht gedacht, dass die Frage so schwer zu beantworten ist.«

»Ist sie aber.«

»Warum?«

Weil du eine Versuchung für mich bist. Die Frage war, welchen Preis sie dafür zahlen musste, wenn sie nachgab. Sie wusste, dass jede Art von Beziehung mit Mark, selbst eine, die hauptsächlich im Schlafzimmer stattfand, sie sehr viel kosten konnte.

Störte sie sich daran? Das Problem war, dass sie sich schon so lange einsam fühlte. Er machte ihr bewusst, dass sie immer noch lebendig und ganz Frau war. Sollte ihr eine vorübergehende Zerstreuung in ihrem Leben nicht zustehen?

Ein Geräusch an der Tür unterbrach ihre Überlegungen. Sie wandte den Kopf und sah Homer Gilmore ins Café spazieren. Er sah sich verängstigt um, als ob er befürchtete, dass jemand über ihn herfiel. Unschlüssig blickte sie zu Janie, die ebenso unentschlossen wirkte.

Homer war der Exzentriker der Stadt. Er war weit über siebzig und nicht mehr im Vollbesitz seiner geistigen Kräfte. Oft wanderte er in der Stadt herum und redete mit sich selbst. Für gewöhnlich war er harmlos, aber mit seinem langen grauen Haar, in Hausschuhen und Bademantel befand er sich gerade so weit am Rande der Normalität, um ein wenig Furcht einflößend zu wirken.

Darcy straffte die Schultern und näherte sich dem alten Mann. »Guten Morgen, Mr. Gilmore«, sagte sie freundlich. »Kann ich Ihnen helfen?«

Er starrte sie an wie eine Wildfremde und murmelte etwas Unverständliches vor sich hin.

Aus den Augenwinkeln sah sie Janie zum Telefon eilen, um Homers Pflegerin anzurufen und sie zu bitten, ihn abzuholen.

»Ich kümmere mich schon um ihn.«

Die vertraute Stimme überraschte Darcy. Sie drehte sich um und sah Mark auf sich zukommen.

Sanft nahm er Homer am Arm. »Kommen Sie, Mr. Gilmore. Ich bin Mark Kincaid vom Büro des Sheriffs. Was halten Sie davon, wenn ich Sie nach Hause bringe?«

Homers wilder Blick klärte sich ein wenig, und dann nickte er.

Mark wandte sich an Darcy. »Kannst du mir das Frühstück einpacken? Ich hole es mir auf dem Rückweg ab. Dann bezahle ich auch die Rechnung.«

»Kein Problem. Es ist ja schließlich nicht so, dass wir nicht wüssten, wo du wohnst.«

Er schnappte sich seine Jacke und schlüpfte hinein. Dann schob er Homer aus dem Café.

Sie blickte ihm nach. Die Kehle war ihr wie zugeschnürt, aber nicht nur vor Nervosität und Vorfreude. Sie konnte akzeptieren, dass Mark gut aussehend, sexy und verdammt gut im Bett war. Aber es passte ihr nicht, dass er so nett zu seinen Mitmenschen war. Wenn sie ihn für einen charmanten und dazu anständigen Kerl halten musste, bereitete es ihr wesentlich mehr Schwierigkeiten, ihre Gefühle im Griff und ihr Herz an einer kurzen Leine zu halten.

Ganz bewusst rief sie sich in Erinnerung, dass sie sich auf gar keinen Fall in ihn verlieben durfte. Sie wusste, was passierte, wenn sie es dennoch tat. Es hatte absolut keinen Sinn zu hoffen, dass es diesmal anders kommen konnte.

Mark hielt seinen Finger auf der Programmwahltaste der Fernbedienung. Er zappte so schnell durch die Kanäle, dass er gar nicht mitbekommen konnte, was gerade gesendet wurde. Aber das Angebot zu überfliegen war immer noch besser, als nervös herumzulaufen – wonach ihm eigentlich zumute war.

Er blickte zur Uhr und zurück zum Fernseher. Zwanzig vor sechs. Als er in das Hip Hop zurückgekehrt war, um sein Frühstück abzuholen, hatte Darcy eingewilligt, sich an diesem Abend mit ihm zu treffen. Er hatte sich für sechs Uhr bei ihr angekündigt. Da sie im selben Gebäude wohnte, konnte er einen verfrühten Aufbruch kaum damit rechtfertigen, dass er dem Feierabendverkehr zuvorkommen wollte.

Wenn er nur daran dachte, wie sehr ihm am Vortag davor gegraut hatte, zu ihrem Thanksgiving-Dinner zu gehen! Er hatte befürchtet, dass er sich langweilen und fehl am Platz fühlen würde. Er hatte geglaubt, dass sie ein Gutmensch war und plante, die Welt mit Tofu zu regieren. Welch gewaltiger Irrtum!

Sie war klug und witzig und darüber hinaus unglaublich sexy. Er hatte nicht geplant, mit ihr zu schlafen, aber es tat ihm nicht leid, dass es geschehen war. Weder am Vortag noch an diesem Morgen.

Sein Körper regte sich bei der Erinnerung an das Intermezzo unter der Dusche. Darcy besaß die Fähigkeit, ihn innerhalb einer Nanosekunde aufs Äußerste zu erregen. So etwas war ihm nie zuvor untergekommen.

Er lehnte sich im Sessel zurück, ließ den Sportkanal eingeschaltet und legte die Fernbedienung beiseite. Diese flüchtige, rein sexuelle Begegnung mit Darcy war genau das, was er brauchte.

Bei Sylvia hatte er geglaubt, die einzig Richtige gefunden zu haben. In ihm war sogar der Wunsch aufgekeimt, sich mit ihr niederzulassen, sie zu heiraten und Kinder mit ihr zu bekommen. *Aber sie hat mir bewiesen, dass solche Träume nur für Idioten gemacht sind.*

Unwillkürlich dachte er an ihr betörendes Lächeln, das ihm schon bei der ersten Begegnung aufgefallen war. Sie hatte ihn davon überzeugt, dass sie ebenso angetan von ihm war wie er von ihr.

Erst im Nachhinein, aus angemessener Distanz, hatte er erkannt, dass jede Bewegung, jede Berührung, jedes Wort kalkuliert gewesen war. Sie hatte ein bestimmtes Ziel verfolgt, als sie sich »versehentlich« aus ihrer Wohnung ausgeschlossen hatte und daher sein Telefon benutzen musste, um den Schlüsseldienst zu rufen. Und er war wie ein Trottel auf ihre Intrige hereingefallen.

Er hatte seine Lektion gelernt. Liebe stand für ihn nicht mehr auf dem Programm. Sex hingegen schon. Das war etwas ganz anderes. Zum ersten Mal seit der Schießerei freute er sich auf etwas anderes als Schmerzfreiheit.

Er war auf dem besten Weg, ins Leben zurückzukehren. Dass es geschah, war nicht sonderlich überraschend. Es war unausweichlich. Das Wie stand auf einem ganz anderen Blatt. Darcy bereitete ihm ein unerwartetes Vergnügen. Er wollte die Episode genießen, solange sie andauerte, und sie dann hinter sich lassen und nach vorn blicken. Nie wieder wollte er zulassen, dass ihm eine Frau das Herz brach.

Hektisch hängte Darcy verworfene Kleidungsstücke zurück in den Schrank. In der letzten halben Stunde hatte sie sich fünfmal umgezogen. Nun war sie fest entschlossen, es nicht wieder zu tun. Was machte es schon, wie sie gekleidet war? Mark kam nicht zu ihr, um sie angezogen zu sehen. Es interessierte ihn viel mehr, sie auszuziehen. Bei dem allen ging es nur um Sex. Zum Beweis dafür trug sie ihre reizvollsten Dessous. Es handelte sich um eine Beziehung zwischen Erwachsenen, die allein auf körperlicher Anziehung beruhte.

Unzählige Leute lassen sich Tag für Tag auf rein sexuelle Affären ein. Es ist total angesagt.

Und das bin so ganz und gar nicht ich selbst.

Sie sank aufs Bett und schlug die Hände vor das Gesicht. Was war nur in sie gefahren? Obwohl sie aufgeregt war und vor Vorfreude zitterte, wenn sie daran dachte, dass Mark in wenigen Minuten kommen würde, fühlte sie sich auch leer im Innern. Leer und billig und schlecht. Das Gefühl war ihr seltsam vertraut. Es dauerte nur wenige Sekunden, um zu ergründen, wann es sie das letzte Mal gequält hatte.

Kurz vor dem Tod ihrer Eltern. Damals, als sie oberflächlich und egoistisch gewesen war und nur für den Augenblick gelebt hatte. Damals, als ihr die Automarke eines Mannes wichtig gewesen war, nicht aber Werte wie Ehrlichkeit oder Mitgefühl. Als Äußerlichkeiten mehr ins Gewicht gefallen waren als Charakter.

Betroffen ließ sie die Hände sinken. Sie hatte hart daran gearbeitet, sich zu ändern. Der Sturz aus ihrer Traumwelt in die harte Realität war durch äußere Umstände herbeigeführt worden und hatte sie gezwungen, sich ihre Charakterlosigkeit einzugestehen. Doch seitdem bemühte sie sich nach Kräften, sich zu bessern. Fünf Jahre danach konnte sie aufrichtig sagen, dass sie stolz auf sich war.

Aber konnte sie nach dem vergangenen Abend und diesem Morgen noch immer stolz sein?

Der Sex war einfach sensationell. Darcy hatte ganz vergessen, wie es war, wenn ein Mann ihre nackte Haut berührte, wenn sie seinen Körper an ihrem, in ihrem spürte. Sie hatte nach Liebe gehungert, und Mark hatte diesen Hunger gestillt. Doch was nun? Wollte sie wirklich eine Affäre mit einem Mann unterhalten, den sie kaum kannte? Oder wollte sie mehr?

Leider konnte sie ihr Verhalten nicht einmal rechtfertigen, indem sie es als Suche nach der wahren Liebe deklarierte. Denn sie glaubte nicht daran, dass sie so viel Glück hatte und jemanden fand, der sie liebte und darüber hinaus bereit war, Dirk in Kauf zu nehmen. Für sie war ihr Bruder ein toller Mensch, aber nicht jeder war fähig, neben seiner Behinderung auch sein sanftes großes Herz wahrzunehmen.

Also hatte sie den Traum vom Märchenprinzen aufgegeben und sich damit abgefunden, ihr Leben allein zu führen. Der Umzug nach Whitehorn hatte sie von dem Bekanntenkreis abgeschnitten, den sie in Arizona mit viel Engagement gepflegt hatte. Sie musste dringend neue Freundschaften schließen und dazu Menschen finden, die sie mochten und denen sie vertrauen konnte.

War Mark daran interessiert, ihr ein guter Freund zu werden? Oder hatte er es nur darauf abgesehen, von ihr zu bekommen, wonach ihn gerade gelüstete?

Genau zwei Minuten vor der vereinbarten Zeit klopfte Mark an Darcys Tür. Eigentlich hatte er ein paar Minuten nach sechs verstreichen lassen wollen, aber er war zu begierig, sie wiederzusehen, zu erregt. Er malte sich aus, wie sie ihm lächelnd öffnete und ihn mit einladend schmachtendem Blick ins Haus zog. Er nahm sich vor, sie sofort in die Arme zu schließen und zu küssen, bis sie beide vor Lust schwer atmeten.

Aber die Realität wurde seiner Fantasie absolut nicht gerecht. Einerseits lächelte Darcy nicht, als sie ihm öffnete. Andererseits blickte sie ihn weder einladend noch schmachtend an, sondern gar nicht. Ihr geflüstertes Hallo half nicht, sein plötzlich ungutes Gefühl zu mildern.

»Was ist los?«, fragte er, während er ihr ins Wohnzimmer folgte.

»Nichts.« Nervös wischte sie sich die Handflächen an ihrer schwarzen Hose ab und bedeutete ihm mit einer Handbewegung, sich aufs Sofa zu setzen.

Er zögerte. Er wusste die höfliche Geste zu schätzen, doch er musste unwillkürlich daran denken, dass sie sich vor vierundzwanzig Stunden auf ebendiesem Möbelstück geliebt hatten. »Darcy? Was fehlt dir?«

Sie trat ans Fenster und zog die Gardine beiseite, um hinauszuschauen. »Mir geht es gut. Es ist nur …« Ihre Stimme verklang. Sie warf ihm einen flüchtigen Blick zu und wandte sich gleich wieder ab. »Es wird dir nicht gefallen.«

Das ungute Gefühl verstärkte sich. »Warum sagst du es nicht einfach und lässt es mich beurteilen?«

Sie nickte, noch immer ohne ihn anzusehen. Ihr kurzes blondes Haar war wild gelockt. Lampenlicht betonte den goldenen Schimmer. Mit einer Hand hielt sie die Gardine beiseite.

Abrupt erklärte sie: »Ich kann das mit dem Sex nicht. Ich weiß, dass es für dich keinen Sinn ergibt. Du denkst: Wir haben es zwei Mal gemacht, also wieso das Theater? Stimmt's? Ich meine, wir leben in einem neuen Jahrhundert und sind alle moderne Singles. Aber ich bin es eigentlich nicht. Es war nicht meine Absicht, altmodische Moralvorstellungen zu predigen. Ich wusste gar nicht, dass ich welche habe. Aber plötzlich sind sie einfach da.« Sie sah ihn über die Schulter an. »Es tut mir leid. Du willst jetzt wahrscheinlich gehen.«

Mark dachte unwillkürlich an die beiden Kondome in seiner Gesäßtasche. Er schob die Hände in die Vordertaschen und starrte auf Darcys Rücken. »Was hat dich dazu gebracht, es dir anders zu überlegen?«, wollte er wissen.

Sie zuckte mit den Schultern. »Mir hat nicht gefallen, was ich über mich selbst gedacht habe. Ich will nicht sagen, dass ich den Sex nicht genossen habe. Es war großartig. Aber für mich muss da mehr sein.«

Er wandte sich ab und fluchte tonlos vor sich hin. So ein Pech! Er wollte Sex, und sie wollte … Er wusste es nicht so genau, aber er war überzeugt, dass es ihm nicht gefiel. Sie hatte recht – er sollte gehen. Doch irgendwie erschien es ihm falsch, sie allein zu lassen.

»Mark?«

»Was?«

»Du kannst gehen. Wirklich. Es ist okay. Du hast mir nichts versprochen. Zwischen uns besteht keine emotionale Bindung und nicht mal die Spur einer Beziehung. Dass ich dich zu Thanksgiving hierher eingeladen habe, war ganz allein meine Idee. Du schuldest mir nichts.«

»Ich weiß.« Doch obwohl er es wusste, konnte er seine Füße nicht dazu bringen, ihn zur Tür zu tragen.

Er rief sich in Erinnerung, dass er nicht auf eine feste Beziehung aus war. Bei Darcy konnte er sich dahin gehend nicht in Sicherheit wiegen; er war nicht daran interessiert, sich zu verlieben.

Unwillkürlich und ehe er sich's versah, fragte er: »Was willst du denn?«

Langsam drehte sie sich um, bis sie sich frontal gegenüberstanden. Etwas, das verdächtig nach Hoffnung aussah, flackerte in ihren Augen auf. »Ich dachte, dass wir vielleicht Freunde sein könnten.«

Ihre Stimme klang so zaghaft, als wüsste sie, dass sie Unmögliches verlangte und nicht daran zweifelte, dass er sie auslachen würde.

Er rief sich in Erinnerung, dass er keine Verwicklungen gebrauchen konnte und sie eine Frau mit Geheimnissen war. Nicht, dass ihn das an diesem Morgen um zwanzig nach fünf gestört hatte. »Freunde?«

Sie nickte. »Keine Romanze«, erklärte sie hastig. »Freunde.«

Er sagte nichts. Doch er hätte gern gewusst, warum sie eine Affäre so kategorisch ausschloss.

Darcy schluckte. »Ich weiß, dass es seltsam klingt, aber ich habe sehr viel Arbeit, seit ich hierhergezogen bin, und ich kenne eigentlich kaum jemanden. Wir beide scheinen ganz gut miteinander klarzukommen, auch außerhalb des Betts.«

Sie klang aufrichtig. Beinahe glaubte er ihr. *Freunde.* Dieses Konzept hatte er bisher nicht in Erwägung gezogen. Es gab Komplikationen. Er wollte sich nicht engagieren, und daher wäre ihm eine Beziehung, die nur auf Sex beruhte, wesentlich unproblematischer erschienen. Eine Freundschaft beinhaltete mehr, als er zu geben bereit war.

Mark wusste, dass er ihr klar und deutlich sagen sollte, dass er nicht interessiert war. Doch aus irgendeinem Grund brachte er es nicht über sich, die Worte auszusprechen. Vielleicht lag es daran, dass er ganz auf sich gestellt war, seit er nach Whitehorn zurückgekehrt war. Er hatte beabsichtigt, alte Freunde aufzusuchen, aber irgendwie nie die Zeit dafür gefunden. Und außerdem, was sollte er ihnen sagen?

»Warum keine Romanze?«, wollte er wissen. »Ich meine, nicht unbedingt mit mir, aber mit jemand anderem?«

Sie lächelte kleinlaut. »Ich habe nicht besonders viel Glück mit Männern.«

Die Bemerkung rief ein halbes Dutzend Fragen wach, aber er stellte sie nicht. Wenn sie nur Freunde sein wollten, was kümmerte ihn dann ihre Vergangenheit? Schließlich sagte er: »Wir können es ja mal versuchen.«

»Wirklich?« Ihre vollen Lippen verzogen sich zu einem strahlenden Lächeln; ihre Augen leuchteten vor Freude. »Super!«

»Ich habe da allerdings noch eine Frage.«

»Welche?«

»Wie willst du die Versuchung umgehen?«

Ihr Lächeln schwand. »Ja, nun, das ist ein Problem, oder? Ich nehme an, ich werde einfach nicht daran denken.«

»Was ist, wenn ich es darauf anlege, dich zu verführen?«

Darcy begegnete seinem Blick. »Ich glaube nicht, dass ich dich aufhalten könnte. Ich schätze, ich werde das Risiko eingehen müssen. Hast du denn vor, mich zu verführen?«

Er verneinte mit einem Kopfschütteln, und das war nur halb gelogen. Seltsamerweise reichte es ihm, wenn sie zugab, dass er sie ohne Probleme ins Bett lotsen konnte.

»Ich verlasse mich darauf, dass du ein Gentleman bist«, bemerkte sie leise.

Er stöhnte. »Das ist nicht fair.«

»Stell dir mal vor, wie ich mich fühle! Ich habe gerade eingestanden, dass du so viel Macht über mich hast.«

Sie standen noch immer mitten im Wohnzimmer und blickten einander an. Mark wusste nicht, wie es ihr erging – er zumindest war äußerst verlegen.

»Und was jetzt?«, erkundigte er sich.

»Das liegt an dir. Ich habe ein tolles Truthahn-Geschnetzeltes vorbereitet. Wir könnten zusammen essen und über unser erstes Freundschaftsprojekt sprechen.«

»Du willst Projekte mit mir durchführen?«

»Natürlich. Treffen Männer sich nicht gern, um etwas zu unternehmen, während Frauen gern herumsitzen und reden? Ich dachte, wir könnten mit etwas anfangen, durch das du dich entspannter fühlst.«

»Wie zum Beispiel?«

»In der Kinderabteilung des Krankenhauses findet eine Deko-Veranstaltung statt. Daran sollten wir teilnehmen.«

Verdammte Weltverbesserin! schoss es ihm durch den Kopf. *Das ist mal wieder typisch!* »Auf gar keinen Fall.«

Darcy lächelte nur.

6. Kapitel

Mark konnte es nicht fassen, dass er tatsächlich ins Krankenhaus gefahren war, um einen Weihnachtsbaum zu schmücken. Das war verdammt peinlich.

Er beugte sich zu Darcy hinunter und flüsterte ihr ins Ohr: »Weißt du gar nicht, dass ich ein harter Cop bin? Ich sollte draußen auf der Straße Verbrecher jagen, nicht an einer albernen Dekorationsveranstaltung teilnehmen.«

Sie wirkte kein bisschen beeindruckt von seinem Protest. »Du hast gestern Abend zugesagt. Es macht Spaß und dient einem guten Zweck. Also hör auf, dich zu beschweren.«

Sie saßen im Warteraum der Kinderabteilung. Verschiedene Leute hatten sich eingefunden und lauschten den Anweisungen der Projektleiterin. Mark erkannte einen der Hilfssheriffs und Janie, die Geschäftsführerin des Hip-Hop-Cafés, unter den Anwesenden.

»Ich möchte Sie bitten, sich in Zweier- oder Dreiergruppen zusammenzufinden«, erklärte die Frau. »In jedem Stockwerk steht ein Baum. Wir haben den Schmuck schon verteilt und die nicht bettlägerigen Kinder ermuntert, Ihnen zu helfen …«

Mark hatte das Gefühl, übel in die Falle gegangen zu sein. Er hatte nicht richtig nachgedacht, bevor er in diese Unternehmung eingewilligt hatte. Weihnachtsbäume zu dekorieren war so gar nicht sein Ding. Außerdem mied er die gepflegte Gesellschaft, seit er nach Whitehorn zurückgekehrt war, und nun fühlte er sich fehl am Platze.

Im Gegensatz zu ihm strahlte Darcy förmlich vor Vorfreude. »Macht das nicht einen Riesenspaß?«, fragte sie auf dem Weg zum Fahrstuhl, der sie in die vierte Etage bringen sollte. Der Baum, der ihnen zugeteilt worden war, stand in der Nähe des Spielzimmers.

Als sie die Station betraten, stiegen Mark allzu vertraute Gerüche in die Nase. Nachdem auf ihn geschossen worden war, hatte er zu lange Zeit im Krankenhaus verbracht, von der Reha ganz zu schweigen. Aus jener Lebensphase waren ihm schlechtes Essen, schlaflose Nächte und starke Schmerzen im Gedächtnis geblieben. Das waren keine guten Erinnerungen.

Als sie an den offen stehenden Türen der Krankenzimmer vorbeigingen, sah er kleine Kinder, die am Tropf hingen und still im Bett lagen, anstatt zu Hause zu lachen und zu lärmen und herumzutollen, wie es eigentlich hätte sein sollen.

Trotz all der Jahre als harter Detective in New York City ging ihm der Anblick so vieler kranker Kinder sehr nahe. *Verdammt! Was bist du nur für ein Weichei geworden.*

Sie erreichten den noch nackten Weihnachtsbaum, der in der Ecke neben dem Eingang zum Spielzimmer stand. »Also, dann wollen wir mal sehen, was für Schmuck wir hier haben«, sagte Darcy.

Der Baum war sehr groß, und sein kräftiger Tannenduft half ein wenig, den Geruch von Krankheit zu verkraften.

»Wir sortieren sie nach Typ und Farbe und machen dann einen Plan.«

Mark starrte sie entgeistert an, während sie sich zu den Schachteln mit dem Dekorationsmaterial hockte. »Wir brauchen einen Plan?«

»Unbedingt! Wir können die Sachen doch nicht einfach irgendwohin hängen, wo es uns gerade gefällt.«

»Warum nicht?«

Sie machte sich nicht die Mühe zu antworten. Stattdessen verdrehte sie die Augen, wie um ihm mitzuteilen, dass sie ihn für unbeschreiblich dumm hielt.

»Ich wusste gar nicht, dass du so ein Kontrollfreak bist.«

»Das bin ich nicht. Na ja, vielleicht manchmal. Wenn ich die großen Dinge in meinem Leben nicht in den Griff kriege, neige ich dazu, die Kleinigkeiten bis ins letzte Detail zu regeln. Das Schmücken eines Weihnachtsbaums gehört dazu. Vielleicht liegt es daran, dass ich allein dafür verantwortlich bin, seit meine Eltern tot sind.«

Sie leerte einige Schachteln aus. Mark hockte sich zu ihr; sie schob ihm Kartons mit hölzernem Schmuck zu und wies ihn an, alles nach Größe zu sortieren.

Währenddessen untersuchte sie die vorhandenen Lichterketten und ging sogar so weit, sie nebenan im Spielzimmer auszulegen, um die genaue Länge jeder einzelnen abzumessen und die Gesamtlänge zu kalkulieren.

Als sie zurückkehrte, verkündete sie: »Wahrscheinlich reichen die Ketten gerade eben, aber wir müssen genau darauf achten, dass auch jeder Zweig Lichter abbekommt.«

»Machst du dir zu Hause auch so viel Mühe?«, fragte er verwundert.

»Natürlich. Meinen Baum zu dekorieren dauert ein ganzes Wochenende.«

Beinahe hätte er verkündet, dass er besagtes Wochenende lieber außerhalb der Stadt verbringen wollte, aber die Worte blieben ihm im Hals stecken. Er hatte das Gefühl, dass es ihm Spaß machen würde, ihr dabei Gesellschaft zu leisten. Vielleicht konnte sie ihm sogar einige seiner Dämonen austreiben.

»Was macht ihr da?«

Die sanfte Stimme ertönte von hinten. Mark drehte sich um und sah ein kleines Mädchen auf dem Korridor stehen. Es trug einen pinkfarbenen Bademantel und Hausschuhe mit Katzenköpfen. In einer Hand hielt es einen ramponierten Teddy, mit der anderen stützte es sich auf einen Infusionsständer in Kindergröße. Zwei Plastiktüten tropften in Schläuche, die unter dem rechten Ärmel verschwanden.

»Wir schmücken den Baum«, erklärte Darcy lächelnd. »Ich wollte gerade den hier auf die Spitze setzen.« Sie hielt einen Engel in Weiß und Gold hoch. »Was sagst du dazu?«

Die Kleine trug einen Schal um den Kopf. Ihre Augenbrauen waren verschwunden, ebenso wie ihre Wimpern. Aber Mark vermutete, dass sie rothaarig war – den Sommersprossen auf ihrer kecken Nase nach zu urteilen.

Sie neigte den Kopf und musterte den Engel. »Er ist hübsch.«

Darcy nickte. »Das finde ich auch. Wir setzen ihn auf die Spitze, und dann kannst du allen erzählen, dass es deine Idee war.«

Die Kleine lächelte schüchtern.

»Wie heißt du denn?«

»Brittany.«

»Willst du mir helfen?«

Sie zögerte und schüttelte dann den Kopf. »Ich kriege gerade eine Chemo, und davon wird mir immer schlecht. Aber ich komme morgen wieder und gucke mir den Baum an.«

Tränen glitzerten in Darcys Augen. Sie nickte wortlos.

Brittany winkte, drehte sich dann um und ging zurück zu ihrem Zimmer.

Mark blickte ihr nach. »Jetzt verstehe ich, warum du das tust.«

Darcy schniefte und räusperte sich. »Ich will einfach helfen. Ich habe wenig Geld, also gibt es nicht viele andere Möglichkeiten.«

»Zeit kann kostbarer sein.«

Sie wandte sich wieder dem Schmuck zu. »Niemand sollte über Weihnachten im Krankenhaus sein. Wir sollten schauen, dass wir es denen, die es sein müssen, so schön wie möglich machen. Das Weihnachtsfest ist eine Gelegenheit, Solidarität zu zeigen.«

Er fragte sich, mit wem sie die Feiertage verbringen würde. Schließlich waren ihre Eltern tot, und zu ihrem Thanksgiving-Dinner waren keine sonstigen Angehörigen erschienen.

Doch er erkundigte sich nicht danach. Es gab Dinge über sie, die er nicht wissen wollte. Sie hätten zu einer Nähe geführt, die ihm unangenehm war. Er musste sich erst noch mit der Tatsache arrangieren, dass er eingewilligt hatte, ihr ein Freund zu sein. Während seiner Kindheit in Whitehorn hatte er soziale Kontakte nicht sonderlich gepflegt. Seit seiner Rückkehr war die einzige Geselligkeit, auf die er sich einließ, ein allwöchentliches Basketballspiel am Sonntagmorgen.

»Was hat dich so ernst gemacht?«, fragte Darcy.

»Ich habe bloß gerade daran gedacht, dass ich eigentlich nie hierhergepasst habe. Ich hatte noch nie was mit diesem Cowboykram am Hut.«

»Erstaunlich. Immerhin geht deine Schwester mit dem Rodeozirkus auf Tour.«

Verblüfft fragte er: »Woher weißt du von meiner Schwester?«

»Ich, nun …« Darcy stand auf und betrachtete den Baum. »Ich denke, wir sollten jetzt die Lichterketten anlegen.«

»Moment mal! Nicht so hastig.« Er packte sie am Arm und drehte sie zu sich um. »Wer hat dir von Maddie erzählt?«

»Da ist nichts weiter dabei.« Sie starrte auf seine Brust. »Es hat einiges Gerede gegeben, als du in die Stadt zurückgekommen bist, und ich habe dich wohl kürzlich gegenüber Janie erwähnt. Immerhin hatte ich dich ziemlich impulsiv zu Thanksgiving in mein Haus eingeladen, und ich wollte sichergehen, dass du nicht gefährlich bist. Zumindest nicht im Sinne von bedrohlich.«

Er beugte sich näher zu ihr. »Dir war nicht klar, dass ich so unwiderstehlich im Bett bin?«

Sie sah ihm unverwandt in die Augen. »Du hast ein übersteigertes Selbstwertgefühl.«

»Hast du etwa nicht in Ekstase meinen Namen geschrien?«

Sie wandte den Blick als Erste ab. »Also, zurück zu den Lichterketten.«

»Okay. Sag an.«

Sie begannen an der Baumspitze. Er drapierte die Lichterketten, während sie ihm Anweisungen gab. Ihm gefielen der Klang ihrer Stimme und die Tatsache, dass ihr Interesse an ihm groß genug war, um sich heimlich nach ihm zu erkundigen.

Weil Darcy so pingelig war, dauerte es eine ganze Weile, bis alle Lichter zu ihrer Zufriedenheit angebracht waren. Danach wandte sie sich dem Behang zu. Obwohl sie so klein war, bestand sie darauf, den Schmuck sogar ganz oben selbst anzubringen. Dazu musste sie sich auf Zehenspitzen stellen und gehörig strecken, was bedeutete, dass ihr Sweater hochrutschte und einen Streifen nackter Haut an Bauch und Rücken entblößte.

Mark trat zurück, um den Anblick zu genießen. Da er in absehbarer Zeit keine sexuellen Zuwendungen von ihr erwarten konnte, musste er sich mit dem Quäntchen Erotik begnügen, das hier und da für ihn abfiel.

Sie diskutierten darüber, wo die bemalten Lebkuchenmänner platziert werden sollten. Dann, um sie zu provozieren, hängte Mark willkürlich mehrere Papiersterne an andere Zweige um.

Darcy sah einen Jungen auf Krücken über den Korridor kommen. Er war etwa neun oder zehn und sehr dünn. Um ihn zu erheitern, stemmte sie verärgert die Hände in die Hüften und erklärte mit erhobener Stimme: »Unter diesen Bedingungen kann ich nicht arbeiten.« Dramatisch warf sie den Kopf zurück und starrte zur Decke hinauf. »Ich bin Künstlerin. Du darfst meinen Schaffensdrang nicht einfach stören! Der war doch gerade so schön im Fluss.«

»Dann gehe ich lieber aus dem Weg, bevor ich noch in diesen Fluss trete und nasse Füße kriege«, murmelte Mark. Er ging zu dem Jungen und hockte sich vor ihn hin. »Frauen! Machen sie dich auch manchmal wahnsinnig?«

Der Junge lachte und nickte stumm.

Mark holte zwei Stück Holzschmuck aus der Hemdtasche. Er wusste, dass Darcy die Unterhaltung verfolgte, aber er sah kein Problem darin. Er war überzeugt, dass sie sich auf sein Spielchen einließ. »Ich lenke sie ab, und du hängst die hier auf, okay?«

Die großen braunen Augen des Kindes funkelten bei dem Gedanken an eine Verschwörung.

»Übrigens, Darcy«, verkündete er laut, »uns fehlt ein ganzer Karton mit Schmuck.«

Sie drehte sich zu ihm um und hielt sich bewusst mit dem Rücken zu dem Jungen, der sich verstohlen dem Baum näherte. »Hast du sie wieder mal verschusselt? Ich dachte, ich könnte mich auf dich verlassen. Wo hast du die Schachtel zuletzt gesehen?«

»Das weiß ich nicht. Vielleicht hast du sie ja verlegt.«

»Ich?« Theatralisch presste sie sich eine Hand auf die Brust. »Ich bin niedergeschmettert, dass du so etwas von mir denkst. Am Boden zerstört. Gedemütigt. Total geknickt.« Sie sank auf einen Stuhl und barg das Gesicht in den Händen.

Inzwischen hatte der Junge den Holzschmuck aufgehängt und wich vom Baum zurück.

»Gut gemacht.« Mark berührte ihn an der Schulter. »Ich bin beeindruckt.«

Darcy drehte sich um und sprang auf. »Mein Baum! Jemand hat sich an ihm zu schaffen gemacht! Er ist zerstört ... aber nein! Jetzt ist er vollendet! Jemand hat ihn noch besser gemacht.« Sie wandte sich an den Jungen. »Warst du das?«

Er nickte und grinste breit.

Sie sank auf den Stuhl zurück und murmelte geknickt: »Überflügelt von einem Kind.«

Der Junge grinste noch breiter. Er winkte zum Abschied, wandte sich ab und ging über den Korridor davon.

Eine Krankenschwester kam ihm entgegen. »Jon-Anthony, komm sofort zurück in dein Zimmer, junger Mann! Du hast heute erst die Krücken bekommen und läufst schon Marathons. Ich habe die Frau Doktor gewarnt, dass du uns Probleme machen wirst, aber hat sie auf mich gehört? Nein!«

Darcy stand auf und musterte den Baum. Dabei sagte sie erstaunt zu Mark: »Du kannst ausgezeichnet mit Kindern umgehen.«

»Du aber auch.«

Sie blickten einander an. Ihm wurde ein wenig unheimlich zumute, so intim wirkte der Moment. Mit rauer Stimme erklärte er: »Maddie war als Kind ein richtiger Wildfang und hat sich andauernd etwas gebrochen. Es war immer furchtbar für sie, von einem Gipsverband oder Krücken gebremst zu werden. Ich habe mich darum bemüht, sie zu unterhalten.«

Sie spähte den Korridor hinunter. »Die Kinder, die Weihnachten hier verbringen müssen, tun mir leid.«

»Du hilfst ihnen.«

»Ich möchte gern glauben, dass ich genug tue, aber ich bin mir nicht sicher.«

Sie wirkte verloren. Ihm kam in den Sinn, dass sie zu der Art Frau gehörte, die Ehefrau und Mutter sein sollten. Das hätte sie vielleicht davon abgehalten, die ganze Welt retten zu wollen.

Während er die Lichter am Baum betrachtete, dachte er zurück an die Zeit, in der er selbst von Kindern geträumt hatte – gleich, nachdem er Sylvia kennengelernt hatte. Das lag nun ein Jahr zurück. Bei ihrem zweiten Date hatte er bereits beschlossen, ihr einen Heiratsantrag zu machen, und sich insgeheim Namen für ihre gemeinsamen Kinder ausgedacht. *Damals war ich glücklicher als sonst je in meinem Leben.*

Im Geist hörte er unvermittelt ihr Lachen und sah sie auf seine Rückkehr von der Arbeit warten: nackt in seinem Bett.

Fast drei Monate hatte er nach seiner Entlassung aus dem Krankenhaus gebraucht, um nicht mehr jedes Mal aufs Neue zu erwarten, sie bei seiner Rückkehr zu Hause vorzufinden. Selbst nachdem seine Liebe zu ihr vergangen war, hatte sie noch lange seine Träume heimgesucht. Sogar jetzt verfolgte sie ihn noch und brachte ihm in Erinnerung, dass er misstrauisch sein musste.

»Mark?«

Er drehte sich zu Darcy um.

Lächelnd fragte sie: »Willst du nicht auf die Erde zurückkommen?«

»Entschuldige.« Plötzlich fühlte er sich unwohl in seiner Haut. Er kannte das Gefühl, hasste es und wusste, dass er nichts dagegen tun konnte – außer abwarten, bis es vorbeiging. Seine Schusswunden begannen zu schmerzen; er wünschte, es wäre nicht so kalt draußen. Er musste endlich wieder joggen. »Ich sollte jetzt gehen.« Er war froh, dass sie getrennt zum Krankenhaus gefahren waren, sodass er sich schnell verabschieden konnte. Wer hätte gedacht, dass ihn die Geister bis nach Whitehorn verfolgen würden?

»Fehlt dir was? Du siehst so ... ich weiß nicht ... so unglücklich aus.«

»Es geht mir gut. Ich muss nur nach Hause.«

Sie nickte. »Willst du immer noch, dass ich morgen zu deinem Basketballspiel komme?«

Das hatte er beinahe vergessen. »Natürlich. Pünktlich um halb neun.«

Sie stöhnte. »Der Sonntag ist der einzige Tag, an dem ich ausschlafen kann.«

Er deutete wortlos zum Weihnachtsbaum.

Darcy seufzte und versprach: »Ich werde da sein.«

Während er zu seinem Truck ging, stellte er überrascht fest, wie sehr er sich darüber freute, dass sie vorbeikommen wollte, um sich das Spiel anzusehen. Nun musste er nur noch die Nacht überstehen und die Dämonen nicht gewinnen lassen.

Darcy traf um kurz vor halb neun bei der Basketballanlage ein und brachte milde Gaben mit. Irgendetwas an Marks Verhalten im Krankenhaus am vergangenen Abend hatte ihr nämlich ein schlechtes Gefühl beschert. Sie wollte die Dinge zwischen ihnen richtigstellen, was nicht leicht war, da sie nicht wusste, was falsch gelaufen war. Deshalb setzte sie das einzige Mittel ein, das sich ihres Wissens unfehlbar positiv auf eine Clique von Männern bei Sport und Spiel auswirkte: Zimtschnecken.

Während der wenigen Meilen Fahrt von ihrer Wohnung zu der neuen Sportanlage hatte ihr der Duft der frisch gebackenen Leckereien das Wasser im Mund zusammenlaufen lassen. Aber sie war standhaft geblieben. Denn sie beabsichtigte, durch ein gemeinsames Frühstück mit den Männern eine Verbindung herzustellen.

Eigentlich hätten wir zusammen in einem Auto fahren können, dachte sie, während sie neben Marks Truck einparkte. Aber er hatte es ihr nicht angeboten, und sie wollte sich ihm nicht aufdrängen. Er akzeptierte ihre Bitte, nicht länger ein Liebespaar, sondern nur noch gute Freunde zu sein. Doch sie spürte, dass eine platonische Beziehung nicht gerade ganz oben auf seiner Wunschliste stand, und wollte den Bogen nicht überspannen. Die Behauptung, dass sie im Leben bisher ausgezeichnet ohne Mark ausgekommen war, fand sie noch nicht einmal selbst glaubhaft. *Zum Teufel mit ihm dafür, dass er mir so unter die Haut geht!*

Sie trug die pinkfarbene Schachtel mit dem Gebäck, einen Stapel Wegwerfbecher und mehrere Thermoskannen zum Haupteingang hinein und folgte dem Stimmengewirr und Gelächter zu einer der Trainingsanlagen. In der Tür blieb sie abrupt stehen – überwältigt von so viel Männlichkeit auf engem Raum.

Sie pickte Mark auf Anhieb heraus. Ihre Augen fokussierten sich sofort auf ihn, als wären sie ferngesteuert und auf ihn programmiert. Den anderen Männern schenkte sie kaum Beachtung. Sie sahen alle gut aus in ihren Shorts und übergroßen T-Shirts, aber nur Marks Anblick ließ ihr Herz schneller schlagen.

Er drehte sich zum Eingang um und blickte ihr entgegen. Unwillkürlich hielt sie den Atem an und wartete darauf, dass sich

Verlangen auf seinem Gesicht zeigte. Leider behielt er, was auch immer er empfinden mochte, ganz für sich. Doch dann grinste er und winkte sie zu sich. »Hey, Darcy, was hast du da in der Box?«

Sie bedachte ihn mit einem finsteren Blick. »Kein ›Guten Morgen. Schön, dich zu sehen‹? Bloß ›Was hast du da in der Box‹?«

Josh Anderson schlenderte zu ihnen. »Morgen, Darcy. Schön, dich zu sehen. Was hast du da in der Box?«

Sie drehte Mark den Rücken zu. »Manche Leute haben gute Manieren. Manche Leute nehmen sich Zeit für Höflichkeit. Guten Morgen, Josh. Ich habe Zimtschnecken gebacken und Kaffee mitgebracht.«

»Die Frau ist eine Göttin.« Er griff nach der Pappschachtel, öffnete sie und schnupperte. »Mm, das riecht köstlich!«

Mark rückte näher. »Josh glaubt nur, dass du eine Göttin bist. Ich weiß zufällig, dass es stimmt.«

»Oh, bitte, verschone mich mit solchen Floskeln.« Darcy rümpfte die Nase, um zu beweisen, dass sie kein bisschen beeindruckt war, obwohl sie ein Flattern im Magen und ein Zittern in den Beinen verspürte.

Zimtschnecken und Kaffee wurden fast ganz verzehrt, bevor das Spiel begann.

Darcy setzte sich auf die Tribüne und sah zu. Die Männer gingen gehörig zur Sache, drängelten und schubsten einander, jubelten über eigene Treffer und buhten den Gegner aus.

Als der Ball zu Darcy sprang, warf sie ihn gekonnt zurück ins Feld und erntete dafür Applaus. Nach mehreren deftigen Kraftausdrücken von einigen Spielern mahnte Josh: »Vorsicht, Lady anwesend!« Und sogar Mark neckte Darcy, weil sie sein Team hin und wieder anfeuerte.

Sie nippte an ihrem Kaffee und genoss das Gefühl der Zugehörigkeit. Sie wusste, dass es nur vorübergehend war, aber für den Augenblick tat es ihr sehr gut. In den letzten fünf Jahren hatte sie eigentlich nirgendwo dazugehört. Sie war so damit beschäftigt gewesen, für sich und Dirk zu sorgen, dass ihr keine Zeit für ein normales Leben geblieben war. Alle Streuner dieser Welt, denen sie

Gutes zu tun versuchte, konnten das Gefühl nicht ausmerzen, allein dazustehen.

Den Männerstimmen zu lauschen erinnerte sie an ihren Bruder. Sie hoffte, dass er in Chicago viel Spaß hatte. In der kommenden Woche wollte sie ihn besuchen und sich alles über seine Reise erzählen lassen.

Andrew, dem Therapeuten der Schule, zufolge war Dirk sehr gut darin, Freundschaften zu schließen. Er hatte seinen Platz im Leben gefunden, zumindest für die nächsten Jahre. Was sein Seelenheil anging, konnte Darcy endlich aufatmen und sich entspannen. Nun war ihre einzige Sorge, genug Geld zu verdienen, um die Schule bezahlen zu können. Doch das war der leichtere Teil. Im Laufe der Jahre hatte sie bewiesen, dass sie zu harter Arbeit fähig war.

Sie hatte außerdem gemerkt, dass sie eine recht fürsorgliche Person war. Es gefiel ihr, sich um andere zu kümmern, ob es nun darum ging, im Krankenhaus auszuhelfen oder Leute ohne Familienanschluss zu einem Festtagsessen zu sich nach Hause einzuladen. Es gefiel ihr …

Darcy riss sich aus ihren Gedanken, als Mark einen Korb warf. Sie applaudierte gebührend, bevor sie sich wieder auf ihre Überlegungen konzentrierte. Mitten in ihrer Selbstbeweihräucherung fiel ihr plötzlich auf, dass sie zwar bereit war, Bedürftige in ihr Leben zu lassen, aber selten jemandem wirklich ihr Herz öffnete. Abgesehen von Dirk ging jeder, mit dem sie sich anfreundete, letztlich seiner Wege. Allein dadurch, dass sie die Leute »meine Streuner« nannte, schuf sie Distanz in ihrer Beziehung zu ihnen. Sie war mit niemandem in Whitehorn eng befreundet. Sie wollte die Schuld darauf schieben, dass sie noch nicht lange in der Stadt war – es waren bloß sechs Monate. Aber daran lag es nicht wirklich. Denn auch in Arizona hatte ihr kaum jemand richtig nahegestanden.

Warum bleibe ich immer für mich? Was hat mich dazu gebracht, mich von anderen zurückzuziehen? Lag es an den erniedrigenden Ereignissen nach dem Tod ihrer Eltern? War es das Bedürfnis, stets die Kontrolle zu behalten? Bestrafte sie sich dafür, dass sie in ihrer Jugend zu sehr mit sich selbst beschäftigt gewesen war?

Sie wusste keine Antworten, und das deprimierte sie. Schließlich war sie schon fünfundzwanzig. *Hätte ich mein Leben nicht längst auf die Reihe kriegen sollen?*

Auch darauf fand sie keine Antwort. Daher richtete sie die Aufmerksamkeit auf das Spiel. Es endete mit einem wilden Angriff von Marks Team. Drei Körbe in Folge bescherten ihm den Sieg.

Er holte ein Handtuch aus seiner Sporttasche, legte es sich um den Hals und sank neben ihr auf die Bank. »Beeindruckend, was?«, fragte er, während er sich das Gesicht abwischte.

»Ich war gefesselt vor Ehrfurcht«, flachste sie. »Deine körperliche Leistungsfähigkeit stellt die aller anderen Männer in den Schatten.«

»Ich weiß.«

Sie lachte, und er grinste sie an. Die Verbundenheit zwischen ihnen, die sie so nervös machte, war deutlich zu spüren.

Einige Männer kamen auf dem Weg zu den Umkleideräumen vorbei, um sich noch einmal für die Zimtschnecken und den Kaffee zu bedanken.

»Keine Ursache«, antwortete sie.

Mark nahm das letzte Gebäck aus der Schachtel und biss hinein. »Was fängst du mit dem Rest des Tages an?«

»Ich backe. Für die kommende Woche ist einiges zu tun. Ich will alles für das Hip Hop vorbereiten.«

»Ach ja, du hoffst ja, der neue Lieferant zu werden.« Er nahm einen Schluck kalten Kaffee. »Woher willst du die Zeit nehmen, um den Auftrag auszuführen, falls du einen Vertrag bekommst? Willst du den Job als Kellnerin aufgeben?«

»Auf keinen Fall. Wenn es sein muss, gebe ich meinen Schlaf auf.«

Er beugte sich zu ihr und küsste sie auf die Wange. »Nicht schlecht für ein reiches Mädchen aus der vornehmen Vorstadt.«

»Danke.«

Er blickte sie unverwandt an. »Ich meine das ernst, Darcy. Du bist beeindruckend.«

Sein Kompliment machte sie ganz flatterig im Innern. »Tja, ich tue, was getan werden muss.« Sie fragte sich, was er sagen würde, wenn er von Dirk wüsste. *Bestimmt würde er mich noch mehr bewundern und sich weniger mit mir abgeben wollen.*

»Komm, ich begleite dich zu deinem Auto.«

Als sie ihre Jacke anziehen wollte, trat Mark hinter sie, um ihr zu helfen. Es war eine höfliche Geste, die wenig zu sagen hatte, und doch wünschte sich Darcy, dass sie etwas bedeutete. Ebenso wie das flüchtige Küsschen auf die Wange, das er ihr vorher gegeben hatte. Sie wollte glauben, dass ihm an ihr lag. Und deshalb musste sie sich ganz besonders vorsehen. Offensichtlich war sie auf eine sehr gefährliche Weise verletzlich. Und es hatte ihr gerade noch gefehlt, dass sie sich in einen Mann verliebte, der sich mit Sicherheit von ihr abwandte, sobald er die Wahrheit über ihr Leben erfuhr.

Am Sonntag war die Wache unbesetzt – abgesehen von einer einzigen Person, die zum Telefondienst eingeteilt war. Kurz vor Mittag betrat Mark sein Büro und setzte sich lustlos an seinen Tisch, der mit Unterlagen voll beladen war.

Eines Tages werde ich den Papierkram bewältigen, redete er sich aufmunternd zu. Das Problem war, dass er Schreibtischarbeit hasste und daher wenig motiviert war.

Sheriff Rafe Rawlings drohte immer wieder mal damit, alles anzuzünden. Doch das beeindruckte Mark herzlich wenig.

Nun lehnte er sich in seinem Stuhl zurück und musterte die Aktenberge. *Vielleicht sollte ich alles in einen Karton schieben und mit reinem Tisch von vorn anfangen. Oder vielleicht …*

Das Telefon klingelte. Erleichtert über die Gnadenfrist stürzte er sich darauf. »Kincaid.«

»He, Mark, hier ist Ralph Wayne. Was tut sich so im Kaff am Ende der Welt?«

»Ralph!« Mark grinste erfreut und stützte die Ellbogen auf den Schreibtisch. »Treibst du dich immer noch in der Lasterhöhle rum und hoffst auf einen Glückstreffer?«

»Du hast gut reden, du bist da draußen in Montana auf dem Land. Was ist heute bei euch das Verbrechen des Tages? Sind die Kühe nicht von der Weide nach Hause gekommen?«

»Genau. Aber ich habe sie geschnappt, und jetzt sitzen sie ihre Zeit ab.«

Beide Männer lachten.

»Wie geht es Sal?« erkundigte sich Mark und sah dabei die zierliche Frau seines großen, starken Freundes vor sich. »Oder hat sie dich inzwischen verlassen?«

»Das hättest du wohl gern! Es geht ihr großartig, genau wie den Kids. Ralph Junior fängt langsam an, sich für Mädchen zu interessieren.«

»Unmöglich! Er ist doch noch nicht mal zehn.«

»Stimmt aber. Erst gestern hat seine Freundin angerufen und wollte ihn sprechen. Ich habe fast einen Herzanfall gekriegt.«

Ralph war ein hingebungsvoller Ehemann und Vater. Es gelang ihm auf bewundernswerte Weise, Beruf und Familie voneinander zu trennen. Abend für Abend, wenn er das Revier verließ, war er zu hundert Prozent bei Ehefrau und Kindern. Mark hatte viele schöne Abende im Kreis der Familie verbracht.

»Und was tut sich so im Dezernat?«, wollte er nun von seinem Freund wissen.

Ralph zögerte, bevor er erwiderte: »Deswegen rufe ich an. Ich habe Neuigkeiten.«

Mark versteifte sich. »Von Sylvia?«

»Ja.«

»Hat sie sich wieder mal ein neues Gesuch einfallen lassen? Beim letzten Mal hat sie doch auf Unzurechnungsfähigkeit plädiert, stimmt's? Oder ist es jetzt so weit, dass ich vorbeikommen muss?« Mark wollte nicht, dass Letzteres zutraf. Er wusste, dass Sylvia sich alles Erdenkliche einfallen ließ, um das Gerichtsverfahren so lange wie möglich hinauszuzögern, aber irgendwann mussten ihr die Alternativen ausgehen. Ihm war herzlich wenig daran gelegen, nach New York zurückzukehren, um gegen sie auszusagen. Genauso wenig wollte er ihr gemeinsames Privatleben so in der Öffentlichkeit breitgetreten wissen.

Bevor er nach Whitehorn zurückgekehrt war, hatte er sich gegen ein Wiedersehen mit ihr gesträubt, weil er nicht fassen konnte, wie naiv er ihr auf den Leim gegangen war. Nun wollte er sie nicht sehen, weil sie ihm nichts mehr bedeutete. Er hatte sich alle Mühe gegeben, um sie und ihre Taten hinter sich zu lassen. Er wollte nach vorn blicken.

»Es geht nicht um ein Gesuch«, erwiderte Ralph. »Es ist … Ach, verdammt, Mark, ich weiß nicht, wie ich es dir schonend beibringen soll. Sie ist tot. Sie hat sich umgebracht.«

7. Kapitel

Sie hat sich umgebracht.

Die Worte hallten in Marks Kopf wider, aber er konnte sie nicht begreifen.

»Mark?«, fragte Ralph nach. »Bist du noch dran?«

»Ja, ich bin da.«

»Es tut mir leid.«

Mark wusste nicht, was er empfand. Vielleicht war er schockiert. Oder verblüfft. Seine Brust schmerzte; das Atmen fiel ihm schwer.

Tot. Sylvia war tot. Sie hatte schließlich doch noch einen Weg gefunden, um zu verhindern, dass sie für ihre Tat bestraft wurde. Er hatte geahnt, dass sie bis zum Äußersten gehen würde. Aber Selbstmord? Hatte sie einfach aufgegeben, oder war auch das Teil eines größeren Planes?

»Ich weiß nicht, was ich sagen soll«, gab Ralph zu. »Ich wollte es dir nicht am Telefon beibringen, aber …«

»Mach dir deswegen keinen Kopf«, beschwichtigte ihn Mark. Es fiel ihm schwer zu sprechen. »Ich bin froh, dass du derjenige bist, der mich angerufen hat. Ich muss jetzt auflegen. Grüß Sal von mir.«

»Kommst du klar?«

»Sicher.« Mark fragte sich, ob er log oder nicht. Er legte den Hörer auf. *Tot. Sylvia ist tot.* Er horchte in sich hinein. Was, wenn überhaupt etwas, empfand er?

Sein Körper fühlte sich total hohl an. Als ob alles, was schon passiert war, ihm jegliches Gefühl genommen hätte. Leider füllte sich diese Leere schnell.

Er schloss die Augen, um die vergangenen Geschehnisse auszublenden, doch es nützte nichts. Erinnerungen überfluteten ihn, bis er schließlich in der Vergangenheit versank.

Er hatte Sylvia etwa drei Monate nach seinem Einzug in ein neues Apartment kennengelernt. Sie wohnte gleich nebenan. Eines Tages bog er um die Ecke eines Korridors und sah sie vor ihrer Wohnungstür stehen, unzählige Einkaufstaschen jonglieren und gleichzeitig in der Handtasche nach dem Wohnungsschlüssel suchen, der sich nicht finden ließ. Sie entsprach genau dem gängigen Klischee von einer New Yorkerin: groß und schlank, schön und dunkelhaarig, ganz in elegantes Schwarz gekleidet. Sie betörte ihn mit ihrem Lächeln, und bevor er wusste, wie ihm geschah, führte er sie in seine Wohnung, schenkte Wein ein und informierte sie bedenkenlos über seinen Hintergrund, während sie auf den Schlüsseldienst warteten.

Sie war intelligent. Sie brachte ihn zum Lachen. Er bewunderte ihre großen braunen Augen, ihren vollen Mund, ihre graziösen Bewegungen. Er war verdammt sicher, dass sie die Richtige für ihn war.

Mark seufzte tief. Er mochte sich vom Scheitern ihrer Beziehung erholt haben, aber ihr Verrat versetzte ihm immer noch einen Stich in die Brust. Warum war es ihm nicht gelungen, hinter ihre Fassade zu blicken? Er hatte immer geglaubt, besonders clever zu sein, was die Einschätzung anderer Personen anging. Bei der Mordkommission war er bekannt dafür, dass er das Motiv eines Kriminellen auf Anhieb erfasste. Doch bei Sylvia hatte er nichts Böses geahnt. Nicht einmal eine Sekunde lang.

Er war so zornig gewesen, hatte sich so verraten gefühlt. Er hatte ihre Bitten abgelehnt, noch einmal miteinander zu reden. Bevor er aus New York verschwunden war, hatte ihr Anwalt ihm einen Brief von ihr zukommen lassen. Ohne ihn zu lesen, hatte Mark ihn in winzige Fetzen zerrissen und dem Anwalt zurückgegeben mit der Anweisung, dass sie ihn nie wieder belästigen sollte.

Sie hatte es nicht getan. Von dem Zeitpunkt an hatte Funkstille geherrscht. Und nun war sie tot.

Mark lehnte sich in seinem Stuhl zurück und schloss die Augen. Schuldgefühle stiegen in ihm hoch. Doch er schob sie beiseite. Er hatte nichts falsch gemacht. Warum also fühlte er sich dann so mies?

Er sprang auf und stürmte hinaus auf den Parkplatz. Das Bedürfnis, sich zu bewegen, trieb ihn zum Laufschritt an.

Sylvia war einmal das Zentrum seines Lebens gewesen, doch dann hatte er sich von einem Tag auf den anderen im Krankenhaus wiedergefunden, wo er um sein Leben kämpfte. Er hatte sich von ihr abgewandt – ohne einen Blick zurück, aber in der Gewissheit, dass er sie irgendwann noch einmal konfrontieren musste. Nun sollte es nicht mehr dazu kommen.

Er erreichte seinen Truck, schloss die Fahrertür auf und stieg ein. Er hatte sich eingeredet, dass es richtig war, sie aufzugeben. Es war ihm wesentlich leichter gefallen als erwartet. Das warf die Frage auf, ob er sie je geliebt hatte. Wenn ja, dann war er ganz schön dämlich. Wenn nein, dann war er nicht zu wahrer Liebe fähig. Beide Möglichkeiten gefielen ihm nicht. Vielleicht lag die Wahrheit ganz woanders. Vielleicht hatte er sich einfach gestattet zu vergessen, weil es leichter war, als sich zu erinnern.

Ziellos, gedankenlos fuhr Mark durch die Gegend. Nach einer ganzen Weile fand er sich schließlich zu Hause wieder. Er verspürte einen brennenden Schmerz im Innern. Er wollte nicht allein sein. Nicht mit dem Schmerz, nicht mit den Schatten der Vergangenheit. Er starrte auf das Gebäude. Zwei Hälften eines Ganzen, dachte er benommen. Einsamkeit oder Trost. Es war keine schwere Entscheidung.

Er stieg aus. Anstatt zu seiner eigenen Haustür zu gehen, lief er zu Darcys Seite des Gebäudes und klopfte. Er machte sich nicht die Mühe zu analysieren, warum er sie aufsuchte. Er wusste es bereits. Sie war seine Nachbarin und eine Frau mit Geheimnissen. Konnte es eine schlimmere Kombination geben? Doch es gab niemanden sonst, mit dem er in diesem Moment reden wollte. Niemanden sonst, den er sehen wollte. Sie war eine Frau, die instinktiv arme Seelen rettete, und momentan bedurfte er dringend der Rettung.

Sie öffnete die Tür. Der Geruch von Pfefferkuchen wehte ihm entgegen. Darcy lächelte. Mehl klebte an ihrer Wange und dem Sweater. Ihre Ärmel waren bis zu den Ellbogen hochgeschoben, ihre Haare hinter die Ohren geklemmt.

»Hi, Mark, was liegt an?« Ihr Lächeln schwand, während sie ihn musterte. »Sei mir nicht böse, aber du siehst furchtbar aus. Was ist passiert?«

Sie wich zurück; er betrat ihre Wohnung.

»Jemand, den ich gut kannte, ist tot«, sagte er unvermittelt. »Selbstmord.«

Sie rang nach Atem. »Das tut mir sehr leid.«

Er blickte ihr in die Augen und sah, dass Mitgefühl ihren Schock überflügelte. Ihm wurde bewusst, dass er nicht hätte kommen dürfen. Es war unfair, dass er ihr das Leben durch diese grässlichen Neuigkeiten noch schwerer machte.

Aber er brachte es nicht über sich, wieder zu gehen.

»Ich weiß nicht, was ich fühle«, eröffnete er ihr. »Zorn. Erleichterung. Vielleicht auch Schuld. Ich weiß es nicht. Wie soll ich mit der Sache abschließen? Wie soll ich es je verkraften?« Er schüttelte den Kopf. »Ich kann es nicht. Ich schätze, darum geht es.«

»Du hast einen Schock«, sagte sie sanft. »Die Trauer kommt später und mit ihr die Klarheit. Und was das Abschließen angeht – die Zeit heilt alle Wunden.«

»Ich denke nicht. Ich glaube nicht, dass es so leicht sein wird.«

»Oh, es ist bestimmt nicht leicht. Loslassen und verzeihen sind die schwersten Dinge auf der Welt.«

»Ich will nicht verzeihen. Vielleicht stimmt was nicht mit mir. Ich kann keinen Schmerz oder Zorn empfinden, nicht mal Mitgefühl. Vielleicht bin ich ja zu tiefen Gefühlen einfach nicht fähig, vielleicht …«

Sie trat zu ihm und legte die Arme um ihn. »Kannst du das spüren?«, fragte sie.

Er hielt völlig still. Ihre Wärme vertrieb die Kälte in seinem Inneren, die er bis dahin nicht wirklich wahrgenommen hatte. Sie presste ihre Brüste an seinen Oberkörper, streifte seine Beine mit ihren. Ihr Haar roch nach Vanille.

Verlangen wallte in ihm auf. Er mochte nicht fähig sein, Sylvias Tod zu betrauern, aber er war sehr wohl imstande, Darcy zu begehren. Binnen Sekunden wurde er so hart, dass es fast wehtat. Begehren brachte sein Blut in Wallung, bis der Drang, in ihr zu sein, so zwingend und instinktiv wurde wie das Bedürfnis, zu atmen.

Er nahm all seine Willenskraft zusammen, befreite sich sanft aus ihren Armen und entfernte sich von ihr. »Ich hätte nicht herkommen dürfen«, erklärte er. »Du kannst die Komplikationen nicht gebrauchen, und ich kann für dich nicht sein, was du dir von mir wünschst. Es tut mir leid.« Er wandte sich zur Haustür um.

»Mark? Ich verstehe das nicht.«

Er drehte sich zu ihr um und starrte sie finster an. »Ich habe momentan nicht gerade nur freundschaftliche Gefühle dir gegenüber. Ich will mehr. Genauer gesagt, ich will dich.« Fahrig strich er sich mit den Fingern durchs Haar und fluchte. »Ich hätte nicht herkommen sollen«, wiederholte er. »Ich weiß nicht, warum ich es getan habe. Tut mir leid.« Er griff nach der Türklinke.

»Warte!«, rief sie, bevor er gehen konnte. »Warte einfach!«

Er verharrte reglos. Seine Vernunft – der Teil von ihm, der wusste, dass er Darcy sehr wehtun konnte – befahl ihm, weiterzugehen. Wenn ihm auch nur das Geringste an ihr lag, durfte er nicht bleiben. Nicht in diesem Zustand. Aber der Kummer in ihm war stärker und ließ ihn zögern, während sie den Backofen ausschalten ging und an seine Seite zurückkehrte.

Als sie ihn bei der Hand nahm, protestierte er nicht. Und als sie ihn in ihr Schlafzimmer führte, umschlang er sie begierig.

Darcy spürte Marks leidenschaftlichen Kuss bis in die Zehenspitzen. Sein unverhohlenes Verlangen schürte derart ihre Erregung, dass sie sich unwillkürlich an ihn klammerte. Hätte er versucht, sie zu verführen, wäre sie vielleicht stark geblieben. Doch sein Kummer, die Verlorenheit in seinem Blick und die Tatsache, dass er sich zuallererst an sie gewendet hatte, all das zusammen machte es ihr unmöglich, ihm zu widerstehen.

Fieberhaft bewegte er den Mund auf ihrem. Sie öffnete die Lippen, und er drang ein, kostete sie und lud sie ein, dasselbe zu tun. Gierig strich er ihr über den Rücken, hinauf und hinunter. Dabei presste er sie so fest an sich, dass sie fast das Gefühl hatte, mit ihm zu einer Einheit zu verschmelzen.

Seine überdeutliche Lust führte dazu, dass Darcy ihn nur noch mehr begehrte. Sie hielt ihn fest, während sich die Welt um sie herum zu drehen schien. Zärtlich berührte sie sein Gesicht, seine Schultern, sein seidiges Haar. Seine Brust hob und senkte sich heftig mit jedem Atemzug. Rückhaltlos gab sie sich ihm hin, ohne einen Gedanken daran zu vergeuden, was es für ihr Seelenheil bedeuten konnte.

Als er den Saum ihres Sweaters hochschob, hob sie die Arme. Er streifte ihr das Kleidungsstück ab. Während er sich sein Hemd auszog, schlüpfte sie aus den Schuhen. Bevor sie sich noch weiter entkleiden konnte, öffnete er ihr schon den BH.

Einen Wimpernschlag später senkte Mark den Kopf, saugte nacheinander an den bereits aufgerichteten Spitzen. Darcy rang nach Atem und flehte ihn an, nicht aufzuhören. Er umfasste ihre Brüste und streichelte sie im Rhythmus der Liebkosungen seiner Zunge. Sie strich über seinen nackten Rücken, knetete die geschmeidigen Muskeln, flüsterte seinen Namen.

Darcy wünschte sich die Kraft, ihm Einhalt zu gebieten, und wusste doch, dass sie es nicht tun würde, selbst wenn sie könnte.

Er kniete sich vor sie, öffnete ihre Jeans und schob sie zusammen mit dem Slip hinunter. Dann stützte er Darcy, während sie aus den Hosen stieg. Er umfasste ihre Hüften, beugte sich vor und küsste sie zwischen den Beinen. Mit der Zungenspitze berührte er ihre intimste Stelle, versprach damit viel und blieb doch quälend zurückhaltend. Ihr stockte der Atem.

Ohne ein Wort zu sagen, stand er auf und führte sie zum Bett. Er drehte sie auf den Bauch, und sie bettete den Kopf in der Armbeuge.

»Verhütung?«, flüsterte er ihr ins Ohr.

Ihre Haut prickelte unter seinem warmen Atem. Ein wenig verlegen über ihre Kühnheit deutete sie zur Nachttischschublade. »Ich habe vor ein paar Tagen was besorgt.«

Mark kniete sich neben sie und küsste die erogene Zone dicht unter ihrem Ohr. »Ich dachte, wir wollten nur Freunde sein. Oder sind die Dinger etwa nicht für mich gedacht?«

Sie lachte erstickt. Das sanfte Knabbern seines Mundes an ihrem Ohrläppchen machte es ihr schwer, sich auf seine Worte zu konzentrieren. »Ich habe geahnt, dass ich vielleicht einen Moment der Schwäche haben könnte. Ich wollte nicht unvorbereitet sein. Und weil es draußen so kalt ist, dachte ich mir, dass du nicht zu dir rüberrennen willst.«

»Welche Sorte hast du genommen?«

»XXL.«

Schmunzelnd legte er ihr eine Hand auf den Po, strich federleicht über die Haut, bis zu ihrer anderen Seite und dann wieder zurück. Dabei beugte er sich über sie und küsste zärtlich ihre Schulter.

Er ließ den Mund aufreizend über ihren Rücken wandern, und sie spürte, dass sie mehr und mehr bereit für ihn wurde. Sein Atem streifte ihre Haut, und dann spürte sie einen kräftigen Biss in den Po. Sie schrie auf. »Mark! Was machst du denn da?«

»Nichts Besonderes.« Er ließ die Lippen tiefer wandern, an ihren Schenkeln hinunter bis zu den Kniekehlen.

Seine Liebkosungen kitzelten. Darcy begann zu zappeln und zu strampeln und versuchte, ihm zu entkommen, ohne ihn aus Versehen zu treten. Er hielt sie fest, doch schließlich schaffte sie es, sich zu befreien und auf den Rücken zu drehen.

»So ist es noch besser«, murmelte er und konzentrierte sich nun auf die Vorderseite ihrer Schenkel.

Ihr Bauch spannte sich. Ihre Beine begannen zu zittern. Sie ließ sich zurück in die Kissen sinken, gab sich ganz seinen erregenden Zärtlichkeiten hin und freute sich darüber, dass die Schatten aus seinen Augen verschwunden waren. Sie wollte an das denken, was er ihr zuvor erzählt hatte, aber das konnte sie nicht. Nicht, während er ihre intimste Stelle mit der Zunge reizte und ihr den Atem stahl.

Er schob einen Finger in sie hinein und reizte jenen Ort, der ihn bald aufnehmen würde. Mit der Zunge streichelte er sie von oben, mit den Fingern von unten. Beide bewegten sich im selben Rhythmus.

Schon bald merkte sie, dass der Höhepunkt unausweichlich nahte. »Mark, bitte. Ich will dich in mir spüren, wenn ich komme.«

»Das wirst du auch«, versprach er, »beim zweiten Mal.«

Sie wollte protestieren. Sie wollte ihn hochziehen und ihn zwingen, in sie einzudringen, sie zu nehmen, sich mit ihr zu vereinigen. Bis sie gemeinsam kamen.

Diese erotische Vorstellung erwies sich als Fehler. Denn während Darcy sich der Fantasie hingab, verlor sie die Gewalt über ihren Körper und wurde auf den Gipfel der Ekstase katapultiert. Unwillkürlich bog sie sich Mark entgegen, während sie höchstes Entzücken erlebte.

Sie zitterte und rang nach Atem, bis die letzte Welle ihres Höhepunkts verebbt war. Dann erst wandte Mark sich ab, schwang die Beine aus dem Bett und zog sich Jeans und Unterhose aus. Er holte ein Kondom aus dem Nachttisch, und sobald er es sich übergestreift hatte, kniete er sich zwischen ihre Oberschenkel.

Lange Zeit bewegte er sich nicht. Er blickte sie einfach nur an und musterte ihr Gesicht, als ob er sich jede einzelne Linie einprägen wollte. Darcy störte sich nicht daran. Denn der Ausdruck in seinen Augen verriet ihr, dass er nichts an dem auszusetzen fand, was er sah.

Schließlich senkte er den Kopf und küsste sie auf den Hals. Dann glitt er tiefer, bis er ihre Brüste erreichte.

Eine vertraute Hitze stieg in ihr auf. Sie streckte die Hände nach ihm aus, strich mit den Fingern über seinen Rücken. Als ihr Verlangen wuchs, verlieh sie den Berührungen mehr Nachdruck. Sie presste sich an seine Hüften und trieb ihn zu mehr Nähe.

Endlich drang er in sie ein. Langsam, so langsam, dass sie ihn drängte, sich zu beeilen. Dann, als er sie schließlich ausfüllte, stockte ihr der Atem. Er begann, sich zu bewegen. Seine Stöße wurden immer schneller, immer forscher. Er stützte sich auf die Hände und blickte ihr in die Augen.

Sie spürte einen weiteren Höhepunkt nahen. Sie fühlte sich entblößt, weil Mark sie so eindringlich ansah, und doch konnte sie die Lider nicht senken. Selbst als die ersten Wellen der Ekstase sie durchströmten, blickte sie ihm tief in die Augen. Vielleicht half dieser Liebesakt, seinen Kummer zu vertreiben.

Er versteifte sich. Seine Miene wurde starr. Dennoch wandte er den Blick nicht ab. Gemeinsam erreichten sie den Gipfel der Lust, während sie einander immer noch unverwandt ansahen. In diesem innigen Blickkontakt lag eine Verbundenheit, wie Darcy sie nie zuvor erlebt hatte.

Als Mark schließlich aufs Bett sank und sie an sich zog, war sie völlig durcheinander und tief bewegt.

Etwas Fundamentales hatte sich zwischen ihnen geändert. Darcy begriff nicht, was es war, aber es erschreckte sie. Mark von seinem Kummer zu heilen war eine Sache – darin war sie gut. Aber ihr Herz aufs Spiel zu setzen, das war etwas ganz anderes. Nicht nur, dass ihm nichts an einer festen Beziehung lag, auf ihr lasteten auch noch die Geheimnisse ihrer Vergangenheit.

»Danke«, flüsterte er ihr ins Haar.

»Gern.«

Lange Zeit hielten sie einander stumm in den Armen.

Schließlich küsste er sie auf den Mund. »Willst du mich gar nichts fragen?«

Sie wusste, dass er nicht von der Tatsache sprach, dass sie miteinander geschlafen hatten. Er meinte den Selbstmord eines Menschen, den er gekannt hatte. »Glaubst du denn, dass es dir hilft, darüber zu reden?«

»Nein. Aber du hast das Recht auf Antworten.«

Dieses Recht gebührte ihr, weil sie nackt miteinander im Bett lagen. Sie seufzte. Diese Art von Recht brachte zumeist Komplikationen mit sich. »War er ein enger Freund?«

Mark versteifte sich.

In dieser Sekunde erkannte sie, dass sie die falsche Frage gestellt hatte. Augenblicklich fühlte sie sich dumm und benutzt. Es ging nicht um eine Männerbekanntschaft. Nein, eine Frau war gestorben. Eine Frau, die ihm wichtig gewesen war. »Schon gut«, sagte sie hastig.

Er zuckte zusammen. »Darcy, es tut mir leid. Ich dachte, ich hätte ›sie‹ gesagt. Ich wollte es dir nicht verschweigen.«

Sie verspürte den heftigen Drang, sich zu bedecken und die Flucht zu ergreifen. Aber damit hätte sie ihn wissen lassen, dass er ihr wehtat, und aus irgendeinem Grund war sie nicht bereit, sich diese Blöße zu geben.

»Ich weiß, dass du nicht so hinterhältig bist. Es ist nicht weiter wichtig.« Sie setzte sich auf und schenkte ihm ein großes Lächeln. Eigentlich war ihr nach Weinen zumute, aber sie war fest entschlossen, ihre Gefühle für sich zu behalten. »Wenn ich's mir richtig überlege, ist es wahrscheinlich falsch, Fragen zu stellen«, sagte sie in fröhlichem Ton. »Wir sind Freunde. Das allein zählt. Ich will für dich da sein.« *Obwohl es vielleicht besser ist, wenn ich beim nächsten Mal nicht in meinem Bett für dich da bin.*

»Es tut mir leid«, wiederholte er.

Dass ihm die Selbstmörderin in romantischer Hinsicht nichts bedeutete, hätte Darcy lieber von ihm gehört. Doch sie sagte sich, dass sie überreagierte. Sie konnte nicht erwarten, dass Mark völlig ohne Liebe gelebt hatte, bevor sie sich begegnet waren. Obwohl dieses Argument total logisch und nachvollziehbar war, brannten ihr Tränen in den Augen. Sie konnte sich nicht erklären, warum sie weinte. Oder vielleicht doch. Das Herz war ihr einfach so schwer.

»Morgen«, wünschte Mark, als er sich in die ihm angestammte Nische im Hip-Hop-Café setzte.

Darcy schenkte ihm eine Tasse Kaffee ein. Es war Mittwoch Vormittag, und der Gastraum leerte sich gerade.

»Da kommt aber jemand spät«, bemerkte sie in fröhlichem Ton, der zu ihrem Plan gehörte, sich normal zu geben.

»Ich habe verschlafen.«

Sie musterte die Ringe unter seinen Augen. »Sieht eher so aus, als hättest du überhaupt nicht geschlafen.«

»Doch, sogar wie ein Murmeltier. Von fünf bis sieben heute Morgen.«

Sie wollte schon fragen, was ihm fehlte, aber sie hatte das Gefühl, es zu wissen. Es musste wohl um seine *Angebetete* gehen. So bezeichnete sie insgeheim die Frau, die sich am Wochenende umgebracht hatte.

Darcy wollte sich zwar einreden, dass zwischen den beiden lediglich eine freundschaftliche Beziehung bestanden hatte, aber sein Verhalten widersprach dieser Annahme. Er war zu ihr gekommen, um intimen Körperkontakt zu suchen. Der Verlust einer Freundin erforderte eine Umarmung; der Verlust einer Geliebten verlangte nach mehr.

Sie redete sich ein, dass es sie nichts anging. Seine Vergangenheit war sein Problem. Schließlich konnte sie nicht erwarten, dass er noch Jungfrau war, als sie sich zum ersten Mal miteinander einließen. Als er am Sonntag zu ihr gekommen war, hätte sie Nein sagen können. Doch sie hatte seinen Kummer vertreiben wollen – wenn auch nur für einen kurzen Moment –, und als einziges Mittel dafür war ihr eingefallen, mit ihm zu schlafen.

Die große Frage war nun, ob sie ebenso gehandelt hätte, wenn sie gewusst hätte, dass es sich bei der betreffenden Person um eine Frau handelte.

Sie glaubte nicht, dass er ihr diese Tatsache bewusst verschwiegen hatte, und doch änderte diese Enthüllung alles zwischen ihnen. Leider wusste sie nun nicht mehr, wie es weitergehen sollte.

Mark musterte sie eindringlich. »Du siehst auch nicht so aus, als ob du viel geschlafen hättest. Hat das vielleicht etwas mit mir zu tun?«

»Nein. Mir geht es gut«, behauptete sie, und dabei hasste sie es, dass seine besorgte Stimme sie so erschauern ließ.

»Wirklich?«

»Ich schwöre.«

Er machte sich nicht die Mühe, zur Speisekarte zu greifen, die sie ihm hingelegt hatte. »Dann nehme ich das Übliche.«

»Ich denke nicht.«

Ein vages Lächeln zuckte um seine Mundwinkel. »Wir hatten diese Diskussion schon oft genug. Ich gewinne immer.«

»Diesmal nicht. Ich bin es leid zuzusehen, wie du dir ein frühes Grab gräbst. An einem Tag in der Woche kriegst du Haferbrei zum Frühstück. Mir ist es egal, an welchem Tag, und noch weniger kümmert es mich, ob du dich zu wehren versuchst. Es wird passieren. Du kannst es auf die gemütliche oder auf die harte Tour haben. Das liegt ganz bei dir.«

Er lehnte sich zurück und nickte. »Warum nicht? Ich bringe es am besten gleich hinter mich. Also nehme ich heute Haferbrei.«

Sie war so verblüfft über seine Zustimmung, dass sie sprachlos blinzelte.

»Darcy?« Er wedelte mit einer Hand vor ihrem Gesicht herum. »Erde an Darcy!«

»Soll das heißen, dass du zum Lunch Salat statt Hamburger nimmst?«

»Treib es nicht auf die Spitze.«

»Man wird ja wohl noch träumen dürfen.« Sobald sie das ausgesprochen hatte, bereute sie ihre Wortwahl schon. Doch anstatt ihm zu erklären, dass keine Hintergedanken damit verknüpft waren, lächelte sie nur und verschwand in der Küche.

Fünf Minuten später brachte sie eine Schüssel Haferbrei an seinen Tisch, zusammen mit einem kleinen Kännchen entrahmter Milch, braunem Zucker und Rosinen.

Er starrte auf das Essen, als wären es frittierte Käfer. »Muss das so grau aussehen?«

»Das ist nicht grau. Das ist eher beige.«

»Und inwiefern soll das appetitlicher sein?«, entgegnete er leichthin.

Trotz seines sorglosen Tonfalls erkannte sie anhaltenden Kummer in seinen Augen. Sie drehte den Spieß um und sah Mark so eindringlich an, wie er es zuvor bei ihr getan hatte. »Geht es dir gut?«

»Sicher. Bestens.« Er sah ihren skeptischen Blick. »Okay, relativ gut.«

»Das glaube ich dir schon eher. Ich mache mir Sorgen um dich.«

Er zog eine Augenbraue hoch. »Versuchst du immer, die Welt zu retten?«

»Nicht die ganze Welt. Nur einige Teile davon.«

»Wie komme ich zu so viel Glück, dich in der Nähe zu haben, gerade wenn ich dich brauche?«

Sie musterte ihn forschend, um zu ergründen, ob er es sarkastisch meinte, aber das schien nicht der Fall zu sein. »Wir sind Freunde«, erklärte sie. »Und was meinen Drang angeht, Gutes zu tun – ich habe zwanzig Jahre als Nichtsnutz wettzumachen.«

»Du irrst dich. Du warst während dieser zwanzig Jahre überwiegend Kind. Deine einzige Pflicht bestand darin, erwachsen zu werden, und ich würde sagen, das ist dir ausgezeichnet gelungen.«

Das Kompliment erfreute Darcy. Sie entschuldigte sich, um ihre anderen Gäste zu bedienen, und versuchte, während der Arbeit nicht an Mark zu denken.

Sie konnte nicht leugnen, dass sie sich zu ihm hingezogen fühlte. Sie wollte es nicht, aber es war zu spät, um darüber hinwegzusehen. Doch die warnende Stimme der Vernunft war ebenso schwer zu ignorieren. Mark war gefährlich für sie. Das spürte sie mit jeder Faser ihres Leibs. Seit Sonntag hatten sie nicht mehr miteinander geschlafen, und es verging keine Stunde, in der sie nicht an ihr Liebesspiel zurückdachte und in der sie sich nicht wünschte, all das wieder zu tun. Schlimmer noch, wenn sie nicht zusammen waren, vermisste sie ihn ganz schrecklich – also beinahe die ganze Zeit.

»Tu dir das nicht an«, murmelte sie leise vor sich hin, während sie frei gewordene Tische abräumte und Trinkgelder einsteckte. »Lass dich nicht auf ihn ein.«

Leider stieß diese Ermahnung auf taube Ohren.

Schließlich kehrte sie an Marks Tisch zurück. »Na, wie hat's geschmeckt?«, erkundigte sie sich.

Er deutete auf die fast leere Schlüssel. »Nicht so widerlich, wie es aussieht, aber ich möchte es nicht jeden Tag haben.«

»Untersuchungen beweisen, dass …«

Er verzog das Gesicht. »Erspar mir das bitte.«

»Okay. Ausnahmsweise. Übrigens steht heute ein toller Geflügel-Gemüse-Salat auf der Mittagskarte.«

Er ignorierte die Bemerkung. »Am Sonntag findet eine Kunsthandwerksausstellung statt. Ich dachte, du möchtest vielleicht hingehen.«

Ihr Magen flatterte. Fragte er sie nur als Freundin, oder war das ein Date? Sie hatten ihr Verhältnis seit dem vergangenen Sonntag nicht neu definiert, und sie schreckte davor zurück, das Thema jetzt anzusprechen. Hauptsächlich, weil sie selbst nicht wusste, welche Antwort sie sich von ihm erhoffte. »Ich hätte nicht gedacht, dass du der Typ bist, der sich für Kunsthandwerk interessiert. Gehen dir Nippsachen und selbst gebastelte Kinkerlitzchen nicht gegen den Strich?«

»Ich dachte, du hättest vielleicht Spaß daran.«

Seine funkelnden grünen Augen sind wunderschön, dachte sie unwillkürlich. Sie hatte das Gefühl, in den unergründlichen Tiefen zu versinken. Was nur bewies, dass sie im Begriff stand, den Verstand zu verlieren. »Ich kann nicht«, sagte sie bedauernd. »Ich habe schon andere Pläne.«

»Ist es jemand, den ich kenne?«

Die Frage klang gelassen. Darcy suchte nach einem angespannten Unterton in seiner Stimme, vielleicht nach einem Hauch von Eifersucht. Sie fand nichts dergleichen. »Nein. Ich muss nur etwas erledigen.«

In Wirklichkeit wollte sie Dirk besuchen und sich anhören, was er während der Reise nach Chicago erlebt hatte. Aber das brauchte Mark nicht zu wissen. Zumindest noch nicht. Zum gegebenen Zeitpunkt musste sie ihm die Wahrheit sagen. *Und hilflos zusehen, wie er sich von mir abwendet.*

»Dann vielleicht ein anderes Mal«, sagte er und legte mehrere Geldscheine auf den Tisch.

»Das wäre schön.«

Ohne ein weiteres Wort ging er hinaus. Sie blickte ihm nach und fragte sich, wie viel Zeit ihnen noch in Freundschaft vergönnt war – oder welcher Art ihre Beziehung auch immer sein mochte. Und wie sehr sie ihn vermissen würde, wenn er aus ihrem Leben verschwand.

Langsam fuhr Mark durch die Stadt und hielt Ausschau nach einem verbeulten dunkelgrünen Kleinwagen. Nicht ein einziger war zu sehen. Darcys Pläne für diesen Tag, wie immer sie auch aussehen mochten, hatten sie offensichtlich aus der Stadt geführt.

Erneut gondelte er durch das Stadtzentrum von Whitehorn, aber er entdeckte niemanden, der seiner blonden Nachbarin auch nur im Entferntesten ähnelte.

Schließlich wendete er und fuhr nach Hause. Unterwegs redete er sich ein, dass es ihn nicht störte, wenn sie andere Pläne hatte. Er hatte doch ohnehin nicht wirklich vorgehabt, sie zu sehen. Oder doch? Was war eigentlich am vergangenen Sonntag, nachdem er von Sylvias Selbstmord erfahren hatte, zwischen ihnen passiert?

Es war nicht bloß Sex. Er wollte sich zwar einreden, dass die Intimitäten zwischen ihnen nichts weiter bedeuteten, aber ganz nahm er sich das selbst nicht ab. Darcy strahlte etwas aus, das seine Seele heilte, ähnlich wie die Ärzte seinen Körper kuriert hatten. Unwillkürlich ertappte er sich dabei, dass er tagsüber immer mal wieder an sie dachte und mit ihr zusammen sein wollte. In seinem Bett, in ihrem Bett, unter der Dusche – das war ihm egal, solange sie beide nackt waren.

Schlimmer noch war, dass Mark sich schlecht fühlte, weil er ihr wehgetan hatte. Er hätte sie nie in die Schrecken seiner Vergangenheit hineinziehen dürfen. Das hatte sie nicht verdient.

Wagte er sich auf ein gefährliches Terrain vor? Er wusste es doch besser, als sich auf eine Frau einzulassen. Außerdem hatte er sich fest vorgenommen, niemandem mehr vorbehaltlos zu trauen. Und Darcy hütete Geheimnisse. Ihre Abwesenheit an diesem Tag bewies es. Er mochte sich einreden, dass ihr Leben ihn nichts anging. Doch es änderte nichts an der Tatsache, dass ihn brennend interessierte, wo sie steckte.

8. Kapitel

Am Sonntagnachmittag setzte Mark sich wieder einmal an seinen Schreibtisch. Er war fest entschlossen, den liegen gebliebenen Papierkram aufzuarbeiten und an nichts anderes zu denken als an die geklärten Fälle, die es abzuschließen galt.

Was kümmerte es ihn, dass Darcy nicht zu seinem wöchentlichen Basketballspiel erschienen war? Er hatte sie nicht darum gebeten. Es gab keine Verbindlichkeit zwischen ihnen. Sie waren nicht liiert. Sie waren Freunde – und gelegentlich Geliebte. Diese Art von Beziehung erforderte keine Rechenschaft über die getrennt verbrachte Zeit. Auch wenn sie am vergangenen Abend erst nach zehn Uhr nach Hause gekommen war.

Er schlug die oberste Akte auf seinem Schreibtisch auf und legte die Hände auf die Computertastatur. Während er die erforderlichen Informationen eingab, ging ihm Darcy ganz allmählich immer mehr aus dem Sinn, bis er sich schließlich ganz auf seine Arbeit konzentrieren konnte.

Zwei Stunden später waren drei Fälle abgeschlossen. Er griff gerade nach einer weiteren Akte, als er Schritte hörte. Er blickte auf, sah den Sheriff eintreten und fragte verwundert: »Was machst du denn hier? Hat etwa wer versucht, ausgerechnet am Sonntag die Bank auszurauben?«

Rafe Rawlings, groß, dunkelhaarig und im selben Alter wie Mark, grinste breit. »Nicht während meiner Schicht. Das würde sich niemand trauen.« Er zog sich einen Stuhl an den Schreibtisch und setzte sich. »Ich habe ein paarmal versucht, dich zu Hause zu erreichen. Da du nicht ans Telefon gegangen bist, dachte ich mir, dass du vielleicht hier bist.«

»Du siehst besorgt aus. Willst du darüber reden?«

»Ich habe neulich einen Tipp bekommen. Es klingt so verrückt, dass ich es eigentlich nicht glauben kann. Trotzdem, ich bin der

Sache mal ein bisschen nachgegangen, aber auf nichts gestoßen. Wahrscheinlich ist nichts weiter dran …«

Ein ungutes Gefühl beschlich Mark. In dem Versuch, die Atmosphäre aufzulockern, scherzte er: »Du hast dich also entschlossen, die Sache einem Profi zu übergeben?«

»Das stimmt.« Rafe beugte sich vor. »Ich habe einen anonymen Hinweis darauf erhalten, dass jemand Geldwäscherei über das Hip-Hop-Café betreibt.«

Marks spontane Reaktion war Ungläubigkeit. In Whitehorn passierte nie etwas wirklich Interessantes. *Aber Ausnahmen bestätigen die Regel, und Schwarzgeld pflegt an den unauffälligsten Orten aufzutauchen.* »Wo hast du mit den Nachforschungen angefangen?«

»Du nimmst den Hinweis ernst?«

»Lieber ermitteln und die Anschuldigungen widerlegen als nichts tun und später der Gelackmeierte sein.«

»Da kann ich nur zustimmen. Ich habe mich hier und da ein bisschen umgehört, aber nichts herausgefunden.«

»Hast du mit den Angestellten gesprochen?«, fragte Mark und hasste es, dass Darcy die erste Person war, die ihm in den Sinn kam. Sie hatte seines Wissens nichts getan, was darauf hinwies, dass sie keine gesetzestreue Bürgerin war. Doch die Erfahrung mit Sylvia hatte seine Einstellung zu allen Frauen unwiederbringlich verändert.

»Ich habe ein paar Worte mit Janie Carson Austin gewechselt«, erwiderte Rafe. »Sie hat ihr ganzes Leben hier verbracht, und ich kann mich persönlich für sie verbürgen. Ich habe ihr nicht viel erzählt, weil mir von Anfang an klar war, dass du dich damit beschäftigen musst, nicht ich. Wie du ganz richtig gesagt hast, du bist der Profi.«

»Aus diesem Grund hast du mich angeheuert.« Mark griff nach einem Blatt Papier. »Ich werde alle überprüfen. Sogar Janie, was komisch für mich ist, weil wir zusammen zur Highschool gegangen sind. Trotzdem, die Leute ändern sich.« Obwohl er ernsthaft bezweifelte, dass sie eine kriminelle Laufbahn eingeschlagen hatte.

»Tu, was du für nötig hältst. Ich schlage vor, dass du sie als Erstes entlastest, damit du sie als Anlaufstelle nutzen kannst. Bist du zufällig mit jemandem vom Personal befreundet?«

»Ich kenne einige der Angestellten.« Eine ganz besonders, dachte er. Aber das behielt er lieber für sich.

Rafe gab ihm noch einige Instruktionen und verabschiedete sich dann.

Mark wünschte, dieser Fall hätte sich nicht aufgetan. Nicht, dass er an seiner Befähigung zweifelte, gute Arbeit in puncto Investigation zu leisten. Ihm graute nur davor, was er dabei über Darcy in Erfahrung bringen könnte. Dass sie in bescheidenen Verhältnissen lebte und viel arbeitete, beruhigte ihn nicht sonderlich. *Schließlich habe ich Sylvia auch vertraut, und man sieht ja, wohin das geführt hat.*

Er machte sich einige Notizen und wandte sich dann dem Computer zu. Er zögerte nur kurz, bevor er mit zwiespältigen Gefühlen einen Namen in die Suchmaschine eingab.

Darcy Montague.

Am Montag wartete Mark ab, bis Darcys Schicht beendet war, bevor er zum Hip-Hop-Café fuhr. Sein übliches Frühstück hatte er ausfallen lassen. Den vergangenen Nachmittag und die halbe Nacht hatte er am Computer zugebracht, um Janie von jeglichem Verdacht zu befreien. Deswegen war er nun hungrig, müde und so griesgrämig wie ein Brummbär.

Um kurz nach drei betrat er das Café. Nur zwei Gäste waren anwesend. Er fragte die Kellnerin im Dienst nach der Geschäftsführerin und wurde ins Büro geschickt. Er bahnte sich einen Weg durch den engen Korridor und klopfte an die offene Tür.

Janie blickte von ihrem Schreibtisch auf und lächelte. »Hallo, Fremder. Ich dachte, du sprichst zurzeit nicht mit mir.«

»Doch, ich spreche.«

»Mit den meisten von uns nicht. Seit du wieder zurück bist, verhältst du dich ganz schön reserviert.«

Er setzte sich auf den einzigen Stuhl im Büro, auf dem keine Gegenstände lagen. »Das tut mir leid. Ich habe den Kopf ziemlich voll.«

Sie wurde ernst. »Ich schätze, dass es einem sehr zu denken gibt, wenn man angeschossen wird.«

Er musterte ihr zartes Gesicht. Sie waren im selben Alter; er kannte sie fast sein ganzes Leben lang. In der achten Klasse hatte er sie für das hübscheste Mädchen auf der Welt gehalten, und er hatte zwei Jahre gebraucht, um seine Schwärmerei für sie zu überwinden. Nun, nach all der Zeit, war sie glücklich verheiratet, und er fühlte sich steinalt. »Es hat sich etwas ergeben.«

Sie nickte. »Der Sheriff war vor ein paar Tagen hier und hat mir einige Fragen gestellt. Ich hatte den Eindruck, dass es ein Problem gibt. Bist du hier, um darüber mit mir zu sprechen?«

»Eigentlich will ich mit dir über die Leute reden, die für dich arbeiten. Wir haben einen Tipp bekommen, dass jemand hier im Hip Hop Geld wäscht.«

Verblüfft riss sie die blauen Augen auf. »Das ist nicht dein Ernst!«

»Ich fürchte, doch.«

»In diesem Lokal wird doch gar nicht genug Geld umgesetzt. Ich meine, wir halten uns zwar ganz gut für ein Restaurant in einem Nest wie Whitehorn, aber hier geht es nicht zu wie in Chicago. Bei uns werden nicht tagtäglich Tausende umgesetzt.«

»Es gibt noch andere Möglichkeiten, um Geld zu waschen, als nur über die Registrierkasse. Obwohl es mich nicht überraschen würde, wenn der Sheriff jemanden schickt, der die Bücher prüft.«

Sie kniff die Augen zusammen. »Weil du es ihm empfiehlst?«

»Das gehört zu meinem Job.«

Janie warf die Hände hoch. »Mark, ich weiß nichts von der ganzen Sache, aber ich bin bereit zu kooperieren. Je früher du anfängst zu ermitteln, desto eher findest du heraus, dass jemand dir und Rafe einen Streich gespielt hat.«

»Das hoffe ich. Ich möchte gern die Liste deiner Angestellten sehen.«

Sie gab etwas in den Computer ein. Sekunden später spuckte der Drucker ein einzelnes Blatt Papier aus.

Mark nahm es an sich und überflog die Namen. »Danke. Ich

werde sämtliche Angestellten überprüfen. Gibt es vielleicht etwas, das du mir jetzt zu sagen hast?«

»Nein. Ich weiß nichts von irgendwelchen Vorstrafen, falls du das meinst. Jedenfalls hat mir niemand etwas in der Richtung erzählt. Einige der Leute kenne ich schon seit Jahren.«

»Und andere sind neu in der Stadt.«

Sie runzelte die Stirn und nahm ihm die Liste ab. »Darcy ist am kürzesten hier. Sie ist vor etwa sechs Monaten gekommen.« Sie richtete die Aufmerksamkeit wieder auf ihn. »Mark, ich will nicht glauben, dass sie in etwas Illegales verwickelt ist. Du kennst sie. Ihr seid schließlich Nachbarn. Sie schuftet hier den ganzen Tag, und danach rast sie nach Hause, um für verschiedene Geschäfte im Ort zu backen.«

»Ich muss jeden überprüfen.«

Janie presste einen Moment lang die Lippen zusammen, bevor sie warnte: »Sei bloß nicht übereifrig. Wenn du dich unüberlegt in die Ermittlungen stürzt, ruinierst du womöglich eine Beziehung, die sehr vielversprechend aussieht.«

Er fragte sich, was Darcy über ihr Verhältnis zu ihm erzählt haben mochte. Standen die beiden Frauen sich nahe? »Danke. Ich weiß deinen Rat zu schätzen.«

»Jaja, ich weiß. In Wirklichkeit wirst du genau so vorgehen, wie du es für richtig hältst. Aber vergiss nicht, dass Darcy von Natur aus hilfsbereit ist und ein großes Herz hat. Sie ist lieb und nett, und wenn du ihr wehtust, kriegst du es mit mir zu tun.«

»Verstanden. Erzähl mir etwas über die anderen Angestellten.«

Janie ging die Liste mit ihm durch und berichtete ihm jeweils, was sie von der betreffenden Person wusste. Er machte sich Notizen, schrieb Adressen und Telefonnummern auf und stellte viele Fragen.

»Willst du auch mit Melissa reden?«, wollte Janie wissen.

Er nickte. Melissa North, die Besitzerin des Hip-Hop-Cafés, musste er erst noch überprüfen.

»Du weißt ja, dass sie verreist ist, oder? Eine Art zweite Flitterwochen. Ich würde ihren Urlaub nur höchst ungern unterbrechen.«

»Das ist momentan auch nicht nötig. Falls sich die Sachlage ändert und ich doch mit ihr reden muss, bevor sie zurückkommt, dann gebe ich dir Bescheid.«

»Okay. Ich hoffe aber, dass es nicht dazu kommt.«

»Das hoffe ich auch.« Er stand auf. »Janie, ich möchte dich bitten, Stillschweigen über diese Sache zu wahren. Bitte sprich mit niemandem darüber.«

»Das habe ich mir selbst schon gedacht. Du hältst mich auf dem Laufenden, oder?«

»Soweit es mir möglich ist, ohne die Ermittlungen zu beeinträchtigen.«

Sie stand auf. »Ich möchte deinen Job nicht haben. Ich würde es hassen, das Schlimmste über die Leute zu wissen.«

Mark nickte bedächtig. Manchmal gefiel ihm das auch nicht. Er verabschiedete sich von Janie und ging hinaus zu seinem Truck.

Sobald er in seinem Büro eintraf, würde er über jede einzelne Servicekraft Erkundigungen einziehen. Auch Darcy betreffend wollte er einen zweiten Suchlauf starten. Bisher hatte sich rein gar nichts ergeben. Er war nicht einmal auf einen Strafzettel wegen Falschparkens gestoßen. War sie wirklich so brav, oder war ihre Vorgeschichte geschönt?

Er versuchte sich einzureden, dass sie nichts mit Sylvia gemeinsam hatte. Aber wie sollte er es jemals schaffen, die Vergangenheit so weit loszulassen, um wieder jemandem vertrauen zu können?

Gegen sieben Uhr an diesem Abend schlenderte Mark hinüber zu Darcys Haushälfte. Er hatte es so lange wie möglich vor sich hergeschoben, aber schließlich musste er irgendwann mit ihr reden. Deshalb brachte er es am liebsten gleich hinter sich. Er klopfte an.

»Komm rein!«, hörte er ihre Stimme.

Er stieß die Haustür auf und trat ein. Als er die Küche erreichte, sagte er: »Ich könnte ein Serienkiller sein.«

Sie stand an der Arbeitsfläche, blickte über die Schulter zu ihm und scherzte: »Von mir aus kannst du so viele Serien killen, wie du willst. Ich sehe mir keine an. Ich stehe mehr auf Dokumentationen.«

Er stöhnte über ihren Scherz. »Warum überrascht mich das nicht?« Als er den Raum betrat, verspürte er den Drang, ihr ganz nahe zu kommen und sie zu küssen. Nicht leidenschaftlich und stürmisch – obwohl auch dagegen nichts einzuwenden war –, sondern einfach nur zur Begrüßung. Um ihr durch diese Zärtlichkeit ohne viele Worte Hallo zu sagen und sie zu fragen, wie ihr Tag verlaufen war. Er vermisste sie und die Gefühle, die ihre Gegenwart in ihm auslöste.

Diese Erkenntnis gefiel ihm ganz und gar nicht. Er musste Distanz zu dieser Frau wahren, sowohl körperlich wie auch emotional.

Darcy richtete die Aufmerksamkeit wieder auf ihre Arbeit. Er stellte fest, dass sie Weihnachtskekse gebacken hatte, die sie nun dekorierte. Fasziniert beobachtete er, wie sie roten Zuckerguss aus einer Spritze drückte und damit den Mantel eines Weihnachtsmanns ausmalte.

Ohne aufzublicken, bat sie: »Reg dich nicht auf wegen der Haustür. Normalerweise halte ich sie verschlossen. Aber ich wusste, dass ich hier in der Küche beschäftigt bin, und ich hatte gehofft, dass du vorbeikommst. Ich habe dich heute Morgen gar nicht im Hip Hop gesehen.«

»Ich war dienstlich verhindert.«

»Oh.«

Ihre einsilbige Bemerkung klang so neutral, dass Mark nicht ergründen konnte, was sie dabei dachte.

»Ich bin froh, dass es bloß an der Arbeit lag«, erklärte sie. »Ich habe mir schon ein bisschen Sorgen gemacht. Ich dachte, du könntest womöglich krank sein oder so.«

»Ich brauche keine Bemutterung«, entgegnete er in schärferem Ton als beabsichtigt.

Sie zuckte zusammen. Ein Tropfen Zuckerguss landete auf der Arbeitsplatte. Pikiert murmelte sie: »Offensichtlich nicht.«

Er fluchte leise. »Darcy, darum geht es nicht. Ich will nur …« Er brach ab und fragte sich, was er nur wollte. Von ihr hören, dass sie in ihrem ganzen Leben noch nie etwas Illegales getan hatte? Dass sie nicht wie Sylvia war? Sollte sie ihm versichern, dass er unbesorgt mit ihr schlafen konnte, weil sie ihn nicht an sich binden wollte? Dass sie bereit war, ihn freizugeben, sobald ihn das Bedürfnis packte, Reißaus zu nehmen?

Mark wusste, dass er sich wie ein Schuft benahm. Zum Teil lag es an den Ermittlungen, zum Teil an seiner Vergangenheit. Er musste sich mit der Frage auseinandersetzen, ob er Mitschuld an Sylvias Selbstmord trug. Um mit dieser bedrückenden Realität fertigzuwerden, reichte es nicht aus, sich einzureden, dass er nicht dafür verantwortlich war.

Ruinierte er Darcy das Leben, indem er sich mit ihr einließ? War er bereit, sich von ihr abzuwenden?

Sie hatte den Weihnachtsmann fertig glasiert und wandte sich dem nächsten zu. Mehrere Dutzend bemalte Kekse lagen bereits zum Trocknen auf Gitterrosten. Weihnachtsmänner und grüne Tannenbäume mit winzigen Ornamenten, Sterne und Zuckerstangen. Sie arbeitete flink und mit einer Geschicklichkeit, die von viel Übung kündete. Die Deckenlampe ließ die Spitzen ihrer blonden Haare wie Gold schimmern. Ihre Wimpern warfen Schatten auf ihre Wangen.

»Machst du jedes Jahr solche Kekse?«, erkundigte er sich.

»Natürlich. Einige sind zum Verschenken. Ich bringe morgen ein paar Dutzend ins Krankenhaus, für die Kinder und das Personal. Einige verkaufe ich im Hip Hop. Die Weihnachtsbäckerei macht mir großen Spaß.«

Er hasste sich für das, was er beabsichtigte, aber er konnte sich nicht davon abhalten. Er ging zum Tisch und zog sich einen Stuhl hervor. Momentan brauchte er Antworten dringender als ihre Freundschaft. Auf keinen Fall wollte er sich eingestehen, dass er den Fall möglicherweise nur vorschob, um emotionale Distanz zu wahren. »Es muss schön sein, nach all den Jahren in Arizona weiße Weihnachten zu erleben.«

Sie blickte aus dem Fenster. Es schneite beständig. Für die kommende Nacht waren etwa dreißig Zentimeter Neuschnee vorausgesagt. Ihre Augen leuchteten auf. »Ich gebe zu, dass der Schnee malerisch ist, aber manchmal vermisse ich die Wärme. Ich wette, dass ich mir spätestens Mitte Januar wünsche, ich wäre wieder in der Wüste.«

Es juckte Mark in den Fingern, sein Notizbuch herauszuholen und sich Aufzeichnungen zu machen. »Ist das der Grund dafür, dass du überhaupt von Illinois nach Arizona gezogen bist? Um vor dem Winter zu fliehen?« Er beobachtete sie eingehend, um zu sehen, wie sie auf seine Frage reagierte. Dass sie den Blick abwandte, gefiel ihm gar nicht.

Nach kurzem Zögern erwiderte sie: »Nur zum Teil. Vergiss nicht, ich hatte gerade meine Eltern verloren und brauchte eine Veränderung.«

»Es wundert mich, dass du nicht dort geblieben bist, wo dir alles vertraut war. Ganz neu anzufangen ist nicht leicht.«

»Ich weiß, was du meinst. Aber bei mir war das etwas anderes. Keiner meiner sogenannten Freunde hat zu mir gehalten. Ich hatte nicht das Gefühl, etwas aufzugeben, indem ich wegziehe.«

Das Argument klang überzeugend, aber ihre Körpersprache und sein Bauchgefühl sagten ihm etwas anderes. »Was hat dich in den Mittelwesten gebracht? Und warum ausgerechnet nach Montana?«

Darcy vollendete das letzte Weihnachtsmannkostüm und ging zu weißem Zuckerguss über. Während sie die Spritze aufzog, nagte sie an der Unterlippe. Dann erwiderte sie: »Es war an der Zeit, etwas Neues auszuprobieren. Warum ausgerechnet Montana, weiß ich selbst nicht genau. Ich hatte einfach viel Gutes darüber gehört. Hier gibt es so viel schöne Natur und Möglichkeiten für Outdooraktivitäten.«

Er bezweifelte, dass Skier in ihren Kleinwagen passten, der keinen Dachgepäckträger aufwies. Außerdem kam sie ihm nicht wie der sportive Typ vor. Woher sollte sie auch die Zeit für Freizeitaktivitäten nehmen? Mit ihrem Vollzeitjob im Hip-Hop-Café und ihrer Bäckerei war sie voll ausgelastet.

»Warum all die Fragen?«, erkundigte sie sich leise.

Nun war er es, der mit der Antwort zögerte. »Kein besonderer Grund.«

»Ich denke doch. Du bist heute nicht ins Café gekommen. Gehst du mir aus dem Weg, Mark?«

»Ich habe einen neuen Fall übernommen. Ich darf nicht darüber reden.«

Sie akzeptierte diese Erklärung mit einem Kopfnicken. Entweder merkte sie nicht, dass er ihre Frage nicht beantwortet hatte, oder sie wollte ihn nicht bedrängen.

»Was ist mit dem Tod deiner Freundin? Ich bin überzeugt, dass du nicht darüber hinweg bist.«

Er verzog das Gesicht. »Sylvia war keine Freundin.«

»Ich denke, ihr beide habt euch sehr nahegestanden.«

Die Bemerkung forderte zu einem Geständnis auf, aber er war nicht in der Stimmung zu bekennen, welch großer Fehler ihm unterlaufen war.

Er stand auf und wanderte durch die Küche. Rastlosigkeit befiel ihn. Er begehrte Darcy. Sogar während er sie verhörte, spannte sich sein Körper vor Verlangen. Doch er war fest entschlossen, an diesem Tag nicht mit ihr zu schlafen. Vermutlich auch nicht in absehbarer Zeit, wenn überhaupt jemals wieder. Nicht, solange er sich ihrer Unbescholtenheit nicht sicher war.

Was machte er überhaupt bei ihr? Er sollte sie entweder ganz gezielt verhören oder aus ihrem Haus verschwinden. Aber Fragen zu stellen bedeutete, Antworten zu erhalten, und er wusste nicht, ob er darauf gefasst war.

Er hasste die Finsternis in seiner Seele. Das Leben war ihm viel leichter erschienen, als er sich nur um sich selbst und niemanden sonst gekümmert hatte.

»Ich weiß, was du brauchst«, eröffnete Darcy in einem fröhlichen Ton, der ein wenig gezwungen klang. »Zucker und Koffein. Geh und setz dich ins Wohnzimmer, und ich bringe dir Kaffee und ein paar Kekse.«

»Nein. Ich will dir die Kekse nicht wegessen. Du sollst sie im Hip Hop verkaufen.«

»Ich verschenke auch eine Menge an das Krankenhaus, also mach dir keine Gedanken darüber, dass du meinen Profit beeinträchtigst, indem du sie isst. Außerdem siehst du wirklich so aus, als ob du eine Aufmunterung gebrauchen kannst.«

Ihre blauen Augen wirkten groß und unschuldig. Sie konnte nicht ahnen, wie sehr er sich wünschte, dass diese Unschuld echt war.

»Na gut. Kaffee und Kekse klingt großartig.« Er ging ins Wohnzimmer, doch anstatt sich zu setzen, wanderte er umher.

»Willst du wirklich Kaffee?«, rief Darcy aus der Küche. »Es ist schon ziemlich spät. Wie wär's stattdessen mit Milch?«

»Ganz egal.«

Auf dem Kaminsims stand ein Foto von einem jungen Mädchen mit einem attraktiven, gut gekleideten Paar. Er vermutete, dass es sich um Darcy und ihre Eltern handelte. Daneben standen eine Pflanze irgendeiner Art und eine pink-weiße Spieldose. Er hob den Deckel in der Erwartung, eine Melodie zu hören. Doch da war nur Stille – und das Klopfen seines Herzens.

Schockiert starrte er auf die ordentlich gefalteten Geldscheine in dem Hohlraum. Das dicke Bündel schien überwiegend aus Fünfzigern zu bestehen. Es mussten mehrere Tausend Dollar sein. In bar.

Er schloss die Augen und betete, dass nicht sie die Geldwäscherin war. Nicht Darcy. Er musste eine andere Erklärung für das viele Bargeld finden. Doch er konnte sich nicht vorstellen, dass die Trinkgelder so hoch waren oder ihr Backwarengeschäft sich dermaßen rentierte. Dazu war sie noch nicht lange genug in der Stadt. Sie hatte ja noch nicht einmal einen Vertrag mit dem Hip-Hop-Café abgeschlossen.

Mit einem heftigen Ruck schloss er den Deckel und zwang sich, auf der Couch Platz zu nehmen. Es musste eine andere Erklärung geben. Er weigerte sich zu glauben, dass Darcy etwas mit der Geldwäsche zu tun hatte.

Sie lächelte ihn an, als sie ins Wohnzimmer kam. Ein Teller mit Keksen nahm fast das ganze Tablett ein. Zwei Gläser Milch standen dicht beieinander. Sie stellte das Tablett auf den Couchtisch und setzte sich zu Mark auf das Sofa.

»Die mag ich am liebsten.« Sie wählte einen Keks in Form einer Glocke und knabberte an der Kante. »Eigentlich schmeckt mir der Zuckerguss besser als der Teig, aber ich kann ja nicht bloß die Glasur herunteressen. Deshalb schlucke ich die Masse auch.«

Sie lächelte immer noch. Es war ein so gelassenes, gewinnendes Lächeln, dass er sich unwillkürlich fragte, ob er sich das viele Geld nur eingebildet hatte. Aber er wusste es besser. Er fühlte sich zum zweiten Mal verraten und verkauft. Dabei hatte er sich geschworen, so etwas nie wieder mit sich geschehen zu lassen.

Was interessierte es ihn, ob sie eine Kriminelle war oder nicht? Er sagte sich, dass ihm nichts an ihr lag. Selbst wenn sie einige Male miteinander geschlafen hatten und vielleicht sogar Freunde hätten werden können. Na und?

Spontan stand er auf. »Ich muss gehen.«

Entgeistert beobachtete Darcy, wie Mark aus dem Zimmer stürmte. Gerade eben noch hatten sie beisammengesessen und geredet, und im nächsten Augenblick verschwand er einfach. Was war passiert? Sie legte den Keks zurück auf den Teller. Anscheinend ging ihre Pechsträhne in puncto Männer nie zu Ende.

Sie wusste nicht, warum Mark gegangen war, aber sie spürte schon die ganze Zeit über, dass etwas nicht stimmte. Trotz seiner gegenteiligen Behauptung war er ihr aus dem Weg gegangen. Warum, das wusste sie nicht. Jedenfalls hatte er eindeutig Detektiv gespielt mit all seinen Fragen. Offensichtlich argwöhnte er irgendetwas. Aber was? Hatte er von Dirk erfahren? Aber wie konnte er etwas über die Schule und die Behinderung ihres Bruders herausgefunden haben?

War es wichtig? Sie sank auf dem Sofa in sich zusammen. Bisher war sie davon ausgegangen, dass Mark aufgrund der jahrelangen Fürsorge für seine kleine Schwester mehr Verständnis und Akzeptanz für ihre Situation aufbringen konnte als andere Männer. Offensichtlich hatte sie sich in diesem Punkt geirrt und in seiner Person gründlich getäuscht. Sie war für ihn gut genug, um mit ihr zu schlafen, aber nicht gut genug für alles andere.

»Zum Teufel mit ihm«, sagte sie laut. Doch ihre Stimme klang eher zaghaft als resolut, und ihre Augen füllten sich mit Tränen.

9. Kapitel

Darcy klopfte an die halb geöffnete Tür des Beratungsbüros. Andrew blickte von seinem Schreibtisch auf und winkte sie herein.

»Ich habe Sie erst wieder zum Wochenende erwartet«, bemerkte er.

Sie setzte sich ihm gegenüber. »Ich wollte nur mal vorbeischauen und Dirk Hallo sagen.«

Er zog die Augenbrauen hoch. »Wir sind hier fünfzig Meilen von Whitehorn entfernt, noch dazu auf einer überwiegend holprigen Straße. Ist irgendwas vorgefallen?«

»Nein. Wirklich nicht. Es ist alles in Ordnung. Wie geht es Dirk?«

»Er macht riesige Fortschritte.« Andrew lehnte sich in seinem Stuhl zurück. »Einige Dinge kann er leichter begreifen als andere. Sie wissen ja, dass es unser Ziel ist, unseren Schülern zu helfen, sich so eigenständig wie möglich in der Welt zurechtzufinden. Dirk wird niemals leitender Geschäftsführer einer großen Firma sein, aber wie ich Ihnen schon bei seinem Eintritt in unser Institut gesagt habe, denke ich, dass sich ihm viele Perspektiven öffnen werden. Nachdem ich ihn inzwischen sechs Monate kenne, sehe ich keinen Grund, diese Einschätzung zu revidieren. Ich bin eher noch zuversichtlicher geworden.«

»Danke.« Sie spielte mit dem Schulterriemen ihrer Handtasche. »Ich kann die Zahlungen doch weiterhin monatlich leisten, oder?«

»Natürlich.« Er schmunzelte. »Ich bin übrigens gerade dabei, ein finanzielles Hilfspaket für Sie zu schnüren. Da Dirk jetzt lange genug bei uns ist, um ihn einstufen zu können, werden wir ein Stipendium und Zuschüsse für ihn beantragen.«

Darcy wagte nicht zu hoffen. »So etwas können Sie erreichen?«

»Wir können es versuchen. Wir reden nicht sofort über diese Option, wenn wir einen neuen Schüler bekommen, weil zunächst gewisse Voraussetzungen erfüllt sein müssen. Dazu zählt die Frage, inwieweit dem Schüler überhaupt geholfen werden kann. Wir glauben, dass Dirk zu etwa neunzig Prozent eigenständig sein wird, wenn er uns verlässt. Er wird fähig sein, einen Job auszuüben, allein zu wohnen und sich in einem vernünftigen Rahmen zu versorgen. Dadurch und aufgrund der Tatsache, dass er keine Finanzquellen hat, ist er zur Teilnahme an dem Förderprogramm berechtigt.«

Darcy fühlte sich zu Unrecht kritisiert und entgegnete gereizt: »Aber ich komme doch für alles auf. Ich habe noch nie das Schulgeld verspätet gezahlt.«

»He, machen Sie mich nicht zum Buhmann. Die Stiftungen, mit denen wir zusammenarbeiten, betrachten Sie nicht als primäre Einkommensquelle. Sie sind seine Schwester, kein Elternteil. Und das ist gut so. Dadurch ist Dirk unterstützungsberechtigt.«

»Oh.« Sie dachte über die Information nach. »Ich werde nicht gleich eine Reise nach Hawaii oder so buchen, aber wenn wir etwas finanzielle Unterstützung bekämen, wäre es eine große Hilfe.«

Andrew nickte ernst. »Ich weiß, dass Sie sich nur mit Mühe über Wasser halten, Darcy. Geben Sie nicht auf. Ich schätze, wir werden innerhalb von sechs Monaten erreichen, dass etwa drei Viertel des Schulgelds staatlich gefördert werden.«

»Das wäre toll«, gab sie zu. »In manchen Monaten fällt es mir sehr schwer, alle Rechnungen zu begleichen.« Falls die Zuschüsse bewilligt wurden, konnte sie vielleicht sogar etwas Geld für Notfälle zurücklegen.

»Wir sind nicht gerade billig«, gab Andrew zu. »Aber ich möchte gern glauben, dass wir es wert sind.« Er beugte sich vor und stützte die Ellbogen auf den Schreibtisch. »Was bedrückt Sie sonst noch? Sie wirken heute nicht so unbeschwert wie sonst.«

Sie zuckte mit den Schultern. »Das Leben an sich. Sie wissen ja – es gibt immer mal Problemchen.«

»Ich bin Profi. Ich höre gern zu.«

»Das klingt sehr verlockend, aber Sie sind Dirks Therapeut, nicht meiner.«

»Ich möchte gern denken, dass wir Freunde sind. Reden Sie mit mir.«

»Ich weiß nicht recht.« Sie zögerte, murmelte dann: »Es geht um einen Mann.«

»Aha. Eine Herzensangelegenheit. Ich hätte es wissen sollen.«

»Ich weiß nicht, ob es als *Herzensangelegenheit* bezeichnet werden kann. Es ist eher eine verwirrende Konstellation zwischen zwei Personen, die Freunde sind.«

Und Geliebte, dachte Darcy, doch das wagte sie nicht einzugestehen. »Er wohnt gleich nebenan. Wir haben ein paarmal miteinander rumgehangen.« *Kann man Sex als ›rumhängen‹ bezeichnen?* »Ich dachte, dass wir großartig miteinander klarkommen, aber seit letztem Montag benimmt er sich mir gegenüber irgendwie seltsam. Ich kenne mich nicht mehr aus. Er schiebt es auf einen wichtigen Fall in der Arbeit, aber ich bin nicht sicher, ob ich ihm das glauben soll.«

»In welcher Branche ist er denn tätig?«

»Er ist Detective. Er hat eine Weile in New York gearbeitet. Dort ist er im Dienst verletzt worden. Ich nehme an, er hat da aufgehört, um wieder gesund zu werden, und jetzt ist er eben hier. Er ist in Whitehorn aufgewachsen.«

»Das klingt, als ob er einige Veränderungsprozesse hinter sich hat. Zuerst vom Dorf in die Großstadt, und dann zurück. Wie lange ist er schon wieder hier?«

»Ein paar Monate. Ich glaube, ein Verdächtiger hat ihn angeschossen.«

Andrew runzelte die Stirn. »Das muss schlimm gewesen sein. Kennen Sie die näheren Umstände?«

»Nein. Ich weiß nur, dass er eine ganze Weile im Krankenhaus war und danach in der Reha.« Sie dachte an die Narben an seinem Körper. »Eine Kugel hat ihn in den Oberschenkel und eine zweite in den Oberkörper getroffen. Ich weiß, dass keine lebenswichtigen Organe verletzt wurden, aber ich glaube, es war ziemlich knapp.«

»Mit seiner eigenen Sterblichkeit konfrontiert zu werden ist niemals leicht. Vor allem, wenn die Verletzungen so ernst waren, dass er seinen Beruf aufgeben musste.«

Darcy dachte über die Erklärung nach. Bisher hatte sie sich

keine Gedanken über die Gründe für Marks Rückkehr nach Whitehorn gemacht. »Ich weiß nicht, ob er zurückgekommen ist, weil er die Arbeit in körperlicher Hinsicht nicht mehr ausüben kann, oder ob es einen anderen Grund dafür gab.«

»So oder so wird er sich nicht besonders wohl in seiner Haut fühlen. Männer definieren sich oft über ihre Tätigkeit. Sollte es so sein, dass Ihr Freund seinen geliebten Beruf nicht mehr ausüben kann, braucht er eine gewisse Zeit, um sich damit abzufinden. Wenn er den Dienst quittiert hat, weil er den Druck nicht mehr aushält, gehen andere Dinge in ihm vor. In jedem Fall wird es dauern, bis er gelernt hat, damit zurechtzukommen.«

»Sie haben bestimmt recht. Ich hatte irgendwie angenommen, dass es nur mit mir zu tun hat – dass er sich so komisch verhält, meine ich. Vielleicht stimmt das ja gar nicht. Eine Freundin von ihm hat sich vor ein paar Tagen umgebracht.«

Andrew stieß einen Pfiff aus. »Eine frühere Geliebte?«

»Das weiß ich nicht. Vielleicht. Wahrscheinlich.« Darcy rutschte unbehaglich auf dem Stuhl umher. »Vielleicht mache ich mir selbst etwas vor, aber ich glaube nicht, dass er mit ihr die Liebe seines Lebens verloren hat. Aber irgendwas geht in ihm vor. Es ist schwer zu erklären.«

»Selbstmord ist für die Hinterbliebenen immer schwer zu verkraften«, erläuterte Andrew. »Ihr Freund ist wahrscheinlich gefühlsmäßig hin- und hergerissen. In einer neuen Beziehung zu stecken erhöht nur noch seine Verwirrung und seine Schuldgefühle. Versuchen Sie, es nicht persönlich zu nehmen.« Er schüttelte den Kopf. »Es sei denn, die ganze Sache gestaltet sich zu schwierig, und Sie wollen lieber aussteigen. Sie müssen sich nicht auf diesen Mann einlassen.«

»Darum geht es nicht. Ich empfinde Mark nicht als Belastung«, entgegnete Darcy aufrichtig. »Ich nehme an, es ist einfach so viel in so kurzer Zeit passiert, dass es mir schwerfällt, im Gleichgewicht zu bleiben.« Sie versuchte zu lächeln und hatte das Gefühl, dass es ihr nicht sonderlich gut gelang. »Ich bin daran gewöhnt, dass Männer sich von mir abwenden, sobald sie von Dirk erfahren. Diesmal geht es ausnahmsweise nicht um dieses Problem.«

»Es ist hart, wenn man feststellen muss, dass man nicht das Zentrum des Universums ist«, neckte er. Dann fragte er nüchtern: »Kommen Sie klar? Sie haben momentan sehr viel zu verkraften.«

»Es geht mir gut.« Zumindest versuchte sie, einigermaßen normal zu leben. Mark machte es ihr nicht leicht.

Andrew beugte sich zu ihr vor. »Möchten Sie darüber sprechen, wie Dirk Ihr Privatleben beeinflusst?«

»Ich weiß nicht, ob es da etwas zu sagen gibt. Die Geschichte ist nicht neu. Ich liebe meinen Bruder und würde alles für ihn tun. Aus dieser Situation heraus stoße ich immer wieder auf die Tatsache, dass die Leute – insbesondere Männer – sich auf nichts einlassen wollen, was unbequem ist. Und Dirk ist nicht gerade pflegeleicht. Ich habe durch ihn emotionale und finanzielle Verpflichtungen, die ein Leben lang bestehen bleiben. Wenn eine Frau Kinder hat, kann sie wenigstens davon ausgehen, dass die irgendwann erwachsen werden und auf eigenen Füßen stehen. Bei Dirk wird dieser Fall unter Umständen nie eintreten.«

»Ich denke doch, dass es bei ihm sehr wahrscheinlich ist«, widersprach Andrew, »aber es ist nicht sicher. Was die Männer angeht, die Sie kennen, tut es mir leid, dass alle so oberflächlich sind. Es gibt da draußen einige wenige von der guten Sorte, und ich schlage vor, dass Sie weitersuchen.«

»Oh, ich habe nicht aufgegeben. Ich bin nur vorsichtiger geworden.« Aber dumm geblieben, dachte sie. Weil Mark auf ihre Bitte eingegangen war, ihre Beziehung auf eine freundschaftliche Basis zu stellen, hatte sie sich gestattet zu hoffen, dass die Dinge bei ihm anders liegen könnten. Welche Ironie, dass sie seinen Rückzieher nicht auf Dirks Existenz schieben konnte! »Nun dann, falls Ihnen ein solcher Ausbund an Tugend über den Weg läuft, geben Sie ihm bitte unbedingt meine Telefonnummer, okay?«

»Versprochen.«

Darcy stand auf und verabschiedete sich. Als sie hinaus auf den Korridor trat, suchte sie Trost in Andrews Worten – dass Marks Probleme womöglich gar nicht mit ihr zusammenhingen und sie irgendwann jemanden kennenlernen würde, der in Dirk den wundervollen jungen Mann sah, der er war. Aber selbst diese positiven Gedanken halfen nicht, ihre Stimmung zu heben. Einerseits glaubte sie nicht, dass sie jemals einen so weitsichtigen Mann finden würde; andererseits hatte sie gar nicht den Wunsch, jemand anderen kennenzulernen.

Sie lehnte sich an die Wand und seufzte, als ihr eine Erkenntnis kam, auf die sie gern noch ein paar Jahre verzichtet hätte: dass sie *Mr. Perfect* gar nicht begegnen wollte. Sie zog es vor, in Mark den Mann ihrer Träume zu sehen. Er sollte einfach aufhören, sich seltsam zu verhalten, und sich in sie verlieben. Sie wünschte sich, dass er ihren Bruder kennenlernte und akzeptierte und Verständnis für die besonderen Umstände aufbrachte.

Darcy ermahnte sich, auf den Boden der Tatsachen zurückzukehren. Sich Unmögliches zu erträumen war reine Zeitverschwendung. Es war besser, sich einzureden, dass Mark ein Schuft war und sie froh sein sollte, wenn er aus ihrem Leben verschwand. Leider glaubte sie auch das nicht.

»He, Kumpel, wo hast du denn die süße Schnecke mit den Zimtschnecken gelassen?«, fragte Josh Anderson, als Mark am Sonntagmorgen die Turnhalle betrat.

»Sie ist anderweitig beschäftigt.«

»Schade! Sie kann verdammt gut backen. Außerdem sieht sie nicht schlecht aus.« Mit forschendem Blick wartete Josh auf die Reaktion.

Anstatt zu bejahen, knurrte Mark nur. Wäre er ein anständiger Mensch, hätte er bestätigt, dass Darcy tatsächlich großartig backen konnte und wunderhübsch war. Sie war außerdem klug, witzig und unglaublich gut im Bett. Er verzog das Gesicht. Okay, diese letzte Information sollte er wohl lieber für sich behalten, aber alles andere hätte er ruhig kundtun können. Schließlich war Josh mit Mitte dreißig im besten Mannesalter und dazu ein erfolgreicher Bauunternehmer und Single.

Du kannst sie ihm doch gönnen, wenn du sie schon nicht für dich selbst haben willst … Mark zog seine Jacke aus, streifte sich dann Jogginghose und Sweatshirt ab, bis er nur noch Shorts und ein T-Shirt trug. Nein, auf keinen Fall wollte er seinen Freund in

Sachen Darcy ermutigen. Weil sie eine Verdächtige in einer polizeilichen Ermittlung war, wie er sich einzureden versuchte. Doch er wusste, dass es nicht der einzige Grund war. Er mochte sie zwar nicht für sich selbst beanspruchen, aber er wollte trotzdem nicht, dass sie von irgendeinem anderen Mann umgarnt wurde.

Der Rest der Mannschaft traf ein, und das Spiel begann. Mark fiel es schwer, sich auf den Ball und seine Mitspieler zu konzentrieren. Auch die Unterhaltung ging an ihm vorüber. Er versuchte, sich daran zu beteiligen, aber ein Großteil seines Gehirns war damit beschäftigt nachzurechnen, wie lange es her war, seit er Darcy das letzte Mal begegnet war.

Fast eine Woche, dachte er, gerade als ihm der Ball zuflog. Er dribbelte zum anderen Ende des Feldes und warf einen Korb. Nur vage hörte er den Jubel seiner Mitspieler und die Buhrufe ihrer Gegner.

Er fragte sich, was sie sich dabei denken mochte. Nahm sie es sich zu Herzen, dass er sich rarmachte? Er schüttelte den Kopf über diese unfaire Frage. Natürlich machte es sie betroffen. Sie war nicht wie Sylvia und verfolgte keine hinterhältigen Ziele.

Wenn Darcy allerdings in die Geldwäsche verwickelt war, dann wollte sie sich garantiert nicht mit einem Detective einlassen. Es sei denn, sie glaubte, ihn an der Nase herumführen zu können. Dieser Gedanke rief böse Erinnerungen wach.

Eine ganze Woche. Er hasste es, dass er sie vermisste. Beinahe genauso schlimm war es für ihn, dass er sich nicht länger wohl dabei fühlte, das Hip-Hop-Café aufzusuchen. Deshalb sah er sich gezwungen, sich tatsächlich einige Mahlzeiten selbst zuzubereiten. Bisher mit sehr dürftigem Erfolg.

»Achtung, Kincaid!«

Keine Sekunde später, bevor Mark auf die Warnung reagieren konnte, prallte ihm der Ball mit voller Wucht auf den Rücken. Er wirbelte herum.

Josh starrte ihn finster an. »Spielst du jetzt mit oder nicht?«

»Entschuldige.« Mark nahm den Ball außerhalb des Feldes an und brachte ihn zurück ins Spiel.

Einige Minuten lang schaffte er es, sich auf das Geschehen zu konzentrieren. Dann wanderten seine Gedanken erneut zu Darcy. War ihr aufgefallen, dass er das Café mied? Fragte sie sich, was aus ihrer vermeintlichen Freundschaft geworden war?

»Ich weiß, was mit Kincaid los ist. Er hat Beziehungsprobleme«, hörte er einen seiner Mitspieler lästern. »Er hatte bestimmt Streit mit Darcy. Was er wohl falsch gemacht hat?«

Josh schnappte sich den Ball. »Wieso meinst du, dass es seine Schuld ist?«

»Der Mann hat immer Schuld.«

Fast alle lachten.

Mark hob die Hände in einer Geste der Resignation. »Es liegt an mir, und ich will nicht darüber reden.« Es sollte ein Scherz sein, doch zugleich entsprach es der Wahrheit.

Sich von ihr abzuwenden, ohne ihr den Grund zu verraten, war feige. Er hätte sie auf das Geld ansprechen sollen. Doch sein Problem war, dass er eigentlich nichts davon wissen wollte, falls sie involviert war. Er hatte die ganze Woche über Nachforschungen über sie angestellt, konnte sie aber noch immer mit keinerlei Gesetzesübertretungen in Verbindung bringen.

Was gar nichts bedeutet. Er blieb mitten auf dem Feld stehen und fluchte vor sich hin. Er wusste, wie sein nächster Schritt auszusehen hatte. Er musste mit seinem Verdacht zu Rafe gehen und einen Durchsuchungsbeschluss für ihr Haus erwirken. Da er keine Erklärung für das viele Bargeld fand, blieb ihm keine andere Wahl.

»Mark!«, rief jemand hinter ihm.

Hastig wirbelte er herum. Dabei rutschte er mit dem Fuß auf einer feuchten Stelle aus. Mit den Armen rudernd versuchte er, das Gleichgewicht zu halten, aber es war zu spät. Er verdrehte sich den Knöchel und spürte einen brennenden Stich. Das noch nicht ausgeheilte Bein konnte sein Gewicht nicht tragen, er stürzte zu Boden.

Das gibt 'ne dicke Beule. Das war sein letzter Gedanke, bevor er mit dem Kopf auf dem Holzboden aufschlug.

Sorgfältig legte Darcy die Schablone auf das Blech mit dem frisch gebackenen Pfefferkuchen. Die Wände für das Haus waren bereits ausgeschnitten. Wenn das Dach fertig war, mussten die Teile noch ein wenig abkühlen, bevor sie daraus zwei Häuser zusammensetzen konnte. Süßigkeiten für die Verzierung hatte sie genügend im Haus, aber die Glasur wurde knapp. Deshalb wollte sie gleich einmal zum Supermarkt fahren und …

Das Telefon klingelte.

Sie starrte den Apparat an und ärgerte sich über das plötzliche Flattern in ihrer Brust, zumal sie sich ganz sicher war, dass es nicht Mark sein konnte, der sie bei der Arbeit störte. Sie hatte ihn seit fast einer Woche nicht gesehen. Er war ohne Erklärung oder Vorwarnung einfach aus ihrem Leben verschwunden. Eigentlich verarbeitete sie die verschiedenen Stadien der Trauer ganz ausgezeichnet. Bisher. Denn an diesem Tag schien sie im Zorn stecken zu bleiben.

Das Telefon klingelte beharrlich weiter. Widerstrebend legte sie das Messer nieder und griff zum Hörer. »Hallo?«

»Hi, Darcy.«

Das Blut wich aus ihrem Kopf. Sie sah sich gezwungen, sich auf einen Küchenstuhl sinken zu lassen. Kurz schloss sie die Augen und wünschte, es wäre ihr egal, dass er endlich anrief. Wie sollte sie sich geben? Glücklich? Zornig? Verletzt?

Sie entschied sich für Gelassenheit. »Oh, Mark. Schön, von dir zu hören. Wie läuft's denn so bei dir?«

»Die Dinge sind gerade interessant geworden.« Er zögerte. »Bist du sauer, weil ich mich nicht gemeldet habe?«

Verärgerung stieg in ihr hoch. »Überhaupt nicht«, sagte sie zwischen zusammengebissenen Zähnen hervor. »Ich bin so mit den Vorbereitungen für die Feiertage beschäftigt, dass ich es kaum bemerkt habe. Wie läuft's bei dir auf der Arbeit?«

»Ich bin auch sehr beschäftigt.«

Eine Pause trat ein. Dann hörte Darcy ein Geräusch, das wie ein Seufzen klang.»Der Grund, warum ich anrufe, ist, dass ich jemanden brauche, der mich nach Hause fährt.«

Ihre Verärgerung steigerte sich zu Wut. Wie konnte er es wagen, von ihr zu erwarten, dass sie nach seiner Pfeife tanzte, nachdem er ihr zuerst ohne Erklärung den Rücken gekehrt und sie dann ignoriert hatte? Steif entgegnete sie: »Mark, ich bin mitten im Bau von Pfefferkuchenhäusern. Ich stecke gerade in einer sehr heiklen Phase. Ich denke nicht, dass ich momentan abkömmlich bin.«

»Okay. Ich verstehe. Josh bringt gerade mein Auto nach Hause. Ich schätze, ich werde ihn wohl anrufen und bitten müssen, mich hier abzuholen, wenn er das erledigt hat. Ich wollte dich nicht belästigen.«

Sie seufzte und hasste sich dafür, dass sie ins Wanken geriet. »Es ist keine Belästigung. Nicht wirklich. Wo bist du denn?«

»Im Krankenhaus. Ich bin beim Basketball ausgerutscht und habe mir einen Knöchel verstaucht. Das Problem ist, dass ich zwei Tage lang nicht Auto fahren kann. Ich muss abwarten, bis die Schwellung zurückgeht.«

Er war also verletzt? Ihre instinktive Fürsorglichkeit kämpfte mit heftiger Empörung. Es wurde kein langer Wettstreit daraus. »Ich komme sofort«, versprach sie und legte auf.

Zwanzig Minuten später betrat sie die Notaufnahme des Whitehorn Memorial Hospital. Die Frau am Empfangspult schickte sie in den Behandlungsraum Nummer drei.

Darcy trat ein und sah Mark auf einem Krankenhausbett sitzen. Sein Knöchel war verbunden und hoch gelagert, außerdem hatte er eine starke Prellung im Gesicht.

Ihr Herz vollführte einen kleinen Trommelwirbel, zugleich wallte erneut der Ärger in ihr auf. Es war eine interessante Kombination, aber nicht weiter verwunderlich. Sie war von Anfang an hin- und hergerissen gewesen, wenn es um ihn ging.

Er blickte zur Tür. »Hi«, murmelte er verlegen. »Tut mir leid, dass ich dich belästige.«

»Kein Problem. Wir sind schließlich Nachbarn. Es macht mir nichts aus, dir zu helfen.« Sie trat näher an das Bett und deutete auf die Schwellung in seinem Gesicht. »Hast du dir den Kopf gestoßen?«

»Als ich zu Boden gegangen bin. Ich war allerdings nicht bewusstlos und habe keine Gehirnerschütterung. Es ist längst nicht so schlimm, wie es aussieht.«

Darcy verspürte plötzlich den Drang, es schlimmer zu machen.

Nur so aus Rache. Aber sie war kein bisschen gewalttätig veranlagt und wusste gar nicht, wie sie es hätte anstellen sollen.

Er wedelte mit einem Blatt Papier. »Ich habe meine Anweisungen erhalten. Vierundzwanzig Stunden Bettruhe. Den Fuß hoch lagern. Eis auflegen. Also kann ich jetzt gehen.«

»In Ordnung. Ich hole das Auto zum Ausgang.«

Er drückte den Klingelknopf, um eine Krankenschwester zu rufen. »Wir treffen uns dort.«

Mark in ihr kleines Auto zu bugsieren war gar nicht so einfach. Einmal stieß sein verletzter Knöchel gegen die Tür, und Darcy verspürte beinahe Mitleid mit ihm.

Während der Fahrt zu ihrem Doppelhaus führte sie eine stille, aber hitzige Debatte mit sich selbst. In deren Verlauf sagte sie Mark im Geist, was sie von ihm hielt. Dabei äußerte sie sich kurz und bündig und blieb ganz cool. Leider bestand die Gefahr, dass sie ihren Gefühlen auf ganz andere Art Luft machte, sobald sie sich alles laut von der Seele redete.

Als sie das Haus erreichten, öffnete Mark die Autotür, blieb aber sitzen und sagte: »Danke, dass du dir die Zeit genommen hast, mich abzuholen.«

Sie nickte.

»Ich weiß, dass du mit deiner Weihnachtsbäckerei sehr beschäftigt bist.«

Sie nickte erneut.

Er funkelte sie an. »Willst du nicht mit mir reden?«

Sie drehte sich zu ihm um. »Was soll ich denn sagen? Ich bin dich abholen gekommen, weil wir angeblich Freunde sind und Freunde so etwas füreinander tun. Obwohl für manche Leute Freundschaft zu beinhalten scheint, dass sie sich einfach komisch verhalten und dann vom Erdboden verschwinden können.«

Er lächelte zaghaft. »Würdest du dich besser fühlen, wenn ich tatsächlich vom Erdboden verschwunden wäre?«

Sie reagierte nicht auf das belustigte Funkeln in seinen Augen. »Warst du denn auf einem anderen Planeten? Irgendwelche Weltraumflüge in der letzten Woche?«

Das Lächeln verging ihm. »Nein.«

»Dachte ich's mir.« Sie stieg aus und ging zur Beifahrerseite.

Er drehte sich im Sitzen zur Tür um und zog sich am Rahmen hoch, bis er auf den Beinen stand, ohne den verletzten Knöchel zu belasten.

Darcy griff an ihm vorbei auf den Rücksitz, um die Krücken herauszuholen, die ihm das Krankenhaus zur Verfügung gestellt hatte. Dabei stieß sie mit dem Arm an seine Seite. Hitze floss zwischen ihnen. Das machte sie nervös und ungehalten. Sie hasste es, dass er ihr so unter die Haut ging, obwohl er gar nichts dafür tat, als im Schnee zu stehen und mitleiderregend auszusehen.

»Ich brauche deinen Schlüssel, damit ich dir die Tür aufmachen kann.«

Er holte ihn aus seiner Jogginghose und reichte ihn ihr. Sie achtete sorgfältig darauf, dass sie sich nicht wieder berührten.

Sein Gang zur Haustür dauerte lange, wurde behindert durch gut zwanzig Zentimeter Neuschnee auf dem Gehweg. Für Mitte der Woche waren weitere Schneefälle vorausgesagt.

Darcy zwang sich, die Schönheit der weißen Welt um sich her zu bewundern und sich daran zu erfreuen, wie der Schnee an den Bäumen hing und das Haus schmückte, als wäre es Zuckerguss. Das war weit besser, als sich schlecht zu fühlen wegen Mark, weil er so schleppend und mühsam vorankam.

Schließlich erreichten sie das Wohnzimmer. Sie half ihm, sich auf das Sofa zu setzen. Abgesehen von einem Fernseher auf einem Tischchen war es das einzige Möbelstück im Raum. »Wo bewahrst du denn deine Wolldecken auf?«, erkundigte sie sich.

»Ich habe keine. Bloß die Daunendecke auf dem Bett.«

»Typisch«, murmelte sie. Auf dem Weg zum Flur lehnte sie die Krücken neben der Tür an die Wand.

Seine Wohnung war das Spiegelbild von ihrer. Zumindest vom Grundriss her. Die Inneneinrichtung hätte nicht unterschiedlicher sein können. Die Wände waren offensichtlich seit Jahren nicht gestrichen worden. Kein einziges Bild war zu sehen. Das Schlafzimmer enthielt ein riesiges Bett, einen Nachttisch und eine kleine Kommode. Nichts sonst. Nichts Persönliches.

Angesichts seines so kargen Daseins verblasste ihre Verärgerung. Warum mochte er sich dazu entschieden haben, so spartanisch zu leben? Ihr Apartment war bei ihrem Einzug ebenso vernachlässigt gewesen wie seines. Aber sie hatte Wände und Türen gestrichen und durch preiswerte Kunstdrucke und allerlei Krimskrams, den sie aus Arizona mitgebracht hatte, eine angenehme Atmosphäre geschaffen. Sie legte Wert auf ein behagliches Zuhause. Marks Unterkunft dagegen wies in etwa so viel Charme auf wie ein Gefängnis. Was war der Grund für diese Nüchternheit? Beabsichtigte er, bald wieder auszuziehen?

Sie schnappte sich die Daunendecke von dem ungemachten Bett, zusammen mit zwei Kissen. Wieder zurück im Wohnzimmer schob sie ihm die Kissen unter das verletzte Bein. »Sollst du den Knöchel mit Eis kühlen?«

»Erst in ein paar Stunden.« Er nahm ihr die Decke ab. »Du musst das nicht tun. Ich kann für mich selbst sorgen.«

»Natürlich.« Sie mied seinen Blick. »Hast du gegessen?«

»Ich komme schon klar.«

Sie zwang sich, ihn anzusehen. Die Prellung auf seinem Gesicht sah sehr schmerzhaft aus. »Danach habe ich nicht gefragt.«

»Nein, ich habe nicht gegessen.«

Darcy drehte sich auf dem Absatz um und lief in die Küche. Der Raum war in einem furchtbaren Grünton gehalten. Weder Geschirr noch sonstiger Hausrat waren zu sehen. Auf gut Glück öffnete sie einen Hängeschrank. Darin befanden sich Teller und Becher aus Pappe. Die Schublade darunter enthielt Plastikbesteck.

»Nur vom Feinsten«, murmelte sie vor sich hin und wappnete sich für einen Blick in den Kühlschrank.

Zu ihrer Überraschung fand sie keine Fleischpakete mit abgelaufenem Haltbarkeitsdatum, keine verschimmelten Fertiggerichte. In der Tat war so gut wie nichts vorhanden. Ein paar Flaschen Soda, eine Dose Bier, ein Apfel und ein kleiner Behälter Kaffeesahne.

»Typisch Mann«, sagte sie laut vor sich hin und kehrte ins Wohnzimmer zurück. »Ist das eine neue Art von Diät?«

»Ich war anderweitig beschäftigt.«

Ihr Zorn verwandelte sich in Kummer. »Warum?«, fragte sie

sanft. »Was habe ich so Schlimmes verbrochen, dass du nicht mal mehr zu den Mahlzeiten ins Hip Hop kommst? Denkst du, dass ich dich bestrafen werde, weil du nicht mehr mit mir befreundet sein willst? Glaubst du, dass ich dir eine Szene machen werde oder hinter deinem Rücken schlecht über dich rede?«

Vorsichtig berührte er die Prellung auf seinem Gesicht. »Nichts davon trifft zu, Darcy. Ich war und bin nur beruflich total ausgelastet.«

Sie starrte ihn an. »Lüg mich nicht an, Mark. Ich bin nicht dumm. Also sag mir einfach, was Sache ist. Ich komme schon damit klar.«

Er richtete sich auf. »Es geht wirklich nur um meine Arbeit, und du kannst mir glauben, dass du keine Einzelheiten hören willst.«

»Doch. Ich will die Wahrheit wissen.« Sie hätte ihn gern ganz direkt gefragt, ob es ihm keinen Spaß mehr machte, mit ihr ins Bett zu gehen, aber dazu brachte sie nicht den Mut auf.

Er musterte sie lange Zeit. Schmerz sprach aus seinen Augen, und es schien ihr, dass es nichts mit seinem verstauchten Knöchel zu tun hatte.

Nach langem Schweigen sagte er: »Du irrst dich in mir. Das Ganze hängt nur mit einem Fall zusammen. Unsere private Beziehung beeinträchtigt die Ermittlungen.«

»Was in aller Welt könnte ich denn mit deiner Arbeit zu tun haben?«

»Wir beide haben miteinander zu tun«, erklärte er. »Ich kann unser Verhältnis leider nicht näher definieren, aber es besteht eines. Die Sache ist die, dass ich nicht sicher bin, ob ich dir trauen kann. Ich weiß, dass du Geheimnisse vor mir hast. Du verschweigst etwas aus deiner Vergangenheit und willst mir nicht sagen, warum du hierher umgezogen bist. Du hast einen Haufen Bargeld in deinem Wohnzimmer rumliegen. Und der Sheriff hat einen anonymen Hinweis erhalten, dass jemand das Hip Hop benutzt, um Geld zu waschen.«

10. Kapitel

Darcy starrte Mark so lange stumm an, dass er sich fragte, ob sie ihn überhaupt gehört oder verstanden hatte. An ihrer Miene änderte sich rein gar nichts. Dann wandte sie sich ab und stürmte zur Haustür.

»Darcy?«, rief er ihr nach.

Sie machte sich nicht einmal die Mühe, einen Blick zurückzuwerfen.

Mark lehnte sich im Polster zurück und schloss die Augen. *Du hättest garantiert den ersten Preis als Schuft der Woche gewonnen, wenn es so eine Auszeichnung gäbe. Hätte es einen schlechteren Weg gegeben, um die Sache zu klären?* Eigentlich wusste er es doch besser, als mit einer so ungeheuren Information einfach so herauszuplatzen. Außerdem sagte ihm sein Bauchgefühl schon die ganze Zeit, dass sie unschuldig war.

Ich sollte ihr nachgehen, dachte er. Dann wurde ihm bewusst, dass er es nicht konnte. Nicht nur, weil sein Knöchel höllisch schmerzte, sondern weil seine Krücken bei der Tür an der Wand lehnten – weit außerhalb seiner Reichweite.

Du kannst ja kriechen. Gefällt Frauen das nicht immer?

Ein kalter Luftzug streifte seine Wange. Er öffnete die Augen und sah, dass Darcy seine Haustür offen gelassen hatte. Das Gute daran war, dass es ein Hinweis auf ihre baldige Rückkehr sein konnte. Oder vielleicht auch nicht. Womöglich plante sie in Wirklichkeit, ihn erfrieren zu lassen.

Anscheinend doch nicht, dachte er etwa zwei Minuten später. Denn da kam sie zurück und knallte die Haustür hinter sich zu.

Feuer blitzte aus Darcys Augen, als sie ihm eine Schale mit Spaghetti in die Hand drückte. Sie fischte die Schmerztabletten aus der Vordertasche ihrer Jeans, die sie im Krankenhaus für ihn eingesteckt hatte, und warf sie ihm auf den Schoß. Dann verschwand sie in der Küche, um gleich darauf mit einem Glas Wasser zurückzukehren.

»Damit tue ich weit mehr für dich, als du verdient hast«, erklärte sie aufgebracht. »Ich kann nicht fassen, was du von mir denkst!«

»Du führst doch wirklich ein Leben im Geheimen«, konterte Mark zu seiner Rechtfertigung. »Du willst nicht auf vernünftige Weise über deine Vergangenheit reden, und dann verschwindest du einfach für einen ganzen Tag.«

»Und die einzige logische Erklärung für dich ist, dass ich eine Kriminelle bin? Ist dem so? Was, wenn ich dir nicht über jeden Aspekt meines Lebens mein Herz ausschütten will? Werde ich dadurch automatisch zur Geldwäscherin? Ach, was sage ich: Vielleicht ist es ja noch viel schlimmer? Hast du schon daran gedacht, meine Backwaren untersuchen zu lassen? Ist es nicht möglich, dass ich heimlich Drogen an all meine Kunden verteile? Wie clever! Illegale Substanzen im Kürbisbrot. Und gerade mache ich Pfefferkuchenhäuser. Stell dir bloß mal vor, womit ich die füllen könnte!«

»Darcy ...«

Sie stemmte die Hände in die Hüften. »Halt den Mund und iss. Du musst eine Tablette nehmen, und das darfst du nicht auf nüchternen Magen tun.«

»Es tut mir leid.«

Sie kniff die Augen zusammen. »Iss!«

Er nahm eine Gabel voll Spaghetti. Obwohl sie schon einen Tag alt waren, schmeckten sie ihm besser als alles andere, was er in der letzten Woche zu sich genommen hatte. Er schluckte.

Sie nickte, als wäre sie zufrieden damit, dass er ihre Anweisungen befolgte. Dann lief sie in den Flur hinaus. »Vergiss deine Pillen nicht!«, rief sie ihm über die Schulter zu. Im nächsten Moment schlug sie die Haustür hinter sich zu.

Mark zwang sich, noch ein paar Bissen zu essen, bevor er die Schale auf den Couchtisch stellte. Er nahm eine Schmerztablette ein und fluchte vor sich hin.

Du Idiot hast es vermasselt. Du hast dich total danebenbenommen. Er war felsenfest davon überzeugt, dass die zarte Verbindung, die zwischen ihm und Darcy aufgekeimt war, ein für alle Mal zerstört war. Er hatte ihre Gefühle verletzt und konnte niemandem außer sich selbst die Schuld daran geben.

Und das alles wegen Sylvia. Im Geist sah er seine Exverlobte vor sich: raffiniert, mondän und stets beherrscht – ganz im Gegensatz zu Darcy mit ihren sanften Rundungen und der bodenständigen Natürlichkeit. Im Nachhinein konnte er nicht begreifen, was ihm an Sylvia gefallen hatte. War es einfach nur Chemie gewesen? Hatte bei ihm ein solcher Notstand geherrscht? Oder hatte ihr vermeintliches Interesse an ihm den ganzen Reiz ausgemacht?

Sie hatte ihn angelächelt, als hätte sie ihr Leben lang nur auf ihn gewartet, und förmlich an seinen Lippen gehangen. Eigentlich wollte er sich nicht eingestehen, dass sie nie etwas für ihn empfunden hatte und er nur auf ihre Schauspielkunst hereingefallen war. Aber er konnte sich des unguten Gefühls nicht erwehren, dass es sich genau so zugetragen hatte.

Nichts von alldem war Darcys Schuld. Warum also ließ er es an ihr aus? Warum musste sie für die Sünden seiner Ex bezahlen? Sie waren nicht ineinander verliebt. Sie waren Freunde, die einfach hin und wieder miteinander ins Bett gingen. Eigentlich sollte er ihr dankbar sein. Sie hatte ihm bewusst gemacht, dass er immer noch lebendig und zu sexuellen Handlungen fähig war. Mit ihr zusammen zu sein war besser als mit jeder anderen Frau. Sogar schöner als damals mit Sylvia. Er sollte …

Die Haustür flog auf. Darcy wehte mit einem Schwall kalter Luft herein. In den Armen hielt sie eine große braune Papiertüte. Sie stieß die Tür mit einem Fuß hinter sich zu und stürmte zum Couchtisch. Dort schob sie die fast leere Spaghettischale beiseite. Ihre Wangen waren gerötet, ihre Locken zerzaust und ihre Augen dunkel vor Kummer.

»Ich bin dir das nicht schuldig«, teilte sie ihm mit. »Du warst von Anfang an blöd und unsensibel zu mir. Du hättest mit deinen Fragen zu mir kommen sollen. Aber nein, du musstest ja auf deine Machoart damit umgehen und vom Schlimmsten ausgehen. Was habe ich dir eigentlich getan, dass du mich für eine so furchtbare Person hältst? Ich bin so wütend auf dich! Ich habe dir meine

Freundschaft und meinen Körper anvertraut. Du hast mich verraten.«

»Sorry.«

»*Sorry* bringt's nicht. Das ist bloß eine leere Floskel. Ich könnte dich umbringen! Du kannst von Glück sagen, dass du kein Schwert rumliegen hast. Sonst würde ich dich über die Klinge springen lassen.«

Mark war froh, dass sie nicht an seine Dienstwaffe dachte. »Darcy, wenn ich dir nicht sagen soll, dass es mir leidtut, was soll ich denn dann sagen?«

»Gar nichts. Du sollst zuhören.« Sie begann, die Papiertüte auszuleeren. Zuerst holte sie die Spieldose heraus, dann ein Journal und schließlich einen Aktenordner. Sie reichte ihm die Spieldose. »Zähl das Geld.«

»Darcy ...«

Sie kniff die Augen zu schmalen Schlitzen zusammen. »Jetzt mach schon.«

Widerstrebend befolgte er die Aufforderung. Wie bereits vermutet, handelte es sich hauptsächlich um Fünfziger, mit einigen wenigen Zwanzigern und einem Hunderter dazwischen. »Dreitausendeinhundertundzwanzig Dollar.«

Sie schob ihm das Hauptbuch zu. »Falls du dich erinnerst, du schlauer *Detective*, ich gehe einer Nebenbeschäftigung nach. Ich verkaufe Backwaren.«

Ein ungutes Gefühl regte sich in seiner Magengrube. *Verdammt.* »Aber du bist doch noch gar nicht richtig im Geschäft. Du hast selbst gesagt, dass du noch nicht mal einen Vertrag mit dem Hip Hop hast.«

»Das ist nicht das einzige Lokal in der Stadt. Ich habe mehrere Kinderpartys und eine Wohltätigkeitsveranstaltung ausgerichtet, und Ernie bezieht regelmäßig von mir Kekse, die er auf seiner Tankstelle verkauft.« Sie beugte sich über den Tisch und schlug das Journal auf. »In der ersten Spalte stehen meine Forderungen. Eine Aufstellung sämtlicher Rechnungen, die ich ausgestellt habe. Und in der zweiten Spalte sind die Gelder aufgelistet, die ich erhalten habe. Fast jeder bezahlt in bar, was ich dahinter vermerkt habe.«

Mark überflog die Kolumnen bis zum Fuß der Seite, wo die Summen der Rechnungsbeträge und Einnahmen für den Monat August notiert waren. Er blätterte eine Seite um und fand Aufstellungen für den nächsten Monat. So ging es weiter bis zum November.

Sie legte den Aktenordner auf das Hauptbuch. »Das sind die Quittungen für meine Ausgaben. Rein zufällig habe ich sie für jeden Monat zusammengezählt. Wenn du die Ausgaben von den Einnahmen abziehst, wirst du feststellen, dass mein Profit in den letzten drei Monaten verdammt nahe bei dreitausend Dollar liegt.«

Sein ungutes Gefühl verstärkte sich. »Warum hast du das Geld nicht zur Bank gebracht?«

»Mein Gehalt wird automatisch dorthin überwiesen. Wenn meine Backwaren in bar bezahlt werden, behalte ich das Geld im Haus und verwende es für meine laufenden Ausgaben. Und falls du mir Steuerhinterziehung vorwerfen willst, kann ich dir Belege meiner vierteljährlichen Vorauszahlungen holen.«

Er schloss den Ordner und das Journal und schob ihr beides zu.

Darcy kniete sich auf die andere Seite des Couchtisches und sah ihn so abschätzig an, als wäre er etwas Ekliges, das sie am Straßenrand aufgegabelt hatte. »Ich kann nicht fassen, dass du von mir gedacht hast, ich würde Geld waschen«, teilte sie ihm in gekränktem Ton mit. »Meinst du nicht, dass ich ein besseres Auto fahren würde, wenn ich kriminell wäre? Und außerdem, warum in aller Welt sollte überhaupt jemand ausgerechnet hier in Whitehorn solchen kriminellen Machenschaften nachgehen? Hier weiß jeder über jeden Bescheid. Es wäre verdammt schwer, damit hinterm Berg zu halten. Ich bin nie so dumm gewesen und habe noch nie etwas Illegales getan. Und wie konntest du mit mir schlafen, obwohl du mich für kriminell hältst?«

Er beugte sich zu ihr, doch sie zog sich aus seiner Reichweite zurück. »Ich weiß erst seit kurzer Zeit von der Geldwäsche.«

»Und deswegen bist du mir aus dem Weg gegangen.« Deutlich sah er den Kummer in ihren Augen. »Ich habe nicht erwartet, dass du dich zur Liebe meines Lebens entwickelst, aber ich habe damit gerechnet, dass du mich wie eine Freundin behandelst. Nicht einmal das hast du geschafft.«

Mark hätte ihr gern gesagt, dass er sie nicht der Geldwäsche für schuldig hielt, aber er konnte sie nicht anlügen. Sie war die erste Person, die ihm in diesem Zusammenhang in den Sinn gekommen war, und er war geradezu besessen von dieser Möglichkeit gewesen, schon seit Rafe ihn von der Angelegenheit unterrichtet hatte.

Warum hast du sie so vorschnell verurteilt? fragte er sich. Es dauerte nicht lange, bis ihm die Antwort einfiel: wegen Sylvia.

Darcy zog noch etwas aus der Papiertüte. Es war ein großes Album – alt, abgegriffen und prall vor Fotos.

»Was mein ›Leben im Geheimen‹ angeht, wie du es nennst«, eröffnete sie gedehnt, »da hast du ganz recht. Ich habe eins. Es gibt da eine richtig große Geschichte, von der ich dir nichts erzählt habe.« Sie holte tief Luft. »Die Sache ist die, dass ich dich nicht verlieren wollte. Ich wusste, dass du dich von mir abwendest und aus meinem Leben verschwindest, wie es jeder andere Mann bisher getan hat, wenn du davon erfährst. Also habe ich mein Geheimnis bewahrt.«

Jeder Muskel in seinem Körper verkrampfte sich. »Du bist verheiratet.«

»Was?« Sie starrte ihn an, als wäre er total verrückt geworden. »Verheiratet? Ich hatte seit fünf Jahren nicht mal ein Date. Ich bin Single.«

Erleichterung durchströmte Mark. Er war überzeugt, dass er alles andere verkraften konnte. »Was ist denn dann dein dunkles Geheimnis?«

Sie veränderte die Position, bis sie im Schneidersitz saß. »Du hast meine Rede unterbrochen. Ich hatte mich regelrecht in meine Empörung hineingesteigert, und jetzt habe ich vergessen, wo ich stehen geblieben bin.«

»Du hast gerade gesagt, dass ich verschwinde, wenn ich die Wahrheit herausfinde.«

Sie nickte. Dann, nach einer kurzen Pause, erklärte sie: »Tja, da ich dich jetzt loswerden will, kann ich es dir ja sagen.«

Ihre nüchterne Mitteilung ging ihm an die Nieren. Obwohl er nicht erwartet hatte, dass ihr Verhältnis zu einer ernsthaften Beziehung führen würde, wollte er nicht, dass es auf diese Weise endete. Er griff nach dem Fotoalbum. »Okay. Ich bin ganz Ohr.«

Darcy legte eine Hand aufs Buch, um zu verhindern, dass er es aufschlug. »Du musst zuerst zuhören. Ich habe dir doch erzählt, dass meine Eltern vor ungefähr fünf Jahren gestorben sind, stimmt's?«

Er nickte.

»Und ich habe dir auch gesagt, dass sie mir fast nichts hinterlassen haben. Das ist die Wahrheit. Nach der Bezahlung der ausstehenden Rechnungen ist nur sehr wenig Geld übrig geblieben. Was ich dir nicht erzählt habe, ist, dass ich einen Bruder habe.«

Verblüfft starrte er sie an. »Warum wolltest du das geheim halten?«

»Weil Dirk nicht wie andere Kids ist. Er ist witzig und hübsch, und ich liebe ihn mehr als alles andere auf der Welt. Aber er ist geistig behindert. Seine Probleme haben eine große Belastung für die Ehe meine Eltern bedeutet. Ich konnte nicht begreifen, warum sie so viel Wind darum gemacht haben, aber damals habe ich selten an jemand anderen als mich selbst gedacht. Dirk und ich waren Geschwister, die sich gut verstanden, und ich hatte ihn sehr lieb. Als meine Eltern gestorben sind, ist mir klar geworden, dass ich für uns beide die Verantwortung übernehmen muss. Wie gesagt, nach der Regelung des Nachlasses ist nicht viel übrig geblieben. Aber es gab ein kleines finanzielles Polster. Genug, um über die Runden zu kommen, bis ich das College beendet und einen anständigen Job gefunden hätte.«

Anscheinend ist es nicht dazu gekommen, dachte Mark. Ihre Ausführungen verblüfften ihn. Fragen bestürmten ihn, aber er behielt sie für sich, um ihr Gelegenheit zu geben, die Geschichte auf ihre Weise zu erzählen.

»Zuerst lief alles gut«, fuhr Darcy fort. Dabei starrte sie auf das Album, anstatt ihn anzusehen. »Dann hat einer von Dirks Lehrern entschieden, dass ich zu unzuverlässig bin, um für jemanden mit Dirks besonderen Bedürfnissen verantwortlich zu sein. Er hat mich dem Sozialamt gemeldet. Die haben dann versucht, ihn mir wegzunehmen. Wir sind vor Gericht gelandet. Das Verfahren hat mich jeden Penny gekostet, den ich noch hatte, aber ich habe es geschafft, das Sorgerecht für meinen Bruder zu erwirken. Daraufhin sind wir weggezogen. Ich wollte nicht länger in Chicago bleiben.«

Sie stand auf, ging zum Fenster und starrte hinaus. Es hatte zu schneien begonnen. »Ich habe mich für Arizona entschieden, weil es hier eine richtig gute Tagesschule gibt. Ich habe es geschafft, für unseren Unterhalt zu sorgen, indem ich zwei oder zeitweise drei Jobs gleichzeitig ausgeübt habe. Dirk hat sich gut entwickelt, aber als er in die Pubertät gekommen ist, haben sich die Dinge geändert. Er braucht jetzt mehr Förderung.«

»Die Madison School«, murmelte Mark. »Deswegen bist du hierhergezogen.«

»Stimmt genau. Sie bietet ein erstaunliches Programm für ihre Internatsschüler. Mein Bruder kann dort lernen, sich in der Welt zu behaupten. Die Lehrer erwarten, dass er im Laufe der Zeit ziemlich selbstständig wird. Ich will einfach, dass er glücklich ist. Einer der Therapeuten hat mir gesagt, dass wir wahrscheinlich finanzielle Förderung beantragen können, was sehr gut ist, weil es echt knapp ist. Jeder Penny, den ich einnehme, geht für meinen Bruder drauf. Ich lebe so günstig, wie es nur geht. Mein Auto ist klapprig, meine Kleidung ist schäbig, ich führe kein geselliges Leben. Und weißt du was? Das ist mir total egal, weil ich meinen Bruder liebe und alles für ihn tun würde.«

Sie drehte sich zu ihm um. Ihr Zorn war zurückgekehrt. »Ich bin fünfzig Stunden pro Woche als Kellnerin auf den Beinen und habe ein Nebengeschäft, das sich eventuell irgendwann rentieren wird. Du hast also kein Recht, mich zu verurteilen oder mir irgendwas vorzuwerfen. Ich habe das alles ohne die geringste Hilfe auf die Beine gestellt, und offen gesagt denke ich, dass ich es verdammt gut gemacht habe.«

Sie ging einen Schritt auf ihn zu und stützte die Hände in die Hüften. »Ich dachte, du wärst etwas ganz Besonderes. Ich habe dich tatsächlich gemocht. Jetzt denke ich, dass du Abschaum bist, und es tut mir leid, dass ich je mit dir geschlafen habe. Fahr zur Hölle, Mark Kincaid!«

Sie stürmte zur Haustür und riss sie auf. Dann ließ sie zum Abschied eine letzte Spitze los. »Ach, und übrigens, ich bin nicht schwanger. Nicht, dass du dir die Mühe gemacht hast, danach zu fragen.«

Sie verschwand in den Nachmittag und schlug die Tür hinter sich zu.

Mark starrte auf die Stelle, an der sie gerade noch gestanden hatte, und wünschte sich mit beinahe schmerzhafter Intensität, sie würde ihm eine zweite Chance geben. Denn diesmal hatte er es sich gründlich mit ihr verdorben. Der Schmerz, den er verspürte, stammte nicht von seinem verstauchten Knöchel oder der Prellung im Gesicht. Er rührte daher, dass er einer Person wehgetan hatte, die nichts anderes verdiente als das Beste, was das Leben zu bieten hatte.

Wie kann man nur so dumm sein?

Obwohl er wusste, dass es ihm nichts half, konnte er sich nicht davon abhalten, nach dem Album zu greifen. Er legte es sich auf den Schoß und schlug es auf, blätterte langsam Seite für Seite um und beobachtete, wie sich Darcys Leben vor seinen Augen entfaltete.

Er musterte sie als pausbäckiges kleines Mädchen mit blonden Locken und einem fröhlichen Lächeln, und das Herz wurde ihm schwer. Er sah Fotos von ihr in schicken Kleidchen an Feiertagen, im Vorschulalter auf einem Pony, zusammen mit Freunden bei einer Geburtstagsparty. Den Hintergrund bildete zumeist ein stattliches Haus mit edler Einrichtung.

Sie schien etwa zehn Jahre alt gewesen zu sein, als ihr Bruder auf die Welt gekommen war. Von da an war sie häufig mit einem fröhlichen Baby auf dem Arm zu sehen. Besonders aufmerksam studierte Mark die Fotos der gesamten Familie und verfolgte, wie das Lächeln ihrer Eltern von Bild zu Bild verkrampfter wurde, Darcys offensichtliche Zuneigung zu ihrem Brüderchen aber unverändert bestehen blieb.

Er blätterte weiter und betrachtete Aufnahmen von Darcy bei

einem Tanzkurs. Auf einem Schulfest sah sie wunderschön aus und hing am Arm eines hübschen Jungen. Nach einigen Fotos von ihrem Highschool-Abschluss war Dirk nur noch allein zu sehen. Es waren auffallend weniger Bilder als zuvor von Darcy.

Die letzten Seiten zeigten Dirk in einer kleinen Wohnung. Die eleganten Möbel waren verschwunden, ebenso wie das große Haus. Auf Schnappschüssen von Darcy sah sie müde und abgemagert aus. Aber die Liebe zwischen den Geschwistern leuchtete unverkennbar aus ihren Gesichtern.

Mark schloss das Buch und legte es zurück auf den Couchtisch. Er lehnte sich zurück und strich sich übers Gesicht. Darcy war nicht zu vergleichen mit Sylvia. Er hätte sich nicht mehr in ihr täuschen können.

Und jetzt ist sie weg.

Er versuchte, sich einzureden, dass es besser so war. Er brauchte sie nicht in seinem Leben. Er wollte niemanden. Das Experiment, lediglich gute Freunde zu sein, war von Anfang an zum Scheitern verurteilt gewesen. Er musste sich natürlich bei ihr entschuldigen, aber ansonsten war es besser, wenn sie einfach wieder zu Nachbarn wurden, die sich von Weitem zunickten, wenn sie einander zufällig über den Weg liefen. Er war überzeugt, dass sie nicht lange brauchte, um über ihn hinwegzukommen. Ihr Zorn würde ihr helfen. Und was ihn anging, er musste sich gar nicht erst erholen – er war schließlich nie wirklich involviert gewesen.

Seltsamerweise war der Schmerz in seinem Knöchel nichts im Vergleich zu dem dumpfen Pochen in seinem Herzen.

Darcy ignorierte die Pfefferkuchenteile, die in ihrer Küche immer noch darauf warteten, zusammengebaut zu werden. Sie lief durchs Wohnzimmer und über den kurzen Flur in ihr Schlafzimmer. Dort warf sie sich aufs Bett, drückte sich ein Kissen an die Brust und wartete darauf, dass die Tränen zu laufen begannen, die in ihren Augen brannten.

Verärgerung und Verwirrung kämpften in ihr. Bisher war kein klarer Sieger zu erkennen. Sie war so wütend auf Mark, dass sie ihm am liebsten ins Gesicht gespuckt hätte. Sie wollte ihn anschreien und eine Erklärung fordern. Woher nahm er sich das Recht, sie für etwas zu verurteilen, mit dem sie nicht das Geringste zu schaffen hatte? Wie konnte er es wagen zu denken, dass sie in etwas Illegales verwickelt war? Es tat so weh! Er war aus ihrem Leben verschwunden, und seine Abwesenheit hinterließ eine richtig große Lücke.

Sie redete sich ein, dass es ihr nicht so viel ausmachen dürfte, dass es sich bei Mark lediglich um einen Fall von mangelndem Urteilsvermögen handelte. Und vielleicht lag es ja an seinem Beruf als Detective, dass er so eine schlechte Meinung von ihr hatte. Das Schlimmste von seinen Mitmenschen anzunehmen gehörte zu seinem Job. Aber irgendwie konnte diese Erklärung nicht überzeugen. Er hatte nicht von allen schlecht gedacht, sondern nur von ihr.

Sie drehte sich auf die Seite und zog das Kissen mit sich. Obwohl sie sich so scheußlich fühlte, flossen keine Tränen. Die würden wahrscheinlich später kommen, wenn der Heilungsprozess begann. Vorläufig spürte sie nur diese Leere und kam sich furchtbar dumm vor, weil sie sich hochfliegende Träume gestattet hatte.

Darcy stand auf. Sie warf das Kissen aufs Bett und holte tief Luft. Wenn die letzten fünf Jahre sie etwas gelehrt hatten, dann war es die Maxime, stets nach vorn zu blicken, so entmutigend die Umstände auch gerade sein mochten. Sie hatte Aufträge zu erfüllen und ein Leben zu führen. Wenn Mark Kincaid unbedingt ein Ekel sein wollte, dann war das sein Problem, nicht ihres.

Vier Stunden später waren die beiden Pfefferkuchenhäuser fertig und in Kartons verpackt. Vorsichtig trug Darcy sie zusammen mit den drei anderen, die sie bereits am Vortag fabriziert hatte, zu ihrem Auto, dazu sieben Tüten mit Keksmischung. Als sie gegen vier Uhr nachmittags mit der Auslieferung begann, war sie froh, dass es inzwischen zu schneien aufgehört hatte.

Pünktlich um fünf bog sie in den Parkplatz des Hip-Hop-Cafés ein. Melissa North, die Besitzerin, war aus dem Urlaub zurück und wollte eine Kostprobe der Backwaren für die folgende Woche.

Darcy nahm eine Tüte mit Keksen, eilte zum Vordereingang und klopfte an die verschlossene Tür.

Von ihrem Standort aus sah sie zwei Personen im Gastraum stehen. Melissa, die auf Anhieb an der mittelgroßen Statur, dem schönen schwarzen Haar und den blitzenden blauen Augen zu erkennen war, unterhielt sich mit einem Mann, der sich bei genauerer Betrachtung als Josh Anderson herausstellte.

Melissa kam zur Tür und schloss auf. »Sie sind genau pünktlich.« Sie lächelte und schnupperte. »Mm, das riecht aber köstlich.«

»Das sind Kekse. Das Pfefferkuchenhaus steht noch im Auto.«

»Ich hole es, wenn du willst«, bot Josh an.

»Danke, das ist lieb.« Darcy trat beiseite, um ihn hinausgehen zu lassen.

Melissa wandte sich an Darcy. »Josh und ich haben gerade über eine Renovierung des Cafés gesprochen. Ich habe da diese Idee, es ein bisschen hochwertiger zu gestalten. Ich würde gern richtige Hauptmahlzeiten und nicht nur Fast Food anbieten.«

»Hochwertiger bedeutet gehobene Preise«, sagte Darcy lachend. »Meine Trinkgelder steigen mit den Preisen, also bin ich ganz für eine Aufwertung.«

Melissa schmunzelte. »Dann trage ich Sie in die Liste der Befürworter ein.«

»Wie steht es mit Gesundheitskost als Ergänzung zur Normalkost?«

Josh kehrte mit einem Karton zurück. »Das habe ich gehört. Lass dich bloß nicht von ihr dazu überreden, Melissa. Montana ist nicht Tofu-Land.« Er ging hinüber zu der langen Theke und stellte die Pappschachtel neben die Registrierkasse.

Darcy wusste, dass er nur scherzte. Er konnte nicht wissen, dass das Wort Tofu sie an Mark denken ließ, was sie wiederum äußerst betrübte. »Es gibt viele andere gesunde Speisen«, beharrte sie. »Es muss ja nicht unbedingt fleischlos sein.«

Melissa lächelte. »Ich werde es mir überlegen. Jetzt möchte ich erst mal sehen, was Sie mitgebracht haben.«

Darcy legte die Kekstüte auf die Bar und öffnete den großen Karton. Sie klappte die Seitenwände hinunter und enthüllte das Haus. Allerlei bunte Süßigkeiten zierten die Wände und das Dach.

Schnee aus Zuckerguss bedeckte die Fenster. Der Gartenzaun bestand aus Katzenzungen und der Plattenweg aus Vollkornplätzchen.

Melissa klatschte begeistert in die Hände. »Das ist ja wunderschön! Haben Sie das alles selbst gemacht?«

Die unverhohlene Freude linderte Darcys Gefühl der Leere ein wenig. Sie nickte. »Sobald der Rohbau erst mal steht, ist es gar nicht mehr so schwer. Man braucht bloß viel Zuckerware, Glasur und Geduld.«

Josh griff nach einem Dachziegel aus Weingummi.

Darcy schlug ihm auf die Finger. »Zwing mich nicht, dir wehzutun! Wenn du was naschen willst, dann probier einen Keks.«

»Was ist denn da drin?«, fragte er argwöhnisch.

»Viel Butter und Zucker. In der Vorweihnachtszeit versuche ich, nicht an Kalorien zu denken.«

Immer noch skeptisch öffnete Josh die Tüte und pickte sich ein glasiertes Plätzchen heraus. Er biss hinein, nickte und murmelte: »Das kann man essen.«

Melissa nahm sich ebenfalls einen Keks, probierte ihn und seufzte verzückt. »Der ist so köstlich, dass ich Geräusche von mir gebe, die außerhalb des Schlafzimmers nicht zu hören sein sollten. Janie hat vollkommen recht. Ihre Backwaren sind wunderbar. Wenn Sie immer noch interessiert sind, können Sie künftig mein Café beliefern.«

»Das wäre mir sehr recht«, sagte Darcy und hoffte, dass es freudig erregt klang.

Sie hätte glücklich sein sollen. Sie *war* glücklich. Sie hatte hart für diese Chance gearbeitet. Wenn sie einen festen Auftrag vom Hip-Hop-Café bekam, brauchte sie wegen der monatlichen Zahlungen – vor allem für Dirks Schule – nicht mehr so sehr ins Schwitzen zu kommen. Und wenn er dann noch die beantragten Zuschüsse erhielt, konnte sie womöglich sogar durchatmen und es langsamer angehen lassen.

»Lassen Sie uns morgen nach Ihrer Schicht darüber reden und gleich einen Vertrag ausarbeiten«, schlug Melissa vor. Sie zog einen Terminkalender aus ihrer übergroßen Handtasche. »Ich möchte gern eine Liste mit allen Backwaren, die Sie herstellen können, und einen entsprechenden Zeitplan. Wir werden eine Weile mit den Mengen jonglieren müssen, bis wir herausfinden, wie viel sich verkaufen lässt.«

»Kein Problem.« Darcy hatte bereits all diese Informationen zu Hause in einem Notizbuch zusammengefasst. Sie beschloss, am folgenden Tag in der Mittagspause eine Kopie zu machen und sie bei den Vertragsverhandlungen bereitzuhalten.

Dann verabschiedete sie sich, damit Melissa und Josh das Gespräch über die Umgestaltung fortsetzen konnten, und ging hinaus zu ihrem Auto.

Sie redete sich ein, dass sie begeistert war. Höchst begeistert. Es war eine großartige Chance. Ja, es bedeutete wesentlich mehr Arbeit, aber eine Weile lang hatte sie sogar drei Jobs nebeneinander ausgeübt. An lange Arbeitszeiten und wenig Schlaf war sie gewöhnt. Außerdem half ihr die zusätzliche Beschäftigung, die Sache mit Mark schneller zu überwinden. Denn ihr würde nicht viel Zeit bleiben, an ihn zu denken.

Sie startete ihr Auto und wartete, dass der Motor warmlief. Das Problem ist, dachte sie, während sie die Stirn aufs Lenkrad legte, dass ich nicht über ihn hinwegkommen kann, solange dieses schreckliche Gefühl der Leere in mir herrscht. Sie konnte sich nicht erinnern, dass sie das Ende einer Beziehung jemals so betrauert hatte. Was keinen Sinn ergab. Denn sie hatte sich total einsam und verlassen gefühlt, nachdem ihre Eltern gestorben und all ihre Freunde abgesprungen waren. Aber diesmal war es irgendwie anders. Schlimmer.

Zu wissen, dass Mark für immer aus ihrem Leben verschwunden war, machte ihr sogar das Atmen schwer.

Mark saß allein in seinem Wohnzimmer und beobachtete, wie das Tageslicht allmählich schwand, während der Nachmittag in den Abend überging. Er sagte sich, dass er sich einen Eispack für seinen Knöchel holen und noch eine Tablette nehmen sollte. Er sollte viele Dinge tun. Doch anstatt aufzustehen, schloss er einfach die Augen und wünschte, er könnte die Zeit zurückdrehen.

Warum hatte er geglaubt, dass ausgerechnet Darcy in die Geldwäsche verwickelt war? Nun, im Nachhinein sah er ein, dass er sich durch und durch in ihr getäuscht hatte. Es gab nichts in ihrer Vorgeschichte oder ihrem derzeitigen Leben, das auf etwas Illegales hindeutete. Und doch war sie ihm im Zusammenhang mit dem Vergehen zuallererst in den Sinn gekommen. Der Fund des Geldes in der Spieldose hatte seinen Verdacht nur bestätigt.

Weil ich wollte, dass sie es ist.

Der Gedanke wirkte auf ihn wie ein völlig unerwarteter Schlag ins Gesicht. Behutsam berührte er die pochende Prellung an seiner Schläfe. Dann schüttelte er den Kopf. *Verdammt.* Warum hatte er die Wahrheit bisher nicht eingesehen? Er wollte, dass Darcy die Übeltäterin war, damit er sie aus seinem Leben verbannen konnte. Denn dann brauchte er sich nicht mehr damit auseinanderzusetzen, ob er sie nun mochte oder nicht. Er musste die Geschichte mit Sylvia nicht mehr mit der gegenwärtigen Situation vergleichen. So konnte er ganz einfach zornig bleiben – auf die ganze Welt, weil sie ein so scheußlicher Ort war, und auf sich selbst, weil er so dumm und blind war.

Der Gedanke an die Verletztheit und den Schock in Darcys Blick schmerzte ihn zutiefst. Er hatte ihr auf fundamentalste Weise Unrecht getan. Er hatte ihren Charakter diffamiert.

Sie war eine selbstlose Frau, die alles aufgegeben hatte, was ihr lieb und teuer gewesen war, um sich um ihren Bruder zu kümmern. Ohne jegliche Erfahrung hatte sie sich in einem harten Leben durchgeschlagen. Dann war er auf der Bildfläche erschienen und hatte sie beschuldigt, kriminell zu sein – weil das wesentlich leichter für ihn war, als sich einzugestehen, dass sie eine wundervolle Person war und die Gefahr bestand, sich in sie zu verlieben.

Mark wollte seine Vorwürfe zurücknehmen. Er wünschte sich eine zweite Chance. Nicht, weil er irgendwelche Erwartungen an Darcy stellte, sondern weil jemand wie sie nicht oft im Leben eines Mannes auftauchte. Sie hatte Wert auf seine Freundschaft gelegt. Es war ihm ganz selbstverständlich erschienen, aber das war ein Irrtum gewesen.

Er fluchte vor sich hin. Sein Verhalten war nicht wiedergutzumachen, aber er konnte es erklären. So viel war er ihr schuldig. Er wusste, dass sie trotzdem nichts mehr von ihm wissen wollte. Sie mochte weichherzig sein, aber sie war nicht dumm. Die erhoffte zweite Chance war ihm sicherlich nicht vergönnt.

Nachdem Darcy ihre Backwaren ausgeliefert hatte, kehrte sie nach Hause zurück. Als sie vor ihrer Doppelhaushälfte vorfuhr, entdeckte sie etwas Großes und Dunkles vor ihrer Haustür. Im Lichtstrahl der Scheinwerfer beobachtete sie, wie sich das große dunkle Etwas bewegte.

Mark?

Sie zog die Handbremse an und stellte den Motor ab. *Es darf doch nicht wahr sein, dass er da draußen hockt!* Es war kalt und konnte jede Sekunde zu schneien anfangen.

»Bist du verrückt geworden?«, fragte sie, während sie aus dem Auto stieg. »Was machst du hier? Du sollst das Bein hochlegen.«

»Glaubst du mir, wenn ich dir sage, dass mir das Eis ausgegangen ist? Ich dachte mir, dass es vielleicht dieselbe Wirkung hat, wenn ich den Fuß in den Schnee stecke.«

Sie zog den Mantel fester um sich. Die Kälte brannte auf ihren Wangen und in den Augen. Als sie sich der Veranda näherte, sah sie, dass Mark auf der obersten Stufe kauerte und sein verletzter Fuß im Schnee vergraben war. Sie wollte sich lieber nicht vorstellen, wie weh es ihm getan haben musste, sich den Stiefel anzuziehen, auch wenn der Reißverschluss nicht geschlossen war. Sie wehrte sich dagegen, Mitleid zu empfinden.

Direkt vor ihm blieb Darcy stehen und wollte schroff wissen: »Warum bist du hier?«

Anstatt zu antworten, reichte er ihr mehrere schmale Schachteln. »Ein Friedensangebot. Weihnachtsbeleuchtung für den Außenbereich. Ich kann sie momentan nicht für dich anbringen, aber vielleicht schaffe ich es Mitte der Woche.« Er zögerte. »Ich weiß, dass du eine Schwäche für Weihnachten hast.«

»Anscheinend habe ich für vieles eine Schwäche.«

Er nickte. »Auch auf die Gefahr hin, dass du mich hier draußen zu Tode frieren lässt, frage ich dich, ob du mich nicht hereinbitten willst.«

Seine Kühnheit überraschte sie. »Warum sollte ich das tun? Damit du noch mehr Scheußlichkeiten über mich sagen kannst? Was willst du mir jetzt vorwerfen? Hat es einen Mord in der Stadt gegeben? Bin ich die Hauptverdächtige?«

Mutig blickte Mark ihr ins Gesicht. »Ich möchte mich entschuldigen und dir die ganze Geschichte erklären.«

»Eine Erklärung ist nicht nötig. Außerdem kannst du dir gar keine Geschichte einfallen lassen, die gut genug wäre.«

Etwas blitzte in seinen Augen auf. Etwas Dunkles und Schmerzvolles. Etwas, das ihren Kummer ein wenig linderte und ihre Entschlossenheit ins Wanken brachte.

»Doch, ich kann. Lass es mich versuchen. Ich weiß, dass das, was ich getan habe, scheußlich war. Es tut mir wirklich leid. Du hast meine Beschuldigungen nicht verdient, aber sie sind nun mal gefallen, und jetzt möchte ich dir den Grund erläutern.«

Sie wollte nicht hören, was er ihr zu sagen hatte. Und doch brachte sie es nicht über sich, ihm die Bitte abzuschlagen.

»Einmal ein Schwächling, immer ein Schwächling«, murmelte sie finster vor sich, und damit meinte sie sich selbst. Sie beugte sich zu ihm hinunter, um ihm auf die Füße zu helfen. »Ich rate dir, dass du eine überzeugende Story parat hast.«

11. Kapitel

Darcy half Mark auf ihr Sofa und zog ihm den Mantel aus. Sie versuchte, die körperliche Nähe zu ignorieren. Denn auf keinen Fall wollte sie sich noch zu diesem Mann hingezogen fühlen.

Außerdem sah sie geflissentlich über die drei Schachteln hinweg, die er ihr mitgebracht hatte. Trotzdem ging ihr unwillkürlich durch den Kopf, dass er mit seinem verstauchten Knöchel unmöglich einkaufen gegangen sein konnte. Demnach musste er die Lichterketten schon vor dem vergangenen Wochenende besorgt haben. Und sie bezweifelte, dass er beabsichtigt hatte, seine eigene Haushälfte damit zu schmücken. Er besaß ja nicht einmal richtiges Geschirr, geschweige denn irgendwelchen Zierrat in seiner Wohnung. Demnach hatte er die Beleuchtung speziell für sie gekauft. Was wiederum bedeutete, dass er zu einer gewissen Zeit positiv von ihr gedacht haben musste. Was allerdings nicht einmal annähernd seine hässlichen Beschuldigungen gegen sie wettmachen konnte.

»Was macht dein Knöchel?«, fragte sie widerstrebend, während sie sich den Mantel auszog.

»Er tut weh.«

Sie hängte beide Mäntel auf und kehrte zum Sofa zurück. Dann setzte sie sich auf den Couchtisch und zog ihm die Stiefel aus. Sie spürte die Hitze, die der verletzte Knöchel ausstrahlte. »Du hättest nicht rüberkommen dürfen«, schalt sie vorwurfsvoll. »Du hast ja nicht mal deine Krücken benutzt.«

»Ich hatte Angst, dass sie mir auf dem Schnee wegrutschen.«

»Du hättest deine Erklärung ja am Telefon abgeben können.«

»Du hättest doch aufgelegt, ohne mich zu Wort kommen zu lassen.«

Das ist wohl wahr, dachte Darcy und wünschte beinahe, sie hätte ihn nicht hereingelassen. Denn eigentlich wollte sie seine

Rechtfertigungen nicht hören. Einerseits bezweifelte sie, ob er sie davon überzeugen konnte, dass er an diesem Desaster schuldlos war. Zugleich musste sie sich davor hüten, dass er die Chance nutzte, sie auszutricksen und wieder positive Gefühle für ihn zu wecken.

Sie hob seinen Fuß auf ein kleines Sofakissen. »Glaub ja nicht, dass ich dich so leicht davonkommen lasse«, teilte sie ihm entschieden mit. »Ich bin sauer und verletzt und habe nicht die Absicht, dir zu verzeihen.«

»Ich weiß. Deswegen bin ich auch nicht hier. Du sollst erfahren, warum alles so gekommen ist, aber ich erwarte nicht, dass sich sonst irgendwas ändert.«

Sie starrte ihn abwartend an, doch er machte keinerlei Anstalten, sich weiter zu rechtfertigen. Sie stand auf. »Ich hasse es, dass ich mich gezwungen fühle, dir etwas anzubieten. Hast du die Spaghetti aufgegessen?«

»Überwiegend.«

Sie seufzte und eilte in die Küche. Nach dem Verlust ihrer Eltern hatte sie zu ihrer eigenen Überraschung festgestellt, dass sie sich gut und gern um andere kümmerte. Es machte ihr Spaß, etwas für andere zu tun. Wären Geld und Platz kein Thema – ganz zu schweigen von ihren langen Arbeitszeiten –, hätte sie ihr Haus mit heimatlosen Hunden und Katzen gefüllt. Selbst jetzt, da sie Mark eigentlich den Kopf abreißen sollte, konnte sie sich nicht davon abhalten, heiße Schokolade für ihn zu kochen und Kekse auf einen Teller zu schichten.

Sie kehrte ins Wohnzimmer zurück und stellte das Tablett neben ihm aufs Sofa. Dann nahm sie sich einen Becher heiße Schokolade und zog sich auf einen Sessel auf der anderen Seite des Tisches zurück.

»Jetzt fang schon an zu reden«, drängte Darcy und hoffte, verärgert zu klingen. Leider waren ihr Zorn und ihre Empörung weitgehend abgeklungen, und sie fühlte sich eigentlich nur noch leer und traurig.

Vor vierundzwanzig Stunden hätte sie es nicht erwarten können, ihm von ihrem neuen Vertrag mit dem Hip-Hop-Café zu berichten. Allerdings hatte er zu dem Zeitpunkt noch nichts von Dirk gewusst und hätte nicht verstehen können, warum es so wichtig für sie war, viel Geld zu verdienen. Nun kannte er die Umstände, aber sie waren nicht länger befreundet.

Bei diesem Gedanken fühlte sich ihre Brust an wie zugeschnürt. *Keine Freunde mehr.* Seltsam, wie sehr Mark in wenigen kurzen Wochen zu einem wichtigen Teil ihres Lebens geworden war. Ursprünglich hatte es sich nur um eine Schwärmerei gehandelt, aber im Laufe der Bekanntschaft war ihr bewusst geworden, dass sie den Menschen mochte, der er wirklich war, und nicht nur ihre Wunschvorstellung von ihm.

»Es tut mir leid, dass ich schlecht von dir gedacht habe«, sagte er leise. »Als ich gemerkt habe, dass du ein Geheimnis hast, habe ich das Schlimmste angenommen.«

Vorwurfsvoll blickte sie ihn über den Rand ihres Bechers hinweg an. »Du hättest mich fragen können.«

»Stimmt.« Er nahm einen Schluck von der heißen Schokolade. »Danke, dass du mir von deinem Bruder erzählt hast. Ich wünschte, es wäre unter anderen Umständen dazu gekommen.«

Darcy heftete den Blick auf die Wand hinter ihm. »Ich habe vor langer Zeit aufgehört, irgendwem davon zu erzählen. Ich bin es leid geworden, von Leuten enttäuscht zu werden, die ich mag.«

»Ich denke nicht, dass ich dich in diesem Punkt enttäuscht hätte.«

Das hätte sie ihm gern geglaubt, aber sie hegte gewisse Zweifel. »Vielleicht nicht. Aber du hast mich in anderen Dingen enttäuscht.«

»Ich weiß. Rückblickend verstehe ich nicht, wie ich so negativ von dir denken konnte. Du bist ein guter Mensch. Einer der besten, die ich kenne.«

Sie sah Mark wieder ins Gesicht und versuchte zu ignorieren, wie tiefgrün seine Augen im Lampenschein leuchteten oder dass die Form seines Mundes sie daran erinnerte, wie schön es mit ihm gewesen war.

»Du versuchst bloß, Zeit zu schinden«, warf sie ihm vor. »Hast du mir tatsächlich etwas zu sagen, oder willst du mir bloß Sand in die Augen streuen?«

Er holte tief Luft. »Du hast recht. Ich scheue mich, es dir zu gestehen, weil es deine Ansicht über mich ändern wird.«

»Es kann nicht schlimmer werden, als es jetzt schon ist.«

»Hoffentlich hast du recht.«

Zum ersten Mal, seit Darcy ihn hereingebeten hatte, spürte sie einen Anflug von Anspannung. Obwohl sie überzeugt war, dass er einen guten Grund für seine schlechte Meinung von ihr zu haben glaubte, erwartete sie nicht, dass er sie mit seiner Geschichte beeindrucken konnte. Doch dann sah sie einen gequälten Ausdruck in seine Augen treten, und sie begann zu zweifeln.

»Nach dem College bin ich von hier direkt nach New York gegangen«, eröffnete Mark. »Ich wurde in das New Yorker Polizeidezernat aufgenommen. Es war schon immer mein Ziel, es bis zum Kriminalbeamten zu schaffen. Mit sechzehn, als ich noch zur Highschool gegangen bin, habe ich Teilzeit für den alten Scott Riley gearbeitet, der ein schäbiges kleines Detektivbüro hier in der Stadt führte. Meine Aufgabe bestand hauptsächlich darin, Ehegatten der Untreue zu überführen. Aber hin und wieder hat es auch mal einen interessanten Fall gegeben.«

»Und inwiefern ist das für mich relevant?«, fragte sie nachdrücklich. Sie wollte nicht in seine Vergangenheit hineingezogen werden. Was hatte das alles mit ihr zu tun?

»Darauf komme ich noch. Aber es dauert einen Moment.«

Sie stand auf und ging zum Sofa, nahm sich zwei Kekse vom Teller und kehrte zu ihrem Sessel zurück. Sie knabberte an dem ersten Plätzchen und hoffte, dass die Zuckerzufuhr ihre Gereiztheit linderte.

»Mit meiner Karriere ist es gleich zu Anfang steil bergauf gegangen«, fuhr Mark fort. »Die Arbeitszeiten waren höllisch lang, aber es hat mir gefallen. Man hat mich an einigen bedeutenden Fällen beteiligt, und ich habe mit hervorragenden Kripobeamten zusammengearbeitet, von denen ich viel gelernt habe und die ein gutes Wort für mich eingelegt haben, als eine Beförderung anstand. Da war ich also, ein Detective in New York. Mein größter

Traum hatte sich erfüllt. Die einzige Schattenseite war mein Privatleben.«

Darcy zwang sich, den Keks zu schlucken, aber ihr war plötzlich flau im Magen. »Ich glaube nicht, dass ich das hören will.«

»Sorry, aber das gehört zu meiner Story dazu.« Er veränderte die Position auf dem Sofa. »Ich bin oft mit Frauen ausgegangen, aber ich habe nie wirklich etwas empfunden. Ich meine, ich mochte einige von ihnen ganz gern, aber der Funke ist nicht übergesprungen.«

Unwillkürlich wandte sie den Blick von dem Sofa ab, auf dem Mark und sie von einer Sekunde zur anderen förmlich in Leidenschaft entflammt waren.

»Ich wollte heiraten. Ich wollte eine Familie gründen. Aber es ist einfach nicht dazu gekommen. Nach zwei Jahren als Kripobeamter haben sich erste Bedenken wegen meiner Berufswahl eingestellt. Ich habe eine Seite der Menschen kennengelernt, die mir nicht gefallen hat. Nach meiner Versetzung zur Mordkommission ist in mir immer mehr die Überzeugung gewachsen, dass es keine Menschlichkeit mehr auf der Welt gibt. Ich weiß, dass es dumm klingt, aber ich hatte das Gefühl, dass meine Seele verkümmert, dass sie eines Tages total vertrocknet und einfach weggeweht wird. Aber dann habe ich Sylvia kennengelernt.«

Darcy erstarrte. Sie sagte sich, dass sie nicht überrascht sein sollte. Schließlich hatte sie, seit er den Selbstmord zum ersten Mal erwähnt hatte, gespürt, wie wichtig ihm die Frau gewesen war. Trotzdem drehte sich ihr Magen um. Sie legte den zweiten Keks beiseite und stellte die heiße Schokolade auf den Tisch.

»Wir haben Tür an Tür gewohnt«, eröffnete ihr Mark. Er mied ihren Blick, während er fortfuhr, von seiner Begegnung mit der Frau zu erzählen, die sein Leben verändern sollte.

Darcy lauschte, doch jedes Wort bedeutete eine Tortur für sie. Ihre Wangen brannten, und ihr Mund war wie ausgedörrt. Sie hatte die Situation richtig eingeschätzt; sie wollte diese Story nicht hören. Aber sie schaffte es nicht, ihn zum Schweigen zu bringen. Ein bisschen war es, wie wenn man an einem Unfallort vorbeifährt: Man will nicht hinsehen, aber man tut es doch.

»Hast du sie denn geheiratet?«, fragte sie unwillkürlich. Bisher hatte sie nie in Erwägung gezogen, dass er Ehemann oder gar Vater sein konnte.

»Nein. Ich habe ihr nicht mal einen Antrag gemacht, obwohl ich einen Ring gekauft hatte. Den habe ich ihr aber nie gegeben.«

»Warum nicht?«, brachte sie mit Mühe hervor, denn ihr Kummer über seine Liebe zu einer anderen war so groß, dass es ihr schwerfiel zu sprechen.

Er zuckte mit den Schultern. »Ich wollte sie wohl erst mal besser kennenlernen. Ich wollte mir ganz sicher sein. Verstandesmäßig war mir eigentlich klar, dass ich hormongesteuert war.« Er nahm einen Schluck von der heißen Schokolade. »Als wir etwa zwei Monate liiert waren, habe ich einen verzweifelten Anruf von ihr erhalten. Ich war im Dienst, und es war spät. Ich glaube, ich war mit Schreibarbeiten beschäftigt, aber ich erinnere mich nicht wirklich. Sie hat hysterisch geklungen und mich angefleht, zu ihr nach Hause zu kommen. Als ich dort eingetroffen bin, habe ich einen toten Mann in ihrer Küche vorgefunden.«

Darcy blinzelte. Sie hatte sich für verschiedene Möglichkeiten gewappnet, doch auf diese Geschichte war sie ganz und gar nicht vorbereitet. »Jemand hat versucht, sie umzubringen?«

Er schüttelte den Kopf. »Es hat eine ganze Weile gedauert, bis ich ihr überhaupt Informationen entlocken konnte. Zuerst hat sie gesagt, der Kerl sei ein Einbrecher. Aber dann hat sich herausgestellt, dass er ihr Ehemann war.«

Fassungslos hakte sie nach: »Sie war verheiratet?«

Mark nickte. »Das hat mich auch überrascht. Sie hat mir versichert, dass sie schon seit langer Zeit getrennt seien und sie mir schon längst davon erzählen wollte, aber befürchtet habe, dass sich die Dinge zwischen uns dadurch änderten. Ich war so schockiert, dass ich nicht wusste, was ich davon halten sollte. Sie hat mir versichert, dass seit Wochen Funkstille zwischen ihnen geherrscht habe, dass sie ihn bei ihrer Rückkehr vom Shoppen tot in ihrer Küche vorgefunden und nicht gewusst habe, was sie tun solle.«

»Das kann ich ihr nicht verdenken.« Darcy war überzeugt, dass auch sie ziemlich hysterisch auf einen Toten in ihrem Haus reagiert hätte.

»Ich hätte es besser wissen müssen«, murmelte er zerknirscht. »Die Tatsache, dass sie mir nichts von ihrer Ehe erzählt hatte, war ein deutliches Warnsignal. Aber ich habe geglaubt, dass ich sie liebe, und es deshalb ignoriert.«

Es fiel ihr schwer, sich nicht daran zu stören, dass er ihr, Darcy, bereitwillig das Schlimmste unterstellte, aber von Sylvia nur das Beste hatte denken wollen.

»Ich habe das Dezernat eingeschaltet«, fuhr er fort. »Ich kenne die Männer gut, die auf den Fall angesetzt wurden. Ich durfte mich wegen Befangenheit nicht an der Aufklärung beteiligen, aber ich wurde weitgehend über die Ermittlungen auf dem Laufenden gehalten. Eine ganze Weile sind sie ziemlich im Dunkeln getappt, aber dann haben sie mich eines Tages zu einem vertraulichen Gespräch vorgeladen. Offensichtlich haben gewisse Indizien darauf hingedeutet, dass Sylvia ihren Mann selbst getötet hatte.«

Einerseits war Darcy gar nicht überrascht über diese Enthüllung. Andererseits konnte sie es nicht glauben. »Warum hat sie das getan?«

»Das weiß ich nicht. Sie hat es mir nie gesagt.«

»Du hast mit ihr darüber gesprochen?«

»Oh ja. Ich bin zu ihr nach Hause gefahren und habe sie mit den Fakten konfrontiert. Zuerst hat sie versucht, alles zu leugnen. Sie hat geweint und behauptet, dass sie mich liebe. Und sie schluchzte, dass ich ihr glauben müsse, wenn ich ihre Liebe erwiderte.«

»Aber du hast es nicht getan?«

»Ich habe gewisse Zweifel bekommen. Letztendlich hat sie mir die Tat eingestanden und von mir gefordert, dass ich ihr helfe, ungeschoren davonzukommen. Als ich mich geweigert habe, hat sie mir gedroht. Weil ich trotzdem nicht auf ihren Plan eingehen wollte, hat sie eine Pistole gezückt und auf mich geschossen. Zwei Mal.«

Darcy hatte das Gefühl, jeden Moment in Ohnmacht zu fallen. Sie spürte sämtliches Blut vom Kopf in die Füße sinken. Der Raum um sie her begann, sich zu drehen. Sie rang nach Atem.

Allmählich legte sich der Schwindel, und sie konnte Mark wieder deutlich erkennen. Er saß ihr gegenüber und beobachtete sie eingehend. Vermutlich versuchte er, ihre Reaktion abzuschätzen.

»Sie ist für deine Verletzungen verantwortlich? Ich dachte, ein Krimineller hätte dir das angetan.«

»Sie war eine Mörderin.«

Mit einer ungeduldigen Handbewegung wischte sie die Bemerkung fort. »Du weißt genau, was ich meine. Ich dachte, es wäre bei einer Verfolgungsjagd oder so passiert.«

»Ich schätze, wir haben alle unsere Geheimnisse.«

Er gab sich ganz lässig, aber sie bezweifelte, dass er sich im Innern so gleichmütig fühlte. Fragen schossen ihr durch den Kopf, obwohl sich die Fakten wie Teile eines Puzzles zusammenfügten. Kein Wunder, dass er das Schlimmste von ihr angenommen hatte! »Was ist passiert, nachdem sie dich angeschossen hat?«

»Sie ist wegen Mordes an ihrem Ehemann und Mordversuchs an mir festgenommen worden. Ich habe viel Zeit im Krankenhaus und dann in der Reha verbracht.«

Sie dachte an die noch nicht ganz verheilten Narben auf seinem Körper. »Du hättest sterben können.«

»Das haben die Ärzte auch gesagt.«

»Du musst furchtbar lange unter Schock gestanden haben«, murmelte sie vor sich hin. »Immerhin hattest du geplant, die Frau zu heiraten.«

»Die Ironie der Situation ist mir durchaus bewusst. Während meiner Genesung hatte ich viel Zeit zum Nachdenken. Was ich immer noch nicht begreifen kann, ist, wie ich mich so sehr in ihr täuschen konnte. Ich bin Cop – ein Detective. Von mir wird erwartet, dass ich die Leute durchschaue. Doch sie hat mich total an der Nase herumgeführt. So viel zu meiner Menschenkenntnis.«

Darcy fühlte sich hin- und hergerissen. Auf der einen Seite war da der Drang, ihn darauf hinzuweisen, dass er sich auch in ihr getäuscht hatte; auf der anderen Seite verspürte sie das Bedürfnis, sich zu ihm zu setzen und ihn tröstend in die Arme zu schließen. Doch dann blieb sie, wo sie war.

»Ich frage mich immer wieder, wie sie mich so hereinlegen konnte«, gestand Mark ein. »Es war verdammt hart, mich von der Schussverletzung zu erholen und gleichzeitig mental mit der Beziehung abzuschließen. Dass sie mich so schamlos benutzt hat, hat alles infrage gestellt, was ich je zu wissen geglaubt habe – über mich selbst, über sie, über jeden. Es hat mein Weltbild total verändert. Früher habe ich es für Unsinn gehalten, dass man Trauerarbeit in ganz unterschiedlichen Phasen leistet, aber ich habe sie alle durchgemacht. Allerdings bin ich eine ganze Weile im Zorn stecken geblieben.«

»Das ist doch verständlich. Was ist nach der Verhaftung aus Sylvia geworden?«

»Sie hat auf nicht schuldig plädiert. Eine Freilassung auf Kaution ist allerdings abgelehnt worden. Zu den Anklagepunkten haben Vorsatz und Heimtücke gezählt, was einen Richter nicht gerade milde stimmt. Daraufhin hat sie sich schuldig bekannt. Das hat einen unerträglichen Medienrummel ausgelöst. Sobald es mir gut genug ging, habe ich das alles hinter mir gelassen und bin hierher zurückgekommen.«

Darcy brauchte eine Weile, um all diese Informationen zu verarbeiten. Dann fragte sie: »Wenn sie überlebt hätte, müsstest du dann nach New York zurückgehen und aussagen?«

»Ja, und ich habe mich nicht darauf gefreut. Sobald ich wieder hier in Whitehorn war, wollte ich mich einfach nicht mehr vom Fleck rühren.« Er blickte sie eindringlich an. »Ich erzähle dir das alles nicht, um dein Mitleid zu erregen, sondern damit du eher verstehen kannst, warum ich ein Problem damit habe, Frauen zu vertrauen.«

»Das verstehe ich. Gewissermaßen.« Sie seufzte. »Aber weißt du, ich bin nicht wie Sylvia.«

»Ich weiß. Das hätte ich gleich erkennen müssen. Aber es hat so viele Gemeinsamkeiten gegeben. Du wohnst gleich nebenan. Du bist attraktiv. Wir sind auf Anhieb gut miteinander klargekommen.«

Er denkt bloß an das eine. »Offensichtlich bist du immer gleich Feuer und Flamme«, bemerkte sie mit einer Leichtigkeit, die sie bei Weitem nicht verspürte. »Du scheinst auf spontanen Sex zu stehen.«

»Nein. Das war eine ganz neue Erfahrung für mich«, widersprach Mark. »Was zwischen uns beiden passiert ist, habe ich vorher noch nie erlebt.«

Sie wagte nicht, den Grund für die Erleichterung zu analysieren, die seine Worte auslösten. Außerdem drängten sich ihr einige Fragen auf. Was sah er in seiner Beziehung zu ihr, Darcy? Was bedeutete sie ihm? Was er ihr?

Seine Story hatte die von ihm vorausgesagte Wirkung erzielt. Darcy war längst nicht mehr so zornig auf ihn und konnte ihm beinahe verzeihen, was er getan hatte. Aber ihr gefiel nicht, dass all das wegen einer anderen Frau geschehen war. Wegen einer Frau, mit der er beinahe eine Ehe eingegangen wäre und Kinder gezeugt hätte, mit der ihn mehr als nur Sex verbunden hatte. »Kein Wunder, dass du am Boden zerstört warst, als sie sich umgebracht hat«, bemerkte sie bedrückt.

»Ich war durcheinander«, korrigierte er, »nicht am Boden zerstört.«

»Ich weiß nicht, ob ich dir das glauben kann.«

»Das musst du auch nicht. Ich arbeite daran, die Sache abzuschließen. Manchmal denke ich, dass ich ihr verzeihen sollte – oder vielleicht nur mir selbst. Manchmal tut sie mir beinahe leid. Wenn ich mich an meine Beziehung zu ihr erinnere, denke ich daran, wie dumm ich war und wie ich das alles zulassen konnte.« Er veränderte die Position und verzog das Gesicht vor Schmerz, als er dabei den verletzten Knöchel verdrehte. »Ich habe verdammt viele Fragen und keine Antworten. Das Einzige, was ich mit Sicherheit weiß, ist, dass ich sie nie wirklich geliebt habe.«

»Aber du musst es verdammt gut simuliert haben. Immerhin wolltest du sie heiraten.«

»Ich glaube, es war eher eine Frage der Umstände. Ich hatte das ersehnte Berufsziel erreicht; alles lief bestens. Rückblickend frage ich mich, ob ich bloß so fasziniert von ihr war, weil ich unbedingt eine Familie gründen wollte. Ich wollte heiraten, und sie war einfach zur rechten Zeit am rechten Ort.«

Ich wünschte, dass es so einfach wäre. Sie wusste, dass die Wirklichkeit viel komplizierter war. »Du hast gesagt, dass du vor ihr mit vielen Frauen zusammen warst und es bei keiner richtig gefunkt hat. Sylvia war offensichtlich etwas ganz Besonderes.«

Verblüfft starrte Mark sie an. »Die Frau hat ihren Ehemann kaltblütig ermordet und dann von mir verlangt, dass ich ihr helfe, das Verbrechen zu vertuschen. Ich denke nicht, dass die Bezeichnung ›etwas ganz Besonderes‹ dem gerecht wird.«

»Du weißt, was ich meine. Du hast offensichtlich sehr viel für sie empfunden.«

Er nickte geistesabwesend, als ob er in Gedanken ganz woanders wäre.

Darcy horchte in sich hinein und versuchte zu ergründen, was in ihr vorging. Wieder einmal hatte er sie dermaßen verwirrt, dass es ihr praktisch den Atem verschlug. Jedes Mal, wenn sie glaubte, ihn durchschaut zu haben, brachte er sie aus der Fassung.

Trotz allem, was er ihr angetan hatte, konnte sie ihn nicht hassen. Schlimmer noch, sie spürte, wie sie ihm gegenüber weich wurde, als ob sie wieder Zuneigung zu ihm fasste. Wie hieß doch gleich das alte Sprichwort? *Wer zweimal auf denselben Trick hereinfällt, ist selber schuld.* Stand sie im Begriff, erneut auf denselben Mann hereinzufallen?

Er rückte ganz ans Ende der Couch, um neben sich mehr Platz zu schaffen, und klopfte aufs Sitzkissen.

Darcy verschränkte die Arme vor der Brust, rührte sich ansonsten aber nicht. »Wir können bestens reden, während ich hier sitze«, erklärte sie in sprödem Ton. Sie wagte nicht, ihm nahe zu kommen. Denn sie musste befürchten, dass ihr Körper bei der leichtesten Berührung entflammte.

»Ich stimme zu, dass wir auf die Entfernung ein Gespräch führen können, aber so erfahre ich nicht, ob wieder alles okay zwischen uns ist«, wandte er ein. »Ich möchte wissen, dass wir immer noch Freunde sein können.«

Freunde. Das war es doch, was sie wollte, oder? Aber warum war sie dann so enttäuscht über seine Bitte? »Wir sind Freunde.«

»Du siehst immer noch sauer aus.«

»Das bin ich aber nicht.«

»Du wirkst total distanziert. Du hast die Arme abweisend verschränkt und guckst mich missbilligend an. Du lächelst überhaupt nicht. Also hasst du mich immer noch.«

»Ich hasse dich überhaupt nicht.«

»Es muss doch einen Grund dafür geben, dass du immer noch so schlecht drauf bist.«

Sie holte tief Luft. »Ich bin überhaupt nicht schlecht drauf«, konterte sie schroff.

»Du klingst aber so«, murmelte Mark. Dann griff er nach einem Keks und biss hinein.

In einer gereizten Geste warf sie die Hände hoch. »Was willst du von mir?«

»Nichts. Es ist alles bestens.«

Er klang gekränkt. Sie ignorierte seinen schweren Seufzer und die niedergeschlagene Art, in der er den Keks verzehrte. Sie wollte sich kein schlechtes Gewissen machen lassen, schließlich war alles seine eigene Schuld.

»Glaubst du, dass du mir irgendwann verzeihen kannst?«, wollte er wissen.

»Ich verzeihe dir jetzt.«

»Das sagst du bloß so.«

Darcy riss der Geduldsfaden. »Prima. Du hast gewonnen.« Sie stand auf, spazierte zum Sofa und ließ sich neben ihm aufs Polster fallen. »Da! Bist du jetzt glücklich?«

Er grinste. »Ja.«

»Typisch! Du bist so nervig! Am liebsten würde ich dir gegen den Knöchel treten.«

Mark zuckte zusammen. »Das wäre gemein. Woher kommt diese fiese Ader?«

Sie lehnte sich zurück und schloss die Augen. »Ich bin selbst schuld«, murmelte sie vor sich hin. »Ich hätte ihn draußen erfrieren lassen sollen. Aber nein, ich musste ganz nachbarschaftlich und fürsorglich sein und ihn hereinlassen.«

»Darcy?«

»Was?«, fauchte sie, ohne ihn anzusehen.

»Es tut mir wirklich leid. Ich habe dich mies behandelt. Meine Vorgeschichte mit Sylvia erklärt zwar mein Verhalten, aber sie entschuldigt es nicht. Ich hätte mit meinem Verdacht sofort zu dir kommen sollen. Stattdessen habe ich hinter deinem Rücken recherchiert und dich für Dinge bestraft, die du nicht getan hast. Das war ein großer Fehler.«

Seine aufrichtige Entschuldigung bewirkte, was all die Witzelei nicht vermocht hatte: dass sie schwach wurde. »Schon gut«, sagte sie.

»Nein, das ist es nicht. Aber ich hoffe, dass wir uns von dieser Krise erholen können.«

Sie nickte. »Können wir.«

Er reichte ihr den Teller. Sie suchte sich einen Keks aus. Bevor sie hineinbeißen konnte, fuhr er fort zu sprechen.

»Danke, dass du mir gesagt hast, dass du nicht schwanger bist.«

Bedachtsam legte sie das Plätzchen zurück auf den Teller. »Tja, nun, ich hätte es dir schon früher gesagt, aber du warst ja nicht da. Ich habe es letzte Woche erfahren.«

»Ist es dir recht?«

»Was? Dass ich nicht schwanger bin? Natürlich. Wieso fragst du das?« *Ein Baby? Jetzt? Das ist so ziemlich das Letzte, was ich gebrauchen kann.*

»Ich wollte bloß sichergehen«, erklärte Mark in sachlichem Ton. »Manchmal bringt einen ein Beinaheunfall zum Nachdenken.«

»Sprichst du aus eigener Erfahrung?«

»Nein. Aber es ist meinem Partner passiert, als ich noch in New York war. Seine Frau dachte, sie wäre schwanger. Sie hatten schon ein paar Kinder und waren sich nicht sicher, ob sie noch eins wollen. Sie haben sich lange den Kopf darüber zerbrochen und sich schließlich mit der Idee richtig angefreundet. Aber dann hat sich herausgestellt, dass sie gar nicht schwanger war. Sie waren beide total geknickt.«

»Das ist bei mir ganz und gar nicht der Fall«, versicherte sie nachdrücklich.

»Dann ist es ja gut.«

Sie wollte gerade das Thema wechseln, als sie einen kleinen Stich im Innern spürte. Einen Anflug von … Was eigentlich? Sehnsucht vielleicht, dachte sie. *Sehnsucht nach einem eigenen Kind.*

Bisher hatte Darcy sich nicht gestattet, von solchen Dingen zu träumen. Schließlich hatte sie bereits genügend Verantwortung zu tragen und niemanden, der sie mit ihr teilte. Ein Kind hätte ihre Lage über die Maßen erschwert. Und doch malte sie sich nun, da Mark die Frage aufgeworfen hatte, unwillkürlich aus, wie es sein mochte, mit ihm zusammen ein Baby zu haben.

Im Geist sah sie ein hübsches kleines Mädchen mit grünen Augen und dunklem Haar vor sich, das ein blondes blauäugiges Brüderchen an der Hand hielt. Wehmütig dachte sie: Mark und ich hätten wunderhübsche Kinder zusammen gemacht.

Entschieden riss sie sich aus diesem Tagtraum und ermahnte sich streng, nüchtern zu bleiben. Sich ein Kind zu wünschen war ein abschüssiger Weg ins Verderben. Als Nächstes dachte sie womöglich an eine dauerhafte Beziehung. Oder sie verliebte sich sogar.

»Darcy? Geht es dir nicht gut?«

»Doch, doch. Blendend.« *Ich mich verlieben? Nein. Nicht in diesem Leben. Nicht in irgendeinen Mann, und schon gar nicht in Mark.*

»Was denkst du gerade?«

Sie mied seinen Blick. »Wie froh ich bin, dass wir bis aufs erste Mal vorsichtig waren. Es ist wirklich lobenswert, wie du dich um die Verhütung gekümmert hast.«

»Das war doch selbstverständlich.«

Wenn Sex ein beständiger Teil ihres Lebens sein sollte, musste sie Vorsichtsmaßnahmen treffen. Diesmal war sie glimpflich davongekommen. Aber was, wenn sie schwanger geworden wäre? Die Gefahr, dass sie sich mit jemandem einließ, war zwar gering, aber offensichtlich konnte es passieren. Mehr zu sich selbst als zu Mark sagte sie: »Vielleicht sollte ich die Pille nehmen.«

»Eine interessante Idee.«

Ihre Wangen glühten, als ihr bewusst wurde, dass sie den Gedanken laut ausgesprochen hatte. »Oh! Das wollte ich nicht sagen.

Ich … äh …«, sie holte tief Luft, »… habe bloß laut gedacht. Es sollte kein Wink sein.«

Sanft berührte er sie am Arm. »Ich hab dich vermisst.«

Sie wusste, was er damit meinte: dass sie ihm *im Bett* fehlte. Sie wollte ihm sagen, dass sie ihn nicht vermisste, dass sie keine körperliche Beziehung zu ihm wollte. Nicht mehr. Leider war sie keine gute Lügnerin. Unwillkürlich flüsterte sie seinen Namen.

Für einen Mann mit einem verstauchten Knöchel bewegte er sich verblüffend schnell. Ehe Darcy wusste, wie ihr geschah, war er schon zu ihr gerutscht und legte einen Arm um sie.

Sie nahm sich vor, ihm zu widerstehen. Sie befahl sich, von ihm abzurücken. Sex mit Mark verkomplizierte ihr Leben. Enorm. Sie hatten gerade erst eine Krise bewältigt – wollte sie etwa gleich die nächste ansteuern?

Sanft küsste er sie auf den Mund. Ihr Entschluss löste sich in Wohlgefallen auf, sobald ihr Körper in leichte Erregung geriet.

»Ich will keine Unruhe zwischen uns stiften«, erklärte sie und rückte doch im selben Moment näher zu ihm.

»Wir beide zusammen erzeugen die schönste Unruhe überhaupt«, flüsterte er, und dann vertiefte er den Kuss.

12. Kapitel

Darcy hätte sich gern eingeredet, dass Mark sie gegen ihren Willen gefügig machte, doch in Wahrheit wollte sie bei ihm sein. Auch wenn es seine Nähe war, die ihre Standhaftigkeit schwächte, bis ihr in dieser Angelegenheit kaum noch eine Wahl blieb, war es sie, die damit klarkommen musste. Es war nicht seine Schuld. Wenn sie zusammen waren, entstand einfach eine Art sinnlicher Magie.

Er legte ihr eine Hand an die Wange; seine Finger waren warm und sanft. Er küsste sie zärtlich, und seine Zunge streichelte ihre Unterlippe. Sein einzigartiger Duft umhüllte sie. Obwohl sie an den Fingern einer Hand abzählen konnte, wie oft sie miteinander geschlafen hatten, erschien ihr die Situation sehr vertraut. Sie wusste, wie er schmeckte, wenn sie sich für ihn öffnete. Sie ahnte die geschmeidige Stärke seines Körpers ebenso voraus wie die Art, in der er seine Männlichkeit an sie presste. Sie kannte seine Berührungen, seine Hitze, seine Leidenschaft.

Dieses Wissen bewies eine Intimität, die Darcy erschreckte. Ihr Instinkt drängte sie, ihn von sich zu stoßen. Aber ihre Sehnsucht war zu groß. Sie konnte nur die Lippen öffnen und sich hingeben und dabei hoffen, dass sie klug genug war, ihr Herz unerreichbar zu halten.

Mit der Zunge streichelte er ihre. Darcy stöhnte leicht. Erregung durchströmte sie. Ihre Brüste wurden empfindsamer; die Spitzen zogen sich zusammen und drückten gegen den BH. Zwischen ihren Beinen erwachte ein vertrautes Prickeln und in ihrem Innern eine Anspannung, als ihr Körper die Vereinigung vorausahnte.

Sie wollte ihre Arme um ihn schlingen, doch die Sofalehne war ihr ihm Weg. Sie versuchte die Position zu wechseln, doch dabei störte sein hoch gelagerter Fuß. Sie wich zurück und blickte ihn an. »Wir haben da ein kleines Problem.«

Er nahm ihre Hand und legte sie in seinen Schritt. »Ich denke, *riesig* wäre eine bessere Beschreibung. Klein ist es ganz bestimmt nicht.«

Sie presste die Hand auf seine Männlichkeit. Zu wissen, dass er sie so sehr begehrte, sandte einen Schauer über ihren Rücken und machte sie ganz weich. *Ich weich und er hart …*

Atemlos erklärte sie: »Ich meine deinen Knöchel. Unsere Stellung hier ist irgendwie unbequem. Ich weiß nicht, wie ich es uns angenehmer machen kann.«

»Du könntest mir in dein Schlafzimmer helfen.«

»Stimmt. Das könnte ich.« Sie stand auf und zog ihn auf die Füße. Noch vor einer Stunde war sie wütend und verletzt gewesen. Nun wollte sie einfach nur mit ihm schlafen.

Langsam gingen sie zum Flur. Er stützte sich dabei auf ihre Schulter und hüpfte auf einem Bein. Sie erreichten ihr Schlafzimmer und durchquerten es bis zum Bett. Mark ließ sich auf die Matratze fallen. Dann griff er nach Darcy und zog sie zwischen seine gespreizten Beine.

»Was ist mit deinem Knöchel?«, fragte sie, während sie ihm die Arme um die Schultern legte und sich zu ihm beugte.

»Lass das meine Sorge sein.«

Sie küssten sich, ließen die Zungen umeinander kreisen und sie in einem Rhythmus tanzen, der nur ihnen gehörte. Der innige Kontakt ging Darcy unter die Haut, ließ ihren Körper kribbeln bis zu den Zehenspitzen.

Mit beiden Händen liebkoste Mark ausgiebig ihren Rücken und zog sie dabei immer näher an sich. Dann berührte er sie überall. Er umfasste ihren Po, knetete die Rundungen, streichelte ihre Hüften. Von dort ließ er die Hände zu ihrem Dekolleté wandern.

Er mied die Brüste, strich stattdessen über ihre Arme. Selbst durch das langärmelige Shirt spürte sie die Wärme seiner Berührung. Sie erschauerte und seufzte. Er schob die Hände zu ihrer Taille und zog ihr die Bluse aus der Jeans. Während er an ihrer Unterlippe nagte und ihren Namen flüsterte, öffnete er die Knöpfe. Einen nach dem anderen. Ganz langsam. Kalte Luft streifte ihren nackten Bauch, dann ihre Schultern und Arme, als er ihr den Stoff abstreifte. Er griff nach dem Verschluss des BHs und öffnete ihn. Sie ließ die Arme sinken, und der Hauch von Spitze glitt zu Boden.

Vor Erregung waren ihre Brüste angeschwollen und die Knospen aufgerichtet. Als er die Lippen von ihren löste, rang sie nach Atem, denn sie malte sich unwillkürlich aus, wie er eine andere erogene Stelle küsste.

Mark erriet ihre Gedanken. Er presste ihr die Hände auf den Rücken und zog sie näher an sich, bis er mit der Zunge ihre rechte Brustspitze berührte. Darcy unterdrückte ein lautes Aufstöhnen. Ein Prickeln zog sich von da, wo er sie berührt hatte, zu ihrer anderen Brust und von dort zwischen ihre Beine. Sie spürte, wie sie augenblicklich feucht wurde. Ihre Hose fühlte sich zu eng an. Ein heftiges Begehren erwachte in ihr. Sie könnte es nicht ertragen, wenn er sie nicht bald an ihrer intimsten Stelle berührte.

Er liebkoste ihre Brüste abwechselnd mit der Zunge und hauchte seinen warmen Atem in das Tal dazwischen. Dann senkte er den Kopf und knabberte sanft an der empfindsamen Haut an ihrem Bauch.

»Ich will dich«, flüsterte er und hob dabei den Blick zu ihrem Gesicht.

Sie sah ein glühendes Verlangen in seinen Augen und beugte sich zu ihm, um ihn zu küssen. Gleichzeitig begann sie, sein Hemd zu öffnen.

Ihre Finger zitterten, und sie nestelte vergeblich an den Knöpfen, als ihre Zunge sich mit seiner vereinte. Leise lachend lösten sie sich voneinander, um sich die restlichen Kleidungsstücke abzustreifen.

»Wir müssen vorsichtig sein«, ermahnte sie ihn, als sie behutsam den Strumpf von seinem geschwollenen Knöchel zog. »Bist du dir sicher, dass du es kannst?«

Mark streifte sich die Unterhose ab. Seine Erregung ragte steil empor. »Beantwortet das deine Frage?«

Ihr Blick ruhte auf seiner aufgerichteten Männlichkeit. Sie umfasste sie und konnte das heftige Pulsieren spüren. Der Anblick gefiel ihr. »Das ist eine unübersehbare Antwort«, murmelte sie.

Er legte sich aufs Bett zurück. »Ich glaube nicht, dass wir ein Problem haben. Solange es dir nichts ausmacht, oben zu sein.«

Darcy hatte sich nie völlig wohl in ihrer Haut gefühlt. Zumindest nicht in Gegenwart anderer. Aber bei Mark fühlte sie sich sicher. Er hatte jeden Zentimeter von ihr angefasst, und seine unverkennbare Freude daran, ihr Vergnügen zu bereiten, verscheuchte die Befürchtung, dass ihr Körper vielleicht nicht völlig makellos war.

Sie malte sich aus, wie sie sich rittlings auf ihn setzte und er in sie eindrang. »Ich habe nichts dagegen.«

»Gut. Dann komm her.« Er rollte sich auf die Seite, zog Darcy an sich und drehte sie zu sich herum, bis sie einander gegenüberlagen.

Sie blickte ihm in die Augen und beobachtete, wie sich der Ausdruck darin änderte, als sie zwischen seine Beine griff und ihn streichelte.

»Man kann den Spieß auch umdrehen«, erklärte er herausfordernd, schob ihre Hand fort und fasste zwischen ihre Schenkel.

Er fand den empfindsamsten Punkt auf Anhieb. Sie war bereits erregt und äußerst bereit. Unwillkürlich senkte sie die Augenlider, während sie sich ganz den berauschenden Empfindungen hingab, die seine Zärtlichkeiten auslösten. Er kannte den Rhythmus, den sie bevorzugte. Langsam zunächst und dann schneller, wenn der Höhepunkt nahte.

Immer und immer weiter streichelte er sie und versetzte sie mehr und mehr in Ekstase. Einmal hielt er inne, verlagerte ihre Beine und fuhr dann fort. Doch nun fühlte es sich anders an. Sie spürte den Druck seiner Männlichkeit. Instinktiv bog sie sich ihm entgegen und versuchte, ihn in sich aufzunehmen. Doch die Stellung erlaubte ihm nur, ein kleines bisschen einzudringen, und schon wich er wieder zurück. Dieser Vorgeschmack steigerte nur noch ihr Verlangen. Sie presste sich an ihn, während sich ihr Körper spannte.

»Sag mir kurz vorher Bescheid«, flüsterte er.

Sie zwang sich, die Augen zu öffnen. »Warum?«

»Dann höre ich auf.«

»Mark!«

»Es wird dir gefallen. Das verspreche ich.«

Ihre Augenlider senkten sich, als er sich schneller zu bewegen begann. Die Erregung war nun beinahe unerträglich. Darcy wollte nicht, dass es aufhörte. Es sollte immer so weitergehen. Sie wollte …

»Jetzt«, flüsterte sie.

Wie angekündigt zog er die Finger zurück. Sie rang enttäuscht nach Atem, als die intensiven Empfindungen nachließen. Dann spürte sie, dass er sie anstieß. Er drang ein, aber nicht völlig. Ihre gesamte Aufmerksamkeit konzentrierte sich auf die Stelle, an der sie vereint waren. Ihre Lust steigerte sich erneut.

Er reizte sie, indem er immer wieder ein wenig vorstieß und zurückwich, bis sie ihn atemlos anflehte. Dann hörte er auch damit auf.

Sie fürchtete, vor Sehnsucht zu vergehen. Oder zu explodieren. Sie konnte es nicht ertragen. Nicht so. Sie musste …

Er beugte sich zu ihr und leckte an einer Brustspitze. Die Berührung wirkte noch aufreizender als zuvor, denn inzwischen war jeder Zentimeter ihres Körpers empfindsam geworden. Sie drehte sich auf den Rücken und bot sich ihm an. Er beugte sich über sie, saugte kräftig, streichelte eine Knospe mit den Fingern und die andere mit der Zunge.

Er reizte und erregte Darcy, bis sie kaum noch atmen konnte. Schließlich hob er den Kopf. »Was ist mit dem Schutz, von dem wir vorhin gesprochen haben?«

Sie holte ein Kondom aus dem Nachtschrank. Ihre Finger zitterten, als sie es ihm überstreifte.

»Ich möchte, dass du zu mir kommst«, flüsterte er, und dabei schenkte er ihr ein Lächeln, das ihr das Paradies verhieß. »Langsam.«

Begierig kniete sie sich über ihn und ließ sich dann hinabsinken. Er war hart und bereit und glitt mit Leichtigkeit hinein. Sie war längst feucht und äußerst willig. Und ganz kurz davor. Instinktiv begann sie, sich zu bewegen.

Er fasste ihre Hüften und hielt sie fest. »Langsam«, mahnte er.

Sie rang nach Atem. Sie fürchtete, dass sie sich nicht zurückhalten konnte. Es widerstrebte ihr unendlich, aber sie hob sich Millimeter um Millimeter und sank dann ebenso behutsam wieder hinab. Beim nächsten Mal griff er zwischen ihre Beine und rieb ihre empfindsamste Stelle.

Die unverhoffte Berührung wirkte unerträglich aufreizend. Darcy erreichte den Höhepunkt ohne Vorwarnung und vergaß dabei vollkommen, dass sie sich langsam bewegen sollte. Mit zuckenden Hüften verlor sie sich in den Empfindungen, die durch ihren ganzen Körper jagten.

Mark hörte nicht auf, sie zu streicheln, bis er plötzlich ihre Hüften packte und laut stöhnte. Sie spürte, wie er sich versteifte.

Ihre letzten Schauer verebbten; Zufriedenheit füllte sie. Als er sie in die Arme zog, schmiegte sie sich an ihn, ließ den Kopf auf seiner Brust ruhen und lauschte seinen raschen Atemzügen.

Sie lagen unter der Bettdecke zusammengekuschelt. Darcy sog tief Marks Duft ein und seufzte vor Glück. Vielleicht war es dumm von ihr, sich auf eine körperliche Verbindung mit diesem Mann einzulassen. Doch obwohl sie in sich hineinhorchte, fand sie keine Spur von Reue. Womöglich kam das später, doch momentan verspürte sie nur ein Gefühl der Zugehörigkeit.

Er schloss die Arme um sie und streichelte ihr Haar, wickelte sich eine Locke um die Finger und ließ sie wieder los. »Du hast mir gefehlt«, gestand er ein. »Ich habe es vermisst, mit dir zu reden.«

Sie wollte seine Worte nicht näher analysieren oder mehr Bedeutung hineindeuten, als er selbst ihnen beimaß. Also begnügte sie sich mit einer einfachen, ehrlichen Antwort. »Ich auch.«

»Erzähl mir, was in deinem Leben passiert ist, seit wir das letzte Mal zusammen waren.«

»Ich habe eine Zusage für den Vertrag mit dem Hip Hop bekommen. Ich treffe mich morgen nach meiner Schicht mit Melissa, und dann besprechen wir, welche Backwaren ich in welcher Menge liefern soll.«

»He, das ist ja großartig!« Er drückte sie an sich. »Musst du das Schlafen aufgeben, um all das zu schaffen?«

»Vielleicht. Aber das ist es mir wert.« Sie zögerte, bevor sie ihm eröffnete: »Ich versuche nicht, reich zu werden. Ich brauche das Geld, um Dirks Schule zu bezahlen.«

Mark drehte sich auf den Rücken und bettete sich ihren Kopf auf die Schulter. »Ich war noch nie in der Madison School, aber ich habe von ihr gehört. Sie hat einen hervorragenden Ruf.«

»Ich weiß.« Sie hob den Kopf, damit sie ihm ins Gesicht sehen konnte. »Wir haben ziemlich früh gemerkt, dass Dirk irgendwie anders ist. Mein Dad ist total durchgedreht. Er wollte nichts mehr mit ihm zu tun haben. Meine Mom hat die entgegengesetzte Richtung eingeschlagen. Sie hat sich förmlich in die Problematik verbissen und wollte ihn gesund machen. Als sie erfahren hat, dass seine Behinderung unheilbar ist, hat auch sie ihm den Rücken zugekehrt.«

Darcy seufzte und strich geistesabwesend über seine Brust. »Ich war zu sehr mit mir selbst beschäftigt, um zu merken, was um mich herum vorging. Für mich war Dirk einfach mein Bruder. Ich hatte ihn lieb, wir hatten Spaß miteinander. Ende der Geschichte. Erst, nachdem meine Eltern gestorben waren und ich die Verantwortung für ihn übernehmen musste, habe ich angefangen, mir Gedanken über seine Zukunft zu machen.«

»Und das ist der Grund dafür, dass du nach Arizona gezogen bist«, vermutete Mark.

»Zum Teil. Es gibt eine ganz anständige Schule an unserem früheren Wohnort. Aber nachdem all unsere Freunde uns im Stich gelassen hatten, habe ich keinen Sinn mehr darin gesehen, dort zu bleiben. Ich dachte mir, ich versuche, in einem wärmeren Klima zu leben. Dirk hat in Arizona an einem Tagesprojekt teilgenommen und ist eine Weile ganz gut damit zurechtgekommen. Dann allmählich ist sein Bedarf an Betreuung größer geworden.«

»Wie alt ist er jetzt?«

»Vierzehn.« Sie lächelte. »Er ist ein großartiger Junge. Witzig und liebevoll. Aber je größer er wurde, umso schwieriger war es, einen Babysitter für die Zeit zu finden, in der ich nicht zu Hause war. Außerdem braucht er viel individuelle Aufmerksamkeit. Die Madison School weicht von anderen Einrichtungen dieser Art ab, indem sie den Schwerpunkt darauf legt, Teenager wie Dirk auf das wahre Leben vorzubereiten. Sie hat ein hervorragendes Kollegium und einen ausgezeichneten Lehrplan.«

»Wie bezahlst du dafür?«

Darcy stützte sich auf einen Ellbogen. »Nicht durch Geldwäsche.«

»Aua!«, rief Mark und verzog das Gesicht. »Das hat gesessen.«

Sie küsste ihn flüchtig. »Entschuldige, war nur ein Scherz. Ich bin bisher einigermaßen gut klargekommen. Ich hatte einige Ersparnisse, als wir hierhergezogen sind, und die Schulleitung erlaubt mir, monatlich statt pro Semester im Voraus zu bezahlen. Das Geld, das du in der Spieldose gefunden hast, ist praktisch mein gesamtes Vermögen.«

»Du solltest es nicht im Haus aufbewahren.«

»Ich weiß. Aber ich werde überwiegend in bar bezahlt und erspare mir gern den Weg zur Bank. Dirks Therapeut hat mir vor ein paar Tagen gesagt, dass wir seiner Einschätzung nach für eine finanzielle Beihilfe infrage kommen. Ich versuche, mir keine falschen Hoffnungen zu machen, aber wenn der Staat auch nur die Hälfte des Schulgelds übernimmt, bedeutet es eine riesige Hilfe.«

»Und bis dahin übst du zwei Jobs aus.«

Sie zuckte mit den Schultern. »Ich hatte schon mal drei Arbeitsstellen gleichzeitig. Das ist nichts Neues für mich.«

Er musterte sie mit undurchdringlichem Blick. »Du bist eine verblüffende Frau, Darcy Montague. Ich bin beeindruckt.«

Seine Worte bewirkten, dass sich eine wohlige Wärme in ihr ausbreitete. »Sei es lieber nicht. Ich kümmere mich nur um meinen Bruder. Das ist nicht viel anders als das, was du nach dem Tod eurer Eltern für deine Schwester getan hast.«

»Das ist etwas ganz anderes. Ich habe mich bloß ein paar Jahre um Maddie gekümmert. Du hast eine lebenslange Verantwortung übernommen.«

Seine Worte riefen Unbehagen in ihr hervor. Nicht nur wegen des Lobes, sondern weil sie ahnte, was als Nächstes kam. *Jetzt, da er von Dirk weiß und ihm klar wird, was es bedeutet, für ihn zu sorgen, macht er sich garantiert aus dem Staub.*

Sie drehte sich auf den Rücken und starrte an die Decke. Indem sie sehr schnell blinzelte, gelang es ihr, die aufsteigenden Tränen zu unterdrücken. Ein Teil von ihr wollte sich schreiend gegen die Ungerechtigkeit auflehnen. Doch der andere Teil wollte Mark sagen: *Geh nur. Reisende soll man nicht aufhalten. Vergiss nicht, die Tür zu schließen – und zwar von außen.*

»Ich würde ihn gern kennenlernen.«

Die unverhofften Worte hingen in der Luft. Darcy hörte auf zu blinzeln. Eine einzelne Träne rann ihr aus dem Augenwinkel über die Schläfe. »Was?«

Er beugte sich über sie. »Ich habe gesagt, dass ich deinen Bruder gern kennenlernen möchte. Warum weinst du denn?«

Sie schniefte. »Ich weine doch gar nicht.«

»Ich habe eine Träne gesehen.«

»Ich habe etwas ins Auge gekriegt.«

»Lügnerin«, murmelte er in sanftem Ton. Dann streifte er ihren Mund mit seinen Lippen. »Ich meine es ernst. Ich möchte Dirk kennenlernen. Es sei denn, du glaubst, dass es ihn zu sehr verwirren würde.«

Sie wusste nicht, was sie sagen sollte. Keiner ihrer bisherigen Bekannten hatte Interesse an Dirk gezeigt. Sie wagte schon lange nicht mehr, auf ein solches Wunder zu hoffen.

Sie musterte sein Gesicht und rief sich in Erinnerung, dass dieser Mann zwar nach außen hin faszinierend wirkte, aber innerlich nach wie vor keiner Frau über den Weg traute. Sie musste dafür sorgen, dass sie sich nicht in ihn verliebte.

»Es ist eine lange Fahrt«, bemerkte Darcy, um ihm einen Ausweg anzubieten, falls er sich nur aus Höflichkeit interessiert zeigte.

»Ich weiß, wo die Madison School ist. Willst du mir hintenrum beibringen, dass du gegen ein Treffen bist?«

»Nein. Es ist bloß ...« Sie unterbrach sich und lächelte. »Ich fahre nächsten Samstag hin. Du kannst ruhig mitkommen.«

»Das würde ich sehr gern tun.«

»Ein bisschen weiter nach rechts!«, rief Darcy. »Der Weihnachtsmann gehört genau in die Mitte.«

Josh starrte von seinem Standort hoch oben auf dem Dach zu ihr herunter. »Darf ich dich daran erinnern, dass ich dir nur einen Freundschaftsdienst erweise? Ich werde nicht dafür bezahlt, und es ist mir total egal, ob der Weihnachtsmann mittig oder gerade oder schief steht. Es ist kalt, und ich hab Hunger.«

Darcy grinste. »Sorry, Josh, hast du was gesagt?«

Er wandte sich an Mark. »Du solltest eigentlich fähig sein, sie zur Vernunft zu bringen.«

»Das könnte man meinen, aber das ist ein Irrtum.«

Josh rückte den beleuchteten Weihnachtsmann aus Plastik zurecht und schimpfte dabei über Leute, die sich »wegen der albernsten Dinge als Perfektionisten aufspielen«.

Mark schmunzelte. Er dachte daran zu erklären, dass auch er nicht gerade begeistert davon war, den Abend draußen in der eiskalten Luft zu verbringen, nur um das Haus weihnachtlich zu schmücken. Aber Darcy hatte ihn um Hilfe gebeten, die er ihr einfach nicht verweigern konnte. Doch da sein Knöchel noch nicht hundertprozentig verheilt war, hatte er sich Verstärkung holen müssen.

Schweigend fuhr Mark fort, eine weiße Lichterkette an die Verandabrüstung zu tackern. Kurz nachdem er damit fertig war, stieg Josh vom Dach.

Darcy begutachtete das Werk der beiden Männer mit kritischem Blick. »Sehr hübsch«, lobte sie.

Mark trat zu ihr. Inzwischen war es Mittwoch, und er humpelte nur noch ein klein wenig. Sein Knöchel hatte bis Montag durchgehend geschmerzt und dann zu heilen begonnen. Er verlagerte das Gewicht auf das unverletzte Bein und widerstand dem Drang, einen Arm um Darcy zu legen. Seit sie einander das Herz ausgeschüttet hatten, verbrachten sie die Abende miteinander, aber nicht die Nächte.

Er war sich nicht sicher, ob er bereit war, wieder ein Bett mit ihr zu teilen. Etwas sehr Tiefgreifendes war geschehen, als sie sich das letzte Mal geliebt hatten.

Irgendwie hatte sich die Situation dadurch geändert, dass er ihr seine Vorgeschichte anvertraut und sie ihn in Sachen Dirk eingeweiht hatte. Es schien, als habe sich ihre Beziehung durch die Enthüllung ihrer Geheimnisse verlagert. Er wollte nicht darüber nachdenken, was das bedeutete. Immer noch fiel es ihm schwer zu vertrauen. Er hatte sich in Sylvia grundlegend getäuscht. Das bedeutete zwar nicht zwingend, dass er auch bei Darcy falschlag, aber er wollte auf Nummer sicher gehen. Auf gar keinen Fall durfte ihm noch einmal ein derart fataler Fehler unterlaufen.

Sie legte die Arme um ihn und lehnte sich an ihn, während sie das Duplex musterte. »Glaubst du bei diesem Anblick nicht auch an Wunder?«

»Anscheinend betrachten wir ganz verschiedene Dinge.« Er sah lediglich ein alterndes Gebäude, das zur Hälfte mit weißen Lichtern umrandet und von einem blinkenden Weihnachtsmann auf dem Dach besetzt war. Darcy dagegen sah offensichtlich ein Märchenland.

»Sei nicht so zynisch«, schalt sie ihn. »Ihr beide habt gute Arbeit geleistet. Ich weiß es wirklich zu schätzen.«

»Schon gut«, wehrte Josh ab. »Jetzt gehe ich nach Hause, bevor ich erfriere.«

»Willst du nicht zuerst reinkommen?«, bot sie an. »Ich fühle mich schlecht, wenn ich dich arbeiten lasse und dann mit leerem Magen wegschicke. Ich habe Karottenkuchen.«

Er lachte. »Du hast mir schon zwei Dutzend Kekse und ein ganzes Kürbisbrot mitgegeben. Ich brauche nichts mehr.«

»Bist du sicher?«

»Vollkommen.« Josh hob eine Hand zum Abschied und ging zu seinem Truck.

Mark blickte ihm nach und dachte bei sich: Wenn es nach ihr ginge, würde sie die ganze Welt füttern.

Sie zog ihn zu ihrer Haushälfte. »Ich weiß, dass du meinem Karottenkuchen nicht widerstehen kannst.«

»Da hast du allerdings recht.«

Fünf Minuten später stieß er die Gabel in ein riesiges Stück Kuchen. Der erste Bissen verriet ihm, dass Darcy dieses Gebäck mit ebenso viel Können zubereitet hatte wie alles, was sie anpackte. Er schluckte und erklärte: »Das ist hervorragend.«

Sie schenkte ihm eine Tasse Kaffee ein. »Ich freu mich, dass es dir schmeckt. Ich finde, der Tofu verschmilzt ausgezeichnet mit den anderen Aromen.«

Er führte gerade eine Gabel zum Mund. Bei ihren Worten hielt er auf halbem Weg inne. »Unmöglich!«

Sie blinzelte unschuldig. »Doch möglich.«

»Du hast da keinen Tofu reingemischt. Oder doch?«

Ihr Lächeln verriet nichts.

Zögernd nahm Mark noch einen Bissen. Es schmeckte immer noch köstlich. Der Teig war saftig und die Glasur genau richtig gesüßt, um ihm den Mund wässrig zu machen. »Verdammt, wenn da Tofu drinnen ist, bin ich ab sofort der größte Fan von dem Zeug«, murmelte er resigniert.

Darcy drückte ihm einen Kuss auf die Wange. »Ich wünschte, ich könnte behaupten, dass es Tofu wäre. Aber ich amüsiere mich bloß auf deine Kosten.«

»Es ist politisch nicht korrekt, einen Mann auf den Arm zu nehmen, wenn er verletzt ist.«

»Ganz im Gegenteil. Das ist die einzige Chance, dich zu übertreffen, die sich mir bietet.« Sie ging zur Küchenzeile hinüber und begann, Zutaten aus den Schränken zu holen.

»Was backst du heute?«

»Noch mal Kekse mit Zuckerguss. Die verkaufen sich wesentlich schneller, als Melissa erwartet hatte. Deshalb hat sie heute doppelt so viele in Auftrag gegeben. Und ich muss noch ein Pfefferkuchenhaus machen. Das Krankenhaus will eins bei der Weihnachtsfeier am Freitag verlosen. Ich backe heute den Teig und schneide ihn aus, und morgen baue ich es dann zusammen.« Während sie sprach, ließ sie vor Müdigkeit die Schultern hängen.

»Wie lange musst du heute Nacht aufbleiben?«, fragte er besorgt.

»Darüber will ich lieber nicht nachdenken.«

»Kann ich dir helfen? Wenn du den Pfefferkuchenteig zusammengemixt hast, können wir ihn doch drüben bei mir backen. Dann hast du deinen Ofen frei für die Kekse.«

Sie lächelte ihn hoffnungsvoll an. »Macht es dir denn nichts aus?«

»Überhaupt nichts.«

»Danke schön.«

Sie holte große Rührschüsseln und Backbleche aus den Schränken. Dann scheuchte sie Mark hinaus, damit er seinen Ofen vorheizte.

Während er zu seiner Wohnung ging, fragte er sich, ob sie Geld von ihm annehmen würde. Er hatte einiges zur Seite gelegt und konnte ihr helfen, Dirks Schulgeld für das ganze nächste Semester zu bezahlen.

Doch kaum war er auf diese Idee gekommen, da verwarf er sie gleich wieder. Darcy würde eine Unterstützung dieser Art niemals annehmen. Seinen Backofen zu benutzen war eine Sache, Geld eine ganz andere. Dazu war sie zu starrsinnig und zu stolz.

Und sie war außerdem all das, was er auf Sylvia projiziert hatte. Der Unterschied bestand darin, dass Darcy das Original war. Was genau wünschte er sich also von ihr?

Seine Beziehung zu ihr war anders als zu allen anderen Frauen vor ihr. Bei Sylvia hatte er eine spontane überwältigende Anziehungskraft verspürt. Er war ihr auf den ersten Blick verfallen gewesen. Bei Darcy hatten sich die Dinge langsamer entwickelt. Allerdings nicht in sexueller Hinsicht, rief er sich grinsend in Erinnerung, während er seine Küche betrat und den Backofen einschaltete. In körperlicher Hinsicht hatte die Chemie zwischen ihnen von der ersten Sekunde an gestimmt, und sie war so mächtig, wie er es nie zuvor erlebt hatte. Aber alles andere – die Freundschaft, oder wie er es auch immer bezeichnen wollte – war ganz allmählich gewachsen. Wie eine schwelende Glut, die sich entzündete und ausbreitete, bis daraus … was entstand? Ein Waldbrand?

Mark schüttelte den Kopf. Das war zu groß. Es lief auf eine Art von Verbindung hinaus, die Unbehagen in ihm weckte. *Darcy und ich sind nicht ineinander verliebt. Wir sind …*

Er stutzte erneut in dem Versuch, ihr Verhältnis zu definieren. Dabei hasste er sich für seine eigene Unentschiedenheit. Vor Sylvia hatte er immer gewusst, wie es um ihn und die Frauen in seinem Leben stand. Normalerweise fesselten sie ihn nicht. Sylvia war ihm wie die Antwort auf seine Gebete erschienen.

Aber was war Darcy dann für ihn?

»Je größer, desto besser«, erklärte Darcy am nächsten Abend, als sie frierend auf dem Weihnachtsmarkt standen. »Er soll das ganze Wohnzimmer ausfüllen.«

Mark starrte das Monstrum an, das sie ausgesucht hatte. »Dieser Baum würde das Wohnzimmer tatsächlich ausfüllen – im wahrsten Sinn des Wortes. Er ist viel zu groß. Du müsstest ihn entweder in zwei Hälften aufstellen oder auf die Seite legen.«

»Meinst du wirklich?« Sie legte den Kopf in den Nacken, um an der wunderschön gewachsenen Tanne hinaufzublicken. »Es ist nur, dass ich für gewöhnlich kein sehr großes Budget für die Weihnachtsdekoration habe. Deshalb dachte ich mir, dass ich mich in diesem Jahr bei all den Extraeinnahmen durch das Backen mal so richtig austoben kann.«

»Ich schlage vor, dass du dich in einem etwas kleineren Rahmen austobst.«

Sie dachte an die geringe Deckenhöhe in ihrem Duplex und seufzte. »Ich fürchte, du hast recht. Ich will den Baum nicht zerschneiden müssen, damit er ins Zimmer passt. Wenn wir also keinen großen nehmen können, dann lass uns einen richtig buschigen suchen.«

»Dann bleibt kein Platz mehr, um sich hinzusetzen.«

Sie lachte. »Du bist ja ein richtiger Miesepeter geworden. Mark, es ist Weihnachten! Du musst dich von der feierlichen Stimmung gefangen nehmen lassen.«

Anstatt zu antworten, zog er sie an der Hand in eine andere Abteilung des Marktes. Dort angekommen, informierte er sie über die Vorzüge und Nachteile der verschiedenen Baumarten. Da sie absolut keine Ahnung von Nadelhölzern hatte, achtete sie nicht sonderlich auf seine Ausführungen. Stattdessen beobachtete sie fasziniert, wie das Lampenlicht auf seinen attraktiven Gesichtszügen spielte und er beim Sprechen mit beiden Händen gestikulierte.

Ihr gefiel, dass er – obwohl er nicht viel mit Feierlichkeiten im Sinn hatte und seine Wohnung nicht schmücken wollte – ernsthaft versuchte, den richtigen Baum für ihre Wohnung zu finden.

Sie unterbrach ihn mitten im Satz und fragte: »Bist du sicher, dass du keinen Baum willst?«

Er stöhnte. »Ja, ich bin mir ganz sicher. Ich halte nichts von Tradition. Falls ich den plötzlichen Wunsch verspüren sollte, in Weihnachtsstimmung zu geraten, dann komme ich zu dir rüber.«

»Wie wäre es wenigstens mit einem ganz kleinen Exemplar für deinen Couchtisch?«

»Darcy!«, rief er entnervt.

»Okay. Schon gut. Wir nehmen nur einen für mich. Aber du hilfst mir, ihn auszusuchen, damit er sich ein bisschen wie deiner anfühlt.«

Eine Stunde später waren sie zurück in ihrem Wohnzimmer. Mark stellte den dicht gewachsenen Baum auf und schob ihn so weit wie möglich in eine Ecke. »Wir müssen das Sofa umstellen«, verkündete er.

Sie ignorierte seine Miene, die zu sagen schien: Ich habe dich ja gewarnt. »Das ist kein Problem. Wir schieben es einfach weiter in Richtung Esszimmer.«

»Dann musst du drübersteigen, um aus dem Zimmer zu kommen.«

Sie blickte von der Couch zu der Tür, die in den winzigen Flur und somit in ihr Schlafzimmer und das Bad führte. »Wenn wir das Sofa im rechten Winkel drehen …«

»Dann ist kein Platz mehr für den Couchtisch.«

Sie lächelte. »Es ist ja bloß über Weihnachten. Da kommen wir auch ohne Couchtisch aus.«

Er murmelte etwas Unverständliches vor sich hin, setzte eine resignierte Miene auf und trug den Tisch ins Esszimmer hinüber.

Nach reichlichem Schieben und Ziehen gelang es ihnen, die Couch, den Sessel und dazu den Baum im Wohnzimmer unterzubringen. Kiefernduft wehte durch die Wohnung.

Darcy holte die Kartons mit Zierrat herein, die sie in der Garage aufbewahrte. »Einige dieser Sachen stammen noch aus meiner

Kindheit.« Sie stellte die Schachteln aufs Sofa und öffnete die oberste. »Ein paar habe ich selbst gemacht, also lach nicht.«

»Ich würde dich nie auslachen.«

Seine ernsten Worte gingen ihr unter die Haut. Sie wagte nicht, sich umzudrehen und ihn anzusehen. Denn sie fürchtete sich vor dem, was sie in seinen Augen sehen könnte. Die Festtage mit ihm zu verbringen fühlte sich irgendwie magisch an. Sie hatte keine Ahnung, was zwischen ihnen geschehen könnte; sie wusste immer noch nicht, wie sie ihre Beziehung definieren sollten. Sicher war nur, dass Darcy sich richtig gut fühlte, wenn sie mit Mark zusammen war.

»Siehst du deine Schwester an den Feiertagen?«, fragte sie, während sie im Karton kramte. Sie fand eine Lichterkette und reichte sie ihm.

»Nein. Maddie ist mal wieder unterwegs. Was ist mit dir? Gehst du Dirk besuchen? Oder kommt er hierher?«

»Ich fahre am ersten Weihnachtstag hin. Da findet eine große Feier in der Schule statt. Anscheinend kommen viele Eltern und Angehörige. Ich freue mich darauf. In der Woche zwischen Weihnachten und Neujahr muss ich arbeiten. Dirk und ich haben darüber gesprochen, ob er für ein paar Tage herkommen soll, aber da er tagsüber überwiegend allein wäre, möchte er lieber in der Schule bleiben.«

Sie zögerte. Sie spielte mit dem Gedanken, Mark zu Weihnachten einzuladen, befürchtete aber gleichzeitig, dass er es als übertrieben empfinden könnte. Schließlich wollte er sie schon in ein paar Tagen ins Internat begleiten. Vielleicht hatte er kein Interesse an zusätzlichem Kontakt zu Dirk. Andererseits war es womöglich unhöflich, ihn nicht einzuladen.

»Was ist mit Heiligabend?«, wollte er wissen.

Sie reichte ihm die nächste Lichterkette.

Anstatt sie zu nehmen, griff er nach ihrer Hand. »Darcy?«

Sie sah ihn an.

»Würdest du Heiligabend bitte mit mir verbringen?«, fragte er und sah sie dabei eindringlich an. »Wir können zusammen Geschenke auspacken.«

Ihr Herz pochte, und ihr Mund wurde trocken. »Was für Geschenke denn?«

»Nur ein paar kleine Kleinigkeiten, um dich zum Lächeln zu bringen.«

Er wollte ihr etwas schenken? Etwas, das es wert war, darüber zu lächeln? Ihre Fantasie gaukelte ihr spontan einen Verlobungsring vor. Mit weichen Knien sank sie auf das Sofa. Sei nicht albern, befahl sie sich im selben Moment. *Ganz bestimmt will er dir keinen Heiratsantrag machen.*

»He, was ist denn? Geht's dir nicht gut?«

»Doch, blendend. Heiligabend wäre großartig.«

Sie fragte sich, ob sie normal klang. Oder hörte er das Zittern in ihrer Stimme? Dieses Zittern beruhte nicht etwa auf Angst vor einem Antrag. Vielmehr war zu befürchten, dass er gar nicht daran dachte, sie zu heiraten. In dieser Sekunde wurde ihr bewusst, wie sehr sie sich wünschte, seine Frau zu werden. Weil sie sich in ihn verliebt hatte.

13. Kapitel

»Also, die Sache ist die, dass ich noch nie jemanden zu Dirk mitgenommen habe«, erklärte Darcy. »Ich habe keine Ahnung, was er denken oder sagen wird. Ich weiß, dass wir beide nur Freunde sind, aber du bist trotzdem ein Mann, und das könnte eine große Wirkung auf ihn haben.«

»Meinst du?«, fragte Mark gelassen nach, ohne den Blick von der Straße zu lösen.Sie nickte, auch wenn er es nicht sehen konnte. »Sicher. Er hat zwar geistige Entwicklungsstörungen, aber vom Körper her ist er ein normaler vierzehnjähriger Junge. Da sind Hormone im Spiel. Nicht, dass er bisher irgendein Interesse an der ganzen Geschichte zwischen Jungs und Mädchen zeigt. Daran will ich auch gar nicht denken. Das ist für mich ein Albtraum in spe. Mir geht es darum, dass …«

Mark warf ihr ein flüchtiges Lächeln zu. »Darcy, ich weiß, worum es dir geht. Vielleicht kommt Dirk ausgezeichnet damit klar, mich kennenzulernen. Vielleicht fühlt er sich aber auch bedroht. Ich werde es nicht persönlich nehmen, falls Letzteres eintrifft. Ich verspreche, dass ich mein Bestes geben werde, damit er mich mag. Würdest du dich jetzt bitte beruhigen, bevor du noch einen Herzinfarkt kriegst?«

»Mir geht es bestens.«

»Das stimmt nicht. Wenn du weiter so mit den Füßen scharrst, scheuerst du noch das Bodenblech durch.«

»Was?« Sie senkte den Blick und stellte fest, dass ihre Beine vor lauter Nervosität zuckten. »Vielleicht bin ich ein kleines bisschen angespannt«, gestand sie ein. »Es ist nur, weil ich noch nie in so einer Situation war.«

»Es wird alles gut«, versprach er.

Er hat gut reden, dachte Darcy. Er wusste schließlich nicht, dass für sie wesentlich mehr auf dem Spiel stand, als es nach außen hin den Anschein hatte. Sie wünschte sich verzweifelt, dass bei der bevorstehenden Begegnung alles glattlief. Denn sie hatte nur dann eine Chance auf eine längerfristige Beziehung mit ihm, wenn er mit ihrem Bruder zurechtkam. Und die Erkenntnis, dass sie in Mark verliebt war, führte unweigerlich zu dem Wunsch, die Verbindung so lange wie nur möglich andauern zu lassen.

Sie konnte es immer noch nicht fassen, dass sie ihm derart verfallen war. Dabei sollte es sie eigentlich nicht überraschen, nach allem, was sie zusammen durchgestanden hatten. Es musste einen guten Grund dafür geben, dass sie ihre fünfjährige Ära der Enthaltsamkeit mit ihm beendet hatte. Zum Teil beruhte es auf sexueller Chemie, aber es steckte mehr dahinter. Sie fühlte sich angezogen von Marks Stärke – die körperlich wie emotional auf sie wirkte. Sie mochte seine Persönlichkeit und die Art, in der er sein Leben führte. Sie bewunderte ihn. Und dazu kam das kleine Detail, dass er nett anzusehen war. Außerdem war er verdammt gut im Bett. Was gab es da also nicht zu mögen?

Die Frage war, ob sie ihm von ihren Gefühlen erzählen sollte. Bisher wehrte sie sich mit Haut und Haaren dagegen. Schließlich hatte er kürzlich eine furchtbare Erfahrung mit einer Frau durchgestanden, die er hatte heiraten wollen. Darcy war sich nicht ganz sicher, ob er das Erlebte bereits vollständig überwunden hatte. Und wenn doch, suchte er womöglich gerade eine Lückenbüßerin. Beide Möglichkeiten gaben ihr keinen Anlass, ihr Herz aufs Spiel zu setzen.

Bevor sie Gelegenheit hatte, sich zu beruhigen, bog er auf den Parkplatz der Schule ein. Innerhalb von gefühlten Sekunden erreichten sie den Aufenthaltsraum, in dem Dirk zusammen mit mehreren seiner Schulfreunde wartete. Sie hatte ihn vorgewarnt, dass sie einen Freund mitbringen wollte, und nun beobachtete sie seine Reaktion voller Spannung.

Langsam kam er ihnen entgegen. Ihr Herz schwoll vor Liebe, als sie in sein vertrautes Gesicht blickte. Er war groß und gut aussehend und offensichtlich glücklich. Er grinste sie an. Sie warfen sich einander in die Arme und drückten sich gegenseitig.

Dann wich sie zurück und sagte: »Dirk, das ist Mark. Er wohnt bei mir gleich nebenan. Er ist Detective.«

Die beiden schüttelten sich die Hände.

»Es ist schön, dich kennenzulernen. Darcy hat mir viel von dir erzählt«, sagte Mark ungezwungen.

Dirk nickte. »Darcy sagt immer nette Sachen über mich. Ein Detective arbeitet bei der Polizei. Passt du auf Darcy auf?«

»Ich arbeite jetzt im Büro des Sheriffs und nicht bei der Polizei, aber das ist fast dasselbe. Machst du dir Sorgen um deine Schwester?«

»Ja. Sie ist jetzt ganz allein. Ich will nicht, dass sie in der Nacht Angst hat.«

»Ich verstehe«, sagte Mark einfühlsam. »Darcy weiß, dass sie mich jederzeit rufen kann, wenn sie Angst hat. Ich bin gleich nebenan und tue alles, was ich kann, um sie zu beschützen.«

»Dann ist es ja gut.«

Sie spürte einen Teil der Anspannung von sich abfallen. Sie hatte sich Sorgen wegen dieses Treffens gemacht, doch es schien alles gut zu gehen. Mark nahm die Belange des Jungen ernst, während Dirk sich anscheinend nicht dadurch bedroht fühlte, dass es einen Mann in ihrem Leben gab. Sie hakte sich bei beiden unter. »Also, was steht heute auf dem Programm?«

»Ich will ihm meine Fotos aus Chicago zeigen«, erwiderte Dirk. Er blickte über ihren Kopf hinweg zu Mark und erklärte ihm: »Da war ich mit meiner Schule. Das war zu Thanksgiving. Wir sind mit dem Zug gefahren und haben in einem Hotel gewohnt.«

»Das hat bestimmt Spaß gemacht.«

»Das stimmt. Ich hatte einen Fotoapparat dabei. Den hat Darcy mir geschenkt, und dann hat sie mir eine Speicherkarte dazugegeben. Ich mache gern Fotos.«

»Und du kannst das sehr gut«, lobte Darcy. »Und was machen wir danach?«

»Nach dem Mittagessen will ich mit ein paar Jungs Basketball spielen. Du sollst zugucken.«

»Unbedingt«, versprach sie. »Ich klatsche sogar Beifall, wenn du einen Korb wirfst.«

Dirk lächelte. »Möchtest du gern mit uns spielen?«, fragte er Mark.

»Sehr gern. Ganz zufällig ist Basketball genau mein Spiel.«

Das Leben ist verdammt unfair, dachte Darcy am Nachmittag, während Dirk und Mark über das Basketballfeld rannten. Die beiden bildeten ein tolles Zweierteam, spielten einander den Ball zu, warfen Körbe und klatschten sich dann ab. Sie sahen sich nicht ähnlich, aber sie ähnelten einander in ihrer körperlichen Anmut.

Mark hatte seine Sporttasche aus seinem Truck geholt und Trainingskleidung angezogen. Sie versuchte zu ignorieren, wie gut er darin aussah. Sie hatte sich völlig grundlos Sorgen um die Begegnung zwischen ihm und Dirk gemacht. Die beiden kamen miteinander aus wie alte Freunde. Das wiederum bereitete ihr aus einem ganz anderen Grund Unbehagen. Wie sollte sie Mark unter diesen Umständen noch widerstehen können?

»Darcy hat 'nen Freund«, verkündete eine belustigte Stimme im Singsang.

Sie drehte sich um und sah Andrew die Tribüne hinaufsteigen. »Diese Bemerkung werde ich nicht mit einer Antwort würdigen«, sagte sie mit gerümpfter Nase.

Er lachte und setzte sich neben sie. »Dirk hat mir erzählt, dass Sie einen Freund mitbringen. Den wollte ich mir mal mit eigenen Augen ansehen.«

»Und was halten Sie von ihm?«

Er richtete die Aufmerksamkeit aufs Spielfeld. »Abgesehen davon, dass er ein Bein bevorzugt, würde ich sagen, dass er ein recht guter Spieler ist.«

Darcy starrte ihn finster an. »Er hat sich letztes Wochenende bei einem Spiel verletzt. Aber Sie wissen ganz genau, dass ich nicht das gemeint habe. Sein Können auf dem Basketballfeld interessiert mich nicht.«

Er nickte. »Ich weiß. Ich habe ihn beim Mittagessen beobachtet. Er kann mit den Kids umgehen. Manche Leute fühlen sich am Anfang unwohl, überwinden das aber im Laufe der Zeit. Andere kommen überhaupt nicht klar. Sie sind unbeholfen und erfinden bald Ausreden, um fernzubleiben. Ihr Freund da drüben ...«, er deutete mit dem Kopf zum Spielfeld, »... gehört zu den Guten. Es kümmert ihn eigentlich nicht, dass diese Kids anders sind.«

»Den Eindruck habe ich auch«, sagte Darcy tonlos.

»Das klingt, als ob Sie wünschten, dass es anders wäre.«

»Nein, nicht wirklich. Aber sagen wir mal, dass sein Einvernehmen mit Dirk die Dinge verkompliziert.«

Sie wollte Andrew gegenüber nicht eingestehen, dass diese Einmütigkeit sie verletzlicher gegenüber Mark machte, und das war das Letzte, was sie gebrauchen konnte. Sie war bereits in ihn verliebt und träumte von einem Happy End. Sie musste sich in Erinnerung rufen, dass er keinerlei Interesse an einer festen Beziehung zeigte.

Ihr Glück in puncto zwischengeschlechtlicher Beziehungen war seit Jahren ziemlich lausig, und Mark hatte gerade eine furchtbare Episode hinter sich gebracht, bei der er nur knapp einem Mordanschlag vonseiten der Frau entgangen war, die er hatte heiraten wollen. Das war nicht gerade die Formel für romantische Glückseligkeit.

»Wovor haben Sie Angst?«, wollte Andrew wissen.

»Ich habe keine Angst. Ich bin eher resigniert. Das Leben hat mich gelehrt, dass die Leute dazu neigen, wie die Ratten das sinkende Schiff zu verlassen, wenn es hart auf hart kommt.«

Er blickte zum Spielfeld. Dirk warf einen Korb, und Mark jubelte ihm zu. »Vielleicht ist Ihr Freund eher der Typ Rettungsanker.«

»Vielleicht.«

Sie wollte verzweifelt daran glauben, aber sie befürchtete, wieder im Stich gelassen zu werden. Sie war es leid, verletzt zu werden. Nicht, dass sie eine Wahl hatte. Da sie Mark inzwischen viel zu sehr liebte, war es höchst unwahrscheinlich, dass sie unbeschadet davonkam.

»Ich hatte sehr viel Spaß«, sagte Mark auf der Fahrt nach Hause. »Danke, dass du mich eingeladen hast, dich zu begleiten.«

»Keine Ursache.«

Er blickte Darcy schmunzelnd an. »All deine Aufregung war umsonst.«

Sie nickte. »Ich schätze, ich hätte nicht solche Angst vor dem Besuch haben müssen. Dirk hat sich wirklich darüber gefreut, dich kennenzulernen.« *Der Abschied von dir hat ihn anscheinend sogar mehr bedrückt als der von mir.*

»Mir hat es auch gefallen, ihn kennenzulernen. Er ist ein außergewöhnlicher Junge mit einer sehr außergewöhnlichen Schwester. Du hast deine Sache verdammt gut gemacht.«

»Ich habe kein Lob verdient.«

»O doch! Seit Jahren schuftest du verdammt hart, um für deinen Bruder zu sorgen. Allein in den letzten sechs oder sieben Monaten hast du deine Wurzeln gekappt und bist in eine fremde Stadt gezogen, um deinen Bruder in einer tollen, aber sehr teuren Schule unterzubringen. Du bist knapp bei Kasse und trotzdem fest entschlossen, ihm die bestmögliche Ausbildung zukommen zu lassen.«

Obwohl sie seine Anerkennung zu schätzen wusste, verstand sie den Grund dafür nicht. »Er ist doch mein Bruder. Was hätte ich sonst tun sollen? Du hast dich doch auch um deine Schwester gekümmert.«

»Meine Situation ist überhaupt nicht mit deiner zu vergleichen. Maddie war schon in der Highschool, als unsere Eltern gestorben sind, und abgesehen von den üblichen Teenagerproblemen hat sie nichts Besonderes von mir gebraucht. Du hast die Fürsorge für Dirk übernommen, obwohl viele Leute, die besser dafür geeignet sind, sich abgewandt hätten. Und du hast mir sehr geholfen.«

»Dir?« Verwundert wandte sie sich ihm zu. »Was meinst du damit?«

»Als ich nach Whitehorn zurückgekommen bin, war ich körperlich auf dem Weg der Besserung, aber alles andere war ein Fiasko. Ich hatte meine widerstreitenden Gefühle zu Sylvia nicht verarbeitet. Ich war nicht bereit, ins Leben zurückzukehren. Ich wollte mich verstecken und meine Wunden lecken. Du hast dich dem in den Weg gestellt. Dafür bin ich dir was schuldig.«

»Ich war dir nur eine gute Freundin. Du schuldest mir gar nichts.« Darcy wollte von ihm weder Dankbarkeit noch Schuldgefühle. Sie wünschte sich etwas, das dauerhafter war. Hoffnung stieg in ihr auf, und sosehr sie sich auch einredete, dass es gefährlich war, ließ sich das beschwingte, prickelnde Gefühl nicht vertreiben.

»Was machst du denn nun zu Weihnachten?«, erkundigte sich Mark. »Verbringst du die Feiertage mit Dirk?«

»Ja.« Unschlüssig nagte sie an der Unterlippe. »Hast du schon was Bestimmtes vor?«

»Nicht wirklich.«

»Willst du mitkommen?«, fragte sie zaghaft und fügte hastig hinzu: »Du musst nicht. Ich meine, es werden viele Leute da sein, und ich weiß, dass das nicht dein Ding ist.«

»Ich würde dich gern begleiten.«

»Gut.« Das Flattern in ihrer Brust verstärkte sich. Sie verstrickte sich immer mehr im Geflecht ihrer Gefühle und wusste nicht mehr, wie sie sich daraus befreien sollte.

»Um welche Zeit willst du losfahren?«

»Gleich um neun Uhr früh. Dann sind wir gegen zehn dort. Um zwei wird gegessen, und nach dem Dinner können wir zurückkommen.«

»Das ist mir recht. Vorher werde ich Maddie anrufen und ihr ein frohes Fest wünschen.«

»Wo ist sie denn gerade?«

»Irgendwo in Texas. In der Gegend finden mehrere Rodeo-Veranstaltungen statt. Deshalb hat sie sich dort für ein paar Wochen niedergelassen. Sie hat viele Freunde dort.«

»Siehst du sie oft?«, erkundigte Darcy sich interessiert.

»Nein. Ihr gefällt es im Rodeozirkus. Aus irgendeinem Grund liegt es ihr nicht, lange an einem Ort zu bleiben.«

»War sie als Kind auch schon so?«

»Ein bisschen. Sie hat Pferde schon immer geliebt.«

»Im Gegensatz zu ihrem großen Bruder«, neckte sie.

»Da hast du recht. Ich habe eigentlich nichts gegen Gäule, aber ich begreife die Begeisterung nicht. Und warum jemand sein

Leben damit verbringen will, auf Kühe aufzupassen, übersteigt erst recht mein Fassungsvermögen. Sie sind dumm und riechen schlecht.«

Sie lachte. »Du verunglimpfst einen der wichtigsten Wirtschaftszweige von Montana.«

Mark zwinkerte ihr zu und richtete die Aufmerksamkeit wieder auf die Straße. »Versteh mich nicht falsch. Ich mag ein anständiges Steak genauso gern wie jeder andere Mann, aber das bedeutet nicht, dass ich meiner Mahlzeit *zu Hufe* begegnen möchte.«

»Nur gut, dass du damals nach New York gegangen bist. Sonst hättest du mit deinem Spott noch die Nachbarn gegen dich aufgebracht.«

»Maddie zieht mich ständig deswegen auf«, gestand er ein. »Sie sagt, dass ich unmöglich hier geboren sein kann. Sie meint, dass unsere Eltern mich irgendwo drüben im Osten am Straßenrand aufgelesen haben und es ihnen einfach zu peinlich war, es jemandem zu gestehen.«

Darcy lachte laut. »Sie scheint sehr witzig zu sein. Ich möchte sie irgendwann gern kennenlernen.«

»Ich hätte auch nichts dagegen, sie mal wieder zu sehen.« Er runzelte die Stirn. »Es ist eine ganze Weile her. Nach dem Tod unserer Eltern haben wir uns aneinandergeklammert. Wir hatten eine Großtante, June, eine unglaubliche Frau. Für uns war sie uralt, aber trotzdem echt cool.«

Er zuckte mit den Schultern. »Sie hat uns gern besucht. Zuerst nur für ein verlängertes Wochenende, dann immer öfter für mehrere Wochen am Stück. Schließlich hat sie mehr Zeit bei uns als in ihrer eigenen Wohnung verbracht. Sobald ich mit dem College fertig war, ist sie in unser Haus eingezogen, damit ich nach New York gehen konnte.«

Versonnen bemerkte Darcy: »Du hast ein paar wunderschöne Erinnerungen – als Ausgleich für die schlechten.«

»Da könntest du recht haben.«

Sie fragte sich, ob er sie nur als Ausgleich zu seinen Erinnerungen an Sylvia betrachtete oder ob er ihr einen eigenständigen Platz einräumte. Laut erkundigte sie sich stattdessen: »Was ist aus deinem Haus geworden? Das, in dem du aufgewachsen bist.«

»Wir haben es nach Junes Tod verkauft und uns den Erlös geteilt. June hat uns ihren ganzen Besitz vermacht. Ich habe alles Maddie gegeben, damit sie sich einen Truck mit Trailer und dazu die Ausrüstung kaufen konnte, die sie für ihre Rodeokarriere brauchte.«

»Das klingt ganz so, als ob ihr beide auch sehr schnell erwachsen werden musstet«, sagte sie leise. »Wichtige Menschen zu verlieren trägt dazu bei.«

»Es hat mich gelehrt, selbstgenügsam zu sein«, erwiderte Mark. »Ich bedaure die Verluste, aber nicht die Lektionen.«

Ich habe etwas ganz anderes gelernt, dachte Darcy traurig. Anstatt autonom zu sein, wollte sie dazugehören – ein Teil von etwas sein, das größer war als sie selbst. Sie bezweifelte, dass Mark ihren Wunsch nach Heim und Herd, nach einer Familie teilte. In dieser Hinsicht hatte er seine Lektion bereits gelernt.

Es war ein wunderschöner Heiligabend. Die Nacht war kalt und klar und verhieß mehr Schnee für den Weihnachtsmorgen. Das Dinner war gut gelungen, obwohl genügend übrig blieb, um die halbe Bevölkerung von Whitehorn zu sättigen.

Nun saßen Darcy und Mark aneinandergekuschelt auf dem Sofa, betrachteten den vollkommenen Weihnachtsbaum und beobachteten, wie die Lichter im Halbdunkel funkelten.

»Dieser Baum sollte eine Diät machen«, bemerkte Mark.

Sie seufzte übertrieben schwer und beklagte sich: »Und ich dachte, es wäre ein perfekter Moment! Dieser Baum ist nicht zu dick. Er ist bloß ein bisschen breit an der Basis.«

»Er ist birnenförmig.«

Darcy betrachtete das Gewächs mit kritischem Blick. Okay, ganz unten befand sich eine überproportionale Anzahl von weit ausladenden Zweigen. Trotzdem gehörte der Baum ihr, und sie liebte ihn. »Hättest du mich den ganz großen nehmen lassen, müsstest du dich jetzt nicht darüber beklagen, dass er zu dick ist.«

Er küsste sie flüchtig. »Hätte ich dich den großen nehmen lassen, hätten wir ihn draußen vor dem Haus aufstellen müssen, weil er nicht hier reingepasst hätte. Ihn zu schmücken wäre zu einem eisigen Projekt geworden.«

Sie öffnete den Mund zu einer Entgegnung, schloss ihn jedoch gleich wieder. Ihr lag auf der Zunge, dass sie ihm beim nächsten Mal die freie Wahl lassen wollte. Doch sie schluckte die Worte hinunter, weil sie nicht wusste, ob es überhaupt ein nächstes Mal geben würde. Sie wünschte es sich. Sie konnte sich nicht vorstellen, einen anderen Mann einmal so sehr zu lieben wie ihn.

»Komm mit«, forderte er sie auf. Er glitt vom Sofa auf den Boden und rutschte zum Baum hinüber. »Lass uns auspacken.«

»Okay.« Darcy setzte sich im Schneidersitz neben ihn und bemühte sich, ihre Aufregung zu zügeln. Noch nie zuvor hatte sie ein Geschenk für einen Mann gekauft. Die albernen Kleinigkeiten für Freunde in der Highschool und im College zählten irgendwie nicht.

Lange Zeit hatte sie nicht gewusst, womit sie Mark eine Freude machen konnte. Zuerst war sie auf die Idee gekommen, ihm etwas zu schenken, um seine schmucklose Wohnung zu verschönern. Doch das war ihr zu unpersönlich erschienen.

Mark ging die Pakete durch. Darcy ihrerseits fasste den riesigen Karton, den er mitgebracht hatte, mit einer gewissen Bangigkeit ins Auge. Das Ungetüm war in etwa von der Größe eines riesigen Wäschekorbs, aber wahrscheinlich war das nicht seine Vorstellung von einem Weihnachtsgeschenk.

»Da sind ja gleich mehrere Päckchen für Dirk«, stellte er fest. »Was hast du für ihn besorgt?«

»Einen von diesen Roboterhunden.« Sie lachte. »Ich bin sicher, dass alle im Internat ausflippen, wenn sie den sehen. Angeblich bellt er, wenn er aufgeregt ist, und winselt, wenn er sich einsam fühlt. Er muss gefüttert werden.«

Belustigt fragte er: »Und mit was füttert man so einen falschen Hund?«

»Irgendwelche falsche Knochen.« Sie zuckte mit den Schultern. »Nach Auskunft des Verkäufers kann der Hund darauf programmiert werden, eine Stimme zu erkennen und sogar Tricks auszuführen. Es wird einige Mühe kosten, aber ich habe mit Andrew darüber gesprochen, und der meint, dass es eine gute Sache für Dirk ist. Nicht nur, weil es ihm Spaß macht, sondern weil er dadurch lernt, Anleitungen zu lesen und zu befolgen. Ich habe außerdem ein ferngesteuertes Auto für ihn, ein paar Videofilme und einen Geschenkgutschein für Kleidung. Den Gutschein hat die Schule vorgeschlagen. Die Betreuer gehen mit den Schülern einkaufen und bringen ihnen bei, selbstständig eine gute Wahl zu treffen.«

Verwundert blickte Mark sie an. »Mir war gar nicht klar, dass es so kompliziert ist, für Dirk etwas zu kaufen.« Er wirkte verlegen. »Ich habe nur einen neuen Basketball für ihn.«

Darcy hatte gar nicht gemerkt, dass eines seiner Geschenke für Dirk gedacht war. Seine Aufmerksamkeit rührte sie. Tränen stiegen ihr in die Augen. Sie schlang die Arme um ihn und drückte ihn an sich.

»He«, sagte er leichthin, »das ist doch keine große Sache.«

»Ist es doch.« Sie wischte sich über die Augen. »Ich habe nicht erwartet, dass du etwas für ihn besorgst. Obwohl du beruflich so eingespannt bist, hast du dir die Zeit genommen, etwas Spezielles für meinen Bruder zu kaufen. Das bedeutet mir sehr viel.«

Er drückte sie an sich. Sie genoss das Gefühl seines Körpers an ihrem. Obwohl sie neuerdings viel Zeit miteinander verbrachten, schliefen sie nicht miteinander. Sie wusste nicht, was das zu bedeuten hatte, bemühte sich aber, nicht zu viel darüber nachzudenken. In vielerlei Hinsicht war ihre Beziehung jetzt schon viel zu kompliziert, wenn auch wunderschön.

Sie richtete sich auf und wischte sich die Tränen ab. »Okay. Schluss mit den Sentimentalitäten. Zeig mir deine Beute.«

Mark schmunzelte. Er zog den großen, geheimnisvollen Karton heran und stellte ihn vor ihr ab. »Mit dem Ding hatte ich richtig zu kämpfen.«

Sie musterte das Ungetüm. »Ist es ein Bär?«

»Ich meine nicht diese Art von Kampf. Ich wusste nicht, ob ich es nehmen soll oder nicht. Das ist einer von diesen praktischen

Gegenständen. Ich weiß, dass Frauen solche Geschenke nicht leiden können. Aber ich habe es gekauft, weil ich mir Gedanken um dich mache und dir das Leben erleichtern möchte.«

»Ist es ein neuer Auspuff für mein Auto?«

Er stöhnte. »Würdest du es bitte einfach aufmachen?«

Sie musterte das bunte Weihnachtspapier. Der Falz war ganz schief, ebenso wie die rote Schleife, und es wurde anscheinend von einer ganzen Rolle Tesafilm zusammengehalten. In ihren Augen aber war es das schönste Paket weit und breit.

Voller Spannung fragte sie sich, was sich darin befinden mochte. Sie riss das Papier auf einer Seite ab. Zum Vorschein kam lediglich ein Versandkarton aus schlichter weißer Pappe, die keinerlei Hinweis auf den Inhalt gab. Hastig entfernte sie das restliche Papier und öffnete den Deckel.

Zwischen Füllmaterial befand sich etwas Großes und Flaches. Sie zog ein zweistöckiges Backblech heraus, das mit einer speziellen Antihaftbeschichtung versehen war und sehr teuer aussah. Erstaunt blickte sie Mark an.

Er wirkte ein wenig verlegen. »Wo du doch jetzt so viel Zeit in der Küche verbringst, dachte ich mir, dass du gern mit etwas Besserem als deinen alten Geräten arbeitest.« Er zögerte. »Ich war mir nicht sicher, wegen all der Horrorgeschichten über unsensible Männer, die ihren Frauen Mixer schenken. So habe ich es nicht gemeint.«

Darcy musterte das Firmenlogo. Der Hersteller war auf formschöne Designerware aus hochwertigen Materialien spezialisiert. Solche Spitzenprodukte hätte sie selbst sich niemals geleistet. Dem Gewicht des Kartons nach zu urteilen, befand sich noch mehr darin. »Das ist eine Edelmarke, die hier am Ort nicht zu haben ist.«

»Ich weiß. Ich habe die Sachen im Internet entdeckt und online bestellt.«

Sie schlang ihm die Arme um den Nacken. »Danke. Sie sind toll.«

»Du bist mir nicht böse?«

»Nicht mal ein bisschen. Ich finde es fabelhaft.« Das Prickeln war zurück, ebenso wie ihre Hoffnung auf eine gemeinsame Zukunft. Denn Mark hatte nicht einfach das Erstbeste genommen, sondern sich den Kopf darüber zerbrochen, wie er ihr eine besondere Freude machen konnte. Vielleicht war sie ihm doch wichtig.

Er küsste sie. »Da ist mehr als nur ein Backblech drin. Du solltest dir den Rest auch ansehen.«

Er wirkt wie ein kleiner Junge, der sein Schulprojekt gebührend bewundert wissen will, dachte Darcy amüsiert. Sie wandte sich wieder dem Karton zu und fand darin noch drei Bleche, zwei Kuchenformen, vier Kastenformen für Brote und ein speziell konstruiertes mehrstöckiges Abkühlgestell. Alles in allem war es eine fantasievolle Sammlung. »Ich bin sehr beeindruckt«, versicherte sie ihm. »Vielen, vielen Dank. Das meine ich ernst.«

»Dann ist es ja gut.«

Sie setzte sich auf die Fersen und reichte ihm ein Päckchen. Für ihn etwas Passendes zu finden hatte sich als Herausforderung erwiesen. Nicht nur wegen ihres begrenzten Budgets, sondern auch, weil sie nicht wusste, was man einem Mann schenken sollte, der nichts zu brauchen oder zu wollen schien.

Mark öffnete den Karton und holte einen Pullover heraus. Er war aus dicker Wolle, handgestrickt und in Schwarz und verschiedenen Grüntönen. Das Stück hatte sie einen Batzen Kleingeld und dazu zwei Pfefferkuchenhäuser gekostet.

»Er ist sehr schick«, sagte Mark und hielt sich den Pullover an den Körper. »Steht er mir?«

»Bestens.« Sie befühlte die Wolle. »Gefällt er dir wirklich? Ich habe ihn anfertigen lassen, weil ich ein hoffnungsloser Fall bin, wenn es ums Stricken und Nähen geht. Ich weiß, dass Männer nicht auf Kleidung als Geschenk stehen, aber ich dachte mir …«

Er brachte sie zum Schweigen, indem er sie in die Arme zog. »Das war nicht bloß so dahingesagt, Darcy. Er gefällt mir wirklich. Ich ziehe ihn gleich morgen an, wenn wir deinen Bruder besuchen.«

»Das würde mir gefallen.«

Ihre hoffnungsvolle Miene bewirkte, dass Mark eher durchs Feuer gegangen wäre, als sie zu enttäuschen. Es erleichterte ihn, dass sie sein Geschenk akzeptierte. Er wollte sie damit in ihrem beruflichen Vorankommen unterstützen, hatte aber befürchtet, dass sie es missverstehen könnte. Doch während sie so beisammensaßen, musterte sie die Geräte, als wären es unverhoffte Schätze. Nach allem, was er über ihr Leben wusste, musste es verdammt lange her sein, seit sich jemand die Mühe gemacht hatte, auf ihre Bedürfnisse einzugehen.

Unwillkürlich stellte er fest, dass er auf Dauer in diese Rolle schlüpfen wollte. Mit ihr zusammen zu sein erweckte in ihm ein Gefühl der Zugehörigkeit – womöglich zum ersten Mal seit Jahren. Seltsam, dass er überzeugt gewesen war, Sylvia zu lieben, und sich in ihrer Gegenwart doch nie entspannt hatte. Dagegen fühlte er sich bei Darcy ganz gelöst.

»Ich habe noch etwas für dich«, verkündete sie, und dann reichte sie ihm ein flaches Päckchen, das wie ein Buch aussah.

Er öffnete es. Es war tatsächlich ein Buch. Genauer gesagt: ein Sachbuch über Ursachen und Prävention von Sportverletzungen. Er schmunzelte. »Oje! Ist das eine Anspielung auf meine körperliche Verfassung?«

Sie lachte. »Gut erkannt.«

Er gab ihr eine kleine Schachtel.

Gespannt spähte sie hinein und fand darin ein Dutzend Lotterielose, alle aus unterschiedlichen Staaten.

»Eine breite Palette an Chancen«, bemerkte Mark grinsend. »Eines davon ist vielleicht Millionen wert. Oder zumindest Tausende von Dollars.«

Sie fächerte die Lose wie Spielkarten in einer Hand auf. »Zum gegenwärtigen Zeitpunkt wäre ich schon über fünfzig Dollar begeistert. Soll ich sie jetzt gleich aufrubbeln?«

»Wenn du möchtest. Oder wir essen erst mal Kuchen.«

Sie steckte die Scheine zurück in die Schachtel und legte sie unter den Baum. »Nichts liegt mir ferner, als mich zwischen einen Mann und seinen Kürbiskuchen zu stellen. Mir nach!«

Er folgte ihr in die Küche. Dabei ging ihm durch den Kopf, dass es lange her war, seit er so ein schönes Weihnachtsfest verlebt hatte. Ihm wurde bewusst, dass sich hinter dieser Tatsache eine bedeutsame Botschaft versteckte. Vielleicht sollte er sich demnächst einmal näher damit auseinandersetzen.

Zwei Tage nach Weihnachten öffnete Melissa North ihre Haustür und ließ Mark eintreten. »Danke, dass Sie so kurzfristig kommen konnten.«

»Kein Problem.« Er folgte ihr ins Wohnzimmer, das ganz im Westernstil eingerichtet war, und setzte sich auf das Sofa.

Sie nahm ihm gegenüber in einem Klubsessel Platz. Sie trug das dunkle Haar aus dem Gesicht gekämmt. Unruhig bewegte sie die Finger auf dem Schoß, und auf ihrem Gesicht lag ein Anflug von Besorgnis. »Ich habe gestern mit dem Sheriff gesprochen. Er sagte, dass sich der Verdacht auf Geldwäsche in meinem Café bisher nicht erwiesen habe.«

»Das stimmt«, bestätigte Mark. »Wir haben noch keinerlei Indizien dafür gefunden. Ich treffe mich nachher mit Rafe. Wir werden unsere Informationen zusammentragen und analysieren, ob sich daraus irgendwelche Anhaltspunkte ergeben. Soweit ich es beurteilen kann, sind Ihre Angestellten allesamt sauber.«

Sie seufzte. »Das ist gut zu wissen. Ich habe mir schon Gedanken gemacht, weil ich glaube, eine gute Menschenkenntnis zu besitzen. Es wäre befremdlich, plötzlich eines Besseren belehrt zu werden.« Sie verstummte und starrte ihn an.

Mark sagte nichts. Etwas an ihrer Körpersprache verriet ihm, dass sie ihn noch aus einem anderen Grund gebeten hatte, bei ihr vorbeizuschauen. Seiner Erfahrung nach konnte Schweigen ein wirkungsvolles Mittel sein, um andere zum Sprechen zu bewegen.

»Ich weiß gar nicht, ob ich die Sache überhaupt erwähnen soll«, sagte Melissa nach einer ganzen Weile. »Es klingt so irrsinnig.«

»Ich habe ständig mit Irrsinn zu tun«, versicherte er gelassen. »Ich verspreche, dass ich nicht lachen werde.«

Sie schüttelte den Kopf. »Bestimmt hat es keine große Bedeutung, aber es ist seltsam und irgendwie unheimlich.«

Das gefiel Mark ganz und gar nicht. »Was ist seltsam und unheimlich?«

»Ich bekomme in letzter Zeit Störanrufe.«

»In welcher Form?«

»Das Telefon klingelt so lange, bis ich rangehe, aber dann wird aufgelegt. Zuerst dachte ich, dass sich bloß jemand verwählt hat. Aber so fühlt es sich nicht an. Auch wenn das unsinnig klingt.«

Mark machte sich Notizen. »Ich habe gelernt, bei derartigen Vorkommnissen auf das Bauchgefühl der Leute zu vertrauen. Ist sonst noch etwas Ungewöhnliches passiert?«

Sie zögerte, bevor sie berichtete: »Ich habe einen toten Vogel auf der Fußmatte vor der Haustür gefunden. Ich glaube nicht, dass er dort gestorben ist. Ich habe fast den Eindruck, dass mir jemand eine Botschaft schicken will. Aber ich weiß nicht, was es bedeuten soll.«

»Haben Sie oder Ihr Ehemann Feinde?«, erkundigte er sich. »Leute, die sich für irgendetwas rächen wollen?«

»Nein. Ich habe mir den Kopf darüber zerbrochen, ob mir jemand schaden will. Ich habe nicht mal jemanden entlassen. Meine wenigen ehemaligen Angestellten sind von selbst gegangen, weil sie es wollten. Und Wyatt, meinem Mann, ist auch niemand eingefallen.«

Mark gefiel weder die Sache mit den Anrufen noch der tote Vogel. »Ich werde mich umhören«, versprach er. »Falls mir etwas zu Ohren kommt, lasse ich es Sie wissen. Führen Sie bitte Buch über diese Störanrufe. Wenn ungebührlich viele eingehen, werden wir den Anruf zurückverfolgen, um den Störenfried aufzuspüren. Sollte noch etwas Seltsames passieren, piepsen Sie mich an. Zögern Sie nicht – auch dann nicht, wenn es mitten in der Nacht sein sollte.«

»Okay. Danke schön.«

Mark stand auf und verabschiedete sich.

Er war nach Montana zurückgekehrt in der Erwartung, dort ein recht langweiliges Dasein vorzufinden. Doch zuerst war Darcy in sein Leben getreten, und nun ereigneten sich auch noch diese ominösen Zwischenfälle.

Sollte es etwa in dem beschaulichen kleinen Whitehorn zu größeren Ärgernissen kommen?

14. Kapitel

Mark verließ Melissa Norths Haus und fuhr direkt zu seinem Büro. Der Sheriff war bereits anwesend. Er saß in seinem Amtszimmer und telefonierte gerade.

Mark klopfte an die offene Tür und wurde wortlos hereingewinkt. Er schlenderte zu einem Stuhl, setzte sich und ging seine Notizen durch.

Schließlich beendete Rafe das Telefonat und fragte: »Was gibt's Neues?«

Mark lehnte sich in seinem Stuhl zurück und legte den Knöchel des einen Beins aufs andere Knie. »Einiges. Ich habe jeden einzelnen Angestellten des Hip-Hop-Cafés überprüft, einschließlich Janie und Melissa North. Ich habe keinen einzigen Anhaltspunkt gefunden.«

Rafe wühlte in einem Stapel Unterlagen auf seinem Schreibtisch, zog schließlich eine Akte heraus und schlug sie auf. »Ich habe den Bericht von der gerichtlich bestellten Finanzsachverständigen erhalten.« Grinsend fügte er hinzu: »Das ist ein Job, den man sich nur wünschen kann.«

»Ich nicht.«

»Na ja, ich konnte eigentlich auch nie gut mit Zahlen umgehen. Jedenfalls hat sie die Bücher des Hip Hop von vorn bis hinten durchgekämmt. Und was hat sie gefunden? *Nada.*«

»Das überrascht mich nicht. Also sind wir in einer Sackgasse gelandet.«

»Glaubst du, dass der anonyme Tipp bloß ein Scherz war?«

Mark zuckte die Schultern. »Ich weiß keine andere Erklärung. Die Frage ist, warum jemand so etwas tut. Das ist nicht die Art von Streichen, die Kinder jemandem spielen. Aber wer sonst sollte sich die Mühe machen, wenn nichts dahintersteckt?«

Rafe runzelte die Stirn. »Ich verstehe, was du meinst. Teenager neigen zu aufsehenerregenden Vergehen. Ein Auto zu klauen, um damit eine Spritztour zu machen, ist eher ihr Ding. Gegen das Gesetz zu verstoßen bedeutet Nervenkitzel, und damit können sie vor ihren Freunden angeben. Aber so ein Anruf gibt diesbezüglich nichts her. Wer sonst hätte also einen Vorteil davon, uns auf eine falsche Fährte zu locken?«

»Das ist es ja gerade, was keinen Sinn ergibt. Gut, wir haben eine Menge Zeit verschwendet. Na und? Es ist ja nicht so, als ob dadurch größere Verbrechen unaufgeklärt geblieben wären. Wären wir in einer größeren Stadt, würde ich sagen, dass wir es vielleicht einfach mit einem Geisteskranken zu tun haben. Hier in diesem Nest ist Homer Gilmore der Einzige, auf den die Bezeichnung passt. Er redet mit sich selbst, aber ich kann mir trotzdem nicht vorstellen, dass er so etwas tut. Du vielleicht?«

»Nein.« Rafe lehnte sich in seinem Stuhl zurück. »Es sieht ganz so aus, als ob wir vor einem echten Rätsel stehen. Glaubst du, dass wir es lösen werden?«

»Nein. Und da ist noch mehr. Ich war heute bei Melissa North. Sie wollte wissen, wie die Ermittlungen wegen der Geldwäsche voranschreiten. Dabei hat sie mir ganz nebenbei erzählt, dass sie in letzter Zeit Störanrufe bekommt. Außerdem hat ihr jemand einen toten Vogel auf die Türschwelle gelegt.«

Rafe fluchte. »Was zum Teufel geht hier vor? Wir sind hier in Whitehorn. Hier dürfte es keine ernsthaften Verbrechen geben.«

»Ich weiß nicht, ob es ernst ist oder nicht. Ich habe Melissa aufgetragen, sich Aufzeichnungen über die nächsten Anrufe zu machen. Wenn das so weitergeht, müssen wir eine Fangschaltung legen lassen.« Er klopfte auf ein Gerät an seinem Gürtel. »Ich habe ihr außerdem gesagt, dass sie mich anpiepsen soll, falls sie Informationen oder Fragen hat.«

Rafe grinste. »Es wird auch allmählich Zeit, dass dich jemand mitten in der Nacht aus dem Bett holt. Wir haben 'ne Stange Geld für deinen Pager bezahlt.«

»Weil Whitehorn so groß ist, dass du sonst nicht wüsstest, wo du mich finden kannst?«

Rafes gute Laune verflog. »Mir gefällt das alles nicht«, gab er zu.

»Mir auch nicht. Ich habe ein ungutes Gefühl dabei. Außerdem drängt sich mir immer mehr der Gedanke auf, dass ich etwas Wichtiges übersehe. Etwas, das direkt vor meiner Nase liegt.«

»Lass mich wissen, wenn du herausfindest, was es ist.«

»Falls ich dahinterkomme.« Mark stand auf. »Bis morgen, Boss.«

»Okay.«

Mark kehrte in sein Büro zurück. Es herrschte wenig Publikumsverkehr. In der Woche zwischen Weihnachten und Neujahr ging es meistens recht ruhig zu. Er beschäftigte sich mit Schreibarbeiten, bis seine Augen brannten, und fuhr dann nach Hause.

Das Duplex lag im Dunkeln da, als er eintraf. Darcy war ausnahmsweise für die Abendschicht eingeteilt und daher nicht zu Hause. Er betrat seine Wohnung, nur um in seinem nüchternen Wohnzimmer stehen zu bleiben und sich zu wünschen, er könnte bei ihr nebenan sein. Er wollte es sich mit ihr auf der Couch bequem machen, ihren dicken Weihnachtsbaum bewundern und etwas essen, das aus ihrem Backofen stammte. Er wollte ihrem Lachen lauschen, sich in ihren Erzählungen verlieren und sich das Vorhaben, mit ihr zu schlafen, aus dem Kopf schlagen.

Obwohl er ihr Bett seit einer guten Woche mied, hatte er nicht aufgehört, sie zu begehren. Tatsächlich verlangte ihn mehr denn je nach ihr. Aber etwas hatte sich zwischen ihnen geändert, und solange er nicht wusste, was es war, wollte er sich von der sinnlichen Versuchung distanzieren, die das Liebesspiel mit Darcy bedeutete.

Er schaltete das Licht ein, ging in die Küche und nahm sich ein Bier. Vielleicht sollte er zum Dinner ins Hip Hop fahren. Dann konnte er sie zumindest sehen.

Er lehnte sich an den Küchenschrank und nahm einen großen Schluck. Da er nun schon einmal zu Hause war, wollte er hier auf ihre Rückkehr warten, anstatt noch einmal aufzubrechen. Wie er sie kannte, brachte sie Reste mit. Sie konnten zusammen essen und dann …

Unruhig wanderte er herum. Was dann? Er schritt das Wohnzimmer ab, bevor er ins Esszimmer zurückkehrte. Er hatte zu viele

Fragen und zu wenige Antworten. Darcy war eine erstaunliche Frau. In den letzten fünf Jahren war es ihr gelungen, sich und ihren Bruder finanziell über Wasser zu halten. Er wusste, dass sie sich um Dirk sorgte. Obwohl ihr Bruder immer mehr lernen sollte, sich allein in der Welt zurechtzufinden, würde er niemals zu hundert Prozent selbstständig sein. Er brauchte ständig jemanden in seiner Nähe. Und diese Person war Darcy. Wer immer zu ihrem Leben gehörte, musste mehr als die übliche Verantwortung auf sich nehmen.

Mark dachte über diesen Gesichtspunkt nach. Ließ er sich vom Ernst der Lage abschrecken, oder fühlte er sich der Aufgabe gewachsen? Er mochte Dirk. Der Junge bereitete ihm viel Freude. Aber was, wenn aus dem Jugendlichen ein erwachsener Mann wurde? Was, wenn Dirk heiraten und Kinder haben wollte?

Mark wartete darauf, dass sein Bauch ihm nahelegte, das Weite zu suchen. Derartige Probleme konnte er in seinem Leben nicht gebrauchen. Und doch wusste er, dass die Rastlosigkeit, die er in sich spürte, nicht damit zusammenhing, dass er Darcy und ihre schwierige Situation meiden wollte. Im Gegenteil, er wünschte sich, ihr eine starke Schulter zu bieten. Denn gemeinsam war einfach alles leichter.

Er trat ans Fenster und starrte hinaus in den leichten Schneefall. Vor einiger Zeit noch hätte er sich in Erinnerung gerufen, dass er sich auf so etwas schon einmal eingelassen hatte und dass es ein Fehler gewesen war. Dass es ein unwägbares Risiko darstellte. Aber nun hatte er eine ganz andere Lektion gelernt. Nämlich, dass Darcy die ehrlichste und vertrauenswürdigste Person war, die er kannte. Sie war nicht wie Sylvia.

Ihm war ein richtig großer Fehler unterlaufen. Sowohl er als auch Sylvia hatten teuer dafür bezahlt. Vielleicht war es nun an der Zeit, die Vergangenheit loszulassen. Die Zukunft war weit wichtiger. Darcy war weit wichtiger.

In seiner vorigen Beziehung hatte es ihn wie ein Blitzschlag getroffen. Eine unverhoffte heiße Regung hatte ihn zu der Annahme verleitet, dass Sylvia die Richtige für ihn war. Bei Darcy war es ihm nicht so ergangen. Oh, in sexueller Hinsicht war es sozusagen zu einer spontanen Selbstentzündung gekommen, doch sein Herz hatte länger gebraucht, um für sie zu entflammen.

Seine Gefühle zu ihr waren langsam gewachsen. Eine eher zurückhaltende Sympathie hatte sich zu großem Respekt und Zuneigung gesteigert. Und nun …

Nun war Mark sich nicht sicher. Er mochte Darcy sehr. Es gefiel ihm, sie in seinem Leben zu haben. Bedeutete es, dass seine Gefühle für sie ernst waren? Liebte er sie? Wollte er für immer mit ihr zusammen sein?

Darcy kam mit wunden Füßen und einer Tüte Essensresten nach Hause. Eigentlich hätte ihre Schicht erst um zwei Uhr nachmittags anfangen sollen, aber ein Kellner war wegen Krankheit ausgefallen. Daher hatte die den Dienst bereits um acht Uhr morgens angetreten. Ein Dreizehnstundentag entsprach nicht ihrer Vorstellung von Vergnügen.

Als sie in ihren Carport einbog, sah sie Licht in der anderen Haushälfte brennen, und die dunkle Silhouette einer großen Gestalt zeichnete sich im Wohnzimmerfenster ab. Kaum hatte sie den Motor abgestellt, da tauchte Mark auch schon auf der Fahrerseite auf, öffnete die Tür und zog Darcy in die Arme.

»Ich habe dich vermisst«, erklärte er, und dann küsste er sie so innig, dass ihr der Atem wegblieb.

Sie erwiderte seinen Kuss leidenschaftlich und hoffte insgeheim, dass er sie in ihr Bett tragen würde. Nicht etwa, weil sie müde war, sondern weil sie nichts gegen ein ausgedehntes feuriges Liebesspiel einzuwenden hatte.

Doch anstatt den Wink zu verstehen, wich er zurück und schnupperte. »Rieche ich da Brathähnchen?«

»Richtig. Das war heute das Tagesgericht. Ich habe auch Kartoffelbrei und grüne Bohnen mitgebracht.« Sie grinste ihn an, um ihre Enttäuschung darüber zu verbergen, dass er wieder einmal nicht an körperlicher Intimität interessiert war.

»Ich kann es kaum erwarten.« Er beugte sich ins Auto, nahm die Tüten vom Beifahrersitz und schloss die Tür. Dann legte er einen Arm um Darcy und begleitete sie in ihre Wohnung.

Zwanzig Minuten später waren Hähnchen und Kartoffeln fast verzehrt. Darcy schob den Behälter mit grünen Bohnen zu Mark. »Zwei Esslöffel sind keine richtige Portion.«

»Für mich schon.«

»Du kriegst noch Mangelerscheinungen.«

»Ich nehme jeden Morgen eine Multivitamintablette.«

»Bevor oder nachdem du deine Arterien mit deinem Herzanfall auslösenden Frühstück verstopfst?«

»Vorher.« Er schenkte ihr ein Lächeln, das keine Spur von Gewissensbissen verriet. »Ich wechsle jetzt das Thema. Wie war dein Tag?«

»Lang. Janie hat mich schon um acht Uhr früh antanzen lassen, weil wir unterbesetzt waren. Meine Füße tun weh.«

»Das kann ich mir denken. Ich wusste gar nicht, dass du so lange gearbeitet hast.«

»Das Gute daran ist, dass ich Überstunden gemacht habe. Janie hat es so leidgetan, dass ich morgen erst um zehn anfangen muss und sie mir trotzdem die volle Schicht bezahlt. Das hilft mir.« Darcy knabberte an einem Stück Hähnchen. »Ich mag meinen Job echt gern. Die Leute sind nett, und die Trinkgelder summieren sich. Aber ich hasse es, abends zu arbeiten. Ich bin froh, dass es nicht meine normale Schicht ist. Ein Restaurant zu schließen braucht viel Zeit. Ich mache lieber auf.«

»Warst du heute Abend die Letzte?«

Sie nickte. »Einer der Hilfskellner sollte bleiben und mir helfen, aber er hatte ein heißes Date. Deshalb habe ich ihn früher gehen lassen.«

»Ich glaube, ich bin soeben beleidigt worden«, teilte Mark ihr mit finsterer Miene mit.

Sie verstand nicht, worauf er hinauswollte. »Inwiefern?«

»Du hast den anderen Typen früher gehen lassen, weil er ein heißes Date hat. Und was bin ich für dich? Etwa ein kaltes armes Würstchen?«

Ein toller Scherz. Das Leben ist zum Schreien komisch. Sie zwang sich zu lächeln, weil er es von ihr erwartete. Doch plötzlich war ihr nach Weinen zumute. Sie hätte ihm gern gestanden, was er wirklich für sie war. Doch der Verstand sagte ihr, dass sie sich dafür noch nicht lange genug kannten. Beide waren sie noch nicht bereit, für sich festzulegen, was ihre Beziehung bedeutete.

Darcy wusste nicht, ob sie immer noch nur Freunde waren oder eine bedeutsamere Ebene erreicht hatten. Wäre sie auch nur ein bisschen mutig gewesen, hätte sie ihn danach gefragt. Das Problem war, dass sie die Antwort nicht hören wollte. Nicht, wenn sie negativ ausfiel.

Schließlich erwiderte sie: »Du bist total heiß. Aber wir sind schon älter, und ich dachte mir, dass wir die Geduld haben zu warten, bis wir uns wiedersehen.«

Sie rutschte auf dem Stuhl herum. Alles tat ihr weh. Sie hätte Mark gern gebeten, sie zu massieren. Doch die Vorstellung seiner Hände auf ihrem Körper sandte ihre Gedanken in eine Richtung, die alles andere als physiotherapeutisch war. Außerdem wollte sie nichts erzwingen, falls er nicht auf diese Weise an ihr interessiert war. Vielleicht bekam er sie allmählich satt. Vielleicht …

Sie schüttelte den Kopf, um all die negativen Gedanken zu vertreiben. »Ich war viel zu lange drinnen eingesperrt«, erklärte sie impulsiv. »Hast du Lust auf eine kleine Spritztour? Es schneit zwar noch ein bisschen, aber die Wolken reißen immer mehr auf, und die Sterne leuchten heute Nacht besonders hell.«

»Gute Idee. Zieh du dir was an, und ich gehe den Truck vorwärmen.« Er half ihr, den Tisch abzuräumen, und verließ dann das Haus.

Darcy zog sich schnell einen warmen Pullover und Jeans an und schlüpfte in ihren Parka. Inzwischen war Mark vor ihrer Haushälfte vorgefahren und wartete mit laufendem Motor, während sie die Tür verschloss.

»Wohin?«, fragte er, als sie auf die Sitzbank stieg.

»Es ist deine Stadt. Such du es dir aus.«

Er grinste. »Ich kenne da einen Aussichtspunkt. Da haben wir früher immer geparkt, in der Highschool.«

»Ist der Ausblick schön?«

»Wen interessiert schon der Ausblick?«

Waren diese Andeutungen ernst gemeint? Sie rang nach Atem.

Sie hasste es, dass sie so widerstreitende Gefühle für ihn hegte. »Das kann ja heiter werden«, bemerkte sie leichthin.

»Ich bringe dich an die beste Stelle«, versprach er.

Während der Fahrt nahm der leichte Schneefall beständig ab. Die Wolkendecke riss immer weiter auf; die Flecken mit klarem Himmel wurden zahlreicher und größer. Eine schmale Mondsichel und unzählige Sterne blinkten.

Darcy kuschelte sich in ihre Jacke und wartete darauf, dass die Heizung die Fahrerkabine erwärmte.

»Was machst du zu Silvester?«, fragte Mark in die Stille hinein.

»Tja, also, für gewöhnlich gebe ich in Paris eine Party für ein paar Dutzend meiner engsten Freunde. Wir fliegen in einem Charterjet rüber und läuten das neue Jahr mit Kaviar und Champagner ein.«

Er warf ihr einen Seitenblick zu. »Wirklich? Hast du schon mal Kaviar gegessen? Ich habe es einmal probiert. Das Zeug ist verdammt salzig.«

»Mark!«

»Schon gut, schon gut. Du hast also keine Pläne. Willst du etwas mit mir unternehmen?«

»Ja«, erwiderte sie spontan und presste dann die Lippen zusammen. Da war noch so viel, das sie ihm sagen wollte. Sie wollte ihn wissen lassen, dass er ihr sehr wichtig geworden war. Sie wollte ihn fragen, warum er nicht mehr mit ihr schlief und ob er wusste, dass es sie emotional total zermürbte. Sie wollte ihm gestehen, dass sie ihn liebte, und herausfinden, ob möglicherweise die Chance bestand, dass auch er etwas für sie fühlte. Wenn er noch nicht ganz über Sylvia hinweg war, wollte sie warten – solange es eine Chance für sie beide gab.

Doch sie sprach nichts davon aus. Zum einen, weil sie nicht wusste, wie er zu ihrem Bruder stand. Dirk nett zu finden war eine Sache; die Bereitschaft, sich auf jemanden einzulassen, der die Verantwortung für ihn trug, war etwas ganz anderes. Der zweite Grund für ihr Zögern war die Vermutung, dass Mark sich wohler fühlte, wenn er den ersten Schritt unternahm. Gefiel es Männern so nicht besser?

Hätte sie doch nur mehr Erfahrung! Aber er war der erste Mann, auf den sie sich einließ, seit ihre Eltern gestorben waren. Ihre Beziehungen zu Studienzeiten waren so oberflächlich geblieben, dass sie überhaupt nicht mit dem zu vergleichen waren, was derzeit in ihrem Leben vorging.

Als sie den Aussichtspunkt erreichten, war der Himmel beinahe wolkenlos. Mark schaltete das Getriebe auf Parkstellung, ließ den Motor aber laufen. Hitze strömte aus den Heizungsschlitzen und wärmte Darcys Füße und Beine.

Er drehte den Oberkörper zu ihr um und bemerkte: »Du siehst so ernst aus. Hast du was?«

»Ich denke nur nach.«

»Tut das weh?«, scherzte er.

Sie unterdrückte ein Lachen und setzte eine hochnäsige Miene auf. »Ich bin sehr intelligent. Deine Unfähigkeit, das zu erkennen, wirft ein schlechtes Licht auf dich, nicht auf mich.«

»Oh, wir sind aber gar nicht schnippisch heute Abend, wie?« Er grinste. »Ich habe schon längst gemerkt, dass du ziemlich smart bist. Ich bin nämlich auch smart.«

»Wirklich? Das ist mir noch gar nicht aufgefallen.« Sie täuschte großes Interesse an dem vor, was jenseits des Seitenfensters zu sehen war.

Plötzlich spürte sie seine Hand unter ihrer Jacke. Er griff in ihre Achselhöhle und begann, sie zu kitzeln. Mark hatte sich bereits abgeschnallt, aber Darcy war noch immer in ihrem Sicherheitsgurt gefangen. Sie wand sich heftig, konnte seinen forschen Fingern aber nicht entfliehen. Sie kreischte und lachte und keuchte schließlich atemlos: »Hör auf!«

»Ich hab dich jetzt in meiner Gewalt«, entgegnete er in gespielt drohendem Ton. »Ich werde dich kitzeln, bis du dich mir unterwirfst.«

Sie schob seine Hand fort. Unverhofft gab er sich geschlagen. Er streichelte ihre Wange, und dabei wurde seine Miene ernst und sanft.

Leise eröffnete er: »Ich hatte nicht erwartet, jemandem wie dir zu begegnen. Ich bin nach Whitehorn zurückgekommen, um meine Wunden zu lecken und zu ergründen, was ich mit meinem Leben anfangen soll. Plötzlich warst du da, hast dich mit mir wegen meiner Essgewohnheiten angelegt und versucht, die Welt zu retten.«

Sie hatte das Gefühl, sich in seinen tiefgrünen Augen zu verlieren. Ihr Herz schien zu rasen, während eine freudige Erregung in ihr aufstieg. Denn er blickte sie an, als ob sie ihm lieb und teuer wäre, als ob sie ihm wichtig wäre.

»Ich habe vorher noch nie jemanden wie dich gekannt«, gestand Mark ein. »Nach Sylvia habe ich mir geschworen, mir nie wieder an einer Frau die Finger zu verbrennen. Ich wollte niemandem mehr trauen und mich auf niemanden einlassen. Aber dir zu vertrauen ist leicht. Du bist ein guter Mensch, und davon gibt es nicht besonders viele.«

»So gut bin ich gar nicht«, widersprach Darcy. »Und es gibt sehr viele wirklich tolle Menschen. Du musst nur die Augen aufmachen, um sie zu finden.«

»Ich habe vergessen zu erwähnen, dass du mir gern widersprichst.«

»Das stimmt ja gar nicht!« Sie zog den Kopf ein. »Das könnte vielleicht als Beweis für deinen Standpunkt gelten, aber ich finde nicht, dass ich zu Widersprüchen neige.«

»Aha.« Er rückte näher zu ihr. Sein Mund war nur wenige Zentimeter von ihrem entfernt. »Du verwirrst mich total.«

»Gleichfalls. Bei dir weiß ich nie, ob ich gerade komme oder gehe.«

»Was ist dir denn lieber?«

Während sie noch nach einer Antwort suchte, legte er die Arme um sie. Er zog sie an sich und küsste sie.

Die vertraute Nähe, die Hitze seines Körpers, die Leidenschaft – all das zusammen überwältigte sie. Verlangen durchströmte sie. Verlangen und das Gefühl, genau dort zu sein, wohin sie gehörte. Zu Mark …

Ein schrilles Geräusch zerriss die Stille der Nacht. Das Heulen von Sirenen.

Er richtete sich auf und blickte aus dem Fenster. Von ihrem

Standort hoch oben über der Stadt waren mehrere Feuerwehrwagen zu sehen, die durch die Straßen rasten.

»Das ist die gesamte Feuerwehreinheit von Whitehorn«, stellte Mark fest. »Ich möchte gern wissen, was da brennt.« Er löste die Handbremse und warf Darcy einen bedauernden Blick zu. »Es tut mir leid. Ich weiß, dass ich dir die Stimmung verderbe. Aber in letzter Zeit gab es einige seltsame Vorkommnisse in der Stadt, und dieses Feuer könnte damit zusammenhängen. Ist es sehr schlimm, wenn wir hier verschwinden?«

Sie schüttelte den Kopf. Denn der Kriminalist in Mark war in den Vordergrund getreten. Es war sinnlos, gegen sein Vorhaben zu protestieren. Selbst, wenn sie ihn zum Bleiben überredete, galt seine Aufmerksamkeit nicht mehr ihr. Je eher sie sich Klarheit über den Brand verschafften, desto früher konnten sie sich wieder in den Armen liegen. Zumindest stellte sie es sich so vor.

Sie folgten dem Heulen der Sirenen. Schließlich konnten sie Flammen sehen, die in den Himmel hinaufzüngelten. Darcy blickte sich nach allen Seiten um und versuchte, sich zu orientieren. Ihr Magen verkrampfte sich, als sie das Viertel und dann die Straße erkannte. Eine furchtbare Vorahnung keimte in ihr auf.

Mark stellte den Truck hinter dem letzten Feuerwehrwagen ab und stieg aus. Sie folgte ihm und starrte auf das Albtraumszenario, das sich vor ihren Augen entfaltete und bis hinauf zu den Sternen erstreckte.

Entsetzen packte sie, während sie beobachtete, wie eine zornige Feuersbrunst das Hip-Hop-Café zerstörte. Sie standen ein gutes Stück von dem brennenden Gebäude entfernt, aber selbst aus der Distanz wirkte die Hitze geradezu erdrückend.

Mit jedem Atemzug sogen sie den Geruch der Zerstörung ein, während das Café dem Erdboden gleichgemacht wurde. Die Geräusche verblüfften sie am meisten. Das Tosen des Feuers, während es gierig alles Brennbare verschlang. Das Ächzen und Stöhnen des Gemäuers. Das Bersten von Balken. Das Zischen von Wasserdampf. Das Donnern der herabstürzenden Decke.

Darcy konnte kaum fassen, was da geschah. Noch vor zwei Stunden hatte das Hip-Hop-Café unversehrt da gestanden, wo es stehen sollte, und nun verschwand es vor ihren Augen. Um sie her versammelten sich Leute; einige redeten leise, anderen hatte die furchtbare Gewalt der Flammen die Sprache verschlagen.

Sie war sich nicht sicher, wie lange sie zusah. Allmählich wurde das Feuer kleiner. Der Rauch wechselte die Farbe – von Dunkelgrau zu fast Weiß, während die Feuerwehrleute den Kampf gewannen. Schließlich war nichts mehr übrig als ein Haufen qualmender Trümmer.

Dann erst wurde Darcy bewusst, was sie verloren hatte. Nicht nur den Vertrag für die Backwaren, sondern auch ihren Arbeitsplatz. Ihre Haupteinkommensquelle war soeben in Flammen aufgegangen. Tränen brannten ihr in den Augen. Sie wandte sich ab, um mit Mark zu sprechen, und stellte fest, dass er in ein Gespräch mit dem Sheriff und jemandem von der Feuerwehr vertieft war.

»Ich werde es herausfinden«, sagte er gerade. Er warf ihr einen Blick zu. »Darcy, warst du die letzte Person im Gebäude?«

Seine Frage klang beiläufig, als ob er sich nach dem Wetter erkundigte. Doch im Bruchteil einer Sekunde drang die wahre Bedeutung seiner Worte in ihr Bewusstsein vor. Sie hatte das Restaurant geschlossen; womöglich war alles ihre Schuld!

Aufgebracht packte sie ihn am Ärmel seines Mantels. »Mark, ich weiß genau, dass ich alles ausgemacht habe. Den Ofen, die Lichter. Einfach alles. Es gibt eine Checkliste fürs Zuschließen. Ich mache es nicht sehr oft, und deshalb bin ich nach der Liste vorgegangen, nicht nach meinem Gedächtnis.«

»Ich weiß. Es ist alles in Ordnung.«

Sie wollte ihm glauben, doch sie sah etwas Furchterregendes in seinem Blick. Eine gewisse Distanz.

Er legte einen Arm um sie und zog sie näher. Nicht, um sie zu trösten, wie sie zunächst hoffte, sondern damit sie direkt mit dem Sheriff und dem Brandmeister sprechen konnte. »Erzähl ihnen, was passiert ist«, forderte er sie auf.

Darcy berichtete über ihre letzte Stunde im Restaurant. So detailliert wie möglich beschrieb sie all die Handgriffe, die sie getätigt hatte, um das Lokal zu schließen. Ihre zitternde Stimme erschwerte den Rapport ein wenig, aber beide Männer zeigten

Geduld. Sie stellten ihr einige Fragen, wurden aber unterbrochen, als Melissa North eintraf.

Kurz darauf kam ein Feuerwehrmann mit einem verkohlten Benzinkanister, den er dem Brandmeister übergab. »Der lag in der Seitenstraße«, erklärte er. »Gleich bei der Hintertür.«

Melissa schrie erschrocken auf und murmelte dann betroffen: »Das verstehe ich nicht.«

»Wir auch nicht«, teilte der Sheriff ihr mit. »Aber wir werden der Sache auf den Grund gehen.« Zusammen mit dem Brandmeister entfernte er sich einige Schritte.

Darcy konnte nicht hören, was gesagt wurde. Sie drehte sich um und stellte fest, dass Mark in der Menschenmenge verschwunden war. Sie fühlte sich sehr allein.

»Es tut mir wirklich leid«, zwang sie sich zu Melissa zu sagen. Es fiel ihr schwer zu sprechen. »Ich schwöre, dass ich nichts getan habe, was das Feuer ausgelöst haben könnte.«

Melissa wischte sich die Tränen von den Wangen. »Ich glaube Ihnen. Da ein Benzinkanister gefunden wurde, ist es sehr unwahrscheinlich, dass das Feuer durch einen elektrischen Kurzschluss oder eine angelassene Herdplatte ausgelöst wurde. Ich nehme an, ich …«, sie schluchzte leise auf, »… muss wohl doch umgestalten.«

Ein großer Mann trat zu ihr und legte die Arme um sie. Es war ihr Ehemann, Wyatt North, und er führte sie behutsam von der Brandstelle fort.

Darcy wurde sich schmerzlich bewusst, dass jeder einen Freund oder einen Nahestehenden zu haben schien, auf den er sich stützen konnte. Nur sie selbst stand ganz allein da.

»Ma'am? Wir werden später noch einmal mit Ihnen sprechen müssen.«

Sie drehte sich um und sah den Brandmeister auf sich zukommen. »Das verstehe ich nicht. Worüber denn?«

»Das Feuer. Wir möchten noch einmal mit Ihnen durchgehen, an was Sie sich erinnern.«

»Aber was ist mit dem Benzinkanister? Ist der Brand denn nicht durch das Benzin ausgelöst worden?«

»Es ist noch zu früh, um das mit Sicherheit sagen zu können.« Er schenkte ihr ein kleines Lächeln. »Niemand will Ihnen irgendetwas vorwerfen. Wir müssen Sie jedoch bitten, die Stadt in den nächsten Tagen nicht zu verlassen. Wir müssen so viele Informationen wie möglich sammeln.«

Darcy nickte nur, sie hätte auch kein Wort herausgebracht. Sie konnte kaum atmen. Sie hatte keinen Job, keinen Auftrag für ihre Backwaren, kein wesentliches Einkommen mehr, und jetzt war es ihr auch noch verboten, Whitehorn zu verlassen?

»Wie fühlst du dich?«

Sie drehte sich um und sah Mark. Erleichterung erfasste sie. Gott sei Dank war er noch da. Sie griff nach ihm, in dem Bedürfnis, seine Arme um sich zu spüren, von ihm getröstet zu werden.

Stattdessen drückte er ihr einen Schlüsselbund in die Hand. »Ich muss ins Büro des Sheriffs«, teilte er ihr zerstreut mit, ohne sie auch nur anzusehen. »Nimm den Truck, und fahr nach Hause. Ich weiß nicht, wann ich mit der Arbeit fertig werde. Aber ich lasse mich von jemandem nach Hause bringen, sobald ich mich loseisen kann.« Er schenkte ihr ein flüchtiges Lächeln und verschwand in der Menschenmenge.

Darcy blieb allein zurück.

15. Kapitel

Sheriff Rafe Rawlings traf am nächsten Morgen um kurz vor neun bei Darcy ein, um sie abzuholen. »Wir haben nur ein paar einfache Fragen an Sie«, erklärte er höflich, als sie zu ihm ins Auto stieg.

Sie redete sich ein, dass es ein gutes Zeichen war, dass sie vorn sitzen durfte anstatt auf dem Rücksitz, wohin man Verbrecher zu verfrachten pflegte. Außerdem hatte er ihr keine Handschellen angelegt. Während er abfuhr, blickte sie über die Schulter zurück zum Duplex. Der Truck stand noch immer im Carport, wo sie ihn am vergangenen Abend abgestellt hatte. Soweit sie wusste, war Mark die ganze Nacht nicht nach Hause gekommen und auch an diesem Morgen noch nicht eingetroffen. Wo steckte er, und was mochte er denken?

In den nächsten drei Stunden erhielt sie keine Antwort darauf. Sie beantwortete so viele Fragen, dass ihr Hals zu schmerzen begann. Nein, sie hatte niemand Verdächtigen ums Café herumschleichen sehen. Ja, sie hatte den Herd abgestellt und beide Kaffeemaschinen ausgesteckt, bevor sie gegangen war. Sie berichtete von der Checkliste und erklärte, wie akribisch sie danach vorgegangen war, weil sie es nicht gewöhnt war, das Lokal für die Nacht abzuschließen.

Diese Aussage warf eine ganze Reihe neuer Fragen auf. Warum war sie plötzlich gebeten worden, die Abendschicht zu übernehmen, wenn sie es für gewöhnlich nicht tat?

Darcy versuchte, gelassen zu bleiben. »Ich habe den Schichtwechsel nicht verlangt. Es gab ein riesiges Durcheinander mit dem Belegungsplan.« Sie legte die kalten Hände um den Becher mit Kaffee, den die Sekretärin des Sheriffs ihr serviert hatte, und versuchte, nicht darüber nachzudenken, ob das Verhör ohne ihr Wissen auf Tonband aufgenommen oder gar auf Video aufgezeichnet wurde. »Eine Servicekraft wollte am Nachmittag freihaben, wegen einer Geburtstagsfeier für ihre Tochter. Jemand von der Abendschicht wollte mit der Morgenschicht tauschen. Ein anderer hatte einen Termin beim Arzt. Jeder hat praktisch mit jedem getauscht, und zum Schluss war niemand bereit, am Abend zu arbeiten.«

Sie blickte dem Sheriff ins Gesicht und versuchte zu lächeln. Sie bezweifelte, dass es ihr besonders gut gelang. »Den Leuten, die ständig abends arbeiten, gefällt es. Der Rest von uns hasst es und versucht, sich davor zu drücken. Schließlich habe ich mich bereit erklärt, den Schlussdienst zu übernehmen. Es kommt nicht oft vor, dass ich für jemanden einspringen muss, und ich versuche meistens, kooperativ zu sein – damit die Leute bereit sind, mit mir zu tauschen, wenn es mal nötig sein sollte.«

Rafe sah sie nicht an, während er sich Notizen machte.

Darcy verschränkte die Arme vor der Brust. Obwohl das Raumklima angenehm war, fröstelte sie innerlich. Ihr Magen verkrampfte sich jedes Mal, wenn sie an Mark dachte. Warum hatte sie ihn nicht mehr gesehen? War er wirklich so beschäftigt, oder ging er ihr aus dem Weg? Sie hatte nichts falsch gemacht, aber glaubte er ihr das? Oder dachte er, dass er sich wieder einmal mit einer Kriminellen eingelassen hatte? Erinnerte ihn diese Situation an jene mit Sylvia?

Der Sheriff ging noch einmal den vergangenen Abend mit ihr durch.

Darcy fühlte sich erschöpft. Zum Teil war es die Folge des Verhörs, aber der Hauptgrund war vermutlich, dass sie unter Schock stand und in der vergangenen Nacht nicht geschlafen hatte. Egal, wie oft sie duschte, sie wurde den Rauchgeruch, der in ihrer Nase zu hängen schien, einfach nicht los.

»Das ist vorläufig alles«, teilte Rafe ihr endlich mit. »Sie werden bald vom Brandermittler hören. Er wird mit Ihnen reden wollen. Wahrscheinlich noch heute.«

Sie nickte. »Ich habe meinen Arbeitsplatz verloren, schließlich ist das Hip Hop abgebrannt. Ich gehe bestimmt nicht auf Luxusreise.«

Er reagierte nicht sonderlich mitfühlend. »Einer meiner Männer wird Sie nach Hause fahren. Danke für Ihre Zeit, Ms. Montague.«

Sie spielte mit dem Gedanken zu fragen, ob es ihr inzwischen gestattet war, die Stadt zu verlassen. Aber sie wollte keinen Verdacht erregen. Zweifellos hätte der Sheriff im Detail den Grund dafür wissen wollen. Falls sich der Drang in ihr regte, ihren Bruder zu besuchen, konnte sie immer noch im Büro des Sheriffs anrufen und die Erlaubnis dazu einholen.

Mark schien nicht zu Hause zu sein, als Darcy von einem jungen Deputy vor dem Duplex abgesetzt wurde. Mehrmals klopfte sie an seine Tür, obwohl sie wusste, dass es sinnlos war. Die Morgenzeitung lag nämlich noch auf seiner Veranda.

Darcy hob sie auf und ging in ihre eigene Wohnung. Sie kochte Kaffee und setzte sich an den Küchentisch, um die Schlagzeilen zu lesen. Vielleicht gelang es ihr sogar, genügend Energie aufzubringen, um die Stellenangebote durchzugehen, da sie nun einen Job brauchte. Jedes Mittel war ihr recht, um sich von dem Gedanken abzulenken, dass viel zu viel Zeit vergangen war, seit Mark am vergangenen Abend verschwunden war. Er hatte ihr seinen Truck überlassen, damit sie nach Hause fahren konnte, ihr aber nicht versprochen, sie anzurufen. Und das hatte er auch nicht getan.

Was dachte er von ihr? Gab er ihr die Schuld an dem Brand? War er für immer aus ihrem Leben verschwunden?

Sie verspürte einen Stich in der Brust und konnte kaum noch atmen. Sie wünschte, es wäre ein medizinisches Problem, das sich durch Tabletten oder mehr Bewegung beseitigen ließe. Doch sie wusste, dass es weit schwerer zu heilen war. Sie litt an dem schmerzlichen Verlust all dessen, was sie sich je ersehnt hatte.

Nachdem sie so lange für sich allein geblieben war, hatte sie es schließlich gewagt, sich auf jemanden einzulassen und sich in ihn zu verlieben. Nachdem sie sich fünf Jahre lang abgestrampelt hatte, war finanzielle Sicherheit in greifbare Nähe gerückt gewesen. Und dann, an einem einzigen Abend, war ihr alles wieder genommen worden. Und zu allem Überfluss wurde sie höchstwahrscheinlich noch immer der Brandstiftung verdächtigt.

Ihre Gedanken überschlugen sich. Whitehorn war kein großer Ort. Wo sollte sie einen neuen Job finden? Was war mit Dirk? Es war ihr äußerst wichtig, dass er in der Madison School bleiben konnte. Vielleicht erhöhte ihre Arbeitslosigkeit die Chancen auf Beihilfe. Bei Gott, sie war mittelloser denn je zuvor.

Vielleicht sollte ich Andrew anrufen und ihn über die neue Situation informieren. Spontan griff sie zum Telefon, doch im nächsten Moment fiel ihr ein, dass er zwischen Weihnachten und Neujahr im Urlaub war.

Darcy widerstand dem Drang, sich ihrer Verzweiflung hinzugeben. Irgendwoher musste sie die Kraft nehmen, alles auf die Reihe zu bringen. Die letzten fünf Jahre hatten sie zu einer Überlebenskünstlerin gemacht. Sie war fest entschlossen, diese Krise zu überstehen und nach vorn zu blicken. Wenn das bedeutete, sich Mark aus dem Kopf schlagen zu müssen, dann wollte sie auch das schaffen.

Doch die Vorstellung, ohne ihn zu sein, tat sehr weh. Um sich nicht in ihren Kummer hineinzusteigern, schlug sie die Zeitung auf und überflog die Schlagzeilen. Sie stieß auf ein Foto, auf dem zu sehen war, was vom Hip Hop übrig geblieben war. Darunter stand ein ausführlicher Artikel. Sie überflog ihn. Zuerst fiel ihr lediglich auf, dass sie nicht als Verdächtige erwähnt wurde. Dann erst begriff sie die eigentliche Aussage. Mit offenem Mund las sie: *Schatztruhe mit Gold und Juwelen im Fundament vom Café gefunden.*

Darcy blinzelte. Gold und Juwelen? Im Fundament des Hip Hop? Wie war das möglich?

Sie las den Artikel noch einmal, diesmal sehr aufmerksam, fand aber keine näheren Angaben zur Sachlage. Es wurde nur noch erwähnt, dass »das Büro des Sheriffs die Ermittlungen aufgenommen hat«.

Woher in aller Welt stammte die Truhe? Stand dieser Schatz in Zusammenhang mit dem Feuer? Hatte jemand davon erfahren und ihn zu stehlen versucht?

Jemand, der Geld brauchte? Darcys Herz sank. Denn sie fiel zweifellos in diese Kategorie, und Mark wusste es.

Heftig zerknüllte sie die Zeitung und schleuderte sie durchs Zimmer. Sie musste etwas unternehmen. Irgendetwas, um nicht völlig durchzudrehen. Sie stand auf und eilte ins Wohnzimmer. Unter dem Baum lag ein Haufen Verpackungsmaterial. Wenn sie aufräumte oder vielleicht sogar die ganze Wohnung gründlich putzte, konnte sie vielleicht verhindern, ständig nur daran zu denken, zu welchem Desaster sich ihr Leben entwickelt hatte.

Sie sammelte Geschenkpapier, Schleifen und leere Schachteln ein und stopfte alles in den riesigen Karton. Während sie werkte, versuchte sie zu verdrängen, wie wunderschön das Weihnachtsfest mit Mark verlaufen war, wie großzügig er sich ihr gegenüber verhalten hatte und wie sehr er den Umgang mit Dirk genossen zu haben schien.

Die kleine Schachtel mit den Lotterielosen, die er ihr geschenkt hatte, fiel ihr in die Hände. *He, vielleicht ist eines davon eine Million Dollar wert, und all meine Probleme sind gelöst …*

Sie holte eine Münze aus der Tasche und setzte sich aufs Sofa. Dann legte sie die Lose auf den Couchtisch, riss das oberste auf und begann zu rubbeln.

»Niete! Was denn sonst«, murmelte sie düster vor sich hin.

Das zweite Los wies einen Gewinn von zwei Dollar auf. Sie rubbelte gerade die Ziffern auf dem dritten Schein frei, als das Telefon klingelte. Sie starrte auf den Wert von hunderttausend Dollar, der im ersten Feld zum Vorschein gekommen war. *Hundert Riesen? In welchem Leben passiert denn so was?*

Kopfschüttelnd wandte sie sich ab und griff zum Hörer. »Hallo?«

»Darcy? Hier ist Mark.«

Das Gespräch war verstümmelt. Sie konnte kaum ein Wort verstehen. Trotzdem begann ihr Herz wie wild zu klopfen, und ihre Stimmung stieg sprunghaft an. »Mark? Wo bist du? Was ist los?«

»Ich bin …«

Es knarrte und knisterte in der Leitung. Sie hörte, dass er etwas sagte, aber sie konnte die Worte nicht verstehen.

»… und ich wollte mich verabschieden.«

Sie erstarrte. »Verabschieden?«

»Darcy, du weißt, dass ich es tun muss. Es tut mir leid. Ich werde …«

Und dann war die Leitung plötzlich tot.

Darcy starrte aufs Telefon, drückte hektisch die Trenntaste. Als das nichts nützte, rief sie über die Kurzwahltaste die Nummer des letzten eingegangenen Anrufs an. Sie wartete ungeduldig. Schließlich ertönte eine automatische Ansage, in der ihr mitgeteilt wurde, dass der gewünschte Handyteilnehmer momentan nicht erreichbar sei.

Fast eine Stunde lang hielt Darcy sich in der Nähe des Telefons auf. Sie wanderte hin und her und betete, dass Mark zurückrufen und ihr alles erklären möge.

Schließlich sah sie ein, dass sie aufhören musste, sich etwas vorzumachen. Sie mochte nicht jedes Wort von ihm verstanden haben, aber sie hatte genug gehört. Er hatte sich von ihr verabschieden wollen. Weil er die Sache mit ihr beenden wollte.

Sie sank aufs Sofa und barg das Gesicht in den Händen. Was mochte ihn dazu veranlasst haben, sich von ihr abzuwenden? Das Feuer? Glaubte er wirklich, dass sie dafür verantwortlich war? Aber aus welchem Grund? Welchen Vorteil hätte es ihr eingebracht, das Hip Hop abzufackeln? Durch den Brand hatte sie ihre Anstellung und einen lukrativen Backauftrag verloren. Was dachte Mark sich bloß? Oder dachte er gar nicht? Reagierte er nur, genau wie zuvor bei der Sache mit der Geldwäsche?

Oder war es noch schlimmer? Ging es ihm darum, dass sie nun mittellos war und trotzdem das Schulgeld für ihren Bruder zahlen musste? Wollte er sie loswerden, weil sie in finanziellen Schwierigkeiten steckte? Oder lag es einfach daran, dass sie ihm nie wirklich etwas bedeutet hatte? Machte sie sich nur selbst etwas vor, wenn sie glaubte, dass er mehr von ihr wollte als billigen schnellen Sex?

Tränen strömten ihr übers Gesicht. Sie gab sich der Einsamkeit und dem Kummer hin und schluchzte, bis ihr die Kehle wehtat. Sie weinte, weil sie so viel Zeit allein verbracht und sich so sehr bemüht hatte, alles richtig zu machen, nur um wieder genauso dazustehen wie ganz am Anfang: verlassen und am Boden zerstört.

»Nein! Hör auf damit!«, befahl sie sich laut. Sie wollte nicht in Selbstmitleid zerfließen, weil es nichts an ihrer Situation änderte und ihr nur die Kraft raubte. So resolut schlug sie mit beiden Händen auf die Tischplatte, dass die Lotterielose durcheinanderflogen.

Darcy starrte auf den Gewinn von zwei Dollar. *Als ob der was nützt!* Sie zerknüllte die Niete, griff zur Münze und rubbelte gelassen über den Schein mit den hunderttausend Dollar. Im zweiten Feld erschienen die Ziffern erneut.

Ihr stockte der Atem. Das heißt noch gar nichts, sagte sie sich. Denn um zu gewinnen, brauchte sie drei Mal denselben Betrag.

Da kommt bestimmt nicht noch mal hunderttausend. Auf keinen Fall. Das Leben ist nicht so einfach.

Gemächlich rieb sie mit der Münze übers dritte Feld. Zwei Dollar. Zehn Dollar. Fünfzig Dollar.

Einhunderttausend Dollar!

Darcy ließ die Münze fallen und sprang so schnell auf, dass sie taumelte. Sie konnte es nicht fassen. Einhunderttausend Dollar? War das wirklich ihr Gewinn?

Sie stieß einen lauten Jubelschrei aus. Sie war gerettet! Mit so viel Geld konnte sie Dirks Schule bezahlen, ein Sparkonto anlegen und sorgenfrei leben. Sie konnte sich mit normalen Arbeitszeiten ihren Lebensunterhalt verdienen, ohne sich Monat für Monat abrackern zu müssen. Sie konnte …

Mitten in ihrem Glückstaumel hielt sie inne. Ihre Schultern sackten hinunter; ihre Hochstimmung verflog. Es war nicht ihr Geld. Das Los stammte von Mark. Sicherlich hätte er es ihr nicht gegeben, wenn er den Wert gekannt hätte. Sie durfte es nicht behalten. Nicht in Anbetracht dessen, wie er ihre Beziehung beendet hatte. Sie wollte kein Geld von ihm. Das erschien ihr zu sehr wie eine Bezahlung für erbrachte Dienstleistungen.

Um kurz nach acht Uhr am folgenden Morgen machte Darcy sich auf den Weg in die Stadt. Sie hatte immer noch nicht geschlafen und fühlte sich total gerädert. Stunden hatte sie damit zugebracht, eine Nachricht zu verfassen, die nun zusammen mit dem Lotterielos in einem Umschlag steckte. Es war ihr wichtig, Mark unverblümt die Meinung zu sagen, ohne ihm dabei zu verraten, wie weh ihr sein Verhalten tat. Es sollte flippig klingen, aber sie fürchtete, dass es einfach zickig wirkte.

Sei's drum! Dann soll er eben schlecht von mir denken, wenn er unbedingt will. Das Entscheidende für sie war, dass sie ihm die hunderttausend Dollar gab.

Darcy erreichte das Büro des Sheriffs. Auf ihre Frage nach Mark erfuhr sie, dass er sich derzeit nicht in der Stadt aufhielt. Sie hinterlegte den verschlossenen Umschlag für ihn beim Schalterbeamten und machte sich auf den Rückweg nach Hause.

Ich fange noch heute mit der Jobsuche an, nahm sie sich unterwegs vor. Außerdem wollte sie sich gleich nach neuen Festabnehmern für ihre Backwaren umsehen. Schließlich gab es noch andere Restaurants in der Stadt. Ein Coffeeshop in einem Bürogebäude wäre zum Beispiel kein schlechter Einstieg. Oder vielleicht ergab sich eine Möglichkeit, ihre Waren in einem Kiosk im Einkaufszentrum anzubieten.

Ich werde gleich mal ein paar Anrufe tätigen und dann anfangen, Kostproben zu backen. Wenn ich …

Jäh trat sie aufs Bremspedal, als das Duplex in Sicht kam. Denn sie sah jemanden auf ihren Verandastufen sitzen. Jemanden, der sehr vertraut wirkte.

Ganz langsam rollte sie weiter, hielt dann in der Auffahrt an und schaltete den Motor ab. Sie stieg aus und fragte sich dabei, ob sie ihren Augen trauen durfte. »Mark?«

Er stand auf und lächelte sie an. Der Schmerz in ihrem Herzen klang ein kleines bisschen ab. Denn es war nicht das Lächeln eines Mannes, der alle Brücken hinter sich abgebrochen hatte.

»Du machst mich wirklich wahnsinnig«, eröffnete er ihr zur Begrüßung. Er ging ihr entgegen und blieb kurz vor ihr stehen. »Ich habe gestern versucht, dir alles zu erklären, aber ich war in einer Gegend mit schlechtem Handyempfang, und nachdem wir unterbrochen wurden, konnte ich dich nicht wieder erreichen.«

»Ich weiß. Ich habe versucht, dich zurückzurufen.«

Er nahm ihr Gesicht zwischen seine großen starken Hände. »Ich habe nur ganz wenig Zeit. Ich bin auf einer heißen Spur wegen der Schatztruhe, die im Fundament des Hip Hop gefunden wurde, und die muss ich weiterverfolgen. Aber ich wollte mich vergewissern, dass mit uns alles in Ordnung ist.«

»Ist es das denn?«

Er beugte sich zu ihr und küsste sie. »Eigentlich hatte ich es ganz anders geplant, aber ich kann nicht länger warten. Ich liebe dich, Darcy. Ich liebe dich schon seit längerer Zeit, aber das war mir nicht bewusst. Ich hatte zu viel Angst, dass du wie Sylvia sein könntest, und war fest entschlossen, nie wieder jemandem zu vertrauen. Dadurch habe ich lange nicht erkannt, was für ein Gewinn du bist. Aber ich habe meine Lektion gelernt. Du bist die unglaublichste Frau, der ich je begegnet bin. Ich möchte, dass wir unser Leben gemeinsam verbringen. Ich will mit dir eine Familie gründen und Kinder haben. Das wollte ich dir neulich beim Aussichtspunkt schon sagen, aber der Brand ist dazwischengekommen. Tut mir leid.«

Ihre Gedanken überschlugen sich. Seine Worte drangen in ihr Bewusstsein vor, waren wie Balsam für ihre Wunden und entlockten ihr ein glückliches Lachen. Sie legte die Arme um ihn und drückte ihn an sich. »Sag es mir noch mal!«, drängte sie.

»Ich liebe dich. Ich will immer mit dir zusammen sein. Ich will dir mit Dirk helfen und mit dir zusammen ein riesiges Haus kaufen und Leute ohne Angehörige einladen, uns an jedem Thanksgiving Gesellschaft zu leisten. Du bist so großherzig, und das solltest du auch weiterhin sein.«

Sie wich ein Stück zurück und blickte ihn eindringlich an. »Du glaubst also nicht, dass ich etwas mit dem Feuer zu tun habe?«

»Niemals. Hast du das etwa gedacht?«

Sie presste die Lippen zusammen, bevor sie eingestand: »Ich habe mir Gedanken deswegen gemacht. Zuerst bist du verschwunden, und dann kam dieser ominöse Anruf.«

»Niemals«, wiederholte er und küsste sie. »Du bist der beste Mensch, den ich kenne. Ich liebe dich.«

»Ich liebe dich auch.« Sie erwiderte den Kuss, wich dann aber noch einmal zurück. »Dir ist doch aber klar, dass ich momentan keinen Job habe, oder?«

Er stöhnte. »Du machst mich wahnsinnig! Wieso ist das denn wichtig? Wir beide halten doch zusammen. Ich möchte, dass wir so schnell wie möglich heiraten. Anstatt siebenundvierzig verschiedene Jobs auszuüben, kannst du dich dann ganz auf deine Bäckerei konzentrieren. Das liegt dir doch am meisten, oder?«

Darcy nickte. Sie war sich immer noch nicht ganz sicher, ob das alles wirklich passierte oder nur ein schöner Traum war. Stimmte es wirklich, dass Mark sie liebte und die Verantwortung für Dirk mit ihr teilen wollte?

Kann das wahr sein? Ist das Leben wirklich so gut zu mir? Sie forschte in seinem Gesicht. »Du glaubst mir doch, dass ich dich liebe, oder? Ich meine, ich tue es nicht wegen des Geldes.«

»Was für Geld?«

»Warst du gar nicht in deinem Büro? Ich habe das Lotterielos dort für dich hinterlegt.«

»Wovon redest du denn da?«

Eindringlich erklärte sie: »Eines von den Rubbellosen, die du mir gegeben hast, ist hunderttausend Dollar wert. Ich war der Meinung, dass mir das Geld nicht zusteht. Deswegen habe ich das Los an dich zurückgegeben und eine Nachricht dazu geschrieben. Hast du den Brief nicht bekommen?«

Er schüttelte den Kopf. »Ich bin schnurstracks hierhergekommen, und ich muss gleich wieder weg.« Er schloss sie in die Arme, hob sie ein Stück hoch und wirbelte sie im Kreis herum. »Meine Frau ist also reich. Cool!«

Sie lachte und klammerte sich an ihn. »Es ist dein Geld, nicht meins.«

»Prima. Also ist dein Ehemann reich. Genauso cool. Mir ist es so oder so recht.« Mark stellte sie wieder auf die Füße. »Wir nehmen einen Teil für die Hochzeit und die Flitterwochen, und den Rest legen wir zur Seite. Jetzt brauchst du dich nicht mehr um Dirks Schulgeld zu sorgen. Es ist praktisch beglichen.«

Sie küsste ihn. »Du bist erstaunlich«, flüsterte sie nachdrücklich. »Ich bin so glücklich, dass du mich liebst. Und dass du Verständnis für die Situation mit meinem Bruder hast.« Sie seufzte glücklich. »Nach Whitehorn zu ziehen war das Beste, was ich tun konnte – für Dirk und für mich.«

Er lächelte sie an. »Es war auch für mich ein Glücksgriff, Darcy. Ich habe mein ganzes Leben lang auf dich gewartet.«

Susan Mallery

Mistelzweig und Weihnachtsküsse

Roman

Aus dem Englischen von
Iris Homann

mtb

1. Kapitel

Die Frau neben ihm umklammerte seine Hand, als fürchtete sie, er würde ihr davonlaufen. Ihre Augen waren geschlossen, und sie bewegte die Lippen wie in einem stillen Gebet. Lange blonde Haare fielen über ihre Schultern herab und streiften seine Hand.

Jordan Haynes erkannte den typischen Krankenhausgeruch. Verschwommen nahm er seine Umgebung wahr. Auch dieses Gefühl kannte er – offenbar hatte man ihm starke Schmerzmittel gegeben. Nur die Frau an seinem Bett konnte er nicht einordnen. Aber wer auch immer sie sein mochte, es war wirklich nett von ihr, so besorgt um ihn zu sein.

Sie ließ ihre Hand ein wenig sinken, und ihr Haar strich über sein Handgelenk. Wie kühle Seide, dachte er. Gern hätte er seine freie Hand gehoben und sie durch die hellen Strähnen gleiten lassen. Aber sein Arm fühlte sich an wie festgenagelt. Er war einfach zu geschwächt, um sich zu bewegen. Anstatt ihre Haare zu berühren, konzentrierte er sich also auf ihr Gesicht.

Sommersprossen sprenkelten ihre Wangenknochen und die Nase. *Sommersprossen.* Er zog eine Grimasse. Die Winkel ihres großzügigen Munds waren leicht nach oben gebogen. Außer dem Mascara, der ihre langen Wimpern betonte, trug sie kein Make-up. Er hätte fünfzig Dollar gewettet, dass sie blaue Augen hatte und früher einmal Cheerleaderin ihrer Highschool gewesen war. Mit ihrem kerngesunden Aussehen hätte sie das Model einer Milchwerbung sein können. Was suchte sie also in seinem Krankenzimmer?

Noch immer berührten ihre Haare seine Hand. Die sanfte, sinnliche Berührung ließ Fantasien in ihm aufsteigen, die sein geschundener Körper nie und nimmer verwirklichen konnte. Jedenfalls nicht in naher Zukunft.

Er zog seine Hand aus der Umklammerung. Sofort öffnete sie ihre Augen. Volltreffer! Sie waren tatsächlich dunkelblau. Jetzt schuldete er sich selbst fünfzig Dollar. Sobald er hier herauskam, war Zahltag.

Die Fremde strahlte, als hätte sie gerade im Lotto gewonnen.

»Sie sind wach«, stellte sie fest. Dann griff sie wieder nach seiner Hand, und ihr Lächeln wurde noch breiter. »Ich bin so froh! Die Schwester sagte schon, Sie würden wieder gesund, aber ich habe mir Sorgen gemacht. Wie fühlen Sie sich? Haben Sie Schmerzen? Möchten Sie einen Schluck Wasser?«

Er wollte etwas sagen, aber sein Hals war zu rau. Er hustete. Sofort sprang sie auf, langte nach einer kleinen Karaffe und schenkte ein wenig Wasser in ein Glas. Sie legte einen Arm um seine Schultern und hob das Glas an seine Lippen.

»Trinken Sie langsam«, forderte sie ihn auf.

Nachdem er die Hälfte getrunken hatte, nickte er zum Zeichen, dass es genug war. Rasch stellte sie den Becher auf den Tisch neben dem Bett und kehrte an ihren Platz zurück. Dieses Mal verschränkte sie gleich die Finger ihrer Hand mit seinen. Und bevor er sich entziehen konnte, lehnte sie sich vor und presste seine Hand an ihre Brust.

Jetzt gehörte ihr wirklich seine volle Aufmerksamkeit. Als sie aufgestanden war, hatte er einen Blick auf ihre beeindruckenden Kurven erhaschen können. Jeder Halbstarke träumte von einer Frau mit solchen Brüsten. Nun lag sein Handgelenk auf ihrem Dekolleté, während sein Zeigefinger ihren Hals streifte. Dass das weite Sweatshirt der Frau wenig verführerisch war, tat nichts zur Sache. Wenn es nach ihm gegangen wäre, hätte sie seine Hand für den Rest des Tages weiter so halten können.

Dann bemerkte er, wie sich ihre blauen Augen verdunkelten. Ihn beschlich die unangenehme Vorahnung, dass sie gleich in Tränen ausbrechen würde. Guter Gott, alles, nur das nicht.

»Wer sind Sie?«, fragte er schroff.

Die Frau lächelte wieder. »Ich bin Holly Garrett«, verkündete sie, als würde das alles erklären.

Er kannte keine Holly Garrett. Aber so, wie sie ihn anstarrte – als hätte er gerade ganz allein die Welt gerettet –, kannte sie ihn offensichtlich sehr gut.

Großartig. Entweder hatten die Schmerztabletten merkwürdige Nebenwirkungen, oder er wurde verrückt.

»Und?«, fragte er weiter.

Einen Moment sah sie ihn verständnislos an. Dann begann sie zu lachen. Er spürte die Vibration des Klangs auf seinem Handrücken, den sie immer noch an ihre Brust drückte. Sie ist freundlich, dachte er. Eine charmante Eigenschaft an einer attraktiven Frau.

»Es hat ein Unwetter gegeben«, erklärte sie. »Sie haben meine Katze gerettet.«

Die Erinnerung brach über ihn hinein und ließ ihn aufstöhnen. Der Sturm hatte einen Baum in die Wohnung über einer freistehenden Garage krachen lassen. Dabei hatte er nicht nur das Dach durchschlagen, sondern leider auch die Wasserleitungen beschädigt. Als Jordan mit seinen Männern angerückt war, hatten sie kaum noch etwas retten können. Dunkel entsann er sich einer Frau, die völlig aufgelöst an einer klemmenden Tür zerrte. Überall war Wasser. Das zweistöckige Gebäude sah aus, als würde es jeden Moment einstürzen. Jordan hatte die Frau gepackt und in Sicherheit gebracht, während sie nach ihrer verdammten Katze schrie. Wie ein Idiot hatte er sich auf die Suche nach dem Tier gemacht. Und das war das Ergebnis: Obwohl er noch keine sechs Monate wieder in Glenwood lebte, war er schon wieder im Krankenhaus gelandet. Verflucht!

»Sie waren wunderbar«, sagte Holly mit belegter Stimme. »Ich weiß nicht, was ich getan hätte, wenn …« Ihre Stimme schwankte.

»Äh, ja … Aber es ist ja nichts passiert, stimmt's?«

Sie schniefte. »Danke«, murmelte sie und drückte seine Hand.

»Ich habe nur meinen Job gemacht«, brummte er. Und den auch noch miserabel. Der Spott seiner Kollegen war ihm jedenfalls sicher, wenn er wieder zu seiner Arbeit bei der Feuerwehr zurückkehrte.

Dem Pochen in seinen Beinen und im Rücken nach zu urteilen, würde das jedoch nicht allzu bald sein. Alle hatten gesehen, was passiert war. Er hatte die Katze gefunden und war sicher aus der Wohnung herausgekommen. Das zappelnde Fellbündel hatte er unter seiner Jacke festgehalten, bis es draußen auf dem Balkon versucht hatte, sich zu befreien. Aus Angst, die Katze könnte von den Feuerwehrwagen überfahren werden oder in der Menschenmenge verschwinden, umklammerte er sie, so fest er konnte. Fast hätte das Biest den Kampf gewonnen, doch dann bekam Jordan das Nackenfell zu packen. Leider hatte er aber bei dem Gerangel den Halt auf den nassen Holzbohlen verloren und war seitlich vom Balkon heruntergefallen.

Vor aller Augen. Er fluchte innerlich.

»Ist irgendetwas gebrochen?«, fragte er, den Blick auf sein Bein unter der weißen Decke gerichtet. Er konnte nicht sehen, ob es eingegipst war.

Holly schüttelte den Kopf. »Nein. Der Tierarzt hat Mistletoe untersucht, es geht ihr prima.«

»Ich meinte nicht die Katze«, antwortete er trocken.

Nachdem sie ihn ein paar Sekunden angestarrt hatte, stieg ihr die Röte ins Gesicht, vom Hals über die Wangen und weiter bis unter die Haarwurzeln.

Ihr Mund formte einen perfekten Kreis. »Oh.« Dann senkte sie den Blick und schien erst jetzt zu bemerken, dass sie seine Hand festhielt. Sie ließ ihn los. »Oh, entschuldigen Sie. Sie meinten *Ihre* Verletzungen. Darüber weiß ich nichts. Die Schwester meinte, Sie können morgen wieder nach Hause, falls Ihnen das weiterhilft.« Sie warf ihm einen kurzen Blick zu. »Es tut mir leid, dass wir Ihnen so viel Ärger beschert haben.«

Seine Hand fühlte sich kalt an, seit Holly sie nicht mehr berührte. Er vermisste ihre Wärme und den leichten Herzschlag – ganz zu schweigen von ihren eindrucksvollen Brüsten.

»Ich habe nur meinen Job gemacht«, wiederholte er sich lahm.

Doch sie schüttelte erneut den Kopf. »Sie haben mehr als das getan. Es war gefährlich, wegen Mistletoe zurück ins Haus zu gehen. Ein Feuerwehrmann hat mir gesagt, dass Einsturzgefahr bestand. Und Sie haben sich verletzt. Es tut mir so leid. Wenn ich irgendetwas für Sie tun kann, sagen Sie es mir bitte.«

Tatsächlich hätte er sie beinahe gebeten, wieder seine Hand zu nehmen. Aber bevor er seinen Wunsch äußern konnte, öffnete sich die Tür, und ein halbes Dutzend Menschen strömte herein.

Jordans jüngerer Bruder Kyle war der Erste. »Hab gehört, du bist von einem Haus gefallen«, grinste er. »Was tut man nicht alles, um zum Helden zu werden.«

Zwei von Jordans Schwägerinnen schoben ihn aus dem Weg und eilten zum Krankenbett.

»Wie geht es dir?«, erkundigte sich Elizabeth.

»Du kannst dich bei uns erholen«, bot ihm Rebecca an. »Wir haben genug Platz.«

Jordans dritte Schwägerin Sandy fragte: »Hast du dir etwas gebrochen?«

»Ich weiß es noch nicht«, konnte Jordan gerade noch antworten, bevor ihn seine älteren Brüder Travis und Craig mit ihren mehr oder weniger fachmännischen Einschätzungen zu seinem Gesundheitszustand übertönten.

Austin Lucas, ein alter Familienfreund, trat an die andere Seite des Betts und schüttelte Jordans Hand. »Gut zu wissen, dass du bald wieder auf dem Damm bist.«

»Finde ich auch«, erwiderte Jordan. Plötzlich bemerkte er, dass Holly verschwunden war. Irgendwie war sie aus dem Zimmer geschlüpft, als seine Familie hereingekommen war.

Er betrachtete die besorgten Menschen um ihn herum. Sie diskutierten lebhaft seinen Zustand und zankten sich, bei wem er bleiben würde, bis er wieder ganz gesund wäre. Die Gespräche schwappten über ihn hinweg und hüllten ihn ein wie eine warme Decke aus liebevoller Zuneigung. Er wusste, dass alle im Raum sich so um ihn sorgten wie er sich um sie. Obwohl er sich nicht immer dazugehörig fühlte, liebte er seine Familie. Ähnlich wie Austin war Jordan schon immer ein Einzelgänger gewesen.

Ohne ein Wort zu sagen, ließ er die anderen streiten. Am Ende würde er ja doch das tun, was er wollte: allein nach Hause gehen. So war es ihm am liebsten.

»Schon klar, du willst den Macho raushängen lassen, aber damit kannst du mich nicht beeindrucken.« Elizabeth Haynes hatte die Hände in die Hüften gestemmt. Obwohl ihr Mann Travis nicht der älteste der Haynes-Brüder war, hatten die beiden als Erste geheiratet. So war Elizabeth zur Wortführerin unter den Frauen geworden. Auch jetzt sprach sie stellvertretend für alle.

»Ich bleibe hier, in meinem Haus«, erwiderte Jordan und funkelte sie trotzig an. Dass er flach auf dem Rücken lag, verlieh ihm nicht besonders viel Durchsetzungskraft – aber das hätte er sich niemals eingestanden.

»Gut. Dann bleibst du eben in deinem Haus. Aber nicht allein«, kam die prompte Antwort.

Jeder Knochen in seinem Körper schmerzte. Seine Beine, sein Brustkorb, sein Rücken, sogar die Haare. Heute Morgen hatte er die Schmerztabletten abgesetzt. Vielleicht war das ein Fehler gewesen.

Elizabeth setzte sich auf die Bettkante und nahm seine Hand. Er musste an eine andere Frau denken, die vor Kurzem im Krankenhaus das Gleiche getan hatte.

Holly Garrett ging ihm nicht aus dem Kopf. Normalerweise machte er einen großen Bogen um romantische Abenteuer. Aber dieses Mal war er sehr versucht, eine Ausnahme zu machen. Zum Glück hinderten ihn seine Verletzungen daran, etwas Unüberlegtes zu tun. Mit ein bisschen Glück hatte er sie vergessen, wenn er wieder gesund war. Und in der Zwischenzeit musste er dafür sorgen, dass ihn nicht alle wie einen Invaliden behandelten.

»Es gibt zwei Möglichkeiten«, erklärte Elizabeth. »Entweder du kommst mit einem von uns nach Hause, oder …«

»Ich nehme oder«, entschied er schnell.

»Oder Louise bleibt hier und kümmert sich um dich.«

Zornig starrte er seine Schwägerin an.

»Ich weiß«, sagte sie. »Du hasst Louise. Keiner versteht, warum, nicht einmal Louise. Seit Jahren lässt du keinen Zweifel daran aufkommen. Aber es gibt keine Alternative. Der Arzt hat gesagt, dass du zwei Wochen liegen sollst, also muss sich jemand um dich kümmern. Such's dir aus, Jordan. Bleib hier mit Louise, oder komm mit zu einem deiner Brüder.«

Völlig entnervt drehte Jordan das Gesicht zum Fenster und blickte in den hellblauen Himmel und auf ein paar weiße Schäfchenwolken. Der Spätherbst in Nordkalifornien konnte verregnet sein, aber heute hieß ihn das Wetter zu Hause willkommen.

Mit Louise hierbleiben oder bei einem seiner Brüder unterkommen … Letzteres war kein Problem, er verstand sich mit allen von ihnen. Aber bis Weihnachten war es nur noch ein Monat. Alle würden mit den Vorbereitungen beschäftigt sein, und er wäre ihnen nur im Weg.

Louise. Er fluchte innerlich. Keiner wusste, warum er sie nicht mochte. Doch er kannte die Wahrheit, kannte ihr schmutziges Geheimnis. Seit siebzehn Jahren trug er es schon mit sich herum. Alle akzeptierten sie wie ein Familienmitglied. Alle außer Jordan. Er misstraute ihren Gründen, die Nähe zu den Brüdern zu suchen.

»Also?« Elizabeth gab keine Ruhe.

»Du lässt mir ja keine Wahl.«

»Genau das ist meine Absicht.«

Er holte tief Luft. Das viktorianische Herrenhaus hatte er vor weniger als zwei Monaten gekauft. Bis jetzt war von seinen Renovierungskünsten kaum eine Spur zu sehen. Vielleicht konnte er einiges erledigen, während er sich erholte. Vor Neujahr durfte er ohnehin nicht zur Feuerwehr zurück.

»Ich bleibe hier«, erklärte er und bereute seine Entscheidung sofort.

»Wie du meinst.« Elizabeth lehnte sich vor und drückte ihm einen Kuss auf die Wange. »Sei nett zu ihr, ja? Sie tut dir einen Gefallen.«

»Kein Problem.«

Da lachte sie. »Alter Lügner. Du wirst ihr das Leben zur Hölle machen. Ich warne sie lieber vor.« Damit machte sie sich auf den Weg aus dem Zimmer. In der Tür drehte sie sich noch einmal um und sah zu ihm zurück. »Das wäre alles kein Problem, wenn du dir eine Frau gesucht hättest.«

Über diese altbekannte Diskussion musste er schmunzeln. Unermüdlich versuchte Elizabeth, ihn unter die Haube zu bringen. »Ich mag mein Singleleben.«

Sie erwiderte sein Lächeln nicht. »Jetzt lügst du mich schon zum zweiten Mal an, Jordan. Du hast Glück, dass ich dich so gern mag. Vielleicht schicke ich meinen Mann vorbei, damit er dir ein wenig Vernunft einprügelt.«

»Mit dem nehme ich es noch lange auf.«

Darauf erhielt er ein skeptisches Heben der Augenbrauen als Antwort.

»Na ja, vielleicht nicht heute, aber in einer Woche bestimmt!«

Für einen Moment musterte Elizabeth ihn eindringlich. »Im Grunde tut dir das mal ganz gut – solange du ans Bett gekettet bist, kannst du in aller Ruhe über dein Leben nachdenken.«

»Mein Leben ist vollkommen in Ordnung.«

»Deine Brüder nehmen dir das ab, aber deinen Schwägerinnen kannst du nichts vormachen. Du brauchst eine Frau.«

»Ich bin ein verwundeter Held. Lass mich in Frieden.«

»Du bist ein störrischer Quälgeist, aber ich liebe dich trotzdem. Pass auf dich auf, und sei nett zu Louise.«

Sie winkte ihm zu und verschwand in den Flur. Jordan lauschte ihren Schritten auf den Holzdielen hinterher, bis sie nicht mehr zu hören waren. Dann war er allein.

Und genau das gefiel ihm, so hatte er sich sein Leben eingerichtet. Aber in den nächsten Tagen würde er Gesellschaft bekommen. Louise. Beim Gedanken daran verzog er das Gesicht. Wenn Elizabeth die Wahrheit wüsste, hätte sie Louise sicher nicht mehr so gern in ihrer Nähe. Doch sie ahnte nichts. Keiner vermutete irgendetwas. Ihm war selbst nicht klar, warum er Louises Geheimnis so gewissenhaft hütete, vielleicht aus irgendeinem unsinnigen Ehrgefühl heraus. Dass er ihr rein gar nichts schuldete und dass sie seine Familie zerstört hatte, änderte nichts daran. Er konnte sie trotzdem nicht verraten.

Wieder hörte er Schritte, aber diesmal waren es nicht die seiner Schwägerin. Louise Carberry betrat den Raum und starrte auf ihn herab. Sie war nicht besonders groß, hatte kurze blonde Haare und blaue Augen. Er schätzte sie auf etwa Mitte vierzig, obwohl sie jünger aussah. Ihre fuchsienrote langärmelige Bluse hing locker über der fliederfarbenen Hose. Louise kleidete sich wie eine Farbenblinde. Sie verschränkte die Arme vor der Brust und musterte ihn. Er hielt ihrem Blick stand.

Die Situation erinnerte ihn an seinen Kampf mit der verdammten Katze. In der Schlacht auf dem Balkon war er zwar der Stärkere gewesen, aber den Krieg hatte er trotzdem verloren, als er seitwärts über das Geländer auf den harten Boden gestürzt war. Seine Augen verengten sich, während er überlegte, ob er aus dieser Begegnung wohl ähnlich geschlagen hervorgehen würde.

Holly parkte ihren Wagen vor dem viktorianischen Haus. Obwohl es erst kurz nach sechs war, lag draußen schon alles im Dunkeln. Im kalifornischen Spätherbst ging die Sonne schon vor fünf Uhr nachmittags unter. Gerade konnte Holly noch die Umrisse des herrlichen alten Gebäudes erkennen, das spitze Dach und die ungewöhnlich geformten Fenster.

Vor langer Zeit hatte dieser Teil von Glenwood den wohlhabenden und mächtigen Familien gehört, die mit der Holzindustrie, dem Bergbau und der Eisenbahn ein Vermögen gemacht hatten. Während des Zweiten Weltkrieges waren die meisten von ihnen aus dem kleinen Ort nach San Francisco oder Los Angeles gezogen. Die Häuser aber waren geblieben. Manche waren abgerissen worden, andere in Bürogebäude umgewandelt. Einige wenige wurden renoviert.

Holly bestaunte den Bau und wünschte, sie hätte das Geld für so ein Haus. Das Erdgeschoss wäre ihr Verkaufsraum, und in den oberen Etagen würde sie wohnen. Sie lächelte. Es war ein schöner Traum, der nichts mit der Realität zu tun hatte.

Bevor sie aus dem Auto stieg, nahm sie die rosa Schachtel aus der Konditorei vom Beifahrersitz. Der Abend war ruhig. Nur der Gesang einer Amsel durchdrang die Stille. Sie sog tief die Luft ein und inhalierte den Duft der Bäume und eines entfernten Feuers. Der heimelige Geruch erinnerte sie daran, dass ihr eigenes Zuhause vor drei Tagen zerstört worden war. All ihr Besitz war irreparabel zerschlagen oder vom Wasser durchweicht. Aber wenigstens war Mistletoe in Sicherheit.

Die Keksschachtel fest umklammert, stieg Holly die Treppenstufen hinauf. Zwar konnten die gekauften Kekse ihre Schuld gegenüber Captain Jordan Haynes nicht ansatzweise begleichen, aber mehr hatte sie im Moment nicht zu bieten. Im Augenblick verfügte sie über keine eigene Küche. Sobald sie das Geld für eine neue Wohnung beisammenhatte, würde sie ihm etwas Wunderbares backen.

Sie nahm die letzten drei Stufen, die zur Veranda hinaufführten. Die großzügige hölzerne Fläche war leer, nur ein einzelnes Licht brannte neben der Eingangstür. Die Veranda konnte sie sich lebhaft im Sommer vorstellen, wenn das Sonnenlicht auf die frisch abgeschliffenen Holzplanken fiel. Eine Hollywood-Schaukel stünde an dem einen Ende, neben dem hohen Fenster zu ihrer Rechten. Und vielleicht ein weißer schmiedeeiserner Tisch und dazu passende Stühle auf der anderen Seite. Vor ihrem inneren Auge sah sie Damen in langen Kleidern und Herren mit hohen Hüten. Kinder spielten auf der Rasenfläche. Ihr Gelächter bildete ein fröhliches Hintergrundgeräusch zur höflichen Konversation der Erwachsenen.

»Du bist der größte Dickschädel, der mir in meinem verkorksten Leben jemals begegnet ist.«

Die laute Stimme riss Holly aus ihrem Tagtraum und ließ sie zurückschrecken. Verunsichert starrte sie auf die Tür. Sie hatte die Hand bereits zum Klopfen erhoben, aber offensichtlich war es gerade ungünstig.

Eine tiefe männliche Stimme grollte etwas zurück, aber Holly konnte die einzelnen Wörter nicht verstehen.

»Wenn mir der Rest der Familie nicht so wichtig wäre, würde ich dich einfach hier liegen und verhungern lassen«, schimpfte die Frau weiter. »Und es geschähe dir recht. Nicht einmal mein seliger Alfred hat sich so mit seinem Essen angestellt.«

Wieder grollte die Männerstimme eine Antwort.

»Gut. Dann sei eben beleidigt. Du magst ja sowieso nichts an mir. Was wundert es mich da, dass du dich beschwerst, wenn ich dich mit einem Hund vergleiche? Oh, und übrigens war Alfred deutlich hübscher als du.«

Bevor Holly zurückweichen konnte, flog die Haustür auf. Eine Frau stand im Eingang und starrte ihr entgegen. »Dachte ich mir doch, dass ich ein Auto auf der Einfahrt gehört habe«, rief sie.

Holly wusste nicht, was sie tun sollte. Linkisch stand sie auf der Veranda, mit einem Bein schon bereit zur Flucht.

»Ich …«, brachte sie hervor, dann brach sie ab. »Ich wollte zu Captain Haynes, aber ich komme lieber später wieder. Jetzt ist wohl nicht der beste Zeitpunkt.«

Die Frau verzog den Mund. »Mit dem gibt es nie einen guten Zeitpunkt. Er ist der dickköpfigste, sturste und schwierigste Mann, der mir jemals untergekommen ist.« Sie hielt inne und schüttelte den Kopf. »Warum Sie ihn besuchen wollen, ist mir zwar ein Rätsel, aber Sie können ebenso gut hereinkommen. Vielleicht bringen Sie ihn ja zur Vernunft. Ach übrigens, ich bin Louise, Louise Carberry.«

Da Louise ihr die Tür aufhielt, zwang Holly sich hindurchzugehen. Drinnen trat sie unsicher von einem Fuß auf den anderen und beäugte ihre Gastgeberin.

Die Frau trug ein knallgelbes langärmeliges Shirt, das sie in ihre kobaltblaue Stoffhose gestopft hatte. Der silberfarbene Gürtel um ihre Hüften passte zu den silbernen Monden und Sternen, die sie als Ohrringe trug. Obwohl Holly noch ihre dezent hochhackigen Schuhe von der Arbeit anhatte, waren die zwei Frauen etwa auf Augenhöhe.

»Was machst du?«, fragte die männliche Stimme.

»Ich bin zur Tür gegangen. Hör auf, dich wie ein Kleinkind zu benehmen. In deiner Nähe willst du mich nicht haben, aber wenn ich weggehe, fängst du an zu quengeln. Entscheide dich mal, Jordan.«

»Wer ist da?«, fragte er.

Louise verdrehte die Augen. »Eins von deinen Frauenzimmern.«

»Oh, nein«, warf Holly ein. »Ich bin nicht …«

»Welche?«

Louise streifte sie mit einem Blick. »Wie heißen Sie?«

»Holly, aber ich bin nicht …«

»Holly«, brüllte sie quer durch das Haus.

Jordan blieb still. Vermutlich versuchte er, sich an ihr Gesicht zu erinnern.

»Ich bin keine von Captain Haynes' Frauen«, sagte sie.

Da lächelte die andere. »Dann sind Sie ein cleveres Mädchen. Der Kerl da hinten ist einfach nur ein anstrengendes Ekel!« Die letzten Worte rief sie in die Richtung, in der sein Zimmer liegen musste. Sie atmete tief ein und stieß dann die Luft langsam und kontrolliert wieder aus. »Ich bereue es, mich hierzu bereit erklärt zu haben. Er bringt mich noch ins Grab. Und der liebe Herrgott weiß, dass ich viel zu jung bin zum Sterben.« Gleich darauf kniff sie die Augenbrauen zusammen. »Und wer sind Sie denn dann?«

»Mein Name ist Holly Garrett.« Holly klemmte die Schachtel unter den linken Arm und streckte ihre Hand aus. »Meine Wohnung wurde bei dem Unwetter in der letzten Woche zerstört. Captain Haynes ist hineingegangen, um meine Katze zu retten.« Sie schüttelte Louises Hand. »Meinetwegen hat er sich verletzt. Streng genommen war Mistletoe schuld, aber ich fühle mich verantwortlich.«

»Mistletoe?«

»Meine Katze. Als er mit ihr aus der Wohnung kam, hat sie sich erschreckt und wollte weglaufen. Captain Haynes hat sie festgehalten, dabei aber den Halt unter den Füßen verloren und ist vom Balkon gefallen. Ich habe ein schrecklich schlechtes Gewissen.«

Louises Mundwinkel begannen zu zucken. Sie lachte in sich hinein. »Zu Fall gebracht von einer Katze. Geschieht ihm recht.«

»Ich habe Kekse mitgebracht.« Holly hielt ihr die Box entgegen. »Es ist nichts Großes. Sie sind auch nicht selbst gemacht. Ich habe gerade keine Küche – ich wünschte, ich hätte eine. Ich koche und backe unglaublich gern.«

»Louise!«, brüllte Jordan.

»Warte einen Moment!«, rief Louise zurück. Dann senkte sie die Stimme: »Früher als in zwei Wochen wird er nicht aufstehen können. Ich glaube nicht, dass ich es so lange mit ihm aushalte.«

»Und Sie sind seine …«

»Seine Haushälterin. Nur vorübergehend. *Sehr* vorübergehend. Möchten Sie einen Kaffee?« Louise wartete die Antwort nicht ab, sondern ging schnurstracks in Richtung der hinteren Zimmer des Hauses.

Holly lief ihr nach. Staunend bemerkte sie den stattlichen Kronleuchter, der von der Decke zwei Stockwerke weiter oben in die Eingangshalle herabhing. Die winzigen kristallenen Tropfen waren echt. Sie fingen das Licht ein und brachen es in alle Regenbogenfarben. Bewundernd musterte Holly das handgeschnitzte Treppengeländer und den gut erhaltenen Bodenbelag. Sie stellte sich das Haus vor, wie es einmal gewesen sein musste. Und wie es aussehen könnte, wenn man genügend Zeit, Geld und Liebe hineinsteckte.

»Er ist da drin«, sagte Louise und zeigte auf eine halb geöffnete Tür.

Dahinter erkannte Holly eine Bibliothek. Noch weiter hinten, wo früher vermutlich das Studierzimmer gewesen war, erspähte sie durch eine weitere Tür das Fußende eines Betts.

»Wie geht es ihm?«

Die andere schnaubte. »Gemessen an seiner schlechten Laune geht es ihm stündlich besser.«

Sie betraten die große Küche. Auf dem Tisch in der Mitte des Raums stand ein Tablett. Louise deutete darauf. »Das isst er nicht, hat er gesagt. Können Sie sich das vorstellen? Mein ganzes Leben koche ich nun schon, aber Seiner Hoheit ist es nicht gut genug.«

Genüsslich betrachtete Holly den Teller mit Hackbraten, Kartoffelpüree und Gemüse. Es roch wunderbar. Ihr Magen knurrte. Seit dem Morgen hatte sie nichts mehr gegessen, und auf einmal merkte sie, wie hungrig sie war.

»Bedienen Sie sich«, bat Louise.

»Oh, das kann ich nicht annehmen.«

»Louise!«, rief Jordan inzwischen wutentbrannt.

Daraufhin sah Holly zuerst auf das Tablett und dann in Richtung des provisorischen Krankenzimmers. Sie stand tief in Jordan Haynes' Schuld, schließlich hatte er ihre Katze gerettet. Mistletoe war ein Geschenk ihrer Mutter gewesen – zum letzten Weihnachtsfest, bevor sie starb. Mit einem simplen Abendessen konnte sie sich nicht annähernd bei ihm revanchieren, aber es wäre vielleicht ein Anfang. Sie wusste zwar nicht viel über Männer, doch in Krankenzimmern kannte sie sich bestens aus.

»Vielleicht kann ich helfen«, bot sie vorsichtig an.

»Nur zu, Schätzchen.« Louise warf einen Blick zur Uhr über dem Herd. »In vierzig Minuten fängt meine Abendschule an. Ich habe keine Zeit, etwas Neues für Jordan zuzubereiten. Warum gehen Sie nicht einfach zu ihm? Und wenn Sie etwas für ihn kochen wollen, dann tun Sie sich keinen Zwang an.«

»Danke«, sagte Holly und ging zurück in die Richtung, aus der sie gekommen waren. Sie kannte einige Gerichte, die garantiert den Appetit eines Kranken anregten. Schließlich hatte sie jahrelang ihre Mutter versorgt.

»Ach, noch etwas, Holly!«, rief Louise ihr nach.

Sie blieb stehen und sah über die Schulter zurück. »Ja?«

»Sagen Sie ihm, er soll sich etwas anziehen.«

2. Kapitel

Jordan sollte sich etwas anziehen? Holly blinzelte mehrmals. »Sie meinen, er ist …« Das Wort konnte sie nicht einmal laut aussprechen, aber denken konnte sie es. *Nackt?*

Louise zwinkerte ihr zu. »Gehen Sie einfach, und finden Sie es heraus. Und seien Sie unbesorgt – es ist nichts an ihm, das Sie nicht schon Dutzende Male gesehen haben.«

Darauf lächelte Holly schwach und machte sich auf den Weg zum Studierzimmer. Tatsächlich hatte Louise unrecht: An Jordan war doch etwas, das Holly noch nie gesehen hatte – zumindest, wenn er nackt war.

Als sie durch die Bibliothek ging, bemerkte sie die maßgezimmerten Bücherschränke, die vom Boden bis zur Decke reichten. In jeder Ecke des Raums hingen große kristallene Lampenhalter. Dann erschien vor ihren Augen das Fußende eines Betts, und ihre Schritte verlangsamten sich. Er war nackt? Das konnte Louise ihr nicht antun.

An der Tür blieb Holly stehen und räusperte sich. Vielleicht sollte sie ihn warnen, bevor sie eintrat. Wenn er wirklich … *nackt* war, konnte er sich schnell zudecken.

Trotzdem zögerte sie. Sie wusste nicht, was sie sagen sollte. Allein der Gedanke an den attraktiven Feuerwehrmann machte sie schon nervös. Im Krankenhaus war sie so besorgt um ihn gewesen, dass sie kaum auf sein Aussehen geachtet hatte. Aber nachdem er aufgewacht war und sie miteinander geredet hatten, hatte sie an nichts anderes mehr denken können. Plötzlich waren Schmetterlinge in ihrem Bauch herumgeflattert, und sie hatte keinen vollständigen Satz mehr herausgebracht. Zum Glück war seine Familie aufgetaucht. Bevor sie sich völlig blamierte, hatte sie Reißaus genommen.

Und jetzt stand sie hier mit einem Fuß in seinem Schlafzimmer.

Na ja, es war ja kein richtiges Schlafzimmer. Er schlief nur im Erdgeschoss, weil es praktischer war und er keine Treppen steigen musste. Sie erinnerte sich daran, wie sie ihre Mutter das erste Mal ins Wohnzimmer umquartiert hatten. Bei diesen trüben Gedanken musste Holly seufzen. Mit Männern hatte sie wenig Erfahrung, aber sie wusste, wie man einen Kranken versorgte. Und deshalb war sie hier – weil Jordan Haynes sich verletzt hatte. Wenn sie sich darauf konzentrierte und sein Aussehen vergaß, würde schon alles gut gehen.

»Captain Haynes?«, fragte sie leise, während sie die Kratzer auf dem Fußboden betrachtete. »Hier ist Holly Garrett. Wir kennen uns aus dem Krankenhaus. Kann ich hereinkommen?«

»Klar.«

Sie wartete und lauschte, ob er sich die Bettdecke überzog. Aber es war nichts zu hören. Kranke und Verletzte hatten vieles gemeinsam, rief sie sich ins Gedächtnis. Sie langweilten sich, sie wurden verbittert und ihrer Schmerzen und der Einsamkeit überdrüssig. Wenn der Anblick seines nackten Körpers sie verunsicherte, würde sie eben nicht tiefer als bis zum Hals sehen.

Also holte sie tief Luft, setzte ein breites Lächeln auf und betrat das umfunktionierte Büro.

Dichte Gardinen waren vor zwei große Fenster gezogen. Morgens bekam das Zimmer ohne die Vorhänge direktes Sonnenlicht. In der Mitte des Raums stand ein Krankenhausbett. Holly kannte das Modell: Mithilfe eines elektrischen Motors konnte der Kranke das Kopf- und Fußende bis zur gewünschten Position verstellen. Ein niedriger Tisch und ein Küchenstuhl standen neben dem Bett.

Holly ignorierte den Patienten, solange es ging. Dann schickte sie ein kleines Bittgebet für mehr Mut zum Himmel und wandte ihm den Blick zu.

Er war nicht nackt. Jedenfalls nicht ganz. Trotzdem blieb ihr die Luft weg, ihr Herz setzte aus, und sie hatte das unangenehme Gefühl, feuerrot zu werden.

Jordan hatte seine Rückenlehne erhöht, sodass er beinahe aufrecht saß. Die dunklen Haare fielen ihm in die Stirn, und er musterte Holly aus seinen ebenso dunklen Augen. Vielleicht war es wegen seiner maskulinen Gesichtszüge und des markanten Kinns, vielleicht spielte auch ihre Wahrnehmung verrückt. Aber sie war sicher, dass sie nie einen schöneren Mann gesehen hatte. Die Muskeln in ihren Beinen fühlten sich merkwürdig an, und erst nach einer Weile begriff sie, dass ihre Knie zitterten.

Ihr Blick glitt zu seinem freien Oberkörper und dem um die Hüften gestopften Laken. Sie schluckte. Tapfer widerstand sie dem Impuls, davonzulaufen. Schultern und Arme sowie die feste, flache Bauchregion verrieten ausgeprägte Muskelpartien. Er sah aus, als posierte er für einen Pin-up-Kalender.

»Suchen Sie nach Beweisen für meine Verletzungen?«, fragte er.

Ihr wurde bewusst, dass sie ihn angestarrt hatte. Jetzt gab es keine Zweifel mehr an ihrer Gesichtsfarbe, denn die Hitze schoss ihr vom Hals in die Wangen. Sie sah betreten zu Boden.

»Ich …« Was sollte sie sagen?

»Setzen Sie sich.«

Gehorsam sank sie auf den Stuhl und faltete die Hände im Schoß.

»Sie sind die Frau mit der Katze«, stellte er fest.

Vorsichtig riskierte sie einen Blick auf sein Gesicht. Er schien nicht wütend zu sein. »Ja. Sie haben sie gerettet. Ich möchte nicht stören. Ich wollte nur sehen, wie es Ihnen geht.«

Er musterte sie ebenso aufmerksam wie sie ihn vor einigen Minuten. Obwohl sie sich unter seinem prüfenden Blick wand, wagte sie es nicht, zu protestieren. Gerecht war gerecht.

Mit einer Hand strich sie über ihren Rock. Was für einen Eindruck mochte er von ihr bekommen? Blonde Haare und blaue Augen, das hörte sich spannender an, als es war. Runde Kurven, dachte Holly grimmig. Ihr fünfjähriger Krieg gegen die überschüssigen sieben Kilo hatte in einem unsicheren Waffenstillstand geendet. Die Pfunde vermehrten sich nicht weiter, und sie hatte aufgegeben, sie zu bekämpfen. Daher waren ihre Brüste und Hüften fülliger als von den Modemagazinen vorgesehen. Sie würde es überleben.

»Haben Sie die Katze mitgebracht, um mir den Rest zu geben?«, fragte er schließlich.

Zuerst verstand sie nicht, dass er sie neckte. Dann lächelte sie. »Mistletoe ist sehr lieb. Sie wollte Ihnen bestimmt nichts Böses tun. Sie hatte nur Angst.«

»Ja, klar. Ich habe den Ausdruck in ihren Augen gesehen. Sie war froh, als ich vom Balkon stürzte.« Sein Blick huschte über ihr Gesicht. »Was ist mit Ihren Haaren?«

»Mit meinen Haaren?« Sie tastete nach dem Zopf an ihrem Hinterkopf. »Nichts. Ich habe sie nur geflochten.«

»Lassen Sie sehen.«

Also rückte sie den Stuhl herum und drehte sich zur Seite. Das Ende des Zopfs hatte sie im Nacken zu einer Schlaufe hochgesteckt.

»Ich mag es offen«, sagte er. »Sie haben sehr schönes Haar.«

»Oh.« Sie blinzelte. »Ähm, danke.«

Hatte er ihr gerade ein Kompliment gemacht? Anscheinend schon. Warum? Machten Männer und Frauen das so? Flirtete er etwa mit ihr? Niemals, nicht mit ihr. Sie war nicht sein Typ. Eigentlich hatte sie keine Ahnung von seinem Geschmack, aber mit Sicherheit stand sie am untersten Ende der Skala. Er war verletzt, das war alles. Vielleicht halluzinierte er auch.

Sie räusperte sich und wünschte, sie würde sich mit solchen Situationen besser auskennen. Aber mit einem Mann mit freiem Oberkörper hatte sie noch nie ihre Zeit verbracht.

»Ich habe Kekse mitgebracht«, erklärte sie. »Aus der Bäckerei. Meine Küche ist hin, aber wenn ich wieder eine habe, backe ich selbst etwas – ich meine, wenn es Ihnen keine Umstände macht.«

»Mit so einer Art von Umständen komme ich klar«, antwortete er lächelnd.

Das Lächeln erwischte sie mit voller Breitseite. Um seine dunklen Augen bildeten sich kleine Fältchen. Die weißen Zähne blitzten, und das ohnehin attraktive Gesicht wurde fast unerträglich schön. In ihr brodelte es, und sie fühlte sich, als würde sie jeden Moment abheben. *Wow.* Sie sollte wirklich öfter ausgehen.

»Ich bin ziemlich hungrig«, stellte er fest. »Könnten Sie mir ein paar von den Keksen bringen? Ich würde sie auch selbst holen, aber ich bin …« Er deutete auf das Laken.

»Nackt«, vollendete sie seinen Satz, ohne nachzudenken.

»Wie? Nein. Ich soll nur ein paar Tage nicht aufstehen. Ich bin nicht nackt.«

Hatte sie tatsächlich *nackt* gesagt? Holly vergrub ihr Gesicht in den Händen und stöhnte auf. »Nein«, stotterte sie. »Ich meinte … Das heißt, ich …«

»Holly?«

Leise rief er sie beim Namen. Am liebsten wäre sie aus dem Zimmer gerannt, aber ihre Beine waren wie aus Gummi.

»So habe ich das nicht gemeint«, murmelte sie. »Louise meinte, ich solle Ihnen raten, etwas anzuziehen. Also dachte ich …«

»Ist schon in Ordnung.«

Vorsichtig ließ sie die Hände ein wenig sinken, bis sie nur noch ihren Mund bedeckten. Dann blinzelte sie in seine Richtung. Er lächelte nicht, aber er sah auch nicht verärgert aus. Erleichtert seufzte sie und ließ die Hände in den Schoß fallen. »Entschuldigen Sie. Ich hole jetzt die Kekse.«

Während sie sich erhob, rief sie sich seine Verletzungen ins Gedächtnis, die sie gewissermaßen mitverschuldet hatte. Benimm dich wie eine Krankenschwester, ermahnte sie sich im Stillen. Das konnte sie gut.

»Bekommen Sie Medikamente?«, erkundigte sie sich. »Tabletten, die Sie zum Essen einnehmen sollen?«

»Nein.«

Kurz überlegte sie, ob sie an seiner Stirn nach der Temperatur fühlen sollte. Aber das hätte einen sofortigen Ohnmachtsanfall ausgelöst. Also beruhigte sie sich damit, dass er nicht heiß aussah.

Sie unterdrückte einen nervösen Lachanfall. Zugegeben, er *war* heiß – aber nicht, weil er Fieber hatte.

Noch immer zitterte sie, doch sie ignorierte es. Nach ein paar Schritten blieb sie stehen. »Ich bin eine gute Köchin«, sagte sie, ohne sich umzudrehen, und betrachtete stattdessen die Tür zur Bibliothek. »Wenn Sie Louises Abendessen nicht mögen, könnte ich Ihnen etwas anderes kochen.« Sie schluckte. »Vergessen Sie's. Das war keine gute Idee.«

Wie auch immer. Besser, sie verschwand, bevor sie sich noch einmal blamierte. Sie wollte Jordan erklären, dass es nicht ihre Schuld war. Außer den Ärzten ihrer Mutter hatte sie nie etwas mit Männern zu tun gehabt. Für Holly hätten sie genauso gut Marsmenschen sein können.

»Das wäre schön«, sagte er.

Überrascht wirbelte sie herum. »Wirklich?«

»Ja, hört sich gut an. Aber nur, wenn Sie mir Gesellschaft leisten. Seit zwei Tagen habe ich mit niemandem geredet. Das macht mich noch verrückt.« Wieder schenkte er ihr dieses Wahnsinnslächeln.

Sie zwang sich zurückzulächeln, obwohl sie am ganzen Körper schlotterte und ihr Herz gegen die Rippen donnerte. »In Ordnung. Ich beeile mich.«

»Ich kann es kaum erwarten.«

Später konnte Holly sich nicht mehr erinnern, wie sie vom Krankenzimmer durch die Bibliothek und den Flur gekommen war. Ehe sie sichs versah, schwebte sie durch die Küchentür. Dort lehnte Louise an der Spüle und hob fragend die blonden Augenbrauen.

»Nun?«, fragte sie.

»Ich habe ihm angeboten, etwas für ihn zu kochen. Er hat Ja gesagt.«

Die Ältere schüttelte den Kopf. »Er ist der dickköpfigste Mann, den ich jemals getroffen habe. Fühlen Sie sich wie zu Hause.« Sie ging an den Kühlschrank und zog zwei Steaks heraus.

Zweifelnd betrachtete Holly das Fleisch. »Kann er so viel essen?«

Louise grinste. »Er bekommt nur eins davon. Das andere ist für Sie. Ich habe Ihren Magen knurren gehört. Sie haben den ganzen Tag gearbeitet, nicht wahr? Keine Zeit gehabt für eine Mittagspause?«

Leicht wehmütig dachte Holly an das halbe Sandwich, das sie vor lauter Eile liegen gelassen hatte. Es war ein anstrengender Nachmittag gewesen. Trotzdem verzichtete sie lieber auf die Essenspause, als ihren Laden einen Moment allein zu lassen.

Bevor sie etwas erwidern konnte, nickte Louise und fuhr fort: »Ich weiß, wie es den jungen Leuten geht. Tausend Sachen im Kopf, nur nicht die Gesundheit.« Sie zeigte auf das unterste Fach im geöffneten Kühlschrank. »Hier ist jede Menge frisches Gemüse. Er isst es gern gedämpft. Natürlich nicht von mir.«

»Was hat er gegen Sie?«, fragte Holly.

Die Haushälterin zuckte mit den Schultern, lief über den Linoleumboden und griff nach der Jeansjacke am Kleiderhaken bei der Hintertür. »Ich weiß es nicht. Er war schon immer so. Seit Jahren arbeite ich hin und wieder für die Familie. Es gibt vier Haynes-Brüder – fünf, wenn Sie Austin mitzählen. Er ist zwar kein offizielles Familienmitglied, aber es macht kaum einen Unterschied. Ich habe den Frauen mit ihren Babys geholfen, für die Junggesellen gekocht, die Kranken gepflegt …«, mit dem Kopf deutete sie in Richtung des Arbeitszimmers, »… und die Verletzten versorgt.« Sie lächelte. »Sie sind wunderbare Leute. Nur er nicht.«

»Warum sind Sie dann hier?«

Louise schlüpfte in ihre Jacke. Dann angelte sie sich den Rucksack vom zweiten Haken und warf ihn sich über die Schulter. »Weil mir die Familie viel bedeutet. Ich habe zugesagt, mich um ihn zu kümmern. So Gott will, werde ich es überleben. Aber Jordan ist ein notorischer Miesmacher. Fragen Sie mich nicht, warum. Er hat es mir nie erklärt, und ich habe ihn nicht gefragt. Vielleicht hole ich das demnächst einmal nach.«

Sie öffnete die Hintertür. »Mein Unterricht beginnt um sieben. Gegen halb elf bin ich zurück.«

»Oh, bis dahin bin ich längst weg«, erwiderte Holly. »Ich mache nur schnell sein Abendessen, dann verschwinde ich.«

»Danke, ich weiß es zu schätzen. Zur Abendschule wäre ich zwar so oder so gegangen, aber ich hätte die ganze Zeit ein schlechtes Gewissen gehabt.« Mit einem verschmitzten Lächeln verschwand Louise.

Holly wandte sich der altmodischen Küche zu. Sie hatte Louise gar nicht gefragt, wo Töpfe, Geschirr und Messer waren. Nun musste sie die passenden Sachen selbst zusammensuchen, aber das machte ihr nichts aus. Schließlich befand sie sich ausgerechnet in dem traumhaft schönen viktorianischen Herrenhaus, das sie seit ihrer Ankunft in der Stadt bewunderte. Mochten die Haushälterin und Jordan Haynes sich auch streiten, Holly fand ihn nett. Und das Beste war, dass sie nun anfangen konnte, sich bei ihm zu revanchieren.

Jordan sah zu, wie Holly ein voll beladenes Tablett ins Zimmer trug. Sie hatte eine Schürze gefunden und sie über die weiße Rüschenbluse und den langen blauen Rock gebunden. Die großen Augen leuchteten vor Aufregung, und ihre bebenden Mundwinkel zauberten fast ein Lächeln auf ihr Gesicht.

»Haben Sie Hunger?«, fragte sie.

Er inhalierte den würzigen Duft des Steaks und der gebackenen Kartoffeln mit Brokkoli. »Wie ein Bär.«

Vorsichtig stellte sie das Tablett auf den Tisch neben dem Bett. Auch dieses Möbelstück hatte Jordan in einem Sanitätsgeschäft gemietet. Wenn er schon wochenlang diese Einschränkungen erdulden musste, wollte er es wenigstens gemütlich haben. Der Tisch ließ sich leicht herumschieben und über dem Bett in die richtige Höhe bringen.

Holly griff nach der Fernbedienung für das Krankenbett. »Mögen Sie sich aufrechter hinsetzen? Dann können Sie besser essen.«

»Gern.«

Wie eine Expertin bediente sie die Knöpfe. Anschließend erhöhte sie die Tischplatte um einige Zentimeter, schob sie näher an Jordan heran und reichte ihm eine auseinandergefaltete Serviette. Die Krankenschwester spielt sie perfekt, interessant, dachte Jordan bei sich.

Auf dem Tablett erblickte er zwei Teller. »Danke, dass Sie mit mir essen«, sagte er. »Manchmal habe ich das Alleinsein satt.«

»Ich bin froh, dass Sie nichts dagegen haben. Louise schlug vor, ich sollte mich zu Ihnen setzen. Ich wollte Sie fragen, aber …« Sie brach ab.

Ihre Geschäftsmäßigkeit verschwand so rasch, wie sie gekommen war. Als wagte sie nicht, ihn direkt anzusehen, betrachtete sie Jordan aus den Augenwinkeln. Verwundert bemerkte Jordan den

Wechsel in ihrem Verhalten. Hatte sie die Veränderung beabsichtigt oder gar nicht bemerkt? Dann erinnerte er sich, dass er mittlerweile fast drei Tage lang dieselben vier Wände anstarrte. Zwar hatte ihn seine Familie besucht, aber das füllte die Zeit nicht annähernd aus. Holly hätte ebenso gut eine Serienmörderin sein können, es hätte ihn nicht gekümmert. Er war ihr dankbar für die Gesellschaft, was auch immer sie antrieb.

Sie nahm ihren Teller auf den Schoß. Währenddessen schnitt er sich einen Bissen vom Steak herunter und kostete. Das Fleisch war perfekt zubereitet.

»Köstlich«, schwärmte er, nachdem er es heruntergeschluckt und sich zurückgelehnt hatte. »Also, Katzenhalterin Holly Garrett, wie haben Sie mich gefunden?«

»Ich bin zur Feuerwehrstation gegangen. Dort wollte ich die Kekse einem Ihrer Kollegen geben, damit jemand sie Ihnen vorbeibringt.«

»Von wegen. Die wären garantiert innerhalb von dreißig Sekunden verschwunden.«

Sie lächelte. »Genau das hat der diensthabende Captain auch gesagt und mir Ihre Adresse gegeben. Hoffentlich nehmen Sie es ihm nicht übel.«

»Das geht in Ordnung. Glenwood ist eine kleine Stadt. Jeder kennt hier jeden. Darum bin ich auch zurückgekommen.«

»Wo waren Sie denn vorher?«

»In Sacramento. Aber hier bin ich aufgewachsen. Nachdem ich mich entschieden hatte, Feuerwehrmann zu werden, zog ich weg.«

Sie zerteilte ein Brokkolistück und spießte es mit der Gabel auf. »Gibt es dafür in Glenwood keine Ausbildung?«

»Hier im County schon, das war nicht das Problem. Aber mein Vater war der Sheriff, sein Vater war Polizist, und auch meine Onkel sind Polizisten. Ich habe drei Brüder – und alle sind Polizisten.«

»Sie wollten, dass Sie den gleichen Weg einschlagen«, stellte Holly fest.

»Genau.« Er erinnerte sich an die Kämpfe mit seinem Vater. Seine Brüder hatten ihn zwar wegen seiner Wahl aufgezogen, unterstützten ihn aber trotzdem. Nicht so jedoch Earl Haynes, der ihm mit Enterbung drohte. Aber zu der Zeit gab Jordan ohnehin kaum noch etwas auf die Meinung des alten Herrn. Nicht nach allem, was er getan hatte.

Holly legte den Kopf schief. »Sind Sie glücklich mit Ihrem Beruf?«

»Ja. Aber ich mochte nicht länger von meinen Brüdern und ihren Familien getrennt sein, darum habe ich mich hier beworben. Als eine Stelle für einen Feuerwehrhauptmann frei wurde, bekam ich die Zusage.« Er grinste. »Einer meiner Brüder ist hier Sheriff. Er hat zwar nichts gesagt, aber bestimmt hat er ein gutes Wort für mich eingelegt.«

Als sie darauf leise lachte, ging ihm der weiche Klang unter die Haut, und die Wärme taute für einen Augenblick das Eis in seinem Herzen. Dann verklang ihr Lachen. Ihre Augen verdunkelten sich, was Jordan nur als Traurigkeit deuten konnte.

Sei nicht albern, rief er sich selbst zur Ordnung. Schließlich kannte er diese Frau zu wenig, um ihre Gefühle zu lesen.

»Ihre Familie scheint wundervoll zu sein«, meinte Holly, wobei ihr Tonfall seinen Verdacht bestätigte. »Ich kann verstehen, warum Sie in ihrer Nähe sein wollten. Wie lange sind Sie wieder hier?«

»Sechs Monate.«

»Zu der Zeit bin ich auch hergekommen.«

»Was hat Sie denn hierher verschlagen? Glenwood ist ja nicht gerade eine lebhafte Metropole.«

»Meine Mutter und ich haben einen Laden geerbt.«

Also war sie keine Krankenschwester. »Welchen?«

»Das Antiquitätengeschäft gegenüber vom Park. Es heißt jetzt ›Der Viktorianische Salon‹.«

Er erinnerte sich, dass er den Laden nach der Eröffnung gesehen hatte. »Wenn es mir besser geht, will ich das Haus restaurieren. Vielleicht sollte ich mal bei Ihnen vorbeischauen.«

»Auf jeden Fall.« Begeistert lehnte sie sich vor. »Ich habe mich auf viktorianische Stücke spezialisiert, und es gibt eine ganze Abteilung für Restaurierungsarbeiten. Man kann sich Bücher voller

Tapeten ansehen, Reproduktionen alter Drucke, aber auch viktorianisch inspirierte Muster. Ich kann Armaturen, Wasserhähne und sogar Verkleidungen für Lichtschalter bestellen. Manchmal verkaufe ich die Restaurierungsbücher, aber meistens verleihe ich sie nur. Das gefällt mir so sehr an Glenwood – es gibt so viele alte Häuser, die von den Leuten renoviert werden.«

In der einen Hand hielt sie den Teller, während sie mit der anderen gestikulierte, die Stimme voller Enthusiasmus.

»Sie mögen Ihren Beruf«, bemerkte er.

»Ich liebe ihn.«

»Dann komme ich gern in Ihren Laden und frage Sie aus.«

»Ich würde mich freuen.«

Ihre Blicke trafen sich. Verlegen biss sich Holly auf die Unterlippe und wandte sich ab. Jordan musterte sie. Einerseits hoffte er, sie wäre wirklich so schüchtern und unschuldig, wie sie schien. Aber gleichzeitig wünschte er sich, dass sie nur so naiv tat. Denn wenn sie diese Rolle nur spielte, hätte er nichts für sie übrig, und das würde ihm einiges erleichtern. Vor allem, weil er nicht zugeben wollte, dass Holly Garrett ihn faszinierte.

»Ich meine mich zu erinnern, dass die Ladenräume lange Zeit leer standen. Wann haben Sie und Ihre Mutter denn das Geschäft geerbt?«

»Vor fünf Jahren ist die Tante meiner Mutter gestorben und hat es uns vermacht.«

Nachdenklich schob sie das letzte Stück ihres Steaks auf dem Teller herum, schließlich stellte sie ihn auf den Boden. »Meine Mutter war jahrelang krank. Sie hatte Brustkrebs, der immer wieder zurückkam. Wir haben oft über den Antiquitätenladen gesprochen. Er war unser gemeinsamer Traum.« Holly lehnte sich in ihrem Stuhl zurück und faltete die Hände im Schoß. »Als sie vor drei Jahren starb, habe ich erst die restlichen Arztrechnungen abgestottert und dann so lange gespart, bis ich hierherziehen konnte.«

Sie hatte ihre Geschichte schlicht gehalten. Natürlich war ihm bewusst, dass sie ihm viele Details erspart hatte. Er fragte sich, ob sie noch Familie hatte. War sie ein Einzelkind, und wo war ihr

Vater? Aber er mochte selbst keine Fragen, und er würde Holly nicht drängen, ihm zu antworten. Wenigstens war nun ein Teil des Rätsels gelöst: Wegen der langen Krankheit ihrer Mutter kannte sich Holly in Krankenhäusern gut aus. Kein Wunder, dass sie so überzeugend die Krankenschwester spielte.

»Gefällt es Ihnen, ein eigenes Geschäft zu haben?«, fragte er.

»Ich würde nichts lieber tun. Als ich in der Highschool war, hatte ich einen Teilzeitjob in einem Antiquitätenladen. Nach meinem Abschluss begann ich, dort voll zu arbeiten. Irgendwann möchte ich ein Haus wie dieses kaufen und es von Grund auf renovieren.«

»Zwei meiner Brüder haben so ähnliche Häuser. Travis ist mit seinem fertig, aber Kyle und Sandy kämpfen noch mit der Sanierung der Wasserleitungen. Wenn ich wieder gesund bin, kann ich sie Ihnen zeigen, wenn Sie möchten.«

»Das wäre toll. Was haben Sie mit diesem Haus vor?«

»So genau weiß ich es noch nicht. In einigen Zimmern will ich die Tapeten von den Wänden ziehen. Sie können sich nicht vorstellen, was die Leute auf schönstes Holz kleistern.«

»Das können Sie laut sagen. Ich kann Ihnen Dinge erzählen … Es sollte verboten werden.« Sie rückte mit ihrem Stuhl näher an sein Bett. »Einmal war ich bei einer Wohnungsauflösung, da hatte die Frau jedes Möbelstück mit Goldfarbe bemalt. Es war entsetzlich.«

Während Holly weitererzählte, fiel es Jordan immer schwerer, sich zu konzentrieren. Stattdessen starrte er in ihr Gesicht. Als sie ihn im Krankenhaus besucht hatte, waren ihm ihre Sommersprossen und das dezente Make-up aufgefallen. Auch heute betonte dunkler Mascara ihre Wimpern, aber ansonsten war sie so ungeschminkt wie eine Zehnjährige.

Er registrierte, wie sich ihre Lippen beim Sprechen bewegten und die Augen vor Begeisterung sprühten, während die Arme und der ganze Körper in Bewegung waren. Dann wurde sein Blick von ihrem Brustkorb angezogen. Ihre Kurven fielen definitiv üppig aus. Seine Hände könnten ihre Brüste nicht umfassen, aber das würde ihn sicher nicht stören.

Er unterdrückte ein Lächeln. Von seiner Familie und Freunden wurde er für verschlossen und grüblerisch gehalten. Manchmal war er fast griesgrämig. Was in aller Welt suchte also diese Frau in seinem Haus? Und warum freute er sich über ihre Gesellschaft?

»Geben Sie mir Bescheid, wenn Sie die Tapeten abreißen«, hörte er sie sagen. »Ich habe ein Dampfgerät, das Wunder wirkt.« Mit einem Blick zu der hohen Zimmerdecke stellte sie fest: »Aber sogar damit werden Sie Tage brauchen.«

»Meine Brüder würden mich unterstützen«, sagte er. »Ich habe ihnen oft genug geholfen.«

»Sie sind zu viert, nicht wahr?«

Jordan nickte.

»Das ist schön.« Sie seufzte. »Ich hätte gern eine große Familie gehabt, aber es gab immer nur meine Mutter und mich.«

Holly war allein. Jordan hatte keine Ahnung, wie sich das anfühlte. Oft war er bei Familienaktivitäten zwar außen vor und sah eher zu, als dass er Teil des Ganzen war. Aber das lag an ihm und nicht an seinen Geschwistern. Für ihn gab es immer einen Ort, an dem er willkommen war. Eine Welt ohne einen einzigen lieben Menschen war für ihn nicht vorstellbar.

»Halten Sie keinen Mann irgendwo versteckt? Oder einen eifersüchtigen Freund? Zur Selbstverteidigung bin ich nämlich gerade nicht in der Lage.«

Sie errötete. »Wohl kaum. Für so etwas hatte ich bisher keine Zeit.«

Wofür hat sie dann Zeit gehabt? Lass gut sein, Haynes, ermahnte er sich selbst. Diese Frau war nichts für ihn. Anfangs hatte er ihre unschuldige Art in Zweifel gezogen, jetzt beschlich ihn das ungute Gefühl, dass sie echt war. Rein und unverfälscht.

»Wie alt sind Sie?«, fragte er.

»Achtundzwanzig.«

Achtundzwanzig Jahre und noch nie geküsst? Er schob den Rolltisch beiseite. Das war unwahrscheinlich. Sicher hatte sie ihre Erfahrungen gesammelt. Wie konnte sie so aussehen, ohne dass jemand sie geküsst hätte? Bestimmt hing ihr ständig eine Horde von Männern an den Fersen, wo immer sie hinging.

»Haben Sie Freunde in Glenwood?«, erkundigte er sich. Natürlich meinte er männliche Freunde, aber er wollte nicht ungezogen wirken. Außerdem hätte es den Eindruck erweckt, er wäre an ihr interessiert, was natürlich nicht stimmte.

Lügner, schalt ihn seine innere Stimme, doch er ignorierte sie.

»Ein paar. Nette Kunden aus meinem Laden. Und meinen Vermieter kenne ich natürlich. Doch, einige Freunde habe ich schon gefunden.«

Während sie sprach, mied sie seinen Blick. Jordan wusste sofort, dass sie log. Sie hatte kaum Freundschaften geschlossen, wollte aber kein Mitleid erregen.

Er dachte an die großartigen warmherzigen Ehefrauen seiner Brüder. Er war überzeugt, dass sie Holly unter ihre Fittiche nehmen und in die Gruppe aufnehmen würden, wenn er ihnen von ihr erzählte. Oder wenigstens würden sie ihr helfen, sich nicht mehr einsam zu fühlen. Aber vielleicht wollte sie nicht, dass er sich einmischte.

Bevor er sie fragen konnte, erhob sie sich und begann, die Teller zusammenzuräumen. »Möchten Sie einen Kaffee?«, erkundigte sie sich.

»Das wäre toll. Und auch ein paar von den Keksen, die Sie mitgebracht haben.«

Sie lächelte ihm kurz zu, dann ging sie aus dem Zimmer. Während er ihren Hüftschwung beobachtete, spürte er, wie sich tief in seinem Inneren etwas regte. Er schob es beiseite, genauso wie sein aufflackerndes Interesse und die Neugier. Es war lange her, seit eine Frau das letzte Mal seine Aufmerksamkeit erregt hatte.

Sich auf jemanden einzulassen kostete seinen Preis, rief er sich ins Gedächtnis. Einen hohen Preis dafür, jemanden zu mögen. Und er war nicht bereit, noch einmal zu zahlen. Aber das stand auch gar nicht zur Debatte. Holly leistete ihm Gesellschaft, mehr nicht. Bald würde sie gehen, und er brauchte sie nie wiederzusehen. Schlimm genug, sich überhaupt auf eine Frau einzulassen. Aber noch schlimmer wäre es, das Herz einer Unschuldigen aufs Spiel zu setzen.

3. Kapitel

Mit Kaffee und einem Teller voller Kekse kam Holly zurück. Die Schürze hatte sie in der Küche abgelegt. Jordan kämpfte darum, seine natürliche Reaktion auf ihre Rundungen zu verdrängen. Erstens kannten sie sich nicht. Und zweitens war er nicht in der Verfassung, irgendeiner Art von Impuls nachzugehen – so reizvoll die Idee auch sein mochte.

»Ich wusste nicht, wie Sie ihn mögen«, sagte sie, während sie das Tablett auf den Tisch bei seinem Bett stellte. »Hier sind Milch und Zucker.« Sie deutete auf die Schalen neben den Keksen.

»Schwarz ist okay.«

Sie goss etwas Milch in ihren Becher, rührte um und nahm wieder Platz. »Wie fühlen Sie sich?«, fragte sie.

Als er darauf mit den Schultern zuckte, verzog er das Gesicht, weil sich sofort sein Rücken bemerkbar machte. »Als hätte mich jemand von einem Haus geschmissen.«

Statt zu lachen, wurde sie bitterernst. »Es tut mir so leid.«

»Es war nicht Ihre Schuld.«

»Doch, das war es.« Sie beugte sich vor und stellte ihren Becher auf das Tischchen. »Ich hätte Sie nicht bitten dürfen, zurückzugehen und Mistletoe zu retten. Wenn ich daran denke …« Sie schluckte. »Sie hätten sterben können.«

»Wenn es wirklich so gefährlich gewesen wäre, hätte ich es nicht getan.«

»Wirklich?«

Er nickte. »Ich mag meinen Beruf, aber ich bin nicht lebensmüde.«

»Sie ist alles, was mir von meiner Mutter geblieben ist. Mom hat mir Mistletoe am letzten Weihnachtsfest geschenkt, bevor sie starb – deshalb habe ich sie nach den Mistelzweigen benannt. Ich bin Ihnen sehr dankbar für Ihre Hilfe«, schloss sie mit heiserer Stimme.

Irgendwie war ihr Stuhl durch das viele Umherräumen immer näher ans Bett gerückt. Wenn sie sich wie jetzt vorbeugte, lagen ihre Hände auf dem Rand der Matratze. Aus ihrem Zopf hatte sich eine einzelne blonde Strähne gelöst und fiel an ihrer Wange herab, aber sie schien es nicht zu bemerken. Bei dem Gedanken, sie könnte in Tränen ausbrechen, krampfte sich Jordans Magen zusammen. Ohne Umschweife gab er zu, dass er in dieser Hinsicht ein typischer Mann war. Frauentränen warfen ihn vollkommen aus der Bahn.

»Ich habe nur meinen Job gemacht«, sagte er leichthin.

Sie dankte ihm mit einem Lächeln. »Warum wollten Sie lieber so etwas tun, als Polizist zu werden wie der Rest Ihrer Familie?«

Bevor er antwortete, drückte er auf die Knöpfe der Fernbedienung und senkte das Kopfende ein wenig ab, dann verschränkte er einen Arm hinter dem Kopf. »Als ich acht oder neun Jahre alt war, ging ein Haus in der Nachbarschaft in Flammen auf, und ich sah der Feuerwehr beim Löschen zu. Die Arbeit meines Vaters und meiner Onkel hatte ich nie richtig verstanden. Aus dem Fernsehen wusste ich, dass sie die Bösewichte einfangen sollten. Aber Glenwood ist nicht gerade ein Brennpunkt der Kriminalität. Das Dezernat des Sheriffs scheint die Verbrecher eher abzuschrecken. Aber was die Feuerwehrmänner taten, konnte ich genau sehen, und das hat mich beeindruckt. Ich habe es nie vergessen.« Er nahm einen Schluck von seinem Kaffee.

In Wirklichkeit war das nicht der einzige Grund. Während er heranwuchs, hatte Jordan seinen alten Herrn beobachtet. Bereits als Zwölfjähriger wusste er, dass er ihm in nichts ähneln wollte, denn Earl Haynes war als Frauenheld verrufen.

Er fluchte innerlich. Es waren nicht nur die Frauen, mit denen sein Vater protzte. Jordan hasste auch diese allumfassende Geringschätzung. Niemand war von Bedeutung, nichts spielte eine Rolle außer Earls eigenem Vergnügen. Oft schlug er seine Söhne ohne Grund und behauptete dann, es wäre die Strafe für ihren nächsten Fehler. Die Brüder hatten über den Mann hinwegsehen und die Familientradition bei der Polizei aufrechterhalten können, aber Jordan nicht.

Er spürte, wie die Wut ihn packte. Nach all den Jahren wühlte ihn die Erinnerung an seinen Vater immer noch auf. Er fragte sich, ob sich das jemals ändern würde.

»Jordan? Ist alles in Ordnung?«, fragte Holly besorgt. Sie stand auf und legte ihre Hand auf seine Stirn, während sie mit der anderen sein Handgelenk umfasste, um den Puls zu kontrollieren. »Ein wenig erhöht«, murmelte sie. »Aber Sie fühlen sich nicht heiß an.«

Dann drückte sie den Handrücken gegen seine Wange und berührte anschließend seine Ohrläppchen. Wenn sie so weitermachte, konnte er ihr gleich tatsächlich einen erhöhten Puls vorführen.

»Möchten Sie ein Schmerzmittel, oder sind irgendwelche anderen Medikamente fällig?«

»Es geht mir gut«, gab er zurück. »Beruhigen Sie sich.«

Es ging ihm wirklich gut. Seit der Entlassung aus dem Krankenhaus hatte er sich an den dumpfen Schmerz in seinem Körper gewöhnt. Er hätte sogar ganz auf die Medikamente verzichtet, aber nachts brauchte er sie, um schlafen zu können. Tagsüber kam er ohne aus.

Sie ließ seine Hand los und setzte sich zurück auf den Stuhl. Während sie ihn weiter musterte, war die Unsicherheit wie weggeblasen. Dieser Wechsel zwischen Kompetenz und Schüchternheit gefiel ihm fast so gut wie ihre Sommersprossen.

»Ich sollte gehen, damit Sie ein wenig Ruhe bekommen.«

»Mir wäre es lieber, Sie leisten mir Gesellschaft. Es ist ziemlich langweilig, den ganzen Tag hier herumzuliegen.«

»Louise ist doch bei Ihnen.«

Lieber trank Jordan weiter seinen Kaffee, als darauf zu antworten.

Holly öffnete den Mund, aber bevor sie etwas sagen konnte, hörten sie ein Geräusch aus der Küche. Überrascht stand sie auf und drehte sich in Richtung des Lärms.

»Ich bin wieder da!«, rief Louise.

»Dachte ich mir«, grummelte Jordan bei sich.

Holly warf einen Blick auf ihre Armbanduhr. »Du liebe Güte,

ich habe gar nicht gemerkt, wie lang ich schon hier bin. Sie müssen hundemüde sein. Es tut mir so leid. Sie hätten etwas sagen sollen.« Sie verknotete ihre Finger ineinander. »Meine einzige Entschuldigung ist, dass ich zu viel allein bin. Mistletoe ist ein Schatz, aber für eine Unterhaltung taugt sie nicht besonders.«

Vor Verlegenheit war sie ins Plappern geraten, und das gefiel ihm. Es bedeutete, dass sie nervös und verunsichert war. Besser noch: Es hieß, dass sie ihn mochte. Und er wollte, dass sie ihn mochte.

Vom Flur hörte er Schritte, dann betrat Louise den Raum. Überrascht hob sie die Augenbrauen. »Sie scheinen sich gut zu verstehen. Ist alles in Ordnung?«

»Es ist meine Schuld«, sagte Holly schnell. »Nach dem Essen habe ich …«

Jordan wusste nicht, wie er sie anders aufhalten sollte, als den Arm auszustrecken und nach ihrer Hand zu greifen. Holly fuhr zu ihm herum und starrte ihn an.

»Alles ist gut«, beruhigte er die Haushälterin. »Wie war der Unterricht?«

Jetzt starrten ihn gleich zwei Frauen an. Höchstwahrscheinlich fesselte er Hollys Aufmerksamkeit, weil plötzlich unfassbar heiße Funken zwischen ihren Händen hin und her stoben. So etwas war ihm noch nie passiert, und er hatte nicht die leiseste Ahnung, was es bedeutete. Loslassen würde er jedenfalls nicht, denn er befürchtete, dass sie dann sofort davonstürmen würde. Erst wollte er sicherstellen, dass sie zurückkam und ihn besuchte.

Und Louise starrte ihn an, weil er gerade den ersten zivilisierten Satz seit ihrer Ankunft an sie gerichtet hatte. Einen Augenblick fragte er sich, ob er wirklich so fies zu ihr sein musste. Doch dann rief er sich ins Gedächtnis, was sie getan, wie viele Leben sie ruiniert hatte. Sie verdiente es nicht besser und eigentlich sogar noch schlimmer. Dass sie ihm etwas Gutes tat, indem sie sich um ihn kümmerte, musste er ignorieren.

»Der Professor ist nicht einmal alt genug, um sich täglich zu rasieren, aber seine Vorträge sind hervorragend«, antwortete Louise zurückhaltend.

»Ich sollte gehen«, sagte Holly und entzog ihre Finger seinem Griff.

Aber Jordan wollte nicht, dass sie ging. Eine verrückte Sekunde lang wünschte er, er könnte aufstehen und sie küssen. Hätte er noch Medikamente genommen, hätte er es auf die Pillen geschoben. Aber seit gestern Abend hatte er nichts mehr geschluckt. Also war es wohl die Langeweile – oder die Schmerzen. Oder es lag daran, dass er außer seiner Familie nicht viele Freunde hatte. Er mochte Holly. Sie war jemand, mit dem man befreundet sein konnte.

Noch während er den Gedanken zu Ende brachte, wartete er darauf, dass der Blitz einschlug. Klar doch, er wollte mit ihr *befreundet* sein. Darum hatte er auch den halben Abend kein Auge von ihren Kurven gelassen.

»Kommen Sie morgen wieder«, bat er sie, ohne nachzudenken.

Ihre vollen Lippen bogen sich zu einem zarten Lächeln nach oben. »Das mache ich gern«, antwortete sie sacht.

Er lächelte sie an, und die Reaktion folgte auf den Fuß: Ihr Mund öffnete sich, die Atmung ging schneller, und er sah, wie ein schwaches Beben durch ihren Körper lief. Zwar hatte er nie besonderen Wert darauf gelegt, aber anscheinend besaß er es noch immer: das berüchtigte Etwas. Nur deshalb lagen die Frauen den Haynes-Männern zu Füßen. Vor Jahren hatte er es benutzt, um sich zu nehmen, was er wollte. Aber er war erwachsen geworden, und das Spiel hatte seinen Reiz verloren.

Also knipste er das Lächeln wieder aus. Holly blinzelte, als würde sie aus einer Art Trance erwachen. Dann winkte sie ihm kurz zu und spazierte aus dem Zimmer. Louise folgte ihr, und Jordan blieb allein in der Stille zurück.

Er musste auf der Hut sein. Auch wenn er sich gern von ihrer Figur ablenken ließ – er mochte sie und wäre froh über ihre Gesellschaft. Aber nur auf freundschaftlicher Ebene, mehr wollte er nicht. Schließlich hatte ihm ein Experte in Sachen Romantik die Wahrheit über Liebesbeziehungen nur allzu drastisch vor Augen geführt. Allen rührseligen Liedern und Filmen vom Liebesglück zum Trotz wusste er, dass die Liebe in Wirklichkeit grausam war.

Holly ging in die Küche, um ihre Handtasche zu holen.

»Ich bin beeindruckt«, bemerkte Louise, die hinter ihr herschlenderte. »Sie haben ein Wunder vollbracht.«

»Es war nicht besonders schwer.« Holly lächelte der Haushälterin zu und hoffte, dass diese ihr Zittern nicht bemerkte. Es war eine Sache, an Jordans Stirn zu kontrollieren, ob er Fieber hatte. Dabei konnte sie verdrängen, dass er attraktiv, bezaubernd und beinahe nackt war. Aber als er ihre Hand genommen und sie angelächelt hatte, wäre sie fast in Ohnmacht gefallen.

Sie holte tief Luft. Dass ein Mann so viele gute Eigenschaften auf einmal hatte, war nicht gerecht. Sie sollten gerechter verteilt werden. Dann wäre sie die Sorge los, dass sie sich in seiner Nähe wie eine Idiotin aufführte.

»Es war vielleicht nicht schwer für Sie«, entgegnete Louise, »aber ich kann den Jungen nicht einen Zentimeter zum Mitspielen bewegen. Sie möchten vermutlich nicht in Vollzeit hierherkommen, bis er gesund ist?«

Holly grinste. »Ich muss mich um meinen Laden kümmern.«

»Tja, Pech für mich. Ich schätze, ich sitze hier mit ihm fest.« Sie verdrehte die Augen. »Vorhin hat er sich gehen lassen und war beinahe nett zu mir. Bestimmt bekomme ich morgen dafür die Rechnung serviert.«

»Ich verstehe nicht, warum er sich so verhält.«

Louise tastete nach ihrem rechten Ohrring und entwirrte den baumelnden silbernen Mond und die Sterne. »Das könnte die verschiedensten Gründe haben. Er ist nie aus der Deckung gekommen und hat es erklärt. Glenwood ist eine kleine Stadt, und jeder kennt hier jeden. Aber er hegt schon lange einen Groll gegen mich. Wahrscheinlich muss ich es ihm irgendwann aus der Nase ziehen – aber das werde ich ganz sicher nicht mehr heute tun.« Sie lächelte fröhlich. »Kommen Sie morgen wieder?«

»Meinen Sie wirklich, das sollte ich?«

»Natürlich. Nicht zuletzt, weil ich eine Verschnaufpause von seiner schlechten Laune gebrauchen kann.«

»Ich weiß, wie schwer so etwas ist. Meine Mutter war fast zehn Jahre lang krank. Wenn es ihr gut ging, war sie lustig und unkompliziert. Aber nach Tagen voller Schmerzen wurde sie …« Holly zögerte.

»Quengelig?«, schlug Louise vor.

Holly lächelte. »Das Wort passt so gut wie jedes andere.«

Ihr Blick huschte zurück in Richtung Studierzimmer. Jordan *hatte* sie gefragt, ob sie zurückkäme. Und sie wollte gern mehr Zeit mit ihm verbringen. Heute Abend hatte sie viel Spaß gehabt. Es war viel besser, mit jemandem zu reden, als die Abende allein zu verbringen.

»Sie werden also kommen?«, hakte Louise nach und begleitete Holly zur Haustür.

»Ja. Das würde ich sehr gern«, erwiderte Holly.

»Schön. Ich freue mich drauf, und Jordan freut sich sicher auch.« Zum Abschied hielt sie die Tür auf.

»Gute Nacht«, wünschte Holly, trat hinaus auf die Veranda und winkte.

Es ging nur um ein gemeinsames Essen und höfliche Konversation, rechtfertigte sie sich, während sie ihr Auto anließ und rückwärts die Einfahrt herunterfuhr. Es war kein wirkliches Date. Jordan war lustig, charmant und gut aussehend – na und? Sie war einfach nur nett zu ihm. Außerdem war sie seit der Eröffnung ihres Ladens so eingespannt gewesen, dass sie keine Zeit für neue Freunde gehabt hatte. Jordan könnte ihr erster Freund werden. Und Louise ihre Freundin, obwohl der Gedanke an ein Wiedersehen mit ihr nicht halb so aufregend war.

Wenigstens würde sie dank der Verabredung aus dem Laden herauskommen. Seit ihre Wohnung verwüstet war, lebte sie dort. Es gab eine Menge Sofas, auf denen sie schlafen konnte. Das war zwar nicht gemütlich, aber es war ja auch nur für ein paar Wochen. Erst vor Kurzem hatte sie das Warenlager für Weihnachten aufgestockt und dafür ihr letztes Geld zusammengekratzt. In dem Unwetter hatte sie alle Möbel und fast ihre gesamte Kleidung verloren. Jetzt konnte sie es sich nicht mehr leisten, alles nachzukaufen, geschweige denn die Kaution für eine neue Wohnung aufzubringen. Aber wenn das Weihnachtsgeschäft gut lief, wäre sie im Januar über den Berg. Dann würde sie sich eine neue Wohnung suchen und einige Dinge ersetzen. Bis dahin hatte sie den Laden, das reichte.

In dieser Nacht suchte sie sich eins der bequemeren Sofas aus und streckte sich in ihrem Schlafsack darauf aus. Zufrieden dachte sie an den Abend bei Jordan. Sie war nicht nur hingerissen von seinem Äußeren, auch wenn ihr sein Lächeln den Atem verschlug. Viel wichtiger war, dass er sich Zeit nahm, um ihr zuzuhören. Das hatte bisher noch niemand getan. Sie wälzte sich herum. Mistletoe, die Hollys Füße als Kissen benutzte, maunzte empört. Durch den Schlafsack spürte Holly, wie sie gleich darauf wieder schnurrte, und das vertraute Gefühl entspannte sie.

»Vielleicht nehme ich dich mit, damit du ihn kennenlernst«, murmelte sie. »Dann kannst du dich bei ihm bedanken.«

Offensichtlich unbeeindruckt gähnte Mistletoe.

***

Drei Tage später öffnete Louise bereits die Haustür, während Holly noch die Treppenstufen erklomm.

»Auf die Minute genau«, begrüßte Louise sie.

»Es waren keine Kunden im Laden, also habe ich um Punkt fünf geschlossen.« Nachdem sie hereingekommen war, stellte sie den großen Korb auf den Boden, den sie mitgebracht hatte. »Es stört Sie hoffentlich nicht, dass ich Mistletoe mitgebracht habe?«

Louise betrachtete den Korb. »Ist das die Katze, die für Jordans Blessuren verantwortlich ist?«

»Ja. Sie ist wirklich sehr lieb, aber das Chaos um sie herum hat ihr Angst gemacht.«

»Entschuldigen Sie nichts! Ich mag sie jetzt schon.« Louise bückte sich und öffnete den Korb. Mistletoe lag zusammengerollt darin, das weiche graue Fell stand in alle Richtungen ab. Mit großen grünen Augen starrte sie Louise entgegen. Erst ließ die Haushälterin Mistletoe an ihrer Hand schnuppern, dann kraulte sie das Fell zwischen den Ohren. Die Katze schnurrte begeistert.

»Sie ist wunderschön«, sagte Louise.

»Tja, eine reinrassige Perserkatze, die gern alle wissen lässt, dass sie etwas Besonderes ist.«

Louise richtete sich wieder auf. Bevor sie aus dem Körbchen stieg, schnüffelte Mistletoe in die Luft. Ihr runder Bauch hing tief herunter.

»Hat sie zu viele Küchenabfälle gefressen, oder ist sie schwanger?«, wollte Louise wissen.

»Schwanger«, erklärte Holly. »Bis zum Termin sind es nur noch ein paar Wochen. In den letzten Tagen war ich jeden Abend hier, und jetzt wollte ich sie nicht länger allein lassen. Sie sind nicht allergisch, oder?«

»Überhaupt nicht.« Erneut tätschelte Louise die Katze. »Bist du nicht ein hübsches Fräulein? Jetzt geh und ärgere Jordan. Da haben wir eine gute Katze. Du darfst alle deine Haare auf seinem Bett abwerfen.« Mistletoe streckte sich wohlig unter den Streicheleinheiten. Als Louise wieder aufstand, begann das Tier seine Erkundungstour durch die Eingangshalle.

Holly sog die Luft durch die Nase. »Es riecht köstlich. Was gibt es heute?«

»Spaghetti. Ich hatte noch gefrorene Soße, die ich im Kühlschrank aufgetaut habe. Seit zwanzig Minuten wärme ich sie auf.«

In den letzten drei Tagen hatten sie eine gewisse Routine entwickelt. Aus unerfindlichen Gründen beschwerte Jordan sich weiter über Louises Essen. Also strich Holly die Lorbeeren für die Kochkünste ein, obwohl sie nicht selbst kochte. Es machte Jordan glücklich, und Louise war es egal.

Jeden Abend verschwand die Haushälterin. Manchmal besuchte sie Abendveranstaltungen am örtlichen College. An anderen Tagen half sie als Babysitterin aus oder lernte in der Bibliothek. Insgeheim dachte Holly, dass sie nur vor Jordan flüchtete.

»Ich verstehe nicht, warum er so stur ist«, sagte Holly, während sie Louise in die Küche folgte.

Wie immer war die Haushälterin sehr auffällig angezogen. An diesem Abend trug sie eine leuchtend orangefarbene, langärmelige Seidenbluse, die sie in ihre schwarze Jeans gestopft hatte. An den schlanken Hüften glitzerte ein goldener Gürtel. Als Ohrringe schaukelten ein Teekessel am einen sowie Tasse und Untersetzer am anderen Ohr zu ihren Bewegungen.

Holly bewunderte ihren Stil, auch wenn sie für sich selbst etwas anderes ausgesucht hätte. Für die Arbeit bevorzugte sie Rüschenblusen und lange fließende Röcke. Es passte zur Epoche des Ladens, außerdem konnte sie sich frei darin bewegen. Zum Glück hatte sie ihre Arbeitsgarderobe im Laden, denn vor dem Nachhauseweg schlüpfte sie gern wieder in Jeans. Von der Freizeitkleidung war viel verloren gegangen, aber wenigstens für die Arbeit konnte sie sich immer noch angemessen kleiden.

»Glauben Sie wirklich, dass er nichts merkt?«, fragte sie und lehnte sich gegen die Anrichte. Seit den fünfziger Jahren war der altmodische Raum nicht mehr modernisiert worden. Die Fliesen auf der Arbeitsfläche bildeten ein hell- und dunkelgrünes Schachmuster, und der große Herd mit den abgerundeten Kanten besaß an einer Seite eine Ablage. Das einzige moderne Gerät war die Mikrowelle auf dem Buffet.

»Selbst wenn, warum sollte er es zugeben?« Louise bückte sich und holte einen großen Topf hervor. »Das sollte für die Nudeln reichen. Auf der hinteren Flamme köchelt die Soße, rühren Sie sie einfach ungefähr alle zehn Minuten um. Je länger sie kocht, desto besser.«

Dann wies sie auf einen Brotlaib neben dem Spülbecken. »Den habe ich heute Nachmittag frisch gekauft.« Sie zwinkerte Holly zu. »Bestimmt denkt er sich, dass ich die Köchin bin. Aber es gefällt ihm, so zu tun, als wenn Sie es sind. So kann er weiter an mir herumnörgeln, und abends kommen Sie und unterhalten ihn. Was soll daran schlecht sein?«

»Wahrscheinlich haben Sie recht. Mich quält nur mein Gewissen, weil ich das ganze Lob für Ihr tolles Essen einstreiche.«

»Wenn er sich besser fühlt, wenn er glaubt, dass er Ihr Essen isst und nicht meins, dann lassen Sie ihn. Je schneller er gesund wird, desto früher komme ich hier raus.«

»Wie geht es ihm heute?«

Louise zog eine Grimasse. »Ziemlich schlecht. Der Trottel ist heute aufgestanden, obwohl der Arzt ihm Ruhe verordnet hat.

Jedenfalls hat er es übertrieben und heute Nachmittag Fieber bekommen. Immerhin konnte ich ihn überreden, ein rezeptfreies Schmerzmittel zu schlucken. Als ich das letzte Mal nachgesehen habe, schlief er. Vielleicht sollten Sie nach ihm sehen. Vermutlich wacht er in etwa einer Stunde von allein auf.«

»Gern.« Holly strich mit den Händen über den Rock, dann sah sie Louise an. »Ich möchte Sie um einen Gefallen bitten.«

»Natürlich, worum geht's?«

»Dürfte ich hier duschen?« Sie spürte, wie ihre Wangen heiß wurden. Schnell redete sie weiter, bevor sie noch der Mut verließ. »Seit dem Unwetter wohne ich in meinem Laden. Dort gibt es ein Bad mit einem Waschbecken, aber keine Dusche. Und ich würde wirklich gern meine Haare ausspülen, ohne mich über das kleine Becken zu bücken.«

Einige Sekunden starrte Louise sie nur fassungslos an. »Kindchen, danach müssen Sie nicht einmal fragen! Warum haben Sie denn nichts gesagt? Dieses Haus hat fünf Bäder, und Jordan benutzt nur eins davon. Kommen Sie.«

Damit marschierte sie aus der Küche, und Holly folgte ihr auf dem Fuß. Rasch zeigte Louise ihr das Badezimmer im Erdgeschoss und den Schrank mit den frischen Handtüchern, dann gab sie ihr noch einen dicken Frotteebademantel.

»Der Knabe benutzt ihn nie, er ist also wie neu.«

An Shampoo und andere Kosmetika hatte Holly gedacht, aber den Bademantel hatte sie vergessen. Sie drückte den Stoff an sich. »Danke. Ich weiß das sehr zu schätzen.«

Energisch schüttelte Louise den blonden Schopf. »Ich habe zu danken. Wenn Sie ihn besuchen, verschaffen Sie mir eine Pause.« Sie sah auf ihre Uhr. »Ich muss los, sonst komme ich zu spät. Ich will keinen Eintrag auf meiner Anwesenheitsliste, in diesem Semester habe ich mich noch kein einziges Mal verspätet. Oh, und vielleicht komme ich nicht ganz pünktlich zurück. Ein paar von uns wollen nach dem Kurs mit dem Professor noch etwas trinken gehen.«

Holly blickte sie an. »Der Professor, der zu jung ist, um sich zu rasieren?«

»Ach, Richard ist gar nicht so jung. Er ist fast fünfundfünfzig. Eigentlich sieht er nur jung aus«, erwiderte Louise.

»Sie nennen ihn Richard?«

»Habe ich Richard gesagt?« Die Haushälterin räusperte sich. »Professor Wilson meinte ich, so heißt er. Ich muss weg, viel Spaß!«

Eilig verließ sie das Bad und hastete den Flur hinunter. Holly sah ihr nach und schüttelte den Kopf. Im Moment passierten einfach zu schnell zu viele Dinge.

Sie hängte den Bademantel an einen Haken hinter der Tür und holte ihre Toilettenartikel. In der Eingangshalle schob sie Mistletoes Korb zur Seite und griff nach dem extragroßen Waschbeutel. Die Katze kam die Treppenstufen hinabgeschossen, um gestreichelt zu werden.

»Gefällt es dir, all die neuen Sachen zu beschnuppern?«, fragte Holly.

Mistletoe schnurrte zur Antwort.

Als Holly wieder aufstand, flitzte die Katze los, um eine andere Ecke des Hauses auszukundschaften. Holly ging durch die Bibliothek und betrat auf Zehenspitzen das Arbeitszimmer.

Jordan lag ausgestreckt auf dem Krankenhausbett, eine dunkle Locke fiel ihm in die Stirn. Im Schlaf sah er ein bisschen jünger aus, aber um nichts weniger attraktiv. Wie üblich hämmerte ihr Herz gegen den Brustkorb, aber langsam gewöhnte sie sich an dieses flatterhafte Gefühl. Es war eben der Preis, wenn sie mit ihm zusammen sein wollte.

Vorsichtig streckte sie die Hand aus und berührte sein Gesicht. Er war warm, aber nicht heiß. Wenn er Fieber gehabt hatte, musste es gesunken sein. Außerdem schlief er tief und ohne die Unruhe eines Fieberkranken.

Einige Sekunden musterte sie ihn, betrachtete die kräftige Kieferpartie, die gerade Nase und die kurzen Stoppeln an seinem Kinn. Manchmal, wenn sie miteinander redeten, kam sie sich vor wie im Film oder im Theater. Alles erschien ihr so unwirklich. Was machte sie hier überhaupt?

Aber sie wagte nicht, ihr Glück infrage zu stellen. Bisher hatte sie zwar kaum Zeit mit Männern verbracht. Doch sie hatte immer davon geträumt, wie es wäre, einen zu kennen. Jordan war genau so, wie sie sich den perfekten Mann vorgestellt hatte. Er war freundlich, humorvoll und charmant. Wenn er sie auf seine ganz spezielle Art ansah, spürte sie, wie sie dahinschmolz. Es wäre ein Leichtes, sich in ihn zu verlieben … oder Schlimmeres.

Aber das würde sie nicht tun. Erstens war ihr von den Leuten im Ort einiges über die Haynes-Brüder zu Ohren gekommen. Sie waren als Herzensbrecher verschrien. Genauso gut konnte sie versuchen, Eiskunstläuferin beim Olympiateam der Vereinigten Staaten von Amerika zu werden. Die Konkurrenz spielte in einer völlig anderen Liga. Nicht nur, dass sie noch Jungfrau war. Seit ihrem fünfzehnten Lebensjahr hatte sie keinen Mann mehr geküsst. So viel zum Thema Trainingsrückstand.

Mochte sie auch noch so sehr von einem Mann oder sogar vom Heiraten träumen, sie wusste, dass nichts davon für sie bestimmt war. Auch deshalb wagte sie es nicht, sich in Jordan Haynes zu verlieben. Nicht, damit niemand sie liebte. Sie wollte gern glauben, dass ein oder zwei Menschen auf der Welt sie besonders gern hatten. Der wirkliche Grund war, dass man für Liebe Vertrauen brauchte. Und sie war zu oft in ihrem Leben enttäuscht worden. Sie konnte sich nicht vorstellen, jemals wieder irgendjemandem zu vertrauen.

Behutsam zog sie die Decke über Jordans Oberkörper, dann verließ sie den Raum und ging wieder ins Bad. Die gesamten letzten drei Tage hatte sie sich nach einer warmen Dusche gesehnt. Jetzt würde sie jede Sekunde genießen.

Ein fürchterliches Geheul drang in Jordans Traum und riss ihn aus dem Schlaf. Er setzte sich im Bett auf und stöhnte, als der Schmerz durch seine Muskeln fuhr. Er hätte eben nicht früher aufstehen sollen als erlaubt, wie Louise ihm schadenfroh mitgeteilt hatte.

Kopfschüttelnd versuchte er herauszufinden, was los war. Noch war sein Verstand benebelt, und er konnte nur unscharf sehen. Da war etwas gewesen. Ein …

Da war das Geheul wieder. Irgendjemand oder irgend*etwas*

wurde gequält. Er warf die Bettdecke zurück und wollte auf die Füße kommen. Unter ihm schwankte der Boden. Oder vielleicht schwankte er selbst. Mit der einen Hand griff er nach dem Nachttisch, mit der anderen nach dem Tisch beim Bett, dann stemmte er sich daran hoch. Doch als er die Muskeln anspannte, realisierte er seinen Fehler: Er hatte vergessen, dass der Krankenhaustisch auf Rollen stand.

Der Tisch schoss unter seiner Hand hervor und flog quer durchs Zimmer. Jordan verlor den Halt und stürzte zu Boden. Schützend streckte er einen Arm aus, aber er konnte den Fall nicht mehr abfangen und knallte mit seiner verletzten Schulter auf den Holzboden.

Vom Flur ertönten Schritte.

»Jordan?«

Es war Holly. Sicher ist sie erleichtert, dass ich unter der Bettdecke Unterhose und Shorts trage, dachte er. Dann schlossen sich seine Augen, und der Schmerz durchdrang all seine Gedanken.

»Jordan, was ist passiert?«

»Ich habe etwas gehört. Geheul. Da habe ich versucht aufzustehen.«

»Sie sind gefallen. Haben Sie sich wehgetan?«

Alles tat verflucht weh. Sanft hob sie seinen Kopf in ihren Schoß und strich ihm über das Gesicht. Er öffnete die Augen.

Einen Moment starrte er sie an, dann blinzelte er. Wahrscheinlich hatte er sich beim Sturz den Kopf gestoßen. Holly trug nichts weiter als einen weißen Bademantel. Der Ausschnitt hatte sich geteilt und entblößte die Rundung einer Brust und den ersten rosigen Schimmer um die Brustwarze.

Er atmete tief ein. Die nassen Haare fielen über ihre Schultern. Vor Sorge hatten ihre Augen sich verdunkelt, und die Hände auf seinem Gesicht waren warm und beruhigend.

Vielleicht war er tot. Aber wenn das hier der Himmel war, was gab es da zu jammern?

4. Kapitel

»Jordan?«, rief Holly voller Sorge. »Bitte sagen Sie etwas! Sind Sie verletzt?«

»Es ist alles in Ordnung.« Durch den Schmerz und die Anspannung, die in ihm wüteten, presste er die Worte heraus. Noch nie zuvor hatte er solche Schmerzen gehabt. Und noch nie war er gleichzeitig schlagartig so erregt gewesen. Die bizarre Kombination machte ihn misstrauisch, und er überlegte, ob er nicht doch auf den Kopf gefallen war.

»Meinen Sie, Sie schaffen es zurück ins Bett?«, fragte sie. Ihr Blick wanderte von ihm zu der Liege. »Ich glaube nicht, dass ich Sie allein hochheben kann.«

»Es geht schon. Warten Sie einen Moment.« Er starrte weiter zu ihrem Gesicht auf. Sie duftete nach Shampoo und Seife, und ihre helle Haut leuchtete fast im Licht der Lampe. Mit jedem Atemzug hob und senkte sich ihr Oberkörper. Der Ausschnitt des Bademantels war noch weiter aufgegangen, sodass die Unterseite ihrer Brust und die feste Spitze zu sehen waren.

Tief in seinem Inneren brodelte es. Die Schmerzen von den Verletzungen und die Qualen in seiner Leistengegend vermischten sich zu einem dunklen Summen, das ihn aufstöhnen ließ. Ich muss aufhören, mich selbst so zu foltern, dachte er grimmig.

Langsam wälzte er sich zur Seite und begann, sich auf die Knie zu ziehen. Holly richtete sich auf. Sie bückte sich und umschlang unterstützend seine Hüften. Gemeinsam bewegten sie sich langsam auf das Bett zu. Mühsam hievte Jordan sich auf die Matratze. Dann schob Holly seine Beine zurecht, lehnte sich vor und glättete die Decke über ihm.

»Besser so?«, fragte sie. »Möchten Sie ein Schmerzmittel?«

Er schüttelte den Kopf, was zu seiner Überraschung nur ein bisschen zwickte. »Ich komme schon zurecht.«

»Ganz sicher?« Sie setzte sich neben ihn auf das Bett, wobei ihre Hüften aneinanderstießen.

»Ja«, murmelte er und bemühte sich zu ignorieren, dass er nun die andere Brust sehen konnte.

Prüfend berührte sie seine Stirn und kam ganz nah an ihn heran. »Sie fühlen sich etwas warm an.«

»Das geht vorbei.«

»Ich hoffe, Sie bekommen nicht wieder Fieber«, sagte sie stirnrunzelnd.

Er linste auf den tiefen V-Ausschnitt des übergroßen Bademantels. »Das ist bestimmt nicht das Problem.«

Vor lauter Sorge um seinen Zustand bemerkte sie gar nicht, wie sie sich vor ihm präsentierte. Er wusste nicht, ob er froh oder beleidigt sein sollte. Einerseits genoss er ihre Aufmerksamkeit. Andererseits – kein Mann wollte sexuell so uninteressant wie ein Eunuch behandelt werden.

»Wie sind Sie auf dem Boden gelandet?«, fragte sie.

Er rieb seine Schläfe, während er versuchte, sich zu erinnern. »Ich habe etwas gehört.«

»Was?«

»Ich weiß nicht mehr. Ich habe geschlafen, und etwas hat mich geweckt. Darum wollte ich aufstehen, um nachzusehen.«

»Vielleicht haben Sie geträumt.«

»Vielleicht.« Er betrachtete sie. Erst jetzt nahm er den Bademantel und ihr nasses Haar wirklich wahr. Er streckte seine Hand aus und ließ eine nasse Strähne durch die Finger gleiten. »Was haben Sie gemacht?«

Errötend wandte Holly das Gesicht ab. »Ich, ähm … Ich habe sozusagen Ihre Dusche benutzt. Sie haben hoffentlich nichts dagegen.«

Sofort wollte er ihr anbieten, jederzeit bei ihm zu duschen – wenn er dabei zusehen durfte. Aber wahrscheinlich hätte sie den Witz nicht komisch gefunden … Dann wurde ihm bewusst, dass es gar kein Witz war. Hatte er so lange keine Frau mehr gehabt? Oder war es speziell Holly Garrett, die ihn dermaßen faszinierte?

Gefährliche Frage, Haynes, sagte er zu sich selbst. Er beschloss, sie zu verdrängen.

»Kein Problem«, antwortete er. »Sind die Wasserleitungen in Ihrer neuen Wohnung nicht in Ordnung?«

Sie holte tief Luft. Die Ränder des Bademantels bewegten sich, fielen aber nicht weiter auseinander. Dass er jede kleinste ihrer Bewegungen verfolgte, nagte ohnehin an seiner Konzentration. Also senkte er den Blick auf ihren Schoß, wo sie die Hände ineinander verschränkt hielt.

»Die Wasserleitungen? Oh!« Erst jetzt schien sie zu merken, wie sie bekleidet war. Fahrig berührte sie ihr nasses Haar, dann zog sie den Bademantel fester um sich zusammen. »Ich, also … Eigentlich habe ich momentan keine Wohnung.«

Mit zusammengezogenen Augenbrauen starrte er sie an. »Wo wohnen Sie denn?«

»Im Laden.« Rasch warf sie ihm ein Lächeln zu. »Es ist wirklich nett. Dort stehen jede Menge Möbel herum, und einige Sofas sind sehr gemütlich. Ich habe einen Schlafsack, eine Kochplatte und einen kleinen Kühlschrank. Es gibt sogar ein Badezimmer, nur leider keine Dusche. Darum habe ich Louise gefragt, ob ich hier duschen darf. Sie haben geschlafen, sonst wäre ich zu Ihnen gegangen.«

»Sie können da nicht wohnen«, erklärte er.

»Warum nicht? Es ist völlig ungefährlich. Ich war nicht versichert, und im Augenblick kann ich nicht alles neu kaufen, was zerstört worden ist. Eine Kaution kann ich erst recht nicht bezahlen. Aber nach Weihnachten wird alles wieder gut. Es ist ja nur für ein paar Wochen.«

Sie sprach schnell, und er fragte sich, ob sie damit ihre Nervosität überspielen wollte. Er nahm es jedenfalls an. Jetzt, wo sie nicht mehr die Krankenschwester war, verhielt sie sich schüchtern und unsicher.

Während er sie ansah, umklammerten ihre Hände den Ausschnitt des Bademantels noch fester.

»Ziehen Sie sich etwas an«, sagte er barsch. Als sie aus dem Zimmer huschte, schloss er die Augen.

Kaum war sie fort, hob er einen Arm und bedeckte mit ihm die Augen. Er wollte nicht daran denken, wie Holly Garrett allein in ihrem Laden wohnte. Nach sechs war die Einkaufszone wie ausgestorben. Wenn es Probleme gab, war niemand in der Nähe, den sie um Hilfe rufen konnte. Zu allem Überfluss drängte sich ihm bei der Vorstellung an ihre Behausung auch noch das Bild auf, wie sie in Ermangelung einer eigenen Dusche seine benutzte.

Sie hatte so zart und verlockend in seinem Bademantel ausgesehen. In seinem Kopf drängten sich Hunderte von Fantasien, wie er sie beide bis zur Atemlosigkeit und wieder zurück treiben konnte. Aber nichts davon würde er in die Tat umsetzen. Er war zu alt und zynisch für eine Frau wie sie.

Für einen Moment erfüllte ihn Trauer. Trauer über die Dinge, die er nie erlebt hatte und die er nie bekommen würde. Wäre er ein anderer, wären die Umstände andere, dann würde er seiner Neugier auf Holly nachgehen. Schritt für Schritt würde er sie umwerben. Er würde riskieren, sie zu lieben und von ihr geliebt zu werden.

Das ist lediglich eine Fantasie, sagte er zu sich selbst, auch wenn die Fantasie tausendmal besser war als die Realität. Das Problem war nicht, dass er nicht an die Liebe glaubte, sondern dass er die Folgen fürchtete.

Sekunden später hörte er wieder das Geräusch, das ihn geweckt hatte. Es war ein tiefes Heulen. Bevor er erneut aus dem Bett steigen konnte, kehrte Holly mit einer dicken grauen Katze im Arm zurück.

Missbilligend beäugte er das Tier. Das Gesicht kam ihm bekannt vor. Diese Katze war schuld, dass er hier herumlag. Zu gern hätte er sich das Biest geschnappt und ihm seine Meinung klargemacht, aber in seinem Zustand ließ er es lieber bleiben. Die Katze starrte zurück. Feindseligkeit glomm aus ihren hellgrünen Augen. Sie hat mich schon einmal übers Ohr gehauen, dachte er, und da war ich noch gesund. Der Himmel wusste, wozu sie jetzt fähig war.

Holly lächelte. »Das ist Mistletoe. Mistletoe, das ist der tapfere Mann, der dir das Leben gerettet hat.«

Mann und Katze funkelten sich an. Keiner von beiden war beeindruckt.

»Mistletoe ist eine reinrassige Perserkatze«, erklärte Holly und setzte sie auf den Boden. »Es macht Ihnen hoffentlich nichts aus, dass ich sie mitgebracht habe. Sie bedeutet mir sehr viel.«

Beim Klang ihres Namens blickte die Katze zu Holly auf, begann zu schnurren und ihr um die Beine zu streichen. Nachdem sie einmal im Kreis gelaufen war, musterte sie Jordan und legte die Ohren an.

Er fixierte sie. »Sie ist ziemlich fett.«

»Sie ist schwanger.«

Kurz schämte er sich, weil er etwas Schlechtes von einer werdenden Mutter gedacht hatte. Aber dann wurde ihm klar, dass sie den hinterhältigen Charakter an ihre Brut weitergeben könnte.

»Ich möchte sie abends nicht gern allein lassen«, sagte Holly. »Sie ist ganz brav und wird keinen Ärger machen.«

»Ja, klar«, murrte er.

Holly nahm das Tier wieder hoch und trat an das Bett. »Vielleicht sollten Sie sie streicheln und sie kennenlernen.«

Augenblicklich begann Mistletoe zu zappeln. Holly setzte sie auf das Fußende. Die Katze blitzte Jordan an. Er funkelte zurück. Dann streckte sie den Rücken, fauchte einmal scharf, sprang vom Bett und stolzierte davon.

Ungläubig starrte Holly ihr nach. »Ich verstehe das nicht. Sie ist wirklich lieb und mag jeden.«

»Mm-hm«, machte Jordan, wenig begeistert, dass ihn gerade ein zwanzig Pfund schweres Monster beleidigt hatte.

»Sie wird Sie vergöttern, wenn sie sich erst an Sie gewöhnt hat.«

Da war er nicht so sicher: Mistletoe hatte ihn vom Balkon katapultiert. Er wollte nicht wissen, was sie sonst noch alles konnte, wenn sie es sich in den Kopf setzte.

Mit angezogenen Beinen saß Holly in dem Sessel, den Louise in Jordans Notlager gestellt hatte. Das Deckenlicht war ausgeschaltet, zwei Bodenlampen in gegenüberliegenden Ecken des Zimmers bildeten die einzige Lichtquelle.

Jordan saß im Bett, die Decke um die Hüften gestopft. Sie hatten zu Abend gegessen und tranken nun ihren Kaffee. Holly freute sich über ihre Fortschritte. Obwohl sie sich in einem Raum mit einem schönen Mann *und* seinem bloßen Oberkörper befand, konnte sie noch wie ein normaler Mensch sprechen. Im Vergleich zu Tag eins war das definitiv eine Verbesserung. Je nach Laune konnte Jordan ihr zwar weiterhin die Röte ins Gesicht treiben, aber selbst das wurde besser.

Nach Zeichen von Fieber oder Schmerzen suchend, betrachtete sie sein Gesicht und die Augen. »Wie fühlen Sie sich?«

»Das fragen Sie jetzt schon zum dritten Mal, Holly. Es geht mir blendend.« Er lächelte.

Heimlich unterdrückte sie einen Seufzer. Seinen freien Oberkörper und die geistreichen Gespräche konnte sie verkraften, aber das Lächeln … Das Lächeln machte ihre Beine immer noch weich wie Pudding. Schnell stellte sie ihren Becher auf den Nachttisch, bevor sie ihn fallen ließ oder etwas ähnlich Idiotisches tat.

»Ich mache mir Sorgen, dass das Fieber zurückkommt.« Sie stand auf, beugte sich über das Bett und berührte seine Stirn und die Wangen. »Sie fühlen sich kühl an.«

»Sie machen das sehr gut.« Fragend hob er die Augenbrauen. »Viel Übung?«

»Ja, leider. Durch meine Mutter.«

»Wie lange war sie krank?«

Holly machte es sich wieder im Sessel bequem. »Zehn Jahre. Ich war fünfzehn, als sie einen Knoten in ihrer Brust entdeckte. Es war Krebs. Die Ärzte holten den Tumor heraus, aber der Krebs kam wieder.« In Erinnerung an die grauenvolle Zeit schloss sie die Augen. Holly hatte versucht, stark zu sein. Aber damals konnte sie nur daran denken, was aus ihr werden sollte, wenn ihre Mutter starb.

»Das ist viel für eine Fünfzehnjährige«, sagte er.

Sie nickte. »Sie bekam die übliche Behandlung, aber es ging ihr elend. Wahrscheinlich vertragen andere es besser. Ich habe oft die Schule verpasst, um bei ihr zu sein.«

»Was haben Sie noch verpasst?«, fragte er mit leiser und besorgter Stimme.

Erst jetzt öffnete sie die Augen und sah ihn fragend an. »Was meinen Sie?«

»Sie waren jung. Die meisten Teenager haben genug damit zu tun, die Schule zu meistern und erwachsen zu werden. Aber Sie mussten sich um Ihre Mutter kümmern. Sie haben sicher auf vieles verzichtet.«

Ihre Augen brannten, und für den Bruchteil einer Sekunde fürchtete sie, in Tränen auszubrechen. Dann richtete sie sich auf und blinzelte einige Male, bis das Brennen verschwand.

»Danke«, sagte sie.

»Wofür?«

»Dass Sie das gesagt haben. Das hat noch nie jemand wirklich wahrgenommen. Ich war ein Teenager, aber ich musste mich wie eine Erwachsene verhalten. Sonst war niemand da, der die Verantwortung übernommen hätte. Meine Mutter konnte es nicht. Die Ärzte und Schwestern waren gestresst. Mom hatte ein paar Freundinnen, aber die sollten nicht wissen, wie krank sie war. Und meine Freunde waren so jung wie ich.«

Sein dunkler Blick traf ihren. »Sicher hatten Sie Angst.«

»Ja. Ich wollte, dass sie lebt. Es war schwer für mich. Gerade hatte ich die Highschool angefangen, und da musste ich meine vielen Schulaktivitäten auch schon wieder aufgeben. Es gab auch einen Jungen, Jimmy. Wir gingen miteinander, wie Fünfzehnjährige eben miteinander gehen.« Als Holly auf ihre Hände herabsah, merkte sie, wie sie die Finger ineinanderknotete. Bewusst hielt sie in der Bewegung inne. »Er ist gegangen, weil ich meine Mutter zu oft pflegen musste.«

»Geben Sie mir seinen Nachnamen. Sobald es mir besser geht, werde ich ihn finden und für Sie verdreschen.«

Sie lächelte. »Das ist nett von Ihnen, aber nein danke. Es ist Ewigkeiten her. Jetzt spielt es keine Rolle mehr.«

»Natürlich tut es das. Manche Wunden heilen nie.«

Lange sahen sie einander an. Etwas in Jordans Augen gab ihr die Gewissheit, dass er ihre Geschichte wirklich verstand. Sie fragte sich, welche Wunden die Vergangenheit ihm zugefügt haben mochte.

»Wurde Ihre Mutter zwischenzeitlich gesund?«, fragte er.

»Für ein paar Jahre. Ich schaffte die Highschool. Nach meinem Abschluss begann ich, Vollzeit zu arbeiten. Eigentlich wollte ich studieren, aber wir hatten zu viele unbezahlte Arztrechnungen. Dann erreichte uns die Nachricht über das Erbe des Antikladens hier oben. In derselben Woche entdeckte Mom einen Knoten in der anderen Brust.«

Hollys Atem stockte. Sie erinnerte sich, wie sie die Schluchzer ihrer Mutter durch die dünnen Badezimmerwände gehört hatte. Als sie hereingestürzt war, hatte sie sie zusammengekauert, weinend und sich wiegend auf dem Boden gefunden. Da hatte Holly gewusst, dass der Krebs zurück war.

»Mom war stark. Sie erlebte eine zweite gesunde Phase, nur kürzer als das Mal davor. Dann stellte sich heraus, dass der Tumor überallhin gestreut hatte. Trotzdem hielt sie noch einige Jahre durch. Sie musste viel ertragen, aber sie hat tapfer gekämpft.«

»Sie anscheinend auch.«

»Ich habe doch nichts getan.«

»Sie haben sich um sie gekümmert, oder nicht?«

»Ich war ihre Tochter. Außer mir hatte sie niemanden.« Sie setzte sich im Sessel um und zog die Knie zur Brust. »Genug davon. Ich soll Sie unterhalten und Ihnen nicht die Stimmung verderben. Lassen Sie uns über etwas Schöneres reden.«

Jordan dachte kurz nach. »Angenommen, Sie hätten aufs College gehen können. Was hätten Sie studiert?«

»Das ist leicht: Betriebswirtschaft. In meinem Laden will ich gute Arbeit leisten, aber mir fehlt oft das nötige Wissen. Ich bewundere Louise, dass sie wieder zur Schule geht. Das möchte ich auch. Nächste Frage.«

»Sie sprechen nie von Ihrem Vater.«

»Ich habe keinen Kontakt zu ihm.« Sie dachte an ihr einziges Gespräch mit ihrem Vater vor sechs Jahren. Noch immer konnte sie sich an jede Einzelheit erinnern, bis hin zum Prasseln des Regens gegen die Fensterscheiben. »Er und meine Mutter hatten eine Affäre. Als sie schwanger war, verschwand er.«

Das sagte sie ganz sachlich und distanziert. Jordan betrachtete sie. Er fragte sich, wie sie bei so viel Kummer so gutherzig und arglos geblieben sein konnte.

Vom Vater verlassen, die Mutter verloren, und trotzdem hatte sie überlebt. Mehr noch, sie war fröhlich und erfolgreich.

»Ich kenne solche Väter«, sagte er. »Dad ist zwar nicht abgehauen, aber ich denke oft, dass es besser gewesen wäre.«

»Warum?«

Aufmerksam sah sie zu ihm. Nach der Dusche hatte sie Jeans und ein dunkelblaues Sweatshirt angezogen. Der weiche Stoff betonte ihre Augenfarbe. Das lange Haar fiel offen über ihre Schultern. Er wollte sie an sich ziehen und die Hände in den langen seidigen Strähnen vergraben. Er wollte sie küssen und sie lieben, bis sie die Vergangenheit und den Schmerz vergaß. Er konnte sie vergessen lassen. Er konnte sie sogar verführen. Aber dann würde er ihr Herz brechen, und das durfte er niemals. Also sagte er ihr stattdessen die Wahrheit. Wenn er sie damit nicht abschrecken konnte, würde sie sich auch von nichts anderem vertreiben lassen.

»Haben Sie noch nichts von den berüchtigten Haynes-Brüdern gehört?«, fragte er.

Sie zuckte mit den Schultern. »Gerüchte. Nichts Konkretes.«

»Vier Generationen von Herzensbrechern. Vier Generationen ausschließlich Söhne. Drei Generationen notorischer Fremdgänger und verbitterter Frauen.«

»Sie und Ihre Brüder sind die vierte Generation?«

»Ja. Wir bekamen mit, wie unsere Onkel sich verhielten und wie Dad unsere Mutter behandelte. Mehrmals in der Woche hatte er andere Frauen. Earl Haynes fand, dass er alles durfte, solange er nachts nach Hause kam. Jeder in der Stadt wusste von seinen Liebschaften, meine Mutter eingeschlossen.«

»Wussten auch Sie und Ihre Brüder davon?«

Er nickte.

»Wie furchtbar.« Sie schüttelte den Kopf. »Ich verstehe nicht, wie jemand so sein kann.«

»Das war ganz einfach.«

»Wie meinen Sie das?«

»In unserer Familie haben die Männer die natürliche Gabe, Frauen zu verführen.«

Holly hob leicht das Kinn. »Ist mir nicht aufgefallen.«

»Herzlichen Dank.«

Ihr Lachen klang glockenhell in Jordans Ohren. »Oh, so war das nicht gemeint. Was ich sagen wollte, war …« Sie zögerte.

Gespannt wartete er, was jetzt kam. Würde sie behaupten, dass er sie vollkommen kaltließ? Und wenn, würde er ihr glauben? Er kannte alle Tricks, nur wendete er sie nicht mehr an. Doch ein paar Mal hatte er Holly dabei ertappt, wie sie ihn anstarrte. Sie fiel zwar nicht in Ohnmacht, aber er bezweifelte, dass sie gegen seine Reize immun war.

Schließlich warf sie ihr Haar zurück und lächelte. »Was war noch mal die Frage?«

»Das erspare ich Ihnen«, erwiderte er. »Sie müssen nicht antworten.«

»Was ist aus Ihren Eltern geworden?«

»Sie sind geschieden. Dad lebt mit Frau Nummer fünf in Florida. Nummer zwei und drei habe ich noch kennengelernt. Wenn seine derzeitige Frau ihren Vorgängerinnen auch nur ein bisschen ähnelt, ist ihr IQ kleiner als ihr Hüftumfang. Dad hat noch nie Wert auf Niveau gelegt.«

»Und Ihre Mutter?«

Daran wollte er nicht denken. »Sie hat uns verlassen, als ich zur Highschool ging. Keiner weiß, wo sie ist.«

Trotz all seiner Anstrengungen drängte sich der furchtbare Tag in seine Erinnerung. Ein perfekter Frühlingsnachmittag, die Sonne schien, und es war warm. Er war zu Hause gewesen, aber seine Eltern hatten ihn nicht bemerkt. Alles hatte er mitbekommen. Er kannte die Wahrheit.

Jordan schüttelte den Kopf und verbannte die Bilder an einen dunklen Ort in seinem Bewusstsein, den er lieber unerforscht ließ.

Vorsichtig berührte Holly seinen Handrücken. »Entschuldigen Sie. Ich wollte keine schmerzlichen Erinnerungen wachrufen.«

Wieder war sie die Krankenschwester, tröstend und unpersönlich. Aber aus ihm unerfindlichen Gründen wollte er plötzlich mehr. Er drehte seine Hand um, sodass ihre Finger über seinen Handteller strichen. Sofort sprangen Funken zwischen ihnen. Holly erstarrte, und sein Blut kochte auf einmal. Bevor sie sich ihm entziehen konnte, schloss er seine Hand um ihre.

Ihre Augen wurden groß, und sie schluckte. »Ich, ähm … Es ist schon spät, ich sollte wohl besser gehen.«

»Danke für das Abendessen«, sagte er. »Es war toll.« Währenddessen strich er mit dem Daumen über ihren Handrücken. Die Haut fühlte sich weich und warm an.

Sie stand auf, ohne seine Hand loszulassen. Bevor sie ging, gab er ihr einen leichten Stups. Ganz kurz nur zögerte sie, dann setzte sie sich auf die Bettkante.

Jordan drehte seine Hand noch ein Stück weiter und rieb mit dem Daumen über die Innenseite ihres Handgelenks. Hollys Puls raste, und ihre Lippen öffneten sich. Atmete sie auch mühsamer? Sein Blick wanderte zu ihren Brüsten. Er wollte Holly.

Farbe stieg ihr die Wangen und mischte sich unter die Sommersprossen. Gleichzeitig weiteten sich ihre Pupillen. Er inhalierte den süßen Duft ihres Körpers. Es wäre leicht, sie einfach an sich zu ziehen. Kinderleicht, sie in die Arme zu schließen und zu küssen, bis sie Raum und Zeit vergaß. Mochte er diesen Teil an sich auch verachten, so war er doch trotzdem wie seine Brüder von Kopf bis Fuß ein Haynes. Er wusste, wie man eine Frau verführte.

Aber nicht Holly, dachte er. Nicht, weil er sie nicht mochte – sondern gerade *weil* er sie mochte. Und weil er wollte, dass sie wiederkam. Nach einem kurzen Drücken ließ er ihre Hand los.

Verträumt sah sie ihn an und schwankte wie ein Blatt in einem unsichtbaren Lufthauch. Dann kam sie wieder zu sich.

»Ich sollte nach Hause fahren«, wiederholte sie.

»Wir sehen uns morgen.«

Sie lächelte, dann war sie fort.

Als das Brummen ihres Autos auf der Einfahrt verklungen war, starrte Jordan zur Decke. Etwas war heute Abend passiert. Etwas, worüber er nicht nachdenken wollte.

Irgendwie war zwischen Holly und ihm eine Verbindung entstanden. Er erzählte nicht jedem von seiner Vergangenheit, und sie hielt es vermutlich ähnlich. Dennoch hatten sie einander einen Teil ihrer Geschichte mitgeteilt. Es war ihm schleierhaft, was das bedeutete. Aber er wusste, dass es gefährlich war. Genauso gefährlich wie die Tatsache, dass er Holly süß und einzigartig fand.

Er wälzte sich unter der Decke, und ein Büschel Katzenhaare fiel zu Boden. Zu süß für diese verdammte Katze, dachte er. Und zu arglos, um die Nächte allein in der Innenstadt zu verbringen. Glenwood war vielleicht nicht die Brutstätte des Verbrechens, aber trotzdem gab es natürlich auch hier Überfälle. Er würde beim Sheriff anrufen und sicherstellen, dass die Gegend patrouilliert wurde.

Gerade als er aufstehen und zum Telefon gehen wollte, kam Louise zurück, und wie jeden Abend schaute sie nach ihm.

»Ist Holly schon weg?«, fragte sie erstaunt, während sie im Türrahmen lehnte.

»Seit zehn Minuten ungefähr.«

Louise machte Anstalten zu gehen.

»Warte«, hielt er sie auf. »Holly hat dich gefragt, ob sie hier duschen darf.«

»Ist das ein Problem für dich?«

»Nein. Ich wusste nicht, dass sie in ihrem Laden wohnt. Ich finde, es ist gefährlich.«

»Wenn sie etwas Besseres hätte, würde sie sicher dorthin gehen«, erwiderte Louise mit verschränkten Armen vor der Brust.

»Sie sagte, sie kann sich keine neue Wohnung leisten.«

Nachdenklich spielte Louise mit ihrem rechten Ohrring. »Ich weiß, was du denkst, Jordan. Du trägst dein Herz am rechten Fleck, aber Holly wird kein Geld von dir annehmen. Wahrscheinlich nicht einmal geliehen.«

»Darauf bin ich auch schon gekommen.«

Vorsichtig lächelte sie ihn an. »Nett von dir, dass du dir Gedanken gemacht hast.«

Er wandte den Blick von der älteren Frau ab. Fast hätte er ihr aus Gewohnheit etwas Gemeines an den Kopf geworfen. Aber das Problem war, dass er langsam anfing, sie zu mögen. Ganz gleich, wie er sich aufführte, Louise sorgte einfach weiter für ihn. Dass sie es für seine Familie tat und nicht für ihn, war ihm natürlich klar, aber es änderte nichts. Er war hin- und hergerissen zwischen seinem schlechten Gewissen, weil er sich wie ein Scheusal verhielt, und der Wut über ihr Verhalten in der Vergangenheit.

Von Zeit zu Zeit sagte er sich, wie lange das inzwischen her war. Aber dann beharrte eine Stimme in seinem Kopf, dass ohne sie alles anders gekommen wäre. All die Lügen und die Heimlichtuerei fielen ihm wieder ein. Das machte ihn rasend, und so fiel es ihm leicht, gemein zu sein.

Manchmal war das Leben die Hölle.

»Meinst du, ich könnte sie dafür bezahlen, dass sie mir abends Gesellschaft leistet?«, fragte er.

»Der liebe Herrgott weiß, dass ich Geld dafür nehme, dich zu ertragen. Aber Holly scheint dich zu mögen. Über Geschmack lässt sich nicht streiten.«

Schnell drehte er sich weg, damit Louise sein Lächeln nicht sah. Auch er mochte Holly.

»Ich lasse mir etwas einfallen«, erklärte er. »Schließlich kann sie dort nicht ewig bleiben. Würdest du mir fürs Erste das Telefon bringen? Ich will beim Sheriff anrufen und ihn bitten, dass sie nachts in der Gegend Streife fahren.«

Louise schüttelte den Kopf. »Meistens bist du eine Strafe, Jordan. Aber manchmal kannst du richtig nett sein.«

»Sag das bloß nicht in der Öffentlichkeit.«

Sie grinste. »Mir glaubt doch eh keiner.«

5. Kapitel

Als Holly am nächsten Tag eintraf, war Louise schon unterwegs. An der Haustür klebte ein Zettel, auf dem die Haushälterin erklärte, dass sie bei einem der »netten« Haynes-Brüder babysittete. Holly sollte hereinkommen und es sich gemütlich machen.

Sie drückte die Klinke, stellte fest, dass nicht abgeschlossen war, und trat ein. Alles war still, kein Essensgeruch zog durch die Räume. Nachdem sie Mistletoe aus dem Körbchen befreit hatte, ging Holly in die Küche. Dort fand sie einen zweiten Zettel, auf dem stand, dass Louise für das Abendessen einen Auflauf vorbereitet hatte. Er stand im Kühlschrank und brauchte hundertfünfundsiebzig Grad und fünfundvierzig Minuten, bis er fertig war. Außerdem gab es Salat und ein Baguette.

»Daran könnte ich mich gewöhnen«, sagte Holly leise und lächelte. Mistletoe kam in die Küche geschlendert und strich ihr um die Beine.

»Sie hat dir sogar etwas Hühnchen hingestellt.«

Die Katze schnurrte.

»Du magst Louise, nicht wahr?«, fragte Holly. Sie bückte sich und streichelte sie. Genießerisch hob Mistletoe den Kopf, um sich zwischen den Ohren kraulen zu lassen, und schnurrte noch lauter.

»Ich mag sie auch«, sagte Holly. »Und ich mag Jordan. Und ich muss dir etwas gestehen. Dass Jordan sich bei deiner Rettung verletzt hat, tut mir leid. Aber es tut mir nicht besonders leid, dass er sich für eine Weile schonen muss, falls du verstehst, was ich meine.«

Mit hellgrünen wissenden Augen sah Mistletoe sie an.

»Ich komme ihn gern besuchen«, flüsterte Holly.

Unverwandt sah Mistletoe sie an. Als würde sie Hollys Worte verstehen, verengte sie die Augen zu Schlitzen, bevor sie ein kurzes »Pfft« von sich gab und davonstolzierte.

Holly folgte ihr auf den Flur und bog ab in die Bibliothek. Vor der Tür zum Arbeitszimmer blieb sie stehen.

Jordan saß in seinem Krankenbett und trug ein kobaltblaues T-Shirt. Zwar vermisste Holly seinen bloßen Oberkörper, aber sie musste zugeben, dass der Mann das Shirt gut ausfüllte. Es saß stramm an den Schultern, und der weich gewaschene Stoff schmiegte sich um seinen Brustkorb.

Das dunkle Haar fiel ihm in die Stirn, vor Konzentration hatte er die Augenbrauen zusammengezogen. Wie immer raubte er ihr den Atem, und ihre Knie begannen zu zittern. Sie fragte sich, ob sie einen zusammenhängenden Gedanken zustande bringen würde. Nach so vielen Tagen hätte sie gedacht, dass der Zauber oder ihre Verwirrung nachlassen müssten. Aber das war nicht passiert. Sie überlegte, ob das immer so sein würde.

Plötzlich lächelte sie. *Immer.* Was für ein Gedanke! Als ob sie sich weiter treffen würden. Sobald er wieder auf den Beinen war, würde er zweifellos froh sein, sie von hinten zu sehen. Allein langweilte er sich, nur darum gab er sich mit ihr ab. Wenn er sein altes Leben zurückhatte, würde er keine Zeit mehr mit einer übergewichtigen, schüchternen, achtundzwanzigjährigen Jungfrau verschwenden.

Sie hob die Hand und klopfte an den Türrahmen. Jordan sah auf.

»Ich habe schon auf Sie gewartet«, sagte er mit gesenkter Stimme, die so dunkel klang wie Zartbitterschokolade.

»Ein paar Kundinnen haben mich im Laden aufgehalten. Sie wollten Kränze kaufen, aber ich hatte so viele zur Auswahl, dass sie sich nicht entscheiden konnten. Am Ende haben sie mir sechs Stück abgekauft.«

Jordan ließ die Papiere sinken, in denen er gelesen hatte. »Es liegt mir fern, Sie von der Arbeit abzuhalten«, erwiderte er und deutete auf den Stuhl neben sich. »Bitte setzen Sie sich. Ich muss mit Ihnen sprechen.«

Sobald sie neben ihm Platz genommen hatte, reichte er ihr eine alte Fotografie. Für einige Sekunden betrachtete sie das Bild, bis sie das Gebäude darauf erkannte.

»Das ist Ihr Haus«, stellte sie fest.

Zwar waren die Villen von Glenwood im viktorianischen Stil gebaut, aber die meisten stammten aus der Jahrhundertwende. Als erste Häuser in der Umgebung verfügten sie über fließendes Wasser und die hypermodernste Erfindung überhaupt: elektrisches Licht.

Holly registrierte, dass die kleinen Setzlinge im Garten zu den majestätischen Eichen und Kiefern herangewachsen waren, unter denen sie ihren Wagen geparkt hatte.

»Ja, kurz nachdem es fertiggestellt wurde. Kann es wieder so aussehen wie damals?«, fragte Jordan.

»Sicher. Mit genügend Zeit und Geld ist alles möglich. Einige der alten Armaturen und Lichtschalter könnten vielleicht etwas schwierig aufzutreiben sein. Aber oft ist es sogar besser, Reproduktionen zu verwenden. Wenn die Grundstruktur in Ordnung ist, können Sie alles machen. Das haben Sie vor dem Kauf überprüft, nehme ich an.«

Er nickte.

»Dann ist alles Übrige nicht so wild.«

Konzentriert musterte sie das Bild und überlegte, wie es wohl wäre, selbst so etwas Wunderbares wie dieses Haus zu besitzen. Vielleicht durfte sie ihn bei der Renovierung unterstützen. Nur zu gern würde sie ihm mit ihrer Erfahrung helfen.

Ein Teil von ihr fragte sich, warum er so nett zu ihr war. Sicher lag es auch daran, dass sie ihm die Zeit vertrieb. Trotzdem wünschte sie sich, dass er es tat, weil er sie mochte.

Was für ein alberner Traum, schimpfte sie mit sich selbst. Gleichzeitig wusste sie, dass er ihrer Einsamkeit entsprang. Als ihre Mutter krank gewesen war, besonders in den Jahren vor ihrem Tod, hatte Holly keine Freundschaften schließen und pflegen können. Wenn sie nicht arbeitete, damit sie die Arztrechnungen bezahlen konnte, kümmerte sie sich zu Hause um ihre Mutter.

Nach ihrem Tod war Holly wie betäubt gewesen und konnte erst einmal nur ans nackte Überleben denken. Seit ihrem Umzug nach Glenwood hatte sie die Leere akzeptiert, die sie in sich trug. Mit Jordan zusammen zu sein war nicht nur ein wunderbarer Zeitvertreib. Er durchbrach auch den Schmerz. Er brachte sie zum Lachen und gab ihr das Gefühl, endlich einen Platz gefunden zu haben. Er zeigte ihr, wie still ihre Tage und wie kalt die Nächte waren. Er ließ sie sich Dinge wünschen, die sie nie gehabt hatte. Er ließ sie wieder träumen.

Während ihr die Träumerei nichts ausmachte, war ihr die Entwicklung selbst manchmal unheimlich. Seit sie ihm begegnet war, bestimmte er ihre Fantasien. Dumm und sinnlos, rief sie sich ins Gedächtnis. Jordan Haynes war …

Eine große Hand bewegte sich vor ihrem Gesicht auf und ab. »Holly, hallo, sind Sie da?«

Sie zwinkerte einige Male und starrte ihn an. »Wie bitte?«

»Ich rede und rede, und Sie sind meilenweit entfernt.«

Um die plötzliche Welle der Verlegenheit zu überspielen, lachte sie. Zum Glück konnte er nicht ihre Gedanken lesen.

»Entschuldigung. Das Foto hat mich zum Schwärmen gebracht.« Sie reichte es ihm zurück, dann faltete sie die Hände auf den Knien. »Sie haben meine volle Aufmerksamkeit. Was sagten Sie?«

»Ich möchte Ihnen ein Angebot machen.«

»Ein An… Ein Angebot?« Für den Bruchteil einer Sekunde war ihr Kopf wie leergefegt und ihr Körper erfüllt von der mysteriösen Hitze, die Jordan regelmäßig in ihr auslöste.

Sie war einigermaßen sicher, dass sie sich zu ihm hingezogen fühlte. Ständig kribbelte und bebte ihr Körper. Wenn sie zusammen waren, summte und brannte es andauernd in ihr. Aber sie wusste nicht, was es bedeutete. War das normal? Würde sie darüber hinwegkommen? Lag es speziell an Jordan, oder würde es ihr mit jedem gut aussehenden Mann so gehen?

Hätte sie bloß mehr Erfahrung mit Männern! Dann wüsste sie vielleicht, was sie tun sollte.

Bevor er weitersprach, reichte Jordan ihr ein paar weitere Fotos und zeigte ihr, wie das Haus vor siebzig Jahren von innen ausgesehen hatte. »Ich wollte mit der Renovierung anfangen, aber mir fehlte die Zeit. Und jetzt …«, er deutete auf sein Krankenbett, »jetzt wird es eine Weile dauern, bis ich loslegen kann.«

Holly biss sich auf die Unterlippe. Sie war unsicher, worauf er mit dieser Unterredung abzielte. Wollte er, dass sie ihm Hilfe anbot? Das würde sie gern.

»Und hier kommen Sie ins Spiel«, fuhr er fort und schenkte ihr ein gewinnendes Lächeln. Sie war froh, dass sie saß. Im Stehen hätte sie befürchtet, ihre Knie könnten nachgeben.

»Ich möchte Sie einstellen«, erklärte er.

»Im Ernst?«

Er nickte.

»So etwas habe ich noch nie gemacht«, wandte sie ein. »Obwohl ich nicht wüsste, warum ich es nicht könnte.« Sie dachte einen Moment nach. »Ich würde unglaublich gern an dem Haus arbeiten. Es ist wunderschön. Allein das Esszimmer mit seinen hohen Decken und den Zierleisten … Aber ich habe auch den Laden. Das hätte weiter oberste Priorität.«

»Kein Problem. Das Geschäft ist sonntags und montags geschlossen, nicht wahr?«

»Ja.«

»Wie wäre es, wenn Sie hier an den Montagen und an zwei Abenden pro Woche arbeiten?«

Während Holly aufgeregt die Finger ineinander verschränkte, hoffte sie inständig, dass sie nicht zu breit grinste. Jordan wollte sie nicht loswerden. Er wollte sie wiedersehen. Zwar ging es nur darum, sein Haus zu renovieren – na und? Trotzdem wäre er da, und sie könnten sich unterhalten. Vielleicht …

»Ich zahle in bar und mit Unterkunft und Verpflegung«, beendete er sein Angebot.

Ihr Kopf fuhr hoch, und sie starrte ihn an. »Wie bitte?«

Er lehnte sich im Bett zurück und erwiderte ihren Blick. »Sie sind überrascht.«

»Ich weiß nicht, was ich sagen soll.« Was sie fühlen sollte, wusste sie noch viel weniger. Unterkunft und Verpflegung? Er wollte, dass sie hier wohnte? Mit ihm?

Dann fiel ihr ein, was sie ihm gestern erzählt hatte. Sie hatte zugegeben, dass sie im Laden wohnte, und sie hatte bei ihm geduscht. Offenbar hielt er sie für eine verarmte Obdachlose.

»Ich brauche Ihre Almosen nicht«, verkündete sie und erhob sich.

Bevor sie aus dem Zimmer stürmen konnte, griff er nach ihrer Hand.

»Das ist kein Almosen«, erwiderte er und zog sie zurück, bis sie dicht an seinem Bett stand. »Seien Sie nicht böse.«

Seine dunklen Augen weiteten sich leicht, und sie versuchte, darin seine Gedanken zu lesen. Sie konnte kein Mitleid entdecken, aber woher sollte sie es wissen?

Da er erneut auffordernd an ihrer Hand zog, blieb Holly nichts anderes übrig, als sich neben ihm auf das Bett zu setzen. Als sie bemerkte, dass er seine Finger weiter mit den ihren verschränkt hielt, beschleunigte sich ihr Atem. Das war keine medizinische Berührung mehr. Das war … Nun, sie war nicht sicher, was es war. Doch ihr Herz hämmerte rasend schnell gegen die Rippen, und das Denken fiel ihr schwer.

»Das Haus muss renoviert werden«, sagte er leise. »Sie sind die Expertin in der Stadt.«

»Bestimmt gibt es andere, die genauso qualifiziert sind wie ich.«

»Niemand, den ich kenne.«

»Das ist doch ein ausgeklügelter Trick«, beschwerte sie sich. »Sie bieten mir ein Zimmer an, weil ich Ihnen leidtue.«

Mit dem Daumen strich er über ihre Handfläche und sabotierte damit die letzten funktionsfähigen Synapsen in ihrem Gehirn. Sie starrte ihm ins Gesicht, auf sein kantiges Kinn und den entschlossenen Mund. Kurze Stoppeln verdunkelten seine Wangen. Sie saß so nah bei ihm, dass sie die Lachfältchen um seine Augen und den kleinen Buckel auf dem Nasenrücken erkennen konnte.

Alles an ihm war anders: wie er redete, wie er roch, die Form seines Körpers. Die Gegensätze zwischen ihnen verstörten Holly und machten sie gleichzeitig neugierig.

»Ich biete Ihnen aus zwei Gründen ein Zimmer an: Erstens mag ich Ihre Gesellschaft. Und zweitens finde ich es zu gefährlich, in dem Laden zu wohnen. Die Einkaufszone ist nachts menschenleer. Wenn etwas passiert, sind Sie in dem Viertel auf sich gestellt.«

Er mag meine Gesellschaft. Heißt das nicht auch, dass er mich *mag?*

Das Angebot war verlockend. Nicht nur wegen Jordan – obwohl er die größte Versuchung darstellte. Sondern auch, weil sie sich nach einem richtigen Zuhause sehnte. Wenn sie annahm, könnte sie jeden Tag duschen und in einer Küche mit mehr als einer Herdplatte kochen. Sie könnte in einem normalen Bett schlafen anstatt in einem Schlafsack auf einem ungemütlichen altmodischen Sofa.

»Sagen Sie Ja«, befahl er.

Um besser nachdenken zu können, entzog sie ihm die Hand. »Mistletoe müsste mitkommen. Ich kann sie nicht im Laden allein lassen«, warf sie ein.

Jordan atmete hörbar aus. »Das dachte ich mir. Auch Mistletoe kann hier wohnen.«

»Sie ist Ihnen wirklich dankbar«, beteuerte Holly.

»Ja, schon klar. Das merkt man. Also, wie sieht's aus? Helfen Sie mir, oder lassen Sie mich kaltherzig hängen?« Er ließ es absichtlich so aussehen, als täte sie *ihm* einen Gefallen, obwohl es in Wirklichkeit umgekehrt war.

Es war verlockend. *Sehr* verlockend. Holly hatte noch nie mit einem Mann zusammengelebt, und wahrscheinlich würde sie auch nie wieder bei so einem wie Jordan wohnen. Sollte sie nicht einfach die Gelegenheit beim Schopf packen und dankbar sein?

»Louise wird auch hier sein«, setzte er hinzu.

»Schön! Ich mag Louise.«

Das ignorierte er. »Damit meinte ich, dass Sie keine Angst haben müssen. Sie wird als Anstandsdame hierbleiben.«

Glaubte er etwa, sie fürchtete sich, weil er ihr zu nahe kommen könnte? Bevor sie sich bremsen konnte, brach Holly in Gelächter aus.

Jordan fand das weniger lustig. »Ich glaube, ich wurde gerade beleidigt«, grummelte er.

»Nein«, sagte sie rasch, um ihn zu beschwichtigen. »Ich habe nicht über Sie gelacht. Ich schätze Ihre Sorge, aber ich habe keine

Angst, dass …« Ihr Hals zog sich zu. »Na ja, dass Sie … Sie wissen schon.«

Noch immer sah er ratlos und etwas verärgert aus.

Sie holte tief Luft. »Ich weiß, dass Sie sich niemals für jemanden wie mich interessieren würden.«

»Warum nicht?«, fragte er sofort.

Als sie antworten wollte, fehlten ihr die Worte. Warum nicht? Es war doch offensichtlich. Weil er Jordan Haynes war. Sie hingegen war nur eine naive Frau, die keine Ahnung von Männern hatte. »Tja, ich weiß nicht viel über Männer, aber es gibt sicher Hunderte von Gründen.«

»Nennen Sie mir einen.«

Aus dem Stegreif hätte sie sofort zehn aufzählen können, aber jeder einzelne war viel zu peinlich. Sie war nicht hübsch genug, sie war nicht schlank genug, sie war von überhaupt nichts genug.

Eindringlich und musternd sah er sie an. »In einer Sache haben Sie recht, Holly. Von Männern haben Sie keinen blassen Schimmer.«

Als er wieder nach ihrer Hand griff, ließ Holly ihn gewähren. Doch sie hatte nicht damit gerechnet, dass er sie zu sich heranziehen würde, sodass sie ihm beinahe entgegenfiel. Schnell streckte sie die andere Hand aus, um nicht auf seinem Oberkörper zu landen. Peinlich nah vor seinem Gesicht fand sie sich wieder. Seine blauen Augen verdunkelten sich, bis sie beinahe nachtschwarz waren, und sein warmer Atem strich über ihr Gesicht.

Tief in ihr flammte eine unerklärliche Hitze auf. Holly wollte fliehen, aber ihr Körper gehorchte ihr nicht. Etwas würde geschehen, das spürte sie. Und egal was es war, sie wollte es. Sie sehnte sich danach.

Was sie erwartet hatte, war ein kleiner Scherz von ihm oder vielleicht eine kurze Umarmung – aber niemals hätte sie vermutet, dass er sie küssen würde. Erst als er sich näherbeugte und sein Blick zu ihren Lippen wanderte, erkannte sie seine Absicht. Ihr Herz setzte einen Schlag aus. Und dann war es zu spät.

Seine Lippen streiften die ihren. Unbeholfen fuhr sie zusammen, woraufhin er seinen freien Arm um ihren Rücken schlang und sie noch näher zog. Wie zur Salzsäule erstarrt saß sie da, die eine Hand in seiner gefangen, die andere auf das Bett gestützt.

Jordan hob den Kopf und lächelte. »Entspann dich. Es wird schon nicht wehtun.« Er fuhr seine Rückenlehne hoch, bis er mit Holly auf Augenhöhe war. Dann ließ er ihre Hand los und legte beide Arme um sie. Nervös wedelte Holly mit den freien Händen, für die sie keine Aufgabe mehr hatte.

»Leg sie auf meine Schultern«, murmelte er. Das war das Letzte, was er für lange Zeit sagte.

Vorsichtig platzierte sie die Fingerspitzen auf seinen kräftigen Schultern. Erneut strichen seine Lippen über ihre. Vor Jahren hatte Holly schon einmal jemanden geküsst. Doch das war ein unschuldiger Kuss zweier unerfahrener Teenager gewesen und hatte sie in keiner Hinsicht auf Jordan vorbereitet.

Er nahm ihren Mund in Besitz. Sie war zu benommen, um den Kuss zu erwidern. Wie von einer Energiequelle strahlte ihr Jordans Wärme entgegen. Durch ihre Fingerspitzen spürte sie seine Kraft. Seine starken Muskeln verschoben sich unter ihren Händen, als er sie näherzog.

Mit einer Hand presste er auf die Stelle zwischen ihren Schulterblättern und massierte sie sanft. Vermutlich sollte sie das beruhigen, aber sie war zu überwältigt von den vielen Sinneseindrücken. Jordans andere Hand lag auf ihrer Hüfte. Seine Nähe war verwirrend. Kreuz und quer jagten die Gedanken durch den Kopf, während ihr Bewusstsein versuchte, alle Empfindungen aufzunehmen und sie einzusortieren. Sie fühlte sich unwohl, als bestünde sie aus nichts als zu viel Speck auf den Hüften und versteiften Muskeln. Es gelang ihr nicht, sich einfach treiben zu lassen.

Schließlich rückte er ein Stückchen von ihren Lippen ab und drückte ihr einen Kuss aufs Kinn. Es durchlief sie wie knisternde Elektrizität. Mit einem weiteren Kuss liebkoste er ihre Kieferpartie. Dann küsste er ihr Ohr, dann den Nacken. In ihr brannte das Verlangen, dem Impuls nachzugeben und sich einfach gegen ihn sinken zu lassen. Es kostete sie sehr viel Kraft, sich starr und aufrecht zu halten.

Als Jordan aber die zarte Haut unmittelbar unter ihrem Ohr

leckte, explodierte eine Hitzewelle in Holly. Von völlig neuen Bedürfnissen angefacht, durchdrangen die ungewohnten Flammen ihren Körper. Ihre Brüste spannten, als wären sie geschwollen. Zum ersten Mal in ihrem Leben nahm Holly wahr, wie die Innenseite des weichen Baumwoll-BHs auf ihre Brustspitzen drückte.

Zwischen ihren Beinen flackerten zarte Empfindungen auf. Erfüllt von einer warmen Schwere, presste sie die Oberschenkel fest zusammen, um das Gefühl unter Kontrolle zu halten.

Schließlich wandte Jordan sich wieder ihrem Mund zu, und dieses Mal erwiderte sie seinen Kuss. Zaghaft bewegte sie ihre Lippen auf seinen. Merkwürdigerweise fiel ihr das Atmen schwerer. Die Anspannung in ihren Fingern löste sich, sodass sie sich an seinen Schultern festhalten konnte. Seine Hand strich ihren Rücken auf und ab, während er mit der anderen ihre Hüfte drückte und knetete.

Und dann tat er etwas Ungeheuerliches: Er berührte mit der Zunge ihre Unterlippe. Holly stockte der Atem. All ihre Aufmerksamkeit bündelte sich auf die winzige feuchte Stelle auf ihrer empfindlichen Haut.

Sie wusste nicht, wie sie reagieren sollte. Über diese Art von Küssen hatte sie natürlich schon in Büchern gelesen. Ihr war klar, dass andere Leute sich so verwöhnten. Aber sie hätte nie geglaubt, dass sie selbst einmal diese Erfahrung machen würde. Der Gedanke erschien ihr ein wenig verrucht. Wundervoll verrucht.

Als er sie zum dritten Mal anstupste, verstand sie, dass sie ihren Mund öffnen sollte. Auch sie wollte es, dann wieder erschien es ihr doch zu kühn und schamlos – als würde sie um seinen Kuss betteln. Das hier überforderte sie. Sie musste nachdenken.

»Du denkst zu viel«, murmelte Jordan.

Schockiert riss sie ihren Kopf zurück und starrte ihn an. »Kannst du meine Gedanken lesen?«

Er öffnete die Augen. Seine Pupillen waren geweitet, der Blick begehrlich. »Das muss ich gar nicht, dein Körper verrät es mir. Du hast zu viel Angst, dich zu entspannen. Es ist nur ein Kuss, Holly. Das kann doch nicht dein erster sein.« Bei dem Gedanken musste er lächeln.

»Natürlich nicht«, behauptete sie rasch. Es ist ja nicht einmal gelogen, beruhigte sie sich. Tatsächlich hatte sie einen Kuss bekommen, als sie fünfzehn gewesen war. Und das zählte schließlich trotzdem, auch wenn es kein Vergleich zu diesem war.

Mit beiden Händen umfasste Jordan ihr Gesicht. »Du bist wunderschön«, sagte er. Dann griff er mit den Fingern in ihr Haar, das sie zu einem losen Zopf zusammengeflochten hatte. Er fuhr durch die Strähnen und massierte dabei ihre Kopfhaut. Am liebsten hätte sie vor Genuss geseufzt.

»Ich bin überhaupt nicht schön«, brachte sie noch hervor. »Ich bin …«

Bevor sie den Satz beenden konnte, küsste er sie wieder und war binnen Sekunden mit seiner Zunge in ihren Mund gedrungen.

Bei seiner ersten Berührung an der Innenseite ihrer Unterlippe erstarrte sie. Als er kurz danach ihre Zungenspitze mit der seinen streifte, hörte ihr Herz fast auf zu schlagen. Holly war darauf eingestellt gewesen, dass ihr der Kuss gefallen würde. Aber sie hatte nicht damit gerechnet, dass er sie in eine andere Dimension katapultieren würde.

Jordans Zunge umkreiste sie, streichelte und neckte sie. Holly bestand nur noch aus Sinneseindrücken: wie er sich anfühlte, wie er schmeckte, sie wärmte und ihr nahe war. Mit der einen Hand strich er weiter durch ihr Haar, die andere ließ er wieder auf ihre Hüfte sinken. Aber dieses Mal beließ er es nicht dabei, sondern umfasste ihren Hintern.

Es gab zu viel zu denken und zu fühlen. Fast glaubte Holly, in der Flut der Eindrücke zu vergehen. Aber genauso würde sie vergehen, wenn er den Kuss jemals beendete.

Jordan küsste sie weiter, also durfte sie leben. Langsam zog er seine Zunge zurück. Sie wartete, dass er wieder zurückkam. Das tat er auch – aber nur, um sie zu necken und sich gleich wieder zu entziehen. Das Spiel wiederholte sich einige Male, bis Holly begriff, dass sie ihm folgen sollte.

Allein die Idee hätte sie überwältigen müssen, doch stattdessen drängte alles in ihr sie zu dieser Erfahrung. Dies war ihr erster richtiger Kuss, und sie wollte jede Sekunde auskosten.

Jetzt gab sie ihm zurück, was er ihr gezeigt hatte. Sie drang mit der Zunge in seinen Mund und hielt inne, um den Geschmack seiner Unterlippe aufzunehmen. Es fühlte sich fremd und aufregend an. Aber sie wollte mehr. Also wagte sie sich weiter vor und berührte seine Zungenspitze mit der ihren. Sie begannen einen sinnlichen Tanz, der Hollys Haut brennen und ihr Blut kochen ließ.

Vorhin hatten sich ihre Gedanken überschlagen. Jetzt konnte Holly gar nichts mehr denken und ließ sich von einer Welle aus Bedürfnissen und Erregung treiben.

Das ist also Leidenschaft, dachte sie, als er sie näher an sich zog und ihre Brüste gegen seinen harten muskulösen Oberkörper drückten. Das ist Verlangen. Das ist Sex.

Tief in seiner Kehle stöhnte Jordan auf. Sie fragte sich, ob sich das alles für ihn ähnlich gut anfühlte wie für sie. Bestimmt hatte er schon Hunderte von Frauen geküsst, denen sie nicht das Wasser reichen konnte. Aber es war ihr egal. Ihr einziger Wunsch war, dass dieser Moment niemals aufhörte.

Doch irgendwann musste es ein Ende geben. Schließlich ließ Jordan von ihr ab und lehnte seine Stirn an ihre. Er starrte Holly in die Augen. Beide waren außer Atem.

Jordan brachte ein schiefes Lächeln zustande und strich ihr eine gelöste Haarsträhne aus dem Gesicht. »Erstaunlich«, murmelte er mit belegter rauer Stimme.

»Findest du?«, fragte sie. Hoffentlich sagte er das nicht nur aus Höflichkeit. Für sie war dieser Kuss wie ein Wunder gewesen, aber ihr fehlte der Vergleich.

»Ich weiß, dass es das war.« Dann wich der Glanz aus seinen Augen. »Es tut mir leid, Holly. Das hätte ich nicht tun dürfen.«

Es tat ihm leid? Weil es so scheußlich gewesen war? Sofort versteifte sie sich und wollte von ihm abrücken. Doch er hielt den linken Arm um sie geschlungen und ließ sie nicht frei.

»Warte«, sagte er. »Mir tut nicht der Kuss leid, sondern dass ich dich vielleicht verschreckt habe. Ich will, dass du hier wohnst. Wenn du zusagst, brauchst du keine Angst zu haben, dass ich über dich herfalle. Ich kann mich beherrschen.«

Nichts davon ergab einen Sinn. »Du hast mich nicht verschreckt«, antwortete sie schließlich. »Ich weiß, dass du nicht, na, du weißt schon … Dass du nichts Böses tun würdest.« Sie spürte, wie ihr die Hitze in die Wangen stieg, und senkte den Kopf. »Ich vertraue dir.«

Verflucht. Jordan starrte Holly an und wusste nicht, ob er sich geschmeichelt fühlen oder lieber davonlaufen sollte. Sie vertraute ihm. Na toll. Noch immer war er heiß, erregt und voll Verlangen nach ihr. In diesem Moment lag ihm nichts ferner, als ehrenhaft zu sein. Aber genau das würde er sein, weil sie unschuldig war. Wahrscheinlich war Holly keine Jungfrau mehr, aber sie war nah dran. Vor dem Kuss war er noch unsicher gewesen. Doch sie hatte ihn so zaghaft geküsst – zumindest am Anfang.

Wenn er daran dachte, wie schüchtern sie sich vorgetastet hatte, wollte er sie am liebsten sofort aufs Bett legen. Hätte er die Kraft gehabt, hätte er sie gleich an sich gezogen. Aber er war gehandicapt, und so entkam sie ihm. Umso besser für sie beide. Er mochte Holly. Er wollte ihr Leben nicht verpfuschen – oder schlimmer noch, es zerstören. Doch das würde geschehen. Es war gefährlich, sich auf jemanden einzulassen. Jeder musste dafür zahlen, das wusste er, und er wollte es ihr ersparen. Und auch für sich selbst wollte er das Risiko nicht noch einmal eingehen.

Er ließ sie los. Instinktiv wandte sie sich halb von ihm ab. Aber er hörte an ihrem schnellen Atem, dass sie noch erregt war. Außerdem konnte er die Konturen ihrer steifen Brustwarzen sehen. Sie hatte ihn gewollt. Der Gedanke deprimierte und berauschte ihn zugleich.

»Du hast noch nicht zugesagt«, erinnerte er sie.

»Jordan, ich …«

Die Haustür öffnete sich, und vertraute Stimmen drangen durch das Haus.

»Was meinst du, wo er steckt?«, fragte eine Männerstimme.

»Im Arbeitszimmer«, antwortete eine Frau. »Er wollte sich nicht mit den Treppen herumquälen.«

Entsetzt sprang Holly auf. »Wer sind diese Leute?«

»Meine Familie, zumindest ein Teil davon.« Jordan lehnte sich zurück und grinste. »Das wird dir eine Lehre sein, die Tür abzuschließen.«

Panisch sah sie sich um, als würde sie den Notausgang suchen. Aber es war zu spät. Mit der verfluchten Katze im Arm kam Jordans jüngerer Bruder Kyle Haynes ins Zimmer.

Sein Blick ging von Jordan zu Holly und wieder zurück. Dann hob er amüsiert die Augenbrauen, schmunzelte und rief: »Kommt her, Jungs! Ich habe etwas Interessantes gefunden.«

6. Kapitel

Holly fixierte den Mann vor ihr. Er sah fast so aus wie Jordan, aber es gab einige feine Unterschiede. Zwar hatte der Fremde ähnliche Gesichtszüge, und er war beinahe genauso attraktiv. Aber sein Lächeln stimmte nicht. Wenn Jordan sie anlächelte, fühlte sie sich wie in einer Achterbahn. Beim Lächeln dieses Mannes dagegen fühlte sie gar nichts.

»Setz dich ruhig«, forderte Jordan sie auf. »Sie werden eine Weile bleiben.«

»Dann sollte ich wohl besser gehen.«

»Nein, geh nicht. Irgendwann musst du sie sowieso kennenlernen.« Spätestens, wenn du bei mir einziehst, vollendete er den Satz in Gedanken.

Alles in Hollys Kopf drehte sich. Zu schnell waren zu viele Dinge passiert: sein Angebot. Der Kuss.

Der Kuss. Der Kuss hatte ihren Körper mit einem unfassbaren Verlangen erfüllt, das sie noch immer nicht verstand. Nur durch seine Berührung hatte Jordan sie verändert. Es war, als hätte er sie wie ein Puzzle auseinandergenommen und wieder zusammengefügt, aber mit jedem Teil an einer anderen Stelle. Sie war durcheinander und außerstande, die Ereignisse zu verarbeiten.

»Holly«, sagte er leise. »Komm bitte kurz her.« Er klopfte auf die Bettkante.

Sie kam näher, setzte sich aber nicht. Vom Flur hörte sie noch mehr Stimmen. Wie viele waren es? Und wie sollten sie ihnen erklären, was sie in Jordans Schlafzimmer tat? Dieses Mal konnten sie nicht einfach die Wahrheit sagen. Sie *hatten* etwas getan, und zwar etwas sehr Intimes. Wenn man ihnen das nun ansah?

Verstört wich sie einen Schritt zurück und stieß gegen den Nachttisch. Sie fuhr herum, um die Lampe festzuhalten. Aber Jordan schnappte sich ihre Hand und zog Holly neben sein Bett.

»Deine Finger sind eiskalt«, murmelte er.

»Ich weiß. Ich habe eine Höllenangst.«

»Stell sie dir in Unterhosen vor, wenn es dir hilft.«

Zweifelnd blickte sie zu dem Unbekannten, der noch immer Mistletoe kraulte. Die Katze vibrierte vor Vergnügen, rieb den Kopf an seiner Brust und verlangte noch mehr Zuwendung.

»Vergiss es, dir irgendwen in Unterhosen vorzustellen. Es war keine gute Idee«, sagte Jordan und verstärkte seinen Griff. Dann zwinkerte er ihr zu. Sie versuchte, sich zu entspannen.

»Werde ich irgendwann einmal vorgestellt?«, fragte der Mann mit ihrer Katze auf dem Arm.

Jordan grinste. »Vielleicht habe ich keine Lust.«

»Verständlich.« Der Mann musterte sie, während Holly gegen die Verlegenheit ankämpfte.

»Also gut, bringen wir es hinter uns«, seufzte Jordan. »Holly, das ist mein jüngerer Bruder Kyle. Er ist der Ehemann von Sandy, die eigentlich viel zu schlau für ihn ist. Aber über Geschmack lässt sich streiten.«

»He, Moment mal!« Kyle lief durchs Zimmer und setzte Mistletoe auf das Bett. Sofort begann die Katze zu fauchen. Kyle feixte. »Anscheinend hat die Lady nicht viel für dich übrig, Jordan. Man kann es ihr nicht verdenken, bei so einem hässlichen Zeitgenossen.«

Holly war sprachlos. Hatte Kyle seinen Bruder tatsächlich hässlich genannt? War er verrückt?

Aber Jordan ignorierte die Beleidigung. »Sie weiß, dass du das Baby bist. Also übt sie schon mal mit dir, bevor sie ihre eigenen bekommt.«

Erneut nahm Kyle die Katze hoch, und Mistletoe kuschelte sich in seine Arme.

Holly sank kraftlos in den Stuhl neben dem Bett. »Ich sagte doch, dass sie lieb ist«, warf sie ein und zeigte auf das schnurrende Fellbündel. Mistletoe schien das unverfänglichste Gesprächsthema zu sein.

»Ja, ja«, grummelte Jordan.

In dem Moment wurde die Tür weiter aufgeschoben, und zwei

Frauen und ein weiterer Mann betraten das umfunktionierte Arbeitszimmer. Überrascht wanderten die Blicke der beiden Frauen zwischen Holly und Jordan hin und her. Der Mann sah zu Kyle herüber.

»Woher hast du die Katze?«, fragte er.

»Sie gehört mir«, erklärte Holly, während sie ihn anstarrte. Auch er sah auf den ersten Blick aus wie Jordan, aber seine Mundform war anders. Jordan und er waren keine Zwillinge, aber ganz offensichtlich Brüder.

Plötzlich wurde ihr bewusst, dass alle Aufmerksamkeit auf sie gerichtet war. Sie schluckte und fragte sich, ob man sie für unhöflich halten würde, wenn sie schreiend aus dem Zimmer rannte.

»Das ist Holly Garrett«, sagte Jordan, während er leicht ihre Hand drückte. »Sie wohnt seit etwa einem halben Jahr in Glenwood und betreibt den Antikladen ›Der Viktorianische Salon‹. Sie ist Expertin für Restaurierungsarbeiten und wird mir mit dem Haus helfen.«

Sofort begannen alle, durcheinanderzureden.

»Die Tapeten im oberen Flur sind fürchterlich«, sagte die Frau mit den langen braunen Haaren. »Sie sind viel zu modern. Haben Sie Musterbücher in Ihrem Geschäft?«

»Unser Haus braucht einen neuen Anstrich«, verkündete die zweite. »Aber ich kann mich nicht für eine Farbe entscheiden. Es soll authentisch aussehen. Können Sie uns beraten?«

Der Mann, der zuletzt hereingekommen war, warf Kyle einen gequälten Blick zu. »Dir ist klar, dass hier eine Menge Arbeit auf uns zukommt.«

»Ich weiß.«

Währenddessen schrumpfte Holly auf ihrem Stuhl zusammen. Überfordert sah sie vom einen zum nächsten und wusste nicht, welche Frage sie zuerst beantworten sollte. Darum beugte sie sich zu Jordan und fragte: »Wer sind diese Leute, und was wollen sie von mir?«

»Sie sind ganz ungefährlich«, beruhigte er sie. »Zu Anfang sind sie vielleicht ein bisschen überwältigend, aber sie werden dir ans Herz wachsen.«

Holly war sich da nicht so sicher.

Schließlich hob Jordan seine freie Hand. »Lasst uns Holly nicht gleich in den ersten Minuten verjagen.«

Einen kurzen Moment war es still.

»Du hast vollkommen recht, Jordan«, stimmte ihm die Frau mit den langen Haaren zu. Sie trat vor und streckte Holly die Hand entgegen. »Ich bin Elizabeth. Diese Familie ist zuerst angsteinflößend, ich weiß. Ich hatte es leicht, weil ich die erste Braut war – wenn man die gescheiterten Ehen nicht mitzählt.« Sie lachte. »Aber so langsam haben die Haynes' mit ihren Beziehungen den Bogen raus.«

Um sich das Gesicht der anderen Frau zu merken, erforschte Holly deren Züge. Sie hatte nicht damit gerechnet, Jordans Familie kennenzulernen. Aber wenn sie hier wohnte, würde sie ihnen vielleicht öfter begegnen. Besonders zu dieser Jahreszeit. »Also Sie sind Elizabeth«, wiederholte sie.

Elizabeth nickte freundlich und stellte dann die anderen vor. »Ich bin mit Travis verheiratet.« Sie hakte sich bei ihrem Ehemann ein. »Er ist der zweite der vier Brüder. Und das hier ist Sandy.«

Sandy winkte ihr fröhlich zu. »Ich bin die Frau von Kyle, der offensichtlich eine neue Freundin gefunden hat«, sagte sie mit dem Blick auf Mistletoe, die immer noch in Kyles Armen schnurrte.

»Die Frauen sind leicht auseinanderzuhalten«, fuhr Elizabeth fort. »Meine Augen sind braun, Sandys grün, und Jill ist unser kleiner Rotschopf.«

»Und Rebecca ist groß und hat lange dunkle Haare. Außerdem ist sie sehr schlank«, vollendete Sandy die Aufzählung und seufzte. »Wenn sie nicht so nett wäre, würde ich sie hassen.«

»Ich dachte, es gibt nur vier Brüder«, warf Holly verwirrt ein. Gerade hatte sie angefangen, sich die Namen zu merken. Aber anscheinend hatte sie etwas falsch verstanden.

»Das ist richtig. Travis, Kyle, Craig – den du noch nicht kennst – und Jordan«, sagte Elizabeth und setzte sich auf die Bettkante.

»Mit wem ist Rebecca dann verheiratet?«, wollte Holly wissen.

»Mit Austin«, riefen alle gleichzeitig.

Beruhigend hob Jordan ihre Hand an seinen Mund und drückte

einen Kuss auf den Handrücken. »Du bekommst das schon hin«, versprach er.

Sie glaubte ihm kein Wort. Erst recht nicht, da ihr Arm unkontrollierbar zitterte und ihr Herz raste. Bestimmt hatte jeder im Raum seine zärtliche Geste mitbekommen.

Alle waren lässig in Jeans gekleidet. Während die Männer Sweatshirts trugen, hatten sich die Frauen für wärmere Pullis entschieden. Im Haus war es gemütlich warm, aber draußen sollte die Temperatur noch auf vier Grad sinken.

»Austin ist ein Familienfreund«, klärte Elizabeth sie auf. »Er ist kein leiblicher Bruder, aber er wurde sozusagen adoptiert.«

Sandy setzte sich auf die andere Seite von Jordans Bett. »Interessanterweise sind sich Austin und Jordan am ähnlichsten. Sie sind die beiden Grübler«, informierte sie Holly.

»Du grübelst nie«, widersprach Holly, ohne nachzudenken.

»Die Kleine gefällt mir«, sagte Jordan lächelnd.

Nachdenklich musterte ihn Elizabeth. »Es ist lange her, seit du das letzte Mal jemanden mit nach Hause gebracht hast.«

»Oh, ich bin nur eine Freundin«, warf Holly schnell ein. Wieder richtete sich alle Aufmerksamkeit auf sie. Verlegen räusperte sie sich. »Jordan interessiert sich nicht für … Ich bin nicht … Wir sind Freunde. Wirklich.«

Wissende Blicke wurden ausgetauscht. Auf einmal realisierte Holly, dass sie und Jordan sich noch immer an den Händen hielten. Sie wollte sich entziehen, aber Jordan ließ nicht los. Also versuchte sie einfach, lässig zu wirken.

»Und wie lange kennst du Jordan schon?«, fragte Sandy.

»Richtig«, bekräftigte Kyle, der an der Wand lehnte und Mistletoe weiterstreichelte. »Das interessiert uns.«

»Ein paar Wochen«, dehnte Holly die Wahrheit ein bisschen.

Elizabeth beugte sich zu ihr. »Und, was hältst du von unserem James Dean?«

»Wie bitte?«

»Oh, Jordan ist der Geheimnisvollste der Brüder«, kicherte Sandy. »Wusstest du das nicht?«

Holly schüttelte den Kopf.

»Craig ist der Älteste«, erläuterte Elizabeth. »Darum ist er verantwortungsbewusst und manchmal ein bisschen zugeknöpft, aber Jill heilt ihn gerade davon.«

»Und zwar brillant«, ergänzte Sandy.

»Ich hasse, was jetzt kommt«, protestierte Travis, der am Türpfosten stand.

»Ich auch«, stimmte Kyle ihm zu.

Aber die Frauen beachteten sie nicht.

»Travis ist der Zweite. Er ist der Frauenheld.« Elizabeth streifte ihren Mann mit einem Blick. »Er macht seinen Job ganz gut, aber inzwischen ist sein Publikum auf eine Person geschrumpft.«

Einen Moment blieben ihre Blicke aneinander hängen. So greifbar und fest wie der Boden unter ihnen erfüllte ihre Liebe den Raum. Beinahe fühlte sich Holly, als würde sie in ihrem Privatleben herumspionieren.

»Dann kommt Jordan«, durchbrach Sandy den Zauber. »Er ist der Eigenbrötler.«

»Bin ich nicht«, widersprach Jordan.

»Und warum stehst du dann immer am Rand und schaust zu?«, wollte Sandy wissen.

»Tue ich nicht. Das ist eine Frage der Wahrnehmung.«

»Aber sicher, mein Lieber. Das glauben wir alle.« Sandy lächelte. »Und schließlich haben wir noch Kyle. Er ist das Nesthäkchen, der Charmeur und mein Prinz, der zu meiner Rettung geeilt ist.«

»Am Anfang hast du dich aber ziemlich gesträubt«, brummelte ihr Mann.

»Jetzt aber nicht mehr.«

Wie benommen schüttelte Holly den Kopf. Das waren zu viele Informationen auf einmal. Namen, Beziehungen, Gesichter, Geschichten. Niemals würde sie das alles lernen.

Elizabeth stand auf. »Ich mache einen Kaffee.«

»Ich helfe dir«, sagte Sandy.

Die beiden Frauen verließen das Zimmer, während die Männer ihnen nachsahen. Doch dann packte Elizabeth die beiden und zerrte sie förmlich hinter sich her.

»Gib ihnen einen Moment allein«, flüsterte sie leise. Aber Holly fing ihre Worte trotzdem auf. Dann waren sie fort.

»Alles in Ordnung?«, fragte Jordan.

Wieder schüttelte sie den Kopf. »Wie kannst du sie auseinanderhalten?«

»Ich hatte es leicht, ich bin mit ihnen aufgewachsen. Also habe ich mich an sie gewöhnt. Austin lernte ich kennen, als ich zehn oder zwölf war, und die Ehefrauen sind nach und nach zur Familie gestoßen. Tut mir leid, dass du alle auf einmal kennenlernen musstest.«

Sie drehte sich auf ihrem Stuhl zu ihm um. »Ich verstehe das nicht. Wenn ihr euch so nahesteht, warum bist du dann allein hier und nicht bei einem deiner Brüder?«

Er zog eine Grimasse. »Ich wollte lieber hierbleiben. Bald ist Weihnachten, und ich wollte nicht im Weg sein.«

»Sie lieben dich sehr«, stellte Holly fest.

»Ich weiß. Ich liebe sie auch.«

»Das muss schön sein. Mom hat mich auch geliebt, aber es gab nur sie. Ich habe mir immer Brüder und Schwestern gewünscht.« Besonders zu Weihnachten. In dieser Zeit war es am schlimmsten, Einzelkind zu sein.«

»Du kannst dir meine ausleihen«, bot er an. »Dann musst du nie wieder Angst haben, allein zu sein.«

Die Idee war verlockend. Prüfend sah sie ihm in die dunklen Augen. »Ist das das Beste an einer großen Familie?«

»Klar. Außerdem weiß ich, dass sie immer für mich da sind. Auf sie kann ich mich verlassen.«

Gedankenverloren betrachtete Holly ihre ineinander verschränkten Hände. Seine Finger waren lang und gebräunt. Manchmal fühlte sie sich bei Jordan zierlich und zart, wie eine Art Wunder. Wie ist es wohl, sich auf jemanden zu verlassen? überlegte sie. Mit dieser Vorstellung würde sie sich nie anfreunden. Sie verließ sich auf niemanden. Das Leben hatte sie gelehrt, dass es zu gefährlich war.

»Darum beneide ich dich«, sagte sie.

Lächelnd sahen sie einander an, dann hörten sie es vom Flur lärmen.

»Bereit für den nächsten Angriff?«, fragte er.

Sie nickte.

Verschwörerisch drückte er ihre Hand. »Ich bin bei dir«, versprach er.

In diesem Augenblick glaubte sie ihm.

»Hey, Schönheit. Setzt du dich mit mir auf die Bahamas ab?«

Holly blickte auf und starrte den Mann vor ihr an. Es ratterte in ihrem Gedächtnis, während sie die Anhaltspunkte sortierte. Groß, dunkelhaarig, gut aussehend. Ein Haynes-Bruder. Einer, den sie kannte. Aber welcher? Als der Mann grinste, hatte sie die Antwort.

»Hi, Kyle. Was machst du denn hier?«, fragte sie.

Er zog den Reißverschluss seiner Lederjacke auf, sodass das kakifarbene Shirt seiner Polizeiuniform zu sehen war, und lehnte sich gegen die Ladentheke. »Du sagst also Nein?«

»Nein zu was?«

Darauf sah er sie beinahe gekränkt an. »Zu meinem unmoralischen Angebot, mit mir durchzubrennen.«

»Was würde Sandy dazu sagen?«, fragte sie lachend.

»Oh, sie müsste mitkommen. Sonst könnte sie sehr böse werden.«

»So verlockend es ist, ich muss leider ablehnen.«

Er zwinkerte ihr zu. »Ruf mich an, wenn du es dir anders überlegst.« Dann sah er sich im Geschäft um. »Schön hast du's hier. Aber tu mir den Gefallen, und mach den Laden dicht, wenn Sandy in die Nähe kommt. Die Ausgaben machen mir nichts aus, aber ich weiß, dass sie mich dann zum Arbeiten zwingt.«

Holly lachte. »Du könntest jemanden einstellen.«

»Jordan hat schon die beste Arbeitskraft. Wo bleibt da der Rest von uns?«

Es dauerte einen Moment, bis sie seine Worte verstand. »Oh, na ja, ich werde nicht allzu lang an seinem Haus arbeiten.« Sie spürte, wie ihr das Lächeln im Gesicht gefror. Wusste er, dass sie mit Jordan zusammenwohnen würde? Nun, genau genommen nicht mit ihm zusammen. Sie würden zwar im selben Haus wohnen, aber sie waren nicht *zusammen*.

»Du schließt um fünf, richtig?«, fragte Kyle mit einem Blick auf die Uhr.

Sie nickte.

»Hast du schon gepackt?«

»Ge… gepackt?« Also wusste er Bescheid.

»Deshalb bin ich hier. Jordan hat mich gebeten, dir beim Umzug zu helfen.« Erfreut sah er zu Boden. »Da bist du ja, süßes Mädchen. Ich habe mich schon gewundert, wohin du ausgebüxt bist.« Er bückte sich und hob Mistletoe hoch. »Jordan sagt zwar, du seist ein jämmerliches Exemplar von einer Katze, aber in Wirklichkeit bist du nur wählerisch bei deinen Freunden, habe ich recht? Du hast einen hervorragenden Geschmack.« Während er sprach, streichelte er Mistletoes graue Ohren und ihr Kinn, und sie schnurrte vor Vergnügen.

Belustigt sah Holly den beiden zu. »Es ist wirklich nicht fair«, sagte sie dann. »Dass Jordan ihr das Leben gerettet hat, kümmert sie kein bisschen.«

»Es ist eben alles eine Frage der Persönlichkeit. Jordan hat keine.«

»Hat er doch«, widersprach Holly widerborstig. »Jordan ist sehr nett. Er ist charmant, lustig, lieb …« Als sie merkte, wie Kyle sie anstarrte, verebbte ihre Stimme.

Die eine Augenbraue hochgezogen, sagte er zu Mistletoe: »Uns scheint, Holly mag Jordan, nicht wahr?«

Mistletoe verweigerte jeden Kommentar.

»Du hast mich reingelegt«, schimpfte Holly und fragte sich, ob er sie für eine Idiotin hielt.

»Nur ein kleiner Hintergrundcheck«, erwiderte Kyle besänftigend. »Jordan hat sich seit Längerem ziemlich zurückgezogen. Wir waren alle überrascht, von dir zu hören.«

»Ich bin nicht … Wir sind nur … Freunde.«

Kyle setzte Mistletoe auf die Theke und lehnte sich dicht zu Holly herüber. »Schon gut, Holly. Du musst mir nichts erklären. Und wenn du mich fragst, Jordan mag dich auch. Jetzt geh, und pack deine Sachen.«

Es dauerte nur etwa eine Viertelstunde, bis sie ihre Habseligkeiten zusammengesucht hatte. Kyle trug alles zum Auto. Dann verfrachtete er Mistletoe in ihren Korb und stellte ihn vorsichtig auf den Vordersitz.

»Ich folge dir zu Jordans Haus und helfe dir beim Ausladen«, erklärte er.

»Das musst du nicht«, protestierte Holly.

»Möchte ich aber.« Er schloss die Beifahrertür.

Vor Verwirrung wie benebelt steuerte sie mechanisch den Wagen.

Kyle hatte gesagt, dass Jordan sie mochte. Tat er das wirklich? Und wenn ja, was sollte es bedeuten? Vor Aufregung verkrampfte sich ihr Magen. Wenn er sie mochte, konnte sie nicht bei ihm wohnen. Aber sie wollte doch, dass er sie mochte – oder etwa nicht?

»Was jetzt?«, fragte sie laut.

Eigentlich war es egal. Sie mochten sich – na und? Sie waren Freunde, mehr nicht. Keinesfalls steuerten sie auf eine Beziehung zu, schließlich wollte Jordan keine Frau wie sie. Er wollte eine verführerische und erfahrene Frau. Außerdem wünschte Holly sich auch gar keine Beziehung. Sie war immer im Stich gelassen worden. Um sich auf einen anderen Menschen einzulassen, brauchte sie Vertrauen, und das hatte sie nicht. Vielleicht würde sie es nie haben.

Aber er hatte sie geküsst.

Den Kuss konnte sie nicht vergessen. Letzte Nacht hatte er sie bis in ihre Träume begleitet und sie immer wieder aus dem Schlaf geholt. Dann hatte sie wach gelegen, ihr Herz rasen gehört und eine merkwürdige Hitze im Körper verspürt. Vergeblich hatte sie gegen die Rastlosigkeit gekämpft, die sie nicht verstand.

Der Kuss war das Wunderbarste gewesen, was sie je erlebt hatte – allerdings hatte sie bisher nicht allzu viel erlebt. Heutzutage küssten die Leute sich ständig. Vermutlich hatte Jordan es längst vergessen. Es wäre dumm zu glauben, dass der Kuss irgendetwas bedeutete.

Als sie endlich vor Jordans Haus vorfuhr, hatte sie sich fast schon selbst davon überzeugt.

An der Tür stand Louise. »Jordan schläft«, sagte sie und legte einen Finger auf die Lippen. »Heute hat er wieder Fieber bekommen. Er war den ganzen Tag nörgelig und quengelig. Ich wäre euch also dankbar, wenn ihr leise seid. Je länger er schläft, desto besser für mich.«

Sie sah zu Holly. »Du machst dir keine Vorstellung, wie ich mich freue, dass du hier bist. Ich werde mich weiter um ihn kümmern, aber mit dir im Haus ist er bestimmt besser gelaunt. Komm hier entlang zu deinem Schlafzimmer.«

Damit stieg sie Holly voran die Treppe hinauf. Die dritte Tür zur Linken stand offen. Als Holly eintrat, fuhr sie vor Überraschung zusammen. Das Zimmer war sagenhaft schön.

An den Wänden hingen Originaltapeten – blassblaue Rosen auf cremefarbenem Hintergrund –, die dem Raum eine enorme Gemütlichkeit verliehen. In der Mitte standen ein Himmelbett aus dem neunzehnten Jahrhundert und eine dazu passende Kommode. Es gab einen großen Kleiderschrank, und auf dem Holzfußboden lagen mehrere Teppiche. Ein kleiner Tisch und zwei Stühle bildeten vor einem der Fenster eine Besucherecke.

»Es ist hinreißend«, murmelte sie leise.

»Ich dachte mir, dass dir dieses Zimmer lieber ist als eines der umgebauten«, erwiderte Louise.

Kyle kam herein und legte die Koffer auf das Bett. »Willst du wirklich zwischen all dem alten Plunder schlafen?«, fragte er.

Louise gab ihm einen Klaps auf den Arm. »Du warst schon immer eher schön als schlau.«

»Und deshalb liebst du mich«, erwiderte Kyle, beugte sich zu ihr und drückte ihr einen Kuss auf die Wange.

Darauf schnaubte Louise verächtlich. »Hau ab zu deiner Familie.«

Bevor Kyle ging, umarmte er Holly kurz. »Ruf an, wenn du irgendetwas brauchst«, sagte er zum Abschied und verließ das Zimmer.

Holly starrte ihm nach, verblüfft, dass sie so einfach akzeptiert worden war.

»Das Badezimmer ist neu«, erklärte Louise und zeigte auf eine Tür auf der linken Seite des Raums, bevor sie zum Bett lief und den

Katzenkorb öffnete. Neugierig streckte Mistletoe den Kopf heraus. »Ich wette, du hast Hunger«, sagte Louise liebevoll.

Die Katze miaute.

»Dachte ich mir.« Louise streichelte sie, dann ging sie in Richtung Tür. »Pack erst mal deine Sachen aus. Ich füttere Mistletoe, danach komme ich hoch und schaue nach dir.«

»Vielen Dank, Louise.«

Immer noch überrumpelt von den Ereignissen hängte Holly ihre Arbeitskleider in den Schrank. Jordans Geschwister nahmen sie auf, als würden sie sie seit Jahren kennen. Sie konnte sich nicht erklären, warum. Waren sie zu jedem so? Sie wusste, dass Jordans drei Brüder bei der Polizei arbeiteten. Eigentlich hätte sie erwartet, dass sie Fremden gegenüber misstrauischer wären.

Nach einer Weile kam Louise mit einem Tablett zurück, das sie auf dem Tischchen abstellte. »Heiße Schokolade und Kekse. Ein kleiner Snack zur Überbrückung, bis Jordan aufwacht.«

»Wie geht es ihm?«

Die Haushälterin zuckte mit den Schultern. »Das Fieber scheint gesunken zu sein, und er schläft. Er ist selbst schuld. Er hat sich zu wenig geschont, dabei braucht sein Körper Ruhe.«

Unruhig biss Holly sich auf die Unterlippe. War sie für das Fieber verantwortlich? Gestern hatten Jordan und sie sich leidenschaftlich geküsst. Konnte das zu viel für ihn gewesen sein?

»Setz dich«, forderte Louise sie auf, während sie einen Stuhl heranzog. Heute trug sie einen feuerwehrroten Overall. Den Reißverschluss hatte sie weit genug aufgezogen, um die Sicht auf ihr beeindruckendes Dekolleté freizugeben. Von ihren Ohren baumelte eine Kaskade aus Kristallen und roten Perlen bis fast auf die Schultern, und Make-up betonte die blauen Augen.

Holly gehorchte und nahm einen der Kakaobecher. »Ich bin so durcheinander«, gestand sie.

»Weswegen?«

»Wegen allem. Jordans Familie ist so nett zu mir.«

»Und?«

»Sie kennen mich nicht. Ich könnte ein grässlicher Mensch sein.«

Da lachte Louise. »Nicht in tausend Jahren.« Dann verblasste ihr Lächeln. »Erinnerst du dich an die Geschichte von den drei Musketieren?«

Holly nickte.

»Das sind die Haynes-Jungs. Alle für einen und einer für alle. Sie passen aufeinander auf. Wenn einer von ihnen jemanden mag, wird er in die Familie aufgenommen. So war es bei Austin, und so war es auch bei mir.«

»Seit wann kennst du sie?«

»Als ich aufwuchs, war Earl Haynes hier der Sheriff. Er sah so gut aus wie seine Söhne. Sie sind gute Männer, aber Earl hatte den Teufel im Leib. Er mochte Frauen, und sie konnten ihm nicht widerstehen.«

Sie verstummte in Gedanken an eine Zeit, von der Holly nichts wusste. Einen Moment überlegte Holly, ob es zwischen Louise und Earl Haynes eine Verbindung gegeben hatte, doch dann verwarf sie die Idee als unwahrscheinlich. Wenn es so wäre, hätte ihr irgendjemand sicher etwas darüber erzählt.

Als wollte sie alte Erinnerungen abwerfen, schüttelte Louise sich einmal kurz. »Wie dem auch sei. Als sie hörten, dass Jordan dich in sein Haus eingeladen hat, haben sie angenommen, dass sie dich akzeptieren sollen. Du gehörst jetzt zur Familie.«

»Das ist unmöglich. Sie kennen mich doch gar nicht!«

Darauf sah Louise sie lange aufmerksam an. Ihre blauen Augen wirkten traurig. »Hast du Familie?«, erkundigte sie sich.

»Nein. Meine Mutter ist vor drei Jahren gestorben. Sie war meine letzte Verwandte.«

»Verstehe. Ich bin auch allein. Manchmal ist es verdammt schwer. Die Brüder haben mich in ihren Kreis aufgenommen – außer Jordan natürlich. Ich gehöre zwar nicht wirklich dazu, aber sie lassen mich so tun, als ob, und dafür bin ich ihnen dankbar. Die Weihnachtsfeste verbringe ich in einem Haus voller Kinder und Freude, und sie denken an meinen Geburtstag.«

Ohne nachzudenken, streckte Holly ihre Hand aus. Die Haushälterin ergriff sie und lächelte. »Was sind wir beide nur für ein klägliches Pärchen«, scherzte sie leichthin.

»Ich finde, wir haben großes Glück. Und ich bin froh, dass du meine Freundin bist«, widersprach Holly.

Louise schniefte vernehmlich. »Werd jetzt bitte nicht sentimental.« Entschieden stellte sie ihren Becher auf das Tablett zurück und stand auf. »Sonst verschmiert mein Mascara, und ich hasse es, wenn das passiert. Ich fange jetzt mit dem Abendessen an. Nachher habe ich Unterricht bei Professor Wilson.«

Auf dem Weg in die Küche machte Holly einen Umweg über Jordans Arbeitszimmer. Er schlief, die Bettdecke um seine Hüften gestopft.

Unter seinem Bauchnabel verlief ein schmaler Strich dunkler Haare geradewegs zu …

Entsetzt zwang Holly ihre Augen hoch zu seinem Gesicht. Oh Gott, er war *nackt!* Noch nie hatte sie einen nackten Mann gesehen. Zwar hatte sie eine vage Vorstellung, wie Männer dort unten aussahen, aber keinerlei praktische Erfahrung.

Bevor sie anfing zu hyperventilieren, rief sie sich ins Gedächtnis, dass sie sich in einem Krankenzimmer befand. Jordan brauchte ihre Fürsorge, nicht ihr pubertäres Interesse.

Auf dem Nachttisch stand eine Wasserschüssel mit einem Tuch. Sie befeuchtete es und strich damit über Jordans Gesicht. Spürbar strahlte die Wärme von seinem Körper aus. Auf der Bettkante sitzend fuhr sie fort, ihn zu kühlen. Bedächtig ließ sie den Lappen über seine Arme und die Brust gleiten.

Die vertrauten Handgriffe waren beinahe tröstlich. So hatte sie Tausende Male ihre Mutter versorgt. Dass Jordan ein Mann war, spielte keine Rolle. Hier ging es um Genesung.

Wieder und wieder tauchte sie das Tuch ins Wasser, wrang es aus und rieb ihm über Brust und Gesicht. Nach zwanzig Minuten öffnete er die Augen.

»Holly?«

»Ich bin hier. Wie fühlst du dich?«

Aus zusammengekniffenen Augen blinzelte er sie an und räusperte sich. »Heiß.«

»Du hast Fieber. Möchtest du etwas Wasser?«

»Ja.«

Sie stellte zuerst die Rückenlehne hoch, dann schenkte sie Wasser aus der Karaffe in ein Glas und half ihm beim Trinken. Nachdem er genug hatte, rieb sie ihn weiter mit dem Tuch ab.

»Das ist angenehm«, sagte er und schloss die Augen.

»Du versuchst, zu viel auf einmal zu machen«, antwortete sie. »Du solltest dich darauf konzentrieren, gesund zu werden.«

»Gerade wollte ich dir erzählen, wie ich mich freue, dich zu sehen. Ich nehme alles zurück.«

Sie lächelte.

»Hat Kyle dir beim Umzug geholfen?«, erkundigte er sich.

»Ja. Ich wohne gleich eine Treppe höher.«

Als sie sich vorlehnte und ihm die Haare aus der Stirn strich, öffnete er die Augen und starrte sie an.

Sie war seinem Gesicht nah genug, um ihn zu küssen. Aber sie verbot sich, daran auch nur zu denken. Im Moment brauchte er eine Krankenschwester.

»Du hast die verdammte Katze mitgebracht, oder?«

»Natürlich.« Sie ließ das Tuch über seine Brust gleiten.

»Gut, dass ich dich kenne«, murmelte er.

»Wie meinst du das?«

»Du bist die berührendste Krankenschwester, die mir je begegnet ist. Wenn ich nicht genau wüsste, wie unschuldig du bist, könnte ich schwören, dass du mich anmachst.«

Vor ihrem inneren Auge sah Holly, wie ihm all das vorkommen musste, und erstarrte. Sie saß auf seinem Bett, die Hüfte innig an seine gepresst. Sie streichelte seine Brust – gut, dafür hielt sie zwar einen Waschlappen in der Hand, aber das war nur Dekoration.

»Ich …« Sie schloss den Mund und wünschte, sie würde sterben.

»Hör nicht auf«, bat er. »Die Zuwendung gefällt mir. Ich weiß, dass du es nicht persönlich meinst, sondern wie eine Krankenschwester. Nur mein Körper versteht es nicht ganz.« Er griff nach dem Laken.

Entsetzt sprang Holly auf die Füße. Als er nur den Stoff bis zur Brust hochzog, begriff sie, dass sie überreagiert hatte. Sie ließ den

Lappen zu Boden fallen und presste die Hand vors Gesicht. Der Boden sollte sich auftun und sie verschlingen.

Sie wirbelte auf dem Absatz herum und schoss aus dem Zimmer.

»Holly, warte«, rief Jordan ihr nach.

Aber sie ignorierte ihn und rannte weiter. In der kühlen Stille ihres Zimmers warf sie sich aufs Bett und schloss die Augen.

Wie konnte sie nur so dumm sein? Warum musste sie sich so lächerlich machen? Es war furchtbar. Nie wieder konnte sie Jordan ins Gesicht sehen.

Mit einem schwachen Miauen und Schnurren kündigte sich Mistletoe an, dann sprang sie auf das Bett und schnupperte an Hollys Gesicht.

»Deine Besitzerin ist ein Volltrottel«, sagte sie und zog die weiche Katze an sich, die sich an ihre Seite kuschelte.

Was musste Jordan von ihr denken? Sie wollte ihn so gern beeindrucken. Es war offensichtlich, dass sie im Umgang mit Männern völlig ahnungslos war. Und er war der Letzte, an dem sie sich ausprobieren sollte.

Am liebsten wollte sie davonlaufen und ihn nie wiedersehen. Der Plan hatte nur einen einzigen Haken. Sie war gerade erst bei ihm eingezogen. Dieses Mal gab es kein Entkommen.

7. Kapitel

Zwar hatte Jordan Holly ins Haus kommen hören, aber bis jetzt war sie noch nicht zu ihm gekommen. Zuerst redete er sich ein, dass sie beschäftigt war. Doch nach fast einer Stunde war klar, dass sie ihm aus dem Weg ging. Warum?

Was hatte er getan oder gesagt, womit er sie verletzt hatte? An den vergangenen Abend erinnerte er sich nur vage. Nachdem er aus einem langen und unruhigen Schlaf aufgewacht war, hatte Louise ihm begeistert mitgeteilt, dass seine übermäßige Aktivität ihm erneut Fieber eingebracht hatte. Wenn er so weitermachte, würde er noch sein Hirn braten.

Er hatte der Haushälterin für ihre Fürsorglichkeit gedankt und sich im Stillen ihrer Einschätzung angeschlossen. Er musste endlich die Anweisungen des Arztes einhalten, oder er würde nie gesund werden. Das bedeutete, die meiste Zeit im Bett zu bleiben. Das war auch sein Plan – sobald er herausgefunden hatte, was mit Holly los war.

Mit langsamen Bewegungen schob er die Decke zurück und schwang die Beine über die Bettkante. Eine Jeans hing achtlos hingeworfen über dem Nachttisch. Er griff danach und schlüpfte hinein. Dann erwog er, noch ein Shirt anzuziehen, fand aber nicht die Kraft dafür. Außerdem hatte Holly ihn schon mit bloßem Oberkörper gesehen, und anscheinend war ihr nichts aufgefallen.

Auf das Bett und den Nachttisch gestützt, stemmte er sich hoch. Seine Beinmuskulatur bebte, aber sie hielt stand. Nach einigen Minuten fühlte er sich stark genug, um zu laufen.

Louise war vor einer knappen Stunde gegangen. Direkt nach Hollys Ankunft hatte er ihr Auto davonfahren hören. Das Haus war riesig, und Holly konnte sonst wo sein. Im Flur blieb er stehen und lauschte. Dann folgte er dem leisen Kratzgeräusch aus dem Esszimmer.

Das Geländer fest umklammert, erklomm er die drei Stufen zur höheren Ebene und bog um die Kurve. Das Licht des großen Kristallleuchters durchflutete den Raum. In einer Ecke stand ein Radio auf dem blanken Holzboden, und klassische Musik drang zu ihm herüber. Vor eine der Wände hatte Holly eine Abdeckplane geschoben, und eine Sperrholzplatte auf zwei Sägeböcken bot ihr eine große Arbeitsfläche. Darauf standen Flaschen und Pinsel, einige Dosen und ein Spatel. Das alles nahm er rasch auf, bevor er seine Aufmerksamkeit auf Holly richtete.

Sie stand mit dem Rücken zu ihm und zog vorsichtig Tapetenstreifen von der Wand. Die Jeans umschmeichelten ihre vollen Hüften, den Hintern und die Schenkel. Einen Augenblick konnte er nur daran denken, sie an sich zu drücken. Er wollte ihren Rundungen nachspüren, ihre Weichheit umfassen, sie berühren, sie schmecken, bei ihr sein, in ihr sein.

Noch nie hatte Jordan einen bestimmten Frauentyp bevorzugt. Alle Frauenkörper erschienen ihm reizvoll, und jeder Unterschied faszinierte ihn. Doch wenn er Holly ansah, spürte er, wie sich tief in ihm etwas rührte. Als würde er auf einer ursprünglicheren Ebene als sonst erregt. Er war nicht sicher, warum. Sie hatte keine Modelmaße, aber das erschien ihm sogar das Beste an ihr. Angestrengt versuchte er, nicht darüber nachzudenken, wie sie sich auf ihm anfühlen würde.

Hartnäckig ignorierte er den Druck zwischen seinen Beinen. Als Holly den Arm ausstreckte, um den Rand der Tapete weiter oben an der Wand zu prüfen, rutschte ihr Sweatshirt hoch und entblößte ein Stück blasser weißer Haut und die Kontur ihrer Hüfte. Er fluchte innerlich. Wenn sie seine Selbstkontrolle schon ohne jede Absicht zerstörte, dann wollte er nicht wissen, was sie anstellen konnte, wenn sie es darauf anlegte. Mochte der Himmel ihnen beistehen.

»Hi«, sagte er.

Erschrocken fuhr sie herum. Der Spatel fiel scheppernd zu Boden. Ihre blauen Augen weiteten sich. »Ich habe dich nicht gehört«, sagte sie atemlos.

»Entschuldige. Ich wollte dich nicht erschrecken.« Er deutete auf die Wand. »Was machst du?«

Mit leerem Blick starrte sie auf die Wand, als würde sie nicht begreifen, was sie da vor sich hatte. Da sie nicht sofort antwortete, betrachtete Jordan ausgiebig ihr Profil.

Sie hatte eine kleine Nase und volle Lippen. Sommersprossen sprenkelten die Wangen und den Nasenrücken. Ihr dichtes Haar hatte sie zu einem Pferdeschwanz zurückgebunden. Er bemühte sich, die vordrängenden Brüste zu übersehen, schließlich wollte er nicht in noch größere Schwierigkeiten geraten. Es würde sein Leben leichter machen, wenn er schnell herausfand, was er ihr Kränkendes gesagt oder angetan hatte.

»Das hier ist das Esszimmer«, antwortete sie endlich. »Ich arbeite an der Tapete. Weil ich nicht weiß, was sich darunter befindet, verwende ich diese Chemikalien anstelle einer Dampfmaschine. Vor siebzig Jahren hat man andere Baumaterialien verwendet als heute. Aus dem Laden habe ich dir ein paar Tapetenmuster zum Ansehen mitgebracht. Du hast zwei Möglichkeiten. Entweder du nimmst einen Nachdruck oder lieber nur einen viktorianisch angelehnten Druck.«

Sie sah ihn kurz an und wandte sich dann wieder der Tapete zu. »Wahrscheinlich wärst du glücklicher mit einem viktorianisch angelehnten Druck. Für den heutigen Geschmack sind die Reproduktionen oft zu unruhig. Außerdem läuft diese Zierleiste auf Stuhlhöhe um den Raum.« Sie berührte das Holz etwa einen Meter über dem Boden. »Du könntest unter der Leiste streichen und darüber tapezieren. In der viktorianischen Zeit hat man es zwar selten so gemacht, aber es sieht hübsch aus. Ich bin nicht sicher, wie authentisch du die Räume möchtest. Die meisten entscheiden sich für einen Kompromiss zwischen dem Stil der Epoche und dem, womit sie am besten leben können.«

Ihm war klar, dass sie vor sich hinplapperte, und er hoffte, dass das ein gutes Zeichen war. Anscheinend war sie eher nervös als wütend. Er kam näher und lehnte sich gegen den Türpfosten, um sich daran abzustützen.

»Ich will nicht über das Esszimmer reden«, sagte er. »Ich will darüber reden, warum du mir aus dem Weg gehst.«

Darauf japste sie leise nach Luft und zog den Kopf ein. Er sah, wie sie errötete. »Du weißt, warum«, erwiderte sie.

Wenigstens gab sie es zu, das war doch schon etwas. »Holly, ich weiß nicht …«

Mit einem Handwinken unterbrach sie ihn. »Ich verstehe.«

»Nein, du verstehst nichts.«

»Doch. Es war dumm. Meine einzige Entschuldigung ist, dass ich meine Mutter gepflegt habe, als sie krank war. Eine der Schwestern erklärte mir, dass chronisch Kranke nicht viel menschlichen Kontakt haben. Natürlich werden sie gewaschen und gefüttert, aber niemand berührt sie einfach nur so. Aber sie brauchen den Kontakt, damit sie sich mit ihrer Umwelt verbunden und lebendig fühlen. Ich habe das jahrelang gemacht. Vermutlich ist es mir einfach zur Gewohnheit geworden. Ziemlich blöd, was? Aber ich schwöre, es ist die Wahrheit.«

»Ich begrüße deine Offenheit, aber ich weiß nicht, wovon du redest. Wofür genau entschuldigst du dich?«

Bevor sie darauf antworten konnte, schloss und öffnete sie einige Male ungläubig den Mund. »Du willst, dass ich es *sage*?«

»Wenn es dir keine Umstände macht.« Auf ihren ungläubigen Blick zuckte er mit den Schultern. »Letzte Nacht hatte ich Fieber. Ich kann mich an nichts erinnern.«

»Du erinnerst dich nicht?« Ihre Stimme wurde lauter und höher. Dann schwang sie herum und begann, im Zimmer auf und ab zu laufen. »Er erinnert sich nicht. Ich schlage mir die ganze Nacht um die Ohren, und er erinnert sich nicht. Toll! Hervorragend! Ich wusste es. Ich bin zu dumm für diese Welt. Das ist der Beweis. Ich hätte Nonne werden sollen.«

Als sie an ihm vorbeikam, packte er sie am Arm und hielt sie fest. »Könntest du mir bitte erklären, wovon du sprichst?«

Sie holte tief Luft. »Du hattest Fieber. Ich habe versucht, dich abzukühlen.«

»Und?«

»Ich habe … dich angefasst.«

Wo? Wie lange? Hatte es ihr gefallen? Er jedenfalls hatte es mit Sicherheit genossen. Wie auf Knopfdruck erhitzte sich sein Blut und schoss an einen Ort weiter unten. Obwohl er ihren Arm losließ, blieb sie vor ihm stehen. »Und weiter?«

»Nichts weiter. Ich habe einen Lappen benutzt und dein Gesicht und die Brust damit abgerieben.« Ihr Blick senkte sich.

»Wäre ich doch nur bei Bewusstsein gewesen«, murmelte er.

»Was?«

»Nichts. Danke für deine Sorge und Mühe. Und wo ist jetzt das Problem?«

»Du hast sozusagen geschlafen, bist dann aber aufgewacht.«

Jetzt war Jordan an der Reihe, verlegen zu sein. Hatte er sie angebaggert oder Schlimmeres? Obwohl ihm nichts Schlimmeres einfiel. Vielleicht hatte er sich vor ihr ausgezogen?

»Und?«, drängte er weiter.

»Was meinst du mit ›und‹? Reicht das nicht? Du hast gesagt, wenn du es nicht besser wüsstest, würdest du meinen, ich mache dich an.«

In seinem Gedächtnis kramte er nach anderen Bedeutungen für ihre Worte. »Ich glaube, ich verstehe nicht.«

»Ich habe dich *angefasst*!«, schrie sie.

»Und wo ist das Problem? Zufällig mag ich es, wenn du mich anfasst.«

Mit einem erstickten Laut sank sie langsam zu Boden und senkte den Kopf auf die angezogenen Knie, bis er ihr Gesicht nicht mehr sehen konnte. »Ich will einfach nur sterben.«

Jordan wollte sich neben sie kauern, aber es schmerzte ihn zu sehr. Ungelenk ließ er sich auf dem Holzboden nieder und lehnte seinen kaputten Rücken an die Wand.

»Es tut mir ehrlich leid«, murmelte Holly. »Es ist wirklich alles wegen Mom. Ich war so daran gewöhnt, für sie zu sorgen, dass ich …« Sie hielt inne und sah ihn an. »Das habe ich alles schon gesagt, oder?«

»Ja.«

»Ich wollte nur nicht, dass du denkst …« Ihre Stimme verebbte.

»Dass ich was denke?« Sosehr Jordan auch versuchte, sich in sie hineinzuversetzen, er begriff nicht, was die große Sache sein sollte.

Also gut, sie hatte ihn angefasst. Er hatte es kommentiert. Kaum ein Verbrechen, auf das Todesstrafe stand.

Er streckte die Beine vor sich aus und kniff die Augen zu, als die verletzten Muskeln Protest anmeldeten. Dass er anschließend seine Hand auf ihre legte, schien ihr Mut zu geben.

»Ich wollte nicht, dass du denkst, ich mache dich an«, sagte sie. »Das ist mir nie in den Sinn gekommen.«

»Schade.«

»Wie bitte?« Sie starrte ihn an, als wäre ihm gerade ein zweiter Kopf gewachsen. »Das meinst du nicht ernst.«

»Warum nicht? Ich hätte es liebend gern, wenn du mich anmachst.« Er verschränkte seine Finger mit ihren.

Immer noch starrte sie ihn an. »Aber ich bin … Du bist …« Sie schüttelte den Kopf. »Du machst dich über mich lustig, oder?«

»Nein.«

»Aber ich bin nicht sexy. Ich weiß nicht mal, wie sexy geht. Im Umgang mit Männern bin ich fast begriffsstutzig, so wenig Erfahrung habe ich. Und ich wiege fünfzehn Pfund zu viel.«

Liebend gern hätte er den Blick auf ihre Brüste gesenkt, aber er zwang sich, ihr weiter ins Gesicht zu sehen. »Wage es ja nicht, nur ein Pfund abzunehmen. Du bist absolut perfekt.«

Widerstreitende Gefühle spiegelten sich in ihren Augen. Er konnte sehen, wie gern sie ihm glauben wollte, es aber nicht wagte. Jordan runzelte die Stirn. Warum wusste Holly nichts von ihrem Talent, ihn heißzumachen? Hatte jemand sie so sehr verletzt? Wut schwoll in ihm an. Wenn ein Mann schuld an ihren Selbstzweifeln war, würde er ihn finden und dafür bestrafen.

»Wow«, sagte sie plötzlich. »Das war ziemlich beeindruckend.«

»Was?«

»Deine Familie hat dich den Grübler genannt. Ich habe ihnen nicht geglaubt, weil du immer so freundlich bist. Nur eben war da dieser Blick in deinem Gesicht.«

»Tut mir leid. Ich habe über etwas anderes nachgedacht.«

»Das habe ich gemerkt.« Sie musterte ihn. »Grübelst du wirklich oft vor dich hin?«

»Manchmal.« Aber nicht, wenn er mit Holly zusammen war.

Bei ihr vergaß er, dass er normalerweise von außen zusah. Mit ihr gehörte er dazu.

Alle Alarmsirenen heulten warnend auf, aber er ignorierte sie. Ihm war klar, dass ihm seine Freundschaft mit Holly gefährlich werden konnte. Aber das Risiko nahm er in Kauf. Es war ja nur vorübergehend. Sobald sie sich eine eigene Wohnung leisten konnte, würde sie ausziehen und aus seinem Leben verschwinden. Also konnte er ruhig die kurze Zeit genießen, die sie zusammen hatten.

Sie setzte sich in den Schneidersitz. Allein bei dem Gedanken, es ihr nachzutun, schmerzten ihm schon die Knie.

»Jordan, findest du mich wirklich sexy? Entschuldigung. Das hätte ich nicht fragen sollen. Ich bin nicht auf Komplimente aus, aber ich habe mich noch nie so gesehen. Ich war noch nie mit einem Mann zusammen, darum weiß ich nicht, wie sie denken.«

Ganz ruhig saß Jordan da und versuchte zu verarbeiten, was Holly gerade gesagt hatte. Sie war noch nie mit einem Mann zusammen gewesen. Auf keinen Fall konnte sie das ernst meinen. Zwar hatte er geahnt, dass sie unberührt war – aber nicht *so* unberührt.

»Mit ›nie‹ meinst du weniger als zehnmal oder so, richtig?«, fragte er verzweifelt.

Ernst erwiderte sie seinen Blick. »Ich meinte ›nie‹ wie ›keinmal‹. Mit fünfzehn hatte ich einen Freund, das habe ich dir ja schon erzählt. Das hielt ein paar Monate. Er hat mich sogar ab und zu geküsst, aber es war nicht im Entferntesten wie das, was wir getan haben.« Ihre Stimme wurde immer leiser. »Aber als meine Mutter Krebs bekam, hatte ich nicht mehr viel Zeit für ihn, und das konnte er einfach nicht begreifen.«

»In dem Alter sind Jungs chronisch egoistisch«, erklärte er. »Ich weiß das, ich war auch so.« Um mit dem Daumen ihre Handfläche streicheln zu können, drehte er seine Hand in ihrer.

»Ich habe versucht, ihn zu verstehen. In meinem Kopf ergab es Sinn. Wir waren beide jung, und er wollte Spaß haben. Es gab einen Ball, auf den wir zusammen gehen wollten. Aber Mom war gerade aus dem Krankenhaus entlassen worden, und ich hatte

Angst, sie könnte sterben. Weil ich sie nicht allein lassen wollte, sagte ich ihm ab.«

Aus ihren Worten hörte er den Schmerz heraus. Jordan ließ ihre Hand los und legte ihr einen Arm um die Schultern. Zuerst versteifte Holly sich, doch langsam entspannte sie sich an seiner Seite und lehnte den Kopf an seine Brust.

»Er hat sich eine andere gesucht«, sagte er leise.

Sie nickte. »Dieses Mädchen, Colette. Stell dir mal vor, eine fünfzehnjährige Colette! Ich gab ihr die Schuld. Das war einfacher, als mich der Wahrheit zu stellen. Nach dem Ball rief er nicht mehr an. Wir sind nie wieder miteinander ausgegangen.«

Sein Kinn auf ihren Kopf gestützt, ignorierte er die Hitze, die von ihrer Hand auf sein Bein ausstrahlte. »Wer kam dann?«, wollte er wissen.

»Niemand. Das war die Geschichte meines gesamten Liebeslebens. Ziemlich kurz, was?«

»Keine Dates?«

»Ich hab's versucht, aber in Antikläden kommen nicht viele Singles. Früher habe ich Weiterbildungen am College besucht, aber dann fehlte mir die Zeit, mich unter die Leute zu mischen. Und gerade, als ich dachte, alles wäre gut, kam der Krebs zurück.«

»Das tut mir leid«, murmelte er.

»Danke. Das meiste davon ist okay für mich. Mom und ich haben nie Zeit miteinander verschwendet. Wir hatten die Chance, uns voneinander zu verabschieden, das haben nicht viele. Aber es ist traurig, wie schnell ich erwachsen werden musste. Ich habe viel verpasst, so etwas wie Weggehen zum Beispiel.«

Es war schlimmer, als er gedacht hatte. Als Fünfzehnjährige war sie mit einem Jungen gegangen, also musste sie noch Jungfrau sein. Bei dem Wort zuckte er zusammen. So viel zu einer kurzen Affäre. Normalerweise wäre er ohnehin nicht der Typ dafür gewesen, aber bei Holly hätte er eine Ausnahme gemacht. Jetzt ging es nicht mehr. Dafür war sie zu unberührt.

»Du bist achtundzwanzig.«

»Achtundzwanzig und noch nie geküsst.« Sie lachte und sah kurz zu ihm auf. »Na ja, geküsst schon, aber mehr nicht. Zum

Beispiel habe ich noch nie einen nackten Mann gesehen.« Erschrocken zog sie den Kopf ein. »Meine Güte, ich kann nicht glauben, dass ich das gesagt habe.«

Auch Jordan hatte damit seine liebe Mühe. Er war hin- und hergerissen zwischen dem Reflex, in Deckung zu gehen oder seine Dienste anzubieten. In Anbetracht des vertrauten Gesprächs und der Nähe zwischen ihnen hätte er ihr einen guten Einblick geben können.

»Was hast du vor?«, fragte er. »Einen netten Kerl suchen, heiraten und Kinder bekommen?«

»Das würde ich gern, aber das wird wohl nicht passieren. Bisher hatte ich nicht viel Glück mit Beziehungen.«

»Eine reicht nicht, um das zu beurteilen.«

Jetzt richtete sie sich auf und sah ihn an. »Ach, das ist irgendwie schon in Ordnung. Denn für eine Beziehung muss man jemandem vertrauen, und darin bin ich nicht sehr gut.«

»Aber du hattest eine gute Beziehung zu deiner Mutter.«

Zur Antwort lächelte sie. »Das ist zwar kaum dasselbe, aber ja, wir hatten Spaß zusammen. Wenn es ihr gut ging, haben wir Ausflüge gemacht. Wir wurden richtige Profis darin, uns mit wenig Geld eine schöne Zeit zu machen, und besuchten Ausstellungen, Parks und den Zoo am eintrittsfreien Tag.«

Eine Haarsträhne fiel ihr auf die Wange. Ungeduldig strich Holly sie weg. »Sie nahm jeden Feiertag sehr ernst. Die halbe Garage war vollgestopft mit Deko und Schmuck. Nicht nur für Weihnachten, sondern für jeden Anlass. Für Halloween hatten wir bemalte Kürbisse, für den ersten Mai verzierte Flaggen und Herzen für den Valentinstag. Und an ihrem letzten Weihnachtsfest hat sie mir Mistletoe geschenkt.«

Als hätte die Katze ihren Namen gehört, kam der graue Satansbraten ins Esszimmer spaziert. Ihr Bauch hing tief, und sie hatte einen wiegenden Gang.

»Hallo, Schätzchen«, gurrte Holly und streckte den Arm aus, um sie zu streicheln. Die Einladung nahm Mistletoe gern an. Während sie schnurrte, funkelte sie Jordan böse an.

»Die Katze hasst mich«, brummelte er.

»Ich verstehe nicht, warum. Normalerweise ist sie sehr zutraulich.«

»Klar. Darum verbringt sie auch ihre Nachmittage damit, mich anzufauchen.«

»Das tut sie nicht.«

»Doch. Sie weiß genau, wann ich beinahe eingeschlafen bin, und dann kommt sie herein und zischt. Wenn ich aufgewacht bin, geht sie wieder.« Wütend starrte Jordan zurück.

»Kyle mag sie wirklich gern.«

»Was beweist, dass ich recht habe.«

Holly lachte.

Mistletoe fauchte kurz, bevor sie sich erhob und auf den Weg nach draußen machte. Als sie an Jordans Füßen vorbeikam, holte sie mit ihrer rechten Vorderpfote nach ihm aus. Gerade noch rechtzeitig zog er die Füße zurück, um nicht gekratzt zu werden.

Dann reckte die Katze keck den Schwanz in die Luft und schlenderte aus dem Zimmer.

»Sie ist ein elendes Biest. Hoffentlich vererbt sie den miesen Charakter nicht an die Kleinen.«

»Sie ist süß«, beharrte Holly und sah dem Tier nach. »Aber ich muss zugeben, dass sie dich nicht sonderlich mag.« Sie lächelte ihm zu. »Umso dankbarer bin ich dir, dass ich sie mitbringen durfte. Und danke außerdem, dass du mich hier wohnen lässt. Und noch etwas: Du brauchst keine Angst zu haben, dass ich euch bei eurem Weihnachtskram im Weg bin.«

»Du wirst niemandem im Weg stehen. Die Familie ist riesig, und eine Person mehr heißt einfach nur mehr Spaß.«

»Danke. Tagsüber hält mich die Arbeit auf Trab, aber die Nächte sind manchmal schwer, besonders zu dieser Jahreszeit. Okay, okay, genug gejammert. Sonst werde ich noch komisch und fange an zu heulen oder bringe dich sonst wie in Verlegenheit.«

»So leicht bringt mich nichts in Verlegenheit.«

»Mich schon.«

»Ich weiß.«

Aus den Augenwinkeln warf sie ihm einen Blick zu. »Also bist du mir nicht mehr böse?«

»Ich war nie böse. Nur verwirrt.« Er senkte den Kopf und gab ihr einen Kuss auf die Stirn. Eigentlich wollte er viel mehr tun, aber so schien es ihm im Augenblick am sichersten. »Freunde?«

»Das wäre schön.« Sie stand auf. »Also, was sagst du zur Tapete?«

Während sie über die Gestaltung der Wände diskutierten, dachte er über ihre Worte nach. Sie war lange allein gewesen, und auch schon vor dem Tod ihrer Mutter hatte Holly viel zu viel Verantwortung übernehmen müssen. Ihre Vergangenheit konnte er nicht ändern. Aber er konnte ihr ein Weihnachtsfest schenken, an das sie sich für immer erinnerte. In dem Moment schwor er sich, ihr dieses Geschenk zu machen.

8. Kapitel

Überwältigt sah Holly sich in ihrem Laden um. Wie oft hatten sie und ihre Mutter sich ausgemalt, wie ›Der Viktorianische Salon‹ aussehen sollte. Jeden einzelnen Bereich hatten sie diskutiert: ein offizielles Empfangszimmer im Eingangsbereich, Nischen mit dekorativen Artikeln, Gemälde, mehrere Tische mit Tapeten- und Stoffmustern. Überall im Laden standen Möbel, aber die meisten Waren lagerten in dem riesigen Raum auf der Rückseite des Hauses. Wie geplant erfüllten heimelige Düfte den Laden, und weiches Licht leuchtete ihn wohlig aus. Von dem Tag an, seit sie das Ladenschild aufgehängt und die Türen geöffnet hatte, florierte das Geschäft. In den letzten Wochen war der Gewinn sogar noch einmal spektakulär angewachsen. Sie wusste genau, wer dahintersteckte: Jordan.

Selbst an diesem Donnerstagnachmittag war der Laden überfüllt. Frauen standen in Gruppen zusammen und kämpften um den Weihnachtsschmuck, der an mehreren Tannenbäumen hing. Die Hälfte der Kränze hatte bereits die Besitzer gewechselt. Wenn es so weiterging, war sie vor Weihnachten ausverkauft. Holly war selig.

Um den Preis zu drücken, hatte sie die größten Mengen bestellt, die sie bezahlen konnte. Die Einkäufe hatten ihre finanziellen Reserven bis auf den letzten Cent aufgebraucht. Wenn sie zwischendurch an ihrer Entscheidung gezweifelt hatte, beruhigte sie sich damit, dass Weihnachtsware nicht verdarb. Was sie nicht in diesem Jahr verkaufte, konnte sie im nächsten wieder anbieten. Eigentlich hatte sie ein Warenlager für zwei Jahre anlegen wollen, doch jetzt ging gleich der gesamte Vorrat über die Ladentheke.

Die Tür öffnete sich, und ein gut aussehendes Paar trat ein. Der Mann war groß, vielleicht einen Meter fünfundneunzig. Er hatte dunkles Haar, und ein Ohrring glitzerte an seinem Ohr. Er sah gefährlich aus – wie die Sorte Mann, die für Frauenherzen tödlich ist. Auch die Frau hatte dunkle Haare, aber ihre waren lockig und reichten ihr fast bis zur Hüfte. Sie war schlank und trug einen wollenen Pullover über ihrer langärmeligen weißen Bluse.

Holly musterte sie einen Moment. Dann erinnerte sie sich, dass sie die beiden bei ihrem ersten Krankenhausbesuch bei Jordan schon einmal gesehen hatte.

Die Frau fing ihren Blick auf, lächelte und ging auf Holly zu.

»Du musst Holly sein. Ich bin Rebecca Lucas, und das ist mein Mann Austin.«

Alle drei gaben sich die Hand.

»Sucht ihr etwas Bestimmtes, oder wollt ihr euch nur umsehen?«, fragte Holly anschließend.

Rebecca schaute kurz zu ihrem Mann. »Du wärst am liebsten über alle Berge, oder?«

Ungeduldig trat Austin von einem Fuß auf den anderen. »Zu viel Mädchenkram. Und es riecht komisch hier drin.«

Das quittierte Holly mit einem freundlichen Lachen. »Das geht vielen Männern so. Wenn du durch den Raum mit den Möbeln nach hinten gehst, kommst du zu einer Nische mit Kaffee, ein paar Stühlen und einem Fernseher. Dort verstecken sich die meisten Ehemänner.«

»Geh schon«, drängte Rebecca ihn. »Dann kann ich etwas Schmuck für das Haus kaufen und mit Holly plauschen.«

Einen Moment schaute Austin seine Frau an. So leuchtend sah Holly die Liebe in seinem Blick aufblitzen, dass es ihr fast die Tränen in die Augen trieb. Zärtlich berührte er Rebeccas Gesicht, bevor er sich umdrehte und in Richtung Hinterzimmer verschwand.

»Ich weiß, was du denkst.« Rebecca sah ihm nach. »Früher habe ich ihn mir immer als Piraten vorgestellt und mir gewünscht, er würde mich auf seine einsame Insel entführen. Aber hinter dem harten Äußeren steckt ein sehr sanftmütiger Mann.«

Holly fragte sich, wie eine so gutherzig aussehende Frau wie Rebecca es geschafft hatte, einen so rauen Mann zu zähmen. Doch sie schob den Gedanken beiseite. »Möchtest du etwas Spezielles für dein Haus?«

»Von Elizabeth weiß ich, dass deine Kränze herrlich sind. Davon hätte ich gern ein paar für den Eingangsbereich. Und vielleicht etwas Christbaumschmuck.«

»Alle Kränze, die ich noch habe, hängen an den Wänden. Suchst du ein bestimmtes Motiv? Es gibt welche mit Engeln, Spielzeug oder mit Früchten – schlichte, ausgefallene, was immer du willst.«

Rebecca lachte. »Ich bin nicht ordentlich genug, um mich auf ein Motiv festzulegen. Ich möchte einfach nur etwas Hübsches.« Ihr Blick glitt durch den überfüllten Laden. »Aber du hast genug andere Kunden. Kümmere dich lieber um sie, während ich mich einfach umschaue.«

Als Holly sah, wie ein Paar auf die Kasse zusteuerte, entschuldigte sie sich bei Rebecca. Die nächste halbe Stunde war sie damit beschäftigt, zerbrechlichen Schmuck einzuwickeln und die Kasse klingeln zu lassen. Dann ebbte der Ansturm ab. In der Zwischenzeit hatte Rebecca sich in ein Gespräch mit einem Paar vertieft. Selbst wenn es sich nicht bei ihrem gestrigen Besuch vorgestellt hätte, hätte Holly den Mann als Haynes-Abkömmling erkannt, denn er war groß, dunkel und gut aussehend wie alle Brüder. An seinen Schläfen schimmerte es grau, und er hatte etwas mehr Fältchen als die anderen. Craig, der älteste der Haynes-Brüder, und seine zierliche rothaarige Frau waren für einige Tage in der Stadt.

Als Rebecca Hollys Blick auffing, winkte sie sie heran. »Kennt ihr euch schon?«

Holly nickte. »Ja, wir haben uns gestern schon kurz gesehen.« Sie lächelte Jill an. »Wann kommt das Baby eigentlich?«

Liebevoll strich Jill sich über ihren gewölbten Bauch. »Im Mai. Ich wünschte, es wäre morgen. Ständig sage ich mir, dass sie das Warten wert sein wird, aber es fällt mir schwer.«

»Ich weiß, wie es sich anfühlt«, sagte Rebecca. »Freuen sich die Jungs, ein Schwesterchen zu bekommen?«

»Riesig«, antwortete Jill. »Danny ist begeistert, dass er bald nicht mehr der Jüngste ist.« Ihr Mann legte seinen Arm um ihre Schultern, und sie lehnte sich an ihn.

Energisch ignorierte Holly den Neid, der in ihr aufflackerte. Die Feiertage waren am schlimmsten. Seit dem Tod ihrer Mutter fühlte sie sich Weihnachten jedes Jahr furchtbar verlassen. Aber bald war Neujahr, und dann wäre alles wieder normal.

»Hat der Arzt festgestellt, dass es ein Mädchen wird?«, fragte Holly.

Craig und seine Frau tauschten einen Blick. »Nicht ganz«, erwiderte Jill. »Es ist gewissermaßen eine Familiensache.«

»Bei den Haynes' wurde über vier Generationen kein Mädchen geboren«, erklärte Craig. »Ich bin einer von vier Brüdern, mein Vater ist einer von sechs und so weiter. Wir dachten schon, wir könnten gar keine Töchter bekommen.«

»Dann heirateten Travis und Elizabeth, und sie bekamen ein Mädchen.« Rebecca schob lächelnd ihre langen dunklen Haare von den Schultern. »Alle waren verblüfft. Danach brachte Sandy ihre Tochter zur Welt. Und da hat Jordan die Theorie aufgebracht.«

»Was für eine Theorie?«, fragte Holly neugierig.

Jill seufzte. »Sie ist sehr romantisch. Haynes-Männer bekommen eine Tochter, wenn sie jemanden lieben. Wenn nicht, wird es ein Junge.«

»Wenn man also einen Jungen möchte, muss man sich vorher streiten?«

Craig lachte leise. »Ich glaube nicht, dass das funktionieren würde. Wir wären ja trotzdem noch verliebt. Darum ist Jill überzeugt, dass es ein Mädchen wird, und bis jetzt bestätigt der Ultraschall die Theorie. Wir werden es im Mai herausfinden.«

»Da ich mit keinem Haynes verheiratet bin, haben wir bei unseren Kindern freie Wahl«, sagte Rebecca lachend.

Ob diese Theorie wahr sein kann? überlegte Holly. Aber sie ergab keinen Sinn. Schließlich waren sie vier Brüder. Sollte das heißen, dass der Vater ihre Mutter nie geliebt hatte? Sie wollte nachfragen, aber jetzt war wohl nicht der beste Zeitpunkt dafür. Vielleicht würde sie später mit Jordan darüber sprechen.

Da Craig und Jill ihre Einkäufe bereits erledigt hatten, verpackte Holly die Waren und gab alles in die Kasse ein.

»Ruf uns an, wenn du irgendetwas brauchst«, sagte Craig, während er die Pakete in die Hand nahm. »Louise hat unsere Telefonnummer.«

Jill umarmte sie kurz. Als Holly sich vorbeugte, um ihrem Bauch auszuweichen, lachte sie. »Ich weiß, ich werde jeden Tag runder. Schön, dass Jordan dich gefunden hat.«

Darauf wusste Holly keine Antwort. Wortlos lief sie zur Ladentür und hielt sie auf. Als sie fort waren, drehte sie sich um und sah, wie Rebecca am Tresen lehnte und sie beobachtete.

»Stimmt etwas nicht?«, fragte Holly. Unsicher tastete sie mit der Hand nach ihren Haaren. Hoffentlich hatte sie sich nichts ins Gesicht geschmiert.

»Nein. Alles ist genau richtig. Ich war einfach neugierig, was Jordan an dir mag. Jetzt weiß ich es.«

Holly spürte, wie sie rot wurde, und stellte erleichtert fest, dass die meisten Kunden gegangen waren. Einige stöberten noch in den anderen Räumen, aber im Vorderzimmer war sie mit Rebecca allein.

»Er mag mich nicht wirklich.« Na ja, das stimmte nicht ganz. »Ich meine, wir sind nur Freunde. Ich wohne bei ihm, um mit ihm das Haus zu renovieren.«

»Also wohnt ihr doch zusammen. Elizabeth hat es mir erzählt, aber ich habe ihr nicht geglaubt. Man stelle sich vor, Jordan lässt eine Frau in sein Haus.«

»Aber es ist nicht, wie du denkst.«

»Warum wirst du dann rot?«

»Weil ich …« Holly brach ab. Sie machte alles nur noch schlimmer.

Rebecca schüttelte den Kopf. »Ich mache nur Spaß, Holly. Das sollte ich nicht. Am Anfang war ich in der Nähe von Austin genauso sprachlos. Irgendetwas hat es mit den Männern hier auf sich. Ich wünschte, ich könnte dir erzählen, dass es besser wird, aber das wird es nicht. Austin schafft es immer noch, dass ich mir ungeschickt und dumm vorkomme. Aber er ist zu gut, um es auszunutzen. Stattdessen fühle ich mich bei ihm schön und geliebt.«

Diesmal bohrte sich der scharfe Stich der Eifersucht etwas tiefer. Holly hätte nichts dagegen gehabt, sich ab und zu wie Rebecca zu fühlen. Aber es sollte nicht sein. Vor langer Zeit hatte sie sich für ihren Weg entschieden. Liebe erforderte Vertrauen. Und sie wollte den Sprung ins Ungewisse nicht wagen.

Durch das Schaufenster sah sie, wie fürsorglich Craig seiner schwangeren Frau ins Auto half, jede seiner Bewegungen war von Sorge und Zuneigung erfüllt. Sie wünschte, die Dinge könnten anders für sie sein. Sie wünschte sich zu viel.

»Aber es ist nicht wie bei euch«, beharrte sie, während sie zum Ladentisch ging. »Wir sind wirklich nur Freunde.« Doch manchmal war sie sich nicht sicher. So vieles verwirrte sie: wie sie sich bei dem Kuss gefühlt hatte. Die Leidenschaft, die zwischen ihnen entbrannt war – zumindest nahm sie an, dass es Leidenschaft gewesen war. Und die behutsame Art, mit der Jordan sich bemühte, dass sie sich wohlfühlte. Noch immer konnte sie spüren, wie er seine Arme um sie geschlungen hielt. Inzwischen wusste sie nicht mehr, was sie denken sollte.

Liebevoll streckte Rebecca den Arm aus und legte ihre Hand auf Hollys. »Ich ziehe dich auf, und das ist nicht fair von mir. Schließlich weiß ich, wie schwer es am Anfang ist. Die Familie ist überwältigend.«

»Aber wunderbar. Alle waren hier, um einzukaufen. Sogar du und Austin.« Holly runzelte die Stirn. »Ist er wirklich nicht mit ihnen verwandt?«

Verneinend schüttelte Rebecca den Kopf. »Sie haben sich kennengelernt, als Austin und Travis zur Junior Highschool gegangen sind. Austin war ein Tyrann, aber die Haynes' gaben ihm einen Ort, wo er dazugehörte. Das können diese Brüder am besten.«

Nachdem sie sich einmal kurz umgesehen hatte, wie um sich zu vergewissern, dass sie allein waren, senkte sie verschwörerisch die Stimme. »Ich verrate dir ein Geheimnis. Als Kinder hatten sie kein glückliches Zuhause. So haben sie früh gelernt, sich nur aufeinander zu verlassen. Jeder von ihnen wünschte sich eine liebende Frau und eine Familie, aber es schien unerreichbar für sie. Alle Beziehungsversuche scheiterten, und irgendwann gaben sie auf und fügten sich in ihr Schicksal, allein zu leben. Aber sie lagen falsch.«

Rebecca lächelte. »Zuerst fand Travis Elizabeth, und danach machte Kyle Sandy den Hof. Erst letztes Jahr ist Jill in Craigs Leben gepurzelt. Es war nicht so, dass die Brüder nicht wussten, wie man liebt. Sie hatten nur noch nicht die richtige Frau gefunden.«

Ängstlich wich Holly einen Schritt zurück. »Ich bin nicht die Richtige«, erklärte sie.

Einen Moment musterte Rebecca sie. »Schade. Einen Mann wie Jordan und eine Familie wie die Haynes' findest du nie wieder. Sie werden dich aufnehmen und lieben, bis du nie wieder Angst haben musst.«

»Ich habe keine Angst«, erwiderte Holly schnell. Im selben Augenblick fragte sie sich, warum sie sich überhaupt die Mühe machte zu lügen. Natürlich fürchtete sie sich. Manchmal hatte sie sogar Angst, sie könnte vor Einsamkeit sterben.

»Mein Fehler«, lenkte Rebecca leichthin ein. »Ich dachte, du wolltest etwas von Jordan. Macht nichts, wenn es nicht so ist, aber versprich mir eins. Brich ihm nicht das Herz.«

»Er interessiert sich nicht auf diese Art für mich.« Holly sah an sich herab. Die lange Schürze betonte ihre runden Hüften sogar noch. »Ich bin nicht sein Typ.«

Rebeccas Lächeln wurde breiter. »Ach nein?«

Bevor Holly etwas erwidern konnte, kam Austin aus dem Hinterzimmer und wollte wissen, ob sie ab jetzt im Laden wohnten. Lachend zeigte Rebecca ihm ein halbes Dutzend Kränze, die sie kaufen wollte. Austin nahm sie von den Wänden. Danach trug er den Schmuck zusammen, den sie mochte.

Während sie die Waren addierte, presste Holly ihre Kieferknochen aufeinander, damit ihr nicht die Kinnlade herunterklappte. Sie hatte schon gehört, dass Austin und Rebecca reich waren. In wenigen Minuten hatten sie gerade mehr gekauft als drei andere Kunden zusammen. Nachdenklich runzelte sie die Stirn. Das stimmte nicht. Alle Haynes-Familienmitglieder hatten viel ausgegeben.

Holly beschlich ein warmes Gefühl. Ihre Zeit in Jordans Haus mochte begrenzt sein, so wie ihr Anschluss an seine Familie. Man nahm sie auf, weil sie ein Teil seines Lebens war. Ihr wurde bewusst, dass sie es genießen sollte, solange es ging. Und dass sie es mit der gleichen Großzügigkeit zurückgeben sollte. Es gab vieles, wofür sie dankbar war. Es war kurz vor Weihnachten, und sie wusste: In diesem Jahr würde sie nicht allein sein.

Jordan tunkte seinen Pinsel in den Farbtopf, dann richtete er sich wieder auf. Jeder Muskel in seinen Beinen schmerzte.

»Das habe ich gehört«, sagte Holly, ohne ihn anzusehen. »Du machst zu viel.«

»Ich bin gesund.«

»Und ein Lügner.«

»Okay, das auch. Ich streiche noch den Türrahmen fertig, dann mache ich Schluss für heute.«

»Gut. Wenn du einen Rückfall hast, wird deine Familie mir die Schuld geben.«

Lächelnd blickte er zu Holly, die mit überkreuzten Beinen auf dem Boden saß. Die enge Jeans betonte jede ihrer großzügigen Rundungen. Die Farbe des alten Sweatshirts war zu einem verwaschenen Grau verblasst. Ihre langen blonden Haare hatte sie zu einem Zopf zusammengeflochten, um sie vor der Farbe zu schützen, mit der schon die Vorderseite ihrer Kleidung bespritzt war.

Schnell und geschickt wie ein Profi hantierte sie mit Pinsel und Farbroller. Schon nach einer kurzen Woche sah sein Esszimmer wie ausgetauscht aus. Der Boden war besser erhalten, als sie beide gedacht hatten. Jemand hatte ihn mit Wachs überzogen. Sobald die erste Schicht abgetragen war, kam die natürliche Schönheit des Laubholzes wieder hindurch. Die alten Tapeten waren verschwunden. Die Decke erstrahlte in einem neuen, cremig weißen Anstrich, und in der nächsten Woche wollte Holly frisch tapezieren. Jordan war ihrem Rat gefolgt und verwendete die Zierleiste als Trennlinie für den großen Raum. Der untere Teil sollte kolonialblau gestrichen werden, woran Holly gerade arbeitete. Die obere Hälfte würde tapeziert werden. Es war zwar nicht genau wie früher, aber es passte zur Form und Funktion des Zimmers.

»Wegen der Möbel habe ich telefoniert«, berichtete Jordan. »In einer Woche werden sie hier sein.«

Sie sah ihn über die Schulter hinweg an. »Perfekt. Gerade rechtzeitig vor Weihnachten.«

Ihre Gesichtszüge wurden vom Kronleuchter erhellt. Sie hatte sich angewöhnt, das Make-up abzuwaschen, wenn sie von der Arbeit nach Hause kam. Darum konnte er die Sommersprossen sehen, die ihre Nase und die Wangenknochen bedeckten.

»Wo wir gerade davon sprechen«, fuhr sie fort, »willst du eigentlich noch einen Weihnachtsbaum besorgen?«

»Klar, am Sonntag. Dann ist die alljährliche Haynes-Tannenbaum-Jagd.«

Belustigt hob sie die Augenbrauen. »Wie jagt man denn Tannenbäume? Sie können doch nicht weglaufen.«

»So nennen wir es eben. Nur die Männer und die Kids. Die Frauen lassen wir zu Hause.«

»Hört sich merkwürdig an, aber was soll's.« Sie fuhr mit dem Roller in den Farbtopf, dann drehte sie sich wieder zur Wand. »Ich habe etwas Christbaumschmuck aus dem Laden zur Seite gelegt, den ich gern zur Deko beisteuern würde.«

»Das wäre schön«, antwortete er. »Jedes Mal hacke ich einen großen Baum ab. Und am Ende sieht er dann ziemlich kahl aus und tut mir leid.«

In der Hocke ließ sie den Roller hin und her gleiten, bis die Farbe gleichmäßig verteilt war. »Du willst den Baum hoffentlich nicht selbst schlagen.«

Ihr nur beim Streichen zuzusehen tat ihm schon weh, so verführerisch sah es aus. »Unwahrscheinlich. Ich werde einen meiner Brüder fragen.«

»Übrigens waren Craig und Austin und ihre Frauen heute im Laden. In den letzten Wochen ist die halbe Stadt vorbeigekommen, um sich mit Weihnachtsvorräten einzudecken. Das wird mein bisher bester Monat.« Schüchtern lächelte sie ihn an. »Mir ist klar, wem ich das verdanke.«

Doch er zuckte nur mit den Schultern. »Ich habe nur etwas herumtelefoniert. Nichts Besonderes.« Da war ein Leuchten in ihren Augen, das ihn beunruhigte. Er hatte wirklich nichts Ungewöhnliches getan.

»Es ist doch etwas Besonderes, und ich freue mich über die Einnahmen. Ich hoffe nur, dass sie zwar dir zuliebe zum Einkaufen gekommen sind, aber wiederkommen, weil es ihnen gefallen hat.«

Jordan legte den Pinsel weg und streckte sich.

»Wie fühlst du dich?«, fragte sie.

»Schmerzhaft, aber besser. Ich bin beweglicher geworden. Gestern war ich fast den ganzen Tag auf, und trotzdem gab es heute keinen Rückschlag. Wenn es so weitergeht, kann ich Anfang des Jahres wieder arbeiten.«

»Vermisst du die Arbeit?«

»Ja. Ich mag meinen Job.«

»Ich auch.« Sie lächelte.

Er bückte sich, hob seinen Pinsel auf und konzentrierte sich wieder auf den Türrahmen. Holly und er arbeiteten gut zusammen. Ihre Unterhaltung, gesprenkelt von Gelächter, hatte genau das richtige Maß. Wenn er mit ihr zusammen war, musste er nicht nachdenken. Er wollte ihr das sagen, aber wahrscheinlich würde sie diese Information nicht schätzen – geschweige denn sie als Kompliment auffassen.

»Bestimmt wird es schön, über die Feiertage hier zu sein«, sagte Holly. »Danke, dass du mich mit zu deiner Familie nimmst.«

»Du machst mir keine Umstände.«

Bevor er weitersprechen konnte, kam Louise mit zwei Gläsern herein. »Ich muss jetzt zum Unterricht«, verkündete sie. »Die sind für euch.«

»Danke«, sagte Jordan und nahm die Cola, die sie ihm hinhielt.

Überrascht zog sie die Augenbrauen hoch. »Gern geschehen.«

»Du bist die Beste«, meinte Holly.

»Der Salat ist fertig«, erklärte Louise. »Die Steaks können jederzeit gebraten werden, und die Ofenkartoffeln sind gewaschen.« Während sie mit Holly sprach, sah sie Jordan weiter verstohlen an.

Ihr Misstrauen war nur zu verständlich. Seit Hollys Einzug bemühte er sich wie in einer Art Waffenstillstand, Louise gegenüber höflich zu sein. Weil sie Hollys Anwesenheit ermöglichte, brauchte er die Haushälterin vor Ort. Louise war ihre Aufpasserin. Wenn sie sich verabschiedete, würde auch Holly gehen, und das wollte er nicht. Ihm war klar, dass er dem auf den Grund gehen sollte, aber er wollte lieber nicht darüber nachdenken. Er wusste nur, dass er Holly gern in seiner Nähe hatte. Wenn der Preis dafür eine zivilisierte Unterhaltung mit Louise war, wollte er ihn gern zahlen.

So ungern er es zugab, manchmal vergaß er seinen Groll auf Louise sogar. Eigentlich war die ältere Frau witzig und erledigte ihren Job hervorragend. Seine Familie lag ihr ehrlich am Herzen. Er fragte sich, wie viel davon sie aus schlechtem Gewissen tat. Wenn er die Vergangenheit vergaß, hätten sie Freunde sein können. Aber dazu war er noch nicht bereit.

»Viel Spaß in der Schule«, sagte er.

Erneut sah Louise ihn verdutzt an, dann ging sie.

Jordan war etwa zur gleichen Zeit mit dem Türrahmen fertig wie Holly mit dem ersten blauen Anstrich. Sie stand auf und betrachtete ihr Werk.

»Es wird umwerfend schön«, schwärmte sie. »Das Kolonialblau ist genau die richtige Farbe.« Dann warf sie einen Blick auf ihre Uhr. »Hunger?«

»Schon halb verhungert.«

»Lass uns etwas zu essen machen.«

Auf dem Weg in die Küche beobachtete Jordan den Schwung ihrer Hüften, während sie vor ihm herging. Die feminine Bewegung zog ihn enorm an. Es fiel ihm schwer, zurückhaltend und gesittet zu bleiben, während er sie am liebsten an sich gerissen und an Ort und Stelle auf dem Flurboden vernascht hätte.

In der Küche entdeckten sie Stapel von Keksblechen im Spülbecken.

»Louise hat angefangen zu backen«, stellte Holly mit einem Blick auf die Anrichte fest. Sie zeigte auf eine mit Folie abgedeckte Schüssel. »Eine Kostprobe zum Nachtisch. Ich kann es kaum erwarten.«

»Sie backt jedes Jahr zu Weihnachten. Es hat schon Tradition.«

Auf einen Wink von ihr sank Jordan auf einen der Stühle am Küchentisch, entspannte sich und ließ den Schmerz aus seinem

Körper weichen. Holly arbeitete schnell. Nach den letzten Wochen war sie inzwischen mit der Küche vertraut.

»Früher hat Mom auch Kekse gebacken«, erzählte sie, während sie mit einer Gabel Löcher in die Kartoffeln piekte und sie auf einen Teller legte. »Zuckerplätzchen, glaube ich. Du weißt schon, die, die man dekorieren kann. Ich war für den Zuckerguss zuständig.« Lächelnd lehnte sie sich gegen die gekachelte Anrichte. »Meistens habe ich mehr auf meine Anziehsachen und in meinen Mund gestrichen als auf das Gebäck. Sie hat ständig solche Sachen mit mir gemacht. Wir hatten viel Spaß.«

Eine einzelne blonde Strähne fiel auf ihre Wange herab. Sie schob sie langsam zurück. Groß und nachdenklich blickten ihre blauen Augen in eine Vergangenheit zurück, die er sich nur vorstellen konnte.

»Welche Traditionen gab es noch bei euch?«, fragte er.

»Sie füllte jedes Jahr eine Weihnachtssocke für mich. Das habe ich geliebt. Es gab nichts Teures: Orangen, diese Schokoladendrops, Stifte für die Schule oder Klebeband.« Sie sah ihn an. »Was fasziniert Kinder bloß an all diesem klebrigen Zeug?«

»Keine Ahnung, aber du hast recht, das lieben sie wirklich.«

»Wir hatten immer einen echten Tannenbaum, nicht sehr groß, aber wunderschön. Besonders nachts mit den Lichtern.«

»Hast du deinen Vater jemals zu Weihnachten gesehen?«

Augenblicklich veränderte sich ihr Gesicht. Jede Emotion und Farbe verblasste. Ihr Mund wurde schmal, und sie verschränkte schützend die Arme vor der Brust.

»Ein einziges Mal habe ich ihn getroffen«, erzählte sie. »Vor ungefähr sechs Jahren. Mom war damals sehr krank, und die Ausgaben waren gewaltig. Ich wusste, wer er ist. Er hat viel Geld, darum dachte ich, vielleicht …« Sie schluckte. »Ich ging zu ihm, weil ich ihn um Hilfe bei den Arztrechnungen bitten wollte. Er sagte Nein und dass ich ihn nicht noch einmal belästigen soll.«

Der Schmerz brannte in ihr wie Feuer. Jordan konnte ihn spüren und sehen, wie er an ihrer Beherrschung zehrte. »Das tut mir leid.«

»Es muss dir nicht leidtun. Es ist nicht wichtig. Ich wollte ja nichts für mich, sondern machte mir Sorgen um Mom. Sie sollte nicht mitbekommen, dass ich bei ihm gewesen war und er mich abgewiesen hatte.«

Als Jordan an sich herabsah, merkte er überrascht, dass er die Hände im Schoß zu Fäusten geballt hatte. Er lockerte sie. Hollys Vater war ein Mistkerl erster Klasse, und er hätte nichts lieber getan, als ihm die Strafe dafür einzubläuen, seine eigene Tochter zu verletzen. Auch wenn Holly beteuerte, dass es ihr nichts ausmachte, konnte er doch sehen und fühlen, wie der Schmerz in ihr tobte. Sie hob leicht das Kinn und blinzelte. Da wurde ihm klar, dass sie gegen die Tränen kämpfte.

»Vielleicht ist es dumm von mir«, sagte sie mit erstickter Stimme. »Aber er hat nie etwas dazu gesagt, dass er mein Vater ist. Ich dachte, das würde er. Wahrscheinlich wollte ich, dass er mich anerkennt. Aber er hat kein Wort gesagt.«

Jordan stand auf und überquerte den Linoleumboden. Vor ihr blieb er stehen und öffnete die Arme, um ihr Trost zu bieten. Aber er berührte sie nicht. Irgendwie spürte er, dass sie selbst darüber entscheiden musste.

Nach einem kurzen Zögern warf sie sich ihm entgegen. Ihre Hände krallten sich in sein Sweatshirt, und sie presste das Gesicht an seine Brust. Ein Schluchzer schüttelte sie, dann noch einer. Er hielt sie fest.

»Es war so sch… schrecklich.« Ihre Worte klangen gedämpft und gebrochen. »Ich stand nur da und starrte ihn an. Ich konnte sogar sehen, dass wir uns ähnlich sind. Aber er sagte nichts. Mom war ihm egal, und ich war ihm auch egal. Eigentlich sollten Väter ihre Kinder doch lieben.«

Automatisch musste Jordan an seinen Vater denken. »Das sollten sie, aber nicht alle tun es.«

Tröstend legte er seine Hand auf ihren Hinterkopf und strich mit der anderen über ihren Rücken, während er beruhigende Worte murmelte. Es war, als spürte er ihr Leid am eigenen Leib. Es war kein körperlicher Schmerz wie von seinen Verletzungen, sondern er drang bis in seine Seele und die Dunkelheit. Ein nagender Schmerz, genährt aus Verlust und Leere, angefacht von vergessenen Versprechen und zerstörten Träumen. Die Tiefe und Intensität bestürzten ihn. Meistens konnte er sich gut von anderen Menschen abgrenzen. Er war es gewöhnt, normalerweise nicht besonders viel zu fühlen.

Als ihr Schluchzen nachließ, küsste er sie auf die Wange und wischte ihr die Tränen aus dem Gesicht. Sie klammerte sich weiter an ihn, und er hielt sie weiter fest. Eigentlich sollte er sie trösten, das wusste er. Aber in ihrer Wärme lag auch etwas Beruhigendes und Wohltuendes für ihn. Er bemühte sich zu ignorieren, wie ihre Brüste gegen seinen Oberkörper drückten und ihre Hüfte die seine streifte.

Sie schniefte ein paarmal. »Ich muss fürchterlich aussehen«, murmelte sie. »Das tue ich immer, wenn ich weine. Dann quellen die Augen zu, und meine Nase wird rot.«

»Ich finde es süß.«

Mit einem leisen Lachen trat sie einen Schritt zurück. »Danke, Jordan. Ich weiß es zu schätzen.« Dann räusperte sie sich. »Ich würde gern duschen. Macht es dir etwas aus, wenn wir das Essen um eine halbe Stunde verschieben?«

»Kein Problem.«

Sie nickte, dann ging sie zur Tür.

»Holly, dein Geheimnis ist bei mir sicher!«, rief er ihr nach.

Da drehte sie sich noch einmal um. »Ich weiß. Du bist ein guter Freund.« Damit verließ sie den Raum.

Zufrieden und gleichzeitig missmutig starrte er ihr hinterher. Einerseits freute er sich über ihr Vertrauen, schließlich war er Meister im Geheimnissehüten, andererseits passte es ihm nicht, dass sie an ihn als einen Freund dachte.

Was soll sie denn sonst von dir denken? spottete eine Stimme in seinem Kopf.

Darauf wusste Jordan keine Antwort. Er wollte keine Beziehung – jedenfalls erzählte er sich dieses Märchen wieder und wieder. Er kannte die Gefahren aus erster Hand. Aber ein aufflimmerndes Bedürfnis in ihm warnte ihn, dass er Holly nicht so einfach gehen lassen konnte, wie er es sich vorgestellt hatte.

9. Kapitel

Holly strich den übergroßen Pullover glatt, dann griff sie nach dem Handtuch, das sie sich um den Kopf gewickelt hatte. Als sie es löste, fielen die nassen Haare auf ihre Schultern. Kopfschüttelnd starrte sie ihr Spiegelbild an.

Es hatte nichts gebracht, dass sie sich minutenlang kaltes Wasser ins Gesicht gespritzt hatte. Immer noch war sie verquollen und rotäugig, und man konnte sehen, dass sie geweint hatte.

Hätte sie doch bloß das Thema gewechselt, ärgerte sie sich über sich selbst. Sie konnte ohne Probleme von ihrer Mutter und den Weihnachtstraditionen erzählen. Sie konnte auch über den unglückseligen Besuch bei ihrem Vater sprechen. Aber nicht von beidem zusammen. Jedes Mal, wenn sie daran dachte, was dieser Kerl gesagt hatte und wie kaltherzig er gewesen war, geriet sie so in Rage und in Kummer, dass sie …

Erneut brannten ihr Tränen in den Augen, aber dieses Mal blinzelte sie sie weg. Sie würde nicht wieder anfangen zu weinen. Schließlich war sie hier, um Jordan zu helfen. Aber kaum drehte sie sich um, war er es, der sich um sie kümmerte.

Sie nahm sich die Bürste und begann mit der langwierigen Aufgabe, ihre Haare zu entwirren. Anschließend schaltete sie den Fön ein, beugte sich vornüber und fing an, sich die Haare zu trocknen. Das tiefe, gleichmäßige Summen des Geräts wirkte beruhigend und vertraut. Sie schüttelte all die hässlichen Gedanken aus ihrem Kopf und beschloss, für den Rest des Tages nur noch an angenehme Dinge zu denken.

Das war gar nicht besonders schwer. Sie würde sich einfach auf Jordan konzentrieren. Als sie sich daran erinnerte, wie er sie in seinen Armen gehalten hatte, lief ein köstlich sinnliches Beben durch ihren Körper. Ihr war klar, dass er sie nur hatte trösten wollen. Trotzdem hatte ihr die Umarmung gefallen. Sie hatte sich sicher und geborgen gefühlt. Er war stark und sanft zugleich. Normalerweise gab sie nicht so viel von sich preis. Mit Beziehungen kannte sie sich nicht aus, nicht einmal mit Freundschaften. Und ihre Unerfahrenheit machte sie misstrauisch. Aber bei ihm vergaß sie ihre Angst.

Äußerst ungewöhnlich, dachte sie bei sich, während sie sich aufrichtete. Mehrere Familienmitglieder hatten ihr Jordan als grüblerischen Einzelgänger beschrieben. Bisher hatte sie nichts dergleichen an ihm festgestellt. Vielleicht konnten sie beide zusammen anders sein als gegenüber dem Rest der Welt. Vielleicht erlaubten es ihnen die merkwürdigen Umstände, dass sie gemeinsam ihre Grenzen durchbrachen. Sie hätte gern geglaubt, dass Jordan sie für etwas Besonderes hielt. Aber sie wusste, dass sie sich etwas vormachte. Wahrscheinlich gab es Dutzende von Frauen in seinem Leben. Für sie blieb da keine Zeit.

Aber warum ist dann keine dieser Frauen hier? fragte eine Stimme in ihrem Kopf.

Dafür hatte Holly keine Erklärung. Sie wollte auch nicht darüber nachdenken. Wenn sie die Hoffnung zuließ, würde sie am Ende doch nur enttäuscht – oder, schlimmer noch, verletzt. Das musste sie verhindern. Außerdem war es sinnlos, sich eine romantische Beziehung zu wünschen, wenn sie sich selbst gar nicht darauf einlassen wollte.

An ihrem Bein strich etwas Warmes entlang. Mistletoe.

»Immer wollen wir genau das, was wir nicht haben können«, sagte sie zu der Katze, stellte eine niedrigere Fönstufe ein und klopfte einladend auf den Frisiertisch.

Mistletoes dicker Bauch hing tief herab. Da die Katze nicht mehr mit einem Satz so hochkam wie sonst, sprang sie zuerst auf die Toilette und stieg dann herüber. Während sie sich neben dem Waschbecken ausstreckte, streichelte Holly ihr weiches Fell.

»Wie geht's meinem hübschen Mädchen? Genießt du es in diesem großen Haus?«

Mistletoe schnurrte. Die grünen Augen gaben der Katze einen weisen Ausdruck. Als Holly den Fön auf ihr Fell richtete, schloss diese vor Behagen die Lider.

Mistletoe liebte die Wärme des Geräts. Stundenlang konnte sie so liegen, sich wärmen und verwöhnen lassen. Ihr Schnurren brummte so tief wie der Apparat. Nach einigen Minuten stellte Holly den Fön ab. Mit der feuchten Nase stupste Mistletoe gegen Hollys Hand, als forderte sie mehr.

»Warte, bis du deine Babys hast«, vertröstete sie Holly.

Daraufhin reckte Mistletoe sich und legte den Kopf auf die Vorderpfoten, um auf dem Tisch ein Nickerchen zu halten.

»Schlaf ruhig«, sagte Holly und sah erneut in den Spiegel. Ihre Nase war noch rot, aber die Augen waren schon wieder etwas abgeschwollen. Die Haare waren nicht ganz trocken, aber das dauerte sowieso ewig. Sie band sie locker zu einem Pferdeschwanz zurück und verließ das Bad. Zuerst wollte sie nach Jordan sehen und danach zu Ende kochen.

Im Flur hörte sie einen gedämpften Fluch aus dem Arbeitszimmer. Als sie eintrat, lief Jordan mit nacktem Oberkörper im Raum auf und ab, den Mund schmerzverzerrt und einen Arm fest an den Körper gepresst.

»Was ist passiert?«, fragte sie und lief zu ihm.

»Ich habe die Fußleisten gestrichen. Zumindest habe ich damit angefangen. Aber dann hat sich dieser Muskel im Rücken eingeklemmt.« Er verzog das Gesicht bei dem Versuch, den Arm zu strecken.

Holly trat hinter ihn und berührte sein Schulterblatt. Der verhärtete Muskelstrang war deutlich zu spüren. »Früher habe ich meine Mutter massiert«, sagte sie. »Soll ich es mit dir machen?«

Mit einer Grimasse drehte er sich zu ihr um. »Ich habe viel zu viele Schmerzen, als dass du irgendwas mit mir machst.«

Verständnislos starrte sie ihn an. »Du willst nicht, dass ich deinen Rücken massiere?«

»Doch, das wäre toll.«

»Warum hast du dann gesagt …«

Mit einer Handbewegung schnitt er ihr das Wort ab. »Witz. Schlechter Zeitpunkt. Vergiss es.« Er sah sich im Zimmer um. »Wo soll ich hin?«

»Leg dich aufs Bett.« Sobald sie die Worte ausgesprochen hatte, wurde sie verlegen. Zum Glück folgte er ihrer Anweisung, ohne sie dabei anzusehen.

Im Bad neben seinem Zimmer fand sie eine Flasche Körperlotion. Als sie zurückkam, bemühte sie sich, seinen Anblick zu verdrängen: wie er mit nacktem Oberkörper ausgestreckt auf den sauberen weißen Laken dalag. Ihr Magen fühlte sich seltsam an, wie nach einem leichten elektrischen Stoß.

Er ist verletzt, er hat Schmerzen und braucht deine Hilfe, ermahnte sie sich. Das hier war rein medizinisch. Sie wollte seinen Schmerz lindern und nicht bizarren Fantasien hinterherhängen.

Langsam trat sie ans Bett. Seine Augen waren geschlossen, und eine dunkle Locke fiel ihm in die Stirn. Das Zucken in seinen Mundwinkeln war das einzige sichtbare Zeichen für seinen Schmerz.

Holly setzte sich auf die Bettkante, gab etwas Lotion auf ihre Hand, wandte sich seinem Rücken zu und legte die Hände auf seine Haut.

Er war heißer, als sie erwartet hatte. Während sie die verhärteten Muskeln knetete, trat ein Teil ihres Bewusstseins zurück und registrierte die Unterschiede. Die Haut ihrer Mutter war dünn gewesen, ihr Rücken schmaler, die Muskeln leicht zu manipulieren. Jordan dagegen war die pure Männlichkeit im besten Alter. Sehnige Muskelstränge forderten ihre geübten Hände heraus. Sie drückte mit den Handflächen auf die Knoten, um die Milchsäure und damit den Schmerz herauszupressen.

Mithilfe ihres ganzen Körpergewichts lehnte sie sich ihm entgegen und erhöhte so den Druck. Ihr Geist spaltete sich in zwei Teile. Die eine Hälfte war die Krankenschwester, die zufrieden die leichte Entspannung seines verkrampften Körpers registrierte. Dieser Teil erlaubte ihr, sich auf seine schmalen Hüften zu setzen, um mehr Kraft für die Massage aufzubauen. Der andere Teil – die schüchterne, unerfahrene Frau – schrie angesichts dessen, was gerade geschah. Sie konnte nicht fassen, was sie da tat, auf seinem Bett, in seinem Zimmer, mit nur ein paar dünnen Stoffschichten zwischen ihnen.

Sie bewegte sich langsam, begann tief im Kreuz und strich von dort den Rücken hinauf. Während der Arbeit versuchte sie auszublenden, wie sich die Rundung seines Hinterns intim an sie presste. Auch ihren ausgetrockneten Hals verdrängte sie, genauso wie den fast unkontrollierbaren Drang zu kichern. Am liebsten wäre sie aufgesprungen und hätte gerufen: »Seht mich an, ich berühre den nackten Rücken eines Mannes!« Aber sie bezweifelte, dass Jordan das verstanden hätte.

Als sie über den verknoteten Muskel rieb, stellte sie fest, dass er schon viel kleiner war. Jordan stöhnte. »Wenn ich dir eine Million Dollar gebe, versprichst du mir dann, dass du niemals aufhörst?«, fragte er.

»Hast du eine Million Dollar?«

»Nicht im Haus.«

»Pech. Ich hätte es sofort versprochen.«

Nun beugte sie sich vor, bis sie seine Schultern und den Nacken erreichte, und drückte dort auf die Muskeln.

»Das ist himmlisch«, murmelte er. »Seit Wochen habe ich mich nicht so gut gefühlt.«

»Ich bin stets bestrebt zu gefallen«, witzelte sie.

»Und du machst deinen Job verdammt gut.« Er hob den Kopf. »Außerdem bekommst du bestimmt einen Krampf in den Händen.«

Prüfend schüttelte sie ihre Hände aus, und tatsächlich taten sie ein bisschen weh. »Es geht mir gut.«

»Danke, das reicht jetzt«, sagte er. »Du kannst später weitermachen.«

Sie rutschte von ihm herunter. Jetzt, da sie ihn nicht mehr massierte, verblasste die Krankenschwester in ihr, und zurück blieb nur noch die Frau. Sofort kehrten ihre Unbeholfenheit und Befangenheit wieder zurück. Sie musste schnell weg von dem Bett.

Aber bevor sie verschwinden konnte, drehte Jordan sich zu ihr um und griff nach ihrer Hand. »Geh nicht.«

Es war nicht, was er sagte, sondern *wie* er es sagte. Holly starrte ihn an. Seine dunkle kehlige Stimme hallte in ihren Ohren nach. Irgendetwas an dem Klang oder der Tonlage bewirkte tief in ihrer

Seele einen Widerhall. *Geh nicht.* Er sagte es so, wie sie es sich immer zwischen Männern und Frauen vorgestellt hatte. Wie erstarrt saß sie da und fühlte sich, als hätte sie vergessen, wie man atmet.

In seinen Augen brannte ein verbotener Schimmer, der sie in Versuchung führte. Nur wozu sie eigentlich verführt werden sollte, wusste sie nicht. Ihre Blicke trafen sich. Sie wollte wegschauen, aber er hielt sie in seinem Bann. Um sie herum verblasste das Zimmer. Es gab nichts mehr auf der Welt außer dem Mann vor ihr.

»Holly.«

Er sprach den Namen aus, als wäre ihm sein Klang ungemein kostbar. Sie musste schlucken, aber nichts funktionierte.

»Ich möchte dich küssen«, sagte er, während er ihr weiter in die Augen blickte. »Und ich will dich berühren. Wenn dir das Angst einjagt, kannst du gehen, wann immer du willst. Ich werde nicht mit dir schlafen. Nicht, weil ich nicht möchte, sondern weil …« Er hielt kurz inne, dann lächelte er reumütig. »Sondern weil ich die Anspannung jetzt nicht ertragen könnte. Vielleicht, wenn ich wieder zu Kräften gekommen bin.«

Vollkommen benommen blinzelte sie mehrmals. Sie hatte sich wohl verhört. Er posaunte einfach so heraus, dass er sie küssen und anfassen wollte? Redete er von Sex? Vor sieben Uhr abends? War er vollkommen verrückt geworden?

Aber ihre Neugier und Vorfreude waren größer als die Furcht. Schnell schob Holly alle Fluchtgedanken beiseite. Jordans letzten Kuss hatte sie gut in Erinnerung, und das wollte sie gern noch einmal erleben. Die meisten Frauen sammelten ihre ersten sexuellen Erfahrungen während der Schulzeit oder spätestens als Studentinnen. Holly wusste, dass sie auf diesem Gebiet ein absoluter Spätzünder war. Auch wenn Jordan ihr Blut nicht in Wallung und ihr Herz nicht zum Rasen gebracht hätte, wäre die Versuchung groß gewesen.

Und er würde ihr nie wehtun oder sie bloßstellen, da war sie sich sicher.

»Du bist noch hier«, stellte er fest. »Also versetzt dich der Gedanke an einen Kuss nicht in Angst und Schrecken?«

Verlegen sah Holly zur Seite. Wie lange mussten sie noch darüber *reden*? Konnten sie nicht einfach loslegen? Sie schüttelte den Kopf.

»Gut.«

Er zog sie an sich, doch sie sträubte sich und setzte sich aufrechter hin. Einer seiner Mundwinkel hob sich zu einem halben Lächeln. »Ich bin geschwächt. Du musst mir etwas entgegenkommen.«

Sie starrte ihn verständnislos an.

»Ich kann mich nicht aufsetzen«, erklärte er.

»Oh.« Da fiel bei ihr der Groschen. Seine Rückenmuskulatur. Die Schmerzen. Er brauchte ihre Hilfe. Das konnte sie.

Aber als sie sich zu ihm herabbeugte, merkte sie, dass sie es doch nicht konnte. Es war zu verwegen, zu fern von allem, was ihr vertraut war. Sie wusste nicht, was sie tun sollte.

»Jordan, ich kann nicht.«

»Doch, du kannst das. Küss mich, Holly.«

Als sie ihn ansah, verlor sie sich in den dunklen Tiefen seiner Augen. Dann senkte sie den Kopf und berührte seine Lippen mit ihren.

Jordan hielt immer noch ihre Hand, die nun zwischen ihnen eingeklemmt wurde. Hollys Handgelenk bog sich um, sodass ein kurzer Schmerz durch ihren Arm schoss. Sie schnellte zurück. Es würde nicht gehen.

»Ich bin nicht gut in diesen Dingen«, murmelte sie und wandte sich ab.

»Natürlich bist du das.« Er fuhr sein Bett ein Stück hoch und klopfte mit der Hand auf seinen Bauch. »Setz dich auf mich, wie eben bei der Rückenmassage.« Er lächelte. »Ich glaube, das kann ich aushalten.«

Misstrauisch beäugte sie ihn. Sie hatte zwar noch keinen nackten Mann gesehen, aber sie wusste trotzdem, welcher Körperteil wohin gehörte. Wenn sie sich auf seinen Bauch setzte, dann wäre sein … sein … Er wäre jedenfalls sehr dicht an ihrer intimsten Stelle, und sie war nicht ganz sicher, ob das richtig oder überhaupt legal war. Obwohl sein letzter Satz sie verwirrte. Würde ihm etwas wehtun?

»Vergiss es«, meinte er plötzlich. »Es war keine gute Idee. Warum lässt du mich nicht ein wenig ausruhen?«

Nun war Holly vollends durcheinander. Was ging hier vor? Erst wollte er sie küssen, und im nächsten Moment schickte er sie weg?

Aber als sie ihn genauer betrachtete, bemerkte sie die Spannung um seinen Mund. Er war verunsichert. Sie verstand nicht, warum. War es wegen seiner Verletzungen? Oder dachte er, sie hätte kein Interesse? Was immer der Grund sein mochte, Hollys Herz schmolz förmlich dahin, und sie griff nach seiner Hand.

»Nimm es mir nicht übel«, flüsterte sie. »Ich will nicht so schüchtern sein, aber das ist alles neu für mich.«

Eine Weile sah er sie an, dann entspannte er sich merklich. »Wirklich?«

»Mein Ehrenwort. Sag mir, was ich tun soll.«

»Ist das so eine Art neue Krankenschwestern-Technik?«, fragte er misstrauisch.

»Küssen verstößt mit Sicherheit gegen die Berufsehre jeder Pflegekraft«, entgegnete sie förmlich. »Mir ist noch nicht zu Ohren gekommen, dass es jemals als Heilmittel verschrieben wurde.«

»Man soll die Hoffnung nie aufgeben.«

Sein Lächeln löste ihre Anspannung. »Sag mir, was ich tun soll.«

»Setz dich auf meinen Bauch.«

Während sie seiner Anweisung folgte, kam sie sich ungefähr so gelenkig und elegant vor wie ein neugeborenes Giraffenbaby. Zum Glück war ihr Sweatshirt so weit, dass er von ihrem Körper kaum etwas sehen konnte, sonst wäre sie vor Scham gestorben.

»Lehn dich nach vorn«, forderte er sie auf. »Und stütz dich mit den Unterarmen auf die Matratze.«

»Aber dann …« Sie sah an sich hinab. »Dann berühre ich dich mit meinen Brüsten.«

Sein Lächeln wurde breiter. »Ganz genau.«

»Oh. Bist du sicher?«

»Vertrau mir.«

Das tat sie. Ihre Gesichter waren nur noch ein paar Zentimeter voneinander entfernt. Sie spürte seinen Atem auf der Haut. Ihre

Brüste schmiegten sich an seine athletischen Muskeln, als hätten sie nie woanders hingehört.

Trotzdem fühlte Holly sich nicht ganz wohl. Sie wusste nicht, wohin mit den Händen. Und bestimmt ragte ihr Hintern in die Höhe. Zu allem Überfluss kribbelte und zitterte jede einzelne Faser ihres Körpers, und sie war völlig außer Atem.

»Das wäre als Sechzehnjährige leichter gewesen«, bemerkte sie.

»Nicht für mich. Damals war ich nur am Ergebnis interessiert. Der Weg dorthin war mir gleichgültig.«

Der Sinn dieser Bemerkung war ihr nicht ganz klar, aber bevor sie ihn danach fragen konnte, hob er den Kopf und küsste sie.

Es war sogar noch besser als in ihrer Erinnerung. Seine festen warmen Lippen strichen über ihren Mund. Die Nervenenden ihrer empfindsamen Haut erwachten zum Leben und erkannten ihre wahre Bestimmung.

Er öffnete seinen Mund, und dieses Mal benötigte sie keine Aufforderung, um es ihm gleichzutun. Plötzlich wusste sie, was sie tun musste. Sie brauchte mehr Nähe. Mit beiden Händen umfasste sie sein Gesicht und schob die Finger anschließend in sein dichtes dunkles Haar, um ihm ihr Bedürfnis mitzuteilen.

Sofort verstand er die Botschaft und drang in ihren Mund ein. Er tastete, schmeckte und streichelte sie und weckte herrlich beunruhigende Sinneseindrücke. Er raubte Holly den Atem, ließ sie an seiner Seite entspannen und schürte gleichzeitig ihren Hunger. Als er leicht in ihre Unterlippe biss und daran sog, wand sie sich vor Entzücken. Das sanfte Ziehen entfesselte eine Wonne in ihr, die durch ihren Körper bis zu dem empfindlichen Punkt zwischen ihren Oberschenkeln lief. Sie erschauerte.

Das hier war kein Kuss, das war ein lebensveränderndes Ereignis. Sie fühlte sich, als würde sie in einen Strudel hineingezogen und ertrinken, aber es war ihr egal. Als Jordan sich zurückzog, folgte sie ihm nach. Sie eroberte seinen Mund, wie er den ihren erobert hatte, und spürte, wie seine Muskeln als Reaktion darauf erbebten.

Mit den Händen strich er über ihren Rücken. Die eine Hand spielte mit ihrem Haar, während die andere den zarten Übergang zwischen Po und Beinen erkundete. Wieder und wieder berührte er die Stelle. Seine Berührungen kitzelten und sandten gleichzeitig heiße Ströme durch ihren ganzen Körper.

Sie wollte ihn ewig küssen. Ihr gefiel sein breiter harter Körper unter ihr. So lange hatte sie auf alle körperliche Lust verzichtet, dass sie nun glaubte, niemals genug davon zu bekommen.

Auf einmal griff Jordan nach dem Saum ihres Sweatshirts und zog es hoch. Holly unterbrach den Kuss. »Was tust du?«

»Nichts.«

Als er den Stoff bis zu ihren Hüften hochgeschoben hatte, glitt er mit seinen Händen darunter und berührte ihre bloße Haut.

»Du tust doch etwas. Ich kann es fühlen.«

Die Fältchen um seine Augen vertieften sich. Er lächelte. »Ich habe keine Ahnung, wovon du sprichst.«

Er tastete sich ihr Rückgrat bis zum Nacken hinauf, und die zarte Berührung entzog ihr alle Kraft. Protestieren war unmöglich – aber ihr lag ohnehin jeder Widerspruch fern.

Sanft strich er über ihre Schultern, dann an den Seiten hinab und über die Rippen. Ohne darüber nachzudenken, richtete sie sich ein wenig auf. Sie war sich ihrer Bewegung gar nicht bewusst, bis seine Hände mit einem Mal auf ihren Brüsten ruhten.

Seine großen Handflächen umschlossen ihre vollen Rundungen. Er rührte sich nicht, sondern hielt einfach nur ihr Gewicht. Um sich vollkommen auf ihre Empfindungen zu konzentrieren, schloss Holly die Augen. Kein Mann hatte sie jemals dort berührt. Alles war neu: das entfernte Flüstern der Verlegenheit, das Prickeln im Körper, das Pochen in ihren Brustwarzen und die Sehnsucht nach mehr solcher Zärtlichkeiten.

Und dann begann er sie zu streicheln. Seine Daumen strichen über die festen Spitzen. Der Schock fuhr ihr bis in die Zehenspitzen. Ihre Arme zitterten heftig, die Kraft verließ sie, und sie ließ sich auf ihn fallen.

Doch er gab ihr keine Möglichkeit zum Ausruhen oder zur Flucht, sondern ergriff erneut Besitz von ihrem Mund, foppte, neckte und lockte sie, bis Holly sich nur noch an ihm festklammern konnte.

Sie erkannte sich selbst kaum wieder. Alles in ihr war fast schmerzhaft lebendig, und sie spürte jede einzelne Körperfaser. Früher hatte sie nie über sinnliche Freuden nachgedacht, jetzt konnte sie an nichts anderes mehr denken.

Seine Hände streichelten ihren Rücken. Verschwommen nahm sie wahr, wie er an ihren BH fasste, aber sie ignorierte es. Jordan konnte tun, was er wollte. Sie würde niemals dagegen protestieren.

»Setz dich auf«, sagte er und bedeckte ihre Wange und das Kinn mit Küssen.

Für einen Moment schwankte sie, dann fand sie ihr Gleichgewicht und sah auf ihn hinab. Sein freier Oberkörper war nur eine Armlänge entfernt. Aus unbekannter Quelle schöpfte sie Mut und legte eine Hand mitten auf seinen Brustkorb. Langsam schloss er die Augen und hauchte ihren Namen.

»Berühr mich«, flüsterte er.

Zwar wusste sie nicht recht, wo oder wie, aber vermutlich konnte sie ihm nicht wehtun. Also strich sie mit den Händen über seine flachen Brustwarzen. Sie ertastete das Profil seiner Rippen und die Breite seiner Schultern. Dabei fragte sie sich, wie seine Haut wohl schmeckte – aber sie wagte nicht, es selbst herauszufinden.

Nach einigen Minuten hielt er ihre Hände fest. »Zieh dein Oberteil aus«, bat er.

»Warum?« Ihre Stimme quietschte auf den zwei Silben.

Als er ihr nicht antwortete, schluckte sie hart. Also gut, das Oberteil sollte weg. Kein Problem. Hatte sie nicht eben noch behauptet, er könnte alles von ihr verlangen? Außerdem würde er dann vielleicht noch einmal ihre Brüste berühren, und wäre das nicht fabelhaft?

Als sie seiner Bitte folgte, bemerkte sie dabei, dass er den Verschluss ihres BHs geöffnet hatte. Den peinlichen Anblick wollte sie sich lieber nicht vorstellen, wie sie sich aus einem Kleidungsstück herausschälte und gleichzeitig das andere an sich presste.

Schließlich gelang es ihr, mit einer Hand den Pulli über den Kopf zu ziehen und mit der anderen den BH über der Brust festzuhalten. Sie warf das Oberteil auf den Boden.

»Das auch.« Jordan zog an dem BH.
»Das geht nicht«, entgegnete sie kläglich.
»Warum nicht?«
Verlegen wandte sie den Blick ab. »Sie sind zu groß. Es sieht schrecklich aus. Ich wollte schon immer so süße kleine Brüste wie die Frauen in der Werbung haben.«
»Alles an dir ist wunderschön.«
Sie funkelte ihn an. »Ach ja, richtig. Auch die überschüssigen fünfzehn Pfund. Ich bin ein echter Hingucker, die Model-Agenturen treten mir schon die Türen ein.«
Eine Weile betrachtete er sie einfach nur. Dann nickte er, als sei er zu einem Entschluss gekommen. »Komm höher«, forderte er sie auf.
Das ließ sich arrangieren. Sie rutschte ein bisschen näher.
»Schließ die Augen.«
Das kam ihr etwas verdächtig vor, trotzdem gehorchte sie erneut. Den BH hielt sie weiter eisern fest.
Zum Glück unternahm er keinen Versuch, ihn wegzuziehen. Stattdessen legte er seine Hände auf ihre Beine und strich von den Knien bis zu den Hüften auf und ab. Mit jeder Bewegung rückte er weiter zu der Innenseite ihrer Oberschenkel vor, bis er mit den Daumen ihre intimste Stelle erreichte. Sie schreckte auf.
»Halt die Augen geschlossen«, ermahnte er sie.
Das Atmen fiel ihr schwer, aber es war leicht, nicht hinzusehen. Er ließ seine Daumen, wo sie waren. Jetzt tastete und drückte er eher, als dass er sie streichelte. Anscheinend suchte er etwas. Gerade wollte sie ihm sagen, dass dort nichts versteckt war, als er es fand.
Er rieb die winzige Stelle. Ein heißer Schauer durchfuhr sie, und sie bekam eine Gänsehaut. Was war das? Und würde er es wieder tun? Er tat es. Mehrmals berührte er den magischen Punkt und liebkoste Holly, bis sie völlig willenlos war.
Ihre Brüste schmerzten. Eine andere Beschreibung für dieses Gefühl der Schwere hatte sie nicht. Die Spitzen hatten sich fest zusammengezogen. Sie brauchte Erlösung, aber wusste nicht, woher. Vermutlich kannte Jordan die Antwort, aber dann müsste sie

seine Blicke ungehindert zulassen. Der Kampf war in dem Moment verloren, als er mit einem Finger an der Außenseite ihrer linken Brust entlangstrich. Die sanfte Berührung war so lieblich, dass Holly fast in Tränen ausgebrochen wäre. Doch stattdessen entspannte sie sich und ließ ihn den BH wegziehen.

Sekunden später konnte sie sich nicht mehr erinnern, warum sie so ein Theater gemacht hatte. Nach einer Minute beschloss sie, dass sie dumm gewesen war.

Er ging mit ihren Brüsten um, als wären sie kostbare Heiligtümer. Mit seinen langen Fingern liebkoste er jede Kurve und jeden Zentimeter ihrer empfindsamen Haut. Seine Daumen spielten mit den Brustwarzen und umkreisten die Spitzen, bis sie nur noch wünschte, dass er sie immer weiter so anfasste.

»Wenn ich dir eine Million Dollar gebe, versprichst du mir dann, dass du niemals aufhörst?«, fragte sie.

»Das verspreche ich dir auch ohne die Million«, raunte er. »Warum sollte ich aufhören wollen?«

Sie öffnete die Augen und sah an sich herab. Seine gebräunten Hände hoben sich von ihrer hellen Haut ab. Wenn er sie so berührte, glaubte sie irgendwie, dass sie doch nicht hässlich war. Als er mit den Daumen und Zeigefingern ganz leicht ihre Brustwarzen kniff und sie den Druck zugleich sah und spürte, hob sie ihm unwillkürlich die Hüften entgegen.

Warum ihre Atmung auf einmal noch schneller ging, wusste sie nicht. Ihre Haut brannte, und ihr Höschen fühlte sich feucht an. Alles war verwirrend, aber wundervoll.

Als er sie drängte, sich neben ihm auszustrecken, gehorchte Holly sofort. Da er für seinen Rücken genügend Kissen hatte, senkte sie das Bett zu einer geraden Fläche ab. Er drehte sich ihr entgegen auf die Seite – und dann tat er das Wunderbarste: Er senkte den Kopf und nahm eine ihrer Brustwarzen in den Mund.

Dieses Gefühl überwältigte sie. Sie flüsterte seinen Namen und vergrub ihre Hand in seinem Haar, um ihn festzuhalten. Nie gekanntes Feuer und Verlangen erfüllten sie.

Er sog an ihrer Brust, wechselte zur anderen Seite und wiederholte das fantastische Ereignis. Sie registrierte kaum, wie seine

Hände in ihre Leggins glitten und über ihre nackte Haut strichen. Es wurde ihr erst bewusst, als er den magischen Punkt zwischen ihren Beinen erreichte.

Aber da war es schon zu spät. Er bewegte seine Finger vor und zurück und begann dann zu kreisen. Holly war sprachlos. Beinahe glaubte sie, ihr Herz würde aufhören zu schlagen.

»Entspann dich«, flüsterte Jordan. »Ich werde dir nicht wehtun. Es wird dir gefallen.«

Und es gefiel ihr. Vollkommen. Sie wollte es ihm sagen, konnte es aber nicht.

Zärtlich knabberte er an ihrem Ohrläppchen. »Fühlst du, wie sich der Druck aufbaut?«

Sie nickte. Es war unglaublich. Jede Faser, jede Zelle in ihr konzentrierte sich darauf, was seine Hände dort mit ihr anstellten.

»Hast du jemals so etwas gespürt?«

»Nein.« Sie rang nach Luft.

»Gut. Lass dich einfach fallen.« Sie erschauerte, und er lachte leise. »Es wird nicht lange dauern.«

Wieder beugte er sich über sie, und sie küssten sich wie in einem verführerischen Tanz, bis er ihre Zunge in seinen Mund zog und daran sog. Das Beben in ihrem Körper ging einher mit dem pulsierenden Rhythmus zwischen ihren Beinen. Holly meinte, vor Lust zu sterben.

Auf einmal verlagerte er seine Hand leicht. Sie verspürte einen drängenden, angenehmen Druck und konzentrierte sich darauf. Etwas Unbekanntes, Unverständliches breitete sich in ihr aus. Jordan unterbrach den Kuss und küsste nun wieder ihre Brüste. Das war genau, was sie brauchte.

Für einen Moment blieb die Welt stehen. Angehalten in einem Augenblick so voller intensiver Lust, dass Holly verstand, warum Liebende alles dafür riskierten. Dann setzte die Zeit wieder ein, und eine erlösende Explosion dehnte sich in ihrem Körper aus. Sie ließ sich vollkommen fallen, sie ging mit, fühlte hinein, wurde eins mit dem Mann an ihrer Seite. Sie wusste, dass nichts wieder sein würde wie zuvor.

Fasziniert betrachtete Jordan ihr Gesicht. Er sah, wie die Röte in ihre Wangen stieg und wie ihre Lippen sich öffneten, als bräuchte sie mehr Luft. Schließlich schlug sie die Augen auf.

»Wow«, sagte sie ehrfürchtig.

»Ziemlich fantastisch, oder?«

»Um das zu beschreiben, brauche ich eine neue Sprache.«

Lachend küsste er ihre Stirn. »Ich bin froh.«

Das war er wirklich. Abgesehen von dem pochenden Druck zwischen seinen Beinen fühlte er sich ausgezeichnet. Vielleicht konnte er Holly nicht alles geben, was sie verdiente, aber er konnte ihr zumindest den Weg zeigen. Er war zufrieden, dass sie das Erlebnis in seinen Armen genossen hatte.

»Was ist mit meinem Essen?«, murmelte er.

Sie rekelte sich. »Hmm, ich bin auch hungrig. Steak und Ofenkartoffeln. Gib mir fünfzehn Minuten.«

Langsam setzte sie sich auf und streckte sich. Das lange Haar fiel über ihren Rücken. Als sie die Arme reckte, konnte er die linke Brust mit ihrer rosigen Spitze sehen. Seine Erektion drückte schmerzhaft gegen den Hosenschlitz, aber er ignorierte die Körperregung. Er hatte sich geschworen, nicht mit ihr zu schlafen, und daran würde er sich halten. Holly jedenfalls war ahnungslos genug, um seine Erregung und sein Leiden nicht zu bemerken. Besser für sie beide, so bot sie ihm gar nicht erst Abhilfe an.

Bevor sie sich umdrehte und anzog, erhaschte er noch einen letzten Blick auf ihren freien Oberkörper. Sie überraschte ihn – und vermutlich auch sich selbst – mit einem kurzen heißen Kuss, dann ging sie, um das Essen zuzubereiten.

Jordan starrte ihr nach. Holly Garrett war tödlich. Bis zum Grund seiner Seele spürte er die Gefahr. Da war etwas an ihr, das ihn magisch anzog. War es ihre Unschuld oder ihre bezaubernde Art? Er war nicht sicher. Er wusste nur, dass sie ihn Dinge wünschen ließ, die er niemals bekommen konnte. Mit allen anderen Frauen vor ihr war er anders umgegangen. Früher hatte er sich immer zurückgehalten. Aber ihr wollte er etwas von sich geben.

Trotzdem konnte er sich nicht darauf einlassen, schließlich kannte er den Preis der Liebe. Seine Eltern, Travis und seine erste Frau, Craig und Krystal … Alle, die er kannte und mochte, war ihr

Liebesglück teuer und schmerzhaft zu stehen gekommen. Er ging lieber auf Nummer sicher. Deshalb hatte er immer Abstand zu Beziehungen gehalten.

Wie war Holly bloß um seinen Schutzwall herumgekommen? Vielleicht, weil sie kein offizielles Date gehabt hatten? Sie war einfach da gewesen, und mit der Zeit hatte er sie lieb gewonnen.

Zum ersten Mal in seinem Leben wollte er mehr. Er wollte mit ihr zusammen sein, sie lieben, sie halten, ihr seine dunkelsten Geheimnisse anvertrauen. Zum ersten Mal war er in Versuchung. Er wollte daran glauben, dass es dieses Mal anders war. Aber er hatte seine Lektion zu gut gelernt. Dieses Mal war genau wie immer. Wenn er sich hineinziehen ließ, würden Holly und er sich böse verbrennen.

10. Kapitel

Am frühen Sonntagnachmittag zogen Louise und Holly das letzte Keksblech aus dem Ofen. Die Zuckerplätzchen hatten sie bereits verziert, während die Schokoladenkekse noch fertig backten. Köstliche Gerüche erfüllten das Haus: Vanille, Schokolade, Zuckerguss und Zimt und dazu das würzige Aroma von frisch gebrühtem Kaffee für die Gäste.

Louise legte die abgekühlten Kekse auf einen großen Teller und reichte ihn Holly. »Bring das ins Wohnzimmer«, sagte sie.

»Aber da sind schon drei Tabletts.«

Doch Louise zwinkerte nur. »Ich weiß, was diese Mädchen verdrücken. Glaub mir, die Kekse gehen alle weg.«

Also tat Holly wie gebeten. Im Wohnzimmer ordnete sie die Teller mit den Leckereien neu an und blickte sich dann im Raum um. Die Größe des Zimmers war beeindruckend. Jordan hatte bisher nur ein einziges Sofa und einen eher abgenutzten Lehnstuhl hier stehen. Zu dem feierlichen Anlass hatte Holly ihm ein paar antike Sofas, mehrere Tische und Stehlampen geliehen. Zwar passte nichts zusammen, aber wenigstens hatten so alle einen Sitzplatz.

Sie betrachtete die blanken weißen Wände und dachte daran, wie schön das Haus sein könnte. Gestern waren sie mit dem Esszimmer fertig geworden, und Kyle und Travis waren vorbeigekommen, um die Möbel hereinzutragen, die Jordan bestellt hatte. Mit etwas Zeit und Mühe würde der Rest des Hauses genauso prächtig, und dazu wollte sie maßgeblich beitragen.

Während ihre Finger über die steife Rückenlehne eines viktorianisch anmutenden blauen Kanapees glitten, stellte sie sich das Haus voller Gelächter vor. Sie war hier glücklich. Auch andere konnten es sein. Sie fragte sich, wie es wäre, für immer hier zu leben und zu wissen, dass sie in diesen Räumen eine Familie großziehen würde. Natürlich hatte sie schon oft über eigene Kinder nachgedacht und sie sich gewünscht. Aber sie glaubte nicht daran, jemals welche zu bekommen, denn sie bezweifelte, dass sie zur alleinerziehenden Mutter taugte. Die Vorstellung, ein Kind allein durchzubringen, erfüllte sie mit Angst und Schrecken. Sie bewunderte die Menschen, die es ohne die Hilfe eines anderen schafften.

Und vor der Ehe schreckte sie nach wie vor zurück. Sie wusste, dass sie niemandem genug vertrauen konnte, um sich für immer an ihn zu binden.

Aus der Küche hörte sie Stimmen. Auf Louises höhere Tonlage folgte Jordans tiefes Brummen. Sofort schlug Hollys Herz höher. Seltsam – nach allem, was sie gemeinsam erlebt hatten. Jeden Tag hatten sie zusammen am Haus gearbeitet und fast über jedes Detail ihres Lebens gesprochen. Trotzdem bekam sie beim Klang seiner Stimme und seinem Anblick noch immer weiche Knie.

Von Rastlosigkeit ergriffen, eilte sie schneller durch den Raum. Sie verstand nicht, was das für eine Energie war, die da aus ihr heraussprudelte. Sie war erfüllt von einem Verlangen nach etwas – könnte sie doch bloß herausfinden, wonach.

Jordan?

Der Gedanke kam ungebeten, aber als er erst einmal da war, wurde sie ihn nicht mehr los.

Tief in ihrem Bauch flatterten unzählige Schmetterlinge, als sie sich erinnerte, wie er sie angefasst und welche wunderbaren Genüsse er ihr geschenkt hatte. Obwohl es keine Wiederholung gegeben hatte, wirkte das unfassbare Ereignis immer noch in ihr nach.

Er berührte sie jetzt häufiger, und im Flur stahl er sich manchmal Küsse von ihr. Einmal hatte sogar sie ihn geküsst. Der Gedanke daran trieb ihr die Röte ins Gesicht. Hätte jemand gefragt, sie hätte ihre Beziehung nicht definieren können. Sie hatten keine Dates und waren kein Liebespaar. Irgendwie schienen sie mehr als Freunde zu sein, aber Holly war sich nicht sicher. Das Schlimmste war, dass sie zu spüren begann, dass sie Jordan vielleicht vertrauen könnte. Aber wenn sie sich in ihn verliebte, wäre alles verloren. Egal wie freundlich er sie behandelte – im Herzen wusste sie, dass sie nicht sein Typ war. Sobald er gesund war und sein altes Leben wiederaufnahm, wäre er wieder bei den Frauen, die er gewohnt war.

Motorengeräusche von der Auffahrt unterbrachen ihre Grübelei. Sie ging zum vorderen Fenster und sah hinaus. Als Erstes fuhr ein glänzender Mercedes vor, gefolgt von einem großen Mehrsitzer und zwei Geländewagen, von denen einer einen kleinen Anhänger an der Kupplung hinter sich herzog.

Kinder und Erwachsene stiegen fröhlich aus den Autos. Vor Verwunderung konnte Holly nur noch staunen. Die Erwachsenen der Familie hatte sie zwar inzwischen alle schon kennengelernt, aber nur wenige der Kinder. Es war eine Sache, von Craigs drei Söhnen aus erster Ehe und Sandys und Kyles vier Kindern und dem Baby erzählt zu bekommen. Aber es war etwas ganz anderes, sie alle gleichzeitig herumrennen zu sehen.

Sie sah zu, wie die Erwachsenen sich Scherze zuriefen und lachten. Die Frauen umarmten sich, und die Männer schüttelten einander die Hände. Es war, als hätten sie sich monatelang nicht gesehen und nicht nur ein paar Tage. Holly kämpfte gegen die Enge in ihrem Hals. Sie beneidete Jordan um sein wunderbares viktorianisches Haus. Aber viel mehr noch beneidete sie ihn um seine vertraute und liebende Familie. Im Grunde war sie ihnen dankbar, dass sie sie willkommen hießen und in ihrer Mitte aufnahmen. Aber sie wünschte, es wäre, weil sie dazugehörte – und nicht nur auf Abruf, weil sie gerade zufällig in Jordans Haus wohnte.

Ob Louise gegen diese Gefühle ankam? Mit der Haushälterin hatte sie über ihre einsamen Leben gesprochen. Die Haynes' boten beiden eine Zuflucht.

»Sind sie da?«, fragte Jordan, als er ins Zimmer kam. Seine geschmeidigen Bewegungen hatten eine natürliche Eleganz, die seine Anziehungskraft noch verstärkte. Ende der letzten Woche hatte seine Physiotherapie begonnen, und die Übungen und Behandlungen schienen die Schmerzen zu lindern.

»Sie haben gerade geparkt«, antwortete Holly und sah zuerst in sein Gesicht und dann auf die Jacke in seinen Händen. »Schaffst du das?«

»Ich schwöre, ich werde keinen einzigen Baum abholzen.« Er hob die Hand zum Schwur. »Das erledigen meine Brüder.« Neckend zog er an ihrem langen Zopf. »Keine Angst, mir passiert nichts. Wir sehen uns später heute Nachmittag.«

Als er sich umdrehte und zur Haustür ging, lief plötzlich Mistletoe aus dem Nichts vor seine Füße, und er musste ausweichen, um nicht über sie zu stolpern. Jordan fluchte unterdrückt. Mistletoe schenkte ihm einen langen, unbewegten Blick. Dann wandte sie sich ab, um ihr Gesicht zu putzen.

»Mistletoe, das macht man nicht«, schimpfte Holly, doch die Katze interessierte das nicht im Geringsten.

Jordan öffnete die Eingangstür und trat auf die Veranda. Holly folgte ihm und sah zu, wie er die Stufen hinabging und seine Familie begrüßte. Während die Schwägerinnen ihn verhätschelten, zogen seine Brüder ihn als Faulenzer auf. Sie lächelte. Obwohl es nur vorübergehend war, wusste sie, dass sie jede Minute mit ihnen genießen würde.

Elizabeth, Rebecca, Jill und Sandy erklommen die Stufen vor dem Haus. Im selben Moment kam Louise auf die Veranda und warf sich ihren Mantel über die Schultern.

»Alles ist fertig«, verkündete die Haushälterin. »Der Kaffee ist in der Kanne, und den nächsten habe ich bereits aufgesetzt. Du weißt ja, wo alles ist.«

Holly starrte sie ungläubig an. »Du gehst mit?«

»Natürlich. Ich gehe immer mit den Jungs. Jemand muss ein Auge auf die Kleinen behalten und die Mädchen zum Klo bringen, solche Dinge eben.«

Zweifelnd ließ Holly den Blick von Louise zu den vier Frauen wandern, die sie kaum kannte. »Aber ich kann doch nicht die Gastgeberin sein.« Es war einfach nicht richtig. Außerdem versetzte sie der Gedanke in Panik.

»Du wirst es schon meistern.« Louise zwinkerte ihr zu. »Wenn die Unterhaltung abflaut, frag sie, wie sie ihre Männer kennengelernt haben. Dann sind sie stundenlang beschäftigt.«

Damit stieg sie die Stufen hinab und steuerte auf den Mehrsitzer zu. Holly sah den vier Frauen entgegen, die ein paar Sekunden später vor ihr standen. »Hi«, sagte sie unbeholfen und trat einen Schritt zurück, um sie hereinzulassen.

Als Erste trat Elizabeth vor und blieb bei Holly stehen, um sie zu umarmen. »Danke für die Einladung.«

»Ist mir ein Vergnügen«, murmelte Holly. Sie verschwieg lieber, dass es nicht ihre Idee gewesen war, die vier Frauen allein zu unterhalten. Eigentlich hatte sie gedacht, Louise wäre auch da. Worüber sollten sie bloß reden?

Während Holly damit beschäftigt war, die Mäntel entgegenzunehmen und den Kaffee hereinzubringen, gingen die vier ins Wohnzimmer und setzten sich. Wie lange würden die Männer mit den Kindern unterwegs sein? Zwei Stunden? Drei? Es war erst ein Uhr nachmittags. Wenn sie nun erst im Dunkeln zurückkehrten? Wie sollte Holly das überstehen? Ihr fiel rein gar nichts ein, was sie erzählen konnte.

Als es in der Küche nichts mehr für sie zu tun gab, ging sie widerstrebend in Richtung Wohnzimmer. Die Frauen plauderten ungezwungen, als würden sie sich seit Jahren kennen – was sie ja auch taten, erinnerte sich Holly.

Im Eingang zum Wohnzimmer blieb sie zögernd stehen, bis Elizabeth sie entdeckte und neben sich auf das Sofa klopfte. »Komm! Setz dich zu mir«, rief sie.

Also durchquerte Holly das Zimmer und nahm neben Elizabeth Platz. Sie hoffte inständig, dass ihr aufgesetztes Lächeln natürlicher aussah, als es sich anfühlte.

Jill saß zurückgelehnt auf dem Diwan neben dem Kamin. Ihr schwangerer Bauch wölbte sich unter dem Umstandsshirt aus Flanell. Gegenüber von Elizabeth und Holly teilten Rebecca und Sandy sich ein Sofa. Holly merkte, dass alle sie anstarrten.

»Ich hab's«, sagte Rebecca und schnippte mit den Fingern. »Ich weiß, was anders ist. Du bist blond.«

Befangen griff Holly in ihre Haare.

»Keine von uns ist blond. Normalerweise bevorzugen die Haynes-Brüder Brünette.«

»Entschuldige mal!«, protestierte Jill und wies auf ihren roten Schopf. »Das stimmt nicht ganz.«

Elizabeth lachte. »Craig hatte schon immer seinen eigenen Kopf.« Dann nickte sie langsam. »Du hast recht, Rebecca. Holly ist unsere erste Blonde.«

Da hob Holly abwehrend die Hände. »Wir sind nur Freunde. Jordan und ich sind nicht zusammen.«

Wissende Blicke wurden ausgetauscht. Holly spürte, wie sie errötete.

»Sandy, wirf mir mal ein Kissen rüber«, bat Jill. Sie fing das Polster auf, das zu ihr herübergeflogen kam, und stopfte es sich in den Rücken. »Alles tut mir weh. Kleine Menschen wie ich sollten nicht so aufgehen. Euch Großen macht das nichts aus.«

Lachend warf Rebecca ihr langes lockiges Haar über die Schultern. »Jill ist unser armer kleiner Zwerg.«

»Ich bin kein Zwerg, ich bin nur kurz. Leute wie du verstehen das nicht. Weißt du, wie es ist, nie an die obersten Regale im Supermarkt heranzukommen? Ich muss so lange dort warten, bis jemand Großes durch den Gang kommt. Es ist erniedrigend.«

Mit einem Seufzer lehnte sich Sandy im Sofa zurück. »Ich kann nicht fassen, dass ihr nach den drei Jungs noch ein Kind bekommt.«

Rebecca, Jill und Elizabeth starrten sie an, dann brachen sie in Lachen aus.

»Du hattest selbst schon drei und hast dann noch eins mit Kyle bekommen«, warf Elizabeth ein.

Sandy nickte langsam. »Ich weiß. Darum kann ich auch nicht glauben, dass Jill so dumm ist wie ich. Vier Kinder. Kannst du dir vorstellen, wie viel Wäsche das ist?«

»Ich weigere mich, daran auch nur zu denken. Außerdem kommt Louise und hilft uns.« Jill strich über ihren Bauch. »Ich weiß, dass es viel Arbeit ist. Aber es wird sich lohnen.«

Rebecca beugte sich zu einem der Keksteller vor, nahm zwei Plätzchen und gab den Teller an Sandy weiter. »Du wirst das Baby keine Sekunde bereuen«, versprach sie.

»Das stimmt«, gab Sandy zu. »Trotzdem sind vier schon allerhand. Deshalb ist dieser Nachmittag ja so traumhaft. Es könnte durchaus passieren«, warnte sie Holly, »dass du mich nie wieder loswirst.«

»Zuerst fand ich es eine blöde Idee, dass die Männer nur mit den Kindern und ohne uns Ehefrauen die Weihnachtsbäume besorgen«, sagte Jill. »Ich dachte, ich würde mich ausgeschlossen fühlen.«

»Das solltest du nicht«, riet ihr Rebecca. »Es ist kalt draußen, die Kinder müssen ständig aufs Klo, aber immer nur nacheinander. Sie zanken sich, sie quengeln, und sie können sich nie auf einen Baum einigen. Oh, und am Ende schleppen die Männer riesige Ungetüme an, die nicht ins Haus passen.«

Gerade wollte Sandy die Füße auf den Couchtisch legen, doch dann hielt sie erschrocken inne und sah Holly an. »Ist das eine kostbare Antiquität?«

»Nein, der gehört Jordan.«

»Uff! Na, dann können wir ja alles kurz und klein schlagen!«

Alle lachten. Als Holly in das Gelächter einstimmte, fühlte sie, wie sich ein Teil ihrer Anspannung löste. Diese Frauen waren nett zu ihr, und sie war ihnen dankbar dafür. In ihrer Gesellschaft fühlte sie sich aufgehoben. Bis zum Abend wusste sie hoffentlich endlich auswendig, wer mit wem verheiratet war.

Außer Rebecca, die einen dunklen Wollpullover über ihrem cremefarbenen Rolli trug, waren alle in Jeans und Sweatshirts gekommen. Keine von ihnen hatte sich besonders geschminkt oder teuren Schmuck angelegt. Sie waren Freundinnen, und offensichtlich hießen sie Holly in ihrem Kreis willkommen. Zu gern hätte sie ihnen gesagt, wie viel ihr das bedeutete.

»Wie fühlst du dich?«, erkundigte sich Elizabeth bei Jill.

»Müde, obwohl ich gut schlafe.«

»Das wird noch schlimmer.«

Jill zog eine Grimasse. »Das habe ich schon befürchtet. Wann bekommst du noch eins?«

Elizabeth schenkte sich Kaffee nach. »Wir diskutieren das gerade. Bald wird Jessica zwei. Wenn wir noch ein Kind wollen, wäre jetzt die Zeit dafür. Ich möchte noch ein Baby. Dann hätten wir drei Mädchen.« Sie schüttelte den Kopf. »Ihr wisst, was man sagt.«

Neugierig starrte Holly sie an. »Darüber, Töchter zu haben?«, fragte sie.

Elizabeth nickte. »Bei Jungs bangst du um einen …«, sie zeigte auf ihren Schoß, »… du weißt schon. Aber bei Mädchen sorgst du dich um alle.«

Erneut schallte Gelächter durch den Raum. Als wieder Ruhe eingekehrt war, sagte Jill: »Ich finde, du solltest noch ein Baby bekommen.«

»Wir denken auch darüber nach«, erzählte Rebecca. »Und da ich nicht mit einem waschechten Haynes verheiratet bin, steht es mir natürlich frei, einen Jungen oder ein Mädchen zu bekommen.«

Jill sah zu Holly herüber. »Seit wann kennst du Jordan eigentlich?«, wollte sie wissen.

Zuerst wollte Holly nach ihrem Kaffee greifen, überlegte es sich dann aber anders. Besser, sie hatte nichts zum Verschütten in der Hand. »Seit ein paar Wochen. Nachdem mein Apartment in dem Unwetter zerstört worden war, bot er mir an, eine Zeitlang hier unterzukommen. Im Tausch gegen Kost und Logis helfe ich ihm bei der Renovierung.«

Überrascht sah Jill sie an. »Du *lebst* mit ihm zusammen?«

Hollys Wangen brannten. »Nein«, widersprach sie schnell, realisierte aber, dass das nicht stimmte.

»Sie leben nicht zusammen«, sprang Rebecca ihr bei.

»Wie würdest du es dann nennen?«, fragte Jill.

»Louise ist da«, erklärte Elizabeth. »Ich bin sicher, alles ist sehr vernünftig.«

Das dritte Mal innerhalb von zehn Minuten wurde der Raum von Gelächter erfüllt. »Ein Haynes-Bruder, der sich benimmt«, prustete Sandy. »Mal was Neues.« Dann wurde sie ernst. »Aber wahrscheinlich ist Jordan am ehesten ein Gentleman.«

»Als ich Travis zum ersten Mal traf, hat er mich auf Händen getragen«, erzählte Elizabeth. »Es war sehr romantisch.«

»Schön für dich«, grummelte Sandy. »Als ich Kyle das erste Mal gesehen habe, war ich gerade hierher zurückgezogen, und er kam auf seinem Motorrad angebraust, durchtrainiert und braun gebrannt. Ich habe kein Wort herausgebracht. Da stand ich, eine erwachsene Frau mit drei Kindern, und bekam nicht einen vollständigen Satz zusammen. Ich wusste nicht: Sollte ich mich in seine Arme werfen oder lieber schreiend davonlaufen?«

»Und ich war nackt«, sagte Jill fröhlich. Erstaunt drehten sich alle zu ihr um. »Okay, vielleicht nicht ganz, aber ich trug ein extrem knappes Kleid. Ich dachte, das würde völlig ausreichen, aber später erzählte mir Craig, dass dem nicht so war.«

»Ich glaube, Rebeccas Geschichte ist die beste von allen«, meinte Elizabeth.

»Sie ist albern«, wehrte Rebecca ab, während sie an einem Keks knabberte.

Jill wischte sich die kurzen roten Haare aus der Stirn. »Ich glaube, die kenne ich noch gar nicht. Was ist passiert?«

»Nichts«, winkte Rebecca ab.

»Gar nicht nichts.« Elizabeth gestikulierte mit ihrem Becher. »Rebecca war in Austin verknallt. Es war sehr tragisch. Sie konnte nicht im selben Zimmer sein, ohne etwas umzustoßen oder zu verschütten. Eines Tages zog sie los, um ihn zu besuchen.«

Da holte Rebecca tief Luft. »Wenn die Story schon aufgetischt werden muss, dann erzähle ich lieber selbst. Obwohl ich nicht weiß, wofür es gut sein soll.«

»Zur Unterhaltung«, sagte Elizabeth.

»Ich bin zu ihm gefahren. Es regnete, und mein Wagen blieb stecken. Als das Unwetter immer schlimmer wurde, sind auch noch die Telefonleitungen ausgefallen, sodass wir keinen Abschleppdienst rufen konnten.« Sie faltete die Hände im Schoß. »Bitte. Seid ihr jetzt glücklich?«

Elizabeths braune Augen leuchteten vor Vergnügen. »Das war aber nicht alles. Erzähl den besten Teil.«

»Ich musste bei ihm übernachten.«

»Und?«

Rebecca rollte mit den Augen. »Und wir hatten wilden leidenschaftlichen Sex. In Ordnung? Reicht das jetzt?«

»Am ersten Abend, an dem du ihn besucht hast?«, fragte Holly überrascht.

»Es war ein Unfall.«

»Unfälle gibt es nicht, meine Liebe«, bemerkte Jill.

»Du hast recht«, gab Rebecca lächelnd zu. »Ich habe ihn verführt. Obwohl er es abstreitet und behauptet, er wäre der Verführer gewesen.«

»Das sagen sie alle«, warf Sandy ein. »Es ist besser, ihnen den Glauben zu lassen. Wenigstens sind sie inzwischen erwachsen. Du hättest sie in der Highschool sehen sollen, Holly. Damals waren sie gefährliche Herzensbrecher, und kein Mädchen war vor ihnen sicher.«

»Wurde auch dein Herz von jemandem gebrochen?«, fragte Holly.

»Nicht wirklich. Jordan und ich waren eine Weile zusammen, aber die Chemie zwischen uns stimmte nicht. Also wurden wir Freunde – zum Glück für uns alle. Es wäre doch zu peinlich gewesen, ihn als Schwager wiederzutreffen, wenn wir es damals heiß und heftig auf seinem Autorücksitz getrieben hätten.«

Zuerst konnte Holly das angespannte Gefühl in der Magengegend nicht zuordnen, doch dann erkannte sie ihren Unmut. Es passte ihr nicht, dass eine dieser Frauen eine Geschichte mit Jordan hatte. Das war unlogisch und ungerecht, aber so fühlte sie sich eben.

Dann wurde Sandy ernst. »Spaß beiseite. Ich finde, wir Frauen haben Glück gehabt. Die Haynes-Brüder – Austin eingeschlossen – sind die besten Männer, die ich je getroffen habe.«

»Du hast recht«, stimmte Elizabeth ihr zu. »Ich hätte nicht geglaubt, dass ich noch einmal den Mut haben würde, jemanden zu lieben. Aber Travis hat mich eines Besseren belehrt.«

»Stimmt«, gab Jill zu und schniefte. »Können wir trotzdem über etwas anderes reden? Ich bin schwanger, und um mich zum Heulen zu bringen, braucht es nicht viel.«

Da lehnte Sandy sich über das Sofa und nahm ihre Hand. »Nicht weinen. Lieber erzählen wir ein paar witzige Geschichten.«

Als Holly nach der Kaffeekanne griff, stellte sie fest, dass sie leer war. »Ich hole schnell Nachschub«, sagte sie.

»Ich helfe dir«, Rebecca stand mit ihr auf.

In der Küche schloss Rebecca die Tür hinter ihnen. »Ich will mich nicht aufdrängen. Aber ich wollte sichergehen, dass es dir gut geht. Das alles ist neu für dich, und manchmal kann einen der Spaß etwas einschüchtern. Nebenbei bemerkt, wenn wir dich nicht mögen würden, würden wir nicht diese wilden Storys zum Besten geben.«

Holly spürte, wie ihr die Tränen in die Augen stiegen – dabei hatte sie nicht wie Jill die Ausrede, schwanger zu sein. »Danke. Mir ist das alles fremd, aber ich habe euch gern hier. Ihr seid so nett, dabei kennt ihr mich doch kaum.«

Sanft berührte Rebecca sie am Arm. »Wir haben nur Gutes von dir gehört. Jordan hat mit seinen Brüdern und Austin gesprochen, und das hat die Runde gemacht. Er hat erzählt, dass deine Mutter vor einigen Jahren gestorben ist und du ganz allein bist. Wir verbringen gern unsere Feiertage mit dir.«

»Danke.«

Rebecca lehnte sich gegen die Theke. »Austin und Jordan sind sich sehr ähnlich. Sie sind beide Einzelgänger.«

»Ich verstehe das nicht. Das behaupten alle, aber Jordan ist gar kein Einzelgänger. Er ist freundlich und offen, und er hat einen großartigen Sinn für Humor. Manchmal denke ich, ihr sprecht von einem anderen Menschen.«

Darauf hoben sich Rebeccas feine Augenbrauen etwas höher. »Interessant. Da kennst du eine Seite von ihm, die er vor dem Rest der Welt verborgen hält. Ich frage mich, was das zu bedeuten hat.«

»Nichts«, sagte Holly schnell.

»Du weißt, was man über Leute sagt, die zu viel abstreiten?«

»Wir sind nur Freunde.« Sie verdrängte die Erinnerung an den Abend in seinem Bett. Schließlich war gar nichts passiert, dachte sie bei sich. Sie waren beide angezogen gewesen. Zumindest halbwegs …

Aber er hatte sie berührt. Auf die intimste Art, wie ein Mann eine Frau berühren kann. Und er hatte sie wunderbare Dinge spüren lassen. Er hatte ihr die Augen geöffnet.

»Warum ist Jordan nicht verheiratet?«, fragte Holly.

Da der Kaffee bereits fertig war, goss Rebecca ihn in die Kanne um. »Wahrscheinlich, weil er mit niemandem ausgeht.«

»Wie kann das sein? Er sieht gut aus, und er ist witzig. Die Frauen müssten doch über ihn herfallen.«

»Vielleicht, aber er schafft es, die meisten zu ignorieren.« Rebecca sah sie an. »Du bist die Erste, mit der ich ihn zusammen sehe, seit ich nach Glenwood gezogen bin. Und das ist fast vier Jahre her.«

Dieser Gedanke ging Holly nicht in den Kopf. Es ergab einfach keinen Sinn.

»Jordan behält vieles für sich. Er öffnet sich nicht leicht gegenüber anderen oder erzählt, was er denkt«, fuhr Rebecca fort.

»Stimmt«, gab Holly zu. Tatsächlich sprach Jordan selten über persönliche Dinge. Sie wusste nicht einmal, was er von ihr hielt – oder von der gegenwärtigen Situation.

»Die Haynes-Brüder machen es einem nicht leicht, Holly, aber sie sind die Mühe wert. Nur ein guter Rat: Einmal verliebt, wirst du nie darüber hinwegkommen.«

Wie um sich zu schützen, wich Holly einen Schritt zurück. »Mach dir um mich keine Sorgen. Ich werde mich nicht in Jordan verlieben. Ich weiß ja, dass ich nicht sein Typ bin.«

»Natürlich bist du sein Typ. Aber darum geht es nicht. Man kann sich nicht immer aussuchen, in wen man sich verliebt. Ich gehe jetzt vor und bringe das hier ins Wohnzimmer.« Mit der vollen Kanne in der Hand verließ Rebecca den Raum.

Holly blieb noch einige Minuten allein in der Küche zurück. Liebe? Diese Idee verunsicherte sie. In dem Licht hatte sie nie über ihre Gefühle nachgedacht. Sie war nicht in Jordan verliebt, schließlich kannte sie den Mann doch kaum. Aber das Wort hatte einen schönen Klang. *Liebe.* Gern würde sie jemanden lieben und von ihm zurückgeliebt werden.

Sie schüttelte den Kopf. Das alles war viel zu verwirrend. Vor nur einem Monat hatte sie ein einsames, aber glückliches Leben geführt. Es hatte nur sie und Mistletoe gegeben. Ihr Geschäft wuchs stetig, und sie war zufrieden. Jetzt stand ihr Leben auf dem Kopf. Trotzdem hätte sie es gegen nichts tauschen wollen. Die neue Aussicht auf die Welt zeigte ihr Dinge, die sie vorher nie gesehen hatte.

Ein Blick auf die Uhr verriet ihr, dass es schon halb drei war. Schnell eilte sie zurück ins Wohnzimmer. Hoffentlich kehrten die Männer mit den Kindern nicht zu bald zurück. Sie wollte mehr Zeit mit ihren neuen Freundinnen verbringen.

***

Die Bande kam um kurz nach sieben. Zwischendurch hatten sie angerufen und Bescheid gegeben, dass sie noch in einem Restaurant zum Essen einkehren würden. Die »Jagd« war erfolgreich verlaufen, und jetzt waren alle hungrig. Daraufhin hatten sich die Frauen Pizza bestellt und weiter ihren Spaß gehabt, bis die Autos vor dem Haus hielten.

Nun schnappten sie sich die Mäntel und gingen auf die Veranda. Holly sah, dass der kleine Anhänger mit mehreren Tannenbäumen beladen war. Die Kinder rannten um die Autos herum und riefen ihren Vätern zu, dass sie auch ganz bestimmt die richtigen Tannenbäume auf das richtige Auto verfrachten sollten.

Als Jordan auf die Treppe zuging, merkte Holly, dass er humpelte.

»Ist alles in Ordnung?«, fragte sie und eilte zum Rand der Veranda.

Er hatte Ringe unter den Augen, und sein Gesicht war vom Schmerz gezeichnet. »Ich bin müde«, erwiderte er.

»Du hast Schmerzen.« Sie nahm ihn beim Arm und half ihm ins Haus, wo er sich auf eins der Sofas fallen ließ.

Als sie sich neben ihn setzen wollte, winkte er sie fort. »Geh dich unterhalten«, sagte er. »Ich komme schon zurecht. Oh, und pass auf, dass Kyle noch den Baum hereinbringt.«

Einerseits wollte Holly ihn nicht allein lassen, aber sie musste sich von den Gästen verabschieden. Widerstrebend kehrte sie zur Veranda zurück, wo Elizabeth sie zur Seite nahm.

»Ich möchte dich um einen Gefallen bitten«, sagte sie. »Kann ich ein paar Geschenke vorbeibringen? Sie sind für die Kinder. Bei uns werden sie sie finden, fürchte ich. Ich weiß, dass es Jordan nichts ausmacht, aber er soll sich nicht dafür verantwortlich fühlen. Männer können es sich nicht merken, Geschenke rechtzeitig vor der Bescherung zurückzubringen.«

»Natürlich«, antwortete Holly. »Hier gibt es jede Menge Wandschränke. Soll ich die Geschenke einpacken?«

»Das sind sie bereits. Aber danke für das Angebot.«

Elizabeth drückte Hollys Hand. »Mir ist klar, dass du und Jordan keine Liebesbeziehung habt. Aber stellvertretend für alle Haynes-Frauen will ich dir sagen, dass wir es toll fänden, wenn ihr zusammenkommt. Du tust ihm gut. Und ich glaube, er ist auch gut für dich.« Elizabeths braune Augen leuchteten. »Wenn er seinem Bruder nur im Geringsten ähnelt, wirst du nicht enttäuscht sein, wenn das Licht ausgeht. Das verspreche ich dir.«

»Ihr seid alle so nett zu mir. Ich weiß nicht, wie ich euch danken soll.«

»Das brauchst du nicht.«

Spontan nahm Holly Elizabeth in den Arm.

»He, wenn hier geknuddelt wird, will ich auch mitmachen«, rief Kyle, der gerade einen großen Tannenbaum an der Spitze in Richtung Haustür hochschleppte.

»Frag deine Frau«, erwiderte Elizabeth.

Mit dem Baumende in der Hand folgte Travis am Fuß der Treppe. »Frau«, rief er Elizabeth zu, und sie brach in Gelächter aus.

Gefolgt von Austin, der einen Baumständer hereintrug, ging Holly den Männern voran ins Haus. Zehn Minuten später hatten sie die Tanne vor das Erkerfenster im Wohnzimmer gestellt. Nur fünf Minuten danach waren die übrigen Bäume auf den Autodächern vertäut, und alle waren fort.

Holly sah nach Jordan, der gerade mit einer Grimasse vom Sofa aufstand. »Ich bin müde«, sagte er. »Macht es dir etwas aus, wenn wir den Baum erst morgen schmücken?«

»Überhaupt nicht. Ich mache mir Sorgen um dich.«

Er schenkte ihr ein schwaches Lächeln. »Es wird schon gehen. Ich muss mich nur ausruhen.«

Noch einmal ging die Haustür auf, und Louise trat ein. »Was

für ein Tag«, seufzte sie. »Die kleinen Racker haben mich in Grund und Boden gerannt.«

Jordan versteifte sich. War etwas passiert, das ihn aufgebracht hatte?

»Ich habe etwas Baumschmuck vom Laden mitgebracht«, sagte Holly. »Bevor ich es vergesse, bringe ich ihn besser gleich herunter.« Sie winkte Louise zu und lief zur Treppe.

»Der Baum sieht hübsch hier drinnen aus«, sagte Louise.

Darauf schnaubte Jordan wütend.

Ganz instinktiv verlangsamte Holly nach den ersten Treppenstufen ihre Schritte. Etwas würde geschehen. Sie spürte es.

»Möchtest du, dass ich die Lichter noch heute Abend anbringe?«, fragte Louise mit leicht gedämpfter Stimme, während sie ins Wohnzimmer ging.

»Nein!«, brauste Jordan auf. »Hast du nicht schon genug getan? Halt dich einfach nur aus meinem Leben raus!«

11. Kapitel

Sobald die Worte heraus waren, hätte Jordan sie am liebsten gleich wieder zurückgenommen. Ausgerechnet jetzt damit anzufangen war ein großer Fehler. Sie waren beide müde, und es würde zu nichts führen.

Aber Louise mit seinen Nichten und Neffen zu sehen war mehr gewesen, als er ertragen konnte. Sie hatte die Kleinen herumgetragen und mit den Größeren gespielt. Alle Kinder liebten sie. Er hasste es, zu wissen, dass sie sich mit Lug und Betrug in seine Familie eingeschlichen hatte.

Louise warf ihren Mantel über einen Stuhl neben der Wohnzimmertür. Die Wangen gerötet und die blauen Augen blitzend vor Wut, ging sie auf ihn zu. In ihrer lilafarbenen Hose und dem purpurroten Shirt bot sie kein besonders furchterregendes Bild. Aber er kannte die Wahrheit … und ihre Geheimnisse.

Einen knappen Meter vor ihm blieb sie stehen, stemmte die Hände in die Hüften und funkelte ihn an. »Mir reicht's, Jordan. Seit fast einem Monat bin ich hier. Ich habe deine ruppigen Bemerkungen, die Sticheleien und schiefen Blicke satt. Dein Verhalten stinkt zum Himmel. Wenn du etwas zu sagen hast, dann sei ein Mann, und sag es.«

Lange starrte er sie einfach nur an. »Das willst du nicht hören«, sagte er schließlich mit gesenkter Stimme.

»Versuch's doch. Oder kannst du nur gut schikanieren?«

Ihre Spitze zeigte die gewünschte Wirkung. Er kochte vor Wut. Ein letztes Mal rang er noch um Selbstkontrolle, dann gab er auf. »Ich mag dich nicht, Louise. Schon lange nicht.«

»Warum nicht?«, fragte sie anscheinend ehrlich verwirrt. »Habe ich dir je etwas getan?«

»Du hast meine Familie zerstört.«

Daraufhin starrte sie ihn an, als wäre er verrückt. »Ich habe keine Ahnung, wovon du sprichst.«

Damit er sehen konnte, wie sie endlich die Wahrheit sagte, konzentrierte er all seine Aufmerksamkeit auf ihr Gesicht. »Ich weiß von deiner Affäre mit meinem Vater.«

Und seine Erwartungen wurden erfüllt. Kreidebleich sank Louise auf das Sofa hinter ihr. »Mein Gott«, murmelte sie. »Nach all den Jahren. Wie hast du es herausgefunden?«

»Das ist egal. Der Punkt ist, dass ich weiß, was du getan hast.«

Ihr Versuch zu lächeln misslang. Dafür zitterten ihre Lippen zu sehr. »Was ich getan habe? Das hört sich an, als hätte ich die Affäre geplant. Aber das habe ich nicht. Ich war erst siebzehn, noch in der Highschool … und Jungfrau«, fügte sie mit abgewandtem Blick hinzu.

Sie holte tief Luft. »Er kam zu uns an die Highschool und erzählte uns etwas über Alkohol am Steuer. Ich saß in der ersten Reihe. Natürlich war dein Vater viel älter als ich, aber er war ein stattlicher charmanter Mann. Er lächelte mich an und …«

»Erspar mir die Details.«

Louises Rücken versteifte sich. »Also gut. Wie du willst. Ich war siebzehn, und Earl Haynes hat mich verführt. Da, ich gestehe mein Verbrechen. Bist du jetzt glücklich? Was ich getan habe, war falsch. Das gebe ich unumwunden zu. Ich wusste, dass er verheiratet war.« Sie schwieg einige Sekunden. »Ich bin nicht stolz darauf. Meine einzige Verteidigung ist, dass ich naiv und vollkommen unerfahren war.«

»Er hatte eine Frau und vier Söhne. Hast du dir mal überlegt, was deine sogenannte unschuldige Affäre für uns bedeutet hat?«

Jordan kämpfte darum, seine Wut nicht abkühlen zu lassen. Für die Frau vor ihm wollte er nichts empfinden – weder Mitgefühl noch Mitleid.

»Er sagte, niemand würde es je erfahren«, erklärte sie.

»Tolle Entschuldigung.«

»Ich entschuldige nichts, ich erkläre. Ich war so jung.«

»Das war's? Du warst jung?« Er verschränkte die Arme vor der Brust. »Willst du jetzt keine unsterbliche Liebe für meinen Vater verkünden?«

Vor Kummer verdunkelten sich ihre blauen Augen. »Ich habe ihn nicht geliebt, Jordan. Ob das besser oder schlechter ist, weiß ich nicht, aber es ist die Wahrheit. Beschimpf mich, wie du willst. Schlimmer als meine Selbstvorwürfe kann es nicht werden.« Noch einmal atmete sie tief ein. »Es ist neunundzwanzig Jahre her. Vielleicht ist es Zeit, loszulassen.«

»Das könnte dir so gefallen, nicht wahr?«, erwiderte er. »Aber die Geschichte geht noch weiter.«

Zum ersten Mal schien sie verängstigt. »Was meinst du?«

»Ich habe doch gesagt, dass ich alles weiß. Ich weiß auch, dass du die Stadt vor fast dreißig Jahren verlassen hast. Und ich weiß, dass du schwanger warst und ein Baby bekommen hast.«

Zitternd schloss Louise die Augen und schwankte im Sitzen auf dem Sofa.

»Nein«, murmelte sie. »Nein. Nicht jetzt. Nicht nach all den Jahren.« Sie vergrub ihr Gesicht in den Händen.

»Was ist mit dem Kind passiert?«

»Ich habe es zur Adoption freigegeben.«

Obwohl er es nicht anders erwartet hatte, schockierte ihn diese Nachricht. Es gab noch einen Haynes auf der Welt, einen fremden Halbbruder oder eine Halbschwester.

Als er zu Louise sah, bemerkte er, wie ihre Schultern zuckten und sie sich vor- und zurückwiegte. Aber sie blieb stumm in ihrem Schmerz.

Eigentlich hatte er dieses Gespräch genießen wollen. Tausende Male hatte er es im Kopf durchgespielt, und immer war Louise darin weinend und um Vergebung bettelnd zusammengebrochen. Aber jetzt verspürte er keine Genugtuung. Leben waren zerstört. Niemand konnte die Zeit zurückdrehen.

»Ich bin schon genug bestraft«, sagte sie. »Du hast kein Recht, mich zur Rede zu stellen. Was zwischen deinem Vater und mir geschehen ist, war ein Fehler. Aber niemand wusste davon. Ich bin nicht schuld, dass deine Familie auseinandergebrochen ist. Das hat Earl Haynes ganz allein geschafft.«

Tränen liefen ihre Wangen hinab, und zum ersten Mal sah man ihr jeden Tag ihrer sechsundvierzig Jahre an.

»Da irrst du dich. Vor siebzehn Jahren bist du nach Glenwood zurückgekommen, und mein Vater hat Kontakt zu dir aufgenommen«, machte Jordan weiter.

Ihr Mund öffnete sich. »Nein«, hauchte sie.

»Doch.«

»Nein. Ich meine, Earl hat sich bei mir gemeldet, aber ich wollte nichts mit ihm zu tun haben. Ich war reifer geworden und hatte aus meinen Fehlern gelernt. Jordan, ich schwöre dir, ich weigerte mich, überhaupt mit ihm zu reden. An einer Beziehung war ich nicht interessiert. Er war verheiratet. Und selbst, wenn er es nicht gewesen wäre, hätte ich ihm nie wieder getraut.«

»Zu dumm, dass du es ihm nicht klargemacht hast.«

»Was?«

»Du hättest ihm sagen sollen, dass du ihn nicht einmal als Single willst.«

»Das habe ich.«

»Er hat es dir aber nicht abgenommen.«

Stirnrunzelnd sah sie ihn an. »Was redest du da?«

Angestachelt von den bösen unverheilten Wunden aus einer Kindheit voller Leid, brach es aus Jordan heraus. »Mein Vater war überzeugt, dass du ihn nehmen würdest, wenn er nicht verheiratet wäre. Darum wollte er sich von meiner Mutter scheiden lassen.«

»Das ist doch verrückt.«

Jordan ballte die Hände zu Fäusten. »Fünfundzwanzig Jahre lang hat er im Umkreis von fünfzig Meilen alles gevögelt, was im Rock daherkam. Fünfundzwanzig Jahre hat er meine Mutter wie das Letzte behandelt und seine Kinder grün und blau geschlagen. Und dann wollte er die Scheidung. Um mit *dir* zusammen zu sein.«

Mit großen Augen starrte Louise ihn an. »Das glaube ich dir nicht.«

»Das solltest du aber. Ich war da. Ich habe alles gehört.«

Sie schüttelte den Kopf. Glaubte sie ihm immer noch nicht, oder wollte sie, dass er aufhörte? Es war ihm gleich. Er war fest entschlossen, seine Geschichte zu Ende zu bringen.

»Nachdem er die Scheidung gefordert hatte, ging er. Meine Mutter stand in der Küche, in ihrem Zuhause. Und dann fing sie an zu lachen.« Er schauderte. »Ich erinnere mich noch genau an den Laut«, fügte er leise hinzu.

Damals war er sechzehn gewesen – gerade zu alt, um offen zu weinen oder jemanden um Trost zu bitten.

»Jordan, ich …«

»Sie verließ uns«, fiel er ihr ins Wort. »Noch am selben Nachmittag packte sie ihre Koffer und ging. Ich flehte sie an zu bleiben, aber sie hörte mir gar nicht zu. Wir wären alt genug, um auf uns selbst aufzupassen, sagte sie. Dann war sie weg.« Er funkelte die Frau auf dem Sofa an. »Sie hat sich nie wieder gemeldet. Nicht ein Anruf, kein einziger Brief.«

»Es tut mir leid«, sagte Louise. Eine Träne rann über ihre Wange. »Es tut mir so leid. Ich wollte niemandem von euch wehtun.«

»Das reicht nicht.«

Er ging zum Kamin und starrte auf die kalten Holzscheite. Widerstreitende Emotionen kämpften in ihm. In einem kleinen Winkel seines Herzens hatte er Mitleid mit Louise. Sie war jung gewesen, und die Dinge waren ihr über den Kopf gewachsen.

Aber sie hätte es besser wissen müssen, sagte er sich. Nichts von alldem wäre passiert, wenn sie nicht mit einem verheirateten Mann geschlafen hätte. Er heizte seinen Groll an, bis er wieder zum Leben erwachte. So viele ruinierte Leben. Ihres, das seiner Mutter und seiner Brüder.

»Was wurde aus dem Kind?«, fragte er.

»Ich weiß es nicht. Ich habe sie nie wiedergesehen.«

Jordan erstarrte. Für einen extrem quälenden Augenblick schrie jede Zelle seines Körpers vor Schmerz. Dann atmete er tief ein, und der Moment ging vorüber. Doch er selbst blieb kraftlos und erschüttert zurück.

»Sie? Du hattest ein Mädchen?«

»Ja. Was ist daran so besonders? Mein Gott, du glaubst doch nicht ernsthaft an diesen Familienfluch, oder?«

Der Fluch der Haynes-Familie. Seit vier Generationen hatte es in der Familie keine Tochter gegeben. Bis sich Travis in Elizabeth verliebt hatte. Bis Kyle mit Sandy zusammengekommen war.

Haynes-Männer, die ihre Frauen liebten, bekamen Mädchen. Louise hatte ein Mädchen bekommen.

Der Scheißkerl hatte sie geliebt, wirklich geliebt. Aber niemals seine Frau. Und Jordan bezweifelte, dass er jemals viel für seine Söhne übriggehabt hatte.

Seine Brust zog sich zusammen, und das Atmen fiel ihm schwer. Wortlos schwang er auf dem Absatz herum und verließ den Raum. Im Foyer wusste er nicht, wohin. Schließlich trat er hinaus auf die Veranda.

Die Nachtluft biss in seine Haut, aber die Kälte machte ihm nichts aus. Wenigstens konnte er hier durchatmen. Er blies eine dampfende Wolke in die Luft. Hinter ihm fiel die Haustür zu, und er hörte Louises Schritte auf den Holzplanken.

»Ich werde meine Sachen packen und bis morgen früh verschwinden«, erklärte sie.

Eigentlich wollte er, dass sie abreiste, aber es war unmöglich. »Nein. Du kannst nicht gehen. Ich habe dieses Geheimnis siebzehn Jahre gehütet, und wenn du gehst, muss ich es erklären. Ich werde nicht allen die Feiertage verderben, indem ich ausgerechnet jetzt auspacke. Außerdem würde Holly sich allein mit mir nicht wohlfühlen. Sie soll ein schönes Weihnachtsfest haben. Ich will, dass du bis nach Neujahr bleibst.«

»Gut.«

Aus der einen Silbe ließ sich nicht das Geringste über ihre Verfassung ablesen. Aber ihm war sowieso egal, was sie dachte. Obwohl die Geburt einer Tochter nicht ihre Schuld war, nahm er ihr diese letzte Kränkung trotzdem übel.

Er hörte, wie sich die Tür wieder öffnete. Dann sagte Louise: »Ich war erst siebzehn. Es war ein Fehler. Ich wusste nicht, was ich tat.«

»Immerhin warst du schlau genug, meine Familie zu zerstören.«

»Du wirst mir niemals verzeihen, oder?«

»Nein.«

»So einfach ist das? Du musst nicht einmal darüber nachdenken?«

Er antwortete nicht.

Nach einer Weile sagte sie: »Es muss schön sein, immer recht zu haben. Offensichtlich verschafft es dir eine Menge Genugtuung. Ich habe mich oft geirrt – aber das weißt du ja schon. Erzähl mal, wie es ist, wenn man nie Fehler macht. Wie fühlt es sich an, wenn man sich für keinen einzigen Fehltritt schämt?«

Statt eine Antwort abzuwarten, ging Louise zurück ins Haus und zog die Tür hinter sich zu.

Jordan blieb allein in der Kälte zurück. Irgendwo da draußen war seine Halbschwester. Er wusste nichts über sie, und sie wusste nichts über ihn. Gut für sie, dass sie nicht einmal wusste, dass sie eine Haynes war.

Wie sie wohl aussah? Sie musste jetzt – er rechnete schnell nach – achtundzwanzig sein. Nur ein paar Jahre jünger als Kyle. Sie hatten eine kleine Schwester. Er hoffte, dass ihre Kindheit besser gewesen war als seine und die seiner Brüder. Er hoffte, dass ihre Eltern sie geliebt hatten.

Lange hielt Jordan sich am Geländer der Veranda fest und überlegte, was er nun tun sollte. Nach Neujahr würde Louise sich verziehen. Wahrscheinlich glaubte sie, dass er seinen Brüdern alles erzählen würde, aber das hatte er nicht vor. Es war ihre Sache, ihr Geheimnis für sich zu behalten oder es zu lüften. Solange sie aus seinem Leben verschwand, war es ihm egal.

Holly starrte in die Dunkelheit, aber sie fand keinen Schlaf. Sie sah auf die Uhr, schon nach Mitternacht. Schließlich gab sie es auf und warf die Bettdecke zurück.

Ein Zipfel der Decke traf Mistletoes Hinterteil, und die Katze beschwerte sich schläfrig. Zur Wiedergutmachung kraulte Holly sie einen Moment, dann zog sie Bademantel und Hausschuhe an. Vielleicht half ihr ein Schluck Milch oder eine Stunde Bewegung, um endlich einzuschlafen.

Im Gegensatz zu den lauten Gedanken, die ihr durch den Kopf wirbelten, war es still im Haus. Es war falsch gewesen, Jordans Streit mit Louise zuzuhören. Aber sie hatte sich nicht anders zu helfen gewusst. Als er Louise anfauchte, sie solle sich aus seinem

Leben heraushalten, war Holly gerade auf dem Weg nach oben gewesen. Sie war noch bis zum Treppenabsatz hinaufgelaufen, hatte sich dann aber niedersinken lassen und gelauscht. Abgesehen von dem Gespräch auf der Veranda hatte sie alles gehört.

Was sie von alldem halten sollte, wusste sie nicht. Wenigstens ergab Jordans Wut nun endlich einen Sinn. Er war sechzehn gewesen, als er die Affäre der Haushälterin mit seinem Vater entdeckt hatte, aus der ein Kind entstanden war.

Ein Baby. Holly zog den Mantel fester um sich und schlang die Arme um den Oberkörper. Heftige Sehnsucht erfüllte sie. Vermutlich lag es an dem Nachmittag mit Jordans Schwägerinnen, die alle Kinder hatten.

Als Holly den Fuß der Treppe erreichte, sah sie Licht in Jordans umfunktioniertem Arbeitszimmer. Eigentlich wollte sie sich nicht aufdrängen, darum zögerte sie. Trotzdem fragte sie sich, ob er nach dem anstrengenden Tag Schmerzen litt.

Sie huschte durch die Bibliothek. An der offenen Tür zum Arbeitszimmer blieb sie stehen. Jordan saß aufrecht mit einem Buch in der Hand im Bett. Den Blick hatte er jedoch eher in die Ferne gerichtet als auf die Seiten. Er bemerkte sie nicht, und so nutzte sie die Gelegenheit, um ihn anzusehen.

Er trug einen Trainingsanzug. Die lockere Kleidung ließ nur andeutungsweise die Kraft erkennen, die sich unter dem weichen Stoff verbarg. Sein Mund war vor Anspannung zu einem Strich zusammengepresst. Ungefilterter Schmerz stand in seinen Augen.

»Jordan?«

Er sah zu ihr auf, und sofort verschloss sich sein Gesicht. Vor nur einer Sekunde hatte seine Seele noch vor ihr gelegen wie ein offenes Buch. Jetzt wusste sie nicht einmal mehr, was er dachte. Sie erinnerte sich an Rebeccas Behauptung, Jordan sei ein Einzelgänger, der meistens abseits stand und den anderen nur zusah. Zum ersten Mal konnte sie sich vorstellen, dass Rebecca damit richtiglag.

»Du bist spät auf«, sagte er und legte seine Lektüre auf die Bettdecke.

»Ich konnte nicht schlafen.« Sie vergrub die Hände in den Bademanteltaschen. »Ich wollte nur sichergehen, dass bei dir alles in Ordnung ist.«

»Warum sollte es nicht so sein?«, gab er zurück, den dunklen Blick auf sie gerichtet.

Es erschreckte sie, wie fremd und kalt er ihr vorkam. »Du warst heute lange draußen, und ich habe mir Sorgen gemacht, du könntest dich vielleicht körperlich überanstrengt haben. Hast du Schmerzen?«

»Nein.«

Sie zögerte, ob sie gehen oder es wagen sollte zu bleiben. Ihre ängstliche Hälfte fand Wegrennen gar keine schlechte Idee, aber dann behielt der mitfühlende Teil in ihr doch die Oberhand. Also setzte sie sich auf den gepolsterten Stuhl neben dem Bett.

Es gab keine leichte Art, ihm die Wahrheit zu sagen, also platzte sie einfach damit heraus. »Ich stand auf der Treppe. Ich habe alles gehört.«

Ohne ein Wort zu sagen, starrte er auf einen Punkt links hinter ihr. Keine einzige Muskelbewegung verriet, was er dachte.

»Jordan?«

»Es ist egal«, sagte er. »Das ist alles lange her.«

»Es ist nicht egal. Da sind noch so viele ungelöste Fragen. Es tut mir leid, dass du das so lange mit dir herumtragen musstest. Es war bestimmt schwer für dich.«

Keine Antwort.

Langsam atmete sie ein. »Weißt du, es ist nicht nur Louises Fehler.«

»Schon klar, dass du als Frau dich auf ihre Seite schlägst.«

»Das hat mit nichts auch nur irgendetwas zu tun.«

»Wenn nicht ihrer, wessen Fehler ist es dann?«

»Louise hat einen Teil der Schuld, aber nicht die ganze.«

»Wie praktisch, dass du allen ihren Anteil zuweist«, gab er sarkastisch zurück. »Warum teilst du nicht alles auf und gibst mir dann Bescheid, wie viel meine Schuld ist, wie viel Louise gehört und allen anderen auch? Schließlich bist du ja Expertin in Beziehungsfragen.«

Wie spitze Steine prasselten seine Worte auf sie ein. Auch wenn sie keinen sichtbaren Schaden davontragen würde, spürte sie jeden einzelnen Schlag. Dieser Jordan war böse und kaltherzig. So konnte sie ihn weder mögen noch ihm vertrauen. Trotzdem war er ihr wichtig, also blieb sie sitzen.

Als hätte er ihre Gedanken gelesen, sah er sie an und lächelte ihr schwach zu. »Entschuldige. Ich wollte nicht so ekelhaft sein. Es ist einiges passiert, und es fällt mir schwer, darüber zu reden. Du kannst das nicht verstehen, Holly. Du bist zu unschuldig.«

»So unschuldig wie Louise, als ihr all das passiert ist?«

Sein Lächeln verschwand. »Einen Punkt für dich.«

Sie spürte seinen Kummer, während sie angestrengt ihren eigenen ignorierte. »Jordan, hier geht es nicht um Punkte, um Gewinnen oder Verlieren. Das ist das Leben. Du musst dich damit abfinden. Nicht für Louise, sondern für dich selbst.«

»Du hast verdammt noch mal keinen Schimmer, wovon du sprichst. Wenn sie nur mit dem Alten geschlafen hätte, hätte ich es verstanden. Er war ein Mistkerl erster Klasse, und garantiert liebte er es, Schulmädchen zu verführen. Louise war wohl kaum die Erste oder die Letzte. Aber sie hat es nicht dabei belassen. Sie hätte einfach wegbleiben sollen, aber sie musste ja wiederkommen. Sie kam zurück in die Stadt und zerstörte meine Familie.«

Sein Zorn war beinahe mit Händen zu greifen, wie ein wildes Tier, das im Zimmer lebte und atmete. Für die nächsten Worte sammelte Holly all ihren Mut. »Für mich hört es sich an, als wäre deine Familie schon lange vor Louises Rückkehr auseinandergebrochen.«

»Wir hatten Probleme wie andere Familien auch. Aber ohne sie hätte meine Mutter uns nicht verlassen. Und jetzt ist Louise da, im Leben von uns allen. Ich hasse es. Kaum drehe ich mich um, taucht sie wieder beim nächsten Familientreffen auf.«

»Sie tut niemandem weh. Außerdem kümmert sie sich rührend um die Familie. Was soll daran falsch sein?«

»Sie führt uns an der Nase herum.«

»Nein.« Holly lehnte sich vor und faltete die Hände. »Jeder in der Familie ist ihr wichtig, sogar du. Und sie liebt die Kinder.«

»Liebe.« Verbittert lachte Jordan auf. »Das wird uns noch alle ruinieren.«

Eine Kältewelle schwappte über sie hinweg. »Was meinst du damit?«

»Deine hochgelobte Liebe zerstört nur. Wenn man meinen Vater gefragt hätte, er hätte geschworen, dass er seine Söhne liebt. Die Schläge sollten sie nur auf dem rechten Weg halten. Auch seine Frau hat er geliebt. Er hatte seinen Spaß, na und? Er kam ja jede Nacht nach Hause, das sollte alles wiedergutmachen. Sein Vater und seine Onkel, seine Brüder, ja sogar sein Großvater haben es nicht anders gemacht.«

Er hielt kurz inne und lehnte sich in seinem Krankenhausbett zurück. »Willst du mehr über die Liebe hören? Craig hat seine erste Frau geliebt. Krystal war ein Flittchen, aber jahrelang wusste er von nichts. Jeden von uns Brüdern hat sie angebaggert. Es hat uns angewidert, aber wir haben ihm nichts gesagt. Und Krystal hat sich ebenfalls angemaßt, Craig zu lieben. Angeblich liebte sie auch ihre Söhne. Trotzdem konnte sie sie verlassen und nach der Scheidung nie wieder besuchen. Liebe zerstört alles, womit sie in Berührung kommt.«

Hollys erster Impuls war zu widersprechen. Aber auch in ihrem Leben hatten Menschen unter der Liebe gelitten. Ihre Mutter hatte Hollys Vater geliebt, und er hatte sie enttäuscht. Selbst als sie im Sterben lag, konnte er sich nicht dazu herablassen, ihr zu helfen.

Ihr war klar, dass Liebe manchmal schmerzte. Zum Beispiel, als ihre Mutter gestorben war. Aber es gab auch gute Seiten, wie etwa die vielen wunderbaren Stunden, die sie mit ihrer Mutter verbracht hatte.

»Manchmal ist die Liebe das Risiko wert, verletzt zu werden«, sagte sie.

»Glaubst du das wirklich?«

»Ja«, antwortete sie. »Was ist mit deinen Brüdern? Die sind dir doch wichtig.«

»Eine Ausnahme von einer langen, hässlichen Liste aus Regeln.«

An den Schatten unter seinen Augen sah sie, dass er müde war. Sie wünschte, sie könnte seinen Schmerz lindern. »Ein komisches Paar sind wir. Du meinst, dass Liebe schmerzt. Und ich fürchte mich davor, irgendjemandem zu vertrauen.«

Wie die Liebe, so war auch Vertrauen eine gefährliche Sache. Aber wenn es gelang, war es das Risiko eines gebrochenen Herzens wert. Glaubte sie selbst fest genug daran, um ihn davon zu überzeugen?

»Hätte ich bloß die richtigen Worte, damit es dir besser geht«, murmelte sie niedergeschlagen.

»Das ist nicht deine Aufgabe. Ich werd's überleben.«

Sie dachte an den sechzehnjährigen Jungen, der abscheuliche Familiengeheimnisse erfahren hatte. Seinen Worten zufolge hatte er alles für sich behalten, und sie glaubte ihm. Lange Jahre hatte er das Geheimnis mit sich herumgeschleppt. Zwar war sie anderer Meinung, was seine Schuldzuweisung anging. Aber sie verstand, woher der Impuls kam.

»Du bist müde«, sagte er. »Geh schlafen. Ich komme zurecht.«

Doch sie schüttelte den Kopf. »Gleich.« Dann stand sie auf und setzte sich auf die Bettkante. »Es tut mir leid«, flüsterte sie.

»Es gibt nichts, was dir leidtun müsste.«

Dass *er* ihr leidtat, verschwieg sie ihm, denn er hätte kein Mitleid oder Bedauern gewollt. Stattdessen sagte sie es ihm ohne Worte. Sie lehnte sich vor und kuschelte den Kopf an seinen Hals. Dann schlang sie die Arme um ihn.

Jordan reagierte nicht. Trotzdem ließ sie ihn nicht los und wünschte, er würde ihren Trost annehmen. Fetzen des abendlichen Streits füllten ihre Gedanken. Viel zu lang hatte er diese Last allein getragen. Sie wollte ihm helfen, doch er ließ es nicht zu.

Ihre Augen brannten. Obwohl sie versuchte, die Tränen zurückzudrängen, konnte eine entwischen. Bevor sie sie wegwischen konnte, fiel sie auf seinen Hals.

Da zuckte Jordan zusammen, packte Holly bei den Armen und hielt sie von sich weg. Er musterte sie, hob eine Hand und berührte eine Träne. »Ich bin keine einzige davon wert«, erklärte er schroff.

»Das ist nicht wahr. Du verdienst so viel mehr.«

Er fluchte unterdrückt und zog sie an sich. Sie drückte sich an seinen starken Oberkörper und hielt ihn fest. Wie einsam musste dieser Mann sein, der nicht an die Liebe glaubte. Und wie einsam war sie, eine Frau, die nicht zu vertrauen wagte. Würden sie je den Sprung schaffen? Oder würden sie den Rest ihres Lebens Suchende bleiben, die aus Furcht niemals ihr Ziel erreichten?

Sie wollte ein anderes Schicksal, das wusste Holly. Sie wollte mehr vom Leben. Aber sie hatte Angst.

Ein andermal würde sie mit den bösen Geistern ringen, die sie gefangen hielten. Ein andermal würde sie in ihrem Herzen nach dem Schlüssel suchen, um der Einsamkeit zu entfliehen. Heute Nacht genügte es ihr, Jordan zu halten und in seinen tröstenden Armen zu liegen.

12. Kapitel

Als Holly am nächsten Morgen zum Frühstück in die Küche kam, traf sie auf Louise, die den Kaffee aufsetzte. Hatte sie nicht gewusst, was in der letzten Nacht vorgefallen war, wären ihr die leicht verquollenen Lider und die Augenringe von einer durchwachten Nacht vielleicht gar nicht aufgefallen. Aber trotzdem hätte sie bemerkt, dass etwas nicht stimmte. Es dauerte einen Augenblick, bis sie darauf kam. Dann realisierte sie, dass es an Louises Kleidung lag.

Anstelle der sonst hellen, nur selten aufeinander abgestimmten Farben trug Louise schwarze Jeans und ein schlichtes weißes langärmeliges Shirt. Außerdem fehlten die oft so ulkigen Ohrringe. Einfache Goldstecker schimmerten in den Ohrläppchen.

Bevor Holly etwas sagen konnte, hörte sie Jordan hinter sich. Sie drehte sich um und lächelte ihm zaghaft zu. Er reagierte nicht darauf, doch als er an ihr vorbeiging, drückte er ihre Hand.

Den besseren Teil der letzten Nacht hatte sie in seinem Bett verbracht. Schweigend hatten sie einander umarmt. Als sich seine Atmung schließlich verlangsamte und sie sicher war, dass er schlief, war sie in ihr Zimmer zurückgegangen. Allerdings hatte sie nicht viel Schlaf gefunden. Stattdessen spielte sie wieder und wieder die abendlichen Ereignisse in ihrem Kopf durch. Mistletoe hatte sich an sie gekuschelt, und ihre Wärme und das sanfte Schnurren trösteten Holly, während sie mit all dem kämpfte, was sie erfahren hatte.

Fragen nach Recht und Unrecht, wer wen verletzt hatte und warum, ließen sie nicht los. Wenigstens verstand sie nun, warum Jordan ständig wütend auf Louise war. Sie wünschte, es gäbe für alle eine einfache Lösung. Aber die existierte nicht. Beide taten ihr leid, Jordan und die Haushälterin.

Louise wandte sich nicht um, aber ihre Schultern versteiften sich.

»Der Kaffee ist noch nicht fertig«, sagte sie. »Er braucht noch ein paar Minuten. Ich bringe dir dann deinen Becher.« Während sie den gemahlenen Kaffee abmaß, zitterten ihre Hände.

Einen Moment starrte Jordan sie an, und Holly beobachtete ihn. Verschiedenste Emotionen blitzten in seinen Augen. Sie erkannte Mitgefühl und aufflimmerndes Bedauern. Doch alle weiteren Regungen verschwanden, bevor Holly sie zuordnen konnte. Abrupt blieb er in der Küche stehen, dann drehte er sich um und ging.

»Erzähl mir nichts von Spannung«, sagte Louise und versuchte zu lächeln. Ihre Mundwinkel zuckten traurig.

»Es tut mir so leid«, erwiderte Holly und ging auf die andere Frau zu.

Louise blinzelte mehrmals. »Er hat es dir erzählt.«

Das war keine Frage. »Nein. Ich habe es mitgehört. Ich wollte es nicht, aber …« Ihre Stimme versiegte.

Louises blaue Augen füllten sich mit Tränen. »Früher oder später kommt sowieso alles heraus. Bestimmt denkst du jetzt, ich bin ein schlechter Mensch.«

»Das ist mir nie in den Sinn gekommen.« Spontan streckte Holly die Arme nach ihr aus und drückte sie an sich. Louise umarmte sie zurück, versteifte sich aber rasch wieder.

»Diese ganzen Gefühle vor dem ersten Kaffee am Morgen … Ich weiß nicht, ob mein altes Herz das aushält.«

Damit wandte sie sich wieder dem Kaffee zu und stellte die Maschine an. Dann setzte sie sich an den kleinen Küchentisch beim Fenster.

Es war ein kalter, klarer Wintertag. Der blaue Himmel bildete den perfekten Hintergrund für das helle Sonnenlicht. Holly setzte sich neben Louise.

»Alles, was er gesagt hat, ist wahr. Ich wusste, dass es nicht richtig war, mich in Earl Haynes zu verlieben. Warum ich es trotzdem getan habe, verstehe ich selbst nicht.« Sie hob die Schultern. »Da sind nur die üblichen Ausreden. Ich dachte, dass niemand sich für mich interessierte, und Earl gab mir das Gefühl, etwas Besonderes zu sein. Schön sogar. Aber ich wollte niemandem wehtun.«

Eine Träne rann aus ihrem Augenwinkel. Ungeduldig wischte sie sie weg. »Ich war eine Idiotin.«

»Du warst so jung.« Holly lehnte sich zu ihr. »Ich verstehe nicht alles, was geschehen ist. Du hast recht, dass du einen Fehler gemacht hast, aber du warst erst siebzehn. Er dagegen war erwachsen. Er hätte es besser wissen müssen.«

»Vielleicht.«

»Nicht vielleicht. Er war ein reifer Mann mit einer Frau und vier Kindern. Er hat dich ausgenutzt.«

Die Haushälterin schniefte. »Du hörst dich so überzeugt an.«

»Das bin ich. Außerdem war er der Sheriff der Stadt, und er hat die Stellung und Autorität zu seinen Gunsten missbraucht. Du hattest keine Chance, Louise. Hör mit den Selbstvorwürfen auf.«

»Es ist schwer, die Schuld loszulassen«, gab die Ältere zu. »Diese Last trage ich schon so lange mit mir herum. Wahrscheinlich hätte ich begreifen müssen, warum Jordan mich nicht mag. Aber ich habe nicht damit gerechnet, dass er etwas weiß«, fuhr sie kopfschüttelnd fort. »Jetzt ergibt alles einen Sinn. Er gibt mir die Schuld an seiner zerrütteten Familie.« Sie sah Holly an. »Ich schwöre, wenn ich das Unglück hätte kommen sehen, wäre ich all die Jahre später nicht zurückgekehrt. Von Earls Plänen hatte ich keinen Schimmer.«

»Auch das ist nicht deine Schuld«, erwiderte Holly.

»Vielleicht nicht, aber Jordan wird mir nie verzeihen. Schlimm genug, dass ich das Baby bekommen habe. Aber seine Mutter zu vertreiben war noch viel schlimmer.«

Alles in Holly sträubte sich dagegen, wie Louise die gesamte Schuld auf sich häufte. Vielleicht sah Holly die Dinge klarer, weil sie neu für sie waren. Auf beiden Seiten gab es Irrtümer.

»Jordans Mutter ist nicht deinetwegen verschwunden«, widersprach sie. »Sondern weil ihr Mann die Scheidung wollte.«

»Um mich zu heiraten.«

»Aber du hast ihn nicht darum gebeten, dass er sich scheiden lässt. Du wolltest nichts von ihm. Es ist nicht deine Schuld.«

Louise holte tief Luft. »Im Kopf weiß ich, dass alle deine Worte richtig sind. Aber in meinem Herzen sieht es anders aus. Ich fühle mich so schuldig. Nicht nur wegen der Haynes', auch wegen meiner kleinen Tochter. Ich denke immerzu an sie. Ich möchte, dass sie glücklich und si… sicher ist.« Ihre Stimme brach, und sie musste sich abwenden, um ihren Gefühlsausbruch zu verbergen.

Holly versuchte sich auszumalen, ein Kind zur Adoption freizugeben. Etwas Traurigeres konnte sie sich nicht vorstellen.

»Hast du sie nach der Geburt gesehen?«

»Nur eine Minute.« Dieses Mal brachte Louise ein richtiges Lächeln zustande. »Sie war eine richtige Haynes. Große Augen, jede Menge dunkle Haare. Sie war wunderschön. Dann brachten sie sie weg.«

»Hast du nie versucht, sie zu kontaktieren?«

»Nein.« Wieder flossen die Tränen. Louise wischte sie fort. »Was hätte ich ihr denn sagen sollen?«

»Zum Beispiel die Wahrheit? Dass du jung warst und Angst hattest und es die beste Lösung schien, sie einem liebevollen Paar zu geben.«

»Das hört sich nett an. Aber sie nicht zu sehen ist in Wahrheit die Strafe für meine Vergehen. Ich habe sie in meinem Leben nicht verdient.«

Der Kummer ihrer Freundin ging Holly unter die Haut. Sie wusste, wie sich diese Art der Leere und Sehnsucht anfühlte. Sie verstand, wie es war, allein zu sein.

»Schade nur, dass du deine Tochter mitbestrafst«, entgegnete sie sanft. »Denk nur, was sie alles verpasst. Eine tolle Mutter und vier Halbbrüder. Hast du dir einmal überlegt, dass sie vielleicht ein Teil von deinem Leben sein *möchte*?«

Louise starrte sie an. »So habe ich das noch nie betrachtet. Aber was ist, wenn sie ihre Welt mag, wie sie ist?«

»Und was, wenn nicht? Schlimmstenfalls kann es dir passieren, dass sie dich nicht sehen will. Ich weiß, dass es beängstigend und ein Wagnis ist. Aber was ist, wenn sie schon ihr ganzes Leben auf dich wartet?«

»Was wäre dann?«, wiederholte Louise leise.

Dieses Jahr hatte die Familie Travis' Straße ausgewählt, um Weihnachtslieder zu singen. Sie zogen sich warm an, verteilten Notenblätter und Taschenlampen und machten sich auf den Weg.

»Wir müssen die Orte abwechseln«, klärte Jordan Holly auf. »Weil wir schauderhaft singen. Darum schonen wir die Nachbarn, indem wir ein paar Jahre nicht wiederkommen.«

Sie lehnte sich an ihn und grinste. »Das glaube ich nicht.«

»Der größte Teil der Familie ist vollkommen unmusikalisch. Glaub mir, es ist fürchterlich.«

Inzwischen lag Jordans Streit mit Louise fast eine Woche zurück. In drei Tagen war Weihnachten, und über dem Haus hing eine Art Waffenruhe. Wann immer es ihr möglich war, ging Louise Jordan aus dem Weg. Einige Male hatte er gehört, wie Holly mit der Haushälterin redete. Bruchstücke der Unterhaltung waren zu ihm durchgedrungen. Daher wusste er, dass sie über die Vergangenheit und das Kind sprachen, das Louise zur Adoption weggegeben hatte.

Ein Mädchen. Eine Haynes-Tochter. Wieder überkam ihn Wut, wenn er sich vergegenwärtigte, wie sein Vater Louise die Zuneigung geschenkt hatte, die er Frau und Kindern versagt hatte.

Es war nicht fair. Aber letztlich ging es im Leben selten gerecht zu.

Beim ersten Haus blieben sie stehen. Das Licht an der Veranda brannte, und im Vorgarten stand ein kleiner Plastikweihnachtsmann. Laut und fröhlich bereiteten sich alle Haynes' darauf vor, ihre Festtagsstimmung mit den Nachbarn zu teilen. Die kleineren Kinder waren bei Louise geblieben, die auf sie achtgab, und schliefen schon. Die älteren interessierten sich eher dafür, zu spielen, als zu singen.

Jemand rief den Namen des ersten Lieds. Im nächsten Augenblick hörte man nichts als Papiergeraschel, bis alle die richtige Seite gefunden hatten. Dann ertönte ein einzelner Ton aus einer Stimmpfeife – als würde das etwas helfen.

»Vom Himmel hoch, da komm ich her …«

Zwar waren die Worte verständlich, doch die Stimmen blieben schief und vermischten sich kein bisschen. Die Nachbarn kamen auf die Veranda und gaben sich Mühe, begeistert auszusehen. Aber es war nicht zu übersehen, dass sie sich quälten.

Holly besaß eine sehr schöne Stimme. Sie sang leise, aber Jordan hörte die klaren Töne und die perfekte Melodie. Womöglich gab es doch noch Hoffnung.

Auch Kyle hörte es. »Die hier kann singen«, rief er. »Komm nach vorn, damit sie dich hören können. Vielleicht werden wir dann nicht beworfen.«

Holly sah kurz zu Jordan herüber. »Schon in Ordnung«, sagte er. »Du hörst dich wirklich besser an als wir.«

Heute trug sie einen dicken blauen Pullover, der zu ihrer Augenfarbe passte. Die kalte Nachtluft trieb rosige Farbe in ihre Wangen. Im Schein des Lampenlichts sah er sie lächeln, und etwas tief in seinem Inneren reagierte darauf.

Er mochte sie. Dieses Wissen hätte ihn erschrecken und in die Flucht schlagen müssen. Aber er konnte nur dastehen, dankbar für ihre Gegenwart. Alles an ihr war falsch für ihn. Ihre Anständigkeit, ihre Unschuld, ihr Vertrauen. Doch bis zum Ende der Feiertage würde er jede gestohlene Minute mit ihr genießen. Wenn die gemeinsame Zeit vorbei war, würde er sich wieder in seine dunkle Welt zurückziehen und dort allein überwintern.

Meine Sehnsucht nach ihr betrifft mehr als Sex, dachte er, während sie sich zusammen mit Kyle an die Spitze der Gruppe setzte. Trotz dieses Gedankens glitt sein Blick über ihre runden Hüften und den großzügigen Hintern. Er bewunderte ihre üppige weibliche Figur. Natürlich wusste er längst, dass sie sich wegen ein paar überschüssiger Pfunde quälte. Aber er wollte nicht, dass sie sich veränderte. Noch immer konnte er ihre vollen Brüste vor sich sehen, sie schmecken und spüren. Er wollte ihnen auf ewig huldigen.

Mehr noch als den körperlichen Kontakt aber genoss er es, einfach Zeit mit Holly zu verbringen. Es gefiel ihm, mit ihr zu reden und zu arbeiten. Er schätzte die Sorgfalt, mit der sie die Aufgaben an seinem Haus erledigte. Und er mochte ihre Sicht auf die Welt und ihre unermüdliche Begeisterungsfähigkeit. Trotz aller Schläge, die ihr das Leben versetzt hatte, glaubte sie immer noch, dass sich die Dinge stets zum Besten wendeten.

Die Gruppe begann ein zweites Lied. Währenddessen ließ Jordan sich hinter Austin und Rebecca zurückfallen, die nur Augen füreinander hatten. Lindsay, Sandys Älteste aus erster Ehe, hatte eine Freundin mitgebracht. Doch die beiden kicherten mehr, als dass sie sangen. Keiner der zwei Teenager bemerkte, wie er sich hinter sie an das Ende der Gruppe treiben ließ.

Sehnsüchtig blickte Jordan auf das Haus zu seiner Linken. Travis' Haus. Ob es jemand merken würde, wenn er zurückging?

Bevor er einen Entschluss fassen konnte, kam Elizabeth zu ihm herüber und hakte sich bei ihm ein.

»Ich dachte, davon hätte Holly dich geheilt«, meinte sie und schaute zu ihm auf.

»Wovon?«

»Eine Weile warst du fast wie wir. Fröhlich, Teil der Unterhaltungen. Jetzt grübelst du wieder. Willst du darüber reden?«

Er hatte ihr nichts zu sagen, denn er war nicht bereit, jemandem Louises Geheimnis preiszugeben. Und über ihren Streit wollte er nicht diskutieren.

»Ist es Männersache?«, fragte Elizabeth.

»Nein, eine Familienangelegenheit.«

Lange und eindringlich sah sie ihn an. Ihm wurde bewusst, dass sie ein Teil der Haynes-Familie war, und er drückte ihr einen Kuss auf den Kopf. »Entschuldige. Es war nicht so gemeint, wie es herausgekommen ist.«

Ihre braunen Augen sahen mehr, als sie sollten. Sie fuhr fort, ihn zu mustern. Dann nickte sie und verschwand in der Menge. Einige Minuten später tauchte Travis neben ihm auf.

»Elizabeth hat mich hergeschickt, um mit dir zu reden«, sagte er. »Was ist los?«

Eigentlich wollte Jordan nicht darüber sprechen. Aber der Gesichtsausdruck seines Bruders machte ihm klar, dass er keine Wahl hatte. Also wechselte er auf den Fußweg und zog den Mantel gegen den Abendfrost fester um sich.

»Ich habe in letzter Zeit viel über Dad nachgedacht«, sagte er. Gewissermaßen entsprach das der Wahrheit.

Travis zog eine Grimasse. »Wozu die Mühe? Ich bin froh, dass der Alte am anderen Ende der Republik wohnt. Würde Elizabeth mich nicht dazu verdonnern, bekäme er keine Weihnachtskarte von mir. Willst du dich bei ihm melden?«

»Nein«, erwiderte Jordan kurz angebunden.

»Dachte ich mir. Er ist bis auf die Knochen ein Drecksack.« Travis' Gesichtsausdruck verhärtete sich. »Ich werde ihm nie verzeihen, was er uns allen angetan hat.«

Craig stand in der Nähe und fing das Gespräch auf. Während die Gruppe zum nächsten Haus weiterging, ließ er sich zu ihnen zurückfallen.

Travis fragte: »Rufst du manchmal bei Dad an?«

»Warum sollte ich?«, gab Craig zurück. »Ich habe ihm nichts zu sagen. Nie war auch nur eine einzige meiner Anstrengungen gut genug für ihn. Ich habe es längst aufgegeben, mich um ihn und seine Meinung zu scheren.« Bitterkeit verdunkelte seine Stimme.

Überrascht starrte Jordan seinen ältesten Bruder an. Er hatte nie darüber nachgedacht, was Craig als Erstgeborener durchgemacht haben musste. Meistens hatte er den größten Brocken von der Wut ihres Vaters abbekommen. Jordan erinnerte sich, wie Craig oft für Dinge die Verantwortung übernommen hatte, die er nicht verbrochen hatte. Auf Travis' Nachfrage hatte Craig ihm einmal erklärt, er sei größer, und darum täten ihm die Schläge nicht mehr so weh. Aber aus der Perspektive des Erwachsenen wusste Jordan, dass Craig in Wahrheit seine Brüder beschützt hatte.

Um sie herum wurde das nächste Lied angestimmt. Der Text über Frieden und Hoffnung stand in einem merkwürdigen Widerspruch zu ihrer Stimmung und dem Inhalt des Gesprächs. Sie schwiegen, um zuzuhören.

»Bei euch Jungs alles in Ordnung?«, fragte Elizabeth, nachdem das Lied beendet war.

Travis sah sie an. »Uns geht's gut.« Doch er blieb bei seinen Brüdern auf dem Gehweg stehen. Inzwischen hatten sich auch Kyle und Austin zu ihnen gesellt. Nur die Frauen und Kinder liefen weiter zum nächsten Haus. Am Rande seiner Wahrnehmung registrierte Jordan, dass sich der Gesang etwas weniger schräg anhörte als vorher.

»Ich nehme dem alten Herrn eine Menge übel«, sagte Travis. »Zum Beispiel habe ich nie gelernt, Ehemann oder Vater zu sein.«

»Das hat keiner von uns«, erwiderte Craig. »Ich wusste, dass ich ein Vorbild sein sollte. Aber mir war nie klar, was ich tat – offensichtlich, sonst hätte ich Krystal nicht geheiratet.«

»Seinetwegen hätte ich beinahe Sandy verloren«, fügte Kyle hinzu. Die Nachtluft war kühl, und er zog seine Lederjacke fester zu. »Weil ich Angst hatte, ich wäre nicht gut genug für sie und ihre Kids.«

»Und mir wäre Elizabeth fast abhandengekommen«, sagte Travis.

»Wir alle haben Fehler gemacht«, bemerkte Craig. »Das tut jeder. Aber ich weiß, dass wir ohne ihn und seine Brüder besser dran gewesen wären.«

»Ich erinnere mich, dass ich nie wie einer von ihnen werden wollte«, erzählte Travis. Er vergrub die Hände in seinen Manteltaschen.

Alle nickten. Auch Jordan hatte sich das geschworen. Er wollte nicht wie sein Vater oder seine Onkel sein, die die Frauen nur benutzten und sie dann achtlos wegwarfen. Er wollte mehr. Dann hatte er erfahren, wie schmerzhaft es war, jemanden zu lieben. Also hatte er beschlossen, ganz auf Beziehungen zu verzichten.

Austin räusperte sich. »Eine Zeitlang dachte ich, ihr wärt Glückskinder. Immerhin hattet ihr eine Familie und Eltern, die sich um euch kümmerten. Doch ich habe ziemlich schnell kapiert, dass es manchmal besser ist, allein zu sein.«

»Wir haben es weit gebracht«, sagte Craig und klopfte Kyle auf den Rücken. »Sogar du, Brüderchen.«

»Oh, besten Dank.«

Craig hatte recht. Sie waren älter geworden und hatten sich verändert. Keiner von ihnen war wie ihr Vater geworden. Jordan fragte sich, was seine Brüder wohl sagen würden, wenn er ihnen die Wahrheit über die Vergangenheit verriet. Keiner von ihnen wusste, warum ihre Mutter verschwunden war. Zuerst war Jordan wie betäubt gewesen und hatte deshalb nichts gesagt. Er hatte von ganzem Herzen gehofft, sie würde zurückkommen. Damals hasste er Louise und mit ihr das Unglück, das sie über ihr Leben gebracht hatte. Später behielt er die Wahrheit aus Angst für sich.

Denn mit seinem jungen sechzehnjährigen Gemüt fürchtete er, Earl würde Louise heiraten, wenn er alles ans Licht zerrte. Den Gedanken an Louise als seine Stiefmutter und Teil der Familie aber konnte er nicht ertragen.

Um ihn herum plätscherte das Gespräch dahin. Jordan steckte in der Klemme. Einerseits war er überzeugt, dass Louise über ihr Geheimnis von der Affäre selbst entscheiden musste. Aber was war mit dem Kind? Sollte er seinen Brüdern erzählen, dass sie eine Halbschwester hatten? Mittlerweile war sie erwachsen und lebte irgendwo ihr Leben. Hatten sie das Recht, sie aufzustöbern? Wollte sie, dass man ihre Existenz durcheinanderbrachte? Würde sie sich über vier zusätzliche Halbbrüder freuen?

Erst als Holly ihre Hand auf seinen Arm legte, merkte er, dass sich der Singtrupp aufgelöst hatte.

»Geht es dir gut?«, fragte sie und berührte sein Gesicht. Wieder einmal war sie im Krankenschwesternmodus und bemutterte ihn.

»Alles in Ordnung.« Rasch schnappte er sich ihre Hand, hob sie an den Mund und küsste die Innenfläche.

Er hörte, wie ihr der Atem stockte. »Du denkst an Louise«, stellte sie fest, nur ein feines Beben in der Stimme.

»Ein bisschen«, gab er zu. Dann schlang er einen Arm um sie und machte sich mit ihr auf in Richtung von Travis' Haus.

»Du hast ihnen nichts verraten, oder?«

»Ich weiß nicht, was ich sagen soll.«

Sie schmiegte sich an ihn. »Jordan Haynes, du bist ein komplizierter Mann. Einerseits bist du wütend und nachtragend gegenüber Louise wegen allem, was passiert ist. Andererseits willst du sie nicht bloßstellen. Was sagt uns das über dich?«

»Dass ich ein Schwachkopf bin.«

»Ich glaube lieber daran, dass du eine gute Seele hast.«

»Danke. So etwas hört jeder Mann gern.«

Ihr leises Lachen erwärmte sein Herz.

»Wirst du ihnen von dem Baby erzählen?«

»Ich weiß nicht. Es ist lange her. Wo auch immer sie sein mag, sie ist kein Baby mehr, sondern eine Frau. Würde sie Teil von alldem hier sein mögen?«

Dass er in Wirklichkeit seine Halbschwester finden wollte, behielt er für sich. Nur wegen Louise hielt er sich zurück. Denn wenn er sich zur Wahrheit bekannte, würde er ihr einen festen Platz in der Familie zugestehen. Noch immer gab er ihr die Schuld an allem, was geschehen war. Sie sollte nicht auch noch dafür belohnt werden, indem er sie als ein Familienmitglied willkommen hieß.

»Früher habe ich mir immer eine Schwester gewünscht«, sagte Holly. »Du hast Glück, dass du deiner Familie so nahe stehst.«

»Das würdest du nicht sagen, wenn du meinen Vater kennengelernt hättest.«

»Von Louise und dir habe ich ein wenig über ihn gehört. Er scheint schwierig zu sein.«

»Vorsichtig ausgedrückt.« Er dachte über die Vergangenheit nach. »Wenn ich die Wahrheit früher herausgefunden hätte, über Louise und meinen Vater, ich meine …«

»Was hättest du tun sollen? Du warst zu jung, um irgendetwas auszurichten.«

»Wahrscheinlich hast du recht.« An der Treppe zu Travis' viktorianischem Wohnsitz blieben sie stehen. Die anderen waren bereits hineingegangen.

Holly stand auf der untersten Stufe, sodass sie fast auf einer Augenhöhe waren. Sie legte die Hände auf seine Schultern. »Du gibst also zu, dass du jung warst und nicht wusstest, was du tun solltest?«

»Sicher, wenn es dich glücklich macht.«

Ihr Blick traf den seinen. »Louise war auch jung.«

Jordan versuchte, sich wegzudrehen, doch sie verstärkte ihren Griff. Natürlich hätte er sich ohne Weiteres losmachen können, aber er wollte sie nicht kränken.

»Es wird nicht funktionieren, Holly.«

»Warum nicht? Es ist wahr. Sie war siebzehn Jahre alt, und sie hat einen Fehler gemacht. Gerade eben hast du zugegeben, dass du auch nicht fehlerfrei bist. Warum muss sie alle Schuld tragen? Dein Vater war erwachsen. Wenn jemand deine Wut verdient, dann er.«

Er wollte nicht darüber streiten, aber ihre Worte wollte er auch nicht hören. »Was willst du?«

»Ich finde, dass es leichter ist, Louise statt deinem Vater Vorwürfe zu machen. An der Wahrheit ändert es aber nichts.«

Auch wenn er ihr nicht glauben wollte, war er gleichzeitig nicht sicher, ob er ihre Argumente weiter ignorieren konnte.

Eine Weile musterte sie ihn mit ernsten Augen. Dann lächelte sie und griff nach seiner Hand. »Komm rein, da ist es warm«, forderte sie ihn auf und zog ihn hinter sich her.

Plötzlich durchfuhr ihn das Verlangen wie ein Blitz, so heftig, dass ihm die Luft wegblieb. Ihm war klar, dass sie meinte, sie sollten aus der Kälte ins Haus gehen. Aber für die Dauer eines Herzschlags wünschte er, sie meinte mehr. Er wünschte, sie ließe ihn in ihr Herz.

13. Kapitel

Es war kurz vor Mitternacht, als Holly und Jordan vom weihnachtlichen Singen mit dem Rest der Haynes-Familie wieder nach Hause kamen. Eigentlich hätte Holly müde sein müssen. Fast die ganze letzte Nacht hatte sie mit Jordan geredet und anschließend einen langen Arbeitstag gehabt. Denn als sie heute Morgen die Ladentür geöffnet hatte, warteten die Kunden bereits, und erst weit nach Ladenschluss waren alle Wünsche erfüllt gewesen. Es schien, als hätten viele den Weihnachtseinkauf bis zur allerletzten Minute hinausgeschoben.

Aber statt erschöpft zu sein, fühlte sie sich merkwürdig aufgekratzt. Das Singen war ein Heidenspaß gewesen. Je mehr Zeit sie mit Jordans Familie verbrachte, desto fester schloss sie sie ins Herz. Er konnte von Glück sagen, dass er so vielen Menschen wichtig war. Zum ersten Mal seit vielen Jahren war ihr wieder klar, was Sicherheit bedeutete. Obwohl es nur ein vorübergehender Zustand war, verließ sie sich darauf, dass Jordan auf sie achtgab. Schon lange hatte sie niemandem mehr so vertraut. Das Gefühl war ungewohnt, aber sie war bereit, sich daran zu gewöhnen.

Jordan hielt ihr die Tür auf, trat hinter ihr ins Haus und knipste die Lichter in der Eingangshalle an.

»Es ist so still«, flüsterte Holly, dann kicherte sie. »Ich schätze, ich kann auch normal sprechen. Wir wecken ja niemanden auf.«

»Außer der verfluchten Katze.«

Er nahm ihr den Mantel ab und hängte ihn in den Wandschrank im Flur. Holly schaute ins Wohnzimmer, entdeckte aber keine Spur von Mistletoe. Nachdenklich runzelte sie die Stirn. Die Katze konnte Jordan zwar nicht leiden, aber sie kam immer gelaufen, um ihn anzufauchen. Meistens begrüßte sie außerdem Holly und ließ sich von ihr kraulen.

»Mistletoe?«, rief Holly.

»Was ist los?«, fragte Jordan.

»Normalerweise wartet sie immer neben der Tür auf uns.« In ihrem Magen breitete sich Unruhe aus. »Hoffentlich ist sie nicht rausgelaufen.«

»Unwahrscheinlich. Kurz bevor wir losgegangen sind, hast du sie noch gesehen, oder?«

Holly nickte.

»Ich war als Letzter im Haus und weiß, dass ich die Tür zugemacht habe. Eben musste ich aufschließen, um wieder hereinzukommen. Louise hat den ganzen Abend die Kinder gehütet, also konnte sie sie nicht aus Versehen entwischen lassen. Wahrscheinlich schläft Mistletoe oben.«

»Du hast recht. In letzter Zeit war sie etwas müde. Vielleicht hat sie uns nicht kommen gehört.« Holly ging zur Treppe.

»Ich sehe unten nach«, sagte Jordan.

»Danke.«

Das alte Haus war still. Holly ging von Tür zu Tür und schaltete die Lichter ein. In einigen der Räume standen Möbel, aber die meisten waren leer.

Louises Zimmer lag gleich neben der Treppe. Vor ein paar Stunden war die Haushälterin in Travis' und Elizabeths Gästezimmer eingenickt, und die beiden hatten sie schlafen lassen. Travis hatte versprochen, sie am nächsten Morgen zurückzubringen. Holly ging auf die Knie und spähte unter das Himmelbett. Nichts. Dann kontrollierte sie den Wandschrank und sogar den Spalt hinter der Kommode.

»Mistletoe! Wo bist du?«, rief sie, während sie wieder auf den Flur trat.

Auf halber Strecke zu ihrem Schlafzimmer hörte sie Jordans Stimme vom Erdgeschoss.

»Ich hab' sie gefunden«, rief er. »In meinem Zimmer.«

Schnell lief Holly nach unten, wo Jordan am Fuß der Treppe auf sie wartete. Seine Augen glitzerten merkwürdig, und ein halbes Lächeln lag auf seinen Mundwinkeln.

»Was ist?«, fragte sie.

Zur Antwort nahm er ihre Hand. »Herzlichen Glückwunsch. Du bist Großmutter.«

»Sie hat die Kleinen zur Welt gebracht? Geht es ihr gut?«

»Sie sieht großartig aus. Es sind vier Kätzchen.«

Auf die Erleichterung folgte Jubel. Holly beschleunigte ihre Schritte. »Sie war so komisch in den letzten Tagen. Ich hätte es merken müssen.«

Leise betraten sie Jordans provisorisches Schlafzimmer. Die Schranktür stand offen, Kleider waren von den Haken gerissen und zu einem Nest gebaut worden. In der Mitte lag Mistletoe, schützend um vier Junge gerollt.

Drei waren grau wie ihre Mutter, eines war schwarz. Mistletoe blinzelte verschlafen, dann schnurrte sie kehlig.

Holly kauerte sich neben sie und streichelte ihren Kopf. »Was bist du für ein cleveres Mädchen. Vier wunderschöne Babys.« Behutsam liebkoste sie die Katze, ohne die Kleinen zu stören. Sie waren winzig, ihr Fell dünn und seidig.

»Hast du Hunger?«, fragte Holly. Dann drehte sie sich zu Jordan um. »Können wir ihr Futter und die Katzentoilette hierherbringen? Dann muss sie nicht so weit laufen.«

»Klar.« Er erhob sich und ging.

In seiner Abwesenheit sprach Holly weiter leise mit ihrer Katze. Mistletoe genoss die Aufmerksamkeit, als ob sie wüsste, dass sie etwas Großartiges vollbracht hatte.

»Sie faucht dich nicht einmal mehr an«, bemerkte Holly, als er mit dem Futter- und Wassernapf in der Hand zurückkehrte.

»Oh, ich glaube, sie hat sich heute schon genug an mir gerächt.« Damit zeigte er auf das Lager, das die Katze sich gebaut hatte.

Erst jetzt wurde Holly bewusst, dass Mistletoe auf einem Berg aus Jordans Kleidung entbunden hatte. Ganz obenauf lag sein liebster Pullover.

»Oh, nein!« Sie schlug die Hände vor den Mund und sah ihn entsetzt an. »Jordan, es tut mir so leid.«

»Du kannst nichts dafür.«

»Du bist nicht böse?«

»Es sind nur ein paar Kleidungsstücke, Holly. Wenn sie nicht mehr sauber werden, kann man sie ersetzen.«

»Aber Mistletoe war so gemein zu dir, und wegen ihr hast du dich überhaupt erst verletzt.«

Liebevoll berührte er ihren Arm. »Es macht nichts. Ehrlich.«

Voller Dankbarkeit und Rührung sah sie in seine dunklen Augen, dann betrachtete sie die Form seines Munds. Ihr eigener Vater hatte ihrer Mutter nicht einmal helfen wollen, als sie im Sterben lag. Im Laufe ihres Lebens war Holly von vielen Menschen enttäuscht worden. Aber dieser Mann hatte ihr sein Haus geöffnet, sie in seine Familie aufgenommen und ihr endlich das Gefühl gegeben, dazuzugehören.

Tief in ihrem Herzen, an einem Ort, der lange leer und kalt gewesen war, flimmerte hell ein kleines Licht der Hoffnung. Weder begriff sie das Kribbeln, das sie in Jordans Nähe verspürte, noch das Vergnügen, das ihr seine Gesellschaft bereitete. Sie verstand auch nicht, warum seine Küsse und Berührungen sie so aufwühlten. All das war ihr fremd. Sie wusste nur, dass er der wunderbarste Mann war, dem sie jemals begegnet war. Und dass sie alles für ihn getan hätte.

Auch Jordan hockte sich vor den Schrank. Mistletoe beäugte ihn misstrauisch, dann schnupperte sie an seinen Fingern. Als sie fertig war, strich er sanft über ihren Kopf. Die Katze schnurrte nicht, aber sie zog sich auch nicht zurück. Nach ein paar Minuten stand er auf.

»Wir sollten sie besser in Ruhe lassen«, meinte er und hielt Holly die Hand hin.

»Du hast recht. Sie muss sich bestimmt ausruhen.«

Während sie durch die Bibliothek gingen, hielt er ihre Hand weiter fest. Holly wollte etwas dazu sagen, aber sie mochte das Gefühl, ihn so nah bei sich zu haben. Im Wohnzimmer angekommen, blieb er vor dem Kamin stehen.

»Vielleicht sollten wir feiern«, schlug er vor. »Ich habe noch Champagner im Kühlschrank.«

Die einzige Beleuchtung im Zimmer stammte vom Weihnachtsbaum. Holly konnte gerade noch die Konturen seines Gesichts und die Umrisse seines Körpers sehen, der Rest des Raums versank im Schatten. Sie waren allein im Haus – tatsächlich schien es ihr, als wären sie allein auf der Welt. Nervös zog sich ihr Magen zusammen.

»Das wäre schön«, erwiderte sie und setzte sich auf den dicken Läufer.

Jordan ging zum Kamin, wo er ein Streichholz an die aufgeschichteten Kienspäne und die klobigen Holzscheite hielt. Sofort fing das trockene Material Feuer. Bis er mit zwei halbvollen Champagnergläsern zurückkehrte, hatte sich der Geruch vom brennenden Holz mit dem lieblichen Duft der Tanne vermischt.

Bevor er sich zu Holly auf den Boden setzte, schaltete er den CD-Player an. Einige Sekunden später erklangen die ersten Takte eines bekannten Weihnachtslieds. Feierlich hielt er ihr eins der Gläser hin.

Sie nahm es entgegen und merkte dabei, wie ihre Hände zitterten. Als er ihr zuprostete, brachte sie es kaum fertig, mit ihm anzustoßen. Ihr Hals war wie zugeschnürt, die Haut abwechselnd heiß und kalt, und ihre Augen hielten seinem Blick nicht stand. Der Drang, einfach auf und davon zu laufen, kämpfte in ihr gegen das Bedürfnis nach seiner Nähe.

Von dem großen Christbaum, den sie letzte Woche geschmückt hatten, wanderte ihr Blick zum Feuer. Überall sah sie hin, nur nicht zu dem Mann neben ihr.

»Du bist so schön«, murmelte er.

»Blödsinn!« Sie setzte sich in den Schneidersitz um und stellte ihr Champagnerglas auf einen Couchtisch.

Jordan runzelte die Stirn. »Findest du dich nicht attraktiv?«

Die Frage verwirrte sie. »Ich glaube nicht, dass ich mir einen Sack über den Kopf ziehen muss, wenn du das meinst. Aber schön?« Sie schüttelte den Kopf. »Ich bin nun mal nicht wie diese Schauspielerinnen im Fernsehen, dünn und elegant und perfekt geschminkt.«

»Wenn du wärst wie sie, würde ich dich nicht schön finden.« Er stellte sein Champagnerglas neben ihres, beugte sich zu ihr und ließ eine ihrer Haarsträhnen durch seine Finger gleiten. »Weich.

Genau, wie ich dachte.« Dann umfasste er ihren Hinterkopf und hielt sie fest. »Unglaublich.«

Machte er Witze? Oder träumte sie? Dieses Gespräch konnte einfach nicht in Wirklichkeit stattfinden. Jordan Haynes, Blickfang und Single, fand sie nicht ernsthaft anziehend, oder?

»Aber ich muss fünfzehn Pfund abnehmen«, platzte sie heraus. Sofort spürte sie, wie ihr vor Verlegenheit die Röte ins Gesicht schoss. »Und meine Beine sind nicht schlank genug.«

»Ich will keine schlanken Beine. Du bist perfekt, so wie du bist.«

»Aber alles an mir ist zu groß.« Ihre Haut kribbelte unter seinen Lippen, als er ihren Nacken küsste. Es fiel ihr schwer, überhaupt ein Wort herauszubringen.

Nun küsste er ihr Ohrläppchen und knabberte an der empfindsamen Haut. »Glaub mir, Holly. Mit deinem Körper treibst du Männer in den Wahnsinn.«

Überrascht fuhr sie mit dem Kopf zurück und starrte ihn an. »Du machst Spaß, oder?«

Aber er lachte nicht. Mit dunklen Augen sah er sie durchdringend an. Hätte sie ihn nicht so gut gekannt, hätte er ihr Angst eingejagt.

»Jordan?«

»Glaub mir. Männer stehen auf dich.«

Genauso gut hätte er Chinesisch sprechen können. »Sogar du?«, fragte sie, ohne nachzudenken. Gleich darauf hätte sie vor Scham sterben können. An Ort und Stelle auf dem Teppich. Sofortiger Herzstillstand. Ohne zu jammern.

Leider ging das Leben weiter. »Sorry«, nuschelte sie. »Dumme Frage. Ich geh dann mal nach oben und vergrabe meinen Kopf unter den Kissen.«

Doch bevor sie aufstehen konnte, schlang Jordan seine Arme um Holly und drückte sie auf den Teppich nieder. Seine Augen brannten heißer und heller als das Kaminfeuer.

»Ich ganz besonders«, erwiderte er, die Stimme rau von Gefühlen, die Holly nicht zuordnen konnte. Wieder küsste er sie.

Dieses Mal war sie auf die Empfindungen gefasst, die er anfachen würde. Mit der ersten Berührung seines Mundes füllte sich ihr Körper mit Hitze. Bis er sich zur Innenseite ihrer Lippen vorgetastet hatte, war sie bereits hilflos vor Verlangen.

Sie schlang die Arme um ihn und zog ihn an sich. Gegen ihre weichen Rundungen fühlten sich seine Muskeln hart und kantig an. Seine langen Beine strichen über ihre.

Er schmeckte sie, erkundete ihren Mund und neckte sie, bis sie kaum mehr Luft bekam. Mit der einen Hand strich sie durch sein Haar. Mit der anderen streichelte sie seinen Rücken. Sie konnte seine Körperwärme durch das Shirt fühlen.

Plötzlich ließ Jordan von ihr ab. Er drehte sich auf den Rücken und bedeckte die Augen mit seinem Unterarm. »Verflucht, das wird wehtun«, keuchte er.

Holly starrte ihn an. »Was ist los? Ich dachte, es geht deinem Rücken besser. Hast du es heute bei der Physiotherapie übertrieben?«

»Meinem Rücken geht es hervorragend«, entgegnete er mit einem schmerzhaften Lachen. »Mich schmerzt gar nichts … dort.«

Was sollte ihm dann wehtun? »Ich verstehe nicht.«

»Erinnerst du dich an das letzte Mal?« Er ließ die Hand auf seinen Brustkorb sinken.

Langsam nickte sie. Jedes Detail dieses Wunders, das sie in seinen Armen erlebt hatte, war ihr exakt im Gedächtnis geblieben. Manchmal fand sie nachts keinen Schlaf, weil sie sich daran erinnerte. Dann wurde ihr Körper heiß, und sie war seltsam ruhelos.

»Wenn ein Mann eine Frau lieben will, reagiert sein Körper entsprechend.«

Natürlich wusste sie genug über diesen Vorgang, um von selbst darauf zu kommen. Aber sie sagte nichts. Sie wagte auch nicht, den Blick von seinem Gesicht weiter nach unten zu lenken. War er … auch so? Würde sie es sehen können?

Jordan setzte sich auf und rieb sich das Gesicht. »Erregung bringt ein gewisses Vergnügen mit sich. Aber nach einer Weile wird sie schmerzhaft, wenn es keine Abhilfe gibt. Letztes Mal …«

Wie vom elektrischen Schlag getroffen, schnellte sie hoch. Letztes Mal hatte er sie berührt und sie all diese wunderbaren Dinge erleben lassen. Nur für sich selbst hatte er nichts getan.

»Es tut mir leid«, sagte sie leise. »Du musst mich für eine selbstsüchtige, gedankenlose ...« Die Stimme versagte ihr, und ihr fehlten die Worte. Sie hatte sich wie ein Ekel benommen. Oder schlimmer.

»Nur unerfahren«, widersprach er. »Du hast es nicht gewusst.«

»Du hättest es mir sagen sollen. Ich hätte ... Na ja, *irgendetwas* hätte ich unternommen!«

»Es würde mich faszinieren, was.«

Als sie einen raschen Seitenblick riskierte, sah sie, dass er sie ärgerte. Dann verblasste sein Lächeln.

»Holly, du hast noch nie einen nackten Mann gesehen. Ich kann von dir nicht erwarten, dass du dich in männlicher Anatomie oder mit den Feinheiten der Liebe auskennst.«

Darin mochte er recht haben. »Und wenn ich es möchte?«, fragte sie beinahe reflexartig. Geduckt wartete sie auf seine Abfuhr, aber sie nahm die Worte nicht zurück.

»Mich nackt sehen oder Liebe machen?«

Aus den Augenwinkeln sah sie ihn an. Sie konnte nicht erkennen, was er dachte. Aber zumindest sah er nicht böse aus.

»B... beides.«

Die Stille machte sie nervös. Im Hintergrund ertönten die Weihnachtslieder, und die Scheite knisterten im Feuer, doch Jordan sagte kein Wort. Natürlich wollte er sie nicht. Sie war nicht attraktiv oder erfahren genug wie seine anderen Frauen. Er würde sich mit ihr nicht abmühen wollen.

»Entschuldige«, bat sie und wollte aufstehen. »Mein Fehler.« Sie musste unbedingt hier weg, bevor sie in Tränen ausbrach.

Schnell griff er nach ihrer Hand und hielt sie fest. »Geh nicht«, sagte er. »Bitte.« Er lächelte sie zaghaft an. »Holly, ich möchte mit dir schlafen. Ich bin überwältigt, dass dein erstes Mal mit mir sein soll. Überwältigt und geehrt.«

»Ja?« Zu gern wollte sie ihm glauben.

Er küsste sie sanft. »Ja.«

Eine Weile sahen sie sich in die Augen. Holly schluckte aufgeregt. »Was soll ich tun?«

»Bleib einfach hier sitzen. Ich bin gleich wieder da.«

Damit lief er zur Treppe und nahm zwei Stufen auf einmal. Wenigstens erweckte er nicht den Anschein, als würde ihm etwas Schreckliches bevorstehen. Ein kleiner, aber tröstender Gedanke. Sie presste die Hand auf ihren aufgewühlten Magen und fragte sich, ob sie einen Fehler machte.

Leise lachte sie in sich hinein. Nein. Sie hatte eine gute Wahl getroffen. Jordan war sanft und rücksichtsvoll. Er würde dafür sorgen, dass ihr erstes Mal wunderbar war. Bei ihm machte es ihr nichts aus, ungeschickt zu sein oder Fragen zu stellen. Mit seiner Art löste er sogar ihre Befangenheit, wenn ihr etwas peinlich war.

Wenige Minuten später kehrte er mit einer dicken Decke und einem kleinen Kästchen in der Hand zurück. Sie stand auf und half ihm, die Decke vor dem Weihnachtsbaum auszubreiten. Nervös trat sie von einem Fuß auf den anderen. »Bist du sicher, dass wir es hier tun können?«, fragte sie.

»Wir können es tun, wo du willst. Ich dachte, hier ist es romantisch.«

Stimmt, es *war* romantisch. »Gut«, stimmte sie zu.

»Ich übernehme die Verhütung«, erklärte Jordan.

»Ver... Verhütung?« Erschreckt wich sie einen Schritt zurück. Um Himmels willen! Sie würden Sex haben. Richtigen Sex mit Verhütung. Sie starrte auf die Schachtel, als enthielte sie lebendige Schlangen.

»Holly, geht es dir gut?«

»Äh, prima.«

Sein dunkler Blick traf ihren. »Mir ist klar, dass all das fremd und beängstigend ist. Ich wünschte, ich hätte die richtigen Worte, aber sie fehlen mir. Und glaub mir, ich fürchte mich nicht weniger als du.«

Irgendwie war das beruhigend. »Aber du hast es schon vorher getan.«

»Nicht mit dir.«

Interessante Logik, das gefiel ihr. »Ich habe Angst, dass ich etwas Dummes sage oder tue.«

»Wenn du nicht lachst, verspreche ich, es auch nicht zu tun.«

»Warum sollte ich lachen?«

»Sex ist ziemlich komisch«, antwortete er lächelnd. »Setz dich.« Er ließ sich neben ihr nieder und griff nach der Box. »Das sind Kondome. Hast du schon mal eins gesehen?«

Sie schüttelte den Kopf.

Also öffnete er die Box und schüttete den Inhalt auf die Decke. Noch bevor sie eines der herauspurzelnden Päckchen in die Hand nehmen konnte, hatte er die Schachtel auseinandergenommen und glatt gestrichen. Als sie sie sich ansah, erblickte sie erstaunt genaue Anweisungen neben ein paar seltsam aussehenden Zeichnungen.

»Da steht, wie man sie benutzt?« Ihre Stimme überschlug sich beinahe.

»Wie soll man es sonst lernen?«

»Ich dachte, ihr Kerle wisst es einfach irgendwoher.«

»Tut mir leid. Zu Anfang sind wir genauso aufgeregt und unwissend wie alle anderen.«

Sie überflog die Anleitung. Unfreiwillig fiel ihr Blick auf Jordans Schoß. Er trug eine Jeans, und sie konnte nicht erkennen, ob er »erigiert« war, wie es in Schritt eins hieß. Wenn sie nicht einmal das wusste, wie um Himmels willen sollte sie den Rest hinbekommen?

Aber noch bevor sie sich in ihre Panik hineinsteigern konnte, griff er nach einer der Packungen und riss sie auf.

»W… was tust du?«, fragte sie, voller Angst, dass er als Nächstes seine Hose ausziehen und »ihn« herausholen würde.

»Ich versuche, dir zu zeigen, dass es nicht gruselig ist.« Er reichte ihr die offene Packung. »Zieh es raus.«

Mit »es« meinte er wohl das Kondom und nicht … nun ja … sein »Es«, nahm sie an. Sie räusperte sich, dann kippte sie es auf ihre Hand.

Das Kondom war flach, rund und elfenbeinfarben. Ihr stieg der schwache Geruch von Latex in die Nase.

»Du kannst es ausrollen«, sagte er.

Sie hielt das Gummi zwischen Daumen und Zeigefinger fest, dann folgte sie seinem Vorschlag. Als es vollständig auseinandergerollt war, starrte sie es an. Schlaff hing es an ihren Fingern.

»Irgendwie hatte ich mehr erwartet«, gestand sie.

»Immer noch Angst?«, fragte er.

Holly schüttelte vorsichtig das Kondom. »Nicht hiervor.«

»Gut.« Er stand auf. »Ich hole mehr Champagner. Bin gleich wieder da.«

Eingehend musterte Holly das Kondom, das aussah wie ein komischer kleiner Ballon. In ihrem Hinterkopf formte sich eine Idee. Holly wollte sie ignorieren, aber einmal da, ließ sie sich nicht mehr vertreiben.

Verstohlen warf sie einen Blick in Richtung Küche. Von Jordan war nichts zu sehen. Also holte sie tief Luft, hielt das offene Ende des Kondoms fest und brachte es zum Mund.

Es ließ sich perfekt aufblasen. Nach drei großen Luftzügen war es fast so groß wie ein Brot. Hinter ihr klirrte ein Glas auf dem Holztisch. Jordan war zurück.

Lächelnd nahm er ihr das aufgepustete Kondom aus den plötzlich zittrigen Fingern. »Tja, ich fürchte, deine großen Erwartungen kann ich nicht erfüllen.«

»Oh, nein.« Das Gesicht vor Scham in den Händen vergraben hörte sie, wie er zischend die Luft aus dem Gummi ließ.

»Übrigens haben meine Brüder und ich auch herausgefunden, dass man sie prima als Wasserbomben verwenden kann.«

Vorsichtig wagte sie einen Blick durch die geteilten Finger. Er saß neben ihr auf der Decke, sein Haar glänzte im Schein des Feuers. Auf seinen Lippen konnte sie die Andeutung eines Lächelns erkennen.

Als er merkte, dass sie ihn ansah, verschwand das Lächeln aus seinem Gesicht. »Ich will mit dir schlafen. Aber ich werde dich zu nichts drängen. Ich will, dass dein erstes Mal perfekt wird.«

Doch Holly scherte sich nicht um Perfektion. Sie wollte nur mit ihm zusammen sein. »Sag mir, was ich tun soll.«

»Vertrau mir.«

»Das tue ich.«

14. Kapitel

Holly erinnerte sich, wie Jordan sie das letzte Mal gestreichelt und welche Gefühle er damit bei ihr hervorgerufen hatte. Konnte sie das auch für ihn tun?

Nachdenklich runzelte sie die Stirn. »Möchtest du, dass ich dich anfasse? Ich meine, würdest du es mögen?«

»›Mögen‹ wäre nicht das richtige Wort.« Anscheinend bemerkte er ihre Verwirrung. »Ich dachte eher an ›Ekstase‹«, erklärte er.

Sie war nicht sicher, ob sie »Ekstase« konnte. Aber sie wollte es versuchen. Also setzte sie sich auf die Knie und beugte sich vor. Jordan rührte sich nicht, während sie ihm näher kam. Doch anstatt seinen Mund zu berühren, drückte sie ihre Lippen auf seinen Hals, genau auf die empfindsame Stelle unter dem linken Ohr.

Die warme Haut faszinierte sie. Nach einigen schamhaften Küssen wurde sie mutig genug, mit der Zunge über die Haut zu streifen. Er schmeckte nach einer Mischung aus Männlichkeit und Versuchung. Durch seinen Körper lief ein schwaches Beben.

Sie setzte ihre Erkundungstour fort, fuhr an seiner Ohrmuschel entlang und zog dann eine feuchte Spur bis zu seinem Mund. Als sie ihn küsste, nahm er sie bei den Armen und brachte sie beide zum Liegen auf die Decke.

Ihre Körper berührten sich, Zungen streiften einander, Atem vermischte sich. Der langsame, verführerische Tanz ließ Holly zittern, aber Aufhören kam nicht infrage. Jordan war ein guter, sanfter Mann, der ihr Herz höherschlagen und ihr Inneres erbeben ließ. Aus irgendeinem Grund mochte er sie, wollte sie sogar. Normalerweise interessierten Männer wie er sich nicht für sie. Was für eine seltsame Mischung aus Zufällen dazu geführt hatte, dass er sie anziehend fand, war ihr völlig unklar. Aber was auch immer es gewesen sein mochte, sie war dankbar dafür. Ihr erstes Mal wollte sie mit ihm erleben. Er würde dafür sorgen, dass es wunderbar war, das wusste sie. Nicht einmal ihre Angst störte sie mehr.

Sie lag zur Hälfte über ihm, und er bewegte sich, bis ihr eines Bein zwischen die seinen rutschte. Mit einem Arm stützte sie sich auf den Boden, der andere ruhte auf seiner Brust. Während Jordan sie weiterküsste, überlegte Holly, ob sie ihn auch so berühren durfte wie er sie zuvor.

Vorsichtig – beinahe hoffte sie, er würde nichts bemerken – spreizte sie die Finger und ließ die Hand über seinen Oberkörper wandern. Tief in der Kehle stöhnte er auf. Er hatte seine Hand in ihrem Haar vergraben und zog sie nun fester an sich. Seine Atmung beschleunigte sich, genau wie ihre.

»Knöpf mein Hemd auf«, flüsterte er und sog an ihrer Unterlippe. Das Gefühl vertrieb jeden bewussten Gedanken aus ihrem Kopf, und erst Sekunden später konnte sie auf seine Bitte reagieren.

Sein Hemd aufknöpfen. Kinderleicht, dachte sie. Schließlich hatte sie ihre eigenen Hemden schon unzählige Male aufgeknöpft. Das hier konnte nicht schwerer sein, oder?

Sie glitt mit der Hand zur Mitte seines Brustkorbs und folgte dann der Linie bis zur Spitze des Vs vom Kragen. Der erste Knopf öffnete sich problemlos. Ebenso der zweite. Doch auf einmal spürte sie, wie ihre Knöchel über erhitzte Haut strichen. Wie sollte sie sich dabei konzentrieren? In der Kombination mit den Köstlichkeiten, die Jordan außerdem mit ihren Lippen und ihrer Zunge anstellte, hatte sie keine Chance.

Also unterbrach sie den Kuss und setzte sich auf. »Ich will sehen, was ich tue«, sagte sie.

Er hob die Arme und verschränkte sie hinter dem Kopf. »Nur zu.«

So zu arbeiten war einfacher und schwerer zugleich. Jetzt wurde sie zwar nicht mehr durch seine magischen Berührungen abgelenkt – dafür war ihr aber bewusst, dass er sie beobachtete. Sie zwang sich, seinen dunklen Blick zu ignorieren und sich ausschließlich auf sein Hemd zu konzentrieren.

Die restlichen Knöpfe gingen problemlos auf, und sie arbeitete sich schnell bis zu seinem Hosenbund vor. Was nun?

»Zieh das Hemd raus«, empfahl er hilfsbereit.

Das konnte sie. Die Baumwolle war von seinem Körper warm und zerknittert. Dann öffnete sie die letzten drei Knöpfe und schlug die Hemdseiten in der Mitte auseinander.

Natürlich hatte sie im Fernsehen und in Zeitschriften schon nackte Männeroberkörper gesehen. Selbst Jordans kannte sie. Aber dieses Mal war es allein ihr Verdienst, dass seine Haut nur für ihre Augen entblößt war.

Lebendig, real, zum Greifen nah lag sie vor ihr. Sie konnte seine Wärme spüren, seinen Duft inhalieren. Fast fürchtete sie, er könnte protestieren, als sie vorsichtig eine Hand auf seinen flachen Bauch legte.

Seine Muskeln spannten sich unter der Berührung. Sie sah ihn an, aber sein Gesicht verriet nichts. Mit geschlossenen Augen schien er sich vollkommen darauf zu konzentrieren, was sie tat.

Langsam ließ sie die Hand höher gleiten und genoss das Gefühl seiner Haut unter ihren Fingern. Beim Schlüsselbein angekommen, schob sie ihm das Hemd von den Schultern. Er setzte sich halb auf, schüttelte es ab und ließ sich dann wieder auf die Decke sinken.

Jetzt waren seine Augen geöffnet. Er legte seine Hände auf ihre Hüften. »Setz dich auf mich«, sagte er.

Sie schob sich über ihn, nur landete sie dieses Mal nicht auf seinem Bauch. Zwischen ihren Oberschenkeln spürte sie seine Hüften – und noch etwas anderes. Etwas Hartes, Langes. Etwas, das ihren Magen seltsam aufwühlte und die Stelle zwischen ihren Beinen lustvoll zusammenzog.

Auffordernd streckte Jordan die Hände aus, und sie verschränkte ihre Finger mit seinen. Langsam begann er, sie an sich zu ziehen. Immer näher musste sie sich ihm entgegenlehnen und ließ schließlich zu, dass sie ganz auf ihm zu liegen kam. Dafür brauchte es Kooperation und Vertrauen.

Auf halber Strecke kam er ihr entgegen und berührte ihren Mund mit seinem. Während sie sich küssten, fühlte Holly, wie sie in eine Welt schlitterte, die sie nicht verstand. Eine Welt voller Empfindungen und Verlangen. Sie wollte und brauchte es, aber die nötigen Details entzogen sich ihr. Ihr Körper sehnte sich nach der Erlösung, die er ihr schon einmal geschenkt hatte. Noch einmal wollte sie seine Hände auf ihrer Haut, seinen Mund auf ihren Brüsten spüren.

Um seine Brust zu küssen, ließ sie von seinem Mund ab und senkte den Kopf. Sie schmeckte ihn, dann zog sie eine Spur von Küssen bis zum Bauchnabel. Verzückt über die unfreiwilligen Reaktionen, knabberte sie an seiner Haut. Als sie an den flachen Brustwarzen sog, stöhnte er auf. Er seufzte, während sie ihre Hände von den Schultern bis zum Hosenbund wandern ließ. Halb lachte, halb stöhnte er erstickt, als sie den zarten Punkt unter seinem Ohr küsste.

Immer noch auf ihm sitzend, kam sie ihm ganz nahe und flüsterte: »Ich will dich sehen.«

Seine Hände wanderten zum Gürtel. Nachdem sie von ihm geklettert war, öffnete er die Jeans und setzte sich auf, um Stiefel und Socken auszuziehen. Dann legte er die Hände auf den Hosenbund.

»Ganz bestimmt?«, fragte er.

Sie nickte. Irgendwie fühlte sie sich vollständig angezogen sicherer.

Also schob er auch die letzten Kleidungsstücke hinunter und legte sich wieder hin.

Augenblicklich verließ Holly der Mut. Unverwandt starrte sie auf seine Füße.

»Angst?«, fragte er.

»M-hm … Aber du hast hübsche Füße.«

»Danke. Guck dir mal die Knie an, die sind auch nicht schlecht.«

Knie? Gut, in Ordnung, das war ebenfalls ungefährlich.

»Gib mir deine Hand«, forderte er sie auf.

»Was? Bist du verrückt? Ich soll ihn anfassen?«

Unwillkürlich sprang ihr Blick zu seinem Gesicht. Jetzt hatte sie das gleiche Problem – nur vom anderen Körperende aus.

»Sind alle Jungfrauen so anstrengend?«, fragte er milde spottend.

»Meine Güte, hoffentlich ja. Ich wäre zumindest nicht gern die Einzige.«

Die Hüfte gegen seine gepresst, saß sie neben ihm. Sie hätte einfach hinuntersehen können, aber es ging nicht.

»Gib mir deine Hand«, wiederholte er.

Sie atmete tief ein und tat, was er verlangte.

»Jetzt schließ die Augen.«

Das war schon schwerer, dennoch senkte sie langsam die Lider.

Überraschenderweise wirkte die Dunkelheit beruhigend auf sie. Was sie nicht sehen konnte, würde ihr auch nicht wehtun. Keine perfekte Logik, aber für den Moment half es.

Er zog ihre Hand über seinen Bauch, und Holly nahm seine Haut und die gekräuselten Härchen wahr. Dann kam sie gegen etwas anderes. Etwas so Weiches, dass es sie an eine Mischung aus Samt und Satin denken ließ.

Sie entspannte sich und überließ ihm die Führung. Und dann hielt sie ihn in der Hand. Er war lang und hart, wie ein stählernes Rohr, umhüllt von geschmeidigster Haut. Forschend ließ sie die Finger von der Spitze bis zum Sockel gleiten.

Endlich öffnete sie die Augen und starrte ihn an. Ihre blassen Finger umfassten ihn mutig, als hätte sie das schon hundertmal zuvor getan. Okay, vielleicht nicht hundert-, aber mindestens zehnmal. Sie berührte das schützend dichte Haar um seine Männlichkeit, dann glitt sie tiefer zu den weichen, zarten Beuteln zwischen seinen Beinen.

»Das ist schön«, sagte sie, erstaunt, dass es das wirklich war.

»Danke für die guten Noten.«

Sie fuhr fort, ihn zu berühren. Dann begann sie, die Hand auf und ab zu bewegen, wie er es ihr gezeigt hatte. »Gefällt dir das?«

Seine Kiefermuskeln spannten sich an. »Oh, ja.«

Ihr Blick glitt von ihm zu dem erschlafften Kondom, das auf dem Teppich neben dem Tischbein lag. »Gut, dass die Dinger dehnbar sind. Sonst würde es niemals passen.«

Nach einem erstickten Lachen packte er Holly bei den Schultern und drückte sie auf den Boden. »Genug«, keuchte er. »Du treibst mich in den Wahnsinn.«

»Was habe ich falsch gemacht?«, fragte sie, plötzlich panisch. »Habe ich dir wehgetan?«

»Nichts ist falsch«, erwiderte er, und in seinen Augen brannte helles Feuer. »Alles ist gut, Holly. Und das ist das Problem. Wenn du mich berührst, verliere ich die Kontrolle.«

»Und das ist schlecht?«

Langsam stahl sich ein Lächeln auf sein Gesicht. »Nein. Das ist sogar sehr gut.«

»Also warum …«

Mit einem Kuss schnitt er ihr das Wort ab, ließ seine Zunge in ihren Mund eintauchen, die ihre umkreisen und ausgiebig kosten.

Sie genoss sein Gewicht auf ihrem Körper. Als er nach dem Saum ihres Shirts griff, half sie ihm, es über den Kopf zu ziehen. Letztes Mal war sie noch schüchtern gewesen und hatte Angst gehabt, sich ihm zu zeigen. Jetzt wollte sie, dass er ihre nackte Haut berührte. Sie wollte, dass er sie erneut an den Ort begleitete, an den er sie schon einmal entführt hatte.

Dem Sweater folgte ihr BH auf den wachsenden Kleiderberg. Jordan umfasste ihre vollen Brüste, streichelte sie behutsam, reizte die Brustwarzen, bis sie sich zusammenzogen, und sog dann mit dem Mund an den festen Kuppen. Mit den Händen malte er Muster auf ihre Rippen, bevor er nach der Gürtelschnalle ihrer Jeans griff. Sie wollte nicht, dass er damit aufhörte, ihre Brüste zu küssen. Aber sie wollte auch seine Hände zwischen ihren Beinen spüren. Also hob sie die Hüfte gerade so weit, dass sie die letzten Kleidungsstücke abstreifen konnte.

Dann war sie splitternackt. Kurz sorgte sie sich wegen der überzähligen Pfunde und weil noch kein Mann sie je nackt gesehen hatte. Doch als er mit den Händen von den Fußgelenken bis zu ihren Oberschenkeln heraufstrich, sorgte sie sich um gar nichts mehr. Außer darum, mit ihm zusammen zu sein.

Er senkte den Mund auf ihre Brust. Sie hielt seinen Kopf in den Händen und drängte ihn, fester zu saugen. Seine Beine rieben sich an ihren, und seine Haare kitzelten sie. Gegen ihre Hüfte gepresst spürte sie seine Erektion, und sie fragte sich, wie es wäre, wenn er in sie eindrang. Würde es wehtun? Oder wundervoll sein?

Dann glitt er mit den Fingern zwischen ihre Oberschenkel, und sie vergaß, weiter darüber nachzudenken. Die Spannung, an die sie sich gut vom letzten Mal erinnerte, kehrte zurück, nur schneller. Während der ganze Körper sich auf die Erlösung vorbereitete, spannten sich ihre Muskeln weiter und weiter an.

Doch plötzlich verschwanden seine Hände, und auch sein Mund löste sich von ihren Brüsten. Beinahe hätte sie vor Empörung aufgeschluchzt. Warum hörte er auf? Tatsächlich aber ließ er nicht völlig von ihr ab, sondern legte eine Spur von Küssen über ihre Rippen bis zu der Stelle, wo sich ihr Bauch leicht wölbte.

Hätte sie geahnt, was er vorhatte – sie hätte ihn mit allen Mitteln davon abzuhalten versucht. Wenn sie allerdings vorher gewusst hätte, wie gut es sich anfühlte, hätte sie ihn angefleht, es früher zu tun.

Tiefer und tiefer küsste er ihren Bauch, dann ging er zu ihren Oberschenkeln über. Als sie ihre Beine vor ihm verschließen wollte, stupste er sie an, die Knie auseinanderzuhalten. In der Hoffnung, dass etwas so Wunderbares nicht böse sein konnte, bezwang sie die Verlegenheit und tat, was er von ihr verlangte.

Langsam, schmeckend, neckend küsste er ihre empfindsamste Stelle. Sie wollte schreien und in Ohnmacht fallen und ihn anflehen, nie, nie, niemals wieder aufzuhören.

Sofort kehrte die Spannung zurück und damit auch die Aussicht auf eine Erlösung, die all ihre Vorstellungen übertraf. Nur Minuten später war sie schon völlig außer Atem und bereit – reif und zugleich gefangen im Genuss, der zu wundervoll war, um ihn zu beenden.

Die Intimität des Akts berauschte sie. Dass er sie dort berühren wollte, auf diese Art. Sie spürte, wie ihr Körper sich sammelte. Immer höher schaukelte sich das Vergnügen, schraubte sich weiter und weiter.

Er bewegte die Zunge schneller, und Holly gehörte ihm. Erschaffen, in kleinste Teilchen zerlegt und wieder zusammengesetzt. Mit jedem ihrer Herzschläge demontiert und wiederhergestellt durch die Berührung seiner Zunge.

Als das Beben ihres Körpers endlich nachließ, fand sie sich in seinen Armen wieder. Er hielt sie fest und strich ihr das Haar aus dem Gesicht.

»Jordan?« Ihre Stimme schwankte.

Er lächelte sanft. »Wie war's?«

Holly lachte. »Mir ist schon klar, dass du nicht zu fragen brauchst. Ich entsinne mich dunkel, irgendetwas gemurmelt zu haben. Und ich bin sicher, du hast es gehört.«

»Du hast nicht gemurmelt, du hast geschrien.« Am Glitzern in seinen Augen erkannte sie, dass er sie ärgerte.

»Ich bin nicht der Schreityp.«

»Das kann ich ändern.«

»Vermutlich könntest du das.« Etwas drückte gegen ihre Hüfte, und sie rutschte näher. »Jetzt, bitte.«

Als wollte er ihre wahren Gefühle zu dem Thema ablesen, sah er in ihr Gesicht. Dann stemmte er sich hoch und langte nach den Kondomen.

Insgeheim hatte sie befürchtet, es könnte peinlich sein, wenn er eines davon überzog. Aber stattdessen kämpfte sie nun mit den Tränen. Seine Bereitwilligkeit, sie zu beschützen, ging ihr ans Herz. Ihre Brust quoll über vor Emotionen, die sie jetzt nicht näher bestimmen wollte. Später, wenn sie allein war, würde sie über deren Bedeutung nachgrübeln.

Er kniete zwischen ihren Beinen, und ihre Blicke trafen sich. Dies war ein Augenblick ohne Umkehr. Wenn es vorbei war, würde sie keine Jungfrau mehr sein.

»Ja«, sagte sie.

Ganz behutsam drängte er sich in sie. Zuerst spürte sie einen leichten Druck. Er war groß, und sie war unerprobt. Ihr Körper musste sich dehnen, um ihn aufzunehmen. Jordan beugte sich vor und küsste ihre rechte Brust. Das langsame Ziehen, als er an ihrer Brustwarze sog, ließ in ihr einen Funken aufglimmen.

Der kurze Schmerz überraschte sie. Sie versteifte sich, und er hielt inne.

»Es ist okay«, sagte sie dann. »Jetzt weißt du, dass ich keine Witze über meine Jungfräulichkeit gemacht habe.«

»Holly, ich …«

»Nein.« Sie bog ihm die Hüften entgegen und drängte ihn tiefer. »Ich will es. Ich will dich.«

Mit einem festen Ruck drang er in sie ein. Kaum hatte sie sich seiner Länge und Größe angepasst, zog er sich zurück und tauchte wieder in sie ein. Gefangen im Rhythmus des erotischen Tanzes, schloss sie die Augen. Schnell wuchs das ferne, aufwühlende Gefühl in ihr zu einer Spannung, die sie der Erlösung entgegenfiebern ließ.

Noch weiter bog Holly sich ihm entgegen. Immer schneller fuhr er in sie hinein und heraus. Dann brachte er seine Hand zwischen ihre Körper und berührte Hollys empfindsamsten Punkt.

Die Berührung seiner Finger gab ihr den Rest. Schließlich hörte sie sich selbst, wie sie seinen Namen rief. Einmal mehr fand sie sich dem schwindelerregenden Zauber erlegen. Dieses Mal war er bei ihr, an sie gepresst, die Muskeln gespannt, sein Gesicht eine Maske intensiver Lust. Gemeinsam tanzten sie den alten Tanz von Mann und Frau, um sich hinterher in den Armen des anderen in Sicherheit und Wärme zu wiegen.

Es war dunkel im Zimmer, als Jordan sich umdrehte und die Augen öffnete. Seine innere Uhr sagte ihm, dass es bis zur Dämmerung noch einige Stunden dauern würde. Zuerst konnte er die schattigen Umrisse im Raum nicht einordnen. Dann bewegte Holly sich und kuschelte sich an ihn, und alles fiel ihm wieder ein.

Sie hatten sich geliebt. Er lächelte sacht und streckte die Hand aus, um über ihre glatte Haut zu streichen. Die Hitze wärmte seine Seele.

Nachdem sie sich vor dem Weihnachtsbaum verausgabt hatten, waren sie nach oben in ihr Zimmer gegangen. Ihr Bett war größer, außerdem wollten sie Mistletoe in Jordans Kleiderschank nicht stören.

Im Bett war Hollys Befangenheit zurückgekehrt, und sie wollte lieber ein Nachthemd anziehen, anstatt nackt zu schlafen. Als er sie mit Worten nicht umstimmen konnte, hatte er es mit Küssen versucht. Wer am Ende wen überredete, konnte er nicht mehr mit Sicherheit sagen. Doch schließlich hatten sie es noch einmal langsam und sinnlich miteinander getan.

Noch immer konnte er ihren Körper unter seinem sehen, ihre

Leidenschaft spüren und die süße Haut schmecken. Holly erfüllte alles, was er sich je an einer Frau gewünscht hatte, und noch viel mehr. Wieder und wieder wollte er sie lieben, doch der Schlaf übermannte sie beide, bevor Jordan seinen Fantasien nachgehen konnte.

Er lauschte dem gleichmäßigen Rhythmus ihres Atems und fühlte ihr seidiges Haar, das er so bewunderte. Währenddessen fragte er sich, wie er so verdammt viel Glück haben konnte. Nie zuvor war er einer Frau wie Holly begegnet, und er würde es wohl auch nie wieder tun. Sie war ehrlich und offen, warmherzig, großzügig, schön und derart sexy, dass sie ihn in weniger als fünf Sekunden hart werden ließ. Kurzum, sie war perfekt, und das machte ihm eine Todesangst.

Er schlüpfte aus dem Bett und ging die Treppe hinunter. In seinem provisorischen Schlafzimmer angekommen, knipste er die Lampe beim Krankenhausbett an und sah nach Mistletoe. Sie lag zusammengerollt auf seinem Pulli und döste. Er langte nach dem Bademantel über ihr, zog ihn sich über und band den Gürtel zu. Dann hockte er sich vor die Katze, die ihn anfunkelte und leise fauchte.

»Ich bin wenig beeindruckt«, murmelte er.

Mistletoe erhob sich. Ihre Jungen miauten gedämpft, schliefen aber gleich wieder ein. Nachdem sie sich gestreckt hatte, trat sie aus dem Schrank und strich um Jordans Beine. Als er sich bückte, um sie zu streicheln, fauchte sie. Gleich darauf stupste sie den Kopf gegen seine Hand, als sollte er sie weiter streicheln.

»Entscheide dich«, ermahnte er sie.

Doch sie ignorierte ihn und fauchte und knurrte zwischen einigen Schnurranfällen unbeirrt weiter. Dann fraß sie etwas von ihrem Futter und trank ein wenig Wasser.

Jordan ging zum Bett und legte sich auf die Laken. Mistletoe folgte ihm, kletterte auf seine Brust und blieb dort stehen. Praktisch Nase an Nase konnte er das Katzenfutter in ihrem Atem riechen. Sie legte die grauen Ohren an und begann, ihn mit ihren Pfoten zu bearbeiten. Spitze Krallen gruben sich durch das Frotteegewebe. Bei jedem Pfotendruck zuckte er zusammen. Ihm Beschwerden zu bereiten schien ihr zu gefallen, denn sie trat weiter und weiter, bis sie es sich schließlich auf ihm bequem machte und ihm ins Gesicht atmete.

Er hob die Hand und kraulte sie unter dem Kinn. Genüsslich streckte Mistletoe den Hals. Als er eine Pause einlegte, schleckte sie an seinen Fingern. Dann knabberte sie daran, als wollte sie ihn vor den Konsequenzen warnen, wenn er aufhörte.

Also fuhr er fort, über ihr weiches Fell zu streichen, während seine Gedanken zu Holly und der gemeinsamen Nacht wanderten.

Sie war Jungfrau gewesen. Das wusste er, sie hatten schließlich darüber gesprochen. Doch es zu wissen war das eine. Wirklich der erste Mann zu sein, der mit ihr schlief, war etwas anderes. Er hatte ihre Enge gefühlt, die schützende Haut, die, einmal durchbrochen, nicht repariert werden konnte. Holly zu lieben war anders gewesen als mit jeder anderen.

Auf eine ursprüngliche männliche Art fühlte er sich ihr verbunden und für sie verantwortlich. Durch ihre Unschuld hatte sie ihn kenntlich gemacht, und mit seinem Samen hatte er sein Recht auf sie erhoben. Wäre er ein anderer Mann, er würde für immer an ihr festhalten.

Wäre er ein anderer, sie wäre bei ihm sicher gewesen.

Aber er war kein anderer. Gefangen in seiner Welt, musste er der Wahrheit ins Gesicht sehen. Er respektierte und mochte Holly, und er durfte sie nicht mit seiner Liebe zerstören. Während er Mistletoe streichelte und ihrem Schnurren lauschte, schwor er sich: Mit Holly wollte er alles richtig machen. Nie würde er sie verraten oder hängen lassen wie die anderen vor ihm. Er würde anders sein und ihr von allem nur das Beste schenken. Er würde sie nicht verletzen. Wenn das hieß, sie nicht zu lieben, dann musste es eben so sein.

Holly erwachte vom Kaffeeduft. Sie öffnete die Augen und blickte in ihr Schlafzimmer, durchströmt von Sonnenstrahlen. Doch trotz der vertrauten Einrichtung war irgendetwas anders als sonst. Bei dem Versuch, sich zu erinnern, kniff sie die Augen zusammen.

Dann fiel ihr die letzte Nacht wieder ein. Im selben Moment realisierte sie, dass sie unter der Bettdecke nackt war, und Jordan betrat den Raum.

Seine Haare waren zerzaust, das Gesicht unrasiert. Den weißen Frotteebademantel hatte er lose um den Bauch zusammengebunden, und darunter waren seine bloßen Beine und die nackten Füße zu sehen. Er war hinreißend, und er lächelte sie an.

»Ich habe dir Frühstück mitgebracht«, sagte er, ein Tablett in den Händen. »Hast du Hunger?«

»Ich bin schon halb verhungert.« Sie wollte sich aufrichten. Doch das Laken hatte andere Pläne, und es entstand ein kurzes Tauziehen, während sie sich aufzusetzen versuchte, ohne sich vor Jordan zu entblößen.

Er stellte das Tablett auf ihren Schoß und beugte sich zu ihr hinab. »Du brauchst dich mit der Decke nicht so abzumühen. Ich habe schon alles gesehen, und es ist entzückend.«

Bevor sie sich ausreichend gesammelt hatte, um zu antworten, setzte Jordan sich aufs Bett und schenkte ihnen beiden Kaffee ein. Außerdem gab es Toast und Obst.

»Ich habe nach Mistletoe gesehen«, sagte er. »Sie hat etwas gefressen, und den Kleinen scheint es gut zu gehen. Die Augen haben sie aber noch nicht geöffnet.«

»Das dauert ein bisschen«, erwiderte Holly mechanisch. Sie konnte es nicht glauben. Praktisch nackt frühstückten sie in ihrem Bett, nachdem sie miteinander geschlafen hatten. Als wäre es *normal*. Sie wollte schreien. Es war *nicht* normal, jedenfalls nicht in ihrem Leben. Normal war, allein zu leben und einsam zu sein – keine Leidenschaft unterm Weihnachtsbaum und kein Mann, an den sie ihr Herz zu verlieren drohte.

»Wie fühlst du dich?«, fragte er.

Sie nippte an ihrem Kaffee und verbrannte sich beinahe die Zunge. »Gut«, antwortete sie mit piepsiger Stimme.

»Keine Nachwirkungen?«

»Zum Beispiel?«

»Hast du Schmerzen?«, fragte er lächelnd.

Schmerzen? »Wovon?«

Zur Erklärung streckte er die Hand aus, zog die Decke über die Brustspitze hinab und strich über die Rundung. Sofort fingen ihre Nervenenden Feuer und brannten bis hin zu ihrem weiblichsten Kern.

»Vom Sex. Man beansprucht dabei andere Muskeln als sonst. Du warst sehr eng, als ich in dir war. Bist du heute empfindlich?«

Oh, Gott! Er wollte darüber reden? Über Sex? Dass sie es miteinander getan hatten?

Fast hätte sie sich an ihrem Kaffee verschluckt. »Es geht mir gut«, versicherte sie ihm.

»Sag mir Bescheid, falls sich das ändert.«

Was wollte er dann tun? Aber sie war nicht sicher, ob sie es so genau wissen wollte.

Liebevoll küsste er ihre Brust, dann den Hals und dann die empfindsame Haut unter dem Ohr. »Du bist ein bisschen befangen«, stellte er fest. »Ich lasse dich jetzt allein duschen und anziehen. Aber eine schuldest du mir.«

»Eine Dusche? Im Haus sind noch vier andere Badezimmer.«

Männer und Frauen unter einer Dusche? War das überhaupt legal? Ihr musste die Verwirrung im Gesicht gestanden haben, denn er lachte, als er den Raum verließ.

Holly schob das Tablett zur Seite und kletterte aus dem Bett. Jetzt, wo Jordan es erwähnt hatte, bemerkte sie doch einen leichten Schmerz. Ihre Muskeln fühlten sich verkatert an, als hätte sie sie ein bisschen zu weit gedehnt, und die Stelle zwischen den Beinen war ein wenig rau. Sie brauchte eine lange, heiße Dusche. Hinterher würde sie sicher klarer sehen.

Aber als Holly etwas später das beschlagene Glas freiwischte, um ihr Spiegelbild zu sehen, war gar nichts klarer. Wenn überhaupt, war alles noch verwirrender.

Während sie das Handtuch um sich schlang, fragte sie sich, ob sie jetzt eine andere war. Noch gestern um diese Zeit hatte sie nichts von der Intimität geahnt, die Männer und Frauen miteinander verband. Sie bereute nicht, was sie getan hatte. Aber sie begann zu verstehen, dass zu Sex mehr gehörte als der bloße Akt selbst.

»Ich bin erwachsen«, murmelte sie. Sie hatte ein Geschäft, das besser lief, als sie es sich je hatte träumen lassen. Sie konnte für sich selbst sorgen, war klug, fähig und in Glenwood etabliert. Und sie hatte einen Liebhaber. Jetzt brauchte sie nur noch ein neues Handy.

Seufzend sank Holly auf den Badewannenrand. Von außen betrachtet schien sie vielleicht wie der Rest der Welt, aber das sah nur so aus. Schon immer war sie etwas aus dem Rahmen gefallen. Es war einfach nicht ihre Art, einen Liebhaber zu haben. Sie mochte sagen, was sie wollte, in ihrem Herzen war und blieb sie doch altmodisch.

Sie wollte den Mann lieben, dem sie ihren Körper schenkte. Und sie wusste, dass Jordan sie nicht liebte. Schlimmer: Er meinte, die Liebe bringe Unglück, denn seiner Ansicht nach verursachte sie mehr Probleme, als sie löste. Wo blieb dann also Holly?

Sie entschied, dass es im Augenblick nichts zu klären gab, kämmte sich und zog sich an. Dann machte sie sich auf den Weg nach unten. Jordan saß im Wohnzimmer auf dem Sofa vor dem Tannenbaum. Die Decke war verschwunden, genau wie die leere Champagnerflasche und das Feuer im Kamin. Trotzdem wurde ihr Blick von der Stelle angezogen, wo sie miteinander geschlafen hatten.

Sie erinnerte sich an die schönen Lichter in der Tanne und den Geruch des Feuers. Sie erinnerte sich, wie Jordan sie mit den Händen und dem Mund berührt und sie geliebt hatte, bis die Welt um sie versank und sie allein im Universum waren.

Als sie ins Zimmer kam, stand er auf. Auch er hatte geduscht und sich das dunkle Haar aus dem Gesicht gekämmt. Sein verwaschenes Sweatshirt und die ausgeblichene Jeans umschmeichelten seinen Körper wie alte Freunde. Unzählige Male hatte sie ihn so gesehen, doch es half nichts. Sobald ihre Blicke sich trafen, begannen ihre Beine zu zittern und das Herz zu rasen.

Er trat ihr entgegen und zog sie in seine starken sicheren Arme. An seiner Seite fühlte sie sich wohl. Als sein Mund über ihren strich, öffnete sie die Lippen, und ihr Körper erhitzte sich in Erwartung.

Dann umfasste er ihren Hintern und zog sie bei den Hüften an sich. Etwas Hartes drückte gegen ihren Bauch. Jetzt wusste sie, was seine Erregung bedeutete. Er wollte Sex, und sie wollte es auch.

Holly unterbrach den Kuss. »Jordan, ich …«

Indem er seine Finger auf ihre Lippen legte, brachte er sie zum Schweigen. »Das alles geht zu schnell für dich.«

»Woher weißt du das?«

Zärtlich berührte er ihr Gesicht, dann ließ er die Hand sinken und griff nach der ihren. »Ich sehe es in deinen Augen. Du bist erschreckt und verwirrt. Die letzte Nacht war schön, aber die Realität ist schwer zu packen.« Er sah auf die Uhr. »Und du musst in einer Stunde im Laden sein. Du hast genug zu tun, und ich bin ein Hindernis, das du nicht gebrauchen kannst.«

Ihre Augen brannten. Erst Sekunden später wurde ihr klar, dass sie mit den Tränen kämpfte. »Tut mir leid«, flüsterte sie.

Er umarmte sie. »Nicht weinen, Holly. Sei bitte nicht traurig. Ich verstehe das. Du brauchst Zeit, um über alles nachzudenken.«

»Ich weiß.« Mit der Stirn lehnte sie sich an seine Schulter. »Ich weine nicht, weil ich traurig bin, sondern weil du so nett bist.«

»Nett zu sein ist doch etwas Gutes, dachte ich.«

»Ist es auch.« Sie hob das Gesicht und lächelte ihn an. »Danke.«

»Gern geschehen.« Dann verdunkelten sich seine Augen. »Aber ich habe eine Bitte.«

»Die wäre?«

»Geh nicht vor den Feiertagen.«

Sie dachte über seine Bitte nach. Der Laden lief so gut, dass sie genügend Geld für eine neue Wohnung gehabt hätte. Trotzdem hatte sie überhaupt keinen Gedanken ans Ausziehen verschwendet.

»Ich bleibe«, antwortete sie. »Ehrlich gesagt war mir gar nicht in den Sinn gekommen, wieder umzuziehen.«

»Gut.« Er zwinkerte ihr zu. »Lass uns noch einen Frühstücksversuch starten. Diesmal in der Küche.«

»Das hört sich gut an.«

Er ging vor. Holly folgte ihm, doch dann blieb sie wie angewurzelt stehen. Warum hatte sie denn nicht an einen Auszug gedacht? Es gab für sie hier keine Zukunft. Und selbst wenn, sie wollte kein Leben mit Jordan oder sonst einem Mann. Sie verließ sich auf niemanden.

Doch sie vertraute Jordan. Sie mochte ihn und genoss es, mit ihm zusammen zu sein. Wie oder wann es passiert war, wusste sie nicht. Aber sie hatte Vertrauen zu ihm gefasst ... und ihn lieb gewonnen.

Wann sie angefangen hatte, ihm ihr Herz zu öffnen, das wusste Holly nicht genau. Vielleicht schon am ersten Tag, als er zurückgegangen war, um Mistletoe aus der Wohnung zu retten. Vielleicht erst, als er sie das erste Mal geküsst hatte. Jordan Haynes war alles, was sie sich von einem Mann wünschte. Wie sollte sie ihm widerstehen?

Sie liebte ihn. Von ganzem Herzen.

Von Gefühlen überwältigt, schloss Holly die Augen. Sie liebte Jordan. Sie liebte ihn, einen Mann, der sich vor der Liebe fürchtete. Das durfte sie ihm niemals erzählen. Jetzt musste sie stark sein. Sie konnten weiter Freunde bleiben, und er würde nie die Wahrheit erfahren.

Eine merkwürdige Mischung aus Glück und Traurigkeit erfüllte sie. Endlich war sie bereit, jemandem zu vertrauen und ihn zu lieben. Und ausgerechnet derjenige wollte sie nicht. Auf seine Art ließ Jordan sie im Stich wie alle anderen. Aber deswegen liebte sie ihn nicht weniger. Gegen ihre Gefühle konnte sie nichts ausrichten. Es war ungerecht, aber sie verlangte ihr Herz nicht zurück. Es gehörte für immer Jordan, ob es ihm gefiel oder nicht.

15. Kapitel

Die neunjährige Mandy kreischte vor Glück, als sie den riesigen Karton öffnete. Das viktorianische Puppenhaus war aus einem Bausatz zusammengesetzt und dann akribisch bemalt und dekoriert worden. Zuerst wurden ihre Augen immer größer, dann füllten sie sich mit Tränen. Sie sprang auf die Füße, rannte zum Sofa und warf sich Travis und Elizabeth in die Arme.

Jordan sah zu, wie sein Bruder sie fest umarmte.

»Ich freue mich, dass es dir gefällt«, sagte Travis mit belegter Stimme. »Alle deine Onkel haben mit mir daran gebastelt.«

Schniefend drehte Mandy sich zu den übrigen Erwachsenen um. »Vielen, vielen Dank. Es ist das schönste Puppenhaus, das ich je gesehen habe!«

Von ihrem Platz auf dem Boden wandte Holly sich zu Jordan um und sah zu ihm hoch. »Wann habt ihr es gebaut?«, fragte sie.

»Im Spätsommer.« Er musste lächeln, als ihm die komplizierten Anweisungen und die Wutausbrüche wieder einfielen. »Früher haben wir zusammen Modellflugzeuge gebastelt, aber das ist lange her.«

Neckend hob sie die Augenbrauen. »Hat da jemand verlernt, wie man mit den anderen Kindern spielt?«

»Wahrscheinlich. Aber es hat Spaß gebracht.« Er beugte sich zu ihr und senkte die Stimme. »Wir dachten, bei den vielen Töchtern lernen wir besser schnell, wie man Puppenhäuser baut. Oder es gibt eine Menge Ärger.«

Holly sah sich im Zimmer um, und Jordan folgte ihrem Blick. Inzwischen waren die meisten Kinder mit ihren neuen Spielzeugen, Fahrrädern und Inlineskates nach draußen gegangen. Der Boden war übersät von zerrissenem Geschenkpapier. Überall lagen leere Kartons, Haufen von Geschenkbändern und weggeworfene Bedienungsanleitungen herum.

Sah Holly die Unordnung oder eher die Freude in den Gesichtern? Er berührte ihren Scheitel und erntete ein kurzes Lächeln. Er wusste, was sie sah. Sie hatte ein sanftes Herz und eine gute Seele und würde das Positive an der Situation erkennen.

Travis brachte das Puppenhaus nach oben, und Mandy rannte los, um ihre gleichaltrige Freundin Nichole zu holen. Dann verschwanden die beiden Mädchen mit ihren neuen Puppen im Spielzimmer. Als Travis zurückkam, setzte er sich neben seine Frau und seufzte.

»Und was bekomme *ich* zu Weihnachten? Ich war das ganze Jahr artig.«

»Wie kommst du denn darauf?«, fragte Elizabeth.

»Du hast es mir ständig erzählt.«

Zur Strafe kniff sie ihm in den Arm, und alle lachten.

»Ich war auch brav«, sagte Kyle. »Also, was hat der Weihnachtsmann mir mitgebracht?«

»Neue Tapeten fürs Wohnzimmer«, antwortete Sandy feixend, sodass er aufstöhnte.

Jordan sah, wie Holly sich über die Unterhaltung amüsierte. Anfangs noch schüchtern, schien sie die Zeit mit seiner Familie mittlerweile zu genießen. Gern beobachtete er, wie sie miteinander umgingen. Seine Brüder waren zuvorkommend und fürsorglich, und die Schwägerinnen nahmen Holly als eine der ihren in Beschlag. Er hatte sie bereits dabei ertappt, wie sie mit den anderen Frauen tuschelte. Jede Einzelne hatte ihre Geheimnisse, und Jordan hoffte, dass Holly sich wohl genug fühlte, um auch ihre mit den anderen zu teilen. Ein wenig war er doch neugierig, worüber die Frauen immer plauderten. Doch vermutlich war er besser dran, wenn er es nicht wusste.

Sandy sagte etwas, und Holly antwortete ihr. Während sie sprach, lehnte sie den Kopf an sein Knie. Jordan ließ sich in die Sofakissen sinken und genoss ihre Nähe.

Er wollte sie. Seit er mit ihr geschlafen hatte, hatte der Zauber nicht nachgelassen. Vielmehr konnte er sie sich jetzt unter sich vorstellen, nackt. Jetzt wusste er, wie es sich anfühlte, wenn er in ihr war. Und er wollte es wieder tun. Aber er konnte verstehen, dass sie vorsichtig war. Beziehungen waren neu für sie, und sie wollte nicht ins Straucheln geraten.

Verflucht, er selbst konnte sich kaum als Experten bezeichnen. Schließlich hatte noch keine seiner Beziehungen funktioniert. Im Grunde war er noch immer davon überzeugt, dass Liebe zerstörerisch war. Es war besser für alle Beteiligten, wenn sie Freunde blieben. Freundschaften verstand und traute er.

Das Problem war nur, dass er nicht sicher war, *ob* sie Freunde bleiben würden. Holly brachte Licht in sein Leben – mehr noch, sie füllte die Leere in seinem Herzen. Obwohl er sie noch nicht lange kannte, konnte er sich ein Leben ohne sie schon nicht mehr vorstellen. Es würde schwer für sie beide werden. Er wollte Holly nicht verletzen, ebenso wenig wie sich selbst.

Was also sollte aus ihnen werden? Auf diese Frage wusste er keine Antwort. Er musste einfach jeden Tag nehmen, wie er kam, und auf das Beste hoffen. Heute war Holly bei ihm, das war genug.

»Meine Güte! Das ist doch nicht wirklich alles für mich«, rief Holly und zog ihn damit zurück ins Geschehen.

Er blickte auf und sah, wie Elizabeth und Sandy Geschenke verteilten. Vor Holly türmten sich einige Pakete.

Hilfesuchend wandte sie sich zu ihm um. »Jordan?«

Doch er zuckte nur mit den Schultern. »Frag mich nicht. Ich bin immer der Letzte, der etwas erfährt.«

»Vierzehn Kartons?«, zählte Holly nach. »Das ist verrückt.«

Elizabeth blieb bei ihr stehen und nahm ihre Hand. »Das ist nicht verrückt. Es sind Geschenke. Wir wollten, dass du etwas bekommst.«

»Aber das kann ich nicht annehmen. Es sind viel zu viele.«

»Du weißt doch nicht mal, was es ist«, mischte Craig sich ein und zeigte auf den Stapel. »Pack wenigstens ein paar aus, damit wir es sehen können.« Fragend blickte er zu seiner Frau. »Wetten, du weißt es schon.«

»Natürlich«, erwiderte Jill, eine Hand auf dem runden Bauch. »Wir Frauen wissen immer alles.«

»Nervt euch das nicht auch?«, fragte Craig.

»Ja«, grummelte Travis. »Wir sollten uns ein paar Sachen ausdenken, die wir vor ihnen geheim halten.«

Rasch drückte Elizabeth ihm einen Kuss auf den Mund. »Das schafft ihr nie, aber es ist niedlich, dass ihr es versuchen wollt.« Dann wandte sie sich wieder an Holly. »Bitte, pack eins aus. Wenn du das Geschenk dann wirklich nicht willst, kannst du es uns sagen.«

Jordan verstand Hollys Verwirrung. Sie hatte nicht damit gerechnet, dass alle ihr etwas schenken würden. Auch er hatte nichts geahnt, sonst hätte er sie vorgewarnt. Zwar hatte sie Kekse gebacken und verteilt, aber er wusste, dass es in ihren Augen nicht gleichwertig war.

Beruhigend beugte er sich zu ihr und legte eine Hand auf ihre Schulter. »Sie wollen nur nett zu dir sein. Das bedeutet, dass sie dich mögen.«

Endlich nickte sie, griff nach einer Schachtel und wickelte sie aus. Dann öffnete sie die schlichte braune Verpackung und nahm eine weiße Porzellantasse und einen Untersetzer heraus. Das altmodische Design erinnerte ihn an das Geschirr in den Katalogen, die sie immer aus dem Laden mitbrachte.

»Wir wissen, dass mit dem Apartment auch alle deine Sachen zerstört wurden«, erklärte Sandy. »Also haben wir zusammengelegt und dir neues Porzellan gekauft. In jeder Box ist ein Gedeck, und in den anderen zwei sind noch ein paar Zusatzstücke und Servierhilfen. Bitte sag, dass es dir gefällt.«

»Sie sind wunderschön«, wisperte Holly, was sich allerdings etwas schockiert anhörte. Sie hielt Jordan die Tasse hin.

Interessiert nahm er das glatte, kühle Stück entgegen. Vor seinem inneren Auge konnte er die Tasse in Hollys Händen sehen. In seiner Vorstellung entstand ein Bild, wie sie im Bett saß, in Samt und Spitzen gehüllt, und am Morgenkaffee nippte. Das Furchterregende daran aber war, dass auch er in diesem Bild vorkam.

Vor Verlangen krampfte sich sein Magen zusammen, bis er an nichts anderes mehr denken konnte. Er wollte sie. Er brauchte sie. Gäbe es doch einen sicheren Weg, sie in seinem Leben zu halten.

»Sei einfach höflich, und sag danke schön«, empfahl er ihr. »Damit machst du meine Familie glücklich, und vielleicht bekommst du dann noch ein paar Teller. Kein schlechter Deal.«

»Wir wollten nur helfen. Das versteht ihr hoffentlich«, versuchte Elizabeth zu erklären.

Holly nickte. »Ihr seid alle großartig. Tausend Dank. Ich liebe mein Geschenk.« Sie lehnte sich vor und drückte Elizabeth.

»Ich finde es klasse«, kommentierte Kyle. »Aber zwölf Gedecke scheinen mir ziemlich viel für eine Person. Wenn sie allerdings heiratet und ...«

Plötzlich brach er ab, weil Sandy ihm in die Rippen knuffte.

»Was soll das?«

Sofort begannen Jill und Elizabeth, gleichzeitig draufloszureden. Craig und Travis tauschten wissende Blicke aus, und Holly errötete. Jordan war klar, dass Kyle nur ausgesprochen hatte, was alle dachten. Es war offensichtlich, dass zwischen Holly und ihm etwas lief, und sie wollten wissen, was.

Um vom Thema abzulenken, verteilten Sandy und Elizabeth die restlichen Geschenke. Von seinen Brüdern bekam Jordan Werkzeug für eine neue Werkstatt. Kyle musste zu seiner Empörung feststellen, dass er tatsächlich neue Tapeten geschenkt bekam. Aber seine gute Laune kehrte zurück, als er aus einem anderen Umschlag Tickets für eine Kreuzfahrt durch die Karibik zog.

Dann legte Sandy ein großes flaches Paket vor Jordan. Er sah auf das Schild – es war von Holly. Um ihm Platz zum Auspacken zu geben, rutschte sie auf dem Teppich ein Stück von ihm ab. Rasch riss er das Papier herunter und enthüllte ein beeindruckendes impressionistisches Gemälde.

»Holly, das kannst du mir nicht schenken.«

»Es ist von niemand Berühmten, also freu dich nicht zu sehr.«

Tatsächlich hatte sie erwähnt, dass sie bei einem Nachlassverkauf vor etwa sechs Monaten mehrere unbekannte Künstler gefunden hatte. Die meisten Kunstwerke hatte sie verkauft, aber einige Lieblingsstücke behalten.

Ihre blauen Augen waren voller Wärme und Zuneigung. »Ich wollte dir etwas Besonderes schenken«, flüsterte sie, sodass die anderen es nicht hören konnten. Ein Lächeln umspielte ihre

Mundwinkel. »Sei einfach höflich, und bedank dich. Waren das eben nicht deine Worte?«

»Danke«, sagte er.

»Ich dachte, es könnte gut ins Esszimmer passen.«

»Da es das einzig fertige Zimmer ist, erscheint mir das sinnvoll«, witzelte er.

Ein zweites Paket war in knalliges rot-silbernes Papier eingewickelt. Auf dem Anhängeschildchen prangte ein Pfotenabdruck. »Das ist von Mistletoe«, erklärte sie ihm.

»Dachte ich mir.« Prüfend schüttelte er das Geschenk. »Was hat sie wohl hineingetan? Etwas, das explodiert? Oder das wenigstens stinkt?«

»Jordan, Mistletoe ist eine großartige Katze. Keine Ahnung, warum sie mit dir nicht warm wird, aber alle anderen mag sie. Vielleicht ist es dein Problem, nicht ihres.«

Er lachte. »Prima. Von einer Katze geprüft und für zu leicht befunden.«

Dann riss er das Papier auf. Als er die Kleiderschachtel öffnete, entdeckte er darin einen dicken Pullover in Schwarz, Grau und Mitternachtsblau.

»Es tut Mistletoe leid, dass sie deinen Lieblingspulli als Bett benutzt hat«, sagte Holly.

»Nein, tut es ihr nicht.«

Einer ihrer Mundwinkel hob sich zu einem Lächeln. »Und wenn schon, mir aber.«

Um sie herum packten nun auch die anderen Erwachsenen Pakete aus. Fröhliche Kommentare, Küsse und Umarmungen wurden ausgetauscht. Vielleicht fielen einige Danksagungen etwas sehr innig aus, aber das erhöhte nur die Festlichkeit des Moments.

Am liebsten hätte auch Jordan Holly in seine Arme gezogen und ihr gezeigt, wie glücklich sie ihn machte. Doch er riss sich zusammen und drückte ihr nur einen kurzen Kuss auf die Stirn. Obwohl er ihr Bedürfnis respektieren wollte, sich an ihre merkwürdige Beziehung zu gewöhnen, wollte er sie für sich. Alle sollten wissen, dass sie sich liebten und Holly ihm wichtig war. Er wollte, dass sie sich damit wohlfühlte, wenn er sie in der Öffentlichkeit berührte.

»Oh, guckt mal, was ich unter dem Baum gefunden habe«, rief Elizabeth und reichte Holly eine kleine quadratische Schachtel von der Größe eines Schmuckkästchens. Seine Schwägerin hob die Augenbrauen. »Ich war schon immer neugierig auf deinen Geschmack, Jordan. Jetzt werde ich es wohl endlich herausfinden.«

»Wahrscheinlich«, erwiderte er friedfertig, während sein Herz gegen die Rippen hämmerte.

Auch er hatte für Holly etwas Besonderes besorgen wollen. Etwas, das sie an ihn erinnerte, ohne sie in Bedrängnis zu bringen. Sein Gesundheitszustand hatte ihm die Sache nicht leichter gemacht, und eine Zeitlang befürchtete er, nicht mehr rechtzeitig auf die Beine zu kommen. Aber nachdem die Physiotherapie Wunder gewirkt hatte, hatte er genau das gefunden, was er suchte.

Holly starrte auf die kleine, in Goldpapier verpackte Schachtel. »Das solltest du nicht.«

»Woher willst du das wissen? Du hast es doch noch nicht gesehen.«

Lautlos wickelte sie das schwarze, samtüberzogene Kästchen aus und öffnete es. Zum Vorschein kamen Perlenohrringe, in einen Ring aus Diamanten eingefasst. Holly sah auf den Schmuck und sagte kein Wort.

Mit einem Mal fand Jordan sich in der ungewohnten Situation wieder, wegen eines Geschenks unsicher zu sein. »Die Diamanten sind nur die Fassung«, erklärte er schnell. »Du kannst auch nur die Perlen tragen oder die Ringe mit etwas anderem kombinieren.« Er wartete einen Moment, dann fügte er lahm hinzu: »Ich dachte, mit deinen langen Kleidern und den schicken Blusen von der Arbeit könnten sie nett aussehen.«

Endlich hob Holly den Kopf und sah ihm ins Gesicht. Das Licht spiegelte sich in ihren feuchten Augen. »Sie sind wunderschön. Du hast viel zu viel ausgegeben.«

»Er kann es sich leisten«, bemerkte Kyle vom anderen Ende des Zimmers.

Jordan sah sich um und merkte, dass sie im Zentrum der Aufmerksamkeit standen.

»Das stimmt«, ergänzte Craig. »Die letzte Gewinnbeteiligung war beeindruckend.«

»Wovon reden sie?«, fragte Holly irritiert.

Feixend lehnte Jordan sich im Sofa zurück. »Habe ich dir das nicht erzählt? Als Austin seine Firma aufgebaut hat, haben meine Brüder und ich mit ihm zusammengeschmissen. Damals hatte keiner von uns viel Geld, aber wir gaben ihm, was wir konnten. Jetzt gehört uns ein dicker Brocken von seinem sehr erfolgreichen Unternehmen. Die Haynes-Brüder sind eben nicht nur charmante Herzensbrecher, sondern außerdem noch betucht.«

»Das erklärt wohl die viktorianischen Villen. Ich hatte mich schon gefragt, wie du deine von deinem Lohn als Feuerwehrmann bezahlt hast.«

»Jetzt weißt du es.«

Immer noch starrte Holly auf die Ohrringe. Dann löste sie sie aus der Schachtel und versuchte, sie anzustecken. Dabei zitterten ihre Hände. Als sie es geschafft hatte, kam sie auf die Knie, lehnte sich vor und gab Jordan einen Kuss auf den Mund.

Es war kein leidenschaftlicher Kuss, doch für Holly war es ein wagemutiges öffentliches Manöver. Als ihre Lippen über die seinen strichen, brannten ihre Wangen.

Bevor sie sich wieder abwandte, strich er über ihre Wange und lächelte ihr zu. Ihr warmer, offener Ausdruck entfachte sein Verlangen nach … *etwas*. Er konnte es nicht erklären oder definieren. Trotzdem wurde der Wunsch stärker und legte sich auf sein Herz. Hätte er es in Worte fassen müssen, hätte er höchstens sagen können, dass er sich so etwas wünschte wie seine Brüder. Keine Liebe – davor fürchtete er sich nach wie vor. Aber eine sichere feste Beziehung zu einem lieben Menschen.

Nachdem alles ausgepackt war, teilte Elizabeth jedem eine Aufgabe zu. Holly war dafür zuständig, die Geschenke zu stapeln, damit man wieder durch den Raum laufen konnte. Währenddessen wurde Jordan zum Helfen in die Küche geschickt. Eigentlich sollte er dort Kaffee aufsetzen, doch stattdessen überfiel ihn die Erinnerung an vergangene Weihnachtsfeste.

Früher war er der Außenseiter gewesen. Auch schon vor den Hochzeiten hatten seine Brüder normalerweise über sämtliche Feiertage ihre Freundinnen mitgebracht. Nur er nicht. Irgendwie war ihm dieser Teil seines Lebens zu privat vorgekommen. Zu Hause wollte er sich nicht mit jemand Fremdem beschäftigen. Lieber war er allein als mit der falschen Person zusammen.

»Warum machst du so ein ernstes Gesicht?«, fragte Elizabeth.

Er hob die Schultern. »Ich habe an Weihnachten früher gedacht. Dieses Jahr ist es besser.«

Sie ging ihm entgegen. Elizabeth hatte ein herzförmiges Gesicht und große Augen. Nach der Hochzeit mit Travis hatte sie auch seine Brüder unter ihre Fittiche genommen. Jetzt stemmte sie die Hände in die Hüften und funkelte ihn wütend an. »Ich schwöre dir, hätte ich nur einen Wunsch frei, dann wären es fünf Minuten allein mit Earl Haynes.«

»Mit meinem Vater? Warum?«

»Dieser ... dieser *Mistkerl* verdient es nicht zu leben. Er hat euch vier so schlimm verletzt. Ich will, dass er für seine Verbrechen büßt. Und ich will dabei zusehen.«

Ihre Schärfe überraschte ihn. Er hatte gar nicht an seine Kindheit gedacht, aber Elizabeths Worte brachten sie ihm wieder ins Gedächtnis. Sein Vater, der sich wegen einer anderen Frau aus dem Staub machte. Seine Mutter, wie sie leise in ihrem Zimmer weinte. Vier Haynes-Brüder, verunsichert, was sie fühlen sollten. Damals wussten sie nur, dass alles Spielzeug der Welt ihr Zuhause nicht besser machen konnte.

»Es ist lange her«, sagte er.

»Möglich, trotzdem leidest du noch immer darunter. Glaubst du, ich sehe nicht, was er dir angetan hat? Euch allen? Manchmal kann Travis wegen der Erinnerungen nicht schlafen. Er ist ein wunderbarer Mann. Trotzdem war er panisch, er könnte kein guter Ehemann und Vater sein.« Sie holte tief Luft, dann lächelte sie. »Ich kann ganz schön ins Reden geraten, wie?«

»Manchmal bist du ein bisschen heftig.«

»Weil ich mich um euch sorge.« Sie trat näher und legte die Hand auf seinen Arm. »Jordan, du musst dich mit der Vergangenheit auseinandersetzen. Wenn du sie nicht in den Griff bekommst, wird dir die Chance auf eine glückliche Gegenwart durch die Finger schlüpfen.«

Er wich zurück. »Ich weiß nicht, wovon du redest.«

»Doch, das weißt du. Ich wünschte, man könnte alles löschen und wieder von vorn anfangen. Aber das geht nicht. Deine Eltern …« Sie zuckte mit den Schultern. »Ich verteidige nicht, was deine Mutter getan hat, aber auf eine Art kann ich sie verstehen. Nach all den Jahren hat sie einfach die Nerven verloren. Trotzdem hätte sie sich bei euch vieren melden können.«

Wieder einmal dachte Jordan daran, was wirklich an jenem letzten Tag geschehen war. »Sie konnte nichts dafür. Schuld sind die anderen Frauen. Sie hätten Nein zu ihm sagen sollen.«

Überrascht sah Elizabeth ihn an. »Natürlich waren sie im Unrecht, aber sie waren nicht allein. Sie antworteten mit Ja, aber Earl Haynes war es, der die Fragen gestellt hat. Sein ganzes Leben lang hat er alles verführt, was im Rock daherkam. Vielleicht ist es einfacher, die Schuld bei den Frauen zu suchen. Aber der wirkliche Übeltäter ist dein Vater.«

Schließlich schloss sie den kurzen Abstand zwischen ihnen und drückte ihn einmal fest an sich. »Ich weiß, was du denkst, Jordan, aber es ist nicht so. Du musst nicht wie er sein. Du bist dein eigener Mann«, sagte sie lächelnd. »Wäre ich nicht glücklich verheiratet, vielleicht würde ich selbst mein Glück bei dir versuchen. Aber es wäre zu spät. Holly ist etwas ganz Besonderes. Lass sie nicht wieder gehen. Du würdest es den Rest deines Lebens bereuen.«

Damit ging sie aus der Küche und ließ ihn allein zurück. Während er den Kaffee aufbrühte, dachte er über die Worte seiner Schwägerin nach. Dass es einfacher war, die Frauen und nicht seinen Vater zu beschuldigen. Sie hatte recht. Tatsächlich machte er Louise verantwortlich. Für alles. Aber wie viel war wirklich ihre Schuld? Welchen Anteil hatte sein Vater an den Ereignissen? Und seine Mutter? In dieser Hinsicht stimmte er Elizabeth zu. Auch er verstand, dass sie Earl verlassen musste. Aber dass sie ihn verließ, ohne je zurückzusehen, nahm er ihr übel.

Diese Familie war ein einziger Scherbenhaufen. Jordan schüttelte den Kopf. Das stimmte nicht. Seine Brüder hatten es geschafft, ihr Leben in Ordnung zu bringen. Er allein kämpfte als

Letzter mit der Vergangenheit. Vielleicht war es wirklich an der Zeit, loszulassen.

Holly kuschelte sich dichter an Jordan. Sie saßen auf dem Sofa vor dem Weihnachtsbaum. Zu ihrer Rechten knisterte ein Feuer, und der Geruch von brennendem Holz erfüllte den Raum.

»Das Essen war toll«, sagte sie, dann berührte sie ihre Ohrläppchen und die traumhaften Ohrringe, die er ihr geschenkt hatte. »Alles heute war perfekt. Danke für das schöne Weihnachtsfest.«

Er zog sie fester in seine Arme. »Gern geschehen.«

Mit geschlossenen Augen hielt sie das Glücksgefühl fest, das durch ihren Körper strömte. Dieser Tag sollte ewig dauern! Für immer wollte sie ein Teil von Jordan sein, von seinem Leben. Sie wünschte, sie könnte ihm ihre Gefühle gestehen, und er würde sie erwidern. Sie wollte, dass er sie liebte.

Ein kleiner Seufzer entwich ihren Lippen. Es hatte keinen Zweck, nach den Sternen zu greifen. Jordan würde sie nicht lieben, weil er niemanden liebte. Er fürchtete sich vor der Liebe, so wie sie sich früher davor gefürchtet hatte, jemandem zu vertrauen. Dann hatten er und seine Familie sie eines Besseren belehrt. Aber wer konnte Jordan etwas lehren?

Dennoch wäre es ihr größter Weihnachtswunsch gewesen, dass er sie für immer an seiner Seite haben wollte.

»Holly, es gibt da etwas, das ich dich fragen möchte«, sagte er.

»Was?«

Seine dunklen Augen sprühten vor Emotionen, die sie nicht entschlüsseln konnte. Zwar spürte sie seine Anspannung, kannte aber nicht den Grund. Bevor sie ihn fragen konnte, sprach er weiter.

»Holly, willst du mich heiraten?«

Entgeistert und sprachlos nahm sie die Worte auf. Sie konnte ihn nur noch anstarren. Ihn heiraten? Er wollte, dass sie ihn heiratete?

»Ich weiß, dass die Frage plötzlich kommt«, sagte er. »Aber ich habe lange darüber nachgedacht. Ich mag alles an dir. Mit dir zusammen zu sein, zu reden, dich zu lieben.«

Die Freude war so grell und heftig, dass Holly dachte, sie müsste augenblicklich sterben. Er wollte sie heiraten. *Sie!*

»Wir wollen das Gleiche«, fuhr er fort. »Ein Zuhause und eine Familie. Ich habe das Haus«, er deutete auf den Raum, »und zusammen wären wir eine Familie. Schon immer wollte ich Kinder. Ich würde dich beschützen und respektieren.« Er berührte ihr Gesicht, dann küsste er sie auf die Lippen. »Ich glaube, wir könnten es schaffen.«

Suchend sah sie ihn an und wartete, aber er war fertig. So langsam wie ein Regenbogen, der sich im Nebel auflöst, verblasste ihr Glück. Zuerst erkannte man noch keine Veränderung, doch dann verschwammen die Ränder, und am Ende war alles fort. Zurück blieb nur die Erinnerung daran, wie schön es einst gewesen war.

Er wollte sie heiraten – aber zu seinen Gefühlen für sie hatte er kein Wort verloren.

»Eine Ehe ohne Liebe?«, fragte sie, dankbar, dass ihre Stimme hielt.

»Ich würde dich ehren«, sagte er und umfasste ihr Gesicht mit seinen Händen. »Und ich wäre ein treuer und großzügiger Ehemann.«

Fast, dachte sie traurig. Fast wie Liebe, aber nicht genau dasselbe.

»Du bist mir wichtig«, erklärte er.

»Ich weiß das zu schätzen. Du magst mich, das ist schön. Ich mag dich auch.« Langsam rückte sie von ihm ab und kam auf die Füße. In ihrem Kopf drehte sich alles. Sie wusste nicht, was sie denken sollte. Alles geschah viel zu schnell.

Eine Hochzeit mit Jordan. Davon träumte sie, seit sie begriffen hatte, dass sie ihn liebte. Denn er bot ihr alles, was sie sich wünschte … fast alles. Sie konnte mit ihm schlafen und Kinder haben, sein Bett und sein Leben teilen. In den liebenden Armen seiner Familie wäre sie gut aufgehoben. Sie hätte ihren Platz gefunden.

Aber er liebte sie nicht. Er würde nie so von Holly träumen wie sie von ihm. Nie würde er sie fühlen, diese bis ins Mark gehende, herzzersprengende Liebe.

»Holly?«

Sie lachte leise und fragte sich, ob es ihren Schmerz übertünchte. »Du hast recht«, sagte sie. »In allem. Wir würden gut zueinanderpassen. Gegenseitige Zuneigung und Respekt. Viele Ehen kommen mit weniger aus. Es gibt nur ein Problem. Ich habe die Regeln geändert.«

»Was meinst du damit?«

»Ich weiß nicht genau. Ich …« Sie brach ab, unsicher, wie weit ihr Geständnis gehen sollte. »Ich hatte solche Angst, jemandem zu vertrauen. Von allen war ich enttäuscht worden. Und dann kamst du, mit deinem guten Aussehen und diesem Lächeln. Du zogst mich an wie ein Magnet, gegen den ich nicht ankam. Bei dir fand ich alles, was ich mir nur wünschen konnte. Also begann ich, dir zu vertrauen.«

Sein Ausdruck blieb unverändert, und plötzlich wusste sie nicht mehr, was er dachte. Wahrscheinlich war es besser so, dachte sie bei sich. Besser für sie beide.

»Bisher habe ich in meinem Leben nur um drei Dinge gebeten«, fuhr sie fort. »Das erste Mal war ich fünfzehn. Ich bat meinen Freund um sein Verständnis, als ich nicht mit ihm zum Ball gehen konnte, weil meine Mutter krank war.«

»Er hat dich verlassen«, sagte Jordan tonlos. Seine Hände ballten sich zu Fäusten.

Sie nickte. »Dann bat ich meinen Vater um Geld für Moms Medikamente. Du weißt, wie die Geschichte ausging.«

»Und was war das dritte Mal?«

»Ich bat meine Mutter, nicht zu sterben und mich nicht allein zu lassen. Aber sie starb.« Tränen standen ihr in den Augen, doch sie drängte sie zurück. »Jetzt bitte ich ein viertes Mal. Ich will ein Wunder.« Sie holte tief Luft, um sich zu beruhigen. Wahrscheinlich sagte sie dies kein zweites Mal in ihrem Leben. Sie würde nicht kneifen und sich damit selbst um diese Gelegenheit bringen.

»Ich liebe dich, Jordan. Du bist ehrlich und liebenswert, klug und lustig. Du bist ein guter Mann. Du machst meine Knie weich und bringst mein Herz zum Rasen. Ich liebe dich, aber ich werde dich nicht heiraten. Nicht, wenn du mir nicht aufrichtig sagen kannst, dass du mich liebst.«

16. Kapitel

Holly nippte an ihrem Kaffee und versuchte, die Tränen zurückzuhalten. Fast die ganze letzte Nacht hatte sie wach gelegen und geweint. Jetzt fühlte sie sich ungefähr so attraktiv und aufgedunsen wie ein vollgesogener Schwamm. Wenn sie ihren Kopf hochhielt und regelmäßig zwinkerte, gewann sie ein wenig Kontrolle. Aber der Schmerz in ihrem Brustkorb blieb. Zuerst hatte sie dieses schneidende Gefühl nicht einordnen können, doch irgendwann hatte sie es begriffen.

Jordan hatte ihr Herz gebrochen.

Natürlich nicht absichtlich. Seinen Antrag hatte er ernst und ehrlich gemeint. Er dachte, zusammen könnten sie ein gutes Leben haben. Aber vielleicht machte das alles nur noch schlimmer. Wäre ihm alles egal gewesen, hätte sie sich einreden können, dass sie nur ein bisschen verknallt war und darüber hinwegkommen würde. Doch er empfand etwas für sie – nur leider liebte er sie nicht. Sie kam sich vor, als hätte sie am Finale ihres Lebens teilgenommen, nur um hinterher zu erfahren, dass sie nicht das Zeug zum Gewinnen hatte. Da stand sie nun, Holly Garrett, ewige Zweite im Wettlauf um die Liebe.

Louise betrat die Küche. Sie war wieder zu ihrem knalligen Kleidungsstil zurückgekehrt. Heute trug sie zu Ehren der Festtage scharlachrote Stretchhosen und ein grün gemustertes Hemd. Von jedem Ohr baumelte ein fast zehn Zentimeter großer Plastikweihnachtsbaum.

»Willst du darüber reden, oder soll ich wieder gehen und so tun, als hätte ich dich nicht gesehen?«, fragte sie, ohne sich umzudrehen, und schenkte sich einen Becher Kaffee ein.

»Ignorier mich einfach«, antwortete Holly.

Aber stattdessen drehte Louise sich zu ihr um und musterte sie. »Wohl kaum, Schätzchen. Um allein gelassen zu werden, siehst du ein bisschen zu elend aus.« Sie durchquerte den Raum und rückte den Stuhl neben Hollys für sich zurecht. »Erzähl mir, was passiert ist.«

»Ich ...« Erneut liefen Holly Tränen über die Wangen. Sie wischte sie weg und versuchte zu lächeln. »Weihnachten soll doch eine fröhliche Zeit sein. Und ich sitze hier und heule. Ziemlich dumm, nicht?«

Tröstend streichelte Louise ihre Hand. »Überhaupt nicht. Das Leben geht weiter, auch Weihnachten. Manchmal denke ich sogar, die Feierei macht alles schlimmer. Oft kommen dann die alten Erinnerungen und Kindheitsträume wieder hoch. Du hast jedes Recht, ein bisschen dünnhäutig zu sein.«

Holly war dankbar für den Beistand der anderen Frau. Zu Zeiten wie diesen vermisste sie ihre Mutter noch mehr als sonst. Sie selbst wurde einfach nicht schlau aus dem Leben und den Männern. Sie war nicht einmal sicher, ob sie die richtigen Fragen stellte, und Antworten hatte sie erst recht keine.

»Jordan hat mich gefragt, ob ich ihn heirate«, erzählte sie leise.

»Glückwunsch, Kindchen. Er ist zwar nicht der Haynes-Bruder, den ich mir aussuchen würde, aber ich weiß, dass du eine Schwäche für ihn hast. Du siehst aber nicht besonders glücklich aus. Hast du nicht Ja gesagt?«

»Ich konnte nicht. Ich ...« Sie räusperte sich, dann starrte sie in ihren Kaffee. »Er liebt mich nicht.«

»Was?«, rief Louise empört.

Wieder rannen die Tränen über ihre Wangen. Dieses Mal ließ Holly ihnen freien Lauf. »Er liebt mich nicht. Er hat gesagt, dass er mich mag und ich ihm wichtig bin, dass wir gut miteinander auskommen und eine gute Ehe haben können.« Sie hielt inne, um einen Schluchzer hinunterzuschlucken. »Aber ich will mehr. Ich will, dass er mich von ganzem Herzen liebt. Bin ich verrückt, Louise? Die ganze Zeit sage ich mir, dass ich wie ein Kind bin, das sich den Regenbogen wünscht. Jordan ist ein guter Mann. Er behandelt mich wie eine Prinzessin.« Mit zusammengepressten Lippen kämpfte sie gegen die Tränen.

»Ach, Schätzchen.« Louise schob ihren Stuhl näher an Hollys heran und zog sie fest in die Arme. »Ich kann dich verstehen.«

»Ich l… liebe ihn.«

»Ich weiß. Du hast ihn von Anfang an geliebt, nicht wahr? So unschuldig kamst du hierher, und dann hast du dein Herz an ihn verloren. Es tut mir so leid.«

Die Haushälterin war zwar nicht ihre Mutter, aber es tat gut, getröstet zu werden. »Du kannst nichts dafür«, flüsterte Holly schluchzend. »Niemand ist schuld.«

»Doch, es ist meine Schuld. Er weiß, was sein Vater getan hat und was er wollte, und das hat ihn verändert.«

»Das ist lange her«, warf Holly ein.

»Jordan hat es nicht vergessen.«

»Louise, du hast Earl Haynes nicht gebeten, sich von seiner Frau scheiden zu lassen.«

»Aber das Ergebnis ist dasselbe.«

»Du gibst dir die Schuld für etwas, wofür du nichts kannst.«

Für eine Minute schwieg Louise. Ihre blauen Augen verdunkelten sich, und die Linien um Augen und Mund gruben sich tiefer. »Ich wünschte, ich könnte dir glauben. Aber im Herzen weiß ich, dass die Wahrheit eine andere ist. Jordan hat von jenem Tag seine Wunden davongetragen. Vergiss nicht, dass ich die Haynes-Brüder seit Jahren kenne. Ich weiß, dass Craig zu verantwortungsbewusst war, dass Travis Angst hatte, kein guter Vater zu sein. Und dass Kyle fürchtete, er könnte nie jemanden lieben. Sogar Austin hat sich eine Zeit lang selbst verachtet. Und Jordan …« Sie holte tief Luft. »Jordan ist der Schwierigste von allen.«

»Er glaubt, dass Liebe schmerzt«, flüsterte Holly.

»Ja, das glaubt er. Und natürlich irrt er sich. Er muss nur die Augen aufmachen, dann würde er all die guten Dinge sehen, die die Liebe seiner Familie gebracht hat. Aber wie die meisten Männer hat er einen Dickschädel.«

»Ist es ein Fehler, ihn nicht zu heiraten?« Holly richtete sich auf und wischte sich mit den Fingern über das Gesicht.

»Das kannst nur du allein beantworten.«

Eigentlich hatte sie es schon vorher gewusst, aber Louises Worte bestätigten es Holly noch einmal. »Seit ich fünfzehn war, hatte ich Angst, mich auf jemanden zu verlassen. In meiner Welt gab es keine Sicherheiten. Damit hatte ich mich schon abgefunden, doch dann lernte ich alles wieder neu. Ich vertraue Jordan, und ich liebe ihn. Aber wenn er mein Vertrauen und meine Liebe nicht erwidern kann, kann ich nicht mit ihm zusammen sein.«

»Du bist so mutig«, sagte Louise. »Ich wünschte, ich wäre wie du.«

»Das verstehe ich nicht«, erwiderte Holly stirnrunzelnd.

Da umklammerte Louise den Kaffeebecher so fest, dass die Knöchel an ihren Händen weiß hervortraten. »Ständig denke ich darüber nach, was du über meine Tochter gesagt hast. Ich möchte zu ihr Kontakt aufnehmen. Sie soll eine Wahl haben.«

Zum ersten Mal seit Jordans Antrag stahl sich ein Lächeln auf Hollys Gesicht. »Tu es, Louise. Du hast schon so viel Zeit mit ihr versäumt. Wenn sie dich nicht sehen will, hast du wenigstens eine Antwort auf deine Frage. Ich weiß, dass es schwer zu verkraften wäre, aber immerhin wüsstest du dann Bescheid. Und bestimmt wird sie außer sich sein, von dir zu hören. Warte nur, bis sie herausfindet, dass sie vier Halbbrüder hat.«

»Vielleicht würde ich ihr nicht alles auf einmal sagen. Ich möchte sie nicht verschrecken.« Eine Weile dachte Louise nach. »Du hast recht, ich werde es tun. Achtundzwanzig Jahre haben wir schon vertan. Jetzt will ich keine einzige Minute mehr verlieren.«

Holly freute sich für sie. Wenigstens hatte eine von ihnen die Chance, glücklich zu sein.

Jordan schloss die Eingangstür auf und trat in sein Haus. Und er spürte sofort, dass etwas nicht stimmte. Vielleicht lag es am Fehlen jeglicher Betriebsamkeit, vielleicht sagte es ihm sein sechster Sinn, er war nicht sicher.

Zuerst rannte er zur Treppe und nahm zwei Stufen auf einmal. Dann überlegte er es sich anders und sprintete zum Büro, seinem provisorischen Schlafzimmer. Die Schranktür war angelehnt. Er stieß sie auf und starrte auf den blanken, sauberen Boden. Er brauchte nicht weiter zu suchen. Mistletoe war verschwunden, und Holly mit ihr.

Fassungslos sank er auf den Krankenhausstuhl, stützte die Ellenbogen auf die Knie und vergrub das Gesicht in den Händen.

Weg. Einfach so. Ohne Warnung. Ohne sich zu verabschieden.

Sobald Holly ihn zurückgewiesen hatte, war ihm klar gewesen, dass er alles falsch gemacht hatte. Er hätte seine Worte besser wählen müssen. Aber in Wirklichkeit hatte er gar nicht vorgehabt, ihr einen Antrag zu machen. Er hatte nur daran gedacht, dass er sie nicht verlieren wollte, als er mit allem herausgeplatzt war.

Er war ein Idiot. Schlimmer, er hatte sie verletzt. Jetzt war sie weg, und er hatte keine Ahnung, was er tun sollte.

»Sie hat dir eine Nachricht dagelassen.«

Als er aufsah, erblickte er Louise, die leise ins Zimmer gekommen war. Sie reichte ihm einen Umschlag. Er nahm ihn entgegen, öffnete ihn und betrachtete den Inhalt.

Jordan,

dich auf diese Art zu verlassen tut mir leid. Es kommt mir so feige vor. Aber ich gebe als Allererste zu, dass ich gerade nicht den Mut habe, dir gegenüberzutreten. Ich gehe, weil ich nicht bleiben kann. Vorher war es leicht, so zu tun, als würde ich dich nicht lieben. Das geht jetzt nicht mehr. Mir ist klar, dass es wenig Sinn ergibt. Würde ich dich wirklich lieben, müsste ich dann nicht auf dein Angebot fliegen? Vielleicht bin ich naiv und greife nach den Sternen, ich weiß es nicht. Nur eines weiß ich sicher: Ich will einen Mann, der meine Liebe erwidert. Einen, der mir genug vertraut, um mir sein Herz zu schenken. Ich mache dir keine Vorwürfe, dass du das nicht kannst. Ich wünschte, es wäre anders.

In Liebe
Holly

Wieder und wieder las er den Brief, bis er jedes Wort auswendig konnte. Bis er am Schmerz nicht mehr vorbeiatmen und sich auf nichts anderes mehr konzentrieren konnte als auf die klaffende

Wunde in seiner Brust. Dann zerknüllte er das Papier in den Händen.

»Sie ist fort«, sagte er. Vor Benommenheit merkte er nicht, dass er die Worte laut aussprach.

»Seit heute früh.« Louise trat einen Schritt auf ihn zu. »Wahrscheinlich willst du es von mir nicht hören und wirst mir auch nicht glauben. Aber es tut mir leid, Jordan. Für euch beide.« Einen Moment schwieg sie. »Auch ich werde gehen. Du bist wieder auf den Beinen, und ohne Holly brauchst du mich nicht mehr.«

Wortlos nickte er, und sie machte sich auf den Weg aus dem Zimmer.

»Warte!«, rief er plötzlich, sprang auf die Füße und lief ihr nach. »Wo ist sie hin?«

Louises Augen sahen mehr, als sie sollten. »Ist das nicht egal?«

»Nein.«

»Sie hat das Pförtnerhäuschen auf Kyles und Sandys Grundstück gemietet.« Sanft berührte sie seinen Unterarm. »Du hast deine Gründe, mich zu hassen«, fuhr sie fort. »Ich sehe die Dinge zwar anders als du, aber ich kann dich verstehen. Trotzdem gebe ich dir einen guten Rat: Du bist ein Dummkopf, wenn du sie gehen lässt.«

Wütend ballte er die Faust um das Papierknäuel fester zusammen. »Das geht dich nichts an.«

Darauf lachte sie nur. »Du hast recht, es geht mich nichts an. Na und? Bist du mir jetzt böse? Jordan, seit fast zwanzig Jahren trägst du mir diese Geschichte nach. Es ist mir gleich, was du über mich denkst. Und es schert mich einen Dreck, ob du dich weiter wie ein Miststück verhältst.«

Vielleicht war es der Schock, vielleicht der rohe Schmerz – für einen Augenblick gelang es ihm nicht mehr, sich hinter seiner Maske aus Gleichgültigkeit zu verschanzen. Zum ersten Mal seit jenem Nachmittag vor so vielen Jahren erlaubte er sich, Louise vorbehaltlos anzusehen.

Die Plastiktannenbaumohrringe glitzerten im Licht. Um ihre Augen hatten sich ein paar Fältchen gebildet, und die Haut war nicht mehr so straff wie früher. Aber davon abgesehen war sie dieselbe Frau wie immer. Sie hatte ein gutes Herz. Die Bereitwilligkeit, mit der sie ihn ertrug, war der beste Beweis.

Er dachte daran, wie einsam seine Welt sein würde, jetzt, wo Holly weg war. Wenn sein Vater auch nur ein Zehntel dieser Gefühle für Louise empfunden hatte, konnte Jordan ihn vielleicht doch ein Stück weit verstehen. Das entschuldigte zwar nicht, was er getan hatte, aber es erschien Jordan beinahe nachvollziehbar.

Aber wenn er schon seinem Vater, dem eigentlichen Übeltäter, solche Zugeständnisse machte, was schuldete er dann der Frau vor ihm? Sie hatte einen Fehler gemacht. Einen Fehler, für den sie an jedem Tag der letzten neunundzwanzig Jahre gebüßt hatte. Sie war erst siebzehn gewesen. Jordan hatte sie für die Zerstörung seiner Familie verantwortlich gemacht. Aber in Wahrheit war die Familie nie mehr gewesen als eine zufällige Ansammlung von Einzelteilen, die nicht zusammengehörten. Earl Haynes hatte dafür gesorgt, dass nichts davon übrig geblieben war.

»Es tut mir leid«, sagte er.

Ihre Augen verengten sich. »Was hast du gesagt?«

»Es tut mir leid. An allem habe ich dir die Schuld gegeben, dabei konntest du nie etwas dafür.«

Entrüstet stemmte sie die Hände in die Hüften. »Verdammt, Jordan. Gerade habe ich mich mit allem abgefunden. Bring mich jetzt nicht wieder durcheinander.«

»Ich wollte dir die Schuld zuschieben, weil es sicherer war, als die Verantwortung bei meinem Vater zu suchen. Es war so viel leichter, dir böse zu sein. Ich habe dir dein Leben zur Hölle gemacht. Mit einer Entschuldigung kann ich die Vergangenheit nicht ungeschehen machen, aber es ist alles, was ich habe.«

Sie presste die Lippen zusammen, dann wischte sie sich rasch über den Augenwinkel. »Ich fasse es nicht. Jetzt hast du mich auch noch zum Heulen gebracht. Entschuldigung angenommen.«

»Einfach so?« Das konnte er kaum glauben.

»Würde es dir besser gehen, wenn ich dich erst bestrafe?«

»Ja.«

»Das ist nicht meine Art. Mein Herz ist groß, Jordan, ich kann verzeihen. Das heißt nicht, dass ich nicht ab und zu mal ein bisschen schnippisch sein werde, wenn mir dein schlechtes Benehmen wieder einfällt. Aber ich verstehe, warum du so warst. Wenn du es ernst meinst, bin ich bereit, dir zu vergeben.«

Erleichtert streckte er die Arme aus und zog sie an sich. Zuerst noch steif, entspannte sie sich rasch in seiner Umarmung. »Jetzt weiß ich, warum mein Vater dich geliebt hat.«

»Ihr Haynes-Jungs wart schon immer Süßholzraspler. Hör auf, deine Zeit mit mir zu verplempern. Geh Holly suchen, und bring sie wieder zurück.«

Jetzt war es an ihm, sich unbehaglich zu fühlen. »Ich kann nicht.«

»Es wäre ja auch zu viel verlangt, wenn du gut aussehend *und* schlau wärst. Sag mir, warum nicht.«

»Sie will, dass ich sie liebe.«

»Was du tust.«

Er schüttelte den Kopf. »Nein, das tue ich nicht. Ich werde sie nicht lieben.«

»Hast du denn nichts verstanden? Es liegt nicht in deiner Hand, ob du jemanden liebst oder nicht, Jordan. Es passiert einfach, und dann musst du damit zurechtkommen. Merkst du denn nicht, dass du sie von dem Moment an geliebt hast, als sie dir das erste Mal unter die Augen gekommen ist?«

»Nein.« Er wandte sich ab. Keine Liebe. Niemals Liebe. Er kannte die Gefahren, den Preis, den die Liebe forderte. Er selbst hatte die kalte Klinge der Liebe zu spüren bekommen, wusste um die zerstörerische Kraft, die in ihr lag.

»Einmal ein Esel, immer ein Esel«, murmelte Louise bei sich und verließ den Raum.

Allein in der Stille blieb Jordan zurück, lauschte in sich hinein und fragte sich, wie lange es wohl dauern würde, die Frau zu vergessen, die er eben verloren hatte.

Jordan kam sich vor wie ein Fünftklässler, der in das Büro des Schuldirektors zitiert worden war. Den Kamin im Rücken, stand er seinen drei Brüdern und Austin gegenüber.

Gerade warf Kyle sich aufs Sofa und hob die Hände in Richtung Himmel. »Redet ihr mit ihm«, rief er angewidert. »Er hört kein einziges Wort von dem, was ich sage.«

»Ich höre dich gut«, erklärte Jordan geduldig. »Und ich stimme dir zu. Trotzdem hat sich nichts geändert.«

Zwischen dem Weihnachtsbaum und der hinteren Wand lief Travis hin und her. »Alles hat sich geändert, Jordan. Das ist der Punkt. Wir haben uns verändert. Vor zehn Jahren – verdammt, sogar noch vor *fünf* Jahren – hätte ich dir recht gegeben. Jemanden zu lieben erschien mir furchterregend. Keiner von uns wusste, wie eine Beziehung funktioniert. Dad hat uns wirklich kaputt gemacht. Aber wir alle haben gelernt, unser Glück zu versuchen. Darum geht es. Wenn du jemand Besonderes gefunden hast, musst du das Risiko eingehen.«

Zwar schätzte Jordan es, wie seine Brüder sich um ihn sorgten, aber sie verstanden das Problem nicht. Sie kannten die Wahrheit nicht. Für sie war es einfacher gewesen.

Trotzdem beharrte eine leise Stimme in seinem Hinterkopf darauf, dass er von seinen Brüdern überzeugt werden *wollte*. Auch er wollte glauben können. In den sieben Tagen seit Hollys Verschwinden hatte er begriffen, dass ein Überleben ohne sie fast unmöglich war. Er konnte nicht aufhören, an sie zu denken. Er brauchte es, ihre Stimme und ihr Lachen zu hören, sie zu umarmen und zu berühren. Und er wollte ihr erklären, wie leer seine Welt ohne sie war. Sogar die verfluchte Katze vermisste er.

»Wir alle haben die Vergangenheit hinter uns gelassen«, fuhr Travis fort. »Und du musst es auch.«

»So einfach ist das nicht«, hörten sie plötzlich eine Frauenstimme.

Überrascht sah Jordan auf. Den Blick auf ihn gerichtet, betrat Louise das Wohnzimmer.

»Du hast ihnen nichts gesagt, oder?«, fragte sie.

Er schüttelte den Kopf.

»Warum nicht?«

»Es ist dein Geheimnis«, erwiderte er. »Es auszuplaudern steht mir nicht zu.«

Sie trug eine kobaltblaue Bluse, die ihre Augenfarbe zum Leuchten brachte. Aber ihr Gesicht war blass, und ihre Lippen waren zu einem Strich zusammengepresst.

»Die Zeit für Geheimnisse ist vorbei«, gab sie zurück. »Setz dich, Travis.« Damit winkte sie ihn auf eines der Sofas.

Auf der einen Couch saßen bereits Austin und Craig, sodass Travis sich zu Kyle gesellte. Mit lose gefalteten Händen blieb Louise vor den Männern stehen. Jordan trat hinter sie und drückte ihre Schultern. Sie schenkte ihm ein kurzes Lächeln, das jedoch nicht sehr überzeugend aussah. Dann holte sie Luft.

»Vor neunundzwanzig Jahren, als ich siebzehn war, hatte ich eine Affäre mit eurem Vater.«

Während sie ihre Geschichte erzählte, ging Jordan zum anderen Ende des Zimmers und starrte auf den Weihnachtsbaum. Neben dem Schmuck aus Kindertagen hingen mehrere viktorianische Stücke, die Holly mitgebracht hatte. Er berührte den altmodischen Weihnachtsmann und erinnerte sich an ihr fröhliches Gelächter, als sie ihn in den Baum gehängt hatte. Irgendwie hatte sie sich in den letzten Wochen in sein Leben eingewoben. Wenn er nicht seinen gesamten Lebensfaden auseinanderribbeln wollte, wusste er nicht, wie er sie gehen lassen sollte.

Stumm hörten seine Brüder zu. Jordan beobachtete, wie sich die verschiedensten Emotionen in ihren Gesichtern widerspiegelten. Verwirrung, Überraschung, Sorge. Nur Wut war nicht darunter. Keiner von ihnen machte Louise Vorwürfe.

»Du sagst also, wir haben eine Schwester?«, vergewisserte sich Craig, als Louise fertig war.

»Eine Halbschwester.«

»Himmel, Arsch und Zwirn«, grinste Travis.

Kyle sprang auf. »Hey, ich bin nicht mehr der Jüngste!«

»Wo ist sie?«, wollte Craig wissen und erhob sich ebenfalls.

»Hast du Kontakt zu ihr?«, erkundigte sich Kyle.

Abwehrend hob Louise die Hände. »Einer nach dem anderen. Nein, ich habe keinen Kontakt zu ihr. Ich habe sie zur Adoption weggegeben und weiß nicht, wo sie ist.«

Travis sah seine Brüder an. »Wir müssen sie finden. Ich kenne einen guten Privatdetektiv. Lasst uns zur Wache gehen und ihn von dort aus anrufen.«

Nachdem er Louise untergehakt hatte, ging Kyle mit ihr in Richtung Tür. »Weißt du, wie sie heißt? Vielleicht können wir sie durch das Computersystem ausfindig machen.«

Auch Craig folgte ihnen. »Ich habe ein paar Freunde beim FBI, die können uns helfen. Wir finden sie, Louise. Dann kannst du sie nach Hause holen.«

Vertieft in ihr Gespräch, ließen sie die Haustür hinter sich zufallen.

»Was hältst du davon, eine Halbschwester zu haben?«, fragte Austin.

Jordan drehte sich um. Sein Freund saß noch immer auf dem Sofa. »Ich dachte, du wärst mit den anderen mitgegangen.«

»Wir haben dein Problem noch nicht gelöst.«

»Vielleicht gibt es auch keine Lösung.«

»Vielleicht.« Im Vergleich zu den ordentlich frisierten Haynes-Brüdern sah Austin aus wie ein Bandit. Aber er gehörte zur Familie, also hänselten sie ihn nur ein bisschen wegen seiner wilden Art und akzeptierten ihn ansonsten als einen der ihren.

Die langen Beine von sich gestreckt, starrte Austin auf seine schwarzen Cowboystiefel. »Du hast Angst«, stellte er rundheraus fest. »Um nichts anderes geht es.«

»Quatsch.«

»Leugne es, soviel du willst, es ändert nichts daran. Ich weiß es, Jordan. Ich kenne die Symptome.« Austin blickte auf, doch seine dunklen Augen verrieten nichts. »Unter keinen Umständen wollte ich mich damals in Rebecca verlieben. Natürlich wusste ich, wer sie war. Sogar, dass sie sich in mich verknallt hatte. Aber ich wollte mich in nichts hineinziehen lassen. Nicht mit einer Unschuldigen wie ihr.«

Jordan dachte daran, wie unberührt auch Holly gewesen war. Sie war Jungfrau gewesen.

»Doch eines Tages stand sie triefend nass in meiner Garage«, fuhr Austin fort. »Sie wegzuschicken war unmöglich, und am Ende konnte ich ihr nicht widerstehen.«

»Hast du sonst noch was zu sagen?«, fragte Jordan.

»Ja, das habe ich.« Austin beugte sich vor, stützte sich mit den Ellenbogen auf die Knie und verschränkte die Hände. »Das Schlimmste ist die Ungewissheit. Die Einsamkeit, das Alleinsein, das kennst du schon, das verstehst du. Aber jemanden zu lieben und alles dafür zu riskieren ist dir fremd. Niemand kann wissen, wie schmerzhaft es wird. Die Einsamkeit ist schon kaum zu ertragen, wie sollst du dann etwas noch Stärkeres aushalten? Also versuchst du es gar nicht erst.«

»Du hast nicht die geringste Ahnung, wovon du sprichst«, bügelte Jordan ab. Aber er bluffte. Alles, was Austin sagte, ergab Sinn.

Glücklicherweise ignorierte Austin ihn einfach. »Weil ich ein Idiot war, hätte ich Rebecca beinahe verloren. Und du machst gerade den gleichen Fehler.« Dann erhob er sich. »Tu es nicht. Lass den Stolz und die Angst nicht deinen Weg zum Glück versperren. Hätten Rebecca und ich nur einen einzigen Tag gehabt, ich hätte es trotzdem riskiert. Mit meinem Wissen von heute bereue ich nur, dass ich mich so lange zurückgehalten habe. Ich denke nicht gern an die kostbare Zeit, die ich damit verplempert habe, mich wie ein Esel aufzuführen. Mach nicht den gleichen Fehler. Eine zweite Holly findest du nie wieder. Wenn du sie gehen lässt, wirst du den Rest deines Lebens darauf warten, dass der Schmerz aufhört. Und das wird er nie.«

Damit ging er.

Wieder einmal blieb Jordan allein in der Stille zurück. Er saß vor dem Weihnachtsbaum und versuchte herauszufinden, was er tun sollte.

Austins Worte waren zwar einleuchtend, doch kannte er nur die halbe Wahrheit. Jordan wusste, dass jemanden zu lieben mehr als ein bisschen Risikobereitschaft bedeutete: Es war das sichere Versprechen für die nächste Katastrophe. Er hatte die Folgen der Liebe für seine Familie, den Schmerz und das Leid gesehen.

Auf den Ornamenten tanzte ein dünner Lichtstrahl. Jordan erinnerte sich, wie er vor einem Jahr den Weihnachtstag bei Kyle und Sandy verbracht hatte, wie die Kinder den Baum dekorierten und das Haus voller Gelächter und Freude gewesen war.

Als er die Augen schloss, stiegen Gespräche und Begebenheiten der letzten Jahre in ihm auf. Männer und Frauen, Nichten, Neffen, Geburten, Ferien, Festlichkeiten. Hunderte unzusammenhängender Ereignisse, Tausende glücklicher Momente. Und durchgehend eine Emotion.

Liebe.

Mehr als dreißig Jahre hatte etwas die Familie zerstört. Doch es war nicht die Liebe gewesen. Bei ihren ersten Ehen hatten Travis und Craig eine schlechte Wahl getroffen. Aber sie hatten aus ihren Fehlern gelernt.

Nicht die Liebe hatte die Familie zerstört. Sondern die Liebe hatte sie wieder geheilt.

Holly hatte ihm ihr Herz zu Füßen gelegt, und er hatte sie abgewiesen. Was zum Teufel war los mit ihm?

Er raste zur Eingangstür und hielt nur an, um sich seine Lederjacke zu schnappen. Dann hastete er die Verandastufen hinab zu seinem Auto.

Eine Viertelstunde später stand er vor dem kleinen Pförtnerhäuschen, das sie gemietet hatte. Er hob die Hand, um zu klopfen, doch dann zögerte er. Was sollte er sagen? Wie konnte er sie davon überzeugen, ihm zu glauben und ihm eine zweite Chance zu geben?

Dann sagte er sich, dass ihm die Worte schon einfallen würden. Also klopfte er. Und eine Minute später stand sie vor ihm.

Das lange blonde Haar hing offen um ihr Gesicht, wie er es mochte. Die seidigen Strähnen reichten fast bis zu ihrer Hüfte. Mit großen blauen Augen starrte sie ihn an. Ihr Mund öffnete sich leicht, doch sie sagte nichts. Über den bloßen Füßen trug sie dunkle Leggins und ein rosa Sweatshirt. Sie war das schönste Wesen, das er jemals gesehen hatte. Er wollte sie wie keine andere Frau vor ihr. Er brauchte sie.

»Jordan?« Der weiche Klang ihrer Stimme spülte über ihn hinweg, heilte ihn und schenkte ihm Mut.

Sie trat zurück und bedeutete ihm, hereinzukommen. In dem kleinen, aber hübschen Wohnzimmer schälte er sich aus der Jacke, die er auf das Sofa warf.

»Holly, ich ...« Noch immer war er nicht sicher, was er sagen sollte. Stattdessen nahm er sie bei den Händen und hielt sie fest.

»Heirate mich«, brachte er schließlich hervor. »Nicht, weil es vernünftig ist oder weil wir gut zueinanderpassen. Heirate mich, weil du das Beste in meinem Leben bist. Heirate mich, weil meine Seele ohne dich kalt und dunkel ist. Weil mein Herz ohne dich nicht weiß, wie es lieben soll. Weil ich dich mehr brauche als die Luft zum Atmen. Heirate mich, weil ...«

Suchend sah er in ihr Gesicht. Sie glühte vor Glück.

»Heirate mich, weil ich endlich begriffen habe, dass Liebe nichts zum Fürchten ist. Die Liebe macht uns ganz. Heirate mich, weil ich dich liebe.«

In ihren Wimpern glitzerte eine einzelne Träne. Als Holly zwinkerte, löste sie sich und fiel auf die Wange. Ungeduldig wischte sie sie weg. »Bist du sicher?«

»Dass ich dich liebe?«

Sie nickte.

»Ja«, sagte er. »In allem anderen? Nein. Nicht einen Millimeter. Was auch immer da kommen mag, macht mir eine Höllenangst. Aber noch mehr Angst habe ich davor, ohne dich zu sein.«

Da zog sie ihm die Hände weg und warf sich in seine Arme. Er hielt sie fest und wusste, dass dies der Ort war, wo sie beide hingehörten. In die Arme des anderen.

»Ich liebe dich auch«, sagte sie.

»Also heiratest du mich?«

»Ja.« Dann hob sie den Kopf und küsste ihn.

Als ihre Lippen sich berührten, war er sicher, dass er angekommen war. Irgendwie hatte diese gute, sanfte Seele sich über seinen abweisenden Schutzwall hinweggesetzt, sich in seinen dunkelsten Abgründen eingenistet und hartnäckig darauf bestanden, dass er die Schatten davonjagte.

Ihr Mund öffnete sich, und er tauchte mit der Zunge ein, um sie zu schmecken. Vage registrierte er, wie etwas an seinem Bein entlangstrich. Er unterbrach den Kuss und sah hinab. Mistletoe hatte sich in seiner Lederjacke verbissen und zerrte sie durch das Zimmer.

»Wahrscheinlich bringt sie sie zu den Kätzchen, damit sie etwas zum Beißen haben«, brummte er.

»Was?«, fragte Holly, die gerade mit den Händen über seine Brust fuhr und nach den Hemdknöpfen griff.

Doch er antwortete nicht – schließlich war er vollauf damit beschäftigt, unter dem Sweatshirt ihren Hintern zu umfassen und sie fest an sich zu ziehen.

»Wenn wir heiraten, will ich einen Hund«, murmelte er, dann knabberte er an ihrem Hals. »Gegen die verdammte Katze brauche ich einen Schutz.«

»Ich mag Hunde«, gab sie zurück, öffnete zwei Hemdknöpfe und presste die Lippen auf seine bloße Brust. Er sog scharf die Luft ein. »Vielleicht einen Welpen«, fuhr sie fort. »Dann wären wir drei gegen einen, das kommt mir sehr gerecht vor.«

Schließlich bückte er sich und hob sie hoch. Während er sie in Richtung Schlafzimmer trug, schlang sie die Arme um seinen Hals. Wieder küsste er sie. Er wollte Kinder mit ihr. Viele goldblonde Töchter, die alle aussahen wie ihre Mutter. Ob er so viel Glück verdiente? Er war nicht sicher. Aber er würde es bestimmt nicht ausschlagen. Mit Holly war alles möglich. Zusammen hatten sie das Wunder erlebt. Am eigenen Leib hatten sie die magische, heilende Kraft der Liebe erfahren.

Epilog

Rote Rosen und Christsterne füllten die Kirche. Kränze aus Immergrün, durchwirkt von roten Samtbändern, hingen unter den Bleiglasfenstern.

Die Haynes-Brüder und Austin begrüßten die Ankommenden und wiesen ihnen die Plätze an. Da Holly neu in der Stadt war und keine Familie hatte, gab es keine Aufteilung der Gäste nach Braut und Bräutigam, sondern alle saßen bei den Brüdern. Auch gut, dachte Jordan bei sich, während er zusah, wie der Raum sich füllte. Es war so schon schwer genug, alle in der Kirche unterzubringen.

Was eigentlich nur eine kleine Feier im Familienkreis hatte sein sollen, war zu einem extravaganten Fest mit beinahe der gesamten Stadt angewachsen.

Orgelmusik durchflutete das Kirchenschiff, untermalt vom leisen Gemurmel der Leute. Vielleicht wunderten sich einige über das Weihnachtsmotiv bei einer Hochzeit, die Ende Januar stattfand, aber es war ihm egal. Weihnachten hatte sie zusammengebracht und würde immer etwas Besonderes für sie bleiben. Sie hatten nicht genug Zeit gehabt, um eine Hochzeit bis Neujahr vorzubereiten. Und weder er noch Holly hatten bis zum nächsten Heiligabend warten wollen.

Aber auch so hatte Hollys Entscheidung, bis zur Hochzeit in Kyles und Sandys Pförtnerhaus zu bleiben, seine Geduld auf eine harte Probe gestellt. Kaum hatte er ihren üppigen Körper in seinem Bett kosten können, wurde ihm der Genuss schon wieder entzogen. Wenigstens hatte das Warten heute ein Ende. Das Wochenende wollten sie in San Francisco in einem teuren Hotel mit ausgezeichnetem Zimmerservice verbringen. Und am Montagmorgen ging ihr Flug in die Flitterwochen nach Hawaii.

Die Orgelmusik wechselte zu einem klassischen Stück. Seine Brüder und Austin stellten sich neben ihm auf ihre Plätze, während die Schwägerinnen zum langsamen Marsch durch das Kirchenschiff antraten. Louise, die liebend gern ehrenhalber die Rolle der Brautmutter übernommen hatte, saß bereits in der ersten Reihe.

Kurz schlossen sich die Pforten am hinteren Ende der Kirche. Gleich darauf ertönte der Hochzeitsmarsch, und die Türen öffneten sich wieder.

Wie eine traumhafte Vision in Weiß, so stand Holly am anderen Ende des Gangs. Ihr strahlendes Kleid liebkoste ihren Oberkörper und fiel von der Hüfte in Wellen bis zum Boden. Dazu trug sie einen langen Schleier. Das kunstvoll auf dem Kopf hochgesteckte Haar umkränzten weiße Rosen.

Liebe – für ihn noch immer ein wundersames Gefühl – durchströmte ihn. Er wollte zu ihr laufen und sie in seine Arme ziehen. Doch stattdessen wartete er, dass sie zu ihm kam. Sein ganzes Leben hatte er sich auf diesen Moment vorbereitet, das wusste er nun.

Den Blick fest auf ihn gerichtet, bewegte sie sich langsam und sicher. Als sie an seiner Seite eintraf, reichte er ihr die Hand. Endlich war er, wo er hingehörte. Sie beide waren angekommen. Sie lächelten, dann wandten sie sich dem Pfarrer zu.

»Liebes Brautpaar«, erhob der Mann die Stimme.

»Moment«, unterbrach ihn Holly. Sie sah Jordan an. »Bevor wir uns das Jawort geben, sollst du wissen, dass ich dich liebe.«

Suchend sah er in ihr Gesicht und erkannte die Ernsthaftigkeit in ihren blauen Augen. Er wusste, dass in seinem Ausdruck dieselbe Aufrichtigkeit zu lesen war. »Ich liebe dich auch.«

Der Pfarrer lachte leise. »Ich wollte Sie beide schon rügen und Ihnen sagen, dass der Teil über die Liebe erst später in der Zeremonie an der Reihe ist. Aber eigentlich haben Sie recht. Alles beginnt mit der Liebe. So soll es sein.«

Sie leisteten den Schwur und tauschten die Ringe, sie küssten sich und nahmen die Glückwünsche von Freunden und Familie entgegen. Holly und Jordan begannen ihr neues Leben mit dem Versprechen der Liebe. Und dieses Versprechen sollte ein Leben lang halten.

Happily-Inc-Reihe

Susan Mallery
Planst du noch oder liebst du schon?
€ 9,99, Taschenbuch
ISBN 978-3-95649-818-3

Happily Inc, so heißt die Kleinstadt am Rande der kalifornischen Wüste, in der der Legende nach seit dem 19. Jahrhundert jeder die wahre Liebe findet. Hier wird fast täglich geheiratet, und Weddingplanerin Pallas Saunders übertrifft sich selbst bei den ausgefallensten Hochzeiten. Aber ihr eigenes Liebesglück? Das muss warten, der Job geht vor – das denkt Pallas zumindest, bis sie dem Künstler Nick Mitchell begegnet und der Zauber von Happily Inc auch sie für immer umfängt.

Die Liebe trägt Giraffenpulli
€ 9,99, Taschenbuch
ISBN 978-3-95649-821-3

Familie ist, wenn man trotzdem liebt
€ 9,99, Taschenbuch
ISBN 978-3-95649-866-4

Einmal für immer, bitte
€ 9,99, Taschenbuch
ISBN 978-3-7457-0001-5

www.mira-taschenbuch.de

Susan Mallery
Wo sich die Sterne spiegeln
€ 17,00, Klappenbroschur
ISBN 978-3-95967-303-7

Zu Hause ist, wo wir zusammen sind

Die drei Halbgeschwister Malcolm, Callie und Keira wussten nichts voneinander. Aber als ihr Großvater sie in der Familienvilla am See zusammenführt, beginnt für sie alle ein neues Leben. Malcolm, der schon längst den Familienkonzern »Alberto's Alfresco« leitet, muss damit zurechtkommen, dass zu Hause plötzlich zwei Schwestern mitreden. Callie erfährt, wie es ist, von einem großen Bruder beschützt zu werden – ob sie will oder nicht. Und die 12-jährige Keira hofft nur, dass das alles kein Sternentraum ist, sondern sie ein echtes Zuhause gefunden hat.